CRIME
EM
DUAS ERAS

Editora Appris Ltda.
1.ª Edição - Copyright© 2025 da autora
Direitos de Edição Reservados à Editora Appris Ltda.

Nenhuma parte desta obra poderá ser utilizada indevidamente, sem estar de acordo com a Lei nº 9.610/98. Se incorreções forem encontradas, serão de exclusiva responsabilidade de seus organizadores. Foi realizado o Depósito Legal na Fundação Biblioteca Nacional, de acordo com as Leis nºs 10.994, de 14/12/2004, e 12.192, de 14/01/2010.

Catalogação na Fonte
Elaborado por: Dayanne Leal Souza
Bibliotecária CRB 9/2162

R788c
2025
	Rosa, Mirian
	   Crime em duas eras / Mirian Rosa. – 1. ed. – Curitiba: Appris, 2025.
	   418 p. ; 23 cm.
	
	   ISBN 978-65-250-7221-0
	
	   1. Idade média. 2. Viagem. 3. Monges. 4. Castelo. 5. Decapitador. 6. Eras.
	I. Rosa, Mirian. II. Título.
	
	                                                                               CDD – 909.07

Editora e Livraria Appris Ltda.
Av. Manoel Ribas, 2265 – Mercês
Curitiba/PR – CEP: 80810-002
Tel. (41) 3156 - 4731
www.editoraappris.com.br

Printed in Brazil
Impresso no Brasil

Mirian Rosa

CRIME EM DUAS ERAS

artêra
editorial

Curitiba, PR
2025

FICHA TÉCNICA

EDITORIAL	Augusto V. de A. Coelho
	Sara C. de Andrade Coelho
COMITÊ EDITORIAL	Marli Caetano
	Andréa Barbosa Gouveia (UFPR)
	Edmeire C. Pereira (UFPR)
	Iraneide da Silva (UFC)
	Jacques de Lima Ferreira (UP)
SUPERVISORA EDITORIAL	Renata C. Lopes
PRODUÇÃO EDITORIAL	Daniela Nazario
REVISÃO	Manuella Marquetti
DIAGRAMAÇÃO	Amélia Lopes
CAPA	Mariana Brito
REVISÃO DE PROVA	Sabrina Costa

Dedicado às memórias de:

James Owen Sullivan, John Lennon, George Harrison, Matt Roberts, Scott Weiland, André Matos, Renato Russo & Paul Derick Gray.

Às pessoas de:

Khadhu Capanema, Bhydhu Capanema, Raphael Rocha, Rodrigo Garcia, Renato Savassi, Marcelo Cioglia, Sânzio Brandão, André Godoy, Rufino Silvério, Avelar Junior, André Mola, Guilherme Castro e Léo Dias (membros da Orquestra Mineira de Rock).

Também em especial à pessoa de:

Jamie W. Harrison (inspiração para o personagem Olivier Marchand).

NOTA

Esse livro trata-se de uma obra de ficção. Embora eu tenha pesquisado sobre Idade Média para ambientá-lo, a obra é passível de inconsistências em relação à realidade histórica. Por isso, fica aqui a "carta branca" para "viajar na maionese", ainda maior por envolver viagem no tempo e outras coisas claramente ficcionais. Pode haver também algumas imprecisões geográficas e históricas com a finalidade de fazer a história funcionar.

A autora

APRESENTAÇÃO

Cinco jovens, tão próximos que se consideram irmãos, têm uma paixão comum por história medieval e ciências. Eles decidem fazer uma máquina que reproduz cenas da Idade Média em um monitor de vídeo em pleno século XXI, em uma cidade do interior de Minas Gerais. Um problema na máquina transporta um deles para esse específico período histórico. Os outros permaneceram no tempo presente, desconcertados e tentando de tudo para trazer o seu amigo de volta.

O garoto que acidentalmente vai para o século XII não se depara com um ambiente pacífico. Os primeiros conflitos ocorrem com os moradores locais, alguns estranham suas roupas, outros sua língua e seus costumes, muito diferentes da época para a qual foi. Para a sua sorte, o garoto encontra um homem que vê além da sua "estranheza", esse abade o acolhe no mosteiro. O até então pacato Reino das Três Bandeiras está tomado por uma atmosfera de terror, o jovem acompanha o abade e outros líderes importantes, na tentativa de encontrar o homem que está deixando um rastro de corpos de camponeses decapitados.

Acompanhe as desventuras desse adolescente em plena Idade Média enquanto seus amigos tentam resgatá-lo de lá!

SUMÁRIO

PERSONAGENS ATUAIS 15

PERSONAGENS MEDIEVAIS 19

PRÓLOGO 23

1.
A MÁQUINA DAS TREVAS 25

2.
NOVA VÍTIMA 30

3,
TESTE NA TEMPESTADE 35

4.
ESSA NÃO! 42

5.
UM GAROTO NA IDADE MÉDIA 46

6.
BEM-VINDO AO REINO DAS TRÊS BANDEIRAS 50

7.
MOSTEIRO 53

8.
TENTANDO CONSERTAR OS ERROS 57

9.
CABEÇA NA ESTACA 59

10.
O QUE ESTÁ ACONTECENDO?... 67

11.
"CSI" TRÊS BANDEIRAS.. 70

12.
RITUAIS... 78

13.
AS PEÇAS-CHAVE... 85

14.
E AGORA?... 87

15.
POUVERY DESCONFIA.. 89

16.
O ALQUIMISTA DO LAGO E O CAVALEIRO NEGRO........................... 92

17.
BOTÃO VERMELHO... 101

18.
NADA FUNCIONA.. 106

19.
LEROY, ESTRANHO LEROY.. 113

20.
A TRISTE SAGA DE UM APROVEITADOR................................... 121

21.
INVENTANDO DESCULPAS... 131

22.
FESTA MEDIEVAL... 138

23.
O DECAPITADOR (QUASE) ATACA NOVAMENTE 147

24.
O MONGE DESTEMPERADO 155

25.
DEU CERTO, CONSEGUI! 164

26.
MUDANÇAS 171

27.
CAVALGADA NOTURNA E O MISTÉRIO
DO CAVALO VERMELHO 179

28.
SUSTO 187

29.
A PISTA DO MORCEGO 207

30.
CAVALEIRO ALVEJADO 211

31.
MISSÃO SAVIGNY 228

32.
CONEXÃO COM O PASSADO 257

33.
CONFIDÊNCIAS DOMINICAIS 278

34.
CORPOS NO PENHASCO 286

**35.
RECONSTITUIÇÃO CRIMINAL** 310

**36.
POLÍTICA DA BOA VIZINHANÇA** 325

**37.
UM REINO DE TERROR** 335

**38.
REESTRUTURANDO A VIDA** 366

**39.
DESCOBERTA BIZARRA** 373

**40.
CONEXÃO COM O FUTURO** 383

EPÍLOGO 402

PERSONAGENS ATUAIS

PRINCIPAIS:

Thiago Faria Carvalho: filho mais velho do investigador Luiz Antônio e da historiadora Ana Cristina, tem treze anos, é apaixonado pela profissão de ambos os pais. Ama um bom romance policial, por influência da avó, Vera. Com um QI bem acima da média, constrói a "máquina das trevas", nome inspirado no apelido que a Idade Média ganhou dos renascentistas devido ao obscurantismo cultural que pairou sobre a Europa Ocidental naquele período. Enquanto está na Idade Média, tem de ficar se policiando para não demonstrar que não é daquele período, evitando usar palavras, gestos e expressões modernas ou se referir à tecnologia e aos costumes atuais.

Sofia Faria Carvalho: irmã de Thiago, apenas um ano e meio mais nova que ele. Também apaixonada por mistérios e pela era medieval, ajuda o irmão a construir a "máquina".

Murilo Borges Viana: irmão gêmeo de Júlia, filho de Danilo. Tem treze anos. Perdeu a mãe aos quatro, vítima de um acidente de carro. É criado pelo pai com a ajuda de Ana Cristina e Luiz Antônio. Amigão de Thiago, sempre está ao seu lado. É quem dá a ideia da máquina ao amigo. Começa a notar a presença de Sofia com outra perspectiva no correr da história. Também passa a lidar com a possibilidade de haver outra mulher na vida de seu pai após dez anos. Contorna bem a situação e adora as "novidades" que seu pai e a nova companheira dele trazem em questão de alguns meses juntos.

Júlia Borges Viana: irmã gêmea de Murilo, filha de Danilo. Companheira inseparável de Sofia. Nutre uma paixão secreta pelo amigo Thiago, entretanto, por questões da adolescência, tem vergonha de assumir. Assim como o irmão, está lidando com as mudanças na família. Conta com a ajuda da nova namorada de seu pai para entender o que está sentindo por Thiago e resolver a situação quando o garoto volta da Idade Média.

Renato Carvalho: sobrinho de Luiz Antônio, filho de sua irmã mais velha, tem dezessete anos e é criado pela avó e pelo tio, pois perdeu a mãe, filha e irmã destes, quando tinha sete anos, falecida no mesmo acidente que vitimou a mãe dos gêmeos Júlia e Murilo, e perdera o pai antes de seu nascimento.

SECUNDÁRIOS:

Luiz Antônio Carvalho: pai de Sofia e Thiago, um investigador de polícia nível especial. É o primeiro que fica sabendo da construção e do defeito da máquina. Além dos filhos, cria seu único sobrinho, Renato, pois a mãe dele, sua irmã, faleceu há dez anos.

Ana Cristina Faria Carvalho: mãe de Thiago e Sofia, professora de história, especialista em História Medieval. Desdobra-se para cuidar dos filhos, do sobrinho órfão, dar aulas de história em duas escolas, além de ajudar Danilo, colega de seu marido na polícia, viúvo há dez anos, a cuidar dos dois filhos, Murilo e Júlia. Tenta manter a calma quando descobre que seu filho de quatorze anos está perdido em um reino medieval no sul da França. Além de auxiliar Danilo a cuidar dos filhos, ajuda-o a entender o que está sentindo pela colega Ângela e o aconselha a, ao menos, tentar ter um relacionamento com ela. Acredita que o novo casal está indo bem e, quando sabe o que aconteceu com eles, anima-se.

Danilo Augusto Viana: pai de Júlia e Murilo, amigos de Thiago e Sofia. Viúvo, cria o casal sozinho, já que acha que não sente falta de uma mulher. É também investigador de polícia, lotado na mesma delegacia que Luiz Antônio, são amigos desde os tempos de Academia de Polícia. Acaba "abusando" um pouco da boa vontade de Ana Cristina, principalmente quando o assunto é seus dois filhos. A esposa de Luiz Antônio virou uma espécie de mãe para os adolescentes após o falecimento de Luciana, a mãe biológica deles. Percebe que sempre fora atraído por Ângela, escrivã, após quinze anos de convívio na delegacia. Admite que está apaixonado por ela para Ana Cristina e acaba, por conselho da amiga, namorando-a. Depois de dez anos, toma conhecimento de um fato inédito descoberto pelo legista que periciou o corpo de sua esposa após o acidente que a matara.

Cláudio Rocha: delegado de polícia titular da delegacia onde Luiz Antônio, Danilo, Marcelo, Douglas e Ângela trabalham. É considerado por muitos o melhor delegado de polícia do estado. Ponderado e eficiente, tem um ótimo relacionamento com sua equipe. Esconde um segredo de Danilo sobre o acidente que vitimou Luciana, sua esposa.

Vera Carvalho: mãe de Luiz Antônio, sogra de Ana Cristina, avó de Thiago, Sofia e Renato. Ensinou o filho e os netos a apreciar um bom livro, principalmente romances policiais, e sempre tem novos títulos em sua prateleira. Embora não tenha qualquer ligação sanguínea com Danilo, trata o rapaz como filho, e seus filhos como netos. Apoia o relacionamento do investigador com a escrivã.

Ângela Guedes: escrivã de polícia da delegacia onde Danilo e Luiz Antônio trabalham. Teve um passado turbulento com uma perda irreparável. Nutre uma paixão secreta por Danilo, mas nunca se declara, ou mesmo sequer desconfia que Danilo saiba de sua paixão por ele e que tal sentimento se tornou recíproco nos últimos tempos. Surpreende-se com a declaração de Danilo, e os dois acabam namorando. Vira confidente da filha do investigador, sendo a primeira pessoa a saber que a menina está apaixonada por Thiago.

Douglas Macedo: investigador de polícia. Trabalha com Luiz Antônio, Danilo, Marcelo, Ângela e Cláudio. Divertido e animado, está sempre com uma piada na ponta da língua. É o mais novo da equipe, tanto em tempo de serviço quanto de idade.

Marcelo Azevedo: investigador de polícia. Trabalha com Luiz Antônio, Danilo, Douglas, Ângela e Cláudio. Um verdadeiro "pau pra toda obra", sempre ajudando seus colegas, e é muito apegado aos seus irmãos. É o mais velho da equipe, em serviço e em idade, e acaba virando o chefe dos investigadores.

APARIÇÕES/CITAÇÕES:

Rafael, André e Juliana Azevedo: irmãos do investigador Marcelo;

Leonardo: filho de Danilo e Ângela. Nasce alguns meses após os acontecimentos;

Lídia, Clarice, Mônica: esposas de Cláudio, Marcelo e Douglas, respectivamente; Daniel, Ricardo e Clara, Sarah e Samuel, Luiza e Lucas: filhos de Cláudio e Lídia, Marcelo e Clarice e Douglas e Mônica, respectivamente;

Luciana: falecida esposa de Danilo, mãe de Murilo e Júlia;

Adriana: falecida irmã de Luiz Antônio, mãe de Renato;

Alice: filha de Ângela, que morreu ainda durante sua gestação, cinco anos antes doa acontecimentos;

Thierry: historiador francês e pesquisador da Idade Média que se interessa pela lenda que envolve um reino medieval do século doze.

PERSONAGENS MEDIEVAIS

PRINCIPAIS:

Abade James Pouvery: o homem mais respeitado no Reino das Três Bandeiras, chefe do mosteiro local. Embora viva na Alta Idade Média, tem ideias bem avançadas para o período, a ponto de acolher Thiago sem questionar as origens do rapaz. Aceita com uma calma improvável as origens de Thiago, quando ao final de sua estadia o garoto conta que veio do futuro, ficando empolgado ao descobrir as atuais tecnologias.

Duque Jacques Chevalier: Principal nome da política local. Dono das terras. Não vê a hora de se livrar do decapitador. Quando Thiago expõe suas teorias, dá total carta branca para o garoto, com a ajuda dos chefes de seu exército, tomar as medidas necessárias para resolver o caso. É casado com Catherine e tem na figura de Paul Reinart, o conselheiro do reino, seu melhor e mais confiável funcionário e amigo. Envolve-se no caso com ainda mais forças quando sua esposa toma uma inédita decisão. Sempre disposto a receber seus vassalos/servos quando necessitam de ajuda.

Remy Legrand: chefe da cavalaria do duque Chevalier. Filho de Leopold, o antigo chefe da cavalaria. Não consegue sequer imaginar o que pode estar acontecendo com os camponeses do reino, mas se desdobra para encontrar o decapitador. Conta com a ajuda de Thiago, aceitando suas ideias sem contestar. Conta também com a ajuda de seus colegas de farda, Olivier Marchand e Louis Gouthier.

Olivier Marchand: arqueiro, comandante da artilharia do reino. Bonitão (alto, magro com olhos verdes e cabelos loiros compridos) e dono de uma excelente pontaria, é chamado de "Legolas" pelo pessoal da monitoria e mentalmente por Thiago toda vez que acerta um alvo a longa distância. Amigo de Remy e Louis, ajuda-os nas investigações e é o responsável pela captura do suposto Cavaleiro Negro. Tem um passado triste, o qual tenta esquecer a todo custo, porém volta a assombrá-lo quando ele menos espera. Acaba conquistando o posto de herói do reino ao tomar uma certeira atitude durante uma invasão.

Louis Gouthier: comandante-geral da infantaria do reino, também auxilia nas investigações do decapitador e é filho do antigo chefe da infantaria, Reginald. Fortão, alto e reservado, tem uma boa relação com os demais militares do reino.

Jean Savigny: jovem monge enclausurado juntamente de James. Era preparado para suceder James no comando do mosteiro. Logo fica amigo de Thiago e acha até interessante algumas das coisas que o garoto faz. A pedido de James, começa a espionar um personagem.

SECUNDÁRIOS:

François Lafonte: monge do Reino das Três Bandeiras, colega de clausura de James Pouvery e de Jean Savigny. Ambicioso além do limite, tenta de tudo para derrubar James do cargo. Desconfia da presença de Thiago o tempo todo e não o aceita no mosteiro, mesmo sabendo que quem manda lá é James Pouvery. Está sempre tentando criar situações desagradáveis com os demais membros do mosteiro e habitantes do reino. Nutre uma enorme antipatia pelo belo arqueiro Olivier, sem razão aparente.

Dominique Cavour: cavaleiro do Reino das Três Bandeiras, reservado e pessimista, acha que nunca vão descobrir quem é o misterioso decapitador. Começa a agir de forma cada vez mais estranha ao longo do tempo, o que acaba despertando suspeitas. Viaja sem razões aparentes para o Reino das Sete Arcas, inimigo do Reino das Três Bandeiras. Depois de uma dessas "viagens", desaparece, e seu cavalo é visto dentro da vila coberto de sangue.

Paul Reinart: conselheiro do Reino das Três Bandeiras, tudo o que quer é ver o "cortador de cabeças" queimado em uma fogueira e diz claramente que faz questão de acendê-la. Embora estivesse com "sangue nos olhos" em relação ao caso do decapitador no início, James consegue dissuadi-lo. Paul leva seu cargo a sério, aconselhando Jacques, Remy, Louis e Olivier em praticamente todas as suas atitudes. Serve também de ponte entre os militares e Jacques em algumas ocasiões.

Duquesa Catherine: esposa do duque Jacques, vive no castelo e, ao conhecer o visitante do reino, assusta-se, sendo a primeira pessoa a notar a enorme semelhança física entre Thiago e o abade James. Tem muita voz ativa no reino, sendo incentivada pelo marido, e tem o conselheiro Paul Reinart como um de seus melhores amigos. Durante o desenrolar da história, toma uma surpreendente atitude, que é aprovada pelo duque, pelo conselheiro e pelo abade.

Emile Bauffremont: sanguinário chefe da infantaria do Reino das Sete Arcas, Reino vizinho ao das Três Bandeiras, arqui-inimigo do duque Jacques. Domina o reino com base na força bruta e provoca a maior carnificina da região. Sedento de prestígio e poder, quer expandir seus domínios aos reinos vizinhos. Seu maior desejo é derrubar Jacques Chevalier do poder e assumir o Reino das Três Bandeiras.

APARIÇÕES/CITAÇÕES:

Leopold Legrand: pai de Remy Legrand, cavaleiro "aposentado";
Henry, Yves, Pierre, Anne e Isabelle: filhos de Jacques e Catherine;
Charles Vermont: médico da corte de Jacques. Um faz-tudo do tempo da rudimentar medicina medieval;
Raymond Leroy: um excêntrico morador do Reino das Três Bandeiras;
Antoine Chevalier: pai de Jacques Chevalier, já falecido;
Helene: noiva/esposa de Olivier Marchand;
Philippe e Simon: dois dos quatro filhos de Olivier e Helene;

Jorg e Hans: duque e abade-chefe do mosteiro de São Bernardo, situado no Reino da Lorrânia, aliado ao Reino das Três Bandeiras;

François Bertrand, André Maillard e Tobias Leclercq: duque, abade-chefe do mosteiro de São João e Chefe da Cavalaria do Reino da Borgonha, vizinho e aliado ao das Três Bandeiras, respectivamente.

Simon: falecido abade-chefe do mosteiro de São Tiago, substituído, após seu falecimento, por James.

Reginald Gouthier: pai de Louis, morto em batalha há mais de uma década;

Joseph: duque de Bordeaux, reino vizinho e aliado ao das Três Bandeiras;

Conrado III: imperador recém-coroado, à época, do Sacro Império Romano-Germânico, aliado ao Reino das Três Bandeiras;

Angeline e Elise: noivas/esposas de Remy e Louis, respectivamente;

Thomas e Marie: casal em fuga do Reino das Sete Arcas. Falecem durante o trajeto;

Amelie: mulher em fuga do Reino das Sete Arcas;

Maurice: arqueiro do Reino as Sete Arcas;

Allain: infante do Reino das Sete Arcas;

Joseph Bouvier: falecido chefe da artilharia do Reino das Três Bandeiras, sucedido por Olivier Marchand.

PRÓLOGO

Sangue. Um corpo mutilado. A cabeça estava fincada em uma estaca de madeira de quase dois metros de altura, destacando-se em meio à plantação de trigo de quase um hectare de extensão. O corpo do lenhador jazia ao solo, alguns metros da estaca onde a cabeça fora depositada. Todos que localizaram o corpo estavam desesperados. Embora a vítima não ocupasse uma posição de destaque na sociedade onde viviam, seu brutal e injustificado assassinato chocou a todos e mobilizou as forças do local a procurar seu assassino. E ele foi só o primeiro... A cada mudança de lua, um novo corpo decapitado aparecia em algum local da região, disposto de uma forma singular que logo o principal responsável pela investigação do crime percebeu, porém, na época em que os crimes aconteceram, por falta de informações, o homem não conectou os crimes como provavelmente sendo praticados pela mesma pessoa, e sim que cada uma daquelas decapitações fora feita por um assassino diferente. O conceito de assassino em série apenas surgiria alguns séculos depois, com o avanço da ciência forense e da psicanálise.

A pressão para que os ataques cessassem era enorme. Os responsáveis por descobrirem os autores dessas bárbaras cenas, embora contassem com o apoio das duas maiores autoridades do local, sentiam a enorme pressão para pôr fim aos ataques. Sem imaginar que talvez quem eles procuravam estivesse mais próximo do que se esperava.

Se havia algo pelo qual uma das autoridades do local sempre clamava era por uma solução para os assassinatos. Rezava várias vezes e todos os dias por isso, fervorosamente. Esperava pelo milagre de um dia, o mais breve possível, claro, ter suas preces atendidas.

Os demais envolvidos também rezavam pedindo que algo ou alguém surgisse para solucionar o mistério das decapitações.

Todos tiveram seus pedidos atendidos durante uma tarde de tempestade. Porém, demoraram meses para entender que o bizarro acontecimento fora uma resposta às preces.

No dia de Natal, um garoto ganhou um computador de seu padrinho. Embora não fosse um computador de última geração, o garoto ficou empolgado e, com a ajuda de seu melhor amigo, filho de seu padrinho, decidiu arrumar o computador para poder usá-lo. E então tem uma ideia muito bizarra...

Todos para quem ele contou, seu melhor amigo, seu primo, sua irmã e a irmã de seu melhor amigo, achavam que ele estava ficando maluco, no entanto, eles insistiram e aparentemente conseguiram fazer a maluquice que desejavam com o computador.

A turma passou praticamente as férias de verão inteiras mexendo no computador, arrumando-o com várias peças de outros aparelhos descartados pelos conhecidos, incluindo um antigo rádio e uma antena de internet. O mês de fevereiro chegou e a "máquina" estava quase pronta para os testes, faltavam apenas alguns ajustes. Para isso, precisavam de uma lanterna e, claro, de um livro de História.

1.
A MÁQUINA DAS TREVAS

Em algum lugar de Minas Gerais, Brasil, oito de fevereiro de dois mil e dezoito. A vida voltava à rotina após as festas e férias de fim de ano e tudo corria tranquilamente para todos os habitantes de uma bela e pacata cidade mineira com quase quarenta mil habitantes.

Em uma casa próxima a um lago, que era ponto turístico da cidade, um garoto cujo aniversário de quatorze anos ocorreria do dia seguinte, Thiago Faria Carvalho, entrou correndo na sala da casa de seus pais, o investigador de polícia Luiz Antônio e a professora Ana Cristina, a procura de sua irmã, de até então doze anos, Sofia.

— Pai, cadê a Sofia?

— No quarto dela, Thiago. O que você quer com sua irmã?

— Nada demais. Mostrar um negócio para ela. — A voz de Thiago deu uma ligeira desafinada, o que despertou algumas suspeitas em seu pai. — E... Pegar um livro no quarto dela.

— Só isso mesmo? — perguntou Luiz Antônio desconfiado. Seus quase vinte anos de polícia o faziam sempre achar que havia algum interesse secundário escondido em cada ação de qualquer pessoa. Até mesmo em seu filho adolescente.

— É — afirmou o garoto marchando em direção ao quarto da irmã.

Luiz Antônio pensou em chamar o filho de volta e pedir mais explicações. Até perceber que no máximo o garoto iria chamar a irmã para ver algum filme ou jogo no computador.

— Por favor, Luiz, pare de achar que o Thiago está sempre aprontando alguma. Se há uma coisa da qual não podemos reclamar, é que ele nos dá trabalho. Influência do Renato. Aliás, cadê ele? Tem que ver o filho da Solange — censurou-o sua esposa, Ana Cristina, mãe das duas crianças.

— Força do hábito, Cris. O Renato está na casa da minha mãe. Essa Solange de quem você está falando é aquela professora de filosofia? — disse Luiz Antônio. Renato era seu único sobrinho, filho de sua única irmã, que falecera há quase uma década. Ele criava o garoto desde essa data, embora dividisse a guarda do adolescente de dezessete anos com sua mãe, avó do menino. O pai biológico de Renato morrera antes mesmo de o menino nascer, e sua família nunca teve interesse no garoto.

Ana Cristina maneou a cabeça afirmativamente.

— Ela mesma. Ontem mesmo ela me ligou para dizer que seu filho sumiu de casa outra vez. Quer ir morar com o pai... E ela queria que eu convencesse você e o Danilo a rodarem a cidade atrás do garoto...

Luiz Antônio quase jogou o celular que estava em sua mão longe.

— O QUÊ? Eu e o Danilo? Ela ficou maluca? Ela e o ex-marido é que têm que se entender e pararem de jogar o garoto de um lado para o outro como se ele fosse uma bola de vôlei! Botar a polícia em uma viatura atrás do garoto só vai deixá-lo com raiva do responsável por isso, os policiais "pê da vida" pelo tempo perdido e o delegado furioso por termos gastado gasolina e pneus atrás de um moleque. E pelo que você me contou, a separação dos dois foi conturbada... E até hoje os dois disputam a guarda do moleque no tapa... Confere?

Ana Cristina riu.

— Confere. Até a irmã dela entrou na dança... Parece que vai assumir a guarda do menino enquanto ela e o ex-marido não entram em um acordo...

— Fico feliz em saber que isso nunca vai acontecer com a gente.

— Espero que não aconteça mesmo... O pior é que quem vai sair no prejuízo no fim das contas é o filho deles, não eles, mas parece que ninguém pensa nisso...

— Concordo...

Nisso, Thiago, agora acompanhado da irmã, Sofia, e de Júlia, filha de um colega de trabalho de Luiz Antônio, Danilo, passam pela sala. Thiago carregava um livro de tamanho razoável sobre história medieval, possivelmente "afanado" da biblioteca de sua mãe. O investigador logo sente falta de alguém.

— Thiago, cadê o Murilo? — perguntou Luiz Antônio. Murilo era outro filho de Danilo, irmão gêmeo de Júlia.

— Está lá fora, pai. Estamos mexendo com uma máquina maluca e...

— Epa! Podem parar! Do que você está falando, meu filho?

— Estamos trabalhando para transformar aquele computador velho que o tio Danilo deu para o Murilo e para mim.

— Hum... Trabalhando, é? O que você está fazendo, mocinho?

— Nada de mais, pai. Estou adaptando o computador para poder ver filmes nele.

— Conta outra, Thiago, eu sei que ele já veio com leitor de DVD. E... — Luiz Antônio passou os olhos no livro que Thiago carregava. — Onde é que um livro de história medieval vai te ajudar a consertar um computador, filho? Até onde sei, não existiam computadores na Idade Média!

— Ah, o livro é para outra coisa — desconversou Thiago, alisando a capa do livro.

— Presta atenção no que você vai falar, Thiago! — advertiu Júlia, de treze anos, ela e o irmão viviam na casa de Luiz Antônio e Ana Cristina, pois sua mãe, Luciana, falecera quando eles tinham quatro anos em um acidente de carro.

— Já entendi tudo. Quero ver essa máquina agora! — exigiu Luiz Antônio, mandando seu filho levá-lo até o local em que estava com o amigo Murilo "trabalhando" no computador. Lá chegando, não viu nada de mais. Até se virar para seu lado esquerdo e achar, escondida num canto, outra máquina aparentemente saída de um filme de ficção científica. — O computador me parece normal. Quero saber é que geringonça é essa aqui — terminou apontando para uma espécie de antena parabólica micro que, até Luiz Antônio decidir trocar o plano de internet banda larga da família, ficava no telhado da residência. A anteninha, no entanto, ficou no quintal juntando poeira e agora estava diretamente conectada ao velho computador de Danilo, a um antigo rádio de Vera, avó de Thiago e mãe de Luiz Antônio, junto a um controle remoto quebrado e uma lanterna.

— Esse é o "pulo do gato", tio Luiz — começou Murilo, empolgado. — Com ele, nós vamos "importar" imagens de outros tempos...

— Como?

— É, tio, vamos poder ver imagens da Idade Média, Antiguidade, Pré-História, igual aos documentários do Discovery Channel!

— Ainda não entendi. Seria como um sistema de vigilância? Imagens REALMENTE vindas de séculos atrás, não meras reproduções?

— Exato.

— Mas que gambiarra! — brincou Luiz Antônio.

— Verdade, tio, mas estamos com esperanças de que ela funcione. Imagina só que barato ver imagens reais da guerra dos cem anos ou de um julgamento do tribunal da inquisição? Ou ainda ter uma "aulinha" com Sócrates ou ver um homem das cavernas caçando um mamute?

Aquilo era muito para o investigador, que confiscou imediatamente a lata de guaraná que Murilo tomava.

— Isso tem droga forte. Vou levar já para a perícia.

— Tio! — protestou Murilo rindo e entendendo a brincadeira de Luiz Antônio.

— Não vou periciar a latinha, mas, Murilo, vocês estão tentando algo simplesmente impossível. Viajar no tempo?

— A gente não vai viajar no tempo, pai. Vamos é trazer o passado até nós — tentou explicar Thiago.

— Piorou — disse Luiz Antônio, subitamente imaginando um monge medieval no meio de sua sala. Calculava que não era essa a intenção de seus filhos, sobrinho e amigos, mas que era uma consequência plausível, embora mirabolante, porém menos que a ideia da turminha de fazer um sistema de vigilância do passado. — Ah, Thiago, o Renato está "metido" nisso?

— Está sim, pai, hoje ele disse que ia para a casa da vó Vera, mas amanhã na hora do teste ele vai estar aqui sim. Vamos testar amanhã depois do almoço.

Mais tarde, naquele dia, a turma toda, Luiz Antônio, Ana Cristina, Vera, Danilo, Renato, Thiago, Sofia, Murilo e Júlia foram a uma pizzaria comemorar o aniversário de Thiago. O garoto ainda ganhou um livro de suspense infanto-juvenil de presente de Vera, sua avó, que, desde quando seus netos aprenderam a ler, só os presenteava, no aniversário e no Natal, com livros, e uma vez, três anos antes, com uma assinatura de uma revista de ciências.

Ao irem embora, Renato, Thiago, Murilo, Sofia e Júlia combinaram de se encontrar cedo na casa de Luiz Antônio para terminar o serviço no computador.

— Acho que amanhã a gente já vai poder testar! — disse Thiago.

— Tomara. Já trabalhamos demais nesse negócio para não vermos resultados — disse Murilo.

Ana Cristina, Danilo, Luiz Antônio e Vera se entreolharam em tom de deboche. Murilo parecia um executivo falando sobre investimentos em curto prazo.

— Eles estão crescendo rápido demais — lamentou Ana Cristina, lembrando-se dos cinco adolescentes do grupo ainda crianças, com menos de cinco anos. A vida de três dos cinco mudara fortemente antes de eles completarem a dita idade. E de outros dois poderia mudar novamente.

2.

NOVA VÍTIMA

Vinte e oito de junho de mil cento e trinta e sete, o dia mal havia clareado quando dois homens se aproximaram do mosteiro de São Tiago, no Reino das Três Bandeiras, no centro-sul da França. Batem nas pesadas portas de madeira do prédio.

Após cerca de dez minutos, são atendidos por um dos monges. Alto, magro, de cabelos escuros e profundos olhos azuis. Tratava-se de James Pouvery, o abade-chefe do mosteiro.

— Desculpem a demora. Orações matinais. O que ocorreu? — perguntou James, de certa forma imaginando qual a notícia que lhe seria contada pelos aldeões.

Os dois homens respiram fundo e contam:

— Mais um morto, abade. Achamos o corpo perto do campo de trigo, e a cabeça, cravada em uma estaca ao lado do rio... — lamentou-se o lavrador.

— Vamos rezar pela alma desse pobre homem — disse James, querendo na verdade descobrir quem era o autor do assassinato.

Entretanto, nos próximos dias, muita coisa iria desconcentrar o abade. Quase voltou para o interior da igreja decidido a acabar com os ataques aos aldeões.

— Quem será que está fazendo isso? — perguntou-se James.

— Quem está fazendo isso o quê, Pouvery? — perguntou-lhe outro monge, François Lafonte, correndo para alcançar o ágil abade. Baixinho e gordinho. Típico estereótipo de monge medieval dos filmes. Estivera espionando a conversa de James com os aldeões.

— Mais uma pessoa teve sua cabeça cortada, Lafonte. E já lhe disse que prefiro ser chamado de James!

— Tudo bem, James — concordou François com um leve tom de desprezo na voz ao falar o nome de seu superior. — Isso é obra de algum bruxo possuído pelo demônio.

— Mesmo? — duvidou James. O abade, apesar da época em que vivia, não acreditava piamente em seres possuindo corpos alheios e fazendo qualquer tipo de coisa assim.

— E há outra explicação? — rebateu François desafiadoramente.

— Ainda não... — desistiu James. — Mas um dia, espero que em breve, teremos a resposta para essas mortes.

Mais tarde, James conversou sobre os fatos com outro monge, chamado Jean Savigny, que seria seu sucessor na chefia. Jean, ao contrário de François, acreditava em uma solução racional para os fatos, só não sabia qual seria essa solução ainda.

Há cerca de cinco quilômetros do mosteiro onde James, Jean e François estavam, havia outros quatro homens preocupados com o novo ataque... Esses homens eram o duque Jacques Chevalier, um homem de estatura mediana, cabelos castanhos começando a ficar grisalhos e olhos azuis esverdeados, responsável pelo Reino das Três Bandeiras. Jacques era a sexta geração no comando desde que o ducado fora fundado por três irmãos, Pierre, Henry e Jacques, sendo este tataravô do atual duque, o único a deixar um herdeiro: seu único filho, Philippe, que nascera já no novo reino. Philippe, por sua vez, também teve apenas um filho, que fora batizado em homenagem ao seu tio mais novo, Pierre. Já Pierre chamara seu filho pelo nome do tio-avô mais velho, Henry. Este, por sua vez, decidira batizar seu filho como Antoine, o mesmo nome do pai dos três fundadores, que enfim batizara o filho com o nome de seu trisavô, Jacques, que até o momento ainda não tinha filhos, embora fosse casado há quase vinte anos com a bela duquesa Catherine Chevalier.

Os outros três homens eram Remy Legrand, jovem batedor, alto, robusto, cabelos castanho-claros e olhos azul-escuros, chefe da cavalaria do reino, o arqueiro Olivier Marchand, alto, magro, loiro de cabelos compridos e olhos verdes-água transparentes e o soldado Louis Gouthier, também alto, robusto, moreno de cabelos e olhos castanho-escuros, comandantes da artilharia e infantaria do reino, respectivamente. Muitos camponeses estavam migrando de lá em direção ao vizinho reino das Sete Arcas, para não serem atacados. Jacques, por mais que quisesse impedir essas saídas, via-se impossibilitado de agir, ninguém queria morar em um lugar no qual as pessoas eram decapitadas pelo simples fato de saírem de suas casas quando ainda estava escuro. Muitas vezes por necessidade.

— Legrand, Marchand, Gouthier, quero que vocês descubram quem são esses homens e os levem ao abade Pouvery, um a um. O que o abade decidir fazer com eles terá meu total apoio — decretou o duque. — Vocês terão todos os recursos do reino à disposição. Usem todos os seus homens para descobrir quem está fazendo isso. Essa foi a décima terceira morte, e eu não quero receber mais nenhuma notícia dessas.

— Missão aceita, senhor — concordou o batedor, curvando-se até quase fazer um "L" com a coluna. Gesto que foi acompanhado por Olivier e Louis, que também concordaram em assumir a missão. — Mas não tenho ideia de como proceder. O senhor acha que o abade Pouvery poderia nos ajudar?

— Certamente. Duvido que ele esteja gostando dos ataques... — disse o duque.

— Certo. Irei falar com ele. Com sua permissão, retiro-me daqui — pediu o batedor.

O arqueiro e o soldado também pediram permissão.

— Podem ir, Legrand, Marchand, Gouthier.

Feito isso, Remy Legrand, Olivier Marchand e Louis Gouthier saíram do castelo do duque e, à sombra das três bandeiras que tremulavam no alto da torre de vigia do castelo, avistaram o mosteiro de São Tiago, local onde encontraria o homem com quem precisavam falar. Remy subiu em seu cavalo e cavalgou os cinco quilômetros que separavam o castelo do mosteiro, enquanto Olivier e Louis seguiam-no a pé.

Mal chegaram, viram o monge François Lafonte se aproximando, extremamente solícito.

— O que desejam, nobres Legrand e Gouthier? — François ignorava a presença de Olivier.

— Monge Lafonte, desejamos conversar com o abade Pouvery em particular — pediu Remy.

— Pouvery encontra-se recolhido em sua cela. Um momento que irei avisá-lo — disse François retirando-se do local.

— Obrigado — disse Legrand, desconfortável com o excesso de pompa com o que Lafonte o tratava e principalmente com o fato de o monge ter ignorado a presença de Marchand. Sabia da história envolvendo o monge e o arqueiro quando o segundo era apenas um garoto de oito anos. Olivier aparentemente nem ligava para a forma como era tratado pelo monge, que tinha um histórico de implicar com pessoas diferentes. Louis também se incomodava com o fato de Lafonte fingir que Olivier Marchand não existia.

Enquanto o batedor, o arqueiro e o soldado esperavam pelo abade, um criado aproximou-se e ofereceu-lhes água em tigelas de barro. O cavaleiro, o soldado e o arqueiro aceitaram e beberam. Logo depois viram o alto e magro abade chegar sem a sombra baixinha e gorda de Lafonte. "Pelo menos isso ele entendeu", pensou Remy. Levantaram-se imediatamente.

— Bom dia, meus caros Legrand, Marchand e Gouthier — cumprimentou-os James Pouvery. — O que desejam comigo?

— Bom dia, abade Pouvery. Nós estamos com um grande problema aqui no Reino das Três Bandeiras — começou Remy.

— Referem-se às mortes, não? — disse o abade.

— Perfeitamente. O duque Chevalier nos incumbiu de descobrir quem é que está matando essas pessoas. O senhor tem ideia do que podemos fazer para achar os responsáveis?

— Nenhuma, Legrand. Também estou pensando no que fazer com isso. Temos que descobrir antes que ocorra outra morte.

— É... — lamentou-se o batedor. Remy não tinha ideia do que fazer para coibir novos assassinatos, já que sequer tinha algum suspeito.

— Mas se pegarmos as pessoas que mataram esses treze de até agora, não vamos impedir que outra pessoa mate alguém — disse Louis.

— O Louis tem razão, Remy — disse Olivier.

— Verdade — concordou o cavaleiro.

James ouviu os militares sem acrescentar nada. E ao fim perguntou:

— Marchand, Gouthier, vocês têm alguma sugestão?

— Infelizmente nenhuma, abade — era Olivier, mais desanimado que Remy.

— Pegar essas treze pessoas vai ser difícil — disse Louis, maneando a cabeça negativamente.

Os quatro homens permaneceram em pé, pensativos, encarando o piso de barro sem terem sequer uma ideia que os ajudasse a descobrir quem executara aqueles crimes. Todas as mortes eram bem parecidas, mas, pior, sequer tinham ideia de que era apenas um o assassino. Não existia, no século doze, o conceito, hoje amplamente difundido, do assassino em série.

3,
TESTE NA TEMPESTADE

No dia seguinte, Thiago entra no quarto de seu primo mais velho, Renato, um adolescente de dezessete anos e meio.

Ao abrir a porta, encontrou o primo sentado em sua escrivaninha, usando o notebook. Presente da avó de ambos, Vera, que se desdobrava para suprir as necessidades do neto. Era quem pagava algumas de suas despesas, muito embora Luiz Antônio dissesse ser desnecessário.

— O que é, Thiago?

— Vamos testar a máquina agora... Quer acompanhar?

— Acha que aquele trambolho vai funcionar, Thiago? — debochou Renato, levantando-se e seguindo os primos.

— O pior é que não... — desanimou-se Thiago.

Do lado de fora, Murilo e Júlia esperavam por Thiago, Renato e Sofia impacientes.

— Demoraram! — protestou a garota.

— O Thiago estava convencendo o Renato a vir... — explicou Sofia.

— Ah, tá... — consentiu Júlia.

— Não estou passando bem... — resmungou Murilo.

— Pudera, comeu uma pizza inteira ontem! — constatou Renato.

— Todo mundo que me conhece sabe que eu não resisto a uma boa pizza de frango com catupiry. E ontem a gente estava comemorando o aniversário do Thiago! Daqui seis meses é o meu... Bateu uma ansiedade agora...

— Que papo é esse, Murilo? Espera o tio Danilo ouvir essa... — brincou Thiago.

Murilo fechou a cara e pensou em responder a Thiago com um sonoro palavrão, mas mudou de ideia ao ver Luiz Antônio se aproximando.

— Vocês vão tentar usar essa geringonça agora, é? — perguntou o investigador.

— Vamos — disse Júlia. — Tio, meu pai já chegou?

— Vão testar em que época? — Luiz Antônio tentava entrar no clima. — Vou ligar para ele, Júlia.

— Medieval, pai — era Thiago.

— Interessante — disse Luiz Antônio, olhando para o monitor no qual Murilo digitara aleatoriamente o dia treze de julho de mil cento e trinta e sete. — Murilo, por que este dia aí em especial?

— Chutei, tio. Aliás, não muito. É minha data de aniversário. Além de ser o dia do rock. Se eu tivesse nascido nesse dia, faria oitocentos e oitenta e um anos.

— Está velho, hein? — brincou Luiz Antônio com o celular na mão. — Ô, Danilo, já está chegando? A Júlia está perguntando por você aqui. — Terminou a ligação com seu colega ao receber a resposta: — Ele já está na estrada de volta, Júlia, daqui a pouco ele chega.

Murilo só riu. Thiago logo cortou o papo para, enfim, testarem a máquina.

O céu, até então limpo, de repente se fechou, armando uma enorme tempestade. Logo começaram a ver relâmpagos e a ouvir trovoadas distantes. Danilo chegou alarmado à residência de seu colega, recém-voltado da cidade onde se situava a Regional de Polícia. Fora, a pedido do delegado local, levar alguns documentos e materiais para perícia. Viera buscar seus filhos e levá-los para almoçar em um restaurante, mas Ana Cristina o convenceu a ficar em sua casa para o almoço. E, além disso, seus filhos estavam ocupados com uma "invenção" de Thiago no quintal.

— Está armando uma bela tempestade... O tempo está completamente doido... Minutos atrás não tinha nem uma nuvenzinha no céu... — comentou Danilo com Ana Cristina. — Quer uma ajudinha?

— E eu lá vou dispensar ajuda sua? Claro que não! Faz o rocambole de carne?

— Faço... — riu Danilo enquanto lavava as mãos para começar a cozinhar. Era um excelente cozinheiro, sempre responsável por preparara algo para as festinhas da delegacia.

— Agora, voltando à vaca fria... Verdade. O tempo está virando direto. Mas tomara que essa chuva refresque um pouco. Está quente demais! — disse a historiadora.

— Quente demais mesmo — concordou Danilo. — E o chato é que arma chuva todo dia e não cai uma gota d'água. Mas o mormaço pré-chuva é ainda pior...

— Nem fala. O calorão é tão forte que tem horas que acho que entrei na menopausa — debochou Ana Cristina, fazendo Danilo gargalhar.

Logo a ameaça de chuva tornou-se real. Uma forte tempestade caiu sobre a cidade, com muitos relâmpagos e raios.

Uma hora e meia após sua chegada, Danilo tirava uma assadeira com um rocambole de carne do forno. Estava ajudando Ana Cristina a preparar a refeição, já que várias vezes ele e seus filhos almoçavam na casa da historiadora.

— Caramba! A chuva vai ser mais forte que eu imaginei enquanto vinha para cá — constatou o investigador, depositando o refratário sobre a mesa, tenso quando um trovão foi ouvido.

— Pegou chuva no caminho? — perguntou Ana Cristina.

— Não... Como falei, o tempo estava completamente firme, com aquele famoso "sol de rachar mamona", mas é aquilo, tempo quente e abafado demais, é sinal de chuva! Aliás, onde estão nossos filhos e o seu marido?

— Lá fora. Lembra-se daquele computador que você deu para os meninos mexerem?

— Lembro, claro. O que tem ele? Só que ele era velho demais, só serve para jogar paciência e editar textos. Nem na internet entra, o sistema não suporta a placa de rede nem um navegador. Não imaginei que os meninos iriam ficar tão empolgados com um monte de metal velho...

— O Luiz disse que eles estão inventando alguma coisa com o computador, fizeram umas "gambiarras" nele e em outros aparelhos, tem um rádio da dona Vera e uma antena de internet velha no meio...

Nisso, Danilo e Ana Cristina ouviram a porta da sala se abrindo e passos na direção da cozinha. Ambos ficaram tensos, e Danilo tirou sua pistola do coldre.

Apesar de estar acostumada a ver tanto seu esposo quanto Danilo portanto arma de fogo, Ana Cristina se assustou com a reação do investigador.

— Tem alguém em casa? — perguntou o invasor em um tom nada ameaçador.

Ambos relaxaram ao reconhecerem a voz. O "intruso" era Vera Carvalho, mãe de Luiz Antônio.

— Estamos aqui na cozinha, dona Vera! — avisou Ana Cristina, vendo sua sogra aparecer no citado cômodo. Danilo guardou a arma de imediato.

— Bom dia, Cris. Bom dia, Danilo!

— Bom dia, dona Vera — cumprimentaram-na ambos.

— Cadê meus netos e meu filho?

— Estão lá fora, dona Vera — disse Ana Cristina.

Danilo apenas sorriu. Sabia que Vera considerava os gêmeos como seus netos. Ele já havia perdido os pais quando seus filhos nasceram e era filho único. Seus ex-sogros eram distantes e não participaram da vida dos netos e não os viam direito desde a morte da filha deles, mãe das crianças, Luciana. Danilo não cobrava a participação deles na vida dos gêmeos, mas sabia que uma hora o destino iria "cobrar a conta", ou dele ou de seus sogros. Quando os dois eram menores, ele ainda tentava promover encontros, levando-os à casa dos avós noutra cidade, distante aproximadamente cento e dez quilômetros de onde fixaram residência, cerca de uma vez por mês. Porém, quando Murilo e Júlia estavam com sete anos, ambos perguntaram ao pai por que tinham que visitar o casal sendo que eles sequer se lembravam de telefonar para os dois no aniversário de ambos e em todas as visitas perguntavam seus nomes e por que estavam na casa deles. Os tios dos gêmeos também mal ligavam para eles após o falecimento de Luciana. Os relacionamentos das crianças se resumiam aos filhos dos colegas de trabalho do pai e aos amigos da escola e alguns vizinhos. Danilo passara os últimos dez anos sem pensar em se casar de novo para tentar dar outra mãe ao casal de gêmeos. A não ser que aparecesse alguma mulher que virasse sua cabeça e aceitasse se tornar mãe de dois pré-adolescentes. E agora, elaborava um plano de casar seu casal de filhos com o casal de filhos de Luiz Antônio, seu amigo e colega desde os tempos da Academia de Polícia, em Belo Horizonte. Danilo era nascido e criado em outra cidade, a mesma onde seus sogros viviam, e Luiz Antônio era "nativo" do local onde hoje moravam e trabalhavam. Ambos ficaram tão próximos durante o período do curso de formação que combinaram de trabalhar na mesma delegacia, ou ao menos na mesma cidade. Tiveram sorte e foram ambos para a mesma cidade, a de Luiz Antônio. Luciana, que já namorava Danilo na época e trabalhava em um banco, pediu transferência para a cidade do namorado, e no novo local de trabalho conheceu Adriana, irmã de Luiz Antônio. Ana Cristina, também "nativa" de lá, trabalhava dando aulas em dois colégios locais e já era namorada de Luiz Antônio na época. Logo os dois casais se casaram, com uma diferença de poucos meses. Ambos combinaram de que um casal seria padrinho de batizado do filho mais velho do outro.

Alguns dias após o último casamento, quem engravidou foi a irmã de Luiz Antônio. O namorado dela, um arquiteto, ficou bastante empolgado com a ideia de se tornar pai. Mas os pais dele nem tanto. Infelizmente ele faleceu em um acidente de carro ao retornar de um congresso em Belo Horizonte quando Adriana estava com seis meses e meio de gestação. Seus sogros a impediram de estar no velório dele e não quiseram reconhecer o menino, Renato, nascido três meses depois, como neto. Ameaçaram a vida de Adriana e Renato caso ela tentasse entrar com uma ação de reconhecimento de paternidade. Foi Danilo quem a aconselhou a desencanar e acreditar na "Justiça Cármica". Um dia, o casal iria se arrepender de ignorarem a existência do neto.

Adriana seguiu o conselho de Danilo e criou o filho com a ajuda da mãe, do irmão e da cunhada – o pai deles já era falecido havia algum tempo. Quando Renato perguntava do pai, Adriana respondia que ele havia morrido e que não tinha mais ninguém da família dele vivo. Thiago nasceu quando Renato estava com quase três anos. Murilo e Júlia nasceram cinco meses depois de Thiago. E, dez meses após os gêmeos, Ana Cristina deu à luz Sofia.

Mas as coisas continuaram mudando. Quatro anos depois do nascimento dos gêmeos, Luciana e Adriana faleceram em outro acidente automobilístico, quando voltavam de um congresso do banco onde trabalhavam, na capital. Os sogros de Danilo passaram a ignorar os, até então, únicos netos, e o investigador assumiu sozinho a criação dos filhos. Luiz Antônio e Ana Cristina se ofereceram para ajudar Danilo na criação das crianças. Ambos também decidem assumir a guarda de Renato. E somente então Renato soube que seus avós paternos estavam vivos e moravam na mesma cidade que eles.

Algum tempo depois, o avô paterno de Renato falece, e a tal "Justiça Cármica" da qual Danilo falara para Adriana acontece. A avó paterna, a mesma que expulsara Adriana do velório do então namorado, começou a se sentir solitária e pleiteou na justiça a guarda integral do menino, alegando que o garoto não tinha "mais ninguém". Seu pedido foi refutado, com afirmações de que a requerente nunca quisera ter contato com o menino e que agora ela somente queria a criança para preencher um vazio que ela mesma criara ao não aceitar o relacionamento de seu filho e Adriana e por também não reconhecer Renato como seu neto na ocasião de seu nascimento.

O juiz julgou improcedente o pedido dela, e a assistente social, ao entrevistar Renato, percebeu que o menino nunca convivera com avó paterna, e como já tinha quase dez anos, sabia da rejeição que sua mãe e ele sofreram da avó e disse para a assistente social que não queria conviver com a avó que o rejeitara desde quando estava na "barriga de sua mãe". Posteriormente, descobriram que ela só queria a guarda de Renato para que o menino herdasse o patrimônio dela, que era apenas a casa onde vivia, um carro velho e uma conta poupança com pouco mais de três mil reais de saldo. Ao saber que, sem herdeiros, os bens iriam para o governo, ela tentou arrumar um a todo custo. Sem sucesso. A última notícia que Luiz Antônio teve da "sogra" de sua irmã foi que ela falecera sozinha em casa alguns meses após perder para ele, na justiça, a guarda de Renato.

Era impressionante como todas as vezes que Vera dizia a Danilo que considerava os filhos dele seus netos, ele se lembrava de toda essa história. Uma leve tristeza o acometia e ele começava a imaginar como tudo estaria se Luciana e Adriana não tivessem falecido. Seus filhos pareciam lidar bem com o fato de não terem mais a mãe, não chamavam Ana Cristina, a figura materna na vida deles desde a morte de Luciana, de mãe, mas sim de tia. Eles sabiam que a mãe deles era outra mulher.

Danilo também sentia que Ângela, a escrivã da delegacia, estava a fim dele e que aceitaria sem rodeios se tornar madrasta de Murilo e Júlia. Mas ele não tinha certeza se queria ter outra mulher em sua vida e nem se seus filhos aceitariam ter uma madrasta. Ele também tinha uma "quedinha" pela colega, já que cinco anos atrás os dois quase engataram um namoro durante um turbulento período na vida da escrivã, mas temia que com um novo relacionamento os sumidos avós maternos dos dois reaparecessem reivindicando a guarda. Mas também não queria ficar sozinho para sempre e pensava em ter mais um filho.

Danilo nunca conversara sobre isso com seus filhos, embora naquela época as crianças o tivessem questionado sobre um possível namoro do pai com a "tia Ângela". Nem sabia por onde começar uma conversa dessas. Tudo o que queria era garantir aos dois que sua futura companheira jamais iria substituir a mãe deles. Ele só não queria mais ficar sozinho. E os gêmeos estavam crescendo e logo teriam a própria vida, o que fazia Danilo pensar ainda mais seriamente em ter um novo relacionamento.

Nem sabia ainda se teria algo com a colega. Só poria seus filhos a par de seus sentimentos caso realmente um relacionamento ganhasse vida. Talvez ele e Ângela conseguissem se entender e até um bebê poderia vir num hipotético futuro. Mas Danilo era muito cauteloso ao dar os próximos passos.

4.
ESSA NÃO!

A chuva engrossava cada vez mais. Danilo foi até o cômodo dos fundos, onde sabia que os meninos estariam, e chamou a turma para almoçar.

— Olá para todos! — anunciou-se Danilo.

— Oi, pai! — disse Júlia assim que viu Danilo no local, os dois se abraçaram e o pai beijou a cabeça da filha. A menina estava a cara da mãe. Isso deixava o investigador perturbado.

— Oi, pai! — era Murilo dessa vez. Era mais contido que a irmã e idêntico a Danilo. Desde pequeno era chamado de "Danilinho" ou "Danilo Júnior" por quem os conhecia, sempre em tom de provocação. E atualmente ficava furioso quando assim se referiam a ele.

— O que está rolando aí? — perguntou Danilo, bagunçando o cabelo do filho.

— Tio, estamos arrumando o computador — disse Thiago sem entrar em detalhes. Não sabia se seu pai já havia contado a Danilo sobre o que ele estava fazendo na máquina.

— O que você está fazendo com ele, Thiago?

— Nada de mais, tio, só "turbinando" o dito-cujo... — desconversou Thiago.

— Só isso mesmo? — perguntou Danilo ao perceber uma mínima hesitação na voz de Thiago que não tinha qualquer relação com as mudanças da adolescência.

— Desembucha, Thiago. Fala para o Danilo que vocês estão tentando transformar esse computador em uma "máquina do tempo" — mandou Luiz Antônio.

— Como? Máquina do tempo? — Danilo não sabia como reagir à ideia de Thiago. Ficava assustado ou tinha uma crise de riso?

— É mais uma central de vigilância, pai. Vamos, por assim dizer, importar imagens do passado como se estivéssemos gravando tudo. Nós não vamos parar lá naquelas épocas — explicou Murilo.

— Que trem mais doido! — comentou Danilo.

— Difícil saber se vai funcionar — disse Luiz Antônio.

— Sei que o negócio deve estar divertido aí, mas hora do almoço, pessoal — disse Danilo, decidindo interromper a diversão. — Vamos logo antes que a comida esfrie.

— Ok, criançada, vamos comer. Estou com fome — decidiu Luiz Antônio, pondo a turma para fora.

— Todos estamos — concordou Danilo.

Enfrentando a chuva, todos rumaram para a cozinha, onde Ana Cristina e Vera terminavam de arrumar a mesa.

Almoçaram calmamente, sem tocar no assunto da máquina de Thiago. O principal tema da conversa do almoço foi a chuva, que pegou todo mundo desprevenido, e os planos para o domingo. Ana Cristina queria passar o dia no parque da lagoa com a família. Luiz Antônio, Danilo e Vera toparam. Almoçariam em um restaurante próximo e apenas retornariam para a casa ao final do citado dia.

Após o almoço, Luiz Antônio colocou o quinteto para lavar a louça e somente depois disso é que voltariam ao quarto dos fundos para "testar a geringonça", como dissera. Resmungando muito, Murilo, Sofia, Thiago, Renato e Júlia lavaram os pratos, talheres e copos utilizados na refeição. A chuva em momento algum deu trégua, ficando cada vez mais pesada e logo se transformando em uma tempestade. Clarões eram vistos várias vezes por minuto nos céus, e o barulho das trovoadas também era constante.

— Meu Deus, faz tempo que não vejo uma chuva forte dessas! — comentou Vera, olhando assustada para fora.

— É, mãe. Essa chuva de hoje está mesmo fora do normal — concordou Luiz Antônio, encolhendo-se ligeiramente ao ouvir uma forte trovoada. Estavam todos na sala da casa, apenas conversando e digerindo o almoço. Ninguém mexia no celular nem queria assistir a qualquer programa de televisão.

Uma hora e meia após o almoço e a chuva ainda não dera trégua, continuava forte e com muitos raios, relâmpagos e trovões. Mas a ansiedade de Thiago estava tão forte quanto a chuva que caía lá fora. Resolveu que iria fazer os testes mesmo "debaixo d'água". Literalmente.

— Cansei de esperar, pessoal, vamos. Eu QUERO testar o computador HOJE e não vai ter chuva que vá me impedir. Se estão com medo de se molhar, eu vou e faço o teste sozinho — decidiu, bravo e impaciente.

— Calminha aí, "Doutor Brown" — disse Luiz Antônio fazendo graça, mas o único que riu foi Danilo.

— Tudo bem, Thiago. Vamos? — Murilo concordou com a decisão do amigo convidou Renato, Sofia e Júlia para se juntarem a eles. Luiz Antônio também se ofereceu para ir com os adolescentes para o quarto dos fundos e testar a máquina juntamente de seus filhos, sobrinho e amigos.

Embora cansados e um pouco aborrecidos por conta da chuva que teriam que tomar até entrarem no quarto em questão, todos foram. Apenas Ana Cristina, Danilo e Vera ficaram na sala conversando e tomando xícaras de café fresco que fizeram logo depois que o pessoal saiu.

Luiz Antônio se posicionou num canto, sem querer atrapalhar a turminha, enquanto eles ajustavam a "máquina do tempo" para mostrar imagens da Idade Média.

— Vamos ver se vai funcionar... — desejou Thiago, apertando um botão da máquina bem na hora que um raio caía no para-raios de uma torre de celular a menos de um quilômetro da casa da família. Um clarão tomou conta do local, como se um super flash de uma câmera fotográfica tivesse disparado, e cegou momentaneamente os ocupantes da sala. Quando voltou ao normal, todos notaram um problema. Estavam apalermados ao verificarem na tela da "máquina" imagens de um castelo com três bandeiras sobre a torre mais alta ao fundo e uma pessoa aparentemente inconsciente, deitada no chão de terra em frente ao castelo, há aproximadamente um quilômetro de distância. Piscaram os olhos várias vezes na tentativa de compreenderem o que havia acontecido. Olharam-se completamente atordoados ao descobrirem o que havia acontecido.

Luiz Antônio passou rapidamente os olhos nos adolescentes, contando-os mentalmente, e fez uma constatação alarmante. Sua espinha congelou e ele ficou se perguntando como contaria o acontecido para os outros...

Durante o teste, dentro da casa, assim que o raio caiu:

— Caramba, esse foi aqui do lado... — comentou Danilo, assustado.

— Deve ter caído na torre aqui perto — deduziu Ana Cristina.

— Nunca vi um raio tão forte... — constatou Vera.

Logo, ouviram passos vindos da cozinha.

Assustados, todos voltaram para o interior da casa, correndo. A notícia do que havia ocorrido assustou e apavorou os três adultos que decidiram não acompanhar os testes, em especial Ana Cristina.

5.
UM GAROTO NA IDADE MÉDIA

Uma chuva forte se aproximava do Reino das Três Bandeiras. O abade Pouvery se recolhera em sua cela orando para conseguir descobrir algo sobre os cortadores de cabeças quando a chuva começou a cair. Implorava, como todas as vezes que rezava, por uma solução ou que aparecesse no reino algo ou alguém que pusesse um fim ao mistério. Logo viu um clarão imenso entrando por uma janela, ao norte do mosteiro. Fez uma careta de susto e voltou-se para suas orações. Uma hora depois, quando a chuva amainou, Remy Legrand foi ao mosteiro. O cavaleiro estava aflito quando abordou o abade James:

— Abade, tem um rapaz caído debaixo de uma árvore — anunciou Remy.

James ouviu atento a notícia. François espiava pela capela, torcendo para que James não resolvesse acolher a pessoa em questão. Odiava quando o abade abrigava viajantes e peregrinos, ainda que temporariamente, no mosteiro. Sentia-se tolhido de poder fazer o que bem entendia. Vinte anos antes, opusera-se veementemente ao acolhimento, feito pelo antecessor de James na chefia, de um garoto de oito anos que perdera seus pais em um acidente na beira da estrada que ligava o Reino das Três Bandeiras ao vizinho do sul, Reino da Lorrânia. O garoto acolhido agora tinha status muito maior que um dia pôde se imaginar. Não mais vivia no mosteiro, mas estava sempre por lá, mas ainda recebia desprezo por parte de François.

— Certo, Legrand, o jovem está vivo? — perguntou James.

— Está sim, abade, mas não sei em que condições.

— Vamos lá vê-lo. Você me ajuda a trazê-lo para cá— decidiu o abade, para contragosto de François.

Remy curvou o corpo.

— Sim, senhor. Vamos?

— Vamos.

Ambos então partem do mosteiro em direção ao local onde um cavaleiro de Remy vira o jovem caído. Ao vê-lo, Remy de imediato se lembrou da vez em que ele, com apenas oito anos, encontrou um garoto de mesma idade que a sua na beira da mesma estrada. Correu para chamar seu pai, Leopold, que no momento estava conversando com o próprio James. O garoto resgatado morou no mosteiro até um homem retirá-lo de lá. Seu pai por um triz não adotou o menino, porém o então abade-chefe e o duque local da época o haviam dissuadido da ideia. Não iria pegar bem para o chefe da cavalaria começar a criar um garoto daquela idade, principalmente tendo um filho poucos meses mais velho. Antoine Chevalier, outra pessoa com quem Leopold conversara na época, ficou reticente... Acreditava que, se a esposa de Leopold não se opusesse, não haveria problema, mas a opinião de Simon, o então abade-chefe, pesou mais. Remy continuou amigo do garoto e permanecia amigo do homem que aquele garoto se tornara.

Thiago finalmente abriu os olhos. Sua cabeça e seu corpo doíam como se ele tivesse acabado de ser atropelado por um trator. Quando conseguiu enxergar de novo, notou que estava em uma área externa. Com alguma dificuldade, girou sua cabeça. Não estava em sua cidade natal. Tateou o local em que estava deitado, era terra. Onde estava? Somente se lembrava dos testes que fazia com Murilo, Sofia, Júlia e Renato minutos antes. Sentou-se e logo viu dois vultos se aproximando. Um homem montado em um cavalo e outro vestido com uma batina negra. Girou um pouco mais o pescoço e enxergou um castelo. Finalmente entendeu o que lhe acontecera. Sua última lembrança era de ter tomado um ligeiro choque ao tocar no computador que Murilo, Renato e ele estavam mexendo. E não era bem aquele o resultado que queria.

Os dois vultos se aproximaram. Thiago pôde ver seus rostos, o cavaleiro parecia não ter mais que trinta anos, e o monge não passava dos quarenta. "Não acredito, vim parar num reino medieval", lamentou-se. Os dois finalmente chegaram até o local em que ele se encontrava.

— Está bem, meu jovem? — perguntou o monge, agachando-se ao lado dele.

— Acho que sim, padre — respondeu.

— De onde veio, meu caro? — o "padre" continuou perguntando. Estava claro que o rapaz não era de lá.

— Oeste. Reino de Portugal — respondeu prontamente, julgando ótimo ser filho de uma professora de história. — Onde estou?

— Reino das Três Bandeiras, acredito que seja bem longe que aonde veio, meu rapaz.

— Não tenho ideia, mas creio que sim. Estou caminhando há dias, perdi a noção da distância. E essa chuva me deixou ainda mais perdido... — chutou Thiago ao notar a forma como seu interlocutor falava.

— Você me parece faminto. Legrand, ajude-o a se levantar e leve-o até o mosteiro. Ele ficará sob minha responsabilidade até ter condições de retomar sua jornada.

— Sim, senhor abade Pouvery — acatou Remy, fazendo novamente um "L" com sua coluna. — Vamos, jovem. — O batedor voltou-se para Thiago, que ainda estava sentado no chão, sem conseguir se levantar. O corpo inteiro do garoto doía. E ele ainda queria saber como é que foi parar lá em plena era medieval.

Educadamente, Remy estendeu-lhe a mão e ajudou-o a se levantar, assim como ajudou-o também a subir no animal. Seguiram acompanhando os passos rápidos do monge, que queira chegar ao mosteiro antes de escurecer. Thiago deu uma rápida olhada para o sol. Calculou que eram aproximadamente cinco horas da tarde. Logo estavam no mosteiro. Ainda havia resquícios de sol no horizonte. James Pouvery deixou seu convidado em uma sala e dirigiu-se ao interior do mosteiro. Logo reapareceu e pediu para que o garoto o acompanhasse. Thiago logo se viu em outra sala decorada apenas com uma enorme mesa de madeira com bancos compridos, podendo comportar mais de vinte pessoas ao seu redor. Pouco depois, o monge saiu de novo e voltou com outro homem, provavelmente um criado. O segundo trazia uma tigela em mãos.

— Tome — disse o monge quando o criado depositou a tigela de sopa sobre a mesa, em frente a Thiago, que realmente estava faminto e tomou a sopa de legumes e carne.

— Obrigado, monge... — começou Thiago, sem saber como tratar seu hospedeiro.

— Abade James Pouvery. Seu nome, por favor.

— Thiago Bragança — respondeu ele tomando "emprestado" o sobrenome dos nobres portugueses. Depois Thiago ficou envergonhado. Ouvira pouco antes o cavaleiro, chamado Legrand, chamá-lo de "abade Pouvery".

— Hum... O que vem fazer aqui, meu caro?

— Estou à procura de um lugar para me estabelecer. Os mouros tomaram o Reino de Portugal, abade. E eu não tenho para onde ir.

— Bom, espero que goste daqui. Amanhã levá-lo-ei até o duque Chevalier, nosso governante.

— Obrigado, abade Pouvery.

Após essa conversa, James se retirou do local. Escrevera uma mensagem para o duque e aproveitaria que Remy ainda estava por perto para levar a mensagem até seu destinatário. Entregou o pergaminho e voltou-se para Thiago.

— Venha comigo, meu jovem, você vai ficar aqui no mosteiro essa noite. Temos uma cela disponível.

"Cela?", perguntou-se Thiago, até se lembrar de que era esse o nome dado aos quartos em mosteiros e abadias, nos quais os religiosos viviam enclausurados, saindo apenas em ocasiões excepcionais. James conduziu Thiago pelos corredores do mosteiro e deixou-o em um quarto pequeno, porém aparentemente confortável. O monge que ocupava a cela ao lado logo se apresentou. Jovem, de cabelos castanho-claros, barba por fazer, tal qual Danilo costumava manter, e olhos azuis vivos, como do abade. Seu nome era Jean Savigny. Ele e Thiago se entenderam rapidamente, o que deixou James satisfeito, e o rapaz disse a Thiago que poderia contar com ele sempre que precisasse no mosteiro. Ninguém mencionou o ranzinza monge François Lafonte, cujo principal "passatempo" era implicar com os noviços no mosteiro. James há tempos tentava fazer com que Lafonte aceitasse e convivesse bem com os noviços, porém, François pouco ou nada fazia de esforço para realizar tal feito.

6.
BEM-VINDO AO REINO DAS TRÊS BANDEIRAS

Amanhecera. Thiago ainda sentia dores no corpo. Viajar no tempo não era brincadeira, constatou o rapaz, levantando-se. Sentia tensão em cada uma de suas células. Permaneceu sentado em sua cama até que, meia hora depois de ter acordado, o abade Pouvery veio buscá-lo.

— Vamos, meu jovem. Será apresentado ao duque Jacques Chevalier agora. É ele quem vai conceder-lhe permissão para viver nessas terras ou não.

Thiago maneou a cabeça concordando com o abade e o seguiu. Comeram algo que parecia ser um tipo de mingau com frutas e depois saíram do mosteiro. Caminharam quase cinco quilômetros até chegar ao castelo imponente, o mesmo que vira quando "chegou" ao local. Pensou em elogiar, mas achou melhor reservar-se o máximo que pudesse. Estava em uma época sabidamente intolerante.

Enquanto caminhavam, encontraram-se com Remy, que estava à frente de um grupo de cavaleiros. Gritando instruções. Provavelmente uma batalha estava prestes a acontecer. Não muito distante de Remy, Thiago viu os arqueiros treinarem comandados por um sujeito parecido com o Legolas do filme *O Senhor dos Anéis*. Também próximo, vários soldados ensaiavam batalhas sob o olhar vigilante de um soldado grandalhão. Ele ainda não havia sido apresentado a Olivier e a Louis. Em um salão, o duque esperava pelo abade e pelo jovem hóspede do mosteiro.

— Duque Chevalier, vim apresentar-lhe o jovem sobre quem escrevi na mensagem de ontem, creio que tenha chegado oportunamente a suas mãos.

— Chegou sim, abade. É esse o jovem de quem trata na mensagem?

— Sim, senhor.

— Bem... — disse o duque, levantando-se e examinando Thiago detidamente. — Seja bem-vindo ao Reino das Três Bandeiras, meu caro. Qualquer coisa que quiser, fale com o abade Pouvery. Ele será o responsável por você enquanto permanecer conosco.

— Ficarei no mosteiro, duque?

— Exato.

James e Thiago estavam praticamente saindo quando ouviram uma voz.

— Abade! — gritou a desconhecida voz. — É esse o rapaz que veio do Reino de Portugal? — A dona da voz, uma bela mulher de quase quarenta anos, precipitou-se no salão do castelo.

— Madame Catherine! — cumprimentou-a James. — É ele sim. Um jovem chamado Thiago Bragança — concluiu James, apresentando Thiago à mulher.

— Meu Deus, abade! — gritou Catherine assustada, levando as mãos ao rosto. A mulher tinha belos olhos azuis, cabelos escuros longos e lisos.

— Tudo bem com a senhora, madame Catherine? — perguntou James, assustado com o grito de Catherine. Thiago recuou alguns passos.

— Está tudo perfeitamente bem comigo, abade, só me assustei com a incrível semelhança entre seu jovem hóspede e o senhor. Desculpe-me se preocupei o senhor com minha reação.

James esquadrinhou Thiago rapidamente e notou que Catherine falava a verdade. Ele e o garoto eram bem semelhantes. Jacques logo concordou com a mulher:

— Catherine tem razão. Vocês são muito parecidos. Poderiam se passar um pelo outro facilmente.

Thiago também notou que James e ele tinham muitos traços em comum. Mas, mais que isso, queria saber quem era a "madame Catherine" e por que James a tratou com tanta reverência. Foi Jacques quem pôs fim às dúvidas de Thiago.

— Thiago, Catherine é minha esposa.

Jacques e Catherine haviam se casado há quase vinte anos, há quinze ele governava o Reino, desde a morte de seu pai, Antoine Chevalier II. Embora tentassem desde o dia do casamento, os dois não tinham filhos. E isso era algo que os frustrava, o que o casal mais queria era crianças circulando pelo castelo. Os dois pensavam em uma maneira de conseguirem terem os filhos que desejavam, e Catherine sempre sonhava que havia finalmente engravidado de Jacques e sempre acordava frustrada.

— Muito prazer em conhecer a senhora, madame Catherine — Thiago dobrou a coluna em forma de "L", quase igual a Remy.

— Igualmente. — A reverência da duquesa foi bem mais contida.

— Bem, madame Catherine, duque Chevalier, precisamos no retirar. Tenho muito o que arrumar no mosteiro. — James conseguiu se esquivar e dar um jeito de sair do castelo.

— Tudo bem, abade. Podem se retirar — autorizou o duque.

— Seja bem-vindo ao nosso reino, Thiago — saudou-o Catherine.

— Muito obrigado — agradeceu Thiago.

James e Thiago foram embora passando novamente pelo exército do reino. Os treinos continuavam intensos, o que indicava que as coisas não estavam muito bem por lá, entretanto, Thiago ouvira de outro professor que guerras eram uma espécie de "passatempo" aos homens do período em que se encontrava.

7.

MOSTEIRO

Adaptar-se à vida no século doze não seria fácil. Embora conhecesse os costumes medievais, vivê-los não seria tranquilo. Ainda mais quando o assunto eram as rígidas regras de um mosteiro. Após ficar dois dias à vontade, no fim do segundo Thiago também conheceu Louis e Olivier, os colegas de Remy no comando do exército do duque. Logo, os quatro pareciam ser amigos de longa data, conversando sobre estratégias militares. James o levou para uma espécie de escritório do mosteiro. Lá dentro, explicou a Thiago:

— Bem, Thiago, o motivo da nossa conversa aqui é o seguinte: nem todos os monges aprovam sua presença. Como você é um desconhecido em nosso reino, há um receio de que você não tenha vindo aqui em paz.

Thiago arregalou os olhos:

— Como assim, abade James?

— François Lafonte, um dos monges, foi bem explícito comigo ao dizer que não concorda com sua presença em nossas dependências. Então, para apaziguar os ânimos, decidi uma coisa, você deverá seguir a rotina do mosteiro, acordando conosco, fazendo nossas orações e todos os trabalhos que surgirem por aqui. Como é novato, compreendo que terá algumas dificuldades. Qualquer problema é só me procurar. Ah, e vista isso — terminou o monge entregando uma batina negra ao jovem "noviço". Todos os demais monges se assustaram ao ver Thiago usando aquela roupa. Se não fossem os vinte centímetros de altura que tinha a menos que

James Pouvery, os dois se passariam como a mesma pessoa. Mesmo tipo físico, mesmo cabelo, mesmos olhos de um azul profundo. Remy, ao vê-lo, comentou:

— Meu rapaz, você está parecendo ser um irmão mais novo do abade Pouvery. Vai assustar o Louis e o Olivier.

— Acha mesmo?

— Sim, antes de você se apresentar aqui pensei que fosse ele quem estivesse chegando.

Jean concordou com o batedor:

— Você está muito parecido com o abade Pouvery, Thiago.

Logo, o próprio James Pouvery se aproximou do local. Um calafrio percorreu a espinha do abade. Thiago era uma versão mais jovem de sua pessoa.

— Perfeito, Thiago, você está se adaptando bem às nossas regras. Legrand, se me permite, preciso levar o rapaz aqui para outro lugar. Se ele vai ficar no mosteiro, terá que viver como um monge. E... Pergunte ao duque se haverá algum problema se ele tiver de morar no castelo.

— Claro, Pouvery — concordou Remy, curvando a coluna quase dobrando-a ao meio.

Remy se retirou do local, e James virou-se para Jean:

— Savigny, por favor, não se esqueça de pegar o vinho para as cerimônias. Conversei com os responsáveis e há algumas garrafas reservadas para nós. É para pegar diretamente no vinhedo.

— Sim, senhor. Aliás, abade, percebeu como nosso hóspede se parece com o senhor? Quase os confundi.

— Realmente, somos parecidos, Savigny. Madame Catherine, inclusive, foi a primeira a notar a semelhança. Uma confusão não seria um problema, Thiago. Vamos. Temos que organizar os pergaminhos do porão. — James aceitou educadamente o comentário e desdenhou das consequências de uma possível confusão. Intuía que Thiago, caso ambos fossem confundidos em uma situação muito tensa, revelaria ser apenas um "noviço" e correria atrás dele.

— Pergaminhos? — perguntou Thiago com os olhos brilhando. "Até que não foi tão ruim assim vir parar na Idade Média", concluiu o garoto lembrando-se que fora parar lá por acidente e imaginando o "pandemônio" que se instalara em sua casa... "O Murilo e o Renato devem estar se matando para consertar a máquina e me levar de volta. E meu pai deve estar bravíssimo com os dois", pensava ele no caminho, percorrido em completo silêncio por ele e pelo abade.

— Bem, chegamos, Thiago. Hoje, como é seu primeiro dia nesse tipo de trabalho, eu o ajudarei, mas a partir de amanhã o fará sozinho, tudo bem?

— Sim, senhor.

James e Thiago passaram o dia dentro do porão, saindo apenas no horário do almoço. Depois de aprender a arrumar o local, Thiago perguntou mais alguns detalhes para o solícito abade, que lhe respondeu com toda a paciência do mundo. Às cinco da tarde, horário que Thiago supôs ser pela localização do sol na abóbada celeste, saíram e foram à igreja do mosteiro fazer as últimas orações do dia. Ajoelhado ao lado de James, Thiago ouviu claramente o abade pedir que não ocorressem mais mortes no Reino das Três Bandeiras. Principalmente as violentas.

Sem coragem de perguntar ao abade o que significava aquilo, Thiago ficou quieto e desejou que houvesse paz no Reino das Três Bandeiras, que tão bem o acolhera.

Depois, o monge determinou que era hora de se recolherem em suas celas. Foi com Thiago até a dele. Assim que fechou a porta, James viu uma sombra baixinha e enfurecida se aproximando dele nos corredores do mosteiro e lhe perguntando:

— Pouvery, esse forasteiro ficará nos perturbando por quanto tempo? — era o monge François Lafonte, nada feliz com o acontecido recente. Irritado com a boa recepção dada a Thiago pelo duque e por James, François aproveitou-se da surpreendente semelhança física entre James e Thiago para criar um boato, que talvez resultasse em muita dor de cabeça ao abade e ao noviço. No entanto, apenas um conhecido de François acreditou no boato. Todos sabiam que Thiago não era nativo do reino e que James não seria capaz de desobedecer a seus votos de castidade. A incrível semelhança da dupla era apenas fruto de uma coincidência.

— Pelo tempo que for necessário, e o proíbo de chamar Thiago de forasteiro — impôs-se James Pouvery — Aliás, de onde tirou que ele nos perturba?

— Esse rapaz não veio de bom lugar, não, Pouvery. Logo ele trará problemas. Estão falando no reino que ele é seu filho bastardo.

— Thiago meu filho bastardo? Que tolice! — James quase caiu na gargalhada e sabia que se risse da história, isso irritaria ainda mais François. — Por que essa implicância? Hoje no almoço você quase o fulminou com o olhar. É só um rapaz provindo do Reino de Portugal perdido em nossas terras.

— Confie em mim pelo menos uma vez, Pouvery, ele vai nos trazer problemas.

— Não acredito nisso. E pare de insistir, não o tirarei do mosteiro. A não ser que ele me peça. Em todo caso, já consegui um lugar para ele ficar caso ele não queira permanecer conosco. O castelo do duque Chevalier. Mas Thiago só irá para lá SE quiser. Se eu descobrir que você o intimidou a sair daqui, é você quem vai ficar desabrigado, François — terminou James em tom de visível ameaça. — E se continuar inventando que ele é meu filho bastardo, as consequências serão piores.

— Certo, James, finja que esse garoto é inocente — disse François em tom de deboche e indignação. Como foi que James descobriu tão rápido que era ele o autor do boato?

— Do que está falando?

— Acha mesmo que ele é apenas um garoto de Portugal perdido? Você pode estar dando abrigo ao cortador de cabeças... E seu fil...

— Cale-se, François! Tranque-se em sua cela. Ambas as afirmações que faz são absurdas. Ele mal consegue empunhar uma espada e subir em um cavalo... E eu nunca saí do Reino das Três Bandeiras, como poderia ter tido um filho no Reino de Portugal? — desvencilhou-se James, cada vez mais irritado. — Agora chega, já passou do momento de dormirmos. Estou de olho em você, François.

Thiago ouviu toda a conversa e ficou extremamente nervoso. "Tem alguém cortando cabeças por aqui e o monge Lafonte pensa que sou eu! E o monge Lafonte ainda acha que eu sou filho bastardo do abade James? É certo que eu sou bem parecido com ele, mas que absurdo! Mas pelo menos Pouvery e Savigny acreditam que sou inocente." Passou a noite em claro, tirando apenas cochilos que não passavam de vinte minutos de duração e, claro, tinha que inventar um jeito de explicar a semelhança física que tinha com James. Contaria a verdade, que ele era na verdade parecido com seu pai, dom Antônio Bragança, um membro do alto escalão da cavalaria do Reino de Portugal. Mas se confortava em saber que era apenas Lafonte que se opunha à sua presença. Os demais monges o acolheram de maneira bastante amistosa.

No Brasil, a situação estava tão tensa quanto no Reino das Três Bandeiras. Só que por um motivo oposto.

8.

TENTANDO CONSERTAR OS ERROS

Renato estava desorientado. O que acabara de acontecer estava totalmente fora do planejado. Murilo não sabia se estava de fato testemunhando uma viagem no tempo ou se tudo não passava de um delírio. Será possível? Seu melhor amigo, quase seu irmão foi parar em outra época, quase um milênio atrás no tempo?

— Renato, temos que dar um jeito de trazer o Thiago de volta… — disse Murilo. — E rápido! O problema são esses botões… Só o Thiago sabia a função de cada um deles. E… Cadê o botão de retorno?

Renato olhou para o lugar onde deveria estar um botão da máquina, branco com uma seta recurvada para a esquerda. O sangue do rapaz gelou.

— Murilo, eu acho que esse botão foi com o Thiago para a Idade Média!

— Essa não! — lamentou-se Murilo. Como consequência, seus ombros caíram ligeiramente. — Na próxima vez, vamos fazer um painel *touchscreen*, aí não vamos perder peça nenhuma…

— Renato, ande logo, traga meu filho de volta! — exigiu Luiz Antônio bravo.

— Eu estou tentando, tio. Não é uma tarefa fácil — justificou-se Renato.

— Compreendo — disse Luiz Antônio ligeiramente mais compreensivo. — Mas faça o favor de demorar o mínimo de tempo possível.

Logo em seguida, Danilo e Ana Cristina souberam do ocorrido. A historiadora se desesperou, e o investigador se surpreendeu.

— Como é que é? O Thiago foi parar na IDADE MÉDIA? Isso? De que jeito? — perguntou Danilo.

— A máquina que ele inventou para... Hum... "Trazer imagens do passado" deu "tilt" e o mandou para lá— explicou Luiz Antônio meio sarcástico.

— Que bizarro — concluiu o pai de Murilo e Júlia. — O Murilo está ajustando a máquina para trazê-lo de volta, confere?

— Sim. Mas não sei quanto tempo vão demorar. Ah, pelas imagens, Thiago está bem... Foi acolhido num mosteiro próximo ao lugar onde apareceu.

— Tomara que o Murilo dê conta do problema... Já está me dando agonia essa história... Meu filho perdido na era medieval... Espero que ele consiga se safar... — disse Ana Cristina contendo seu desespero. Passou a noite em claro.

No quarto onde a máquina estava instalada...

— Renato! O que podemos fazer para trazer o Thiago de volta? Ele não deixou um manual de instruções da máquina no notebook, não? — perguntou Murilo.

— Não sei te dizer. Vou procurar — respondeu o sobrinho de Luiz Antônio.

— Anda logo, o tio Luiz Antônio vai ficar furioso se o Thiago não voltar para cá são e salvo! — O filho de Danilo estava histérico.

— Acha que não sei? — retrucou Renato irritado com o nervosismo de Murilo.

Sofia e Júlia voltaram ao "local do crime" apreensivas.

— E aí, Renato, alguma novidade? Vai conseguir trazer meu irmão de volta?

— Sim, mas não tão cedo quanto queremos. Terei que reconfigurar a máquina e ajustá-la para trazer o Thiago de volta para o nosso tempo. Isso vai demorar pelo menos uma semana.

— Tudo isso? — resmungou Sofia. Embora, como toda a adolescente, brigasse com o irmão mais velho, não queria ficar longe dele.

— Não posso agilizar. Fazer tudo mais rápido poderá colocar a vida de Thiago em perigo. Posso matá-lo se não respeitar o tempo necessário — disse Renato. Murilo e Sofia engoliram seco.

— Ah, isso não pode acontecer! — soltou Júlia. Sofia olhou-a surpresa. Júlia teria muito o que explicar para sua amiga depois dessa.

9.
CABEÇA NA ESTACA

Três dias haviam se passado desde que Thiago fora parar na Idade Média. François sempre o hostilizava, mas ele estava conseguindo "segurar as pontas". No dia seguinte ao de sua chegada, na parte da tarde, após retornarem do castelo do duque, Thiago conheceu o "Legolas", Olivier Marchand, e o soldado grandalhão, Louis Gouthier. Os dois e Thiago logo se entenderam. Depois de terminar seu trabalho cuidando dos pergaminhos no porão do mosteiro, Thiago pediu permissão a James para sair e dar uma volta no reino. Pedido acatado, o jovem saiu para andar pelo local. Sentiu-se dentro do jogo *Age of Empires* ao ver os soldados, arqueiros e cavaleiros treinando batalhas perto do estábulo da cavalaria, quartel militar e campos de artilharia e os camponeses cultivando trigo, centeio, vegetais e criando animais como vacas, ovelhas, galinhas e porcos. Dirigiu-se para os estábulos e lá encontrou Remy e outros cavaleiros cuidando de seus animais.

Durante o caminho, a frase que mais ouviu foi:

— Boa tarde, abade Pouvery! — cumprimentaram-no soldados, arqueiros, cavaleiros e aldeões. Vários deles.

— Boa tarde! — respondia Thiago sem saber se os corrigia ou não. Logo aproximou-se de Remy. O batedor estava no fundo do estábulo cuidando de um cavalo preto enorme.

— Thiago ou Pouvery? — perguntou Remy após o rapaz se aproximar. Embora Remy tivesse notado que Thiago e James poderiam se passar por "pai e filho" ou irmãos quando o resgatou, não fez qualquer comentário. Além do que já havia visto o jovem vestido com a batina quando então comentou com James sobre a semelhança entre ele e Thiago. Não tocou hora alguma nos boatos que cercavam a dupla do mosteiro. Quando perguntado, afirmava que Thiago não era filho de James.

— Sou o Thiago, Legrand. Todos me confundiram com o abade James. Corrijo o pessoal ou faço como fiz hoje, me passo pelo abade?

— Finja ser o abade. Até explicarmos toda a história vai demorar… Mas o que veio fazer aqui?

— Nada, só estou passeando. Arejar um pouco a cabeça… Ficar trancado naquele mosteiro vai me deixar louco…

— Deve ser por isso que o Lafonte é esquisito… — calculou Remy.

— O monge François Lafonte?

— O próprio… Ele tem manias de implicar com os outros, o Olivier que o diga…

— Quem é Olivier?

— O chefe da artilharia. Você não o conheceu ontem? — estranhou Remy.

— Ah, o loiro de cabelo comprido?

— Ele mesmo.

— Só sabia o sobrenome dele, Marchand. Não me falaram o prenome dele. E… Qual o nome do comandante Gouthier?

— Louis.

— Certo — disse Thiago. — Agora, Legrand, o monge Lafonte tem falado que se eu ficar aqui mais gente vai morrer no reino…

— Thiago, como eu te disse, ele tem umas manias esquisitas, acho que é culpa da clausura. O abade Pouvery está há mais tempo que ele no mosteiro e ainda não ficou esquisito e acho que nem vai ficar. A não ser que essa história dos cortadores de cabeças o altere muito. Opa… — Remy havia prometido para si mesmo que não contaria a ninguém, exceto ao abade James, duque Chevalier, conselheiro Reinart, Louis e Olivier sobre o caso. Embora todos os habitantes do reino soubessem dos crimes.

— Cortadores de cabeças?

Nessa hora, Olivier e Louis entraram no estábulo. Também, como a maioria das pessoas, haviam confundido Thiago com James. Ambos ainda não o haviam visto usando batina. Riram ao perceberem a confusão.

— Thiago, promete que não vai comentar do assunto com o abade Pouvery? É o seguinte: nos últimos tempos decapitaram treze camponeses. Não temos ideia de quem possam ser os autores desses crimes. — Remy tinha um tom de preocupação muito grande na voz.

Thiago fez mais algumas perguntas sobre as mortes até então ocorridas no reino, e após as explicações de um receoso Remy, fez um último questionamento:

— Posse te fazer só mais uma pergunta, Legrand?

— Claro, e me chame de Remy, por favor — aceitou e pediu o batedor.

— Já te passou pela cabeça que os treze assassinatos possam ter sido cometidos por uma pessoa só?

— Uma pessoa só? — estranhou Olivier.

— É. São os chamados assassinos em série. Cometem vários crimes com curtos intervalos de tempo e de uma forma parecida. O perfil das vítimas, a forma de execução, horário em que comete os crimes, forma como expõe os corpos de suas vítimas... Sempre existe uma conexão. Dá para notar esse padrão aqui. Ao que tudo indica, trata-se do mesmo criminoso. Ele decapita suas vítimas e sempre o faz de madrugada. As vítimas são aleatórias, correto?

— Todos eram aldeões. Não sabemos o que eles estavam fazendo fora de suas casas nesse horário — disse Louis.

— Isso se chama assinatura. Assassinos em série são quase sempre egoístas e gostam de chamar a atenção.

Remy ouviu a explicação com uma das mãos no queixo. Aquela teoria era incrível. Acabou com qualquer chance de Pouvery achar que apenas ele, Olivier, Louis, Remy e Chevalier iriam cuidar do caso.

— Brilhante teoria, Thiago. Vou comentar com o abade sobre ela. Muito interessante — disse Remy. Olivier e Louis apenas balançaram a cabeça.

— Qualquer coisa, estou às ordens — disse Thiago, omitindo o fato de ser filho de um homem que dedicava sua vida àquilo: investigar crimes.

Depois de alguns minutos, Thiago voltava ao mosteiro quando, ao passar por dois cavaleiros da tropa comandada por Remy, ouviu um deles comentar algo que soou suspeito a Thiago:

— Vou fazer mais um nessa noite. Ninguém vai conseguir nada mesmo!

O cavaleiro em questão chamava-se Dominique Cavour, moreno, grandalhão, de cabelos e olhos escuros. Era um pouco mais novo que Remy, porém muito mais ambicioso e, ao contrário do batedor-chefe, nutria profundo desprezo pelos principais nomes do Reino das Três Bandeiras: o duque Chevalier e o abade Pouvery.

Sem comentar com ninguém sobre o que ouvira, Thiago dirigiu-se ao mosteiro. Estava ajudando o abade James quando Remy, Olivier e Louis apareceram e contaram ao monge o que Thiago havia comentado com ele. A reação de James foi um misto de surpresa com incredulidade:

— Uma única pessoa fez tudo isso? Acho meio difícil — ponderou o abade.

— Também acho, mas, abade, faz algum sentido.

— Concordo... Só acho difícil que alguém mate treze pessoas sem motivo. Aliás, quem te deu essa ideia? — perguntou o abade intrigado.

— O Thiago, abade — contou Olivier.

— Você, meu jovem? De onde a tirou? — James encarava Thiago surpreso.

— Ouvi certa vez no reino onde vivia... Aconteceu um caso semelhante lá... — mentiu Thiago.

— E como se solucionou? — James ficou curioso.

— O suspeito foi visto por um arqueiro que estava numa torre de guarda para avisar no caso de uma invasão dos Mouros... Foi pego e confessou os oito assassinatos. Uma coisa que o batedor de lá percebeu foi que muita coisa era parecida nesses oito assassinatos, principalmente a forma como os oito homens morreram, enforcados, e como os corpos foram encontrados: deitados de costas, com as mãos sobre o peito, segurando um "buquê" de cravos e cobertos até a cintura com gravetos e folhas secas — inventou Thiago.

— Ah, entendo... Remy, vá comentar sobre isso com o duque e veja se ele concorda com a vigilância constante... — sugeriu James.

— Sim, senhor — disse Remy, curvando respeitosamente a coluna em um ângulo de quase noventa graus.

Quando Remy partiu rumo ao castelo, Olivier e Louis voltaram para seus alojamentos. Sabiam que Remy faria o serviço mais rápido por estar a cavalo.

Remy saiu do mosteiro, subiu em seu cavalo e trotou até o castelo do duque, que conversava com Paul Reinart, conselheiro do Reino das Três Bandeiras, um homem da mesma idade que Jacques, era moreno, tinha olhos azul-escuros, usava barba fechada e era um sujeito muito tranquilo e amigável. Ele e Jacques eram grandes amigos, o que facilitava muito quando precisavam tomar decisões juntos. E Paul, tal como todos, estava preocupado com os ataques. O batedor se apresentou no salão e se curvou diante da dupla.

— Boa tarde, Remy. O que o traz? Notícias sobre os cortadores de cabeças? — saudou-o Jacques.

— Ainda não, meu caro duque. Mas de certa forma trata-se dele.

— Dele? Como assim? Foram treze mortes! — contestou-o Paul.

— Foi exposta uma teoria a nós, duque, conselheiro Reinart. O jovem vindo do Reino de Portugal, que está hospedado no mosteiro, perguntou-me sobre a chance de ter sido uma só pessoa quem executou as treze mortes — explicou a teoria para os dois nobres.

— Muito espantoso! — exclamou Paul. — Gostaria de conhecer esse jovem. Converse com Pouvery e o traga aqui assim que for possível, Remy. E Louis e Olivier concordam com essa teoria?

— Sim, senhor conselheiro — Remy novamente fazia quase um ângulo reto com a coluna. — Ambos acreditam que tem sentido essa teoria.

— Algo me diz que esse rapaz será valioso na solução desse caso, Remy. Quero que ele participe no que você fizer... Aliás, como esse jovem chegou aqui no reino? — Paul ainda não sabia da existência de Thiago, estava em missão diplomática no Reino de Bordeaux quando da chegada dele, três dias antes. Havia acabado de voltar da viagem.

— Como foi mesmo, Remy? — perguntou Jacques.

— Ele foi encontrado desacordado próximo a um salgueiro, às margens da estrada que segue para o Reino da Lorrânia, senhor — respondeu Remy.

— Certo. Quero que ele participe do caso.

— Tudo bem, Reinart, Thiago participará do caso — concordou Remy.

— Thiago é o nome desse jovem? — perguntou Paul.

— Sim, senhor — respondeu Remy.

— Meu caro Paul, tem que ver como ele e o abade James são parecidos — interveio Catherine, até então quieta.

— Mesmo, duquesa? — Paul ficava cada vez mais curioso.

— Exatamente. Ambos poderiam passar um pelo outro com sucesso — afirmou Catherine.

— Devo dizer que isso é verdade. Já vi várias pessoas confundindo Thiago com o abade pelo reino — contou Remy.

— Deve ter sido interessante, no mínimo, essa confusão — disse o duque Jacques.

— Legrand, quero muito conhecer esse rapaz. Traga-o aqui, por favor. Hoje ainda, se for possível.

— Meus caros, peço permissão para me retirar. Voltarei ao mosteiro para pedir permissão ao abade para trazer Thiago até vossa presença — concluiu Remy, resolvendo ir embora.

— Ótimo. Permissão concedida, Remy — autorizou-o Jacques, vendo o batedor virar as costas e partir do salão do castelo.

Jacques e Catherine ainda ficaram por um bom tempo conversando com Paul sobre os últimos acontecimentos.

O batedor cavalgou de volta ao mosteiro. O sol ainda estava alto. Entrou. François o olhou com desprezo. Remy curvou levemente o tronco para o monge e foi ao encontro de James, perto do altar, ao lado de quem Thiago se encontrava.

— Com licença, abade, o conselheiro Reinart deseja conhecer seu hóspede. Posso levá-lo até o castelo?

— Perfeitamente. Mas cuidado com o cortador de cabeças.

— Fique tranquilo, Pouvery. Acredito que a mim ele não irá atacar.

— Ótimo. Thiago, acompanhe Remy até o castelo do duque Chevalier.

— Sim, senhor — disse Thiago nervoso.

— Remy — pediu James —, traga-o antes do pôr do sol, por favor, e se não for possível, peça ao duque para que Thiago durma no castelo esta noite.

— Sim, senhor — disse Remy quase dobrando a coluna novamente.

Remy levou-o até o estábulo onde achou um cavalo mais manso. Arrumou-o e ajudou Thiago a subir nele, e cavalgaram juntos até o castelo.

Lá chegando, viram que Olivier e Louis haviam sido convocados para participar do encontro.

De volta ao castelo, Paul conversou por um bom tempo com Thiago. Sem se apegar à origem do jovem, e sim ao que sabia sobre solução de crimes.

— Fico aliviado em saber que o caso contará com uma mente como a sua, meu caro. E realmente, Catherine tem razão. Você e o abade Pouvery são muito parecidos — contou depois de ouvir a mesma história que Thiago contara a James, Remy, Olivier e Louis.

— Como assim, conselheiro, vou investigar esse caso? — Thiago estava totalmente surpreso.

— Sim, meu jovem, trabalhará com Remy, Olivier e Louis para descobrirem o autor dessas mortes.

— Será uma honra, conselheiro Reinart. Farei o possível para descobrir quem vem matando os camponeses do Reino das Três Bandeiras.

— Nossos comandantes estão de acordo? — perguntou o duque, que até então estava quieto.

— Sim, senhor — Olivier curvou a coluna em um "L".

— Sim, senhor — Louis também concordava com a decisão e se curvava fazendo quase noventa graus com a coluna. Remy já havia dado seu consentimento anteriormente.

Depois disso, Reinart e Chevalier dispensaram Thiago.

— Você terá bastante trabalho, meu jovem, volte para o mosteiro e descanse — aconselhou-o Chevalier.

Naquela noite, tudo parecia tranquilo... Thiago, ansioso pelo que atingira, não conseguia dormir direito quando escutou o som de um cavalo andando em um ritmo razoável. Ele vinha até próximo ao mosteiro, calculou Thiago pela intensidade do barulho, e cavalgava para algum ponto longe o suficiente para o som não mais chegar ao mosteiro e retornava em cerca de cinco minutos. Assim foi por boa parte da noite. "Ronda", pensou Thiago, perguntando-se se na Idade Média a cavalaria fazia rondas nas vilas durante a noite. Mas no dia seguinte...

— Abade Pouvery! — chamou Remy, entrando apavorado no mosteiro por volta das sete horas da manhã, quando todos os quinze monges e Thiago rezavam na capela, conduzidos pelo abade chamado. Trazia Louis e Olivier em seu encalço, o arqueiro e o soldado também estavam assustados. Louis estava um pouco mais apavorado que seus colegas.

— O que houve, Remy?

— Outro corpo... A cabeça foi colocada em uma estaca perto do quartel...

— Essa não! — resmungou James, descendo do altar e suspendendo as orações — Thiago, vamos.

10.

O QUE ESTÁ ACONTECENDO?

A imagem no monitor era um tanto horrenda. O prédio de pedra e madeira com quase três metros de altura, em cuja fachada estava exposta uma estaca um pouco maior que o prédio, contendo uma cabeça na ponta. Murilo, ao ver a imagem, contorceu o rosto em uma expressão de nojo.

— Credo! — murmurou o irmão de Júlia.

— Que foi? — perguntou Renato, que estava lendo o manual de instruções que Thiago criara para a máquina.

— Uma cabeça em uma estaca. Mas relaxa que não é a do Thiago. Ele está de batina preta ao lado dela com outro padre. Caramba! Como o padre se parece com o Thiago!

— Verdade, parece mesmo! Muita coincidência! — comentou Renato. — Ah, parece que achei um jeito de reverter a ação da máquina e trazer o Thiago de volta. Mas vai levar mais umas duas semanas…

— Contanto que ele volte são e salvo… — desdenhou Murilo. — E vamos contar para o tio Luiz Antônio, ele está com vontade de comer meu fígado!

— Só o seu, Murilo? Acho que ele comeria o meu também, e olha que ele não gosta de fígado. Faz cara de nojo toda vez que falam que é bom comer carne de fígado.

— Quem gosta? — retrucou Murilo. — Vamos?

— Claro.

Luiz Antônio estava na cozinha de sua casa, conversando com Vera, Ana Cristina e Danilo. Júlia e Sofia assistiam a algum programa juvenil da TV por assinatura na sala. O clima parecia amistoso, embora o sumiço de Thiago ainda os preocupasse, e de fato os preocuparia até quando Thiago ficasse na Idade Média.

— E aí, garotos, conseguiram alguma coisa? — perguntou o pai do desaparecido.

— Tem um jeito, tio, mas vai demorar mais umas duas semanas, programar a máquina e executar essa reversão vai pedir tempo.

— Ótimo! — disse Luiz Antônio. Danilo, Vera e Ana Cristina também pareceram ficar mais aliviados.

— Que bom — disse Renato. O jovem decidiu ocultar do tio o fato de ter havido um homicídio no lugar e na época em que Thiago estava. Até ele explicar que Thiago não era a vítima, sua tia morreria.

— Mas como isso foi acontecer? — perguntou Vera. Sabia que seu neto havia sumido, mas não sabia o que especificamente acontecera com ele.

— Thiago criou uma máquina do tempo e ela o despachou para a era medieval — disse Luiz Antônio, já se acostumando ao fato de seu filho ter voltado quase novecentos anos no tempo.

— Como é? — O tom de voz de Vera era de visível descrença.

Luiz Antônio respirou fundo e voltou a explicar o que ocorrera, dessa vez à sua mãe. Logo, dona Vera Carvalho estava a caminho da sala onde o computador responsável pelo feito estava, e também onde Murilo e Renato estavam monitorando a estadia de Thiago na Idade Média. As imagens do monitor mostravam Thiago ainda em frente ao quartel, perto da estaca com a cabeça.

— O que é aquilo? — perguntou Luiz Antônio ao ver a estaca.

— Na ponta da estaca? É uma cabeça humana. Mas não se preocupem, não é a do Thiago. Ele está ali no canto, de batina preta — apressou-se Murilo.

— Tem dois Thiagos em cena? — perguntou Vera ao ver o, para ela desconhecido, abade James Pouvery.

— Parece mesmo. Deve ser um monge de verdade — deduziu Ana Cristina.

— Só parece ser um bocado mais alto que o Thiago.

Logo, Luiz Antônio notou algo diferente. Thiago parecia dar ordens a três sujeitos vestidos como soldados. Júlia e Sofia enlouqueceram quando um deles foi destacado na "câmera". A beleza do loiro de olhos verdes Olivier as fisgou.

Ao lado de Thiago, estava um quarto militar, só que com menos ornamentos na "farda". Moreno, de olhos castanhos e cara fechada, parecia apreensivo demais com o ocorrido, ao contrário do loiro bonitão que tanto a atenção de Sofia e Júlia chamara, quanto o cavaleiro e o infante...

— O Thiago está investigando o caso? — perguntou-se Luiz Antônio surpreso.

— Parece mesmo! CSI das trevas! — debochou Danilo.

— Danilo, pare de chamar a Idade Média de Idade das Trevas! — censurou-o Ana Cristina. — A Idade Média só é chamada assim por influência do iluminismo.

Luiz Antônio balançou a cabeça. Aquela não era hora para discussões.

Alheio às argumentações de Danilo e sua tia, Renato mexia no computador. Precisava trazer seu primo de volta.

11.

"CSI" TRÊS BANDEIRAS

James e Thiago, acompanhando Remy, Olivier e Louis, correram até o local em que a estaca com a cabeça estava. Minutos depois, Jean chegou ofegante ao local, e ao seu encalço vinham outros monges, todos curiosos com o acontecido.

— Misericórdia! — exclamou James ao ver a cena, levando as mãos ao rosto.

— Caramba! — disse Thiago analisando o local. O chão de pedras tinha poucas manchas que lembravam sangue. Havia alguns pingos que formavam uma trilha que aparentemente ia até atrás do quartel. — Remy, Olivier, Louis, olhem aqui. Tem uma trilha de manchas indo até atrás do quartel. O corpo pode estar lá.

— Certo. Abade, vou com o Thiago olhar aquelas manchas de sangue ali. Ele disse que elas podem nos levar ao corpo — ofereceu-se Olivier.

— Tudo bem, Marchand. Legrand, não se esqueça de avisar o duque. Ele vai ficar furioso, mas precisa saber disso.

— Claro, abade — disse Remy curvando a coluna. — Vamos, Thiago.

Olivier, Remy, Louis e Thiago contornaram o quartel e lá viram uma enorme poça de sangue, porém nem sinal do corpo.

— Meu Deus! Quanto sangue! — exclamou Remy, olhando para o chão.

— O decapitador deve tê-lo atacado aqui. Pelo menos foi aqui onde ele cortou a cabeça da vítima. Agora… Onde ele deixou o corpo? — perguntou-se Thiago, analisando o novo local de crime. — Remy, como foram encontrados os corpos das outras vítimas?

— Em várias partes do reino... — disse Remy desanimado. — Com os pés apontando para o norte — contou mostrando onde era o norte. — A cabeça sempre por perto, em uma estaca com o rosto virado para o castelo do duque Chevalier, tal como essa — terminou o batedor. O infante e o arqueiro logo encontraram uma pista de onde o desaparecido corpo poderia estar.

— Essa cabeça aí está voltada para o castelo? — perguntou Thiago, mesmo após ouvir Remy afirmar exatamente isso.

— Sim — afirmou Remy, sem ligar que já havia respondido à pergunta antes.

— Hum... Realmente o responsável por essas mortes é um só. Esse padrão na disposição dos corpos...

Olivier e Louis logo chamaram pelo batedor:

— Remy! Olhe! Uma trilha de casco de cavalo e um rastro, como se alguém estivesse arrastando um saco — avisou o arqueiro, apontando para uma área com plantas amassadas e sujas com uma substância avermelhada.

— É sangue — afirmou Thiago.

Havia sangue no começo da trilha.

— Ao que tudo indica, a vítima foi atacada aqui. O homem cortou a cabeça dela, colocou na estaca na frente do quartel do Louis e voltou aqui para levar o corpo para outro lugar, resta saber por quê. Das outras vezes, o corpo e a cabeça estavam muitos distantes um do outro?

— Não, Thiago — respondeu Olivier. — Apenas alguns passos. Dessa vez, o homem fez isso. Thiago, esses tais "assassinos em série" podem mudar o jeito como eles executam seus crimes de vez em quando?

— Sim. Como um desafio às autoridades que estão investigando os fatos. Mas é difícil prever.

Remy, no entanto, estava mais preocupado em seguir a trilha na grama e localizar o restante do corpo.

— Vou pegar meu cavalo e seguir essa trilha. Voltem lá para a frente e fiquem com o abade. Contem a ele o que percebemos. E tentem conversar mais com quem viu a cena.

— Certo, Remy — disse Thiago, voltando com o batedor, o infante e o arqueiro para a frente do prédio, onde, além de James, estavam outros monges, incluindo François Lafonte, e a maior parte do exército do duque.

— Aonde vai, Remy? — perguntou-lhe James.

— Investigar. Thiago achou algo suspeito atrás do quartel. Preciso do meu cavalo — respondeu o batedor, ofegante. Meia hora depois, cruzou a frente do quartel em seu cavalo negro. Um dos cavaleiros olhou-o preocupado. Thiago sabia que havia algo errado com Dominique, que ficara ao seu lado o tempo todo, mas não sabia exatamente o que era. Pensou na estranha conversa que ouvira no estábulo, quando fora conversar com Remy, e nas cavalgadas ouvidas na noite insone.

— Acharam o corpo, Thiago? — perguntou James, nervoso.

— Não, mas há uma enorme poça de sangue lá atrás. Foi lá que o atacaram. Aliás, há um padrão na disposição desses corpos. Cabeça virada para o castelo do duque e o corpo com os pés voltados para o reino. Realmente, há chances de ser o mesmo assassino.

— Estou realmente convencido de que é uma só pessoa quem está matando os camponeses… — disse James, olhando admirado para Thiago. "Como é possível um garoto tão novo saber tanta coisa?", perguntou-se o abade. Thiago tinha apenas quatorze anos.

François olhou firme para Thiago.

— Como sabe da disposição dos corpos? — perguntou nervoso.

— O Remy, o Olivier e o Louis me contaram — disse Thiago, fazendo pouco caso.

Furioso, o monge gorducho foi até o magro:

— Pouvery, eu lhe falei. Esse garoto está envolvido nessas mortes — disse Lafonte, sem tocar o boato de filho bastardo do abade.

— Que tolice, Lafonte! Ele mesmo explicou que quem lhe contou foram Legrand, Marchand e Gouthier. E se continuar desse jeito, terá de procurar abrigo noutro mosteiro, e bem longe daqui — ameaçou Pouvery. Lafonte o tinha feito chegar ao seu limite de paciência naquele momento.

François bufou ofendido, girou nos calcanhares e marchou, pisando duro até o mosteiro. James observava-o com o cenho franzido. Sua paciência com Lafonte estava cada vez menor.

Olivier e Louis, junto a Thiago, interrogavam os presentes no local e principalmente os comandados de Louis, já que o ataque fora atrás do alojamento deles. Porém, nem mesmo Louis havia visto ou ouvido qualquer coisa naquela madrugada.

Enquanto isso, Remy cavalgava devagar seguindo a trilha, supostamente deixada pelo cavaleiro decapitador. O rastro entrava por pastos e plantações, chegando até as margens de um lago. Lá se encontrava o corpo sem a cabeça. Remy observou sua disposição: pés voltados para o norte. Além, disso, o corpo estava próximo a um chalé, cujo morador, um homem de idade avançada, extremamente magro, com cabelos e barba longos e completamente brancos, sujos e arrepiados e vestindo uma túnica vermelha encardida saiu esbravejando, pouco se importando para o fato de o "visitante" ser um cavaleiro do alto comando. Atacou Remy, ainda montado, com um pedaço de pau. O belo cavalo de Remy refugou, mas não chegou a derrubar o homem que o montava.

O batedor acalmou o animal e desceu já com a mão segurando com força o punho da espada. Aproximou-se do sujeito, que deu um pulo para trás, segurando o pedaço de madeira como se fosse um taco de baseball e em posição de ataque, com os joelhos flexionados e com a perna direita para trás.

— Cavalaria do Reino das Três Bandeiras. Comandante Legrand. O senhor sabe quem deixou esse corpo aqui? — perguntou Remy, desembainhando ligeiramente a espada. — E quem é o senhor?

— Foi o Cavaleiro Negro — respondeu o homem sem se identificar, com uma voz cavernosa. O homem era Raymond Leroy. Morava há mais de três décadas naquele chalé, sem qualquer contato com outros seres humanos. Sobrevivia colhendo frutas silvestres no bosque atrás da cabana, pescando no lago e roubando parte do trigo, do centeio e da cevada plantados pelos camponeses do Reino das Três Bandeiras. Raymond também permaneceu em posição de ataque com o grosso galho em mãos, retirado do seu estoque de lenha.

— Cavaleiro Negro? — perguntou Remy na tentativa de manter o controle da situação.

— Ele surge das profundezas da terra e cavalga pelo reino de onde vem — respondeu Raymond, sem baixar a guarda.

— Obrigado pela informação — disse Remy, notando então um pequeno canteiro com plantas "estranhas" ao lado do chalé do homem. Tirou uma corda da lateral da cela e amarrou os braços do corpo e jogou-o sobre o cavalo. Amarrou-o com força no animal, montou-o novamente e cavalgou de volta para o reino.

— Isso é um corpo, Remy? — perguntou o abade ao vê-lo chegando.

— Sim. Achei perto do lago. O sujeito que mora lá quase me atacou.

— Mora gente lá? — perguntou James surpreso. Para ele, a região do lago, aonde pouco ia, era totalmente desabitada.

— Sim, um homem meio esquisito. Me recebeu com um pedaço de madeira na mão. Chamou o decapitador de "Cavaleiro Negro" e disse que ele sai da terra à noite para cortar as cabeças.

— Caramba! — exclamou James. Thiago, já cheio de ideias a respeito do eremita sem nome, ficou quieto. Não sabia se o que falaria já existia na época da Idade Média ou fora criado após a morte dos homens com quem convivia, então decidiu partir para a parte prática da investigação:

— Como o corpo estava disposto, Remy?

— Com os pés voltados para o norte. Ainda não entendi o porquê disso...

— Certas coisas só conseguiremos entender depois de encontrar o decapitador e "perguntar" isso a ele... — disse Thiago, analisando o pescoço do corpo — Corte limpo. O homem que fez isso é bom no manejo da espada.

— Certamente. Thiago, eu vou voltar ao mosteiro. Preciso resolver o problema do Lafonte. Quando terminar, peça a Louis ou Olivier te escoltarem até o mosteiro. Remy, avise o duque e o conselheiro acerca do ocorrido, acho que a notícia da nova morte ainda não chegou aos dois.

— Sim, senhor abade. E o que faço com o corpo?

— Mande o carroceiro vir buscar e deixar no mosteiro, enquanto isso, deixe-o aí, perto da cabeça — decidiu James.

— Sim, senhor — disse Remy curvando a coluna.

James logo chegou ao mosteiro, onde o monge Jean Savigny o recebeu, preocupado.

— Pouvery, François está descontrolado, dizendo que o reino está amaldiçoado. E está colocando a culpa em Thiago — relatou o monge que, ao contrário de Lafonte, gostava do menino. — E quanto ao corpo, descobriram alguma coisa?

— Não, mas Thiago disse que quem fez aquilo é bom no manejo de espadas. Cortou a cabeça do pobre homem em um único golpe. E os corpos tiveram uma disposição parecida, o que nos leva a entender que é realmente um único assassino para as quatorze mortes. Além de todas as mortes serem por decapitação, os corpos estão sempre dispostos da mesma forma — explicou James.

— Interessante — disse Savigny, acompanhando o abade. — E, abade, cadê o Thiago?

— Ficou no local examinando melhor o corpo para ver o que mais pode descobrir.

— Ah, sim. Se eu fosse ele tratava de ficar a uma distância segura de Lafonte. Ele não simpatiza com o Thiago de jeito nenhum e acha, como já disse, que é ele quem está matando esses pobres camponeses.

Ao ouvir isso, James virou-se para Jean e propôs-lhe:

— Jean, siga os passos de Lafonte. Veja com quem ele anda conversando enquanto não estou por perto. Você é novato aqui na abadia, então, ele não desconfiará que está sendo espionado por você. Qualquer coisa fora do normal me avise assim que puder. Ah, e fique por aqui para esperar Thiago chegar. Olivier ou Louis irão acompanhá-lo do quartel até aqui.

— O senhor está desconfiando de Lafonte, abade? — perguntou Jean, assustado. — E claro que eu espero o Thiago chegar sim.

— Devo confessar que sim. Ele tem andado muito estranho nesses últimos meses, e desde que o Thiago veio para nosso reino, ele piorou.

— Sendo assim, abade, faço o que me pede. O senhor será avisado de qualquer alteração ou conversa suspeita — disse Jean aceitando sua missão.

Enquanto isso ocorria no mosteiro, Remy deixou o corpo, conforme instruções do abade, ao lado da cabeça que ainda estava pendurada na estaca, montou novamente em seu cavalo e rumou para o castelo. Lá, encontrou o duque, a duquesa e o conselheiro almoçando. Reinart foi o primeiro a notar a presença do batedor.

— Olá, Remy! — cumprimentou-o Paul. — O que o traz aqui?

— Infelizmente não são boas notícias, conselheiro Reinart, duque Chevalier, madame Catherine. Hoje pelo amanhecer foi encontrado mais um corpo. A cabeça estava em uma estaca em frente ao quartel da infantaria, e o corpo perto daquele lago ao sul. Aliás, sabiam que há um sujeito estranho morando lá perto?

— Tem um homem morando perto do lago?

— Um senhor de idade, já meio biruta... Tentou me atacar.

Reinart segurou o riso. Tentou imaginar o batedor apanhando de um velho. Mas no fim deu uma nova missão o batedor.

— Descubra quem é esse senhor, Remy. E converse sobre ele com Pouvery.

— Sim, senhor — aceitou Remy, curvando sua coluna em quase noventa graus.

— Só mais uma coisa, Remy, Thiago tem participado do caso?

— Sim, senhor. Se não fosse por ele, até agora eu estaria atrás do corpo, sem saber onde ele poderia estar. Ele encontrou uma pista que me levou direto à localização do corpo — afirmou Remy, pedindo permissão para e retirar. Permissão esta negada pelo duque, que "ordenou" ao batedor que almoçasse com ele, Catherine e o conselheiro antes de partir de volta para o alojamento dos cavaleiros.

E ao mesmo tempo, acompanhado de Louis e Olivier, Thiago examinava o corpo da vítima.

— Um golpe certeiro, a vítima estava em pé. A cabeça fora imediatamente arrancada, morte instantânea.

— Você quis dizer, Thiago, que o decapitador arrancou essa cabeça com um único movimento da espada? — Era Louis fazendo um movimento rápido com uma espada imaginária no ar e agachando-se ao lado de Thiago. Olivier também se aproximou.

— Sim. Olhem como as bordas do corte estão lisas. Isso é trabalho de gente que sabe manejar uma espada, e ela estava com a lâmina bem afiada. Mal deve ter dado tempo de o coitado reagir ao ataque, ou mesmo entender o que estava acontecendo.

Thiago, Olivier e Louis continuaram examinando o local. Outra coisa que perceberam era que a estaca onde a cabeça fora colocada dessa vez era bem maior.

— Além de ter separado mais o corpo da cabeça, dessa vez ele colocou a cabeça em uma estaca bem mais alta.

Thiago olhou para cima. A cabeça pendia a quase quatro metros de altura, estava mais de cinquenta centímetros acima da fachada do quartel.

— Em que altura elas ficavam antes?

— Metade disso, mais ou menos. Eu ou o Louis conseguíamos pegar a cabeça sem grande esforço e, Louis, vamos tirar essa estaca daqui? — Olivier chamou o chefe da infantaria para retirar a cabeça da estaca. Enquanto faziam isso, avistaram um cavaleiro se aproximando. Era Remy, já de volta.

Thiago nem reparou que Remy estava chegando. Estava se perguntando por que o decapitador havia colocado a cabeça tão alta dessa vez.

— Talvez ele tenha feito isso para que a cabeça se destacasse. Nas outras vezes as cabeças foram deixadas em estacas perto de prédios grandes?

— Não, Thiago, ele ou deixa na beira da estrada ou no meio de plantações. Essa é a primeira vez que ele deixa uma cabeça aqui na vila — afirmou Louis.

Posteriormente, acatando o pedido de James, Olivier escoltou Thiago até o mosteiro, onde se encontraram com Jean na capela. Ele acompanhou Thiago até as celas, no caminho, repetiu o que falara para Pouvery:

— Thiago, se eu fosse você, tratava de ficar a uma distância segura de Lafonte. Ele não simpatiza com você e acha que é você quem está matando esses pobres camponeses.

— O quê? Eu matando esses camponeses?

— Pois é — disse Jean, sem conter um ligeiro deboche na voz.

12.
RITUAIS

Era notório que aquelas mortes estavam abalando o reino até então pacato das Três Bandeiras. James, depois da última morte, ficara visivelmente mais abatido. Sentado em um banco da capela da abadia, o monge não sabia mais o que fazer para acalmar os ânimos dos moradores do reino, que vinham aos borbotões ao mosteiro pedir ajuda para se livrar do decapitador.

Fechou os olhos e pediu que o caso se esclarecesse. "Foi essa a razão da vinda do Thiago para este reino", concluiu, já que até então Chevalier, Reinart, Legrand, Marchand, Gouthier e ele próprio estavam totalmente desorientados em relação a esses crimes. Bastou o jovem "forasteiro" aparecer que tudo pareceu ganhar sentido. Pelo menos agora sabiam que estavam atrás de uma pessoa só. "Thiago vai descobrir como esse sujeito age", constatou.

Enquanto o monge desejava e despejava toda a esperança de uma solução nos ombros de Thiago, Remy se preocupava com uma questão bem mais prática, o velho morador da beira do lago. Aquele sujeito era esquisito demais. Decidiu conversar com Thiago a respeito do homem.

— Thiago, posso falar com você? — perguntou Remy, aproximando-se do garoto, que estava sentado em uma pedra próxima ao mosteiro.

— Claro — disse Thiago. — O que é?

— Seguinte — começou Remy —, sabe o local onde eu encontrei o corpo da cabeça que estava naquela estaca em frente ao quartel da infantaria?

— Sei, o que tem ele?

— Quando cheguei lá, fui quase atacado por um sujeito muito estranho. Eu gostaria de que você o visse de perto, Thiago. Acho que ele acoberta o decapitador...

— Mesmo? — perguntou Thiago surpreso.

— Sim. Vou falar com o abade e ver o que a gente fará.

Remy de fato foi atrás de James Pouvery, que logo apareceu onde Thiago se encontrava e disse que iriam os cinco imediatamente averiguar a suspeita de Remy.

— Não há risco de sermos atacados, Remy, Louis e Olivier nos garantem proteção — ponderou James.

Demoraram quase uma hora para chegar ao local. Lá chegando, depararam-se com uma cena extremamente bizarra.

A primeira coisa que viram assim que chegaram ao chalé do suspeito foi um pato selvagem de grande porte (a ave deveria pesar uns seis quilos) passar em voos rasantes próximos aos cinco. Atrás dela vinha o suspeito com uma lança de madeira bem rudimentar em mãos, correndo desengonçadamente e gritando para que o pato parasse de fugir dele. James, Remy, Olivier, Louis e Thiago não aguentaram e caíram no riso. Riso este que aumentou com o tropeção do eremita em uma pedra.

— Acho que esse jantar não vai ficar pronto tão cedo — disse Thiago. — Esse aí é o cara que você queria que eu conhecesse, Remy?

— Ele mesmo. Caramba, ele é mais doido que eu pensava... — O batedor se segurava para não gargalhar.

— O engraçado, além da cena pitoresca, é que ele até agora não notou nossa presença aqui... — disse James.

— Ele está mais ocupado em caçar esse pato para o jantar. Por isso não nos viu... — disse Thiago.

— Posso dar um jeito nisso — disse Olivier, apontando o arco para o pato e armando um tiro.

— É possível — disse James, referindo-se à suposição de Thiago e encerrando a primeira rodada de conversas.

Mal deu tempo de James pensar em dirigir novamente a palavra a Remy, a Olivier, a Louis ou a Thiago. O eremita, dessa vez trazendo o pato morto na ponta da lança, voltou à frente de sua propriedade e finalmente notou a presença do quinteto. Colocou-se em posição de defesa, com a lança apontada em direção a Remy e olhando feio para o batedor. O pescoço do pato pendia e balançava da ponta da lança que atravessava o animal.

— Saia já daqui — ordenou Raymond, tentando espantar Remy do local.

"Como vamos lidar com esse homem?", perguntava-se James, olhando para Thiago, que notava o olhar e se perguntava também como seu pai e seu padrinho – sim, Thiago era afilhado de Danilo – faziam ao notar que iriam abordar uma pessoa aparentemente com algum tipo de problema mental. Fariam o famoso jogo do "policial bom *versus* policial mau"? Ou simplesmente jogariam o "vinte e dois" em uma cadeira na delegacia e o fariam falar tudo o que sabia? Como queria conseguir ter um contato com um deles agora! Correndo contra o tempo, puxou do fundo da memória a última vez que viu ambos conversando sobre algum "maluco" que haviam prendido. Um confuso caso de homicídio na cidade natal de Thiago. Foram vários dias de investigação, até chegar ao real autor do crime que tentara se acobertar usando um rapaz com sérios distúrbios mentais como cúmplice.

Toda essa história passou pela cabeça de Thiago. Até poderia usar essa tática com o eremita da lagoa, mas como faria para implicá-lo no crime? Aliás, nem tinha certeza de que o eremita estava implicado nas decapitações. O coitado poderia ser apenas uma testemunha do caso e que estava sendo considerada criminosa apenas por viver de maneira fora do padrão da sociedade de seu tempo. Esquisitices à parte, Thiago sabia que Remy, James, Olivier, Louis, Paul e o duque Chevalier estavam depositando toda a confiança do mundo nele. ELE era quem solucionaria o caso, pelo menos na ótica dos homens mais importantes e influentes do reino. Thiago respirou fundo, juntou toda a coragem que tinha e deu um passo à frente. Adiantando-se de um possível ataque do eremita a Thiago ou ao abade, Remy e Louis fecharam os dedos em torno do punho de suas respectivas espadas e desembainharam-nas ligeiramente. O barulho do metal deslizando sobre metal gelou as espinhas de todos os presentes. Olivier preparou o arco para um novo tiro. James rezava disfarçadamente para que o eremita nada fizesse a Thiago.

— Com licença, meu caro... Qual seu nome? — perguntou Thiago com toda a educação que tinha.

A postura do eremita mudou completamente. Thiago estava usando uma batina de padre e era praticamente uma versão juvenil de James Pouvery. O abade de quarenta e cinco anos estava alguns passos atrás de Thiago assustado com a mudança do eremita. Mas não sabia se atribuiria às orações, ou à abordagem de Thiago, ou às roupas de Thiago e dele, ou ainda à presença de três militares prontos para o ataque a forma como o eremita mudou de postura. Ao menos ele respeitava membros do clero.

— Raymond Leroy — respondeu o homem, fazendo uma exagerada reverência.

— Bem, senhor Leroy, o senhor por acaso já viu o decapitador por aqui? Meu amigo ali disse que o senhor falou algo sobre ele...

Raymond levantou subitamente a cabeça e passou a olhar para o infinito.

— Cavaleiro Negro... — disse com os olhos vidrados...

— Hum... — Thiago até se assustou com o quão parecido com seu pai estava ficando, e não era no aspecto físico. Neste ponto ele era uma completa mistura de Luiz Antônio e Ana Cristina. Puxara os cabelos negros e o tipo físico alto e magro do pai e os olhos azuis de sua mãe; já sua irmã tinha o tipo físico e os cabelos iguais aos de Ana Cristina e os olhos esverdeados de Luiz Antônio. — E quando foi a última vez que o viu, senhor Leroy?

— Não lembro — disse ele, fixando os olhos meio mortos em Thiago.

— Senhor Leroy, o que o senhor tem a dizer sobre o corpo encontrado ontem aqui próximo ao seu terreno?

— Foi o Cavaleiro Negro quem o deixou aqui. Ainda estava escuro... Ouvi um trote de cavalo e barulho de algo se arrastando na plantação de centeio.

Thiago olhou para Remy.

— Onde estava o corpo? — perguntou Thiago, sem se dirigir a qualquer um deles especificamente.

— Ali — Remy e Raymond responderam em uníssono, apontando para o mesmo local, onde havia uma bem-cuidada lavoura de um cereal que agora Thiago sabia ser centeio. No meio da plantação, havia uma trilha de plantas amassadas e sujas de sangue que indicavam a rota que o Cavaleiro Negro usara para trazer o corpo decapitado da vila até o terreno de Raymond Leroy.

— Certo... Leroy, o senhor poderia me explicar por que o Cavaleiro Negro trouxe o corpo até aqui?

— Não — respondeu Raymond em um tom de lamentação.

"Cadê o maluco que estava minutos atrás correndo feito um desembestado atrás de um pato?", perguntou-se Remy. Olivier e Louis também se perguntavam o que ocorrera com Raymond Leroy, agora mais parecido com um dos vários camponeses que eles já interrogaram atrás de explicações. Todos se lamentavam por não terem mais informações para passar para os militares.

— Leroy, já viu o tal Cavaleiro Negro antes?

— Ele passou aqui alguns dias antes de cortar a última cabeça.

A espinha de Thiago gelou.

— Você viu o rosto dele?

— Não. — Raymond novamente tinha um tom de lamentação na voz. — Ele usava uma armadura, o elmo estava fechado. Ele tinha uma armadura um pouco menos imponente que seu amigo cavaleiro ali — terminou Raymond apontando para Remy.

"Adianta muito", pensou Thiago debochado. Remy era dono do mais alto posto da cavalaria do reino. O que torna todos os demais cavaleiros do reino suspeitos. Analisou a armadura de Remy a procura de algum sinal de identificação. Havia o brasão no reino no peito e havia também uma identificação de "patente" na manga. Só faltava um adesivo com o nome do cavaleiro/infante/arqueiro e o posto ocupado por ele no peito, tal como nas fardas dos policiais militares. Remy certamente ostentaria um com "CAPITÃO", "TENENTE" ou "GENERAL" LEGRAND escrito.

— Tinha algo nele que pudesse identificar de onde ele vinha?

— Tinha o mesmo desenho do seu amigo no peito e um desenho de duas espadas cruzadas na manga...

— Ótimo. Agora... Tem certeza de que se trata do mesmo homem que cortou as cabeças? — insistiu Thiago.

— Absoluta — disse Raymond, encarando Thiago com naturalidade. Os olhos azuis transparentes do eremita já não estavam tão vagos quanto antes, e ele em nada lembrava o maluco que estava caçando patos selvagens quando chegaram.

— Bom, sem mais perguntas. Obrigado pela colaboração, Leroy. Pode ser que passemos aqui de novo caso seja necessário.

— Acabou então? Bem, com licença, preciso arrumar meu jantar — disse Raymond pegando a lança com o pato morto, que já estava sendo atacado por formigas.

Thiago, James, Remy, Olivier e Louis se despediram de Raymond e partiram de volta para o reino. No caminho, o abade perguntou ao seu protegido:

— Como conseguiu dobrá-lo?

— Se eu disser que não sei, o senhor acredita em mim, abade?

— Acredito — disse James pondo a mão amistosamente sobre o ombro de Thiago. Para a felicidade e a sorte de ambos, quase ninguém acreditava no boato que François criou e tentava espalhar. A antipatia de todos para com o monge ranzinza dificultava que sua "fofoca" rendesse.

— Isso significa que um dos meus cavaleiros é o decapitador! Não posso acreditar! Agora, qual deles? — esbravejou Remy.

Thiago logo se lembrou da esquisita conversa que ouvira no estábulo, logo que chegara ali, entre dois cavaleiros. O esquisito Dominique e outro, cujo nome não sabia. Sua espinha gelou de novo. Estivera a poucos metros do responsável por aquela chacina e sequer suspeitara! Agora precisava juntar coragem e contar a Remy o que ouvira. O resto do serviço seria por conta do batedor e do abade James.

— Isso cabe a você descobrir, Legrand — disse James em tom de desafio.

— Por hoje chega, Thiago, vamos para o mosteiro.

— Tudo bem, abade.

James e Thiago se encaminharam para o mosteiro, o abade aconselhou Thiago a ir direto para sua cela descansar.

— Teve um dia agitado, meu caro, durma um pouco — dissera James.

Thiago acatou o conselho e foi direto para seu alojamento, desabou exausto na cama, com a cabeça fervilhando. Ah, se aquilo fosse um episódio *crossover* de *CSI New York*, seu favorito da franquia, *NCIS*, a série de investigação favorita de seu pai, *Castle*, a de sua mãe, e *Hawaii Five-0*, a de Danilo... Deitado na cama, Thiago imaginou os personagens dessas séries interagindo entre si, chefes, peritos, detetives, médicos legistas...

Provavelmente todas as espadas e armaduras dos cavaleiros do reino já teriam sido confiscadas e elas já estariam nas mãos dos peritos, que estariam analisando cada centímetro quadrado delas com total atenção ao menor vestígio de sangue ou a qualquer digital que pudesse ser encontrada, recolhendo as amostras e fazendo análise de DNA ou das digitais. O pessoal da inteligência estaria cruzando dados das vítimas para saber se elas tiveram algum contato suspeito nos dias que antecederam sua morte e levantando dados de possíveis suspeitos. Os investigadores estariam interrogando parentes, conhecidos das vítimas e prováveis testemunhas, a fim de saber o que as vítimas faziam pouco antes de serem mortas. Enquanto isso, os corpos e as cabeças estariam nas mãos da equipe de legistas e talvez houvesse uma equipe para traçar um perfil psicológico do decapitador e tentar entender o que o levara a cometer os assassinatos. Já a turma mais ligada à parte tática-operacional iria armar uma emboscada para capturar o decapitador.

Acabadas as investigações, todos comemorariam em algum lugar com muita comida boa. Thiago até começou a ficar com fome ao pensar nos pratos que a turma talvez comeria. Mas tudo isso precisaria de vestígios de sangue nas espadas. Eles levariam a saber quem era o decapitador. DNA. Lá estaria a solução.

"Ok, Thiago, isso funcionaria se o decapitador fosse um *cosplay* de cavaleiro em uma feira renascentista do século vinte e um, mas você está novecentos anos atrás no tempo, DNA ainda vai demorar mais de oitocentos e setenta anos para se tornar evidência viável de análise de crime, e não existia luminol na Idade Média para detectar vestígios de sangue em alguma coisa. Sossega! A única solução vai ser interrogar. Arrancar uma confissão do cavaleiro responsável pela carnificina, leia-se Dominique, e puni-lo." Thiago gelou de novo. Iria James presidir um tribunal inquisitório? Dominique seria morto queimado na fogueira? Thiago seria convocado a depor ou algo parecido? "Renato e Murilo, pelo amor do guarda, consertem essa porcaria logo! Preciso ir embora daqui", implorou Thiago em pensamento. Completamente exausto, acabou dormindo. Acordou cerca de duas horas mais tarde ouvindo batidas na porta de sua cela, era o monge Jean Savigny o chamando para o jantar.

13.

AS PEÇAS-CHAVE

Murilo e Renato estavam fazendo de tudo para conseguir trazer Thiago de volta da era medieval para o século vinte e um. Cada possível solução era comemorada:

— Renato, Renato, acho que descobri — disse Murilo, executando um comando no computador. Infrutífero. — Não deu... — concluiu decepcionado.

— Acho que a gente não precisa se apressar não, Murilo. Thiago está bem adaptado lá, ainda bem que ele que foi o sortudo-azarado que foi parar lá... Imagina se fosse eu ou você... Ou ainda a Sofia ou a Júlia...

— Analisando por esse ângulo, realmente somos um bando de sortudos! Segura as pontas aí que vou fazer uma aposta na loteria e já volto — terminou Murilo no tom mais sarcástico que conseguiu.

— Larga esse deboche para outra hora, Murilo. Thiago era, de nós cinco, o que mais entendia sobre a era medieval. Por isso eu digo "ainda bem" que foi ele quem acabou indo parar lá. Ele sabe como agir. Está até fazendo cosplay de monge por lá— continuou Renato, ponderando ainda que Thiago era o mais bem qualificado para "ir parar na Idade Média". — Qualquer outro de nós já teria virado churrasquinho à moda inquisitorial — terminou Renato, dando a entender que seriam sumariamente condenados à morte na fogueira.

— Quanta sutileza. Igual a um elefante em loja de cristal — Murilo continuava irremediavelmente debochado.

A dupla ficou em silêncio completo após a última brincadeira de Murilo. Até que Luiz Antônio e Danilo adentraram o local querendo informações sobre a situação:

— E aí, novidades, rapazes? — perguntou Danilo.

— Nenhuma — disse Renato lacônico.

— Achei que tinha conseguido alguma coisa, pai, mas ficou só no acho mesmo, não deu certo — disse Murilo, também desanimado.

— Isso dá para perceber, já que meu filho ainda está fantasiado de monge nesse jogo de RPG de meia tigela. — Os olhos de Luiz Antônio se fixaram no monitor assim que este equipamento entrou em seu campo de visão.

— Murilo, relaxa, filho. Se continuar tenso desse jeito, você não vai conseguir os resultados que pretende — aconselhou Danilo.

Murilo olhou para seu pai e depois para Luiz Antônio. Um lhe cobrava o tempo todo "traga meu filho de volta". E seu pai agora lhe pedindo para relaxar? Quem ele levava em consideração? Seu pai ou o pai de seu amigo, que estava, por culpa de um raio, preso na Idade Média?

— Raios! — gritou o garoto.

— Que é isso, Murilo? — Luiz Antônio estranhou o grito repentino do garoto.

— Foi isso o que mandou o Thiago para o século doze, tio, um raio! Acho que somente em outra tempestade a gente vai conseguir trazê-lo de volta.

— Aquele toró que caía na hora do teste! — Luiz Antônio também tinha seu momento de epifania. — Se isso for verdade, vamos ficar de olho na previsão do tempo. O duro vai ser saber se choveu/está chovendo lá onde o Thiago está.

— No dia em que ele foi para lá, havia chovido lá também. Dava para ver a terra úmida e várias poças ao redor dele. A camisa dele estava suja de lama ele se levantou — disse Renato.

Ao processarem essa informação, os quatro presentes na sala, dois adultos, um adolescente e um pré-adolescente, entreolharam-se: coincidência?

14.

E AGORA?

Murilo havia decifrado a maior parte da charada. Fora um raio o principal responsável por mandar Thiago voltar mais de oitocentos anos no tempo. Agora restava saber como usar outro raio para trazê-lo de volta, e ninguém tinha ideia de como fazer isso. Avisar Thiago para monitorar o tempo lá na Idade Média, como sugerira Júlia após saber das últimas novidades? Embora o celular de Thiago tivesse ido com ele para lá, era praticamente um monte de metal e plástico inútil.

— Serve muito, vou mandar um WhatsApp para o Thiago. "Thiagão, me avisa se começar uma tempestade aí urgente!" E a torre de celular da vila lá na Idade Média vai passar o recado para ele. — Murilo, em um arroubo de irritação típico da idade, brigava com a irmã. — Ou talvez ele consiga um sinal de Wi-Fi do roteador do mosteiro. O monge parecido com ele deve ter passado a senha.

Renato estava quase rolando no chão de tanto rir de Murilo. Chateada, Júlia retrucou:

— Se a gente consegue vê-lo daqui, ele pode receber uma mensagem também.

— A bateria do celular dele já deve ter acabado a essa altura. Já faz mais de uma semana que ele está lá. Só aqueles celulares das antigas tinham bateria que durava mais de cinco dias. Hoje, se dura até o fim do dia temos que comemorar! — constatou Renato, "recuperado" do ataque de risos. Isso todos imaginavam. — E mesmo se ele tivesse levado o carregador, não ia adiantar nada. E...

— Já sei, já sei... "No século doze ainda não existia eletricidade" — disse Sofia, revirando os olhos com ar de desdém.

— Capitão Óbvio mandou lembranças — devolveu Renato.

— Chato — treplicou Sofia, saindo da sala e arrastando uma chateada Júlia com ela. As meninas foram para o quarto da primeira.

Sobraram no local, novamente, apenas Murilo e Renato. Os amigos se entreolharam. E agora? Como fariam para resolver a situação e trazer Thiago de volta? Hesitante, Murilo mandou uma mensagem para Thiago. Agora era esperar para ver se Thiago teria sinal de Wi-Fi ou 3G em plena Idade Média. Torceram também para que Thiago tivesse colocado o aparelho no modo silencioso.

15.
POUVERY DESCONFIA

O sangue de Remy estava fervendo. Queria pôr um ponto final de vez nessa história e descobrir qual dos seus cavaleiros era o responsável por cortar as cabeças dos camponeses. Estavam havia já um tempo razoável sem novos incidentes. Olivier, Louis, James e Thiago passaram o dia todo nos estábulos auxiliando nos interrogatórios. Thiago notara que Dominique, o suspeito "número um", por alguma razão não havia comparecido ao estábulo durante o dia. Avistando-o em seu cavalo acinzentado chegando assim que se retiraram.

— Acho que a gente não interrogou esse aí, abade — comentou Thiago.

Os olhos azuis cansados de James fitaram o cavaleiro chegando ao local.

— É. Vamos resolver isso. — A voz do clérigo também parecia cansada.

Lá dentro do estábulo:

— DOMINIQUE! Isso é hora de chegar? Eu falei ontem que queria TODOS aqui pela manhã! Que parte do recado você não compreendeu? — esbravejou Remy.

Dominique estava pálido como um *poltergeist*. Desceu do cavalo e fez uma exagerada reverência a Remy. Em seguida, balbuciou algo que se assemelhava a uma "desculpa":

— Lamento, Legrand, tive um problema e precisei ir ao Reino das Sete Arcas — disse Dominique citando um reino vizinho, menor.

— Que problema era esse? Nosso reino é mais avançado que o das Sete Arcas. Aliás, não temos relações há tempos com aquele reino. Desde muito tempo… —

Remy rapidamente se lembrou de um episódio ocorrido há doze anos que selou de vez a inimizade entre os dois reinos.

— Era um problema pessoal. — Dominique ainda não convencera Remy do atraso.

— Que problema?

— É...

— Você se esqueceu, confessa de uma vez, Dominique!

— Reino das Sete Arcas? — Thiago perguntou a James.

— Dizem que nesse reino há sete arcas de tesouros dos romanos e de Carlos Magno enterradas. Já procuraram em praticamente todo o território e não acharam nenhuma. Mas o nome ficou.

— E... É muito longe daqui?

— Não muito. Mas não temos uma boa relação com esse reino, aliás, o Reino das Sete Arcas não é um local muito amigável. Os reinos mais próximos que temos além desse são o da Borgonha ao norte e o da Lorrânia a sudeste. O Reino das Sete Arcas fica a oeste. Você deve ter passado por ele quando vinha para cá. A não ser que tenha vindo pelo Reino de Bordeaux.

— Talvez. Não me recordo muito da viagem... — disse Thiago.

Eram quase seis da tarde no reino e um belo poente alaranjado se desenhava no horizonte, em frente à dupla que seguia caminhando até o mosteiro.

Thiago franziu o cenho. A única arca de que ouvira falar era a da aliança, que teoricamente estava na Palestina e que remontava à antiguidade. Óbvio que deveriam existir outras, e essas sete, ao que tudo indicava, não passavam de lenda, já que a história não chegou no século vinte e um, ou o tesouro das sete arcas fora usado para custear os reinos absolutistas que vieram alguns séculos depois e que Thiago conhecia pelos excessos de mordomias dos reis, rainhas e demais nobres, ou como os tesouros nunca foram desenterrados, a lenda caiu no esquecimento e não era objeto de estudo dos arqueólogos do século vinte e um. E, pelos nomes e pela forma como James, Jean, Remy, Olivier, Louis, Dominique, duque Chevalier, duquesa Catherine e o conselheiro Reinart falavam, ele calculava estar no que seria atualmente o território da França moderna.

— Será que foi isso que Dominique fora fazer lá? Procurar essas arcas?

James riu.

— Pode ser, meu caro, mas isso não me cheira bem... A não ser que...

Thiago ficou balançado. Contava ou não ao abade, que agora achava que era uma encarnação sua do passado, o que ouvira no estábulo? E James já estava desconfiando de Dominique? Certo que a desculpa dele não colaria nem com o investigador mais incompetente da galáxia. E James estava longe de poder ser chamado de incompetente.

Decidiu deixar de lado por um momento. Se suas suspeitas contra Dominique aumentassem, ele falaria. Voltou para o mosteiro com o abade e se recolheu em sua cela. E foi mexer nas suas roupas atuais. Estava se acostumando a usar a batina, principalmente depois de perceber a forma respeitosa com a qual era tratado no reino. Aldeões lhe pediam conselhos, alguns lhe confiavam segredos. A maioria, no entanto, só o fazia por confundi-lo com James Pouvery. Aliás, Thiago ainda não sabia do desfecho da última decapitação.

— Abade... Já descobriu quem foi a última vítima do decapitador? — perguntou ao abade quando se viram novamente no jantar. A pergunta fez com que François o fulminasse com o olhar.

— Ah, já sim, Thiago, desculpe-me por não ter te avisado. Era um criador de porcos... Deixou a esposa grávida e outros dois filhos pequenos. Nenhum tem condições de assumir o trabalho do pai ainda. O mais velho tem três anos, e o menor, um.

Thiago de imediato lembrou-se da morte de sua tia e sua madrinha, deixando três crianças pequenas. Por sorte, Murilo, Júlia e Renato tinham quem os amparasse após a morte de suas genitoras.

— Que situação ruim... E o que vai acontecer com a esposa e os filhos dele, abade?

— Vão permanecer em suas terras e ela vai cuidar dos animais, até que os filhos tenham condições para assumir.

Thiago logo se preocupou também em como a viúva do criador de porcos cuidaria dos animais após dar à luz o bebê que gestava. Era certo que na Idade Média preocupações com a higiene eram inexistentes. Imaginou, triste, que em pouco tempo poderia haver outro funeral na família do criador de porcos. De seu filho recém-nascido e/ou de sua viúva. Mesmo com essas preocupações na mente, Thiago não falou nada com o abade. James já tinha muitas preocupações para pensar se teria mais um corpo para encomendar no futuro. E provavelmente outro monge presidiria o funeral, se houvesse.

16.
O ALQUIMISTA DO LAGO E O CAVALEIRO NEGRO

Embora tivesse "colaborado com as investigações", Raymond Leroy ainda não estava completamente excluído da lista de suspeitos. Seu agressivo comportamento fazia dele ao menos um comparsa do decapitador. O decapitador em si ele não era, já que Raymond era muito franzino e desajeitado, jamais conseguiria montar um cavalo e cortar uma cabeça com a facilidade com que o decapitador supostamente o fazia. E outro detalhe: Raymond não possuía um cavalo nem armadura como a que ele próprio havia descrito. Além do que seu estilo de vida isolado não era lá muito bem aceito pela sociedade medieval. Mas não era com o maluco eremita que Thiago estava ocupando seus pensamentos. Ele precisava era descobrir qual dos cavaleiros poderia ser o visto pelo eremita. Teria que voltar a conversar com Raymond para descobrir que características o cavaleiro tinha. Provável altura, peso, tipo físico e, se fosse possível, uma descrição do rosto do cavaleiro. Mas Thiago já estava se lembrando de que Raymond dissera que o capacete do cavaleiro estava fechado. O jeito seria filtrar o que ele falasse sobre o tipo físico do cavaleiro com as habilidades em montaria e no manejo da espada, o que finalmente poderia apontar aos prováveis autores dos crimes. Para também garantir se o cavaleiro visto por Raymond era o decapitador. Aí era "só" pressionar os suspeitos e talvez o autor confessasse.

— Moleza — disse Thiago para si enquanto guardava sua camiseta e calça jeans em um baú ao pé de sua cama quando, do bolso traseiro da calça, viu algo caindo. Seu coração parou momentaneamente. Era seu aparelho celular. Mesmo sabendo que de nada serviria aquele *gadget* onde estava, decidiu mexer nele. Para sua surpresa, havia mensagens não lidas, mandadas pelo Murilo há menos de três horas!

"Será possível?", pensou ao ver as mensagens pulando na tela. Não acreditou quando viu que havia sinal de 3G no reino. "Será que estou em uma simulação da Idade Média, mas na verdade estou na França atual? Essa história está cada vez mais bizarra." Leu as mensagens. Eram todas perguntando sobre o crime que havia acontecido há alguns dias o da cabeça na estaca na frente do quartel! Respondeu-as o mais rápido de pôde, terminando e desligando novamente o aparelho bem a tempo. Assim que guardou o celular no baú, embaixo das suas roupas e de alguns cobertores, ouviu batidas firmes nas maciças portas de carvalho de sua cela e a voz de James o chamando. Abriu a porta.

— Pois não, abade?

— Vamos continuar de onde paramos ontem a história do decapitador... Remy vai interrogar os cavaleiros.

— Ah, sim... — disse Thiago, ainda sem saber se contava ou não a James o que se passara naquele dia no estábulo com Dominique. Sabia que o citado cavaleiro era o principal suspeito para ele desde o dia da conversa no estábulo, e para James e Remy desde seu indesculpável atraso no dia anterior. Thiago posteriormente checou os dados que James lhe havia passado sobre o famigerado Reino das Sete Arcas. Remy, Olivier e Louis contaram a Thiago a história: um rei do fim do século sétimo chamado Amador II, a fim de preservar toda sua fortuna, encomendou várias arcas de madeira maciça, onde guardou os maiores tesouros que acreditava haver no reino. Mandou seus servos, que estavam construindo o castelo, cavarem um enorme buraco na base de pedra e colocou as sete arcas cheias lá dentro, construindo o castelo sobre os baús. Os demais foram colocados embaixo de outros prédios, que acabaram demolidos durante uma guerra com uma tribo de gauleses, e o precioso tesouro do rei, que já havia morrido na ocasião, foi saqueado pelos invasores.

— Mas as sete arcas que supostamente estão nas fundações do castelo estão por lá ainda. Dizem que foi nessas que ele escondeu os bens mais valiosos

— contou Olivier. Como qualquer morador da região, conhecia a lenda que já existia há mais de quinhentos anos.

— E sem pôr o castelo dele abaixo não poderão ter acesso a essas arcas. Mas, Olivier, é certeza que essas arcas existem?

O arqueiro deu uma rápida risada.

— Não. Pode ser que tudo não passe de uma lenda que tem feito muita gente largar tudo e ir até o reino procurar as tais arcas...

— Mas os filhos desse rei que enterrou as arcas não fizeram isso?

— Ele não teve filhos. O reino se desestabilizou após a morte dele... — Remy completou. — E é instável até hoje. Todos brigam constantemente pelo trono de lá. Por mais que o Reino de Paris tenha tentado dominar a região, o reino de lá não se estabilizou. Muitos já morreram nas guerras para assumir aquelas terras. E é um medo que temos, pois Jacques e Catherine também não têm filhos...

— Agora, Remy... Dominique teria algum motivo para ir a esse lugar?

— Não que eu saiba... Não temos uma boa relação com os líderes de lá. Por quê?

— Foi o que ele alegou ontem quando chegou, não foi?

Remy interrompeu abruptamente o gesto que fazia, acariciando a crina de seu cavalo.

— Thiago, acredita que Dominique possa ser o Cavaleiro Negro de que o Leroy falou?

Agora não dava mais para segurar a informação. Thiago foi incisivo com o batedor:

— Um dia, antes da última vítima ser encontrada, eu o vi nos estábulos falando sobre algo que ele teria que fazer naquela noite... Ele não deu muitos detalhes, mas tudo leva a crer que ia fazer algo sério... E não estava preocupado com as consequências...

O rosto de Remy foi tomado por uma expressão de surpresa.

— Sério isso? E para qual outro cavaleiro ele disse isso?

— Muito. Não me lembro do nome dele, mas se o vir, vou poder reconhecê-lo sem problemas.

— Ótimo. E como faremos para provar isso? Aliás, para saber qual dos cavaleiros é o decapitador? Por enquanto não há como jogar toda a culpa nas costas do Dominique e ficar por isso mesmo.

— Peça para examinar as espadas. O autor dos crimes vai ter restos de sangue na espada, na bainha e nas suas roupas também. Cortar uma cabeça não é o mesmo que cortar um dedo. A prova disso é a poça de sangue atrás do quartel da infantaria, onde acreditamos que a última vítima fora atacada.

— Entendi. Mas como vamos fazer para descobrir se tem sangue ou não? Se ele limpou a espada, a bainha e as roupas, não vai ser possível.

Thiago pensou que o cavaleiro assassino não seria cuidadoso com a bainha da espada. A espada e a armadura, por serem mais expostas, ficariam impecáveis, mas a bainha da espada... Essa certamente estaria completamente suja de sangue por dentro.

— A bainha não deve ser algo ao qual ele dê muita atenção — disse Thiago, analisando a bainha da espada de Remy. — Vamos descobrir ao abrirmos essa costura da bainha e olhar dentro dela. Vamos ter de fazer isso com todos os cavaleiros.

Remy suspirou.

— Isso vai dar trabalho... — lamentou o batedor, imaginando que a maioria de seus subordinados não ficariam felizes com a ideia de que teriam que refazer suas bainhas. E menos ainda com a ideia de que eram suspeitos de matarem até então quatorze pessoas.

— Infelizmente investigar crimes sempre dá trabalho... — disse Thiago, recordando-se das várias vezes que seu pai dormiu na viatura de campana em frente a casas de suspeitos, traficantes e afins para coletar informações, deixando Ana Cristina insone com medo de perder seu marido e pai de seus dois filhos.

No dia seguinte Remy reuniu a cavalaria próximo ao mosteiro. Thiago e James estavam em frente ao grupo com o batedor. Muitos murmuravam assombrados com a "visão dupla" que tinham. A maioria ainda não sabia da existência de Thiago. Os rumores plantados por François às vezes eram mencionados, mas ninguém ousava perguntar em voz alta se o "noviço" era filho do abade. O garoto esquadrinhava os cavaleiros a procura do principal suspeito, Dominique Cavour. Dessa vez, o suspeito estava lá, muito mais nervoso que todos os demais cavaleiros juntos. Remy logo disse aos seus homens o que queria.

— Um a um, vocês vão depositar suas espadas e bainhas na mesa em frente ao abade James e ao noviço Thiago. Tenho suspeitas de que, infelizmente, um de nós é o responsável pelas mortes.

Protestos da cavalaria eram ouvidos até nos limites do reino.

— Mas esse exame das espadas e bainhas vai nos fazer descartar os inocentes. Quem estiver limpo, pode voltar para o estábulo. Levarei notícias do andamento das investigações, se nada for descoberto, já me desculpo pela atual situação.

Thiago olhou diretamente para Dominique que, cético, não imaginava que havia alguém no meio deles capaz de descobrir vestígios de sangue nas espadas. Thiago já havia decidido que se tornaria perito criminal quando adulto. E estava aliviado de poder contar com a tecnologia para investigar crimes. "Ser policial até a década de oitenta do século passado devia ser complicado", pensou. Crescera no meio de policiais, às vezes passando as tardes na delegacia vendo os delegados, escrivães, seu pai, seu padrinho e outros investigadores o tempo todo falando no assunto homicídio, estupro pra lá, tráfico e violência doméstica pra cá, latrocínio, furto, roubo, extorsão e estelionato acolá... Estava mais que acostumado a lidar com crimes. Em casa, como sua mãe e avó também gostavam do assunto, Luiz Antônio transformava a residência em uma "sucursal" da delegacia, contando os casos que não exigiam segredo de justiça. Fora que a maior diversão em família era assistir a séries policiais na TV. Cada um tinha a sua favorita, mas assistiam a todas.

Após mais algumas palavras, Remy fez os cavaleiros se organizarem em fila e um a um deixarem suas espadas na frente de James e Thiago. James fazia os cavaleiros tirarem também as bainhas, enquanto Thiago passava um pedaço de linho embebido em vinagre na lâmina das espadas. Depois abria as bainhas e analisava minuciosamente seu interior. A maioria das espadas estava limpa, e as bainhas intactas. Ao finalizar o "exame pericial", Thiago de imediato "restituía" a espada e a bainha a seu proprietário. Um artesão chamado para a ocasião refazia as bainhas das espadas à medida que Thiago de James liberavam os cavaleiros.

Apreensivo, Remy acompanhava o exame de longe. Foi aí que percebeu que Dominique estava fora da fila e se afastava do grupo. Marchou até o desertor.

— Dominique, por favor, facilite as coisas. Desde ontem você está dando trabalho.

— Remy, eu... Eu não quero participar disso! — resmungou Dominique.

— Disso o quê? Dos exames ou da cavalaria?

— Tudo... — disse Dominique, nervoso.

— Tudo? Ah, sim... — Remy disfarçou sua desconfiança. — Dominique, me responda uma pergunta, o que foi fazer no Reino das Sete Arcas ontem?

— Não me lembro... Não fui fazer nada lá...

— Você saiu antes do sol nascer e só retornou perto do pôr do sol e quer que eu acredite que você realmente não foi fazer nada lá? Dominique, não pense que sou tolo... Você sabe bem que Jacques não tem boa relação com o líder de lá.

Dominique simplesmente saiu correndo rumo ao castelo do duque Chevalier. Remy, que não queria se afastar dos exames, pediu a quatro cavaleiros já liberados por Thiago que capturassem Dominique e o trouxessem de volta.

Não demorou mais que dez minutos para que os cavaleiros trouxessem o desertor para o chefe. Olivier e outros arqueiros que o viram fugindo tinham cercado o rapaz perto do campo de artilharia. Dominique, com medo de tomar uma certeira flechada no peito pelo comandante da artilharia, recuou e foi preso por seus colegas. Mesmo contra sua vontade, a espada de Dominique, bem como sua bainha, foi depositada por Remy nas mãos de James.

O abade, tenso, puxou a espada da bainha. Havia várias manchas de oxidação no aço da lâmina.

— Molhou muito essa espada, Dominique? — perguntou Thiago.

— Atravessei um rio ontem, a caminho do Reino das Sete Arcas — justificou Dominique.

Thiago olhou rapidamente para Remy, esperando que ele lhe confirmasse se para chegar ao citado reino havia necessidade de passar por um rio. No entanto, Remy não prestou atenção.

— Certo. Vamos abrir essa bainha — disse Thiago, já desatando o nó da tira de couro que costurava a bainha de Dominique. Enquanto o fio era retirado e a bainha abria-se como uma fava madura, a tensão em todo o corpo de Dominique era visível mesmo por baixo da cota de malha. Era possível ouvir sua respiração e, se chegasse mais perto dele, seus batimentos cardíacos. A revelação do interior da bainha deixou todos apalermados, principalmente quando Thiago detectou o que havia deixado a bainha daquele jeito.

James pediu explicações ao cavaleiro, que gaguejou e deu uma desculpa um tanto plausível para justificar a presença de sangue na bainha de sua espada.

Matara uma raposa na noite anterior, e como muitos viram uma raposa morta próxima às criações de ovelhas, James e Remy nada fizeram contra Dominique, o que provocou estranheza em Thiago. Ele havia aprendido o exato oposto disso na escola sobre o período em que estava.

Remy voltou para o estábulo deixando Thiago um tanto decepcionado com o acontecido.

— Thiago, venha — chamou-o James. — Vamos para o mosteiro.

— Está bem, abade — disse Thiago sem esconder seu desânimo.

— Thiago, você está bem? Parece-me bastante chateado.

— Abade, por que vocês liberaram o Dominique? Tinha sangue dentro da bainha da espada dele!

— O sangue pode ser humano, mas também pode ser de uma raposa, Thiago. Não posso condenar um homem por ter matado uma raposa. Elas estão matando nossos rebanhos de ovelhas.

Thiago deixou os ombros caírem de leve. Para saber se Dominique matara ou não a raposa, além do criador de porcos e outras treze pessoas (nada tirava de Thiago a ideia de que era realmente Dominique o tão procurado Assassino Em Série do Reino das Três Bandeiras, conhecido pela alcunha de "O Decapitador" ou como Raymond falava "Cavaleiro Negro"), ele precisaria de uma tecnologia que apenas se aperfeiçoaria oitocentos e cinquenta anos após aqueles acontecimentos: análise de DNA. Chegaram ao mosteiro e James o aconselhou a ir para sua cela. Lá, sozinho, novamente pensou no quão difícil era a vida dos investigadores de polícia antes do surgimento e desenvolvimento das ciências forenses e no porquê programas como *CSI*, *NCIS*, *Castle*, *Hawaii Five-0*, *Criminal Minds* entre outros eram tão fascinantes. "Que da próxima vez em que a máquina 'der tilt' eu vá para a Inglaterra vitoriana descobrir quem foi Jack, o Estripador", pensou, caindo na gargalhada ao se imaginar viajando no tempo outra vez. Sua mãe provavelmente o proibiria de ficar a menos de duzentos quilômetros do computador. Isso se ela já não o tivesse destruído. "Não, acho que não. Ela sabe que precisam do computador intacto se quiserem que eu volte para casa."

Enquanto Thiago se perdia em pensamentos malucos, Remy, Olivier e Louis contavam as últimas notícias do caso ao duque, à duquesa e ao conselheiro do Reino.

— Então, o Cavaleiro Negro é um dos nossos homens... — disse Jacques, chateado.

— Tudo no leva a crer que infelizmente sim, duque — disse Louis.

— O problema é que ele não confessou e disse que o sangue na bainha de sua espada era de uma raposa morta. De fato, tem uma raposa morta próxima à criação das ovelhas, mas ninguém confirma que Dominique foi o responsável por tê-la abatido — completou Olivier. — Nem os pastores e agricultores que trabalham nas plantações de hortaliças lá perto, ninguém viu Dominique matando a tal raposa.

— Infelizmente, não há como saber se o sangue é da raposa ou é de um humano — terminou Remy.

— E o que Thiago disse a respeito disso? — perguntou Paul.

— Ele está firme de que foi Dominique o autor das mortes, conselheiro — contou Remy. — Porém, provar isso sem deixar qualquer margem de dúvida é um problema.

— Imagino. E o abade Pouvery? — Paul fez mais uma pergunta.

— Não sei dizer, conselheiro — Remy continuou. — Acho que ele deve supor que Dominique seja o decapitador, mas tal como Thiago, tem dúvidas por falta de provas.

— A única saída seria Dominique confessar os crimes, correto? — era a duquesa se pronunciando.

— Exato, madame Catherine — confirmou Olivier, curvando-se.

— O que pelas circunstâncias é praticamente improvável que aconteça — completou Catherine.

— Sim, senhora. Cavour está muito evasivo — Remy contou, chateado.

Catherine pensou que se Dominique não confessasse os crimes e continuasse hesitando quando lhe dirigiam a palavra, isso significaria que ele provavelmente era o culpado, mas, tal como todos, não queria que um homem inocente fosse preso, morto por culpa de crimes cometidos por outros.

Remy, Olivier e Louis estavam saindo do palácio quando a duquesa os chamou novamente:

— Cavaleiros, e essa história de que todas as decapitações foram serviço do mesmo homem, de onde vocês tiraram essa teoria?

— Foi o Thiago, o hóspede do mosteiro, quem deu essa ideia, madame Catherine — respondeu Remy.

— Engenhoso — elogiou a duquesa.

— Continuem seus trabalhos, meus caros homens. Vocês serão grandemente recompensados ao final desse processo por todos os seus esforços — encerrou Jacques.

O trio se curvou diante do casal agradecendo a confiança e a futura recompensa. Depois, saíram rumo aos seus respectivos alojamentos. Já estava escurecendo quando os três deixaram o castelo.

17.

BOTÃO VERMELHO

Murilo, Renato e Júlia acompanhavam Thiago "municipando" as espadas dos cavaleiros pelo monitor como se assistissem a um filme. Era difícil para eles entenderem o que acontecia lá, pois recebiam apenas imagens.

— Da próxima vez, vê se conseguem com áudio — "pediu" Júlia em tom de deboche.

— Está querendo demais, Júlia — retrucou seu irmão, que devorava um pedaço de pizza.

Renato apenas deu uma risada. Não se metia nas brigas entre Murilo e sua irmã. Pouco depois, Júlia apenas saiu de cena em busca da irmã do monitorado Thiago, Sofia.

Quando Júlia já havia saído do local, Murilo e Renato se concentraram em achar um jeito de trazer Thiago de volta. Os dois ficaram um bom tempo examinando todas as peças até se lembrarem da que Thiago apertou segundos antes de ser "deportado" para a era medieval. Os olhos de Renato logo enquadraram uma peça que era de um controle de videogame. Um botão vermelho com apenas dois centímetros de diâmetro. O botão parecia meio danificado no centro, como se tivesse sido derretido. Instantaneamente, a imagem da última vez que vira Thiago veio à sua mente.

— Murilo, Murilo! Foi esse o botão que Thiago apertou na hora que o raio caiu! Olha, está até com marcas de queimadura.

— Vai, Renato, aperta o botão.

O sobrinho de Luiz Antônio pressionou o botão com força, mas nada aconteceu. O botão estava quebrado.

— Que legal — disse Murilo em um tom extremamente sarcástico. — O botão está mais travado que computador velho — terminou o garoto chateado.

Os garotos se entreolham:

— Não tem saída, Renato. Temos que achar um jeito de soltar esse botão.

— Não diga, Capitão Óbvio — Renato debochou após Murilo dizer o óbvio.

— Não me azucrina! Precisamos destravar esse botão, ou você quer que o Thiago fique lá na Idade Média para sempre? — Murilo irritou-se.

— Estava brincando, Murilo! — Renato devolvia a irritação.

— Sei…

— Até parece que eu vou deixar isso acontecer — rebateu Renato.

Paralelo a isso, Danilo, pai do garoto, enfrentava seus próprios problemas. Entendia o que sentia pela escrivã Ângela. Estava apaixonado por ela e sempre soube que, mesmo quando ainda era casado, Ângela também gostava muito dele, mas, lógico, respeitava o fato de Danilo ser casado e pai de duas crianças. Após a morte de Luciana, Danilo havia se fechado muito para outros relacionamentos, imaginando que nenhuma mulher aceitaria se envolver amorosamente com ele e, logicamente, casar-se com um viúvo com dois filhos pequenos. Ângela, por sua vez, abafava os sentimentos, visto que Danilo havia "fechado as portas" para um novo relacionamento.

Ouvira-o falando para Luiz Antônio, quando voltou ao trabalho após a morte de Luciana, que iria demorar muito tempo para pensar em namorar de novo. "Minha prioridade agora são meus filhos. Minha vida amorosa estará reduzida a zero até sabe-se lá quando." Mesmo com Luiz Antônio dizendo que ele estava sendo radical demais, Danilo não cedera. No entanto, a "paixonite" da escrivã pelo investigador não reduziu nem um pouco, tratavam-se com o devido respeito dentro da delegacia, mas Ângela sempre se imaginava beijando o belo investigador. Moreno, com quase um metro e noventa de altura, olhos azul-escuros, rosto ovalado com traços fortes e músculos bem trabalhados, Danilo chamava a atenção por sua beleza.

Naquele dia, todos da delegacia ficaram sabendo da inacreditável história de Thiago, filho de Luiz Antônio, na Idade Média. Espantada com o ocorrido, Ângela ouvia o delegado, Cláudio Rocha, dizer que Luiz Antônio poderia tirar uns dias de folga para resolver o caso. Saiu da sala assustada com o que ouvira e voltou a fazer seu trabalho. Redigia vários ofícios e cartas precatórias quando Danilo entrou em sua sala.

— Bom dia, Ângela. Tudo bem? Aqui, as intimações que você nos passou na última semana... Tem só três ou quatro que não conseguimos encontrar o intimado. Como são casos antigos, elas estão na inspetoria, vou dar uma vasculhada no sistema para ver se acho um endereço atualizado. Aproveito e "puxo a capivara" deles se for preciso.

— Ah, ótimo, Danilo. Da folha de antecedentes, só vou precisar se for o autor, já está especificado na intimação quem é testemunha, vítima e autor.

— Beleza. Vai precisar de apoio nas oitivas de hoje à tarde? Lembro que tem umas sete ou oito pessoas para ouvir.

— Obrigada pela ajuda, Danilo, mas hoje só tenho testemunhas para ouvir, sem oitivas de suspeitos. Provavelmente não vou precisar de ajuda, mas é bom saber que você está por aqui para me ajudar.

"É agora", Danilo pensou. Estavam sozinhos no cartório dela, e ele sabia que Ângela não tinha com quem almoçar, nem ele. Seus filhos estavam na escola, em período integral naquele dia, e ele tinha serviço demais para usar as duas horas de almoço ficando sozinho em casa. Tinha que ir a outra cidade, que também pertencia à comarca onde trabalhavam, para fazer mais algumas intimações, buscar fichas no hospital local de uma briga generalizada que lá ocorrera há alguns dias em uma festa, também checar algumas informações com policiais militares. E Ângela vivia completamente sozinha. Checou as horas. Já era quase meio-dia. Respirou fundo e chamou pela escrivã:

— Ângela, quer almoçar comigo?

— Onde?

— Lá na outra cidade. Vou fazer uns serviços lá e aproveitar que meus filhos estão com aula integral hoje...

— Já está quase na hora de irmos almoçar mesmo, e eu não tenho nada pronto em casa, ia para um restaurante... Topo...

— Sério? — Danilo mal conseguia acreditar que conseguira um tempo sozinho com a escrivã. Falaria tudo na viagem. Seu coração começou a bater num ritmo acelerado e ele chegou a desconfiar que seria possível ouvi-lo de longe. Alguns dias antes, Danilo já estava angustiado com essas questões, mas não considerou Luiz Antônio um confidente para esse caso. Ana Cristina, esposa dele, sim seria a pessoa certa para conversar sobre o assunto. Enquanto as crianças tentavam resolver o problema de resgatar Thiago da era medieval e Luiz Antônio estava na estrada com Douglas escoltando dois presos para a regional, Danilo foi à casa dele buscar seus filhos, mas ficou de conversa com Ana Cristina.

— Cris, sério. Estou numa enorme sinuca de bico — desabafou Danilo.

— Qual o problema, Danilo?

— Ângela, Cris.

— A escrivã? O que aconteceu? — Ana Cristina sabia que Ângela gostava de Danilo, mas não sabia que o sentimento era recíproco.

— Nada sério. Sempre soube que ela tinha uma "quedinha" por mim, mas agora acho que a coisa, se podemos tratar dessa forma, ficou recíproca.

— Agora? — Ana Cristina parecia cética com a informação do investigador. — Faz uns cinco anos que eu acho que vocês dois iam ficar juntos. Por que não aconteceu nada?

— Contexto, Cris. As circunstâncias não permitiam avançar o sinal naquele momento. Mas não sei o que faço com isso agora.

— Deixe de ser trouxa, Danilo, fale com ela! Conte tudo o que está sentindo e explique por que demorou tanto tempo. Ela vai entender, sabe de tudo o que aconteceu. Bonitão do jeito que você é, em questão de segundos você a conquista de vez. Aliás... Daquela outra vez, logo que ela terminou com um antigo namorado, vocês não ficaram juntos?

— Não. Quer dizer, eu a ajudei, mas não passou de "camaradagem", coisa que eu faria por qualquer colega de trabalho. A gente só fingiu que estava namorando na época, mas deu para enganar quem precisava acreditar que tínhamos um caso. E ela estava vulnerável demais na época para eu me aproveitar para iniciar um relacionamento. Era capaz de começar a namorar um poste até.

Ana Cristina riu.

— Então, Danilo, fale com ela. O que você fez, tem muito homem que jamais faria. A Ângela não vai te destratar, ainda mais agora depois de tanto tempo. O respeito que demonstrou pelo problema dela...

— Vou tentar. O difícil é conseguir um tempo sozinho com ela. Eu mal entro na sala e entra também ou outro investigador, um dos "Ad-hocs" pedindo orientações ou o delegado. E... Perdi completamente o jeito para chegar numa mulher. Já faz mais de vinte anos que fiz isso pela última vez.

— Vinte anos? — Ana Cristina assustou-se.

— Sim — disse Danilo sem entender o espanto de Ana Cristina. — Namorei a Luciana por cinco anos, ficamos casados por quase seis e faz dez anos que ela morreu. Faça as contas. Eu sei, teve esse lance com a Ângela, mas para mim não conta. A gente nem... — Danilo ficou com vergonha de concluir, contudo Ana Cristina não precisou.

— Meu Deus! O tempo passa rápido demais! E, Danilo, relaxa, ninguém está cobrando que vocês tenham algo. Realmente, não dava para rolar nada naquele tempo.

— Ô se passa — concordou Danilo. — Do jeito que eu estou destreinado, vou dar uma de Ross Geller falando sobre gases, e não de Joey Tribbiani. *"Hey, how you doin"* —terminou Danilo imitando a "infalível" cantada do personagem de *Friends*.

Ana Cristina caiu na gargalhada lembrando-se da cena em que Ross Geller falou sobre cheiro dos gases numa vã tentativa de cantar uma figurante em cena. Conversaram mais um pouco sobre o assunto, Ana Cristina alertou o amigo a também conversar com os filhos sobre o provável futuro relacionamento.

— Também tem essa. Nem sei como vou contar para os dois. Primeiro vou ver se vai rolar alguma coisa entre a Ângela e eu, aí, se realmente acontecer, falo para os dois.

Depois de alguns dias pensando, Danilo resolveu se arriscar. O máximo que conseguiria era um "não" bem "redondo" da escrivã. "Esperei demais, Danilo, cansei. Virei a página."

18.

NADA FUNCIONA

Renato e Murilo estavam fazendo de tudo para consertar o botão e fazer com que Thiago voltasse à era contemporânea. Entretanto, após sete horas de trabalho sem apresentar resultados, Murilo não aguentou a frustração:

— Ah, que ódio! — gritou furioso. O garoto estava suando tanto pelo calor do dia quanto pelo esforço.

— Murilo, ficar gritando não adianta. Encare os fatos: esse botão está travado e vamos ter que fazer outro. Se não me engano, tem outro controle de videogame por aqui... Achei! Vamos usá-lo para restaurar o botão. O porém é que eu acho que o que ativou na verdade o sistema foi o raio naquele dia — disse Renato, enquanto Murilo se recuperava do ataque de fúria.

— Renato, a gente está quebrando a cabeça há dias para trazer o Thiago de volta e nada dá certo. Sinceramente, estou a ponto de desistir...

— Tá maluco, Murilo? A gente PRECISA trazer o Thiago de volta independentemente do tempo que gaste essa missão.

— Eu sei, mas se nada dá resultado, fica difícil ficar motivado para continuar... — Murilo encerrou a discussão ainda frustrado.

O adolescente pouco depois foi para sua casa, junto de sua irmã, na mesma rua da casa de Thiago. Quando lá entraram, viram Danilo sentado no sofá aparentando estar muito preocupado.

— Pai, está tudo bem? — perguntou Júlia assustada.

— Oi, filhos. Está sim. Mas preciso conversar uma coisa com vocês dois...

— O que a gente fez, pai? — Murilo já achava que levariam alguma bronca por não terem arrumado a cama ou lavado a louça da noite passada de novo, já que naquela manhã já havia sido devidamente advertido pelo pai por ter largado a cama desarrumada antes da escola.

— Dessa vez nada, Murilo — Danilo riu. — Tomei uma decisão e preciso falar sobre ela com vocês.

— Que decisão, pai? — Júlia estava desconfiada.

— Filhos, vocês se lembram da Ângela?

— Aquela moça que trabalha com você e o tio Luiz na delegacia? — Júlia perguntou. Parecia mais interessada na conversa do pai que o irmão.

— Ela mesma, filha.

— Lembro dela sim, o que tem? — continuou a menina.

— Bom, já faz quase dez anos que a mãe de vocês morreu, e eu estou apaixonado pela Ângela, e ela por mim... Nós dois decidimos namorar.

— Sério, pai? — Murilo parecia empolgado.

— Sério — disse Danilo, tendo vários flashes da hora do almoço. Ele e Ângela se entenderam ainda na viagem de ida para a outra cidade da comarca. Na volta, contaram ao delegado, Cláudio, que apenas disse para os dois não misturarem a vida pessoal com o trabalho. — Tudo bem para vocês?

— Tudo certo, pai. A mamãe morreu há muito tempo. Nada vai trazê-la de volta — disse Júlia, abraçando Danilo. O investigador se surpreendeu com a maturidade da filha.

— Por mim está tudo bem também, pai — disse Murilo. — Ela vai vir morar aqui?

— Quem sabe em alguns meses... — disse Danilo, evasivo e satisfeito. Seus filhos aparentemente estavam aceitando seu relacionamento.

— Do que eu me lembro, ela pareceu ser bem legal... — disse Júlia.

Danilo, ao ouvir aquilo, tranquilizou-se. Os dois estavam crescidos o suficiente para entenderem que ele não queria "substituir" Luciana.

Ângela, por sua vez, ainda estava tentando entender o que lhe acontecera. Do nada, o fechado Danilo se abriu e começou a se desculpar por tê-la ignorado por dez anos.

— Sério, Ângela, não devia ter ficado tanto tempo sozinho.

— Danilo, calma. Você perdeu sua mulher de maneira muito trágica e repentina. É totalmente compreensível que você se fechasse por algum tempo. E você tinha dois filhos muito pequenos. Agora que os dois cresceram mais um pouco e estão mais independentes, as coisas começam a entrar nos eixos.

— As coisas entraram nos eixos até que rápido, devo confessar, exceto minha cabeça. Mesmo assim, dez anos é muita coisa. Minha vida se resumiu, nesses últimos anos, a trabalho e meus filhos.

— Tem uma senhora na minha cidade natal que perdeu o marido num acidente também e ficou mais de quinze anos sofrendo. Tal como você, ela tinha filhos também, porém mais velhos. Ela inclusive parou de trabalhar porque entrou em depressão.

— Cada um reage de um jeito, não posso julgá-la, porque duas semanas depois eu já estava na delegacia entregando comunicações de serviço para o doutor Cláudio.

— Isso é verdade. Pois então, Danilo, é isso que eu quero que você entenda: eu não estou achando ruim você ter ficado tanto tempo fechado. Tive outro relacionamento nesse meio tempo.

— Aquele brutamontes que ficava atrás de você, rondando a delegacia, não conta. Me desculpe, mas não dá. Ficávamos eu, o Luiz Antônio, o Douglas e o Marcelo nos revezando para te escoltar até sua casa. E o que ele fez com você é imperdoável.

Danilo lembrou do único namorado que Ângela tivera nesse intervalo de tempo. Um homem truculento e agressivo que não aceitou um acontecimento no relacionamento – abusivo – entre ele e Ângela. O sujeito chegou a ser preso, mas quando foi solto, perdeu completamente a noção de perigo e invadiu a delegacia com uma faca em punho. Foi de imediato abatido por Danilo e Luiz Antônio, que lhe atiraram no peito e na cabeça, respectivamente. Embora tenham enfrentado um processo administrativo, acabaram livres por legítima defesa própria e de terceiros. Ao final, receberam uma promoção por mérito.

— Verdade. E no fim devo a você a oportunidade de poder novamente dormir e circular pela cidade sem ter medo de ser repentinamente atacada por aquele desequilibrado.

— Não fizemos nada de mais — desconversou Danilo. Não queria que Ângela ficasse com ele por gratidão de ele ter matado seu agressivo ex-namorado. Nem por tudo mais que havia acontecido.

— Já faz quanto tempo isso, Danilo, uns seis anos?

— Acho que sim. Até hoje me lembro perfeitamente da cena: ele entrando furioso na delegacia, gritando seu nome. O doutor Cláudio viu, e o Luiz e eu éramos os únicos investigadores na hora no local. Ele nos chamou, orientou a atirarmos, caso houvesse qualquer movimento brusco enquanto ele tentava conversar com o homem. Ele te viu na sua sala e foi para lá levantando a faca e gritando "vou te matar, sua vadia desgraçada". Nessa hora sentei o dedo no gatilho e vi o Luiz Antônio fazendo o mesmo. Passamos uma semana limpando o sangue dele no corredor, mas ao menos ninguém além dele se feriu. Se passarem algum daqueles produtos químicos para detectar sangue lá no corredor, é provável que até hoje tenha vestígios.

— É. Nós só tomamos o maior susto das nossas vidas.

— Verdade — concordou Danilo, esboçando um sorriso. Em seguida, o investigador estacionou a viatura no acostamento da estrada. Era uma região tranquila, com baixíssimo movimento. Olhou dentro dos olhos de Ângela. Não precisou muito tempo para começarem a se beijar.

Voltaram para a delegacia e encontraram o delegado concentrado relatando uma pilha de inquéritos.

— Boa tarde, doutor.

— E aí, Danilo, Ângela, tudo bem? — disse o delegado, dando uma pausa no serviço. — Danilo, liga para o Luiz Antônio ou para o Douglas e veja se eles já estão voltando da escolta. Quero vocês três aqui para discutir uma estratégia de investigação nesse procedimento novo... O Marcelo tirou folga hoje, depois vocês passam o que combinarmos para ele.

— Pode deixar — acatou Danilo, já de telefone em punho ligando para seu colega e compadre. — Ah, doutor, a Ângela e eu temos que conversar uma coisinha com o senhor...

Cláudio olhou desconfiado para o casal. "Qual seria o motivo da conversa?", perguntou-se.

— Pois não, o que aconteceu?

— Bem, doutor... A Ângela e eu estamos namorando.

— Sério isso? Desde quando?

Danilo olhou no relógio de pulso antes de responder:

— Sim. Desde meio-dia e meia.

Cláudio deu uma risadinha debochada.

— Poxa, já faz tempo, hein? — disse o delegado. Ainda não eram duas horas da tarde. — Mas fico satisfeito por vocês me avisarem tão prontamente. Só peço aos dois que tenham maturidade o suficiente, e creio que ambos têm, pois não estou falando com adolescentes, para não misturarem o namoro com o trabalho. Ângela: não é porque o Danilo largou toalha molhada na cama que você vai deixar de entregar intimações para ele, e, Danilo, não é porque a Ângela não quis transar que você não vai cumprir as intimações e ordens de serviço que ela lhe entregar. No mais, vocês podem fazer o que bem quiserem, casar, ter filhos... Ah, me convidem para o casamento e para o batizado, mas não me chamem para ser padrinho.

O casal sorriu.

— Tudo bem, doutor — consentiu Ângela.

— E caso o relacionamento não dê certo, por favor, não tentem puxar o tapete um do outro aqui dentro. Ah, aceitem que um relacionamento pode acabar e que a vida continua depois disso. Não quero que a delegacia se transforme em cena de crime de novo.

— Claro, doutor. Mas não podemos começar um relacionamento pensando em como agir caso ele termine.

Alguns dias depois, Ângela foi jantar na casa de Danilo. Além do namorado, havia outras duas pessoas na mesa: Murilo e Júlia, filhos do primeiro casamento dele.

Ângela sabia que teria que conviver com muitas lembranças do casamento anterior de Danilo. Finalizado bruscamente com a morte de Luciana. Nenhum dos dois tinha culpa do fim da relação. E principalmente não poderia simplesmente apagar a existência de Luciana da casa e da vida de Danilo e dos filhos. Trataria os jovens como se fossem seus próprios filhos, porém sabendo que não era a mãe deles. Principalmente agora que ambos estavam entrando na adolescência. Ângela chegou à casa quando Danilo estava colocando a assadeira com o salmão no forno. O jantar foi em clima descontraído, não deu para ficarem em clima de romance com dois adolescentes por perto. No final, Danilo fez a dupla o ajudar a lavar a louça e ficou conversando com Ângela, que, embora Danilo dissesse que não precisava ajudar, acabou entrando na arrumação. Depois de arrumarem a cozinha, Danilo despachou os filhos para seus quartos e ficou com Ângela na sala. A escrivã agradeceu ao investigador pela noite agradável. Perto da meia-noite, Ângela voltou para o seu apartamento, e Danilo foi para a sua cama. No dia seguinte, Murilo foi o primeiro dos filhos a acordar. Ao ver o pai sozinho na cozinha preparando o café da manhã, estranhou:

— Bom dia, pai... Cadê a tia Ângela?

— Bom dia, filhão. Ela foi para a casa dela.

— Por que ela não dormiu aqui?

— Filho, não tem nem uma semana que estamos namorando. Nenhum de nós está apressado. Ela teve um namoro meio traumático há alguns anos, então conversamos e decidimos ir devagar — Danilo estranhou a pergunta do filho. "Sério que Murilo já achava que Ângela e eu iríamos dormir juntos?", pensou Danilo gelando só de imaginar que Murilo podia pensar que ele e Ângela haviam transado. Só que o garoto nem havia pensado nisso.

— Ah, tá. Não foi o namorado dela que você matou, pai? Daquela vez que ela ficou internada no hospital e você ficou com ela? — Murilo se lembrava com clareza do episódio. Por um triz Danilo e Luiz Antônio não foram presos. Para a sorte de ambos, havia duas testemunhas, o prefeito e o comandante da Polícia Militar, que estavam conversando com Cláudio no gabinete no momento da invasão e posteriormente depuseram a favor dos investigadores, contando o quanto a "vítima" estava alterada e armada com uma faca.

— Foi — disse Danilo, ocultando uma parte da história, a mais trágica, do filho. Embora acreditasse que o garoto se lembrasse da época, bem tumultuada na vida da família. — Ele terminou o relacionamento com ela, mas depois se arrependeu, e como ela não queria saber de mais nada com ele, e com muita razão, ele perdeu a cabeça e fez a maior besteira que poderia ter feito.

— Agora não entendi mais nada. Foi ele quem terminou o namoro e não aceitou? Ou se arrependeu e quis reatar, e a tia Ângela não aceitou? — Murilo aproveitou para tomar café da manhã com o pai.

— Acho que foi por aí. Mas ele foi preso em flagrante por ter mandado ela para o hospital. Ela recebeu uma medida protetiva e depois que teve alta até ficou um tempo aqui em casa, só depois que ele morreu é que teve coragem de voltar para o seu apartamento. Quando ela decidiu que ia voltar para casa, a justiça o soltou, e ela soube que ele estava rondando a casa dela, pediu para ficar mais um tempo aqui, o homem era completamente desequilibrado. Aí um dia, depois de ser solto, ele teve a "brilhante ideia" de entrar com uma faca na delegacia decidido a matar um policial. Acabou morrendo. Mas ela só conseguiu voltar para casa três semanas depois.

— Que doido. O tio Luiz e o senhor quase foram presos, não?

— Quase. O prefeito daqui na época e um coronel da Polícia Militar estavam lá na delegacia e viram que não tínhamos saída. Quando ele caiu, vi que o coronel estava com a arma na mão também. Além do Luiz Antônio, do doutor Cláudio e de mim. Os únicos desarmados em cena eram o prefeito e a Ângela, já que ela não anda armada.

— Como a gente ia ficar se você tivesse sido preso, pai? — Murilo começou a pensar em como ele e Júlia, na época dos fatos com oito anos, fariam sem mãe, já morta há alguns anos, e sem pai.

— Acho que a Ana Cristina cuidaria de vocês. Por sorte não passei nem um minuto preso e minha ficha criminal continua mais limpa que um centro cirúrgico. E depois foi provada a legítima defesa. Mas, filho, chega desse assunto. Como estão as coisas para trazer o Thiago de volta?

— Mais empacadas que burro velho — disse o garoto, chateado. — Quando a gente acha que conseguimos algo, esse algo não funciona de jeito nenhum. Pai, estou com medo de o Thiago nunca voltar. — Murilo era um garoto tímido e fechado, mas, depois dessa deixa, desabou soluçando no colo de Danilo. O investigador abraçou o filho, confortou-o, até aninhou o menino no colo, e garantiu que ele conseguiria resolver o problema.

Já com o filho mais calmo, Danilo pediu que ele chamasse pela irmã.

19.
LEROY, ESTRANHO LEROY

O dia amanheceu tranquilo no Reino das Três Bandeiras. O sol de outono aquecia levemente o ambiente e depois de várias horas de claridade e nenhum anúncio de corpos decapitados, todos tiveram certeza de que o dia seria bastante proveitoso.

Thiago logo terminou seu serviço de organizar os pergaminhos no porão do mosteiro e em seguida falou com James:

— Abade, posso sair e dar uma volta pela vila?

— Claro, Thiago, mas volte antes do entardecer.

— Sim, senhor.

Thiago então saiu pelo reino tomando rumo do lago perto de onde Raymond residia. O eremita estava limpando peixes recém-pescados no lago ao lado de seu chalé. Ele já não parecia mais o velho maltrapilho que Remy conhecera alguns dias antes. Havia tomado um banho, ajeitado os cabelos e usava uma túnica limpa. Ao notar a aproximação de Thiago, ergueu seus olhos do peixe.

— O que deseja, monge?

— Nada não, estou só caminhando para relaxar um pouco.

Raymond esboçou um sorriso:

— Faz bem, meu jovem monge.

— Obrigado. — Thiago ainda estava meio reservado. — Belos peixes.

Ambos ficaram sem "assunto", então Raymond concentrou-se novamente nos peixes, e Thiago ficou por perto observando apenas. Até que Raymond quase matou Thiago de susto:

— Meu jovem, me diga a verdade, de onde veio?

— Reino de Portugal, Raymond.

Raymond ergueu os olhos azuis transparentes e encarou novamente o menino.

— Mesmo?

— Sim. Por que eu mentiria sobre minhas origens?

— Você sabe melhor que ninguém como nosso tempo é. Soube que um dia antes de sua repentina chegada ao nosso reino, o abade James rezava fervorosamente para que conseguissem alguma forma de descobrir quem estava decapitando os camponeses, e você surge do nada em uma beira de estrada após uma violenta tempestade e dá outro rumo para o caso. Eles achavam que até então cada camponês fora morto por um assassino diferente...

— Ah — Thiago desdenhou. — Foi coincidência, Raymond.

Raymond se levantou e se aproximou de Thiago. A espinha do garoto gelou. Apesar de parecer calmo e até mesmo "normal", Raymond era um completo estranho. O eremita chegou bem perto de Thiago, como se quisesse examinar cada detalhe do seu corpo. Até então, Raymond parecia mais um dos monges com quem Thiago convivia diariamente. Mas o garoto temia que ele pudesse se transformar de novo no "surtado" da última vez que se viram. Sabia que os "surtos" normalmente eram repentinos e a pessoa não se transformava gradualmente.

— Diga sinceramente para mim, meu jovem, você veio ou não de outra época?

Thiago ficou na dúvida, Raymond parecia ser amigável naquele instante, mas se ele falasse a verdade, poderia transformar o homem naquele ser desiquilibrado que tentou espancar Remy com um galho de árvore ou ferir o abade com uma lança. E dessa vez não tinha Remy, Olivier e Louis para defendê-lo. Ou então, a reação de Raymond poderia ser tão tranquila quanto ele aparentava estar. Com o coração batendo mais rápido que bateria de heavy metal, decidiu ser honesto.

— Sim, Raymond, nasci no início do século vinte e um, e só estou aqui por culpa de um acidente com uma máquina. Vim de um país que vocês sequer sabem que existe, em um continente que somente será descoberto no ano de mil quatrocentos e noventa e dois por um genovês chamado Cristóvão Colombo.

Meu país será colonizado por Portugal e somente entrará nos mapas a partir de mil e quinhentos.

Raymond sorriu triunfante. Thiago se preparou para sair correndo, quando tudo o que o homem fez foi colocar as mãos nos seus ombros, chacoalhá-lo de leve e dizer:

— Eu sabia! Você só veio para o nosso reino para desvendar a identidade do Cavaleiro Negro.

— Tomara que eu consiga, Raymond — disse Thiago, aturdido. "Cadê o chilique?", pensou. "Ah, essa parte fica para o François quando descobrir que eu sou um viajante do tempo", terminou o noviço debochado.

— Você vai conseguir — disse Raymond, firme.

— Aliás, o que o senhor tem a me dizer sobre ele?

— Ele é mais ou menos da estatura do comandante Legrand, porém tem ombros mais largos. Não pude ver seu rosto, pois estava coberto pelo capacete. Agora, volte para a vila, meu jovem, já está anoitecendo, o abade não vai gostar de te ver fora do mosteiro à noite.

— Sim, senhor.

— Adeus, meu jovem.

Enquanto esse diálogo se desenrolava, James, ao perceber que em breve o sol se poria, começou a ficar preocupado, pois não havia nenhum sinal de Thiago. Tal como um pai preocupado, ficou na porta do mosteiro, e lá foi avistado por Olivier, que de imediato foi até o local perguntar o que estava acontecendo.

— Abade, está tudo bem? — Olivier sentiu de longe a preocupação de James, curvando-se diante dele.

— Não muito, Marchand. O Thiago saiu para caminhar pelo reino e até o momento não retornou. E já está anoitecendo...

— Vou procurar por ele, abade, e trazê-lo o mais depressa possível. O senhor viu para que direção ele foi?

James se lembrava vagamente de Thiago seguindo para o lago. Apontou a direção.

— Acho que foi por ali — disse James, hesitante.

— Perfeito, abade. Prometo trazê-lo em breve.

— Obrigado, Marchand.

— De nada, abade — Olivier curvou-se novamente, partindo na direção apontada por James.

Após andar alguns quilômetros, Olivier vê o que parecia ser um vulto negro andando apressado em direção à vila. "Seria Thiago?", perguntou-se o arqueiro. Teve a resposta em seguida, quando o vulto gritou seu nome:

— Olivier!

— Thiago! — o arqueiro gritou de volta, correndo em direção ao vulto que agora estava identificado como o noviço do mosteiro. — Por onde andou, rapaz? O abade está preocupado com você.

— Fui além do lago. Me perdi. Acho que não deveria ter ido tão longe.

— Acha, é? — Olivier era sarcástico.

— Me empolguei. Vi uns animais diferentes e quis vê-los mais de perto... — explicou Thiago, dando um sorriso sem graça.

— Há muitos veados, coelhos, raposas e outros animais após o lago. É uma área onde poucas pessoas costumam se aventurar... E já é praticamente o Reino da Lorrânia.

Em pouco mais de uma hora, Olivier e Thiago se viram novamente na vila. James, ao rever seu pupilo, acalmou-se. Soltou todo o ar dos pulmões. A tensão o fazia respirar mais rapidamente, e o abade estava ficando sem fôlego.

— Graças a Deus, vocês dois estão bem. Onde esteve, Thiago?

— Fui um pouco além do lago e acabei me perdendo — disse o garoto, ocultando toda a conversa com Raymond Leroy.

— Exagerou no passeio, Thiago. Agora, entre logo, serviremos o jantar em breve. Acredito que você esteja faminto — disse James, ordenando que Thiago entrasse no mosteiro.

O garoto acatou as ordens do abade e rumou para o interior do prédio. Pouco depois, estava sentado à mesa com os demais monges. Pão de centeio, carne de cordeiro cozida e alguns vegetais eram o cardápio da refeição.

Enquanto se serviam, Thiago conversava com o monge Jean Savigny sob olhares reprovadores de François. Não adiantava James dizer ao ressentido monge que Thiago não era perigoso. Para a sorte do garoto, Lafonte estava sozinho nessa cruzada contra ele no mosteiro. Após a refeição, James conduziu mais algumas orações e todos os monges foram para suas celas. Thiago custou, como sempre, a pegar no sono. As palavras de Raymond ecoavam em sua cabeça, e agora ele acreditava que enquanto não resolvesse o mistério do decapitador, ou do Cavaleiro Negro, que para ele eram a mesma pessoa, ele não conseguiria retornar à atualidade. "Foi tudo sincronizado, chuva lá e cá, minha ideia de jerico de fazer a máquina, a hora em que apertei o botão, o decapitador tocando o terror aqui, o abade, e creio eu todas as demais pessoas que residem no reino, rezando fervorosamente para que a história do decapitador tivesse um fim e a data que escolhemos para 'testar' a máquina…", pensava Thiago. E a solução era ele, um garoto de quatorze anos nascido oitocentos anos após os acontecimentos narrados. Agora Thiago se perguntava POR QUE ele era a solução. O fato de seu pai ser policial não podia ser considerado, senão Murilo também poderia ter sido a vítima. E nem todo filho de policial pensa em se tornar policial, ou tem a astúcia que o pai ou a mãe tem.

Depois, seus pensamentos se voltaram para a hora que encontrou Olivier na estrada. Já escurecia e Thiago estava desesperado para chegar logo à vila e ao mosteiro. Começou a achar que havia se perdido quando avistou um vulto na estrada vindo em sua direção. Estava ficando nervoso e com medo quando os últimos raios de sol daquele dia refletiram nos longos fios loiros do arqueiro. "É o Legolas?", perguntou-se Thiago em tom de deboche. Ele sabia que havia poucos homens loiros no reino, e loiro com cabelos longos apenas um: Olivier Marchand. Gritou pelo arqueiro, que correu em sua direção e o acompanhou no trajeto até a vila. Finalmente, dormiu. No dia seguinte, perguntou novamente a James se poderia "dar uma volta pelo reino".

— Poder você pode, Thiago, mas por favor não vá muito longe. Ontem você quase chegou debaixo da escuridão. Fiquei preocupado. Felizmente Olivier te encontrou antes que algo ruim lhe pudesse acontecer — autorizou e aconselhou o abade.

— Desculpe, abade, fui além do que devia ontem, mas prometo chegar antes do pôr do sol hoje.

— Ótimo. No mais, bom passeio.

Thiago até pensou em ir novamente ao lago para continuar a conversa com Raymond, mas não sabia como estaria o temperamento do eremita. "Ele pode ter, sei lá, transtorno bipolar, num dia tá tudo certo, no outro o homem tá virado no sei lá o que e quer matar qualquer um que se aproxime dele, um raio não cai duas vezes no mesmo lugar, hoje ele pode estar mais doido que o Batman", pensou Thiago, decidindo tomar outra direção. Seguiu rumo aos alojamentos militares.

Louis, Olivier e Remy estavam conversando, e o arqueiro viu Thiago se aproximando do trio.

— Vem aqui, Thiago — chamou Olivier.

Meio tímido, Thiago se aproximou do grupo.

— Se perdeu ontem, Thiago? — perguntou Remy, em tom de deboche.

— Quase isso — desdenhou o garoto. — Fui um pouco além do que costumava ir normalmente e acabei perdendo o rumo. Por sorte Olivier me encontrou. Na verdade, eu perdi a hora, a noção de tempo.

O arqueiro arrumou suas longas madeixas, amarrando-as com uma tira de couro na altura da nuca, fazendo um rudimentar "rabo de cavalo".

— Estava na estrada andando rápido. Queria chegar antes de escurecer — contou Olivier.

— É — disse Thiago, sem graça. — Queria ver o que havia depois do lago. Ainda é o Reino das Três Bandeiras para lá?

— Sim. Nosso reino vai até as montanhas ao sudoeste. Depois delas, está o Reino da Lorrânia — explicou Louis.

Olivier olhou para o céu e se levantou subitamente:

— Preciso passar no ferreiro. Preciso de mais flechas.

— Acho que também vou. Minha espada está perdendo o fio — constatou Louis. Remy também alegou que precisava passar no ferreiro para pegar novos estribos para sua sela. Thiago acabou acompanhando os homens mais confiáveis do reino, após o duque Jacques e o abade James. Demoraram cerca de três horas no ferreiro e saíram de lá devidamente carregados. Olivier agora tinha "munição" para vários dias e até semanas de treinos, porém já pedira outras tantas para daqui quinze dias, além de ter flertado com a filha do ferreiro, o qual, ao que tudo indicava, adoraria vê-los casados. Louis estava com uma espada afiada que cortaria até pedra como uma barra de manteiga, e Remy com dois reluzentes pares de estribos.

Quando retornaram aos alojamentos militares, Thiago decidiu voltar para o mosteiro. A ida ao ferreiro e a volta carregando um caixote cheio de flechas o cansaram. Assim que Thiago se distanciou razoavelmente dos alojamentos do exército, um camponês chamou os militares, pois ocorria um problema envolvendo alguns aldeões. E de longe percebeu Louis sendo bastante atencioso com o camponês que os procurara. Quando Thiago chegou ao mosteiro, James estava no portão se despedindo de um casal que carregava um bebê no colo.

— Já de volta, Thiago? — perguntou o abade ao ver que ainda era cedo.

— É, hoje fiquei por aqui.

— Onde esteve?

— No alojamento militar, mas fui ao ferreiro também.

— Foi fazer o que lá? — James estranhou.

— Olivier precisava pegar flechas lá, Louis aproveitou para arrumar sua espada e Remy pegar estribos para a sela do cavalo... Fui junto e carreguei um caixote de flechas na volta.

— Ah, entendi. Voltou rápido antes que lhe pedissem para lustrar as armaduras, escovar os cavalos, lixar arcos, polir escudos e espadas e limpar os estábulos? — zombou James sabendo que cada infante, cavaleiro, arqueiro, militar em geral tinha de cuidar de seu próprio equipamento e animal.

— É — disse Thiago rindo. Quando disse que iria embora, Remy chegou a perguntar, em tom de deboche, "já vai embora, é? Está com medo de que a gente te dê mais serviço?".

Logo, no entanto, Thiago percebeu que James não estava muito animado.

— Abade, o que aconteceu?

— Você viu aquele casal que saiu daqui bem quando você chegou, com um bebê no colo, não?

— Sim. Eu os vi. O que tem?

— Lembra do criador de porcos que teve sua cabeça exposta em frente ao quartel do Louis?

Thiago se lembrou na hora de toda a história. Do desespero de Remy ao entrar na igreja para avisá-los do crime ao nojo e repulsa que sentiu ao ver a cabeça na estaca. Inclusive que a esposa dele estava grávida quando o marido fora assassinado e que o casal já tinha outros dois filhos pequenos.

— Sim. Foi o último caso do decapitador. Não era a mulher dele que estava grávida na época?

— Pois bem, o bebê é o filho que ela esperava quando o marido faleceu, e ela morreu no parto. Aqueles são os vizinhos. Vieram me comunicar o falecimento da mãe. Outros tomaram posse da casa deles, e os meninos foram encontrados sob uma árvore essa manhã. Ainda são pequenos demais para conseguirem contar, explicar ou mesmo entender o que aconteceu. Nem os vizinhos nem ninguém pode ou quer assumir os cuidados com os, agora, três meninos. Preciso saber o que fazer com eles.

— Triste a situação, abade.

— É, muito.

Enquanto Thiago e James conversavam sobre os filhos do criador de porcos decapitado, a mesma notícia chegava ao castelo. Jacques lamentava a história de três garotos estarem sozinhos agora, porém não pôde esperar pela atitude de sua esposa.

20.

A TRISTE SAGA DE UM APROVEITADOR

Naquela manhã, um choro infantil chamou a atenção de alguns dos criadores de porcos do reino. Sob um frondoso carvalho, eles avistaram três pequenos vultos, porém, não conseguindo de imediato perceber do que se tratava, pensaram de início tratar-se de animais. Aproximaram-se do carvalho e, perplexos, perceberam que os "vultos" eram três crianças. O mais velho andava por perto rondando um corpo maior, que logo foi reconhecido como o de uma mulher, morta. O camponês logo reconheceu a falecida como sendo a esposa da última vítima do "cortador de cabeças" e as duas crianças maiores como sendo os filhos do casal. Logo se lembrou de que a mulher do morto estava grávida do terceiro filho quando de sua morte.

Olhou novamente para as crianças. Contou-as, havia três, não duas. Os dois mais velhos estavam sujos, famintos e muito assustados. Um aparentava ter nascido há menos de trinta horas e chorava sem parar. A casa, em compensação, parecia estar ocupada por alguém bem vivo, já que havia fumaça saindo pela chaminé. O camponês entrou na residência e viu outro criador de porcos lá dentro, sem nenhuma relação de parentesco com os antigos moradores, cozinhando alguma coisa no fogo. Iniciaram uma discussão. A esposa do camponês que tentava entender a história correu para perto das crianças, pegou o recém-nascido no colo, afastou os outros dois filhos da morta do local e pediu a outra vizinha que cobrisse o corpo morto da mãe daquelas crianças. O mais velho dos meninos começou a chorar.

O invasor não saiu da casa, mesmo após a discussão com o vizinho, que ameaçou levar o caso ao abade. O invasor deu de ombros e continuou dentro do imóvel. O camponês não se deu por vencido e, juntamente de sua esposa e o filho recém-nascido dos vizinhos mortos, dirigiu-se ao mosteiro da vila comunicar o acontecido e pedir ao abade, ou a qualquer outro monge que os atendesse, que batizasse o menininho. As mulheres se mobilizaram para cuidar das crianças, uma que também havia dado à luz recentemente amamentou o recém-nascido, e outra ajudou a alimentar os dois mais velhos. Outro camponês foi até o alojamento do exército contar a mesma história e voltou acompanhado de Louis, Olivier e Remy. Entretanto, todos concordaram que não tinham como criar as três crianças. Eram bastante pobres e já tinham vários filhos cada casal.

Olivier, Louis e Remy foram atender ao chamado do camponês. Após entenderem do que se tratava, Louis ficou no local, para garantir que o invasor não tentasse nada contra a vida dos meninos ou sumir com o corpo da mãe deles, a essa altura coberto por um tecido. Meia hora depois, o batedor e o arqueiro chegavam ao castelo detestando serem portadores de notícias ruins. O duque Jacques e a duquesa Catherine logo os receberam.

— Remy, Olivier, o que os trazem? — perguntou Jacques.

— Infelizmente, más notícias, duque — respondeu Remy curvando-se. Olivier apenas encarava o piso de pedra do salão do castelo, visivelmente aborrecido.

— Mais uma vítima do decapitador? — pergunto Catherine, receosa.

— Não, madame Catherine. Mas a esposa da última vítima morreu no parto do terceiro filho... Vizinhos estão cuidando das crianças, mas não poderão ficar com os três meninos. O que faremos com essas crianças, duque? — dessa vez foi Olivier quem respondeu.

— Pouvery já está ciente? — perguntou Jacques. — E onde está Louis?

— Não sei dizer, duque. Viemos direto da casa deles até aqui. Um dos vizinhos que está cuidando das crianças disse que outro foi ao mosteiro avisar o abade e levar o bebê para ser batizado. Aliás, os vizinhos conseguiram juntar valores para pagar o funeral da mulher. Mas nenhum deles quer ou pode cuidar das crianças. Ah, Louis ficou no local — respondeu Remy.

— Ah, já estávamos nos esquecendo: outro homem invadiu a casa da família. As três crianças e o corpo da mãe foram encontrados sob uma árvore. Não sabem dizer se passaram a noite ao relento ou se foram retirados de lá no início desta manhã — completou Olivier.

— Meu Deus, que absurdo! — indignou-se Catherine. Jacques também ficou indignado com a notícia.

Jacques e Catherine se entreolharam. Costumeiramente, aqueles garotinhos seriam deixados à própria sorte até a vida adulta ou até a morte, o que era mais provável nesse caso. Até que a duquesa tomou uma decisão talvez inédita desde o início da história humana.

— Remy, Olivier, chamem o abade Pouvery. Digam que quero falar com ele. E tragam as crianças para o castelo. Cuidaremos delas aqui.

Todos na sala olharam espantados para Catherine.

— Madame Catherine, a senhora vai cuidar dos filhos do casal? — estranhou Remy.

— Sim. Alguém tem de fazer isso. Jacques e eu não tivemos filhos, então...

Remy e Olivier olharam para o duque. Se ele concordasse com a ideia de Catherine, eles acatariam as ordens da duquesa.

— Não seria má ideia ficar com os três aqui. — O duque ficou repentinamente mais animado. — Vão chamar o abade. Mas ainda não digam nossas intenções.

— Sim, senhor duque — disseram Olivier e Remy em uníssono e partiram em direção ao mosteiro.

Lá chegando, James, Jean e Thiago conversavam, todos preocupados com o destino dos filhos do criador de porcos.

— Não consigo imaginar três crianças como eles abandonadas à própria sorte. Eles não conseguem fazer nada sozinhos ainda. Vão morrer de fome, sede, frio, ou serão atacados por animais selvagens, ou por alguma pessoa que queira saquear os poucos bens que os pais deles tinham.

Jean e James olharam preocupados para Thiago. Muitas das coisas que Thiago disse poder acontecer com as crianças sequer havia passado pela mente dos monges.

— Meu Deus, nunca pensei nisso — disse Jean, preocupado.

— Nem eu... Meu Deus, quantas crianças já não morreram por situações semelhantes... — James estava pesaroso.

Enquanto ainda conversavam, um criado do mosteiro se aproximou e disse ao abade que havia dois homens querendo falar com ele.

— Mande-os entrar — disse o abade. Logo os visitantes entraram.

— Boa tarde, abade, monge Savigny, Thiago — disse Remy curvando-se. Olivier acompanhou os gestos do colega.

— Olá, Legrand, Marchand. O que os trazem aqui dessa vez? — perguntou James.

— A duquesa Catherine deseja falar com o senhor lá no castelo, abade — Olivier deu o recado.

— Ela deu alguma ideia de qual seria o motivo?

— Creio que o senhor já saiba da morte da viúva do criador de porcos assassinado pelo decapitador — dessa vez era Remy quem falava.

— Infelizmente sim, os vizinhos que estão com as crianças vieram aqui para que eu batizasse o mais novo. No entanto, me informaram que nenhum deles pretende ficar com os três meninos — continuou James pesaroso.

— Pois então, abade, a duquesa quer conversar com o senhor sobre eles — disse Remy não contando a parte do invasor da residência, pois acreditou que James já soubesse.

— Por quê? — era Jean, não se aguentando de curiosidade. Nobres não se metiam em assuntos que mexessem com as camadas mais pobres.

— Não nos disseram, monge Savigny. Apenas nos pediram para chamar o abade para ir ao castelo — Olivier seguia à risca as instruções do duque, que nada mais eram deixar o clérigo no suspense. Se tudo tivesse ocorrido atualmente, seria algo como um "pode contar a história, mas sem spoilers!".

— Tudo bem — decidiu o abade. — Vamos ao castelo do duque Chevalier. E vocês dois vão comigo — terminou James decidindo levar Jean e Thiago para a reunião com Catherine e Jacques.

Remy providenciou uma carruagem para levar os monges. Olivier foi na carruagem de "escolta" e o próprio Remy foi cavalgando ao lado. O arqueiro e o batedor estavam curiosos para saber a reação de James, Jean e Thiago ao saberem da decisão inédita da duquesa.

No castelo, Remy entrou na frente anunciando a chegada do abade e dos monges. Quando chegaram no salão do castelo, além do casal, Paul Reinart, o conselheiro, estava junto. Olivier se perguntou se Reinart já sabia da ideia da duquesa e se a aprovava.

— Abade Pouvery, monge Savigny, noviço Thiago — cumprimentou-os o duque com as devidas reverências.

— Duque Chevalier, duquesa Catherine, conselheiro Reinart — James devolvia os cumprimentos. — Soube que madame Catherine desejava falar comigo.

— Sim, abade — disse a duquesa, ficando ao lado do marido.

— Posso saber o motivo que me trouxe aqui? — o abade perguntou.

— Creio que o senhor já tenha sido comunicado sobre a família da última vítima do decapitador, abade — disse Catherine. — Queria apenas comunicar o senhor que Jacques e eu vamos cuidar dos três filhos deixados pelo casal.

Thiago ficou bastante surpreso com a iniciativa da duquesa. Olhou rapidamente para James e Jean, cujos rostos mostravam um misto de assombro e admiração.

— É... É... É um gesto muito bonito de sua parte, duquesa, mas tem certeza de que realmente deseja fazer isso? — perguntou James, meio abobalhado, pego de surpresa pela duquesa. Thiago não entendeu de início o porquê de o abade questionar a atitude da duquesa. "Costumes medievais, seu lesado, provavelmente adoção não era comum nesse período", o garoto se censurou.

Catherine estava firme.

— Sim, abade. Quero criar esses três meninos como se fossem filhos meus e do Jacques. A única coisa que quero é que você nos dê a benção com os meninos e que nos diga os nomes deles. Sei que nem todos irão aprovar nossa decisão, mas eu não mudarei de ideia. Ah, sei que vai ser complicado criá-los. Jacques e eu não tivemos nossos filhos, agora entendo por que fui privada de gerar uma criança.

— Farei o que estiver ao meu alcance para ajudá-la nessa missão, madame Catherine. Quando pretende trazer as crianças para cá?

— Ainda hoje. Gostaria que o senhor fosse comigo, abade. Monge Savigny e Thiago também podem ir. Remy e Olivier podem assustar os meninos. Mas claro que eles vão também.

— Perfeitamente. Vamos? — James decidiu.

A duquesa, o abade, Jean, Thiago, Remy e Olivier então partiram para a casa da família do criador de porcos. Louis ainda estava no local dos fatos, impedindo o invasor da casa de enterrar a falecida mãe. Coisa que ele estava prestes a fazer quando a comitiva da duquesa chegou ao local. Apenas então James soube que o homem imobilizado por Louis havia expulsado os pequenos da casa e jogado o corpo de sua mãe ao tempo. Outros haviam encontrado as três crianças sob um carvalho logo pela manhã. O corpo da mãe estava por perto.

James retirou o tecido que cobria a mulher, e Thiago notou que a parte de baixo do vestido de linho cru da mulher estava tingida de vermelho. Hemorragia uterina, infelizmente uma causa comum de mortes naquela época. Um dos vizinhos, também criador de porcos, acolheu os menininhos e levou o recém-nascido ao abade naquela tarde para ser batizado. O abade se aproximou e disse ao casal solidário que levaria os meninos para um lugar seguro, onde seriam cuidados. Os demais vizinhos olhavam espantados para Catherine. Era extremamente raro ver a duquesa fora do castelo. Muitos se perguntavam o que a duquesa fazia naquela área acompanhada do abade, de dois outros monges (além dos já costumeiros comentários sobre a semelhança entre James e Thiago), do cavaleiro, do arqueiro e do infante chefes. Também comentavam a ausência do duque.

Logo Jean estava com o menino do meio no colo, e Thiago carregava o mais velho. A esposa do vizinho que resgatara os meninos estava com o caçula recém-nascido no colo. James explicou que os meninos iriam ficar sob os cuidados de Catherine. Entregou-o diretamente para a duquesa, fazendo diversas reverências. Catherine de imediato aninhou o bebezinho no colo. Acompanhados das crianças, todos retornaram ao castelo. O duque recebeu bem os meninos, vendo os dois mais velhos andarem cautelosos, explorando o local que a partir daquele momento chamariam de lar. James chamou Jean e Thiago para voltarem ao mosteiro e procurarem pelos registros de batizado dos mais velhos. Ele se lembrava vagamente das datas em que os batizara. A duquesa já pensava nos nomes para colocar nos garotos, mas queria preservar os dados pelos pais de sangue. O nome escolhido para o caçula seria "Pierre", nome do avô de Jacques. Para os mais velhos, ainda pensava em possíveis nomes ligados a família de Jacques, caso James não localizasse os registros.

De volta ao mosteiro, James pediu que Jean e Thiago se ocupassem desse trabalho.

— Preciso voltar ao castelo e conversar com o duque e com o conselheiro. O sujeito que tomou posse da casa e dos animais do falecido pai dos meninos não poderá passar impune — disse o abade.

— Perfeito, abade. Thiago e eu vamos procurar pelos registros dos meninos, peguei o nome do pai e da mãe deles com os vizinhos — disse Jean, concordando exaltadamente com seu superior.

Logo, Jean, que tinha mais prática com os pergaminhos e as anotações do mosteiro, aliás, era quem mantinha os registros de batizados, encontrou os dois registros, ao lado, sabendo que receberia as tais ordens do abade, pensou em colocar de imediato os nomes do duque e da duquesa como os pais dos meninos e já registrar o batizado do caçula.

— Jean, não é melhor esperar ordens expressas do abade para alterar o registro? E quanto ao batizado do menor, quando a cerimônia realmente ocorrer?

O monge suspendeu a pena no ar. Pensou no que Thiago lhe havia pedido e decidiu esperar as ordens expressas do abade, conforme aconselhado.

— Tem razão, Thiago — concordou Jean, escrevendo uma mensagem para o abade com o nome dos meninos e a data de nascimento deles.

James, por sua vez, estava de volta ao castelo. Foi anunciado ao duque que estava em uma sala brincando com o mais velho dos meninos. Os pequenos estavam se adaptando rápido.

— Abade, o que o traz aqui novamente?

— Duque, o conselheiro Reinart se encontra? A conversa deve ser entre nós três. Creio que madame Catherine já lhe contou que antes mesmo de sermos noticiados um vizinho tirou os meninos da casa e tomou posse de tudo.

— Sim. Na verdade, foi Remy ou o Olivier que me contaram que os três foram encontrados sob uma árvore. Mas... Onde pretende chegar com isso?

— Duque, nós precisamos estudar uma punição para esse homem. Não se pode deixar três crianças desamparadas dessa forma.

— Entendo, abade — disse o duque, virando-se para um criado. — Chame Reinart, por favor.

O criado curvou-se e partiu em direção aos aposentos do conselheiro.

Enquanto aguardavam, Jacques confessou a James que não saberia como proceder se tivesse que "se desfazer" dos meninos.

— Já estou apegado a eles. Nem preciso dizer que a Catherine também está.

— Entendo. Mas onde ela está?

— Com o bebê e o do meio no nosso quarto. Convém que ela participe da reunião?

— Seria interessante, porém acho que ela vai preferir cuidar das crianças.

Logo após esse diálogo, o conselheiro apareceu no local.

— Abade, a que devemos sua presença? — perguntou.

James repetiu toda a história dos, agora, filhos dos duques e concluiu novamente que precisavam descobrir uma forma de punir o apressadinho que tomou a casa e os porcos dos garotos.

— Ele achou que poderia ganhar patrimônio fácil... Que tal obrigá-lo a doar mais porcos e fazer alguns trabalhos para algum de nós? Vou ver com o exército. Remy, Louis ou Olivier dever ter algo para esse homem fazer. Outra opção seria tomar metade dos porcos que ele possui, e os criados do castelo cuidariam. Já que agora os meninos residem aqui.

— Paul, isso só representaria uma punição pela tomada dos bens, sobre ele ter colocado três crianças pequenas ao relento não temos punição discutida ainda — interveio o duque.

— Seria interessante chamarmos os homens do exército. Louis, Olivier e Remy podem ter alguma ideia do que fazer. Mas... Esse homem já não tinha casa? — perguntou Paul.

— Creio que sim. Ainda não entendi por que tomou a casa dos pais dos garotos — disse o abade.

Jacques virou-se novamente para o seu criado e pediu que ele trouxesse Louis, Olivier e Remy para o castelo. Demorou um bocado de tempo para que os homens do exército chegassem. Olivier trazia um pequeno pergaminho nas mãos.

— Abade — disse o arqueiro bonitão assim que viu James no castelo. — O monge Savigny pediu que lhe entregasse isto — terminou Olivier, curvando-se e depositando o pergaminho nas mãos de James.

— Obrigado, Marchand — agradeceu James. Após a leitura do pergaminho: — Duque, seus filhos mais velhos se chamam Henry e Yves. O caçula ainda não teve o nome definido.

— Ótimo. O mais novo se chamará Pierre. Catherine escolheu enquanto os esperava para ir buscá-los e pensava em outros para os mais velhos. Mas não será necessário. Agradeça ao monge Savigny em meu nome, abade.

— Claro.

Depois disso, Jacques, Paul e James contaram aos homens do exército o que pretendiam com eles. Remy logo sugeriu que ele limpasse os estábulos. Louis, que ele polisse armaduras e escudos. Olivier queria que o responsável restaurasse arcos e aljavas.

Thiago teve que segurar a risada quando viu o aproveitador sujo até os cabelos de estrume de cavalo limpando os extensos estábulos da cavalaria, suando ao polir quase mil armaduras e escudos e lixando mais de trezentos arcos e remendando alças arrebentadas de outras trezentas aljavas. O sujeito implorou para que o conselheiro Reinart, que acompanhava a "execução da pena" de perto, retirasse-o do castigo. Pedido este obviamente negado pelo conselheiro.

— Você se aproveitou de três crianças pequenas órfãs, uma delas recém-nascida, jogou-as ao relento, não respeitou o corpo morto da mãe deles e tomou posse dos poucos bens que elas possuíam, sendo que você já tinha mais do que eles. Perdeu metade de sua criação de porcos e agora está se sujeitando a esses serviços para aprender a não tomar posse de bens alheios. Quando aprender, poderá voltar ao que lhe resta de bens. Quanto à casa onde os meninos viviam, esta será destinada a outra família, que não tenha onde morar — Paul repreendia o aproveitador. — Não lhe passou pela cabeça que essas crianças poderiam morrer? — O conselheiro terminou de dar a "bronca" e percebeu o aproveitador balbuciar uma justificativa em tom inaudível.

Vendo a "bronca" de Paul, Thiago desejava nunca cometer deslize enquanto morasse por lá. Reinart era extremamente rigoroso.

O homem continuou sendo punido, limpando os estábulos e polindo todo o aparato bélico do reino por mais de um mês. Além de que, depois disso, Reinart aconselhou o duque, seguindo seu papel de conselheiro, a aumentar a carga de impostos do sujeito e assim mantê-la até que o bebê completasse dez anos de vida.

Ao final do período punitivo, o homem dizia-se fortemente arrependido de ter se aproveitado quando viu que a esposa do falecido criador de porcos havia morrido no parto, colocado os três filhos pequenos para fora da casa, debaixo de uma árvore, e assumido o controle da pequena propriedade da família, juntando os porcos do falecido com os seus e se transferindo para a casa deste, mantendo seu filho mais velho, um rapaz da idade de Thiago, cuidando da propriedade original. Foi-lhe dado o direito de regressar às suas terras, mas, mesmo com as autoridades do reino já considerando sua pena cumprida, ele sofreu ainda com seus vizinhos que, desde o dia dos fatos, tornaram-se extremamente hostis a ele e a sua família.

Olivier ainda achava pouco o que o homem estava passando. Ele achava que o sujeito deveria passar o dobro do tempo, no mínimo, fazendo o serviço pesado.

Três dias após o resgate das crianças, a mãe delas fora sepultada nos terrenos do mosteiro. Durante a cerimônia, o casal de duques ficara com os filhos no colo e sentaram-se ao lado de Thiago, enquanto James e Jean conduziam a cerimônia. François, enfurecido com os últimos acontecimentos, acompanhava os ritos ao longe e não tolerava que tocassem no assunto perto dele. Após o enterro, o duque agradecera aos que ajudaram a cuidar dos meninos e a denunciar o aproveitador, dizendo a eles que estudaria com Paul uma recompensa.

21.
INVENTANDO DESCULPAS

Cláudio Rocha entra em seu gabinete para iniciar mais um dia de trabalho. Dois dos quatro investigadores e os funcionários da prefeitura cedidos para a delegacia já chegaram e iniciaram seus trabalhos. Faltavam apenas a escrivã e os outros dois "tiras". Logo o trio faltante chegaria. Cláudio vê no corredor Danilo e Ângela, um dos investigadores e a escrivã, que estavam ligeiramente atrasados, juntos e se beijando antes de ela entrar no cartório e ele rumar com seu amigo, o também investigador, Luiz Antônio, para a inspetoria. Uma culpa gigante começa a corroer o delegado.

Cláudio guardava há quase uma década um brutal segredo. Não estava mais aguentando segurá-lo. Apenas duas pessoas no mundo sabiam desse fato: ele e a pessoa que o contara.

O delegado via tudo aparentando estar indo tão bem que temia que o segredo desestruturasse por completo o homem de quem ocultava a informação em questão. No entanto, não conseguiu esconder seu tormento. Tudo piorou quando notou que a única outra pessoa com quem teria coragem de compartilhar o segredo, se aconselhar, perguntar o que poderia fazer, Luiz Antônio, seria o primeiro a contar a história a pessoa de quem ele escondia havia dez anos tal informação, além, de aconselhá-lo a contar logo esse segredo. Todo ele iniciado com um acidente automobilístico.

— Doutor, bom dia. Aqui, esses inquéritos estão prontos para relatar. Já esses dois não sei mais o que fazer com eles. Essa outra pilha são cartas precatórias que temos que enviar a outras unidades para cumprimento — disse Ângela, entrando no gabinete e colocando uma pilha de tamanho razoável, proporcional às preocupações do delegado naquele momento, sobre a mesa. — Tem mais uns papéis para trazer, não consegui pegar tudo de uma vez, vou até minha sala buscar.

— Perfeito, Ângela, obrigado — disse Cláudio enquanto a escrivã se retirava.

Menos de três minutos depois, Ângela retornou ao gabinete trazendo outra pilha de papéis.

— Aqui estão, doutor, essas aqui são precatórias que cumprimos e falta apenas o senhor assinar as oitivas e ofícios de devolução. E aqui alguns ofícios que vou passar aos investigadores para entregarem.

— Um minuto, Ângela, estou meio perdido aqui... — disse Cláudio, confuso pedindo que Ângela lhe explicasse novamente o que era o quê.

Ângela falou novamente o que era cada pilha de papel e notou que Cláudio estava muito nervoso e preocupado. "Talvez tenha acontecido algo com a família dele", pensou Ângela, porém sem ter coragem de perguntar ao chefe o que acontecia.

Danilo, Luiz Antônio, Marcelo e Douglas também notaram que o delegado estava esquisito. O quinteto comentou uma hora na cozinha quando se encontraram para tomar um cafezinho.

— Não sei quanto a vocês, mas o doutor Cláudio me pareceu meio nervoso agora cedo — disse Ângela.

— Eu também notei, Ângela — confirmou Luiz Antônio.

— Ele estava meio agitado mesmo... Resta saber o motivo — completou Danilo, meio preocupado.

— Nunca vi ele desse jeito — disse Douglas.

— Nem eu — complementou Marcelo.

O quinteto tentou deixar para lá as preocupações do delegado, Danilo chamou Ângela para ir jantar com ele e seus filhos novamente.

— Claro que vou, querido.

Mas ao final do expediente, Danilo não aguentou. Foi até o gabinete de Cláudio tentar saber o que havia de errado com o chefe. Bateu de leve na porta do gabinete:

— Doutor, posso entrar? — pediu.

— Claro, Danilo. Algum problema?

— Comigo? Não, felizmente minha vida está bem, doutor, só que o Luiz Antônio, a Ângela, o Douglas, o Marcelo e eu ficamos preocupados com o senhor. O senhor me pareceu meio distraído hoje. Ah, e as investigações também estão indo bem.

— Ah, não é nada, Danilo, estou com a cabeça a mil nesses últimos dias. E estou precisando tomar uma decisão muito séria — contou, arrependendo-se na fração de segundo seguinte, pois adivinhou que Danilo lhe perguntaria sobre a decisão a ser tomada.

— Essa decisão diz respeito à gente aqui, doutor? — E não é que Danilo perguntou mesmo?

— Não, não, Danilo, é de cunho pessoal — mentiu Cláudio, com a consciência pesando.

— Ah, tudo bem. Se quiser conversar sobre a decisão, estou por aí— despediu-se Danilo.

— Ok, Danilo. Obrigado — agradeceu Cláudio.

O delegado passou a noite em claro remoendo o segredo que guardava. Não queria falar com ninguém a respeito disso, pois não conseguia achar alguém que pudesse ouvir tal segredo sem aconselhá-lo a contar à pessoa que mais seria afetada por sua revelação.

Enquanto Cláudio se remoía com os segredos de quase uma década, Danilo preparava outro jantar em sua casa para receber Ângela. Murilo e Júlia adoraram a presença da "tia" Ângela na casa novamente, e Júlia fez a pergunta que seu pai tanto temia:

— Tia, você vai morar aqui em casa?

— Quem sabe um dia, daqui algum tempo. Mas no momento não, Júlia. Seu pai e eu começamos a namorar agora, precisamos de um tempo para tomarmos uma decisão importante como essa.

— Que pena. Queria que você viesse para cá. O Murilo também.

O garoto olhou para a irmã chateado. Não queria que ninguém soubesse que ele queria que Ângela morasse com eles. Danilo logo percebeu:

— Que cara é essa, Murilo?

— Nada não, pai — disfarçou o garoto.

— Ok — Danilo fingiu acreditar no menino. — E, Júlia, a Ângela vai se mudar para cá sim, a gente só não tem a data ainda.

— Está bem, pai — disse a menina, aborrecida.

Danilo acariciou os cabelos da filha. Conversaria novamente com os dois no dia seguinte, antes de deixá-los na escola.

Apesar de os dois dessa vez ficarem meio chateados com a demora para a namorada do pai ir morar na casa com eles, o jantar correu bem. Danilo queria entender de onde os dois tiraram a ideia de que Ângela iria se mudar para a casa da família. Após lavarem a louça, Danilo mandou os dois para seus quartos e novamente ficou conversando com Ângela na sala.

— Não sei se foi impressão minha, ou os dois realmente pareciam chateados de eu não ter data para me mudar para cá? — perguntou Ângela.

Danilo abriu uma garrafa de vinho e serviu aos dois.

— Eles estavam chateados sim, Ângela. Só não entendi a pressa deles. Eu já expliquei para eles que não queremos nem podemos passar a carroça na frente dos bois...

Ângela bebeu um gole de vinho e fez a pergunta que pisava no calo de Danilo:

— Será que essa pressa toda não é por que eles sentem falta de uma figura materna? Por mais que a Ana Cristina o ajude, Danilo, ela sempre tratou de dizer aos dois que não era a mãe deles.

Danilo girou a taça na mão, prestando atenção nas ondas formadas pelo líquido vermelho escuro, e bebeu um gole.

— Pode ser. Se bem que eles nunca me "cobraram" uma figura materna após a morte da Luciana... Nunca me perguntaram se um dia teriam outra "mamãe".

— Imagino como deve ter sido difícil quando ela morreu... Os dois tinham quantos anos?

— Quase quatro. E foi difícil mesmo. Eu não queria aceitar que a havia perdido, e os dois não paravam de me perguntar por que a mamãe não tinha voltado para a casa ainda, se ela ainda gostava deles, por que ela não ia voltar mais, para onde ela foi, e, claro, choravam muito. Eles ficaram quase um ano dormindo no meu quarto depois disso. Eu não podia ir à esquina sozinho que eles achavam que eu também não ia mais voltar. Acho que vou usar a máquina do Thiago para dar um jeito nisso...

— Mas, Danilo, foi apenas por que você quis se concentrar em cuidar dos dois que você, nesses dez anos, nunca procurou ter um relacionamento?

— Em termos — disse Danilo meio encabulado.

— Que termos?

— Achei que seria impossível encontrar uma mulher da mesma idade que eu, ou com idade próxima, que aceitasse se casar com um viúvo com dois filhos nas costas. Assistia muito àquela série do Investigação Discovery "Má-drastas" e comecei a ficar ainda mais paranoico, com medo de me envolver com uma mulher que sentisse ciúme da minha relação com meus filhos e para garantir exclusividade desse cabo da vida deles. Principalmente se a gente tivesse um filho juntos.

— Pretende ter mais filhos, Danilo?

— Para ser bem honesto, sim. Estava conversando com a Luciana sobre termos mais um bebê na época do acidente. Ela me pareceu meio relutante, mas acho que eu a estava convencendo — lembrou Danilo. "Está bem, Danilo, quando eu voltar dessa conferência, a gente vê o que faz". Acabou que nunca voltou.

Ângela colocou sua taça de vinho sobre a mesinha de centro e colocou ambas as mãos no rosto do namorado.

— Danilo, quero que você saiba que eu nunca sentiria ciúmes de sua relação com seus filhos. São diferentes tipos de relacionamento. Vou tratar os dois como se fossem meus filhos e jamais vou tentar apagar as memórias que ambos têm da mãe falecida. Vocês três não têm qualquer parcela de culpa pelo que aconteceu, e sei também que ambos são e sempre serão sua prioridade. Pretendo estar ao seu lado comemorando as conquistas dos dois. Formatura, casamento e talvez aproveitar os netos que eles vão te dar.

Danilo sorriu e beijou Ângela. Depois falou:

— Quer vir para cá quando?

— Como assim?

— Cansei de esperar, Ângela. Vem logo para cá. O "brutamontes" está morto. Nenhum de nós tem motivos para ficar "cozinhando o galo". Até meus filhos estão achando que estamos enrolando…

Ângela suspirou. Sua vontade, ao acatar o pedido, era dizer: "amanhã vamos arrumar a mudança", entretanto ela sabia que as coisas não eram tão simples. Ela tinha sua casa, onde morava sozinha desde que se mudara para a cidade, vinda de sua terra natal. Nunca mais pusera os pés em sua cidade natal, em parte por não ter mais ninguém lá. Seus pais já haviam falecido e sua única parente viva era uma tia que a repudiava pelo fato de ela ter se tornado policial. No entanto, a Ângela racional entrou em ação. Sabia que não era assim que as coisas funcionavam. Precisava resolver a rescisão do aluguel, contas de água, luz, internet, TV, o que fazer com seus móveis e trazer o que pudesse para a casa de Danilo, entre outras coisas.

— Uma semana, Danilo.

— Tudo bem. Sei que você precisa de tempo para arrumar tudo, conversar com o proprietário do apartamento, cancelar as contas... Se precisar de mais tempo ou de ajuda, é só falar. Mas venha logo.

— Farei o possível para realmente dentro de uma semana estar morando aqui com você e seus filhos.

Dito isso, Ângela voltou para sua casa. Queria mais do que nunca ir viver com Danilo e os gêmeos. E talvez em alguns anos convencer Danilo a ter outro filho, dessa vez com ela, já que ela sempre quis ter um bebê. E Danilo havia acabado de lhe confessar que queria ter outro filho.

Danilo ficou em casa pensando em tudo que acabara de acontecer no sofá. Quando viu que não ia conseguir dormir tão cedo, ligou a TV e, para sua sorte, passava sua série policial favorita, *Hawaii Five-0*. Ver Steve McGarrett, Danny Williams, Chin Ho Kelly, e Kono Kalakawa aprontando todas para capturar bandidos no belo arquipélago do Pacífico com a ajuda de Charlie Fong, Max Bergman e Lou Grover era ótimo para limpar a mente e fazê-lo esquecer-se de suas frustrações, sem contar as paisagens de encher os olhos.

No dia seguinte, na delegacia, Cláudio continuou evasivo, mas agora apenas com Danilo. O investigador parecia chateado com a forma com que o delegado o tratava. E Luiz Antônio prometeu ao amigo descobrir o motivo. O pai de Thiago e Sofia era tão bom em interrogatórios que volta e meia era chamado por Ângela para ajudá-la a pressionar autores mais malandros, testemunhas com muito medo de contar o que viram e vítimas com vergonha de admitirem que passaram pelo fato criminoso.

O investigador bem que tentou, mas também caiu na conversa da "decisão de cunho pessoal", "não tem nada a ver com o Danilo, é impressão dele, estou desse jeito com todo mundo". Por dentro, Cláudio estava explodindo. O segredo era uma panela de pressão. E agora a pressão estava chegando a níveis perigosos. Manter o segredo poderia fazê-lo entrar em parafuso, e de certa forma já estava fazendo. No entanto, Cláudio ainda tinha medo da reação que a revelação do tal segredo causaria. "Preciso contar, mas e se eu destruir a vida do homem? Meu Deus, que sinuca de bico!" Só de pensar por um pouco mais de tempo no assunto, Cláudio suava profusamente, ou como diziam na região, "feito tampa de marmitex", mesmo com o ar-condicionado de sua sala ligado na potência máxima. Por fim, tomou uma decisão. Assim que sentisse que o terreno estava seguro, contaria o segredo à pessoa que deveria tê-lo ouvido há dez anos. Mesmo assim, ainda teve algumas noites insones pensando no segredo e imaginando as possíveis reações do "alvo".

22.

FESTA MEDIEVAL

Jacques e Catherine estavam extasiados com os meninos. Tudo agora girava em torno do pequeno trio. Jacques já se via preparando Henry, o mais velho, para assumir o controle do reino num futuro não muito distante, enquanto Yves e Pierre provavelmente se juntariam ao exército. Pensando em oficializar a entrada dos meninos na família, o casal planejou uma festa para apresentá-los aos governantes dos reinos vizinhos, nobres, aldeões e batizar o caçula, já que James não o havia feito quando o menino fora lá levado pelos vizinhos de seus pais de sangue. Catherine, embora contasse com algumas servas para lhe ajudar a cuidar dos três garotos, participava ativamente dos cuidados com os três, principalmente do caçula. Depois de três semanas, ela conseguiu inclusive amamentar. Os três meninos dormiam no mesmo quarto que ela e Jacques, a quem Henry, o mais velho, estava extremamente apegado. Yves também era apegado demais ao casal, mas principalmente à duquesa, que o amamentava também, o menino mal tinha completado um ano de vida. Henry tinha quase três anos e na época que Jacques e Catherine decidiram fazer a festa, e Pierre estava com um mês e meio de nascido. Catherine estava passando boa parte da noite acordada, cuidando dos meninos, amamentando os dois mais novos ou apenas velando o sono dos três. Jacques também participava bastante da criação dos meninos, muitas vezes os acalentando no colo pela madrugada quando eles choravam, ainda assustados com o que passaram.

Após as três primeiras semanas, os meninos estavam completamente adaptados, como se tivessem vivido no castelo desde o nascimento. Henry, depois desses dias, começou a chamar Catherine e Jacques de mamãe e papai. Muito bem cuidados, os meninos estavam quase irreconhecíveis se comparados a como estavam quando resgatados, após aguardarem por horas seguidas sozinhos e passarem uma noite ao relento. O aproveitador, que se apropriara de seus poucos pertences, estava sofrendo a adequada punição.

Depois de alguns dias pensando na festa, o duque mandou mensageiros aos convidados. Um dos primeiros convites enviados foi ao mosteiro, juntamente a um pedido para que James fosse ao castelo se encontrar com o casal ainda naquele dia.

Jean recebe o convite e o entrega diretamente a James quando os monges estão tomando café da manhã.

— Abade, acabaram de entregar. Mensagem do duque Chevalier — disse Jean, entregando o pergaminho a James.

François deu um resmungo mal disfarçado.

— Obrigado, Jean — James agradeceu, abrindo a carta e lendo-a. — Haverá uma festa no castelo e nós fomos convidados. A festa é para oficializar a adoção dos meninos.

Murmúrios dos monges dizendo para James cumprimentar o casal em nome deles, dizendo que preferiam a clausura.

— Tudo bem, transmitirei aos nossos duques os cumprimentos em nome de todos os monges. Explicarei também que vocês decidiram manter a clausura. Jean é o único além de mim e de Thiago que comparecerá ao evento.

Assim que James terminou de falar, François se levantou:

— Pode tirar meu nome dos cumprimentos. Eu não vou admitir que eles amaldiçoem o reino. Enquanto eles não devolverem os bastardinhos ao relento e pararem de punir a única pessoa que agiu de maneira sensata no reino, eu não devo nenhum tipo de respeito àqueles dois cretinos! Acreditem, esses acontecimentos farão o reino ser novamente atacado pelo demônio decapitador! Ele virá com ainda mais fúria e tirará ainda mais sangue em retaliação pelo feito por Chevalier e sua esposa possuída! — François estava gritando nervoso ao final. As veias de seu pescoço e suas têmporas estavam completamente saltadas.

Thiago ficou sem palavras. E todos os demais monges olhavam assombrados para o furioso François. James, no entanto, estava impassível.

— Acalme-se, François, por favor — pediu James num tom de voz calmíssimo.

— Eu não vou me acalmar! — François ainda gritava, e seu rosto estava vermelho.

"Esse sujeito ainda vai ter um AVC bem na minha frente", pensou Thiago, afastando-se da mesa vendo o ataque de fúria do monge.

— Esse seu acesso de fúria não vai ser a solução para o caso do decapitador, e abandonar três crianças à própria sorte não é nem de longe a decisão mais sensata tomada no reino. O homem está sendo punido por sua ambição. E eu te juro, Lafonte, se um dos meninos não tivesse sobrevivido e eu tivesse de sepultar um bebê que morreu por ter sido abandonado, eu não hesitaria em jogar aquele sujeito na fogueira! — James também se exaltou, porém, um murmúrio de aprovação ecoou pela sala após sua fala. Thiago se segurou para não aplaudir o abade.

— Fique você então com peso na consciência quando o decapitador atacar novamente nosso reino!

— Lafonte, o decapitador é um dos cavaleiros de Remy Legrand, que já o está afastando das forças do reino. Ele não vai atacar o reino por que o duque Jacques Chevalier e a duquesa Catherine Chevalier decidiram ficar com as crianças que somente ficaram órfãs por uma ação dele. O decapitador não tem motivação especial para atacar. Aliás, faz mais de dois meses que os ataques cessaram. Se não quer ir à festa dos duques, que fique aqui, se não aceita que eles adotaram três meninos, fique você com o peso na consciência de que poderíamos ter que enterrá-los.

— Preferia ter três funerais a ver os bastardinhos vivendo no castelo. E os filhos de Chevalier?

James não acreditava no que ouvia. François era a pior pessoa que conhecera. Thiago e todos os outros monges estavam perplexos com sua frieza. Como o monge poderia preferir enterrar três crianças pequenas a vê-las tendo uma vida tranquila e, o mais importante, cercados de cuidados?

— Lafonte, o duque Jacques e a duquesa Catherine não tiveram filhos. Digo, agora têm. Três.

— Esses meninos NÃO SÃO filhos deles! São bastardos! Jamais terão grandeza para governar nosso reino! Eles são a maior vergonha que já aconteceu!

— Chegará o dia em que acolher crianças em sua família deixará de ser visto como uma vergonha e se tornará uma linda forma de se ter filhos. Espero que não demore. Daremos o primeiro passo aceitando o que Jacques e Catherine estão fazendo. Aliás, quando Antoine faleceu, você também disse que Jacques não teria grandeza suficiente para assumir o reino no lugar do pai.

Thiago balançou a cabeça discretamente. Queria poder dizer ao abade que no seu tempo a adoção de crianças era vista como um gesto bonito.

— Isso não me interessa — terminou François. — Não conte comigo nessa maldita festa — concluiu o enfezado monge, marchando em direção à sua cela. Bateu a porta tal qual um adolescente revoltado o faz no quarto após discutir com os pais. James ficou tentado a solicitar que trancassem a cela por fora com um bom cadeado, e depois atiraria a chave no lago próximo ao chalé de Raymond.

Pouco depois, a situação no mosteiro parecia controlada. François se trancara em sua cela e não estava perturbando ninguém com seus surtos conspiratórios. E Thiago foi perguntar sobre a festa para James.

— Abade, que dia será essa festa do duque? Sério mesmo que eu vou poder ir?

— Daqui cinco dias. E claro que você vai. O duque e a duquesa gostam de você e farão questão de sua presença numa ocasião tão importante para ambos quanto a apresentação de seus filhos a todo o Reino. E prepare-se, pois pode ser que durmamos no castelo. As festas costumam se estender noite adentro e com o decapitador a solta, não será seguro voltar para o mosteiro muito tarde sob a escuridão total.

— Ah, claro — disse Thiago, excitado com a ideia de dormir no castelo.

— Thiago, por favor, meu caro, chame Jean aqui. Os duques pediram que fôssemos ao castelo hoje, pois querem conversar conosco. Quer ir junto?

— Vou sim. E já vou chamar o Jean para o senhor, abade.

— Muito obrigado, Thiago.

Alguns minutos depois, Thiago, acompanhado de Jean, voltou à sala onde James se encontrava. De lá, partiram em uma carruagem rumo ao castelo.

Um criado os anuncia, e os três entram no salão principal. Thiago notou que o castelo parecia mais acolhedor que das últimas vezes em que esteve lá. Creditou os meninos. "É impressionante como crianças transformam qualquer ambiente", pensou Thiago. No salão principal se encontravam os cinco membros da família real das Três Bandeiras. Catherine estava com Pierre no colo, enquanto Henry e Yves corriam pelo local, deixando Jacques desorientado. No entanto, os dois meninos se aquietaram ao verem James e Jean no local.

— Duque Chevalier, recebemos seu convite e o pedido para que viéssemos aqui ainda hoje — disse James. — Posso saber do que se trata?

— Abade, Catherine e eu queremos que o senhor batize Pierre durante a festa — pediu Jacques.

— Claro! Será um enorme prazer! — James concordou, olhando para o pequeno que observava tudo quietinho no colo da duquesa. Nisso, as duras palavras de François, proferidas naquela manhã, voltaram-lhe à mente. Como era possível que alguém preferisse enterrar aquele lindíssimo bebê? Aliás, a forma como os meninos mudaram estava espantando o monge. Henry, com seus cabelinhos castanho-claros e grandes olhos azuis acinzentados, estava "a cara" do duque, enquanto Yves, com cabelos castanho-escuros e de olhos azuis, estava mais parecido com a duquesa. Pierre ainda era pequeno demais para se ver semelhança com qualquer pessoa. O abade não pôde deixar de fazer tal observação. — Duque Chevalier, Henry está muito parecido com o senhor, e Madame Catherine, Yves se assemelha muito à senhora.

— Ficamos lisonjeados com tais palavras, abade — Jacques agradeceu. — Aliás, abade, vamos terminar de resolver os detalhes do batizado do Pierre.

— Duque, há uma capela aqui no castelo. A cerimônia de batismo pode ocorrer lá. Monge Savigny e Thiago me ajudarão na celebração. Só acho que a capela é pequena para o número de pessoas que, creio eu, estejam convidadas para a festa. Convém restringir o número de pessoas no local — disse James.

— O batizado será mais reservado. Somente nós, Reinart, Remy, Louis, Olivier e o duque e a duquesa da Lorrânia estarão presentes. Eles serão os padrinhos dele — contou Jacques.

— Perfeitamente — disse James, enquanto Thiago se perguntava por que os comandantes do exército assistiriam à cerimônia de batizado.

Após conversarem por mais alguns minutos, James, Jean e Thiago deixaram o castelo rumo ao mosteiro. No caminho, Thiago perguntou:

— Onde fica a Lorrânia, abade?

— Seguindo para o sudoeste. Um bom tempo de viagem, diga-se. Mas trata-se de um local agradável. São nossos aliados.

— Ah, legal — disse Thiago. Logo depois ele se lembrou que no dia em que os meninos foram resgatados, Remy, Louis e Olivier lhe contaram sobre os reinos que faziam divisa com Três Bandeiras.

Apenas cinco dias depois é que a festa finalmente aconteceu. James, com o auxílio de Jean e de Thiago, batizou Pierre, e depois a festa começou. Os principais comentários eram que o casal real estava fazendo um "belo gesto" acolhendo os meninos e comentavam que os meninos eram espantosamente parecidos com o casal. Outros não acreditavam que Catherine e Jacques haviam escondido as três gestações da duquesa por tanto tempo e decidiram revelá-las de uma única vez.

No entanto, não eram apenas os duques que tinham algo a comemorar. Olivier havia conseguido algo muito importante para sua vida: a bela filha do ferreiro, com quem ele flertava havia muito tempo, aceitara seu pedido de casamento. James soube após o batizado e felicitou o arqueiro, desejando celebrar o casamento em breve, assim como desejavam também Jean, Remy, Louis, Thiago e, logicamente, Jacques e Catherine. Até os duques da Lorrânia, um simpático casal, cumprimentaram Olivier pelo noivado.

Thiago circulava pela festa ora indo atrás de James, ora de Jean. De vez em quando era "contido" pelo trio do exército, que o chamavam para comemorar o noivado de Olivier. Aliás, o arqueiro já estava se embebedando de hidromel e fazia Thiago tomar uma dose com ele cada vez que via o garoto circulando pelo salão do castelo.

Thiago também reparou que o pequeno Henry não saía do colo de Jacques e que Catherine quase não ficava no salão. Volta e meia ela entrava pelos corredores do castelo e quando retornava ao salão, muitas vezes trazia um dos filhos nos braços, voltando ao interior do castelo logo em seguida. Thiago havia lido que crianças eram tratadas como miniadultos durante a Idade Média, ignoravam suas necessidades próprias da idade. Também se lembrava de ter lido que pais da "aristocracia" não ligavam para os filhos, mantendo-os sob os cuidados de amas até quase a idade adulta, que para a Idade Média era aos onze anos aproximadamente. No entanto, o que ele presenciava e testemunhava era completamente diferente. Jacques e Catherine pareciam cuidar com muito carinho dos meninos. Outra coisa em que Thiago reparou foi que aparentemente a duquesa estava com o vestido ligeiramente molhado, na altura dos seios. Sem fazer especulações, Thiago ignorou e foi aproveitar a festa. Novamente foi "abordado" pelo noivo Olivier e tomou outra dose de hidromel, enquanto comia um pedaço de faisão assado, e depois atacou um doce feito de ameixas, pêssegos e framboesas cozidas em uma calda de vinho e mel. Delicioso. Uma hora, ele viu James e Jacques conversando. Henry estava com a cabeça apoiada no ombro do pai. Discretamente, Thiago contornou a dupla e viu que o menino dormia. Assim que o abade se afastou, Thiago se aproximou do duque:

— Duque — chamou Thiago.

— Oi, Thiago, está gostando da festa?

— Estou sim, duque. Só queria te avisar que o Henry dormiu...

— Obrigado, Thiago. Vou levá-lo para o quarto — Jacques agradeceu, partindo para seu quarto com o menino adormecido nos braços.

Quando entrou, Catherine estava sentada amamentando o caçula da família. Yves dormia em outra cama.

Jacques tranquilamente colocou o pequeno Henry junto a seu irmão na cama e beijou a esposa. Mesmo que ambos tivessem se casado por um arranjo de seus pais, eles se apaixonaram um pelo outro assim que se viram, e poucos meses depois se casaram. Mas não puderam ter filhos até aqueles três meninos aparecerem. Agora, enquanto amamentava Pierre, Catherine virou-se para Jacques:

— Jacques, pode parecer loucura o que estou pensando...

— Do que está falando, Cat?

— Queria ter uma menina também.

Jacques esboçou um sorriso.

— Bom, vejamos, se soubermos de uma menina pequena que ficou órfã por alguma razão, ficaremos com ela. Se o abade nos apoiou com os meninos, vai nos ajudar para ficarmos com uma menininha.

— Tomara que ela chegue logo — desejou Catherine. A duquesa não podia imaginar que sua filha chegaria mais rápido do que pensava.

— Também espero. Ah, só para informar, o abade James, Jean, Thiago, Remy, Louis e Olivier dormirão aqui no castelo hoje.

— Perfeito — concordou Catherine.

Uma hora, quando os três meninos estavam dormindo, sob os cuidados de uma criada, Catherine e Jacques tentaram aproveitar a festa. Thiago estava próximo a James, e o casal, juntamente de Paul, aproximou-se da dupla do mosteiro.

— Abade, Thiago, novidades no caso do decapitador? — perguntou o duque.

— Só o que o senhor já sabe, duque, trata-se de um dos cavaleiros, bom na montaria e no manejo da espada — contou Thiago.

O conselheiro fez outra pergunta:

— E como é possível saber disso?

— Analisando o corte no pescoço da vítima. Percebe-se que o corte é limpo. O que significa que foi necessário um único golpe de espada para decepar a cabeça da vítima. O que também significa que a espada do sujeito estava bem afiada.

— Interessante demais isso, Thiago. James, você tem uma preciosa joia em mãos — disse Paul, agitando de leve uma taça de vinho meio cheia. James recuou quase tomando um "banho" de vinho do conselheiro, que já estava levemente embriagado.

— Eu sei, Reinart. Às vezes desconfio de que Thiago não veio do Reino de Portugal não... — o abade também tomava uma taça de vinho.

— E de onde pensa que Thiago veio, meu caro abade? — riu o duque, também bebendo.

Thiago apenas assistia à cena, congelado de pavor. Apesar do barulho, estava crente que todos conseguiam ouvir seu coração batendo extremamente rápido, tal como bateria uma música de Metalcore.

— Lembro-me de saber de sua chegada ao nosso reino após eu pedir fervorosamente durante orações por uma solução para o caso do decapitador. Começou a chover forte... Quando a chuva passou, chegou a notícia desse precioso jovem caído na beira da estrada... Acho que ele veio dos céus, a tempestade veio para disfarçar a "queda" dele.

Thiago respirou aliviado, e o duque e o conselheiro riram da analogia de James. "Seria esquisito mesmo um monge medieval achar que sou um viajante do tempo, a teoria de que sou um anjo que caiu do céu para resolver esse problema cola melhor com eles", pensou Thiago enquanto seu ritmo cardíaco voltava lentamente ao normal. Catherine pôs delicadamente as mãos em seu pescoço:

— Thiago, meu caro. Que quando meus filhos crescerem eles sejam como você. Inteligentes, educados e prestativos.

— Fico honrado com seu desejo, madame Catherine. Creio que a senhora e o duque Chevalier irão criar seus filhos para serem como desejam — disse Thiago, engolindo em seco. Ele estava mudando o curso da história a cada passo que dava. Suou frio ao pensar que quando lhe trouxessem de volta, se isso fosse possível, tudo poderia estar MUITO diferente.

Jacques sorriu e deu alguns amistosos tapinhas nos ombros de Thiago e o aconselhou a voltar a aproveitar a festa, mas sem exagerar no hidromel com Olivier.

— Ele está um pouco, digamos, empolgado demais com o noivado...

— Eu percebi, duque — riu Thiago, voltando sua atenção para a mesa de comidas, pegou mais um pedaço de faisão assado guarnecido com alguns legumes. Depois, atacou novamente as frutas em calda de mel e vinho. Mas, mesmo com a boa comida a que tinha acesso, sentia falta da comida brasileira e de todas as coisas às quais tinha acesso no mundo ocidental moderno. Principalmente seu doce favorito: chocolate, que ainda demoraria pelo menos quatrocentos anos para ser conhecido na Europa e outro tanto para se tornar a guloseima favorita de oitenta porcento da população mundial.

Horas depois, quando já havia passado da meia-noite, Jacques conduziu os monges e os militares até seus quartos, em outra ala do castelo, longe do quarto dele, para, segundo ele, o choro dos meninos não os acordar.

— Tudo bem, duque — concordou James.

Despediram-se do duque desejando-lhe boa noite e depois cada um entrou em um quarto. Cansados pela festança e sentindo o efeito do hidromel, vinho e cerveja consumidos, os seis homens apagaram quase que instantaneamente, no entanto, o sono da turma não durou até o amanhecer.

23.
O DECAPITADOR (QUASE) ATACA NOVAMENTE

Após a festa, dormindo no castelo e não no alojamento, ainda durante a madrugada, Olivier acordou ouvindo um tropel de cavalo. Sem sentir o efeito da bebedeira da noite, o arqueiro levantou-se sobressaltado. Seria possível que o decapitador, após quase dois meses, voltaria a matar? Antes de dar o alarme geral e acordar Remy e Louis, aguardou mais detalhes do que ocorria lá fora. Espiou pela janela, porém nada foi possível ver, visto que estava a maior escuridão. Desde o equinócio de outono, três semanas antes, o tempo ficava nublado à noite. Nem a lua aparecia para ajudar a enxergar alguma coisa.

Mas Olivier não foi o único a acordar naquela madrugada com o som do cavalo. Remy e Thiago também despertaram ao ouvir o tropel. Ambos imediatamente também pensaram que era o decapitador voltando à ativa. Thiago ficou quieto tentando adivinhar se o decapitador faria o mesmo da outra noite em que acordou com o tropel do cavalo. Remy, entretanto, foi menos paciente que Olivier e Thiago. De imediato bateu à porta do quarto do arqueiro e do infante. Quando os dois militares abriram as portas, de imediato ouviram Remy perguntar se ambos também haviam ouvido o tropel do cavalo.

— Ouvi, Remy, mas agora não há como fazermos nada. Está muito escuro — disse Olivier.

— Também ouvi. Só espero que ele não mate ninguém hoje. Já orientamos todo o reino a não sair de casa depois do pôr do sol... — desejou Louis, com os olhos inchados. Tudo o que o infante queria fazer era voltar a dormir. Ao contrário de Olivier, que podia beber todas sem sentir nada, ele estava claramente de ressaca por ter exagerado no hidromel com o mais novo noivo do reino.

— Tomara mesmo, mas somente quando amanhecer poderemos averiguar a situação — lamentou-se Remy, que assim como Olivier era meio "imune" aos efeitos do álcool.

A conversa do trio do exército logo acordou a dupla do mosteiro, James não parecia ser o tipo de pessoa que ficava bem-humorada pela manhã, principalmente quando era acordada à força, e Jean estava praticamente dormindo em pé.

— Posso saber qual é o motivo da conversa a essa hora da noite, meus caros? — perguntou o abade de cara fechada. Nisso, Thiago saiu de seu quarto, aparentando estar muito assustado.

Nem deu tempo de qualquer um dos militares responder, todos ouviram um cavalo trotando próximo ao castelo.

— O decapitador, abade! — sussurrou Remy, apontando para fora.

James olhou assustado para o batedor:

— Acha mesmo que se trata do decapitador, Legrand?

— Quem mais sairia para cavalgar no escuro? Todos estão orientados a não saírem de casa durante a noite, não tenho outra suspeita. Só pode ser o decapitador.

O tropel do cavalo que despertou a ala noroeste do castelo era ouvido em uma frequência rítmica, sendo Thiago o único a perceber. Tal como na outra vez que ouvira o suposto decapitador no mosteiro. O intervalo do tropel respeitava um padrão. Ao notar isso, Thiago se manifestou:

— Acho que o decapitador está dando voltas no castelo. Resumindo: o alvo dele hoje está aqui dentro!

— Então é só ninguém sair do castelo — deduziu James. — Ele não vai cometer a insanidade de entrar aqui para matar seu alvo. Mas quem seria essa vítima?

— Qualquer um de nós, abade, o senhor, o Jean, Remy, Olivier, Louis, o duque, a duquesa, o conselheiro Reinart, eu... Tem mais alguém dormindo no castelo hoje? — perguntou Thiago.

— Até onde sei, além de todos os já mencionados, vários criados do castelo, os duques da Lorrânia e os filhos do duque Chevalier... — numerou Louis.

— Descarte os cinco últimos da "lista de alvos", Louis. E está certo de que há somente eles além de nós aqui?

— Alguns servos do duque. Mas outro dia você mesmo disse que os ataques eram aleatórios. As vítimas não tinham relação entre si ou com o decapitador, do nada ele resolve nos atacar?

— Ele queria atingir algum de nós indiretamente até então. Agora "perdeu a paciência" e decidiu atacar seu alvo principal diretamente.

Na ala nordeste do castelo, Jacques e Catherine também estavam acordados, porém não era por causa do tropel de cavalo que eles sequer ouviram. Pierre e Yves estavam chorando com fome e novamente assustados com prováveis pesadelos. Enquanto Catherine amamentava Pierre, Jacques andava de um lado para o outro no quarto com Yves no colo, tentando fazê-lo dormir novamente. Paul roncava em seu quarto e nem percebeu o cavalo, assim como o casal do Reino da Lorrânia. Os criados do castelo também não prestaram atenção no tropel do cavalo.

Perturbados, todos da ala noroeste decidiram voltar a dormir e que, no dia seguinte, Remy, Louis e Olivier juntariam seus homens para procurar por uma possível vítima do decapitador.

Finalmente, após uma noite que pareceu eterna, amanheceu no Reino das Três Bandeiras. Todos tomaram café da manhã juntos no salão principal e finalmente Jacques e Paul ficam sabendo da movimentação noturna.

— Como é? O decapitador? Rondando o castelo? — A voz do duque denotava surpresa e preocupação. Muita preocupação.

— Ao que parece, sim, duque. Olivier, Louis e eu colocaremos nossos homens para procurar a suposta vítima e, claro, tentar localizar o decapitador — disse Remy.

— Como é? Decapitador? — perguntou assustado o duque da Lorrânia, um homem de meia-idade com ar meio bonachão chamado Jorg.

— Meu caro amigo, há um homem que cavalga de madrugada pelo reino, e de vez em quando ele corta a cabeça de alguém. Até o momento foram quatorze mortes creditadas a esse sujeito — contou Jacques.

— Quatorze pessoas mortas... Um só decapitador? Por que acham que se trata de um único autor das mortes? — questionou Jorg.

— Thiago, agora é a sua vez! — Jacques deu a deixa para que Thiago contasse a história.

— Bem, duque Jorg, o que nos fez pensar que todas as mortes são autoria de um único assassino foram os fatos de que são todas cometidas de noite, as cabeças são cortadas em um único golpe, o que também nos fez perceber que se trata de alguém que tem um bom treinamento no manejo de espadas e cavalgada, além do que todos os corpos foram dispostos da mesma forma. A cabeça em uma estaca virada para cá, para o castelo, e os pés apontando para o norte, independentemente do local onde a pessoa foi morta.

— Incrível! — disse Jorg. — Jacques, você me empresta esse mocinho caso algo parecido ocorra no meu reino?

Jacques riu e respondeu:

— Peça ao abade James, Jorg.

— Empresto com prazer — disse James sorrindo. — Mas é um empréstimo, não quero que o Hans fique com ele por lá para sempre. Resolvido o caso, quero-o de volta.

— Tudo bem, abade James, eu digo para o abade Hans não se apegar ao seu noviço... — brincou Jorg.

Thiago ruborizou, tímido.

Assim que fizeram a refeição na companhia dos nobres, os seis deixaram o castelo. Remy, Louis e Olivier de imediato reuniram seus homens em frente aos alojamentos militares. Contaram a todos o acontecido na noite e mandaram todos à caça do misterioso homem.

— Vamos dividir vocês: Olivier e os arqueiros, vocês vão percorrer a área do castelo e atrás do mosteiro. Louis e os demais infantes, vasculhem toda a área atrás dos alojamentos, a vila e os campos. Eu e os demais cavaleiros vamos aos limites do reino e exploraremos as áreas mais longínquas. Quero todos aqui, sem exceção, quando o sol estiver a pino. Quem encontrar algo suspeito, venha mesmo assim e marque o local de forma a conseguir retornar até lá facilmente — decidiu Remy. Louis e Olivier concordaram de imediato.

— Sim, senhor! — O grito dos militares era ouvido de longe.

Thiago tentou procurar Dominique para saber se ele estava lá no meio, mas com quatrocentos cavaleiros juntos, todos devidamente ornamentados, era missão impossível. Fora os outros quatrocentos infantes e os trezentos arqueiros.

Quando os homens se dispersaram, Thiago foi com James e Jean para o mosteiro. François, já ciente do suposto novo ataque do decapitador, esperava-os com um triunfante sorriso no rosto:

— Eu não falei, Pouvery? O decapitador já está avisando que não gostou das últimas atitudes do duque Chevalier. E prepare-se para novos ataques em breve!

James revirou os olhos.

— Pare com essa tolice, Lafonte. Ninguém viu nenhum corpo decapitado, apenas ouvimos um cavalo próximo ao castelo.

— É o que veremos! — desafiou o monge.

Enquanto François e James discutiam no portão do mosteiro, Thiago avistou algo brilhando há cinquenta metros de distância. Sem avisar ninguém, foi em direção ao objeto. A cada passo que dava seu coração acelerava. Finalmente se aproximou o suficiente para saber do que se tratava: um escudo da cavalaria. Não hesitou em chamar por James:

— Abade! Achei um escudo no chão!

James e Jean correram em direção a Thiago. O garoto estava parado há três metros do objeto, que reluzia no chão.

— Um escudo de cavaleiro! — Jean reconheceu de imediato. — Ou um dos cavaleiros o perdeu agora cedo ou ele pertence ao decapitador!

— Abade, vou levantar o escudo e ver se há algo embaixo dele.

— Ótimo, vá em frente — aprovou James.

Thiago cautelosamente levantou o escudo e tudo o que tinha embaixo era uma lagartixa, que saiu correndo do esconderijo assim que foi descoberta.

— Limpo. Nada suspeito, só uma lagartixa que usou a armadura de abrigo na noite.

Enquanto o escudo de Thiago não tinha nada de promissor, Olivier, numa mata atrás do castelo, local onde os arqueiros exploravam, viu em um pequeno monte de terra outro artefato militar: tal como na famosa lenda do Rei Arthur, havia uma espada cravada no local. Entretanto, corpo nenhum era encontrado. Viu uma planta com flores num tom rosa escuro em uma árvore, ótimo para marcar a referência do local, e olhou para cima. Faltava pouco para o sol ficar a pino, e ele começou a ouvir o tropel da cavalaria retornando aos alojamentos. Reuniu seus homens e voltaram para o local combinado, felizes por não terem encontrado nenhum corpo decapitado e esperavam que a cavalaria e a infantaria também nada de anormal tenham encontrado. Quando os arqueiros chegaram ao local, a maior parte do exército já estava reunida.

— Já chegaram todos? — perguntou o belo arqueiro-chefe ao avistar Louis.

— Acho que sim — disse Louis, olhando o número de militares no local.

— Encontraram alguma coisa?

— Felizmente nada. E vocês?

— Uma espada enterrada em um monte de terra no meio da mata.

— Será que é a dele?

— Pode ser... Mas não posso afirmar nada...

— E... Cadê a espada, Olivier?

— Deixei no local. Depois somente nós três vamos lá pegá-la.

— Ótimo.

Os integrantes da cavalaria logo comunicaram que também não viram nenhum corpo decapitado em suas buscas. Após a infantaria também anunciar que nada foi encontrado, Olivier falou da espada na mata atrás do castelo. Nisso, Thiago e Jean chegaram ao local trazendo o escudo encontrado perto do mosteiro.

— Remy! Achamos esse escudo próximo ao mosteiro! — gritou o monge.

O batedor mal olha para o escudo e já o reconhece, pelo formato e brasão nele estampado. De imediato convoca novamente todos os cavaleiros:

— Algum de vocês perdeu o escudo durante as buscas hoje?

— Não, senhor! — gritam os cavaleiros.

Thiago e Jean, poucos acostumados a ouvir essa gritaria, encolhem assustados. Olivier lembra imediatamente Remy e Louis de perguntar aos seus homens se algum deles perdeu a espada. Outro "não, senhor", ainda mais alto que o primeiro, foi ouvido. "Ainda vou acabar ficando surdo", pensou Thiago.

Feito isso, Remy se juntou a Olivier, Louis, Jean e Thiago e foram todos até onde Olivier havia encontrado a espada. Thiago, ao ver a espada cravada na terra, como na famigerada (para ele) lenda do Rei Arthur, deduziu na hora:

— Essa espada não foi perdida. A pessoa que deixou essa espada aqui o fez propositadamente. Nenhuma espada perdida acidentalmente vai acabar cravada no chão dessa forma — disse o jovem pupilo de James.

— O Thiago tem razão, Remy. Essa espada foi tudo menos "perdida" — disse Louis.

Remy retirou a espada do local sem muito esforço. A quem será que pertencia a tal espada? Thiago ainda estava especulando o motivo de ela estar cravada no chão a poucos metros do castelo do duque. Logo começou a elaborar uma nova teoria:

— Ele queria matar alguém que estava no castelo do duque... Como o alvo dele não saiu, ele se frustrou e cravou a espada aqui...

— Você já havia dito que o alvo do decapitador era alguém de dentro do castelo durante a noite, enquanto ele cavalgava em torno do castelo — lembrou Remy.

"Ele bem que poderia cair em um fosso cheio de crocodilos famintos!", pensou Thiago, lembrando-se dos desenhos animados ambientados em castelos medievais. Sempre havia um fosso ao redor do castelo com jacarés ou crocodilos prontos para devorar o intruso. Olhou novamente em volta do castelo do duque e nada de fossos. O castelo estava construído sobre uma base de pedras que dificultava bem a subida, exceto que havia algumas rampas, todas fechadas com portões, que se abriam apenas após os "porteiros" identificarem quem queria entrar. Ponte levadiça, fosso de jacarés, entre outras, só na Idade Média ficcional.

— O que nos resta agora é descobrir quem é esse homem... — Louis afirmou.

— É. O problema é que ele está atacando de maneira muito esporádica, o que fica difícil prever um novo ataque para alguém ficar de guarda — disse Thiago.

— Isso sem contar que o guarda pode acabar virando a provável nova vítima do decapitador — disse Olivier.

As ideias de Thiago continuavam a pleno vapor:

— Será que esse é o meio como o decapitador atrai sua vítima para fora de sua casa? Escolhe o alvo ao acaso e depois fica cavalgando loucamente em volta da casa até acordar o suposto alvo, e quando ele sai para verificar o que está acontecendo, corta sua cabeça e depois posiciona o corpo daquela forma?

— Hum... Acho que sim — disse Remy. A forma como o decapitador atraíra suas vítimas era algo em que nenhum deles ainda havia se perguntado.

Ainda faltava uma coisa para Thiago continuar a montar o quebra-cabeça:

— Só uma coisa... TODAS as vítimas do decapitador foram homens ou ele matou alguma mulher?

— Todos homens, Thiago. Normalmente é o homem que se arrisca a sair de casa de madrugada para averiguar um barulho qualquer do lado de fora.

— Faz sentido. O que está me intrigando agora é o aumento do intervalo… As treze primeiras ocorreram com quanto tempo de diferença?

— Sete dias — respondeu Olivier. — A gente sabia que mais um ia morrer quando a lua mudava. Agora ele já está há bastante tempo sem matar ninguém. Parece que depois que você chegou ele tem ficado mais comedido. O que pode interromper um… como vocês falam mesmo?

— Assassino em série?

— Isso!

— Bem, ele para de atacar quando é pego, preso ou quando percebem que a pol… que estão prestes a descobrirem quem é ele — Thiago quase se entregou ao quase falar "polícia". Para sua sorte, percebeu a tempo e corrigiu rápido, e os quatro que o acompanhavam nem notaram.

24.
O MONGE DESTEMPERADO

Por mais dois dias o reino ficou sobressaltado com a história de que o decapitador quase atacara novamente. Porém, como ele nada fez nos dias que se sucederam, a população do reino se acalmou, entretanto, Thiago continuou ressabiado. Bastava uma coruja piar de madrugada para que o garoto acordasse assustado e demorasse um tempão para dormir novamente. Até que um dia, Thiago ouviu uma porta de dentro do mosteiro se abrindo de madrugada e fazendo um enorme ruído. "Sujeito discreto esse, acordou todo o mosteiro!", pensou Thiago, debochado. Depois da porta sendo aberta, passos pelo corredor em direção à saída. Thiago permaneceu petrificado na cama. Sem mover um único músculo. Tentou dormir de novo, mas era difícil. Qual monge saiu do mosteiro à noite? Por quê? E, a mais temida das perguntas, ele foi atacado pelo decapitador? Ou pior: ele É o decapitador? Thiago ficou com essas questões na cabeça até cair no sono de novo. Foi despertado por batidas à porta de sua cela assim que o dia começou a clarear.

Sonolento, caminhou até a sala onde os monges faziam suas refeições para tomar o café da manhã, era sempre uma espécie de mingau com várias frutas misturadas. Assim que chegou ao salão, notou que faltava um dos monges, pensou em perguntar aos outros onde estava o clérigo faltante, mas Jean o poupou desse risco:

— Abade, não achei o monge Lafonte. Aliás, a porta da cela dele estava aberta e não o encontrei lá dentro.

James ouviu sem reagir de maneira visível. Permaneceu impassível para quem o via, porém, por dentro, queria surrar François Lafonte.

— Alguém mais ouviu uma porta dentro do mosteiro se abrindo ontem? — perguntou James.

Discretamente Thiago levantou a mão, sendo seguido por Jean e mais outros três monges.

— Eu ouvi, abade, mas não me levantei para checar o que havia acontecido — confessou Thiago.

— Tudo bem — perdoou-o James.

Os outros monges que também confessaram terem ouvido a porta de madrugada, tal como Thiago, não se levantaram para checar o barulho.

Nesse dia, James tirou Thiago de seu trabalho com os pergaminhos e resolveu levá-lo para, juntamente a Jean, visitar uma família cujo patriarca havia falecido naquela madrugada. Thiago sabia que o homem não havia sido vítima do decapitador, mas sim de alguma doença, mesmo assim entrou apreensivo na residência da família. Teve que esconder seu alívio ao ver o corpo do homem inteiro. James e Jean permaneceram algumas horas no local conversando com a viúva e com os filhos, já adultos, do falecido e depois rezaram um pouco com a família.

Enquanto isso, o dia amanhecia agitado nos alojamentos militares. Os três chefes se reuniram na frente de seus campos de treinamento quando viram um homem vestido de preto se aproximando. Reconheceram de imediato tratar-se de um dos monges. Só não sabiam qual deles. Os militares haviam feito um acordo com James. Em caso de mortes causadas pelo decapitador, os aldeões, devidamente instruídos, deveriam designar dois deles para levarem as notícias, um a qualquer um dos militares líderes, e outro iria comunicar o abade.

— Tem um monge vindo ali — disse Olivier, o primeiro a avistar a figura.

— É o abade Pouvery, monge Savigny ou o Thiago? — perguntou Remy.

— Hã... Nenhum deles — respondeu Olivier. O monge se aproximou dos alojamentos o suficiente para ser reconhecido. A expectativa de Olivier foi substituída pela decepção. — É o Lafonte — disse, aborrecido, o arqueiro. Ninguém no reino gostava daquele monge, além dele próprio. François era rude com todos, dos duques (muito antes de eles adotarem os meninos) ao mais humilde camponês.

François nem deu tempo para o trio do exército o cumprimentar formalmente. Empurrou Olivier, que só não caiu por ser extremamente ágil.

— Ei, monge Lafonte, o que é isso? — repreendeu-o Remy.

— Exijo falar com Thiago — respondeu François.

— O Thiago não se encontra aqui, Lafonte, ele está no mosteiro — respondeu Louis, com toda a educação que tinha.

François deu outro empurrão em Olivier. O arqueiro ficou irritado. Levou a mão até a faca que carregava na cintura, preparado para combate corpo a corpo. Na próxima, o monge iria tomar de volta.

— François, já te falamos, Thiago não se encontra aqui — disse Remy dessa vez. Não queria que Olivier usasse a faca, mas não por estimar pela vida de François e sim por não querer que seu amigo se sujasse, literal e figurativamente, por conta da histeria do monge destemperado.

— Parem de mentir para mim! — François novamente investia contra Olivier, mas dessa vez Louis impediu que o monge empurrasse o arqueiro, pressionando o lado plano da espada contra o peito do monge atrevido. Olivier já estava com a faca na mão, e Remy, com metade da espada para fora da bainha.

— Certo, François. Então me diga, por que acha que Thiago se encontra aqui? — Louis aparentemente havia entendido a intenção de François.

— O decapitador.

Os três se entreolharam. François estava acusando Thiago de ser o decapitador ou o quê? Olivier ousou defender o garoto.

— François, Thiago não é o decapitador.

Contrariado, François tentou novamente empurrar o arqueiro. Novamente a espada de Louis impediu que o monge alterado atingisse o homem do arco.

— Mentira! — gritou François.

— Por que isso seria uma mentira, François? — interrogou Remy.

— Porque Thiago é o decapitador. Eu sei disso desde quando ele chegou ao nosso reino! Alertei Pouvery, mas ele não me deu atenção! Agora o reino sofre!

Remy, Olivier e Louis respiraram fundo. O batedor tomou a frente:

— François, quando Thiago chegou ao reino, treze pessoas já haviam sido vítimas do decapitador. Ele não é o decapitador.

— Ele é o decapitador sim, Legrand! Pare de acobertá-lo.

— François, o decapitador é um cavaleiro ágil na montaria e no manejo da espada. O Thiago não consegue cavalgar sozinho, muito menos manejar uma espada. As duas coisas ao mesmo tempo, tal como o decapitador faz, é impossível para ele — continuou Remy, que convenceria qualquer um com o discurso. François, porém, não era "qualquer um".

— Isso é uma mentira! Thiago é o decapitador. E, além disso, é filho bastardo do abade Pouvery.

Remy bufou, enquanto Louis e Olivier se olhavam estarrecidos tentando processar a absurda informação. Era mais fácil ter uma conversa racional com Raymond Leroy do que com François. Percebeu que de nada adiantaria argumentar contra François usando a lógica. O monge rabugento jamais se dobraria. Mudou de tática:

— Me diga então, François, por que você acha que Thiago é o decapitador? E você diz que ele é filho bastardo de James Pouvery só por ser parecido com ele?

— Porque ele é — respondeu François, sem ter realmente razões para creditar as mortes a Thiago, ou a James sua paternidade.

— Não, François, isso não me basta. Preciso de uma prova que coloque Thiago no cavalo do decapitador com a espada dele na mão no momento de uma das mortes. E um motivo para cortar a cabeça da vítima e dispor o corpo da forma como ele dispõe.

Não deu tempo de François confrontar Remy novamente. James chegou apressado ao local. Um infante, seguindo ordens de Louis, o localizou e pediu que fosse ao alojamento.

— François, o que está fazendo aqui? E por que saiu do mosteiro de madrugada?

— Como é, abade? — perguntou Louis, abaixando a espada.

O monge fujão ficou quieto, sem responder às perguntas de James, que por sua vez respondeu a de Louis:

— Durante essa noite, um dos nossos monges saiu da cela e do mosteiro. Hoje mais cedo, quando nos levantamos, percebi que ele não se encontrava, e Savigny achou a cela dele aberta e vazia. Agora há pouco, após encomendar o corpo do vinicultor que faleceu nesta madrugada, soube através de um infante que François estava aqui discutindo com vocês. A propósito, qual foi o motivo da discussão?

— Ele já chegou aqui agredindo. Me empurrou várias vezes. Perguntou onde estava o Thiago. Falamos que ele não estava aqui, ele continuou insistindo. Disse que Thiago era o decapitador e que estávamos o acobertando — contou Olivier, decidindo não falar da absurda teoria de que James e Thiago eram pai e filho.

— François, acho que já tivemos uma conversa sobre isso e eu acreditei que você tivesse me entendido.

— Eu não vou aceitar um assassino dentro do meu mosteiro! — disse François.

— François, pare com essa tolice! — esbravejou James. — Thiago nunca matou ninguém aqui.

— Ele é o decapitador, e se vocês não acreditam em mim, o problema é de vocês! Você só o acoberta pois sabe que ele é seu filho bastardo!

— François, chega. Já disse inúmeras vezes que Thiago não é meu filho, mas se eu fosse de fato seu pai, estaria muito orgulhoso disso — admitiu James.

— Lafonte, eu acabei de explicar que Thiago não pode ser o decapitador. Ele não sabe cavalgar nem usar espada... — disse Remy, cansado.

— Cale essa sua boca estúpida, Legrand! — mandou François, cada vez mais arrogante.

— Veja lá como fala comigo — disse o cavaleiro ligeiramente alterado, puxando a espada.

James interferiu:

— Legrand, seja o racional nessa briga. E François, pelo amor de Deus, pare com isso.

Remy se desculpou com o abade. François, porém, nada fez para desfazer o problema causado. Ao contrário:

— Por acaso, Pouvery, você sabe onde seu filho passou a noite e onde ele se encontra agora? — perguntou no tom mais irônico que conseguiu.

James respirou fundo antes de responder:

— Meu filho não passou a noite em lugar nenhum, pois não tenho filhos. Agora, se você se refere ao Thiago, sim, sei. Ele passou a noite no mosteiro, ouviu você abrindo a porta de sua cela, e agora exatamente deixei-o com Savigny no mosteiro, onde ele pretende passar o resto do dia. O que eu quero saber é o que VOCÊ está fazendo aqui fora. Que eu saiba, seus votos não lhe permitem sair do mosteiro, a não ser em casos excepcionais. E você já quebrou os votos algumas vezes nos últimos meses, andei relevando, visto que o caso do decapitador acabou me ocupando demais. Porém, se você não me der uma explicação plausível para sua escapada do mosteiro esta noite, serei obrigado a tomar providências severas. Aliás, eu também ouvi você saindo do mosteiro durante a madrugada.

Nem mesmo isso dobrou o monge ranzinza:

— O que eu fiz não foi nada perto do que você fez abrigando um assassino!

A paciência de James se evaporou naquele minuto:

— François, se você tem ainda algum resquício de racionalidade, recolha-se em sua cela no mosteiro, saindo apenas em segunda ordem, e com mais uma resposta desse naipe, ou se novamente insinuar que o Thiago é meu filho, eu autorizo Remy a terminar o que ele estava pensando em fazer quando você o chamou de estúpido.

Remy arregalou os olhos. Será possível que James o autorizaria a ferir François por conta disso? Certo que já havia tempos que François vinha testando os limites da paciência do abade e talvez finalmente os tivesse alcançado. James era bastante compassivo em vários aspectos. O monge, nervoso, não pareceu se intimidar com essa frase.

— Deixe você de ser tolo, James. Todos saberão futuramente que Thiago é o decapitador e seu filho.

— Remy, por favor... — James não estava de bom-humor naquele momento. Aliás desde a hora em que acordara e percebera que Lafonte não estava em sua cela ou estava apenas circulando pelo mosteiro.

— Está falando sério, abade? — Remy estava assustado entendendo que o abade queria que ele ferisse François.

James chamou Remy para perto.

— Só dê um susto nele — sussurrou James.

Remy sorriu:

— Entendi, abade — disse o batedor, contornando e ficando atrás de François.

James retomou a conversa com o colega de clero:

— François, me diga o que pretendia conseguir saindo de madrugada do mosteiro.

O monge olhou para seu superior com arrogância:

— Quer mesmo saber, Pouvery?

— Sim.

— Saí para ver o decapitador em ação. Certamente veria Thiago cavalgando e cortando alguma cabeça por aí. Que a próxima seja do insolente duque Chevalier.

— Está desejando que o duque Chevalier morra, François? — Remy não aguentou após as últimas provocações. — Ah, só uma coisinha: se sair de madrugada quando o decapitador estiver em ação, a cabeça que corre o risco de ser cortada será a sua!

— A minha cabeça ele não vai cortar — afirmou François.

— Por que está tão convicto disso, François? Você tem alguma relação com ele? — James continuava.

François gelou, mas não demonstrou. James jamais poderia desconfiar.

— Ele só mata pessoas que de alguma forma denegriram nosso reino.

— Hum... Me responda então como os camponeses mortos denegriram nosso reino, François — James continuava cético.

Remy, nessa hora, pressionou levemente a espada nas costas de François, que se assustou e não respondeu à pergunta de James.

— Você sabe, Pouvery, não perca meu tempo.

— François, minha paciência tem limite e ele está chegando...

Remy deu outra pressionada da espada contra o monge teimoso.

— Plantar hortaliças, criar animais e produzir ferramentas. Isso era tudo o que as vítimas do decapitador faziam — contou Remy, nada vendo de errado na conduta das vítimas.

— O criador de porcos permitiu que os filhos dele assumissem algo que jamais estarão aptos a fazer, que é nos governar no futuro — disse François.

James revirou os olhos.

— François, os filhos do criador de porcos estão sendo criados pelos duques porque seus pais de sangue MORRERAM, o criador não deu os filhos em vida para os duques. Largue de ser teimoso! Duvido que, quando o decapitador lhe cortou a cabeça, ele pensava que seus filhos seriam adotados pelo duque. Aliás, não se preocupe, você jamais será governado pelos filhos de Jacques, vai morrer antes que o mais velho tenha idade para assumir o posto do pai.

François, furioso com a última fala de James, apenas o encarou arrogantemente e marchou em direção ao mosteiro. Lá chegando, viu Thiago no pátio. O garoto ainda não sabia do tamanho da briga que o rabugento monge arrumara no alojamento militar. James chegou logo depois.

— François, volte aqui — chamou James, com sangue nos olhos.

Thiago ficou apenas olhando a situação sem entender nada. "Que raios aconteceu?", perguntou-se o garoto.

— Pare, James, eu não lhe devo mais respeito.

Jean e outros monges olhavam espantados.

— Ah, é? Vai para onde, então? Você já passou por todos os mosteiros da região, ninguém te aceitaria de volta! — desafiou James.

François murchou. O que James acabara de alegar era um fato. Aquele era o quarto mosteiro no qual ele vivia desde o início de sua vida monástica. Fora expulso do primeiro ao brigar com o monge superior por não aceitar que os camponeses frequentassem a igreja no mesmo horário que os nobres; do segundo ao se recusar a celebrar o casamento do filho do duque com uma plebeia; e do terceiro ao decidir não batizar o filho de um nobre local porque a criança tinha um problema físico e por ter alegado isso ao fato de a mãe do menino não ser nascida na nobreza. Agora seria expulso do quarto por brigar com os chefes do exército, duque e abade locais.

Por um milagre, nos quase quinze anos que vivia no Reino das Três Bandeiras, não cogitaram mandá-lo embora, por mais que várias vezes ele tivesse provocado motivos para ser expulso do local. Implicara com Olivier quando criança, com o duque, com James, com Paul, o conselheiro, com a duquesa e agora com Thiago. James parecia sempre tolerar o mau comportamento de François e relevar suas atitudes, que em qualquer lugar da Europa medieval o levariam a uma morte na fogueira ou por enforcamento.

— Não sei. Mas um dia acharei um mosteiro em que eu seja respeitado.

— Você era respeitado aqui, François. Pena que quer colocar suas vontades na frente das de qualquer pessoa. Ainda não consegui acreditar que você preferiria ter enterrado os filhos do duque a celebrar que aquelas três crianças começaram a ter uma vida muito melhor — disse Jean.

— Brilhante, Jean — elogiou James.

— Obrigado, abade — Jean agradeceu, tímido.

Depois, James voltou suas atenções a François:

— François, deixarei que fique aqui no mosteiro com uma condição. Você não vai mais abrir essa sua boca para nada. Aconteça o que acontecer, quero você completamente quieto, até hoje você apenas fez comentários inúteis. Ah, se acusar o Thiago de ser o decapitador novamente, não responderei por minhas futuras atitudes.

François pareceu se recompor. Aparentemente aceitou as condições de James e voltou para sua cela. Restaria saber por quanto tempo ele permaneceria pacífico.

Por mais alguns dias, as coisas permaneceram calmas no Reino das Três Bandeiras. François ficou a maior parte do tempo recolhido em sua cela, conforme ordens de James. E, para finalizar, o decapitador não fizera nenhuma nova vítima.

25.

DEU CERTO, CONSEGUI!

Renato estava há dias naquele trabalho. Assim que voltava do colégio, trancava-se nos fundos da casa do tio Luiz Antônio e continuava a tentar refazer o botão que travara quando Thiago fora enviado para a Idade Média. Agora, tudo indicava que após quase seis semanas de trabalho, ele havia conseguido. O botão funcionava perfeitamente.

— Yes! Consegui! — comemorou o rapaz, pulando no quarto. Olhou para os monitores, que mostravam Thiago de conversa com o "Legolas", como chamavam Olivier. — Já vou te trazer de volta, primo!

— Como assim "já vou te trazer de volta"? — perguntou Murilo.

— Está bom, já vamos te trazer de volta — corrigiu-se Renato. — Melhorou, Murilo?

— Razoavelmente — disse Murilo com ar debochado.

Renato olhou por cima para o amigo.

— Mas, Renato, o que o "já" exatamente significa? Você conseguiu refazer o botão?

— Tá-dá! — exclamou Renato exibindo a réplica para Murilo.

— Yes! Agora sim. Vamos? — Murilo resolveu testar o negócio. — Mas sem plateia. Se der errado, a gente deixa para lá. E vamos combinar que as chances de dar zebra são grandes.

— Tudo bem — decidiu Renato, plugando o novo botão na máquina.

Tensos, os amigos apertaram o botão. Não conseguiram trazer Thiago de volta, mas alguma coisa aconteceu. Deu para ver pelo monitor que o garoto fora meio empurrado para a frente. Thiago era tão esperto que fingia estar com dor nas costas quando tomou um "empurrão" para ninguém notar.

— Agora, tudo o que precisamos é de um raio! — disse Renato chateado.

— Como vamos fazer para controlar isso?

— Agora é por conta do acaso — disse Murilo. — A pior parte vai ser adivinhar quando vai cair uma tempestade lá onde ele está. A gente precisa avisar ele de que ele tem que voltar para o mesmo ponto em que ele foi encontrado para poder voltar para cá.

— É. Aí ferrou tudo. Como vamos falar com ele se lá onde ele está não tem como se comunicar conosco sem despertar suspeitas? É verdade que ele respondeu suas mensagens daquela vez, Murilo?

— Sim. Mas não falou muita coisa, só me mandou dois sinais de positivo.

— Ele não pode ficar usando o aparelho lá o tempo todo. Isso sem contar a bateria, que já deve ter acabado.

— É... — Murilo concordou, evasivo. A cabeça do garoto, por mais que estivesse preocupado com o amigo, estava em seu pai. Danilo estava mudando um pouco com o novo relacionamento. Mas era de um jeito bom. O menino estava notando que o pai estava mais animado depois que Ângela entrou na vida deles. E Ângela, sua madrasta, era muito legal. Não era sua mãe, claro, mas a substituiria. Murilo e Júlia mal se lembravam de momentos com Luciana. Eles eram muito pequenos quando ela morreu. Também não se lembravam mais da voz dela. Apenas do rosto, já que havia fotos dela por toda a casa. Depois de mais alguns minutos comemorando com Renato o sucesso dessa etapa do resgate, foi para a casa. Ângela já estava lá, conversando com seu pai e Júlia.

— Oi, filho! Está com fome? Tem uma torta de frango com palmito no forno. Vai ficar pronta em uns quinze minutos. Dá tempo de você tomar um banho — disse Danilo. O investigador era um excelente cozinheiro, já que, exceto por uma faxineira que ia uma vez por semana fazer a limpeza pesada da casa, ele fazia todo o resto do serviço doméstico sozinho ou com os filhos. Morara sozinho por cerca de sete anos antes de se casar, quando seus pais faleceram.

— Ok, pai — disse Murilo indo para seu quarto. Reapareceu na sala de roupa limpa e cabelo molhado. Prova de que havia obedecido o pai. Sentaram-se para jantar e Ângela não resistiu em dizer a Murilo que ele era a cara do pai. E de fato, o garoto era uma versão jovem do pai. Mesmos olhos, cabelo, nariz, boca, queixo. O que os diferenciava era que Danilo deixava a barba por fazer, enquanto a de Murilo mal havia começado a nascer, além da cor dos olhos: Danilo tinha olhos azuis, enquanto os de Murilo eram castanho-claros, tais como o de sua mãe, mas o formato e o olhar eram iguais aos do pai. Até que Júlia fez mais uma pergunta:

— Tia Ângela, quando a gente vai conhecer sua família?

Ângela sorriu pesarosa:

— Querida, eu não tenho mais ninguém na minha vida. Tal como seu pai, também já perdi os meus pais, não tenho irmãos, nem ninguém.

Os olhos de Júlia denunciaram sua tristeza com a informação.

— Sério? Você perdeu seus pais quando você era bem pequena?

— Não. Minha mãe morreu quando eu tinha vinte anos, e meu pai quando eu tinha vinte e dois. Quando me mudei para cá, há quinze anos, eles já haviam morrido — contou Ângela. Agora, a escrivã contava com trinta e sete anos.

— Mas você não se casou nem teve filhos?

— Quase me casei uma vez, mas acho que vocês já sabem como terminou meu relacionamento. Sempre tive um pouco de dificuldade para me aproximar de homens. E há muito tempo sou apaixonada pelo pai de vocês — contou Ângela, olhando para Danilo. O "brutamontes" assassinado pelo atual namorado dela. E omitiu das crianças algo que, por força do trabalho, Danilo já sabia: Ângela estava grávida de cinco meses do "brutamontes", semanas antes de ele ser morto por Danilo.

A escrivã fora brutalmente agredida pelo então companheiro, com tanta intensidade que acabou perdendo o bebê que esperava. Era uma menina que se chamaria Alice. Hoje, se tivesse sobrevivido ao ataque de fúria do pai, que queria um menino, Alice teria seis anos de idade. Após a agressão, Ângela fora internada com fortes dores, e no hospital soube que o bebê morrera no útero. Teve o parto induzido, sua filha nascera já sem vida e fora levada para o IML, onde exames determinaram que a agressão fora a única causa para a morte da criança. Ficara uma semana internada, e Danilo fora o colega que mais ficou ao seu lado. Fora ele quem a levou ao hospital e ficou o tempo todo ao seu lado. Seis semanas após o parto, voltou a trabalhar. Mais vinte e um dias se passaram e o "brutamontes" aparecera transtornado na delegacia, quando fora abatido com um tiro por Danilo. A pontaria do investigador fora tão certeira que destruiu a parte superior do coração do "brutamontes", matando-o instantaneamente. O tiro de Luiz Antônio, na cabeça, disparado uma fração de segundo depois, não fez diferença. Ângela parecia ter superado os acontecimentos, mas agora se perguntava por que Danilo não aproveitou a ocasião para se aproximar dela. Exceto pelos adolescentes, todos sabiam do acontecido com Ângela no passado. Ana Cristina e Vera também sabiam da história e haviam visitado a escrivã quando ela perdera a filha.

No fim de semana, Ângela se juntou ao animado grupo. Vera logo passou a tratá-la como filha. Durante o almoço, todos ficaram sabendo que a volta de Thiago estava cada vez mais próxima.

— Agora tudo depende do clima. Precisa chover pesado lá e cá de novo, feito no dia que ele foi para lá — contou Renato.

— Ótimo — comemorou Luiz Antônio. — Não aguento mais ver meu filho por um monitor.

— Eu também não aguento mais só ver Thiago por uma tela de vinte e uma polegadas. Por mais que eu saiba, pelas imagens, que ele está bem, eu o quero aqui — era Ana Cristina.

— Isso é o que todo mundo quer — disse Vera, que apesar de não falar, sentia falta do neto.

— Meninos, eu posso ver essa "máquina do tempo"? — pediu Ângela.

— Claro, tia! — acatou Murilo. — Vamos, Renato? Só tem um probleminha, tia, só temos imagens, sem áudio.

— Por mim tudo bem, queridinho.

Com essa deixa, todos foram para a sala onde o computador estava montado. O queixo de Ângela caiu ao ver que REALMENTE Thiago fora enviado à Idade Média. Murilo começou a apresentar os "personagens":

— Essa aí é a rainha de lá. Papai a chama de "Angelina Jolie" — começou Murilo, apontando para a duquesa Catherine na tela.

— De fato, ela parece bastante com a Angelina Jolie... — concordou Ângela.

O duque Jacques foi o segundo a aparecer no local, Danilo franziu a testa ao vê-lo.

— Esse rei aí também me lembra algum famoso, só não sei dizer quem exatamente — comentou Danilo.

— Brad Pitt? — brincou Luiz Antônio. Todos caíram na risada.

— Não — respondeu Danilo rindo.

Luiz Antônio resolveu olhar mais de perto para o "rei":

— Renato, tem como você dar um "zoom" no rosto desse rei aí?

— Claro, tio — disse Renato, aproximando ao máximo no rosto do duque Jacques.

Após analisar por alguns minutos a figura do nobre, Luiz Antônio brincou:

— Keith Richards antes das drogas?

Nova risada generalizada.

— Também não. Eu estou vendo o famoso aqui, mas não estou me lembrando do nome dele. Larga mão, daqui a pouco eu me lembro — desistiu Danilo.

Em seguida, foram "filmados" o monge Jean, o cavaleiro Remy e o infante Louis. Olivier foi o seguinte, e sua beleza chamou a atenção de Ana Cristina, Vera e Ângela. Além de Júlia e Sofia.

— Ai! — disse a irmã de Thiago. — Esse moço é lindo!

— Ele é lindo mesmo! — concordou Júlia, fazendo um coração com as mãos para a tela. O rosto de Murilo queimou de vergonha da irmã.

— Vão devagar, meninas, ele é quase novecentos anos mais velho que vocês — disse Luiz Antônio.

Murilo e Renato taparam a boca numa fracassada tentativa de abafar uma gargalhada. Sofia e Júlia olharam meio contrariadas para Luiz Antônio. Já Ângela, Danilo, Ana Cristina e Vera também não resistiriam e estavam tal como os garotos rindo. Ou melhor, gargalhando.

— Bonitão mesmo esse moço — concordou Vera. Luiz Antônio olhou espantado para sua mãe.

— Mas a Sofia está certíssima, gente. Esse sujeito é realmente lindo! — disse Ângela. Danilo lançou-lhe um olhar enciumado.

— Ele é bonito mesmo — concordou Ana Cristina, também recebendo olhares enciumados do marido.

— Esse "bonitão" é o "Legolas" — contou Murilo.

— Só por causa do cabelo? — questionou Luiz Antônio.

— Ele também é arqueiro e aparentemente bom de pontaria. Vi ele treinando uns dias atrás, todas as flechas no alvo.

— Interessante — disse Danilo.

Logo em seguida o abade James entrou em cena. Ângela tomou um susto enorme ao ver como Thiago e James eram parecidos.

— Meu Deus! Esse padre e o Thiago são idênticos!

— Verdade. E ele ainda trata o Thiago como filho — disse Ana Cristina.

— Saber que meu filho está com ele é o que tem me permitido dormir tranquila nessas noites — terminou a historiadora, que de fato parecia estar lidando bem com o acontecido. Não estava sequer precisando de remédios para dormir.

— É... — disse Luiz Antônio.

Após mais alguns comentários sobre a provável volta de Thiago, Danilo e Luiz Antônio estavam conversando separadamente do resto do grupo. Ana Cristina e Ângela estavam começando a se entender melhor, apesar de Ângela trabalhar há anos na delegacia, ela sempre foi mais reservada, e Vera estava junto conversando. A triste história de sua filha foi rapidamente lembrada pela sogra de Ana Cristina.

Na conversa de Luiz Antônio e Danilo, os dois discutiam sobre o namoro com Ângela.

— Semana que vem ela se muda ali para minha casa. Quem sabe a gente ainda tem um filho juntos ano que vem...

Luiz Antônio olhou preocupado para o seu colega.

— Cara, vai devagar. Vocês se conheceram agora...

— Como assim? A gente se conhece há quinze anos! — rebateu Danilo.

— Sim, como colegas de trabalho. Como casal, namorados, tem quanto tempo que vocês estão juntos, um mês?

— Por aí...

— E não acha que está cedo demais?

— Mas eu não quero esperar muito. Senão vou ter um bebê de colo enquanto o mais velho vai servir o exército.

— Então não pode demorar muito, o Murilo e a Júlia já estão com quase quatorze anos — brincou Luiz Antônio. — Mas, falando sério, Danilo, seja cauteloso. A Ângela sempre foi muito reservada. Já perguntou para ela se ela quer ter filhos depois de ter perdido aquele bebê do "brutamontes"? O fato de ela estar tratando bem os seus não quer dizer que ela gostaria de ser mãe. Apenas que ela sabe que vai ter que conviver com os dois se quiser continuar com você. Lembra

169

daqueles episódios de "Má-drastas" que assistíamos uns tempos atrás, e você confessava que seu maior medo era que seus filhos fossem vítimas de uma delas? E mais uma, ela pode estar sendo gentil com você por se lembrar de que foi você quem ficou ao lado dela quando a menina dela morreu.

— Lembro sim. Inclusive falei isso para ela, meio que me justificando pela demora — riu Danilo. — Aliás, já conversamos sobre termos um filho junto, falei que queria ter outro, que inclusive já discutia o assunto com Luciana pouco antes de sua morte.

— Espero que ela tenha entendido.

— Claro que entendeu! Senão ela nem estaria aqui hoje. Ela disse saber que a prioridade na minha vida seria sempre os dois. Só não deixou claro se quer ter um filho comigo.

— Meio óbvio. Ainda mais agora no começo. Antes de tentar engravidar a Ângela, Danilo, espere ao menos uns seis meses. Acho que já vai dar para ver em que pé vai estar a história. Como ela, você, o Murilo e a Júlia vão interagir até lá. Aí, converse com ela, conte que além dos dois, você sempre pensou em ter mais um filho e pergunte se ela ainda quer ser mãe. Ela ainda deve ter lembranças fortes da história do brutamontes. Se engravidar de novo, é capaz que nem deixe você encostar na barriga. Aquela história foi traumática demais.

— É o jeito — terminou Danilo, cansado.

— Ah, se os dois contarem que Ângela fez algo com eles que você jamais aprovaria, como castigá-los ou maltratá-los, acredite em seus filhos, cara, não nela.

— Eu sei. Não foi só você que ficou paranoico com os episódios de "Má-drastas" —concordou Danilo.

Mais tarde, naquele dia, Danilo conversou com os dois em casa. Disse a ambos que não hesitassem em contar qualquer "bola fora" de Ângela.

26.

MUDANÇAS

Cerca de uma semana após essa conversa, Ângela finalmente se mudou para a casa de Danilo. Como todo começo, tudo ia muito bem. Mas Danilo ainda mantinha a pulga atrás da orelha. Por mais que Ângela fosse "legal" com ele e com os gêmeos, algo dizia ao investigador que tudo poderia dar errado no futuro, sobre o que ele esperava estar redondamente enganado.

Alguns dias após a mudança, os quatro estavam na sala quando o telefone de Danilo toca.

— É o doutor Cláudio — avisa, afastando-se de Ângela e dos filhos para atender a ligação.

Enquanto Danilo conversava com o chefe, Ângela ficou com os dois enteados na sala. Logo Júlia fez uma pergunta delicada para a madrasta:

— Tia Ângela, você tem vontade de ter filhos?

Murilo desviou os olhos do jogo no celular ouvir a resposta da madrasta.

— Tenho sim, Júlia. Bastante. Não consigo me imaginar sem filhos. Embora até hoje eu não tenha tido nenhum… Quero dizer, quase tive uma menina… — respondeu Ângela, olhando de longe para Danilo que, concentrado na ligação, nem ouviu. A escrivã também temia não poder mais ter filhos por conta da idade.

— Como assim, tia? Por que quase? — perguntou Júlia.

— Ela morreu ainda na minha barriga, quando eu estava grávida de cinco meses.

— Por quê? — Júlia ficou com os olhos cheios d'água.

Ângela respirou fundo. Decidiu não mentir para seus enteados. Júlia e Murilo a olhavam transtornados com a história:

— O pai dela, meu ex-namorado, não queria que o bebê fosse uma menina, ele queria, ou melhor, exigia, um menino. Quando soube que eu esperava uma menina, ele perdeu a cabeça e me espancou o suficiente para que o bebê morresse ainda dentro da minha barriga.

Tristes com o relato da madrasta, Murilo e Júlia se jogaram no colo dela, chorando. Ângela consolou as crianças, dizendo que estava bem agora e que o pai deles foi uma das pessoas que mais a ajudou no processo de recuperação.

— Agora você pode ser mãe da gente, tia — disse Júlia.

— É, vocês dois vão ser meus filhos, mas quero que se lembrem que vocês tiveram outra mãe. E que ela não está aqui porque morreu, e não por ter abandonado vocês. Ela amava muito vocês dois e ainda ama — disse Ângela.

— Você conheceu nossa mãe, tia? — perguntou Murilo, curioso.

— Conheci. Quando me mudei para cá, ela já era casada com o pai de vocês. Me lembro também de quando seu pai nos contou que ela estava grávida de vocês dois, de quando vocês nasceram... — recordou Ângela.

Os três ficaram apenas se olhando em silêncio por alguns minutos, que foram quebrados por Júlia:

— Eu queria ter uma mãe feito a Sofia tem... — disse a menina, com a voz meio sofrida. Ângela abraçou a menina e beijou sua cabeça.

— Calma, querida, vai ficar tudo certo — consolou-a a escrivã, enquanto Júlia se esforçava para não chorar de novo. — Sei que vocês sentem falta da sua mãe, não?

Tanto Júlia quanto Murilo balançaram a cabeça.

Demorou ainda alguns dias para que Danilo tocasse no assunto com Ângela. Um pouco antes de dormirem, Danilo começou a conversar com sua companheira:

— Ângela, você ainda tem vontade de ter filhos?

Ângela sorriu.

— Tenho sim. Por que está perguntando? — A escrivã estranhou a pergunta. Começou a desenhar um cenário tenebroso em sua mente. Danilo se recusaria a ter um filho com ela, e isso a faria ter que se mudar de novo.

— É que eu sempre quis ter três. Infelizmente não pude com a Luciana, então... Quer ser a mãe do meu terceiro filho? Acho que já te perguntei há alguns dias, mas não me lembro da resposta.

— Claro que sim, querido — respondeu Ângela, beijando Danilo. — Aliás, Danilo, acho que até hoje não o agradeci o suficiente pelo que fez por mim quando eu perdi minha filha e por ter matado o meu ex-namorado — Ângela se recusava a dizer o nome do homem que a havia espancado e matado sua menininha.

— Não fiz mais que minha obrigação, Ângela. Eu era o único solteiro da equipe, os outros não podiam te acompanhar.

— Não, Danilo. Você não tinha obrigação alguma de ficar do meu lado no hospital me aguentando enquanto eu chorava feito uma sei-lá-o-quê. Não precisava ter mentido que era meu marido para não te retirarem da sala nem nada do que fez. Mas estava lá, segurando minha mão e me abraçando enquanto eu processava que não teria minha menininha mais. Doeu muito perder aquela criança.

— Imagino. Deve ser a pior dor do mundo.

— Realmente. Rasga a gente por dentro, não tem o que conserte. Mas hoje tudo parece mais ameno. Ainda dói me lembrar dela, mas agora consigo pensar que tentar ter outro filho não me enlouqueceria.

— Então, quer tentar ter outro filho mesmo?

— Adoraria. Aliás, Danilo, outra coisa que me chamou a atenção esses dias: por que você não tentou nada comigo na época? Não me via como uma namorada em potencial?

Danilo conseguiu esboçar um sorriso.

— Na verdade, sim. Só que achei que seria muito oportunismo da minha parte me aproveitar da sua fragilidade naquele momento, logo após ser espancada e perder sua filha, para tentar ter alguma coisa com você.

— Você é sensacional, Danilo. Ah, só para você ficar sabendo, o Murilo e a Júlia já sabem da história da minha filha.

— Tudo bem. Uma hora eles acabariam sabendo dessa história. E é melhor saber pela gente que por outras pessoas.

Só voltaram a tocar no assunto quando se levantaram:

— Ângela, temos que terminar a discussão de ontem — disse Danilo, preparando o café da manhã para os filhos que ainda dormiam.

— Sobre o quê? O bebê?

— Isso mesmo. Você está com pressa para ter esse filho ou pode esperar mais alguns meses?

— Acho que posso esperar um pouco até nos ajeitarmos de vez aqui. Por quê? Você está com pressa?

— Um pouco, não quero que a diferença entre os dois e o caçula seja muito grande. Em quatro anos os dois fazem dezoito... Se formos esperar muito tempo, você vai estar grávida quando o Murilo e a Júlia já estiverem na faculdade.

— Calma aí, Danilo, também não vamos esperar anos para termos esse bebê. E outra, nem vai dar para esperar tanto tempo assim, já estou com quase quarenta... Que tal uns seis meses? É tempo de sobra para a situação aqui se ajeitar por completo. Aí a gente começa a tentar. Se acharmos que poderemos começar a tentar mais cedo, melhor ainda.

— Tentar o quê? — perguntou Murilo, recém-acordado chegando à cozinha, já pronto para ir para a escola.

Danilo e Ângela se olharam, e o investigador decidiu jogar limpo com o filho.

— Bom dia, Murilo. Ângela e eu estamos pensando em termos um bebê — respondeu Danilo, observando a reação do filho. O rosto de Murilo ainda estava neutro, mas em breve assumiu uma expressão preocupada:

— Vou ter que trocar as fraldas dele?

Danilo riu.

— Se você quiser ajudar a cuidar do bebê, claro que sim, Murilo. Sei que no começo você pode sentir medo de machucar ele e até sentir nojo, mas com o tempo você se acostuma — disse Ângela.

— Por que vocês estão falando de fraldas? — Júlia finalmente apareceu na cozinha.

Murilo foi quem respondeu à pergunta da irmã:

— A tia Ângela vai ter um bebê, Júlia.

A menina arregalou os olhos:

— Sério mesmo, tia Ângela? Vou poder ajudar a cuidar dele? Trocar fralda? Ele vai nascer quando?

Danilo começou a rir ao notar a diferença nas reações dos dois filhos. Enquanto Murilo ficou apreensivo com a possibilidade de ter de trocar as fraldas do futuro e hipotético irmão, Júlia não via a hora de fazer tais coisas. O bebê seria como um boneco vivo para a menina. Aliás, Sofia também iria gostar de virar "babá".

— Calma, mocinha. Eu nem engravidei ainda. Talvez o bebê nasça em um ano e meio — explicou Ângela, abraçando Júlia.

A menina murchou um pouco.

— Um ano e meio é muito tempo, não dá para ser mais rápido?

— Seu pai e eu vamos conversar, Júlia.

— Por que meu pai tem que conversar com você sobre isso, tia Ângela?

— Júlia, eu também vou ser o pai do bebê que a Ângela vai ter. Essa criança vai ser seu irmão ou irmã.

— Ah — Júlia ruborizou. Havia se "esquecido" de que Ângela e seu pai eram namorados. — Vocês vão se casar, pai?

— Ainda não pensamos nisso. Estou com medo de seus avós tirarem vocês dois daqui se eu me casar de novo — confessou Danilo.

— Que avós, pai? Eles já morreram — rebateu Murilo, comendo um sanduíche e bebendo uma vitamina de frutas, basicamente banana e morango.

Danilo gelou. Os dois haviam se esquecido dos pais de Luciana. Também não era para menos, o casal sequer ligava para os netos.

— Os meus pais sim, mas os pais da sua mãe, até onde sei, ainda estão vivos, Murilo.

— Acho que eles nem se lembram da gente. E se tentarem, você atira neles.

— Murilo, devagar com o andor, filho. Não posso sair chumbando todo mundo que faça algo de que não gosto.

— Há quanto tempo os dois não veem os avós maternos, querido? — perguntou Ângela.

— Na última vez, eles tinham seis anos, faltavam alguns meses para o sétimo aniversário deles. Eu levava as crianças uma vez por mês para ver os avós, e minha ex-sogra sempre bancava a desmemoriada. Toda vez perguntava quem eram eles, o que queriam com ela e por que estavam lá. Sério, me irritava ouvir por, sei lá quantas vezes, as mesmas perguntas, mas nunca a confrontei. Ela fingia não conhecer os netos desde quando a Luciana morreu. Aliás, os meus ex-cunhados também não entraram em contato conosco desde a morte dela — disse Danilo, referindo-se também aos irmãos de Luciana. Após a morte da mulher, realmente nunca mais tiveram contato com Danilo, Murilo e Júlia.

— Mas, querido, por que acha que se você decidir se casar comigo eles vão tentar tirar o Murilo e a Júlia de você?

— Eles nunca foram muito com a minha cara, por eu ser filho único e meus pais já terem falecido. Diziam que não tinha como eu comprovar minhas origens, como se eu fosse, sei lá, um cachorro de raça. Tinha que comprovar meu "pedigree". Agora, por que eu acho que eles podem querer tirar os dois de mim, eu não sei. Até hoje não tentaram, mas eu sou meio paranoico.

— Mas eles não te aceitavam nem quando você e a Luciana se casaram?

— Eles meio que me "engoliram" nesses anos. Bastou ela morrer para me ignorarem e esquecerem que tinham dois netos. Eu levava os dois na casa deles, mas toda vez era a mesma cena, parecia que eu estava vendo aquele filme em que o mesmo dia se repete inúmeras vezes, todo mês: "Quem são vocês dois?", "O que estão fazendo aqui?", "Por que vieram nos visitar?". Os dois respondiam: "Somos seus netos, Júlia e Murilo". E recebiam de volta um "Ah, é". Mais alguns trocados: "Tomem esse dinheiro para o homem que os trouxe comprar um sorvete ou um doce para vocês" e fechava a porta na nossa cara. Um belo dia, pouco antes de eles completarem sete anos, os dois decidiram não visitar mais os parentes. Depois de serem rechaçados mais uma vez, chegaram para mim e falaram: "Pai, chega, não queremos mais ver aquela mulher que nem gosta da gente, finge que não nos conhece e nem lembre quem somos. Nossa família agora somos só nós três". Eu simplesmente acatei a vontade deles, mas admito que fiquei um pouco chocado com a postura deles. E, desde então, em vez de ir para a casa dos meus ex-sogros, a gente escolhe um lugar aleatório na região e passamos o dia ou o fim de semana juntos nesse lugar. Alguma cidade próxima com lugares bacanas para visitar, ou algum recanto perdido aqui, que pouco visitamos no dia a dia por conta da correria. E a figura de avó para eles agora é a dona Vera, mãe do Luiz Antônio.

— Triste demais. Mas quanto aos passeios em locais aleatórios... Quero ir junto no próximo.

— Ótimo, bem-vinda a bordo!

Ângela envolveu o pescoço de Danilo e logo o casal começou a se beijar. Murilo e Júlia, que ainda estavam na casa, pigarrearam, fazendo o pai e a madrasta interromperem a cena.

— Do que vocês estão falando? — perguntou Murilo.

— Neste fim de semana vamos fazer mais um daqueles passeios de família?

— Seria legal, pai — continuou o garoto. — Mas o que isso tem a ver com o que vocês estavam conversando?

— Ah, contei desses nossos passeios para Ângela e ela disse que quer ir com a gente no próximo.

— Legal! — Murilo trocava a desconfiança inicial pela empolgação, enquanto Júlia abraçava a madrasta. — Júlia, vamos escolher um lugar bem legal com muita coisa divertida para a gente fazer...

— Isso, feito aquele parque que a gente foi ano passado. Podemos voltar lá, pai?

— No próximo feriado prolongado. Vamos pensar. Mas neste fim de semana tem que ser algo mais perto de casa.

— Tudo bem, pai — disseram os dois.

Danilo, depois dessa conversa, levou os dois, Sofia e Renato para o colégio. Ana Cristina e Luiz Antônio inventaram que Thiago estava com uma doença complicada e séria e que estava isolado em um hospital em Belo Horizonte, não podendo ter sequer contato com os membros da família. Só podiam conversar com o garoto por meios virtuais. Por alguma razão, mesmo sem qualquer atestado assinado por médico, a diretora da escola engoliu a desculpa. Ana Cristina ainda vivia no suspense nesse caso, sem saber o dia em que a diretora pediria algum atestado de seu filho.

Naquele fim de semana, cumprindo o prometido, Danilo, Ângela e os gêmeos foram passar o sábado em uma cachoeira perdida nos limites da cidade. Danilo a localizou quando foi cumprir algumas intimações em outra cidade da comarca (a delegacia respondia por mais três municípios além da sede). Ao passar por uma estrada de terra, rumo a um bairro na zona rural, viu uma estrada ainda mais estreita e decidiu entrar para ver onde daria. O caminho terminou em uma bela cachoeira cercada por uma "praia" de areia branca e muito sossego. Distante apenas sessenta quilômetros do centro da cidade onde moravam.

Enquanto Murilo e Júlia nadavam na cachoeira, o casal estava sentado no chão, sobre uma toalha de piquenique. Danilo tirara folga na sexta-feira à tarde para preparar algumas guloseimas: bolo de chocolate com brigadeiro, sanduíche de frango e sucos. Ângela abraçou Danilo e ficou olhando seus enteados brincando. Depois, ao ver uma área vazia na areia da "praia", imaginou o bebê que teria com Danilo sentadinho brincando ali.

— Talvez em um ano e meio ou dois a gente volte aqui com mais gente no carro.

Danilo sorriu e a beijou. "Já poderia ter mais uma menina de seis anos conosco", pensou Danilo, porém não tocou no dolorido assunto com Ângela. Se a garotinha tivesse sobrevivido, o investigador não titubearia em tratá-la com filha. Imaginou o quanto a menina não ficaria atrás de Júlia e Sofia. Ou até mesmo Danilo assumisse a paternidade da menina, já que provavelmente o pai biológico dela estaria morto ou preso também nessa realidade paralela que o investigador criou. E, se estivesse vivo, ele jamais reconheceria a menina como sua filha e não seria uma figura presente na vida dela.

— Tomara, querida.

Eram apenas os quatro perdidos naquele pequeno pedaço do paraíso. Nenhum sinal de seres humanos na área, apenas a natureza testemunhava o momento, e o celular de Danilo, que volta e meia fotografava alguma coisa: um tucano, um sagui, uma árvore diferente, flores, a cachoeira, Júlia e Murilo se divertindo, ele e Ângela se beijando, os quatro juntos.

Murilo e Júlia logo chamaram o pai e a madrasta para entrar na água. O casal se juntou a eles e nadou com a dupla por um bom tempo. Por volta das três da tarde, quando o cansaço e a fome bateram, sentaram-se no chão e ficaram conversando e comendo. Somente às cinco da tarde foram embora, depois de recolher o lixo.

Já em casa, tomaram banho, jantaram uma pizza, Danilo estava cansado demais para cozinhar, assistiram a um filme e depois dormiram.

Nos outros dias da semana, Murilo quase não saía da casa do padrinho. Ficava revezando com Renato no monitoramento de Thiago na Idade Média, esperando a tempestade para conseguir trazer seu amigo de volta. Mas a história de Ângela havia afetado e muito o garoto. Se antes tinha medo de que seu pai e ela tivessem uma criança, não por ciúmes de perder parte da atenção do pai, mas apenas por insegurança, agora queria a todo custo que Ângela e seu pai tivessem esse bebê. Sua madrasta merecia ter um filho, ou melhor, merecia ter os filhos que quisesse. E agora ele estava disposto a ajudar a trocar fraldas e tudo mais para cuidar do bebê que seria seu meio-irmão.

27.
CAVALGADA NOTURNA E O MISTÉRIO DO CAVALO VERMELHO

O dia acabava cedo no Reino das Três Bandeiras, assim que começava a escurecer, camponeses, artesãos, criadores de animais e todos os demais habitantes se recolhiam em suas casas ou alojamentos. Ficavam acordados por no máximo uma ou duas horas enquanto faziam a última refeição do dia e então todo o reino adormecia, dos humildes camponeses ao duque.

Uma noite, cerca de duas semanas após a festa dos duques, ainda sem novas cabeças cortadas, o terror se instalaria novamente nos domínios do duque Jacques Chevalier. Durante uma gélida madrugada de outono, Louis Gouthier foi acordado ouvindo o tropel de um cavalo. O soldado sabia que Remy e os demais cavaleiros não costumavam cavalgar de madrugada. Estavam todos (ou melhor, quase todos) dormindo no alojamento dos cavaleiros, cujas instalações eram a menos de trinta metros do alojamento da infantaria, onde Louis dormia com seus comandados. Dessa vez, levantou-se, vestiu-se, pegou sua espada e saiu do quartel, ficando bem próximo ao ponto onde a última cabeça fora encontrada. Logo viu um desconhecido chegando perto. Seus dedos agilmente envolveram o punho da espada e o infante preparou-se para uma luta, porém desistiu quando reconheceu, sob a fraca luz do luar, que o "desconhecido" na verdade era Olivier, que também estava armado com seu inseparável arco.

— Também ouviu o cavalo? Será o decapitador? — perguntou Louis assim que Olivier chegou perto o suficiente para poderem conversar em tom de voz normal.

— Pode ser, Louis. — Olivier tinha um tom de voz preocupado. — Chamou o Remy? Acordamos ou não o abade James?

— Adoraria poder responder às suas perguntas, Olivier.

Logo após essa conversa, um novo tropel de cavalo foi ouvido. Assustado, Olivier armou o arco para um tiro e só não disparou a flecha porque logo reconheceram Remy, que também havia acordado e estava alarmado com os sons noturnos.

— Sabem o que foi isso? — perguntou o cavaleiro de cara fechada, descendo de seu cavalo.

— Infelizmente não, Remy. Avisamos o abade? — era Olivier.

— Acho que não será preciso — disse Remy, olhando em direção ao mosteiro e conseguindo avistar, sob a luz da lua cheia, dois vultos, que eram o abade James e Thiago, também acordados com o tropel do cavalo. James estava particularmente mal-humorado, o abade não era o tipo de pessoa que gostava de ter seu sono interrompido.

— Algum de vocês tem explicação para esse barulho, meus caros? — James perguntou quando se aproximou do trio de militares.

— Infelizmente não, abade — respondeu Remy.

Quando os cinco achavam que tudo não passava de um mal-entendido e que era apenas um cavalo selvagem que havia invadido a vila e que a essa altura já devia ter voltado para as pastagens, ouviram um relincho claramente vindo de dentro da área da vila. Olivier novamente armou um tiro com o arco, porém, quando o cavalo se aproximou deles, não havia um cavaleiro o montando. À luz do luar, o animal parecia molhado e exausto. Perceberam também que o cavalo tinha rédeas e cela, o que descartava a teoria do cavalo selvagem. Thiago foi o primeiro a notar e comentar que ele exalava um cheiro terrível:

— Credo, por onde esse bicho andou?

Embora não tivessem comentado, Louis, Olivier e James também sentiam o mal cheiro do animal. Apenas Remy, acostumado a lidar com cavalos, não estranhava o odor.

Remy conseguiu segurar as rédeas do cavalo, que, aparentemente também assustado, tentava correr para longe da vila.

— Ele deve ter atravessado um rio ou um lago ou ainda caído em algum fosso... — deduziu Olivier, mal aguentando o cheiro do animal.

Ainda meio cético, Thiago passou a mão pelo pescoço e pela crina do animal e percebeu que estavam cobertos por uma substância quente e com textura viscosa. Sangue? De imediato, Thiago percebeu que o dia seguinte seria cheio. Precisariam isolar o animal para preservar as provas.

— Remy, tem algum lugar onde possamos manter esse cavalo isolado dos outros da cavalaria e preso? Tem alguma coisa no pelo dele e agora não posso ver o que é. E temos que descobrir o que esse cavalo e seu cavaleiro aprontaram agora à noite.

— Tem como deixá-lo no freixo em frente ao estábulo. É o que vou fazer. Louis, segura a rédea para mim, por favor? — perguntou Remy enquanto montava em seu cavalo.

— Claro — acatou Louis, segurando a rédea e entregando-a a Remy que, já montado no cavalo, pediu que lhe entregasse de novo, e então o cavaleiro e o cavalo desconhecido rumaram para os estábulos. Thiago então se lembrou de mais um detalhe e correu em direção a Remy:

— Remy, já estava esquecendo. Veja se todos os cavaleiros dormiram no alojamento hoje, se nenhum sumiu... E... Dê uma olhada nos cavalos também.

— Claro, pode deixar.

Depois dessa conversa, com Remy cavalgando de volta para os estábulos, Louis, Olivier e James, arrastando Thiago, voltaram para seus alojamentos e para o mosteiro. Thiago teve um resto de noite agitado. Mal conseguiu dormir.

No dia seguinte, levantou-se cedo, animado, e após as orações matinais e uma refeição no mosteiro, foi com James e Jean até o estábulo onde o cavalo perdido fora deixado. Remy, Louis e Olivier já estavam no local, bem mais preocupados que estavam à noite. Louis correu em direção aos monges com notícias:

— Abade, o cavalo está coberto de sangue!

— Sangue? — James estava preocupado com a revelação.

Jean arregalou os olhos, e Thiago na hora percebeu que havia deduzido corretamente. Perguntou-se se o cavalo ainda estava vivo. Chegaram ao local e viram que o animal não morrera.

— Remy, e quanto àquelas coisas que eu lhe pedi mais cedo? Faltou alguém, e o cavalo?

— Bem, um dos cavaleiros sumiu e esse é o cavalo que ele costuma usar — contou Remy, contrariado, mas omitindo o nome do cavaleiro desaparecido.

— Remy, o cavalo parece estar machucado? — perguntou Thiago.

— Ele me parece bem. Não está machucado. Por quê? — Remy perguntou de volta, sem entender onde Thiago queria chegar com a conversa.

— É que o sangue podia ser dele, do próprio cavalo. Então, se o cavalo não tem nenhum machucado aparente que tenha provocado perda de sangue, só nos resta saber se o sangue é do cavaleiro. Se for, ele vai estar caído em algum lugar talvez inconsciente ou morto. É bastante sangue — concluiu Thiago.

— Temos que localizar esse homem, Thiago. E rápido. — Olivier começou a ficar cada vez mais aflito.

— Mas podemos estar diante de mais um crime do decapitador. Precisamos refazer os passos dele. Se não foi o cavaleiro que foi ferido, esse sangue é de uma nova vítima do decapitador.

Remy imediatamente entendeu onde Thiago queria chegar com aquela linha de raciocínio.

— Olivier, Louis, chamem seus homens, vamos refazer a trilha do cavalo. Ou achamos o cavaleiro sumido ou mais uma vítima do decapitador — ordenou o batedor.

— Certo. Vamos — disse Louis para Olivier.

Logo em seguida, a "praça" da vila ficou tomada pelos militares, que se organizavam para saírem em busca do cavaleiro e de uma suposta nova vítima do decapitador.

— Remy! — gritou Thiago, chamando a atenção do cavaleiro. — Me lembrei de mais uma coisa que pode acontecer...

— O que, Thiago? — perguntou Remy voltando até onde o garoto estava, na porta do mosteiro.

O garoto engoliu em seco e disse:

— Talvez vocês encontrem não apenas um, mas dois corpos. O do cavaleiro e o de sua vítima. Pode ser que ele tenha sido atacado por animais selvagens antes de completar o ritual... O corpo pode não estar disposto da maneira habitual.

Remy assentiu, nervoso, sabia exatamente de quem se tratava: Dominique Cavour. Louis e Olivier se olharam nervosos. O decapitador havia voltado e talvez se ferido gravemente.

Após mais alguns minutos, os militares se dispersaram, e Thiago viu a expressão preocupada de James, que não conseguia desviar o olhar do cavalo que permanecia amarrado no freixo.

— Se todo esse sangue é do cavaleiro, ele está no mínimo gravemente ferido. Ou morto — concluiu o abade num fio de voz.

— Isso é verdade. Mas pode ser sangue dos dois misturados — disse Thiago, pensando "Cadê o pessoal do CSI quando a gente precisa deles?".

— Faz sentido — ponderou James, perguntando-se se algum dia existirá algum método para conseguir descobrir de quem é o sangue em um local de crime.
— Infelizmente, Thiago, não há como saber. Apenas teremos notícias quando Remy, Louis, Olivier e seus homens retornarem das buscas, o que pode acontecer apenas no fim do dia.

— Eu sei. Vai ser difícil esperar... — disse Thiago, pensando em como as coisas eram mais fáceis atualmente. "Iriam saber na hora, era só o policial no local ligar para a central", pensou.

— Contenha sua ansiedade, meu jovem. Vamos — disse James, conduzindo delicadamente Thiago para o mosteiro.

O sol já estava a pino quando finalmente Louis apareceu no mosteiro com as primeiras informações:

— Abade, Thiago, infelizmente anuncio a Vossas Senhorias que outro corpo sem cabeça foi localizado a sete léguas daqui, na trajetória feita pelo cavalo localizado à noite, solto aqui na vila.

James balançou a cabeça, chateado, enquanto Thiago já partiu para as questões práticas:

— E como o corpo estava disposto, Louis?

— Não tinha muito critério. Agora, não sei se foi por que não deu tempo, pois se feriu enquanto voltava, e não colocou o corpo na posição...

O coração de Thiago deu uma leve acelerada:

— Louis, e a cabeça?

— Jogada no chão ao lado do corpo. Novamente, o decapitador aparentemente estava apressado para ir embora ou realmente se machucou durante o... processo. Remy já está trazendo para a vila. Tanto o corpo quanto a cabeça.

— Certo — disse Thiago, vendo de longe dois cavalos se aproximando do mosteiro.

— Já descobriram de quem é o corpo, Louis? — James parecia temer a resposta.

— Sim. Um vinicultor. Morava quase na divisa com o Reino da Borgonha.

— Obrigado — disse James pesaroso.

Remy chegou logo em seguida, acompanhado de uma charrete que trazia o corpo e a cabeça em um saco de couro. Desceu do animal, cumprimentou James e Thiago, enquanto o condutor da charrete levava o corpo e a cabeça para o interior do mosteiro com a ajuda de criados do local. James recebeu pesaroso o corpo. Depois, voltou-se para Remy novamente:

— Onde está o cavaleiro, Legrand?

— Não foi encontrado. Percorri todo o trajeto feito pelo cavalo perdido e não o vi. Pelo menos no trajeto. Ele passa por dentro da floresta ali, o que complica as buscas a cavalo. A mata é muito fechada. Vou falar com o Olivier. A artilharia vai ter mais sucesso que nós nesse terreno.

— Perfeito.

Enquanto Remy falava, Thiago voltou a pensar em como Dominique – todos já sabiam quem era o decapitador, só não confirmavam por falta de evidências mais concretas – escapara. Lembrando-se de vários episódios de séries policiais, nos quais os bandidos trocavam de carro para despistar a polícia, Dominique poderia ter feito algo parecido: trocado de cavalo. Perguntou:

— Remy, tinha quantos rastros de cavalo por onde você passou?

— Basicamente só um. Não prestei atenção. Vou refazer o percurso — decidiu Remy, já montando seu cavalo e voltando pelo mesmo caminho.

Assim que Remy saiu do seu campo de visão, James olhou intrigado para Thiago:

— De onde tirou essa ideia, meu caro?

— Instinto, abade. Ele não ia ficar com o mesmo cavalo que usou para matar alguém e sumir por aí... Ele deve ter arrumado um segundo cavalo e trocado depois de matar o homem... Dominique pode estar léguas distante daqui — terminou Thiago, desanimado.

Olivier foi o último a chegar. Também sem notícias de Dominique e sem saber se havia outro cavalo na história.

Como se não bastasse toda a dor de cabeça provocada pela nova morte, Thiago ainda tinha que aguentar o azedume de François, que continuava tratando-o com total desprezo. O monge ranzinza voltou a implicar com ele assim que a notícia de mais uma vítima do decapitador se espalhou pelo reino.

— Pouvery, novamente fomos atacados. Vai insistir em manter esse forasteiro em nosso mosteiro?

James revirou os olhos. Estava cada vez mais impaciente com François, que implicava com Thiago desde que o garoto chegara ao reino. Fulminou o implicante monge com o olhar. Seus olhos azul-escuros quase atravessaram François.

— Tranque-se em sua cela, Lafonte. Somente sairá de lá após uma segunda ordem minha. Se eu o vir circulando pelo mosteiro, vou direto ao papa para tomar as providências — ordenou James.

François seguiu as ordens de James e ficou trancado em sua cela o tempo todo. Um criado levava suas refeições, e quanto às orações diárias, ele sabia os horários e cuidaria de fazê-las sozinho.

Depois, James escreveu uma carta, entretanto, desistiu de mandá-la. Voltou aos alojamentos militares com Thiago e Jean.

— Alguma novidade?

— A pista do cavalo, se existia, perdeu-se ao longo do dia. Não dá para saber qual rastro é do seu cavalo extra, qual é desse cavalo, e qual é de um dos cavaleiros que foi atrás dele — contou Remy, desanimado, bebendo água em um cantil de barro.

— A gente devia ter feito esse rastreio de madrugada, mas como é muito escuro, ficou impossível — Thiago continuava desanimado. Pouco antes, ouvira François o xingando de "insolente" e novamente o acusando de ser o decapitador. Embora Thiago nunca fosse afetado por isso, e soubesse que James, Jean e os demais monges estavam ao seu lado, a forma grosseira como François lhe dirigia a palavra o deixava bastante magoado.

Mais tarde, por volta das onze horas da manhã, foi a vez do duque Jacques e do conselheiro Reinart receberem a notícia.

— Sério, mais uma morte? — perguntou o duque, aborrecido, a Remy, o encarregado de lhe dar a má notícia.

— Infelizmente, duque. Mas parece que o decapitador foi meio desleixado dessa vez. Ele não finalizou o ritual — contou Remy.

— Como assim? — Paul perguntou intrigado.

— Achamos que ele sofreu um acidente e caiu do cavalo. Encontramos um cavalo ensanguentado pouco antes do nascer do sol na vila. O cavalo está ileso, então o sangue é da vítima e talvez uma parte seja dele.

— Hum… E ele foi encontrado? — Jacques.

— Infelizmente não. Provavelmente ele caiu na área de mata fechada, apenas a artilharia vai conseguir encontrá-lo lá. Olivier, inclusive, já mobilizou seus homens e devem estar nas buscas agora — informou o batedor.

— Excelente! — disse Jacques.

Remy se curvou diante dos dois. Pediu permissão para se retirar e continuar o trabalho. Jacques liberou o batedor, que saiu de imediato do castelo, retornando para o alojamento.

Olivier e seus homens só voltaram das buscas, que não deram resultados, várias horas depois, quando já estava anoitecendo.

28.

SUSTO

O sábado, dia vinte e quatro de maio, amanheceu tranquilo aqui nos tempos modernos. Renato se arrastou para fora da cama às sete e meia da manhã para voltar a monitorar seu primo na Idade Média. Ainda com cara de sono, bocejando a cada dois minutos, entrou na cozinha da casa dos tios ainda de pijama e com os cabelos parecendo os de um cientista maluco.

Luiz Antônio tomava café da manhã com Ana Cristina quando o sobrinho chegou ao cômodo.

— Bom dia, Renato — disse, segurando-se para não fazer um comentário sobre o estado do garoto.

— Bom dia, tio — responde o rapaz, lutando para manter os olhos abertos. Ficara até duas horas da madrugada acordado assistindo a cenas de Thiago no mosteiro, François estava dando mais um chilique quando o sono venceu, então Renato colocou o gravador para rodar e foi para a cama. — Bom dia, tia.

— Bom dia, querido. Como foi a monitoria ontem?

— Tranquilo. Parei quando um dos monges, aquele baixinho, gordinho, careca que sempre cria caso, deu outro chilique. O alto, parecido com o Thiago, deu uma dura nele. Ao menos foi o que pareceu — contou Renato.

— Legal — disse Luiz Antônio. — Querida, a Sofia já se levantou?

— Ih, esquece, querido, aquela dorminhoca só deve se levantar daqui uma hora ou mais. Vai sair? — respondeu e perguntou Ana Cristina ao ver o marido amarrando os tênis.

— Sim. A turma da delegacia combinou de correr no parque.

— Por a "turma da delegacia" você quer dizer "Danilo"?

— Não só. O Marcelo e o Douglas também vão. Precisamos manter a forma para corrermos atrás de bandidos.

Segundos após Luiz Antônio dizer essa frase, Danilo entrou na casa do amigo pronto para a corrida, com tênis e bermuda pretos e uma regata verde-oliva.

— Bom dia, pessoal! — cumprimentou Danilo.

— Bom dia, tio — cumprimentou-o Renato.

— Bom dia, Danilo — disse Ana Cristina.

— Dia, compadre. Cadê as crias?

— Dormindo ainda. Mas assim que acordarem vêm os três para cá.

— A Ângela também está dormindo ainda?

— Ela não. Mas ficou em casa para quando o Murilo e a Júlia acordarem.

— Ótimo. Bem, Danilo, vamos? O Douglas acabou de me mandar uma mensagem, ele e o Marcelo já estão no parque, e os irmãos do Marcelo, o Rafael, o André e a Juliana, também vão conosco. Vai ser bom. A Juliana nos orienta a não ter lesões, mas se mesmo assim alguém se machucar, o André está lá para socorrer — brincou Luiz Antônio. Juliana era professora de educação física e fisioterapeuta, já André era médico, porém pediatra. Rafael, por sua vez, seguia uma carreira parecida com a do irmão mais velho: era diretor do presídio local.

— Que maravilha — Danilo não conseguiu deixar de escapar uma pontada de sarcasmo. — E ele "só" tem esses três irmãos mesmo... Perfeito. Quanto mais gente melhor. Vamos logo.

Finalmente os homens saíram, deixando Renato sozinho com sua tia e prima adormecida ainda na casa. Vera estava na casa dela, a apenas três quadras de distância. Ana Cristina começou a conversar com o sobrinho:

— Vai para casa da sua vó agora, Renato?

— Não, tia, vou ficar aqui. Monitorar o Thiago.

— Ah, sim. Querido, você está morrendo de sono. Não prefere descansar mais um pouco?

— Não, tia, se eu voltar para a cama só vou acordar depois do meio-dia. Me conheço. Vou terminar de comer e já vou correr para a sala.

— Ok — disse Ana Cristina saindo da cozinha e indo para a sala da casa, onde o computador ficava desde a ida de Thiago para a Idade Média. Quando esbarrou na mesa ao se abaixar para pegar uma revista em uma prateleira, o monitor foi reativado e havia uma cabeça decepada, da última vítima do decapitador, no chão. A historiadora deu um grito apavorado, fazendo Renato correr para a sala com um pão na boca e uma caneca de café com leite nas mãos.

— Tia, o que houve? — perguntou Renato com a respiração entrecortada e o coração acelerado.

— Uma cabeça decapitada — disse Ana Cristina, tremendo e pálida.

— Nossa, já é a segunda que eu vejo desde que o Thiago foi para lá. Mas, relaxa, tia, não é de dele. E o "Legolas" encontrou — disse Renato ao ver Olivier na "cena do crime". Depois passou a respirar bem lentamente, tentando fazer seu coração voltar ao ritmo normal.

Já ligeiramente mais calma, Ana Cristina olhou novamente para o monitor. Não era de Thiago a cabeça que jazia no chão.

— O pessoal de lá parece bem preocupado com essa decapitação... — disse Ana Cristina ao ver como Olivier/Legolas estava nervoso com a descoberta. Viu também Louis entrar em cena, ficar bem preocupado com o acontecido e sair de cena, talvez para avisar o rei, que até o momento Danilo não havia se lembrado com quem parecia, e o padre parecido com Thiago. Houve um tipo de "corte" nas imagens e lá estava Louis (ou "soldadão", como Renato o chamava) no mosteiro contando a notícia para James. Thiago estava ao lado de seu "sósia" e ficou nervoso ao saber do acontecido.

— Já teve uma antes e... Pode ser que antes de Thiago chegar lá tenha ocorrido outras... Talvez eles estejam a caça de um assassino em série que decapita suas vítimas — disse Renato, matando boa parte da charada medieval.

Ana Cristina riu:

— Renato, meu querido, não existia o conceito de assassino em série na Idade Média. Aliás, esse conceito não deve ter muito mais que cem anos. Pode ter menos tempo que isso até.

— O conceito pode ser que não, tia, mas *serial killers* existem desde os tempos das cavernas.

— Ah, isso é verdade — riu Ana Cristina.

Enquanto isso, duas casas adiante, Ângela estava no sofá lendo um livro. O silêncio na casa era perturbador. Com Murilo e Júlia acordados, sempre havia algo fazendo barulho na casa. Conversa, televisão ligada, música tocando… Com Danilo fora, divertindo-se com a equipe de investigadores, e seus filhos dormindo, a casa mergulhava em um sombrio silêncio. Logo quebrado por passos hesitantes vindos dos quartos. Virou-se em direção ao som e viu Júlia ainda de pijama parada olhando o ambiente.

— Bom dia, Júlia. Dormiu bem, querida?

— Bom dia, tia. Dormi sim. Cadê meu pai?

— Saiu para correr no parque com o Luiz, o Douglas e o Marcelo.

— Ah, certo. E o meu irmão?

— O dorminhoco do Murilo ainda está na cama.

— Tudo bem. O papai deixou alguma coisa para a gente tomar café, tia?

— Claro. Está tudo lá na cozinha, querida. Quer que eu te ajude?

— Acho que vou precisar, papai ainda acha que eu não sei usar o fogão. Ainda tem aquele pão de cenoura e abobrinha que ele fez?

— Tem sim. Um quase inteiro. Vai querer como?

— Grelhado na manteiga. Fica ainda melhor do que o normal. Com requeijão então…

— Fica sensacional mesmo.

Após o café…

— Bem, Júlia, enquanto eu lavo a louça, vá para seu quarto, troque de roupa, arrume seu cabelo e escove os dentes. E veja se o Murilo já acordou e diga para ele vir tomar café, acho que vou esperar ele comer também antes de arrumar a cozinha.

— Pode deixar, tia, acho que ele já deve estar acordado. Ele tem mania de ler na cama quando acorda.

Júlia saiu da cozinha para se trocar e, antes, abriu alguns centímetros da porta do quarto do irmão. Murilo, tal como ela havia dito à madrasta, estava acordado, lendo na cama. Júlia então chamou por ele, que rapidamente se levantou e tomou seu café da manhã. Depois também foi se ajeitar enquanto Ângela lavava a louça. Depois, quando terminaram, os três se juntaram no sofá da sala. Ainda carentes de mãe, amontoaram-se no colo de Ângela. A escrivã sorriu e acariciou o casal. A semelhança de Murilo com o pai ainda a perturbava, e ela não queria que isso afetasse a forma como tratava os enteados. Os dois eram tudo o que Danilo tinha, e dividir as "crianças" não era seu objetivo. Ângela estava longe de ser aquelas madrastas megeras da ficção ou dos episódios da série "Má-drastas" que tanto motivou Danilo a adiar um provável relacionamento. Talvez o intuito de Danilo ao adiar a retomada de sua vida amorosa tivesse relação ainda mais direta com o programa. Queria que os filhos tivessem idade para "se virarem" sozinhos quando ele tivesse uma namorada. Ainda mais com o rumo que as coisas tomaram, com outro filho, comum do casal, sendo planejado. Ângela também tinha medo de negligenciar os enteados quando tivesse seu filho biológico. Então começou a pensar em como seria se Alice tivesse sobrevivido. Como ela estaria? Sozinha com sua filha, ou vivendo com Danilo, Alice e os gêmeos naquela casa? Ou ainda sua vida teria tomado outro rumo, ela teria se casado com outro homem (desde que esse outro homem aceitasse sua filha)? A única coisa que ela sabia era que com o pai biológico de Alice ela não estaria. Começou a relembrar dos fatos...

Cinco anos antes, no dia em que sofreu o espancamento, após revelar ao seu então namorado que esperava um bebê do sexo feminino, não um menino como ele queria, correu para a delegacia, enquanto seu vizinho, um cabo da polícia militar, correu atrás de seu ex-companheiro. Chegando lá, encontrou Marcelo. O investigador de ascendência oriental era filho de uma coreana e de um brasileiro e naquela ocasião estava conversando com seu irmão mais novo, André, médico, na entrada. O irmão de Marcelo esperava o vistoriador para emplacar o carro que havia comprado. Ângela disfarçou a dor que sentia, mas Marcelo logo percebeu que havia algo estranho na colega. Douglas, o despojado "novato" da equipe que estava sempre com uma piada na ponta da língua, logo chegou e notou que havia algo de errado com ela. Luiz Antônio e Danilo foram os últimos a chegar, porém também não demoraram nem um minuto para notar que ela não estava bem. Danilo, no entanto, foi único que entrou em sua sala e perguntou se havia algo errado. Diante do colega, ela desmoronou e contou o que seu então companheiro fizera. Concluiu contando:

— Ele bateu muito na minha barriga, Danilo. Acho que ele estava tentando matar minha filha! A dor está ficando insuportável!

Danilo ficou um tanto atrapalhado, mas logo tomou as rédeas da situação após fazer mais algumas perguntas sobre a agressão, então chamou o irmão de Marcelo, que ainda estava na delegacia, para examiná-la. André rapidamente assumiu o controle, fazendo algumas perguntas para Ângela:

— Há quanto tempo você está com essa dor, Ângela?

— A cerca de uma hora e meia.

— E onde está doendo exatamente?

— Aqui embaixo — disse Ângela, mostrando a barriga, na área abaixo do umbigo.

André ficou preocupado.

— Está tendo algum sangramento? — voltou a perguntar o irmão de Marcelo.

— Acho que não... — disse Ângela. — Vou ao banheiro verificar.

— Ok — consentiu André. — Se estiver sangrando, Ângela, você vai ter que ser internada. Aliás, seria bom você passar por alguns exames... Só por precaução...

Ângela agradeceu a atenção do rapaz e entrou no banheiro. Aliviada ao ver que não tinha sangramento, voltou. Nessa hora, as dores pioraram, ficando muito mais intensas.

— Não estou sangrando, André, mas a dor ficou repentinamente bem pior...

— Ângela, com quantas semanas de gravidez você está? — perguntou André.

— Só vinte e uma semanas.

André balançou a cabeça e chamou Danilo e seu irmão:

— Ela precisa ir para o hospital. Ao que tudo indica, o espancamento a fez entrar em trabalho de parto prematuro.

— Ai, meu Deus! — Ângela pôde ouvir Danilo ficando extremamente preocupado. Aí, nessa hora, ela também se apavorou. Será que ela perderia sua filha, sua bebezinha? Se Alice nascesse naquele momento, será que sobreviveria e seria uma menina normal?

Nisso, os investigadores ficaram agitados. Cláudio chegou logo depois e soube do acontecido.

— Irônico ver um dos nossos ser vítima de um crime. Quem se voluntaria para levar Ângela ao hospital? — disse Cláudio quando os investigadores e André o puseram a par da situação.

— Eu levo — prontificou-se Danilo imediatamente, mal dando tempo para os demais processarem o pedido do chefe.

— Certo. Tome as chaves da viatura e nos mantenha atualizados — disse Marcelo, jogando para Danilo as chaves de uma das viaturas e pedindo notícias assim que fosse possível.

Danilo não perdeu mais nem um segundo e levou Ângela para o hospital local. Lá, depois de ser acomodada na enfermaria, a escrivã pediu para que o investigador ficasse com ela. Danilo acatou o pedido e sentou-se ao lado do leito da colega. Na enfermaria vazia, ela era a única pessoa internada lá, a escrivã, nervosa, segurou a mão de Danilo.

— Calma, vou ficar com você até garantirem que sua mocinha esteja bem e você possa ir para sua casa.

Nessa hora, Ângela notou algo alarmante. Não sentia mais sua filha se mexendo. Seu pavor aumentou de forma exponencial. Apertou a mão de Danilo.

— Ela não está se mexendo, Danilo. Faz mais de uma hora que não sinto um único movimento dela, nem um chute.

Danilo pressentiu o pior, mas tentou manter a calma e o otimismo:

— Calma, Ângela. Ela deve estar só dormindo. Essa manhã foi meio estressante para ela.

Ângela mexeu na barriga e tentou conversar com a filha, pedindo para a menina acordar e se mexer. Sem resultados. Ângela começou a chorar. Danilo a abraçou e tentou convencê-la, e a si mesmo também, que tudo estava bem com sua filha. Logo em seguida, o médico de plantão entrou: alto, magro, cabelos grisalhos e queixo fino. Apresentou-se como Sidney, médico responsável pelo dia. Danilo o achou muito parecido com o legista Sid Hammerback, personagem do *CSI New York*, mas ficou quieto. O médico era bastante simpático e, após conversar com Ângela, começou o exame. Colocara uma sonda sobre a barriga da escrivã para tentar ouvir o coração do bebê. O silêncio era agonizante, e logo o sorriso do médico sumiu, sendo substituído por uma expressão tensa. Após finalizar o exame, Sidney puxou uma banqueta alta até o leito de Ângela e segurou gentilmente sua mão.

— Sinto muito, mas não trago boas notícias. Não pude ouvir o coração de sua filhinha. Vou pedir um exame de ultrassom para confirmar a morte, e você vai ficar internada aqui para dar à luz o bebê.

— Vão fazer uma cesariana? — perguntou Danilo.

— Não. Os riscos de uma cirurgia são muito grandes nesses casos e os benefícios praticamente nulos. A cesariana seria interessante caso o bebê estivesse vivo e precisasse ser retirado logo. O bebê já é grande demais para uma curetagem ou até mesmo para ser absorvido pelo corpo da mãe. Embora seja doloroso psicologicamente por conta do tempo que vai demorar, vamos induzir o parto vaginal em sua esposa.

Danilo pensou em corrigir o médico e dizer que ele e Ângela eram apenas colegas de trabalho, mas achou melhor deixar para lá. Se dissesse a verdade, provavelmente seria convidado a se retirar do local e Ângela teria que enfrentar tudo sozinha. O foco dele era Ângela, que não parava de chorar, com o rosto afundado em seu peito e sem ouvir o que Sidney dissera.

— Tudo bem — disse Danilo para o médico, que novamente disse a Ângela que sentia muito pela perda e saiu para buscar o aparelho de ultrassom.

Pouco tempo depois, Sidney voltou da enfermaria trazendo o equipamento de ultrassom. Disse a Ângela que era hora de fazer o exame, como havia falado antes, para confirmar se o bebê morreu na barriga ou não. Nessa hora, Ângela contou ao médico que há algum tempo não sentia mais a filha se mexendo. O médico ficou alarmado, mas também a tranquilizou dizendo que a falta de movimentos pode ser comum. E que o aparelho que usara antes às vezes não conseguia funcionar direito.

Ângela se ajeitou na cama e estendeu a mão para Danilo, pedindo para que o amigo a segurasse. Enquanto isso, Sidney iniciou os exames. Infelizmente, seu diagnóstico inicial fora confirmado. Alice, a filhinha de Ângela, havia morrido em sua barriga.

— Sinto muito, Ângela. Sua filha infelizmente não sobreviveu à essa agressão.

Ângela, que havia se acalmado um pouco, voltou a chorar, abraçando Danilo, que também não segurou o choro. Sidney ficou por perto observando o casal. Era difícil lidar com a perda de um bebê. Esperou que ambos se acalmassem, o que levou mais de meia hora. Então Ângela perguntou:

— Doutor, como vamos fazer agora?

— Você vai ter o parto induzido. Vai ficar internada aqui por pelo menos uma semana. Mas seu marido vai poder ficar com a senhora. Logo enfermeiras vão trazer a medicação e começar a aplicar. Para realizar uma cesariana agora os riscos seriam muito maiores que qualquer benefício que a cirurgia poderia ocasionar à paciente.

Ângela, tal como Danilo, pensou em corrigir o médico e dizer que os dois eram apenas colegas de trabalho e que seu companheiro era o agressor, mas no fim preferiu ficar quieta. Se contasse a verdade, teria que ficar sozinha durante aquele doloroso procedimento, e ter Danilo ao seu lado lhe deixava mais tranquila.

Assim que Sidney saiu do quarto, Danilo a beijou e tentou consolar a escrivã:

— Ângela, sinto muito. Queria muito poder reverter o que aconteceu.

— Você não tem culpa de nada, Danilo. Mas agora eu quero ver aquele desgraçado do meu ex-namorado sofrer até seu último dia de vida.

Nessa hora, o celular de Danilo tocou. Era Cláudio, o delegado.

— É o doutor Cláudio — contou o investigador, atendendo à ligação. Depois... — Eles o pegaram, Ângela. Ele está preso. O doutor Cláudio está formalizando a prisão dele agora.

— Você não falou para o doutor Cláudio que eu perdi o bebê?

— Ele está vindo para cá, vai conversar com você e precisa que você, na condição de vítima, assine uns papéis, você sabe como as coisas funcionam. Acho que será melhor contar pessoalmente a ele.

— É... Agora não tem mais o que fazer mesmo... Você promete que vai ficar ao meu lado pelo menos até ela nascer? Eu não vou aguentar sozinha...

— Até depois disso se você quiser — disse Danilo beijando Ângela.

Nisso, duas enfermeiras entraram no quarto e passaram a administrar alguns medicamentos em Ângela. Danilo olhou pesaroso para o soro carregado de ocitocina e outros hormônios sintéticos que fariam Ângela começar a sentir as contrações. Tudo o que ele queria era que a amiga estivesse apenas em observação, com Alice viva e bem dentro de sua barriga, tendo que retornar ao hospital apenas dali vinte semanas para dar à luz. Com o pai dela preso, Danilo estava disposto a assumir a menina, já que sempre quisera ter três filhos. Mas não. A menininha estava morta. Ângela não entraria em um relacionamento após o acontecido tão facilmente, embora ambos já tivessem enganado o médico e toda a equipe do hospital que os atendera até então.

Nesse meio tempo, Cláudio, Marcelo e Luiz Antônio chegaram ao hospital e ficaram no corredor, em frente ao quarto de Ângela. Avisaram Danilo via mensagem, que, por sua vez, contou a Ângela que exceto Douglas, que ficara cuidando da delegacia, a equipe toda estava lá para apoiá-la.

As enfermeiras saíram, não sem antes uma delas expressar suas condolências a Ângela, e logo depois o falso casal ouviu batidas na porta. Danilo foi até o corredor para conversar com os colegas. Os três estavam com uma expressão preocupada em seus rostos.

— Comitiva, doutor?

— Digamos que sim. E ela, como está?

— Bem, na medida do possível... — disse Danilo reticente e voltando a ser tomado por uma onda de tristeza. Só se sentira assim quando Marcelo lhe dera a notícia da morte de sua esposa, cinco anos antes.

— E o bebê dela, Danilo? — Cláudio fez a última pergunta que poderia fazer naquelas circunstâncias.

Danilo respirou fundo antes de responder à pergunta do delegado. Tinha que se acalmar para não cair no choro na frente de seu chefe, afinal, para todos os efeitos ele não tinha qualquer relação com aquela criança. Embora tivesse adotado a menina como sobrinha.

— Infelizmente o bebê não resistiu às agressões, doutor. Não há nada que a equipe médica possa fazer por ela.

— Não acredito... Vou ferrar a vida desse homem... — ameaçou Cláudio, quase amassando os papéis em sua mão.

Ao ouvirem a notícia, Marcelo e Luiz Antônio abaixaram a cabeça, consternados e segurando o choro. Todos haviam adotado a pequena como sobrinha.

— Ah, não... Podemos vê-la? — disse Luiz Antônio.

— Creio que sim. E ela vai gostar de ver vocês. E, óbvio, ela está arrasada com a notícia... — respondeu Danilo, entrando de novo no quarto. — Ângela, o doutor Cláudio, o Marcelo e o Luiz Antônio estão aqui — disse Danilo, deixando a porta aberta para que o trio entrasse.

Cláudio abraçou a escrivã e disse sentir muito pelo acontecido, sendo seguido por Luiz Antônio e Marcelo.

— Sinto muito mesmo pelo que ocorreu, Ângela — consolou-a o inspetor.

— Obrigada, Marcelo, doutor, Luiz Antônio — agradeceu a escrivã.

Cláudio logo resolveu tratar de assuntos mais práticos, enquanto conversava com Ângela e entregava a ela os papéis do Auto de Prisão em Flagrante para assinar, Danilo foi para o corredor com Luiz Antônio e pediu que ele pegasse seus filhos na escola e ficasse com eles em sua casa naquela tarde e noite. Ele havia prometido que ficaria ao lado de Ângela ao menos até ela dar à luz o bebê.

— Tudo bem. Fico com eles. E se eles quiserem te ver?

— Me liga que eu dou um jeito. Você os traz aqui ou eu vou rápido até sua casa passar um tempinho com eles.

— Ok — disse Luiz Antônio, já ligando para Ana Cristina, pedindo que a esposa levasse os filhos de Danilo para a casa deles, explicando a situação.

— Meu Deus do céu, Luiz, que absurdo! Dê um abraço na Ângela por mim, e diga que eu sinto muito pelo acontecido. E para o Danilo, diga que eu vou falar para seus filhos que o pai deles é "o cara". E amanhã eu vou ao hospital vê-la.

— Claro, querida. Te vejo mais tarde em casa — despediu-se Luiz Antônio, voltando ao quarto e passando o recado de Ana Cristina para a colega. Foi aí que percebeu como Danilo e Ângela estavam se tratando. O investigador notou que seu colega e a escrivã haviam se beijado. Será que estavam tendo um caso secreto que, por conta dos recentes acontecimentos, acabou sendo revelado? Por alguma razão, Cláudio e Marcelo faziam vista grossa para o acontecido. Decidiu passar a história a limpo:

— Vocês dois estão... namorando?

— Não — o casal respondeu em uníssono.

— Então o que foi aquele beijo que acabei de ver? Encenação?

— Em tese — disse Danilo. — Todos aqui acham que Ângela e eu somos casados.

— E vocês não desmentiram? — disse Luiz Antônio, um tanto indignado e saindo novamente para o corredor com Danilo.

— Se eu dissesse que sou apenas colega de trabalho dela, ela teria que ficar sozinha aqui o tempo todo, eu apenas poderia vê-la no horário de visitas. E se começar a rolar algo agora, não vou impedir... Já faz cinco anos que a minha mulher morreu.

— Cara, não pensei nisso — Luiz Antônio estava arrependido de sua indignação. — Não deve ser fácil enfrentar isso sozinha. E... A Ângela sempre teve uma quedinha por você! Vá em frente, mas sem forçar... Principalmente agora.

— Acha que não sei disso?

— Sei que não faria isso, mas é bom reforçar...

Depois dessa, Cláudio, Luiz Antônio e Marcelo se despediram e voltaram para a delegacia, onde Douglas tinha trabalho para manter o ex-namorado de Ângela quieto na cela, já que ele toda hora chamava sua atenção e pedia para falar com a moça.

— Ela está no hospital, seu estúpido, e a culpa é sua.

O homem se mostrava arrependido do que havia feito e chorava na cela, porém Douglas não caiu na conversa do homem.

— Cala essa boca, seu desgraçado! — gritou Douglas quando o ex-companheiro da escrivã gritou o nome dela novamente.

Nessa hora, Cláudio, Marcelo e Luiz Antônio chegaram. Douglas mudou de imediato a forma como estava falando.

— E aí, pessoal, está tudo bem lá? — perguntou.

— Na medida do possível, sim. O preso aí está dando trabalho? — perguntou Marcelo.

— Um pouquinho. Agora está se fazendo de "arrependido", chorando e chamando a Ângela o tempo todo. Chega a ser irritante, pois assim que for liberado, vai voltar a tratá-la como um pedaço de lixo. Aliás, o que a Ângela viu nesse idiota? O dedo de apertar o gatilho do spray de pimenta está coçando há horas.

— Não sei. Mas que eles não vão voltar disso eu tenho certeza — disse Marcelo. — E cuidado com o spray de pimenta, aquele trem arde horrores. Eu empestearia a sala e fechava a porta.

— A gente vai voltar sim! — gritou o ex-companheiro dela de dentro da cela ao ouvir a conversa dos policiais.

— Por que tem tanta certeza? — perguntou Luiz Antônio em tom debochado.

Marcelo puxou Douglas para longe da cela onde o ex-namorado de Ângela estava, aos berros, para lhe contar a triste notícia:

— Ela perdeu o bebê, Douglas. E algo me diz que já achou outro namorado — disse Marcelo, que também havia visto o clima entre Danilo e Ângela. O meio sorriso que Douglas ostentava sumiu na hora.

— Ai, caramba, que ruim! Depois do expediente vou passar lá para falar com ela... E a Ângela vai ficar bem? E o Danilo está com ela ainda? E que papo é esse de outro namorado?

— Ela e o Danilo, apesar da situação triste, estavam em um clima romântico...

— Ah, jura? — disse Douglas meio surpreso.

— Sim, algo me diz que daqui um tempo teremos um casamento para ir.

— Pode ser. E nós vamos ser os padrinhos pelo jeito — brincou Douglas rindo. Depois, os três se juntaram para ouvir Cláudio dar ao preso a notícia de que seu crime era grave e que ele não sairia da cadeia tão cedo.

— Ah, e só para te avisar, você matou o bebê da Ângela. Ela está no hospital se recuperando. E você não vai poder chegar perto dela nunca mais. Se um dia você for solto, se desobedecer a essa ordem, vai preso de novo.

A reação do homem foi um tanto controversa. Aparentemente não ligava para a filha morta. Apenas queria Ângela de volta e ainda achava que ela iria perdoá-lo.

— Pode esquecer — disse Luiz Antônio. — Ela não vai querer ver você de novo nem pintado de ouro.

No fim do dia, já por volta das vinte e uma horas, Ângela deu à luz sua menina, já morta. A equipe médica tirou rapidamente o corpo do local, levando a garotinha natimorta para o necrotério do hospital. Danilo cumpriu sua promessa e ficou ao lado da moça durante o processo. Chorou novamente com ela após o parto, e no meio da madrugada, a pedido de Ângela, conseguiu pegar rapidamente o corpo da menina para que ao menos por alguns minutos sua mãe pudesse tê-la no colo. Sidney ainda estava trabalhando e autorizou que Danilo pegasse o corpo do bebê e levasse para a mãe. Uma enfermeira embalou a menina em um cobertor rosa claro e colocou-a no colo do homem que julgava ser seu pai. Danilo levou a pequena no colo até o quarto onde Ângela estava, dizendo à pequena que ela era extremamente amada e esperada por sua mãe e que havia uma "porção de gente" triste com a morte dela e que sua falta seria sempre sentida.

No meio da conversa, acabou se chamando de "papai" da menina. Parou no corredor com a menina no colo, chorando convulsivamente, como se estivesse sentindo a pior dor de todas. Não conseguia olhar para o lindo rostinho de Alice sem sentir ódio do pai biológico da menina e uma tristeza sem fim pela morte da pequena, além de se sentir mal por não ter conseguido fazer nada para salvar sua vida. Também se sentia mal pela mãe da criança, que estava destruída emocionalmente por ter perdido a filha que tanto sonhara ter. Ângela desde sempre quis ser mãe e nunca escondeu de ninguém a felicidade do sonho realizado com aquela gravidez.

Ângela se lembrava dessa história, os detalhes da delegacia lhe foram contados por seus colegas quando ela voltou a trabalhar, enquanto toda a novela para liberar rapidamente o corpo de Alice para que ela pudesse segurar sua menina no colo foi Danilo mesmo quem contou. Enquanto se lembrava, aconchegava em seu colo os dois filhos de seu agora namorado. Olhou para os dois, ambos haviam dormido novamente. Acariciou aquelas crianças. Enquanto estava internada, Danilo levou-os para vê-la. Lembrou-se do abraço que recebeu de Júlia e da forma carinhosa como

Murilo a tratou. Danilo esqueceu que o relacionamento era apenas fachada para o hospital e a beijou na frente dos dois, que logo perguntaram ao pai se ele e a "tia Ângela" estavam namorando. Tanto ela quanto Danilo negaram dizendo que a atual situação não era apropriada para pensarem nisso. Agora, cinco anos depois, finalmente o casal havia se acertado. Ângela não tinha ressentimentos de Danilo ter parado de ficar com ela após o aborto, ele lhe ajudara mais do que qualquer pessoa. Ambos preferiram ficar sozinhos. Agora estavam prontos para começar o relacionamento sem que as cicatrizes do passado de ambos atrapalhassem. Ângela não pensava em engravidar para substituir Alice, mas desejava ter outro filho e sabia que Danilo era o homem certo para ser o pai dessa criança, e Danilo não via Ângela como uma reposição de Luciana. Nem mesmo Murilo e Júlia viam Ângela como uma nova mãe, mas como uma madrasta boazinha. Ângela parou com os "e se" da vida, estava certa de que se Alice tivesse sobrevivido, ela e Danilo ficariam juntos e ele assumiria a paternidade da criança. Alice jamais saberia que Danilo não era seu pai biológico.

Murilo e Júlia acordaram de novo depois de meia hora dormindo no colo de Ângela. O garoto parecia meio desorientado:

— Tia, o que aconteceu?

— Você e sua irmã dormiram de novo.

— Por quanto tempo? — Murilo continuava perdido.

— Meia hora, mais ou menos — contou Ângela.

— Caramba, preciso ir para casa do tio Luiz monitorar o Thiago!

— Bem, seu pai falou para irmos para lá mais tarde, quando vocês acordassem... Vamos?

Júlia desdenhou:

— Quero ficar aqui mais um pouco!

— Ok. Vamos apenas acompanhar seu irmão até lá fora, depois nós voltamos, tudo bem? — decidiu Ângela, a escrivã queria conferir uma coisa antes de ir para a casa do outro colega.

— Ok — Júlia concordou.

As duas acompanharam Murilo até ver Ana Cristina recebendo o garoto e perguntando quando as duas iriam para sua casa. Ângela respondeu que seria entre meia e uma hora. Voltaram para dentro de casa, e Júlia sentou-se chateada no sofá. Ângela sentou-se ao lado da enteada.

— Júlia, está tudo bem, querida?

— Mais ou menos, tia — disse Júlia, deitando-se novamente no colo de Ângela. A escrivã adorava quando os enteados se aconchegavam em seu colo. Acariciou os cabelos da garota.

— Brigou com a Sofia, Ju?

— Não, tia, o problema é o Thiago.

— O Thiago? Mas ele nem está aqui!

— A senhora promete que não vai contar nada para meu pai ou para o meu irmão, tia? Muito menos pra tia Cris, tio Luiz ou pra Sofia.

— Dependendo do que for... Prometo. E não precisa me chamar de "senhora", Júlia... — Ângela estava desconfiada do excesso de sigilo que Júlia lhe pedira para a informação.

Júlia ruborizou. Estava extremamente envergonhada do que falaria para a madrasta.

— Está bom, tia. É que eu estou gostando dele.

— E... Por que você não quer que seu pai saiba disso, lindinha? E pode ficar tranquila, não vou contar nada para ele, vai ser nosso segredinho, ok? — disse Ângela, dando uma piscadela para a menina. — Aliás, o Thiago é um ótimo menino, seu pai não iria achar nada ruim se você gostasse dele. E eu também tenho um segredo para te contar.

— O que, tia? — perguntou Júlia curiosa.

— Lembra de uma conversa que tivemos há uns dois ou três meses, alguns dias depois de eu me mudar para cá?

— Sobre você ter um bebê com o meu pai?

— Exatamente, querida.

— O que tem isso?

— Bem, seu pai e eu queríamos esperar mais uns quatro meses para que eu engravidasse, mas acho que não vai mais ser possível esperar tudo isso...

— Tia, você está grávida do meu pai?

— Ainda não tenho certeza, vou esperar alguns dias para fazer os exames para confirmar e aí sim contar para seu pai.

— Que legal, tia! — disse Júlia, abraçando a madrasta.

— Eu sei, mas olha, Júlia, segredo, hein? Nada de contar para seu pai o que eu estou pensando, ok?

— Ok, tia, eu prometo.

Enquanto isso, Ana Cristina estava intrigada com a demora de Júlia e Ângela para irem para sua casa. Imaginou a colega de seu marido maltratando a enteada, mas ao mesmo tempo achava que não era nada de mais, visto que Júlia estava abraçada a Ângela quando se viram pela manhã. Talvez Ângela e Júlia estivessem apenas conversando e se conhecendo. E Ana Cristina, pelo pouco que conhecia da colega de seu marido, atualmente vivendo com seu compadre, imaginava que ela jamais teria estômago para torturar qualquer criança. Tentou se tranquilizar e logo desencanou da ideia de que Ângela e Júlia estavam tento atritos. A menina chegou ainda abraçada à madrasta. Mesmo assim, Ana Cristina chamou Ângela para conversar, e obviamente perguntou o motivo da demora:

— Por que vocês não vieram para cá com o Murilo?

— Tinha que arrumar umas coisas na casa e a Júlia queria conversar comigo sem a possibilidade de seu irmão ouvir a conversa…

— E sobre o que era a conversa?

— Coisas de adolescente, típicas de mulher, que ela tinha vergonha de falar para o pai e para o irmão, Ana Cristina — Ângela não queria contar à historiadora que sua enteada havia se apaixonado pelo filho dela, mesmo porque Júlia lhe implorara para não contar os fatos para ninguém, nem mesmo para seu pai.

— Ah, ô fase. Haja paciência para lidar com eles… Tem horas que parecem ser as pessoas mais fofas do mundo, mas do nada viram os seres mais mal-humorados do universo — Ana Cristina se tranquilizou.

— Ô…

— E você e o Danilo, Ângela, como anda?

— Está tudo indo bem… — disse Ângela, ocultando sua suspeita de gravidez de Ana Cristina. A escrivã já havia decidido. Qualquer outra pessoa além dela somente saberia que estava grávida após a gestação ser confirmada por exames clínicos. Até mesmo o pai da criança.

— O Luiz me contou que o Danilo disse a ele que vocês estão pensando em ter um filho juntos… Isso é verdade?

— Sim. Mas estamos esperando mais dois ou três meses para começarmos a tentar. Não queremos esperar muito, mas também não podemos colocar uma criança nas nossas vidas antes de estabilizarmos nosso relacionamento de vez.

— Hum, bem sensato — disse Ana Cristina. Concordou com a decisão do casal para ter um filho apenas quando a relação estivesse mais estável. Nem tentou, dessa vez, tocar no delicado caso da filha morta da escrivã. — Mas, agora num geral, Ângela, como as coisas estão lá na sua casa com Danilo e os dois ali?

— Tranquilas. Os dois são uns amores, e o Danilo dispensa comentários.

Ana Cristina apenas sorriu e concordou maneando a cabeça. Lembrava-se bem da época em que Ângela havia perdido sua filha. Foi um período pesado para todos da delegacia, o que também se estendeu às famílias. Não sabia como foram as coisas nas casas de Marcelo, Douglas e Cláudio, mas se lembrava com clareza do clima pesado que parecia perseguir Luiz Antônio. Ver sua amiga e colega de trabalho perder a filha, estando tão animada com a gravidez, não era a situação mais tranquila do mundo, e algum tempo depois teve a outra cena na delegacia que deixou a coisa ainda mais complicada.

Enquanto Ana Cristina pensava nisso, Luiz Antônio e Danilo voltaram da corrida trazendo de "brinde" a turma toda da delegacia, além dos irmãos de Marcelo, que haviam acompanhado a corrida. Juliana, a única mulher entre os irmãos, era professora de educação física e colega de trabalho de Ana Cristina na escola onde as crianças estudavam.

Os seis ficaram boquiabertos ao verem o sistema de monitoria, e Renato e Murilo, lógico, mostraram para eles quem era quem, na versão deles, e finalmente foi desvendado o mistério de com quem o duque Chevalier, ou "rei", era parecido, créditos para Douglas:

— Gente, o que o Tobias Sammet, do Avantasia, está fazendo na Idade Média?

— Obrigado, Douglas! Estava há semanas tentando descobrir com que eu achava esse homem parecido! Eu estava vendo o Tobias, ouvindo a voz dele, mas não conseguia me lembrar do nome dele — Danilo estava eufórico, chacoalhando Douglas pelos ombros, e Murilo não conseguiu segurar a risada da crise histérica do pai.

Ana Cristina gelou ao se lembrar que Juliana não sabia da verdade "verdadeira" sobre Thiago. Para ela, Thiago estava doente internado em um hospital de Belo Horizonte. Mas Douglas, ingenuamente, foi quem pôs toda a história da mãe de Thiago a perder:

— Renato, esse é o reino medieval para onde o Thiago foi mandado sem querer?

— É, tio Douglas. Ele é um dos dois de batina preta conversando com o soldado.

Renato não "se ligou" que Juliana estava lá e, ao contrário do pessoal da delegacia, conhecia outra versão dos fatos:

— Um minuto... O Thiago não está doente, e sim preso num reino medieval? Cris, que dia você iria contar a verdade lá no colégio? — A moça estava boquiaberta.

— No dia de são nunca — disse Ana Cristina. Todos começaram a rir de novo. — E seja sincera, Juliana, se você não visse essas imagens, algum dia acreditaria se eu contasse a verdade? "Cris, o que aconteceu que o Thiago não veio?", e eu chegando lá com a história: "é o seguinte, pessoal, ele criou uma máquina do tempo, foi parar na Idade Média e não conseguiu voltar". O mínimo que eu ia conseguir seria uma demissão e uma internação em um hospício!

— É... Não — admitiu Juliana. — Mas se mostrasse esses vídeos, ninguém ia duvidar. Mas fica tranquila, manterei a história da doença lá no colégio. E se você decidir contar a verdade, eu confirmo também — finalizou Juliana, passando um dos dedos sobre seus lábios como se os estivesse selando.

— Muito obrigada, Juliana.

Rafael e André estavam intrigados com a máquina.

— Meu Deus, que coisa fantástica! — André olhava hipnotizado para a tela onde viam Thiago conversando com Remy. — Meninos, essa máquina deve valer uma fortuna. Como foi que vocês criaram isso aí?

— É uma longa história, André — disse Danilo, respondendo pelo filho, mas Murilo aproveitou a atenção dos dois para contar como foi que Thiago acabou em um reino da Idade Média.

— E... Quando a gente conseguiu entender o que tinha acontecido, ele estava lá, nesse reino — contou o filho de Danilo.

Nisso, Sofia e Júlia voltam do quarto, onde estavam conversando, e perguntam para o Renato:

— Renato, o "Legolas" apareceu? — Era a irmã do "deportado", Sofia.

— Ainda não — disse o rapaz quando coincidentemente o arqueiro apareceu na tela.

— "Legolas"? Vocês estão assistindo ao *Senhor dos Anéis* ou monitorando seu irmão na Idade Média? Aliás, IDADE Média, não TERRA Média — disse Rafael, provocando outra crise de riso no pessoal.

— Monitorando o Thiago, tio. Mas só um detalhe, o Thiago é meu primo, não meu irmão. Ele é irmão dela — corrigiu apontando para Sofia. — E "Legolas" é o apelido que demos para um arqueiro do reino de lá. Ele é alto e tem cabelos loiros compridos iguais aos do Legolas do filme. Olha ele ali — explicou Renato bem quando, aparentemente durante um treinamento, Olivier fez uma flecha passar zunindo a centímetros da orelha de Louis e os dois tiveram uma pequena discussão, porém logo fizeram as pazes. Pelo menos era o que parecia.

— Uau! Bem gato esse "Legolas" — comentou Juliana.

— Mais uma — zombou Luiz Antônio, revirando os olhos. Não tinha uma mulher que não soltasse um "uau, que gato", "que homem lindo" ou qualquer coisa do gênero ao ver Olivier Marchand no monitor.

— O sistema só tem um defeito, só conseguimos as imagens. Sem áudio — terminou Renato.

— "Defeito"? Rapazes, vocês conseguiram fazer algo impensável até alguns dias atrás — disse André um pouco exaltado. — A falta de som é um detalhe...

Renato sabia que o feito dele, de Thiago e de Murilo era realmente grande, mas ainda assim só via a parte defeituosa do projeto: não tinha som e ainda não se sabia como fariam para trazer Thiago de volta.

— É... Mas ainda não sabemos como faremos para trazer o Thiago de volta.

Horas mais tarde, quando já estava anoitecendo, Murilo, Júlia, Danilo e Ângela estavam de volta em casa. No quarto, Ângela se segurou para não contar sua suspeita a Danilo. Aproveitou quando o namorado caiu no sono para correr até o banheiro e fazer um dos testes que havia comprado. Depois de alguns angustiantes minutos, saiu o resultado: negativo. Sentiu um estranho misto de alívio e chateação, queria muito ter aquele bebê, mas sabia que ainda não era a hora adequada, então voltou para a cama. Nisso, sentiu a mão de Danilo em seu quadril. Virou-se para ele e o beijou. O que aconteceu depois mudaria a vida de ambos para sempre.

29.

A PISTA DO MORCEGO

Dois dias haviam se passado no Reino das Três Bandeiras desde que a última vítima do decapitador fora encontrada por Olivier nas pastagens. Remy, Louis e Olivier estavam ficando frustrados com a falta de perspectiva para resolver o caso. A história do rastro do cavalo não deu em muita coisa, já que dentro da floresta de mil e quinhentos quilômetros quadrados e que separava o Reino das Três Bandeiras do Reino das Sete Arcas as trilhas se perderam. A floresta era contornada por uma estrada, utilizada principalmente por comerciantes, embora a mata, muito fechada, fosse usada por militares para encurtar as jornadas em vários quilômetros.

No terceiro dia, Louis e Olivier estavam decididos a resolver a questão: entrariam na mata com seus homens para encontrar Dominique Cavour. Mas foi Remy quem tomou a decisão de que explorar a mata mais uma vez seria a única saída.

— Temos que continuar as buscas por Dominique. Mas a mata é fechada demais para a cavalaria. E, se ele souber que estamos cercando a mata, ele não sairá de lá nunca — disse o batedor.

— Mas ele deve estar muito mal agora, principalmente se ele está sem o cavalo por conta do acidente — disse Thiago.

Louis e Olivier concordaram. Naquele momento, o dia havia clareado há poucos minutos.

— O problema é que a mata tem muitas cavernas e grutas onde ele poderia se esconder. Demoraríamos uns seis ou sete dias para explorarmos tudo, e não sei se temos condições de passar todo esse tempo lá dentro — era Olivier. — Acho que foi por isso que não os encontramos na primeira busca.

— A mata é grande, e infelizmente Dominique é um homem treinado para sobreviver pelo máximo de tempo em condições adversas e assim que ouvir nossa aproximação poderá se esconder — continuou Remy.

Thiago, ao lado deles, ouvia as constatações dos chefes do exército e começou a praguejar mentalmente contra a falta de tecnologia da Idade Média. Se fosse no seu tempo, século vinte e um, um helicóptero ou um drone resolveriam o problema. Mas havia uma hipótese da qual nem um helicóptero daria conta: Dominique, a essa altura, já estaria a quilômetros do Reino das Três Bandeiras. "Nesse caso, só se ele tivesse um chip de rastreamento na pele ou no telefone, mas também isso só funcionaria no século vinte e um." Thiago divagava mentalmente, aliás, depois de conhecer a história do Reino das Sete Arcas e analisando o comportamento de Dominique, criou uma hipótese para explicar a situação, inclusive as constantes e suspeitas viagens de Dominique até o reino vizinho, cujos líderes, talvez, tenham "tentado" Dominique a desestabilizar o crescente e próspero reino onde vivia, restando descobrir o motivo pelo qual convenceram Dominique a fazê-lo.

Talvez receber os valiosos tesouros supostamente enterrados nos alicerces do castelo. E nada desestabilizaria mais um reino, que embora tivesse como principal força econômica a agricultura e não fosse completamente militarizado – não era qualquer um que era aceito nas fileiras do exército de Jacques Chevalier – do que provocar uma série de mortes, dando a entender que o exército, embora forte, não era bom o suficiente para garantir a segurança dos habitantes locais. Desde a primeira decapitação, duque Chevalier já havia perdido quase vinte por cento de seus aldeões, que migraram para os reinos vizinhos.

Enquanto Thiago devaneava, Olivier, Louis e Remy discutiam uma estratégia para explorar a mata de forma que nenhum mísero pedacinho ficasse sem ser explorado e que também não desse brecha para que Dominique transitasse sem ser visto. Passaram o restante do dia juntando suprimentos, água, comida, flechas para a artilharia. Depois, recolheram-se nos seus alojamentos. Ao acordarem no dia seguinte, fizeram a última refeição decente antes de se embrenharem na mata, ponto em que Thiago começou a pedir, ou melhor, implorar, para que James o deixasse ir com os militares.

— Negativo, mocinho — disse James na primeira tentativa.

— Mas abade... Eu prometo que não me afasto do grupo em que eu ficar!

— O problema não é esse, Thiago. Você não sabe manejar armas. Se Dominique tentar te atacar, ele pode te ferir seriamente antes que qualquer outro militar te auxilie.

Contrariado, Thiago fingiu concordar com o abade. No entanto, estava se lembrando que uma vez ele e Murilo foram ao estande de tiro onde seus pais treinavam e havia dado alguns tiros com a pistola calibre ponto quarenta de Luiz Antônio. O porém é que não existiam pistolas semiautomáticas na Idade Média. E a única vez que Thiago tentou manejar a espada de Louis percebeu que não tinha jeito para o negócio e ficou ainda mais convicto de que o decapitador era um militar altamente treinado. Com a espada de Remy, os resultados foram igualmente frustrantes.

Quando tentou usar o arco de Olivier, Thiago quase decepou um dos dedos numa tentativa de atirar uma flecha. Resumindo, suas tentativas de manejar as armas medievais eram um completo fiasco. Era um bom estrategista e analista de cenas de crimes, porém taticamente fracassava. Thiago não sabia que todos seus movimentos eram vistos por seus parentes e amigos na era contemporânea. Se soubesse, visualizaria Danilo e Luiz Antônio dando gargalhadas de sua falta de jeito na parte tática-operacional. Pensou em descartar uma provável carreira na polícia, depois se lembrou de que seu pai não tinha espada, e sim uma arma de fogo, e que elas eram mais fáceis de manusear que espadas e arcos medievais.

Já nos alojamentos militares, os preparativos estavam a pleno vapor.

Ao amanhecer do dia seguinte, os quase mil homens do exército do duque, cavaleiros, arqueiros e infantes se reuniram em frente ao castelo, próximo da mata alvo da operação.

Remy e seus homens cercariam a floresta, tornando impossível Dominique escapar saindo de lá, enquanto os soldados da infantaria de Louis e os arqueiros comandados por Olivier se agruparam em equipes de cinco membros e cada uma delas ficaria responsável por uma "fatia" da mata.

Thiago, ao final, conseguiu convencer o abade a deixá-lo ir com um dos grupos para tentar identificar rastros de Dominique pela mata. Era integrante da equipe de Olivier, juntamente a um recruta da artilharia, mais um arqueiro e dois infantes. Thiago foi o responsável por carregar os suprimentos do grupo. Essa era a única equipe a conter seis integrantes.

Com os grupos devidamente separados, pouco antes de iniciarem as buscas pelo Cavaleiro Negro os militares ouviram as últimas instruções de seus líderes:

— Revirem toda a floresta — ordenou Louis quando se juntava ao seu grupo. — Não deixem nem uma folha, galho, tronco no lugar! Entrem em todas as cavernas e grutas que encontrarem! Precisamos achar esse homem! Não o deixem escapar, mas não o alvejem, arqueiros! Precisamos dele vivo!

Alguns metros afastados dos militares, James, Jean, Jacques, Paul e Catherine observavam os homens, a essa altura já se embrenhando na mata enquanto Remy e seus cavaleiros se espalhavam ao redor dela. James e Jean não conseguiam disfarçar a preocupação por Thiago estar no meio dos militares que entrariam na floresta. Paul notou a aflição dos monges:

— Abade, monge Savigny, preocupados com o Thiago? Por que ele quis ir com os militares nas buscas? — indagou o conselheiro.

— Eu bem que tentei dissuadi-lo, Reinart, mas fracassei. Ele alega que poderá ajudar a encontrar rastros de Dominique, digo, do Cavaleiro Negro, na mata. E acredita que ele está ferido, que não deve ter ido muito longe. Mesmo assim Thiago ainda acha que tem uma pequena chance de nada ser encontrado nessa mata.

Jacques estava por perto e ouviu as explicações do abade ao conselheiro do Reino.

— James, cuide bem desse rapaz — pediu o duque.

— Ele é como um filho que eu não tive — admitiu o abade. — Pressenti que ele tinha algo especial quando o vi caído na beira da estrada, quando o encontramos. Senti que deveríamos acolhê-lo em nosso reino, que seríamos beneficiados, recompensados pelo ato. Bem, aí está, estamos prestes a pegar o decapitador que nos aterrorizou nos últimos meses.

— Espero que o senhor esteja certo, abade — disse Jean, olhando apreensivo para a mata, onde o exército já se embrenhara. Apenas os cavaleiros, que estavam cercando a floresta, eram vistos. O dia mal havia clareado, então, todos voltaram para seus afazeres diários, sabiam que ficar parados próximos à floresta não fariam as buscas serem agilizadas.

Dentro da floresta, Thiago desviava dos galhos enquanto Olivier e os demais da equipe avançavam hábil e agilmente mata adentro. O garoto já estava um pouco arrependido de ter insistido em participar dessa busca. Essa operação poderia levar dias ou até semanas...

30.
CAVALEIRO ALVEJADO

Após algumas horas andando dentro da mata e nada encontrando, o estômago de Thiago se contorcia de fome. Tudo o que ele queria era voltar para a vila e almoçar no mosteiro. Era o responsável por carregar os suprimentos e sabia que tinha várias comidas na "mochila" que carregava. Porém, somente comeriam sob ordens do comandante da equipe, em seu caso, Olivier. Ele já ia pedir ao rapaz para fazerem uma pausa para um lanche quando as coisas começaram a ficar interessantes na área em que exploravam.

— Comandante Marchand, vi algo entrando em uma gruta ali! — disse um recruta, apontando para uma área da mata ao nordeste de onde estavam.

— Todos para a gruta! — mandou Olivier, cuja fome também estava apertando.

A equipe marchou em direção à caverna, porém, a poucos metros da entrada, o barulho de galhos sendo quebrados e um morcego, que passou a poucos centímetros da cabeça de Olivier, quase o fizeram perder de vista o vulto de um homem que saíra correndo da caverna e se embrenhara ainda mais no mato. Porém, ficou visível tempo o suficiente para que Olivier se recuperasse do morcego, preparasse o arco e atirasse uma flecha, que o atingiu no ombro, mas mesmo com uma flecha cravada nas costas ele continuou correndo, movido pela adrenalina. Da distância não era possível saber que ponto do ombro de Dominique havia sido atingido pela flecha de Olivier, mas Thiago calculou que agora era questão de tempo para que o Cavaleiro Negro fosse capturado. Olivier, correndo atrás do alvo, chegou a tirar outra flecha da aljava e a armar um segundo tiro, mas desistiu:

— Mata fechada demais. Não tenho uma visão clara do alvo, não compensa atirar — explicou quando o recruta da artilharia o questionou pelo motivo da desistência.

O alvo de Olivier, movido pela adrenalina, corria pela mata e nem sentira ainda dor pela recente flechada no ombro. Mas seu corpo já dava sinais de colapso geral. Embora a ferida no ombro não fosse profunda, sangrava bastante, mas ele também não havia se recuperado ainda dos ferimentos da queda do cavalo na madrugada em que fizera sua última vítima, um vinicultor. Após decapitar o homem, antes de voltar ao local para "arranjar" o corpo, batera com o peito e a cabeça em galhos grossos de uma árvore dentro da mata, caíra de seu animal e perdera a consciência temporariamente. Quando acordou, já havia clareado e não via seu cavalo. Notou que seu destino estava selado. Viveria na mata até se recuperar dos ferimentos e voltaria para procurar um cavalo em alguma madrugada. Já tinha até escolhido o animal que pegaria, o belo cavalo preto de Remy, maior e mais forte que o seu. Isso colocaria Remy sob a mira da investigação, e Jacques expulsaria o batedor das fileiras do exército. Correndo assustado, fugindo do ágil arqueiro Olivier, Dominique entrou em outra caverna, algo que naquela mata era abundante. O que ele não esperava era que os olhos aguçados de Thiago o vissem lá entrando.

— Ali, Olivier, ele entrou lá! — contou Thiago, apontando para a caverna onde Dominique entrara.

Depois dessa, Dominique saiu da caverna, deu sorte de não ser visto nessa hora, e outra revoada de morcegos distraiu a equipe o suficiente para que ele se afastasse. Então Dominique sucumbiu à fraqueza. Comendo apenas frutos silvestres, já escassos nessa época do ano, há vários dias, não tinha energia o bastante para continuar correndo. Nem a adrenalina em seu sangue deu conta de mantê-lo alerta. Sangrando e fraco, desfaleceu na mata, desabando no chão.

Saindo da caverna, o grupo de Olivier e Thiago ouviu algo caindo. Todos se entreolharam. Thiago tomou a iniciativa de perguntar a Olivier:

— Tem algum tipo de bicho nessas matas que subam em árvores e sejam grandes? Sem contar pássaros?

— Não que eu saiba — disse Olivier. — Por quê?

— Esse barulho poderia ter sido de um deles caindo, mas já que não tem... Esse barulho pode ter sido o Dominique, ou melhor, a pessoa que você acertou, desmaiando após a flechada que levou...

Os olhos verdes de Olivier ficaram ainda mais vivos após ouvir essa ideia, mas Dominique havia acabado de recobrar a consciência. Sem ter forças para se levantar, arrastou-se como uma cobra pelo solo da floresta, quase conseguindo se abrigar em outra gruta. Perdeu novamente a consciência com metade do corpo lá dentro.

— Vamos lá onde o som foi ouvido — disse Olivier, encaixando o arco em seu tronco para deixar suas mãos livres e caminhando até o local. Nada de Dominique, mas rastros de mato amassado e sujo de sangue foram vistos.

— Aqui — disse Thiago ao localizar a trilha da última tentativa de Dominique de se esconder. — Ele se arrastou por aqui. Não deve mais estar conseguindo se levantar. Fora a flechada no ombro, ele também está sozinho aqui há quatro ou cinco dias, não deve estar muito bem de saúde. Talvez ele já estivesse machucado no dia da decapitação, está sem se alimentar direito e agora a flechada no ombro... Bem ele não está — concluiu Thiago, perguntando-se para onde Dominique ia se estivesse doente, já que não existiam hospitais na Idade Média, e até então ele não conhecera nenhum médico no reino. Talvez houvesse um no castelo, mas ele não sabia se o duque Jacques disponibilizaria seu médico para tratar do homem que aterrorizara o reino pelos últimos seis meses.

Thiago, Olivier, o infante e o recruta da artilharia avançaram cautelosos seguindo o rastro deixado por Dominique ao se arrastar pela mata até que finalmente se depararam com ele desfalecido, inconsciente na entrada de uma das muitas grutas que existiam na mata. Aliás, o recruta da artilharia quase tropeçou no corpo de Dominique.

— Aí está — disse Olivier, quase sem conseguir conter sua satisfação. — Nós o encontramos.

— Ótimo — disse o recruta da artilharia. — O que faremos agora, comandante?

— Localize e traga Louis até aqui, mas antes deixe essa corda aqui, caso ele volte a si e tente fugir. Depois, localizem o Remy e o avisem que o encontramos, e avise qualquer um dos nossos homens que ele foi localizado e que a busca acabou, depois podem retornar aos alojamentos — ordenou Olivier ao seu recruta e ao infante que o acompanhavam. O infante acatou o pedido e deixou a corda que trazia junto a sua espada com o arqueiro, que se ajoelhou no chão e amarrou as mãos e pernas de Dominique.

Thiago estava em um completo estado de agitação. Ele havia acabado de prender o temido decapitador! O homem que estava há meses aterrorizando o Reino das Três Bandeiras enfim teria o merecido castigo. Mas o que o deixava agitado mesmo era imaginar a reação de François Lafonte quando soubesse. Em seguida, o corpo de Thiago gelou. Será que ele seria o responsável por interrogar Dominique ou James o faria?

Nessa hora, Dominique voltou a si, porém ainda oscilava muito. Abriu os olhos, que demoraram vários minutos para entrar em foco e conseguir visualizar com clareza a figura de Olivier. Ao ver que havia sido capturado, ainda semiconsciente, começou a murmurar palavras desconexas, as quais não detinham nenhum significado imediato para Thiago ou Olivier. Até que finalmente disse um nome de provocou arrepios nas espinhas do "noviço" e do arqueiro:

— François.

Desmaiou novamente.

— O que ele quis dizer com o nome François? — perguntou-se Thiago.

— Adoraria saber — respondeu Olivier, que também tinha sua cota de ressentimento em relação ao monge ranzinza. Thiago não sabia, mas no passado, cerca de quinze anos antes, o jovem Olivier também fora acolhido no mosteiro, pelo abade Simon, antecessor de James. Com o próprio James, Jean e os outros monges, tudo corria bem, Olivier era tratado como um igual, porém François jamais tratara o jovem órfão como um dos seus. Olivier era comumente chamado por François de "pária". — Tenho minhas divergências com Lafonte.

— Sei que François não tem boa fama no reino, mas ele já fez algo com você, Olivier? — perguntou Thiago.

Olivier riu e convidou Thiago a se sentar sobre um tronco que estava caído no local. Pegou a mochila de suprimentos e tirou um pão de dentro. Cortou dois pedaços grandes. Entregou um para Thiago e começou a comer o outro, não sem antes guardar o resto de volta na mochila.

— Já estive exatamente no seu lugar, Thiago. Passei por quase tudo que você passa. Ele só nunca me acusou de assassinato porque quando passei por isso não havia um decapitador aterrorizando o reino, mas se houvesse, não tenho dúvidas de que ele apontaria para mim, me acusando de ser o responsável ou no mínimo ligado ao responsável.

— Você já morou no mosteiro? — perguntou Thiago, surpreso.

O jovem balançou afirmativamente a cabeça, começando a contar sua história para Thiago. Olivier não havia nascido no Reino das Três Bandeiras, mas sim no norte do território francês. Numa vila há poucos quilômetros do hoje conhecido como Canal da Mancha, no Reino da Normandia. Era filho de um ferreiro e de uma camponesa. Seus pais fugiram do reino onde nascera quando ele tinha quatro anos devido à invasão de germânicos. Instalaram-se mais ao sul, mas ainda na Normandia, e dois anos e meio depois tiveram que se mudar novamente. O objetivo, dessa vez, era chegar ao Mediterrâneo.

— Estamos um pouco longe do mar Mediterrâneo, não estamos?

Olivier balançou a cabeça. E voltou a contar sua história:

— Sim, estamos. O problema nessa segunda mudança foi que sofremos um acidente: a carroça em que viajávamos tombou na estrada, acho que bateu em uma pedra. Nós caímos num penhasco à beira da estrada. Eu machuquei a cabeça e meus pais morreram — contou Olivier que sobrevivera apenas com um corte na testa, do qual hoje restara apenas uma fina cicatriz que quase se confundia com sua sobrancelha, já seus pais haviam quebrado o pescoço no acidente e sofreram morte instantânea. Ficou parado ao lado dos corpos de seus pais na estrada, apavorado, chorando e sangrando, até que um garoto de sua idade passou a cavalo. Ao vê-lo, saiu correndo voltando acompanhado de um cavaleiro e de um monge.

— O garoto levou Remy e James até seu encontro?

— Não. O garoto era o Remy. O cavaleiro era o pai dele, Leopold Legrand, então chefe da cavalaria. Mas o monge era James mesmo, mas não era o chefe do mosteiro ainda. O então abade-chefe do mosteiro, Simon, me acolheu. O pai do duque Jacques Chevalier, Antoine Chevalier, ainda era vivo naquele tempo e permitiu que eu ficasse no mosteiro, tal como o duque Jacques fez com você. Viu que eu era muito novo para representar algum tipo de perigo. Ele providenciou o enterro dos meus pais e pediu ao abade-chefe local que me deixasse ficar lá, e François, mesmo sabendo o que havia acontecido comigo, não me deixava em paz, não parava de procurar qualquer desvio de comportamento meu para denunciar ao abade-chefe. Qualquer coisa que eu fizesse era motivo para que ele me torturasse com a ideia de que o abade-chefe iria me expulsar do mosteiro.

Eu tinha só oito anos, não tinha noção nenhuma de responsabilidade. James me acobertava quando eu saía do mosteiro para brincar pelo reino... Acabei ficando amigo tanto do Remy quanto do Louis nessa época. Nós três passávamos a maior parte do tempo juntos, só que não discutindo estratégias militares. O comandante Leopold me tirava do mosteiro de tempos em tempos e me levava para brincar com o Remy, e o Louis estava sempre junto.

Thiago logo percebeu que havia se confundido. Remy, Louis e Olivier tinham idades próximas. Não era possível que Remy já fosse um cavaleiro ainda que iniciante, sendo que ele aparentava ser apenas alguns meses mais velho que Olivier. Louis também parecia ser da mesma idade que o arqueiro. Os três deviam ter cerca de vinte e oito ou vinte e nove anos.

— E o François...

— O tempo inteiro querendo que eu me comportasse como um monge, mas eu não queria viver daquele jeito.

Olivier continuou contando sobre sua vida para Thiago. Vários anos depois, o menino assustado tornara-se um belíssimo jovem e sem a menor vontade de seguir a vida monástica, chamando a atenção de todas as moças do reino, porém preocupado com o que fazer de sua vida. James, a essa altura já assumindo a chefia do mosteiro, e Jean, um noviço, eram os únicos que perceberam que seria um erro mantê-lo no mosteiro, vontade de Simon, que havia falecido alguns meses depois de Olivier completar doze anos. Quando estava com treze anos, o alto e esguio garoto chamara a atenção do então chefe da artilharia do reino. O homem, já alertado por Leopold que Olivier seria um excelente arqueiro, conversara com James, agora sim o chefe da abadia local, e pedira que cedesse o noviço para um "teste".

— Teste?

— É... Ele achava que eu tinha jeito para ser arqueiro. E pelo jeito me saí bem nos testes...

Olivier de fato saíra-se melhor do que o esperado no "teste". Conseguira acertar sua primeira flecha atirada direto no centro de um alvo há trezentos metros de distância após uma rápida orientação do então arqueiro-chefe. Remy e Louis, junto a seus pais, Leopold Legrand e Reginald Gouthier, acompanharam o teste e torceram pelo amigo, comemorando efusivamente o sucesso de Olivier na avaliação. Com isso, o então arqueiro-chefe voltou a conversar com James e com Jacques Chevalier, a essa altura já assumindo o posto que era de seu pai, e todos concordaram que Olivier deveria ingressar no exército do reino como arqueiro, na artilharia do reino. O jovem recruta realmente estava no local certo, já que rapidamente subiu de posto e, após a morte do comandante que o recrutara, fora nomeado o novo comandante por Jacques. Vivia desde então no alojamento militar. Louis e Remy, filhos dos comandantes da infantaria e da cavalaria, também assumiram a chefia, mas o único deles que ainda tinha pai vivo era Remy.

    O velho cavaleiro Leopold Legrand vivia com a esposa em uma casa na vila enquanto o filho morava no alojamento. O pai de Remy ainda tinha muito afeto pelo arqueiro, ainda se lembrava do garotinho assustado que chorava sozinho na beira da estrada. Quando os dois eram crianças, estimulava seu filho a ficar amigo do garoto e se colocar no lugar dele. Meio que adotou Olivier e quase levou o garoto para sua casa após alguns meses, porém Simon achou melhor deixar Olivier no mosteiro, dizendo que Antoine Chevalier não permitiria que o menino saísse de vez de lá. E Olivier ouviu até o último dia de vida do seu ex-comandante que ele se orgulhava dele.

— Interessante, mas o que exatamente François lhe falava para te ameaçar? Sei que deve ser chato ficar relembrando isso, mas por favor, Olivier, preciso entender a mente desse sujeito. Ou tentar, pelo menos.

— Quando eu saía, ele ficava me olhando de um jeito muito incômodo. E quando eu passava ao seu lado, ele só me chamava de pária, dizia para o abade Simon que ele cometia um grave erro me mantendo lá, que eu não era digno de receber ajuda, pois não havia nascido aqui e meus pais não haviam colaborado para nada no reino, eu seria um oportunista, visto que estava vivendo lá sem nunca ter dado nada para "merecer" o que recebia. Ele chegou a quebrar um crucifixo e algumas imagens da capela e tentou colocar a culpa em mim, mas o abade James viu que as mãos dele estavam machucadas e as minhas não e que as esculturas estavam em uma altura muito maior que a minha para que eu fosse o responsável pelo dano. Quando eu era criança, eu ajudava em tarefas pequenas no mosteiro, abade James me supervisionava, até hoje não sei como ele suporta François. O próprio abade James tinha que ouvir os mais diversos insultos por parte de François. Coisas como "você nunca terá dignidade para ser chefe do mosteiro", "se você chegar à chefia, eu vou fazer de tudo para que você seja expulso", "você não pode manter esse pária aqui dentro", falava de mim nessa hora, claro, coisas nessa linha.

— Não sei por que, mas não me surpreendo nada com isso... Quando o duque adotou os três filhos, ele disse que preferiria enterrar as crianças a vê-las crescendo no castelo. E o abade AINDA tem que ouvir os absurdos dele.

— É bem típico do François esse tipo de coisa.

— Olivier, tem outro cavaleiro com esse nome ou ele se refere ao monge François Lafonte?

— Não sei dizer, Thiago. Não conheço muito os outros cavaleiros, mas não me lembro do Remy falando de nenhum François na cavalaria. Tampouco sei o nome dos infantes todos... Na artilharia garanto que não tem ninguém com esse nome. Apesar de François ser um nome bastante comum.

A dupla não pôde conversar muito mais depois desse momento, pois Louis e mais um arqueiro chegaram ao local enquanto os outros homens do exército estavam voltando para o reino, alguns enviando as boas novas de que finalmente o Cavaleiro Negro fora capturado. Louis e Olivier, juntamente de outros comandados, retiraram o desfalecido Dominique da mata. Remy o colocou em uma charrete e todos foram para o castelo, onde Jacques, James e Paul os esperavam.

Infelizmente, nada pôde ser feito naquele momento, pois os ferimentos e a fraqueza de Dominique não o permitiram interagir com ninguém. Jacques providenciou para que, mesmo trancafiado na masmorra do castelo, Dominique recebesse assistência médica. Todos o queriam vivo para explicar por que cortava cabeças. Mas Thiago contou a James quais foram as últimas palavras de Dominique antes de desmaiar pela última vez.

— Ele chamou por Lafonte, é isso? — James estava intrigado.

— Acredito que sim. Aliás, ele poderia ter se referido a outro François. Um cavaleiro, um infante ou algum aldeão, camponês que seja amigo dele... O Olivier já disse que na artilharia não tem ninguém com esse nome. Mas apenas disse o nome, não explicou o que queria com François, não conseguiu, pois perdeu a consciência novamente. Nem falou o sobrenome do François em questão. Aliás, esse "François" pode ser qualquer homem do reino... François é um nome comum por aqui?

— Temos que perguntar aos homens do exército se há algum François nas fileiras... E Dominique pode não estar, mas François, o Lafonte, está perfeitamente lúcido e pode nos explicar essa situação. Nós dois e Jean vamos conversar com ele no mosteiro. E, sim, François é um nome comum, mas creio que o François mencionado seja alguém próximo a Dominique. Pretende interrogar todos os homens do reino chamados François para saber quem foi citado e por quê?

"Lúcido é força de expressão, não, abade?", perguntou-se Thiago, dizendo em seguida:

— Tudo bem, mas antes eu preciso comer alguma coisa, não estou aguentando mais de fome! Quanto ao François, acho difícil que Dominique seja amigo de um aldeão ou camponês comum. Ele me pareceu meio arrogante para ter amizade fora de seu círculo.

— Concordo. Você passou o dia todo na mata, tendo pouca comida — disse James, olhando para o sol no horizonte, faltava pouco para o poente. — Já deve estar quase na hora do jantar. E o interrogatório vai ter que ficar para amanhã cedo.

Quando chegaram ao mosteiro, James falou com os criados pedindo que eles caprichassem no jantar, pois Thiago estava com muita fome e havia tido um dia muito agitado.

Na hora do jantar, os monges estranharam a fome de Thiago. Jean chegou a brincar com ele:

— Que é isso, Thiago, está há quanto tempo sem comida?

— Muito, Jean. Lá na mata não deu tempo de comermos nada, só um pedaço de pão — respondeu Thiago rapidamente, enquanto engolia uma porção de legumes refogados e pedaços de frango.

— Ah, coitadinho! — Jean disse em tom debochado, arrancando risadas do próprio Thiago, de James e dos demais monges, exceto, obviamente, do ranzinza François.

Assim que terminaram, James se juntou a ele e a Jean para contar o que planejava para o dia seguinte:

— Nós três vamos interrogar François amanhã. Precisamos descobrir qual a relação dele com Dominique. Thiago me contou que pouco antes de desmaiar pela última vez Dominique disse o nome dele.

— Disse? — Jean parecia um pouco surpreso.

— Isso. Nos resta saber o motivo de ter chamado por Lafonte.

— Algo me diz que François não vai contar nada para a gente, acho que seria mais fácil conversar com o... O Leroy... — disse Thiago, bocejando. Estava extremamente cansado.

— O sujeito do lago? — perguntou Jean.

— Ele mesmo — respondeu Thiago, bocejando novamente. — Aliás, nem sei se ele se referia ao monge Lafonte. Pode ser outro François a quem ele se referia...

— Vá dormir, Thiago, você mal está se aguentando em pé — mandou James.

— Ótimo. Boa noite, abade. Boa noite, Jean.

— Boa noite, Thiago.

Exausto, o "noviço" praticamente desmaiou na cama. E tomou o maior susto quando acordou no dia seguinte, perdera a hora e, assim que abriu os olhos, viu um preocupado Jean em pé ao lado da cama.

— Que susto, Jean!

— Venha, estamos te esperando para falar com o François. Seu café da manhã o aguarda no refeitório.

— Certo — disse Thiago, levantando-se, vestindo a batina e ajeitando os cabelos. — Cadê o abade?

— Está te esperando.

Assim que o monge e o noviço chegaram, James brincou:

— Até que enfim o noviço dorminhoco acordou! Descansou bastante, Thiago?

— Estou pronto para outra, abade — disse o garoto, sentando-se e comendo o mingau de aveia com frutas, nozes e mel.

— Bom saber — era James. — Vamos tentar descobrir qual a relação de Dominique com François para o seu nome ter sido mencionado pelo fugitivo em circunstâncias tão... Atípicas.

— Como falei ontem, abade, acho difícil que François revele alguma coisa — disse Thiago, reticente. O máximo que conseguiriam, calculava o garoto, talvez fossem mais declarações petulantes de François, e James talvez perderia a paciência com o monge ranzinza mais uma vez. No caminho, contou ao monge o que ouvira de Olivier enquanto esperavam por Louis e mais militares para tirar o corpo de Dominique da floresta.

— Realmente, François tentou transformar a vida do oficial Marchand em uma versão de inferno enquanto ele morou aqui quando jovem... Dias atrás deu chilique ao saber que ele se casará com a filha do ferreiro em breve. Disse que não aceitaria realizar a cerimônia. Soube que ele foi até a ferraria tentar dissuadir o pai da noiva a aceitar o casamento. Novamente descumprindo os votos de clausura. Depois foi atrás de você lá no alojamento, e naquele dia em que saiu de madrugada do mosteiro, o único que ele atacou pessoalmente foi Olivier. Empurrou-o várias vezes. Quando Olivier morava aqui conosco, ele tentou, de várias formas, fazer com que o abade Simon, meu antecessor, retirasse o garoto daqui. Quebrou imagens sacras, tentou iniciar um incêndio, colocava sempre a culpa naquele franzino e assustado garoto achado ao lado dos pais mortos na beira da estrada. Para nossa sorte, sempre vimos que era ele o autor dos danos. No que dependesse de mim, Olivier teria ido viver com Leopold Legrand tão logo veio para cá, tal como os filhos do duque. Mas Simon estava a minha frente no comando e achou que seria melhor ele continuar vivendo aqui.

— Abade, existe alguma explicação, na opinião do senhor, para esse comportamento do François?

— Não sei. Ele nunca fala sobre seu passado.

François tinha um passado turbulento do qual pouco gostava de falar. Nascera num reino no litoral do mediterrâneo, bem ao sul da França, era filho bastardo de um militar já casado com a filha de um conde local. O genitor nunca fora responsabilizado, e a gravidez fora do casamento gerara um enorme escândalo, a mãe fora mantida isolada durante toda a gestação e seu futuro marido, com quem já tinha um casamento prometido, fingira que estava tudo bem quando se casaram, alguns meses após o parto. Com esses percalços, assim que o bebê nasceu, ele foi deixado com uma mulher que prometera a seu avô entregá-lo ao mosteiro local quando tivesse nove anos, idade mínima que o mosteiro em questão aceitava um noviço. Nunca soube quem eram seus pais biológicos, e a mulher que o criara dissera-lhe que sua mãe falecera no parto e nunca revelara a identidade de seu pai. Mesmo considerado a "escória" da sociedade local, François fora aceito no mosteiro (segundo consta, seu avô dera uma valiosa contribuição financeira ao chefe de um mosteiro de um reino vizinho para que ele fosse incorporado sem perguntas) e começara a se tornar um monge. A mulher em questão cuidara dele, mas nunca o tratara como filho. No entanto, mesmo tendo sido criado em condições humildes, a aristocracia corria em seu sangue e ele logo passou a se sentir superior a outras pessoas. Recusava-se a atender os camponeses e servos do reino onde vivia e logo as reclamações chegaram ao seu superior. A quantidade de intransigências era tamanha que o abade não vira outra solução que não remover François de seu mosteiro, encaminhando-o ao do reino vizinho, onde ele também não "durara" muito tempo, pois se recusara a celebrar um casamento de um dos filhos do duque local com a filha de um camponês. Logo fora transferido para o Reino de Provence, onde, depois de pouco mais de dois anos, "rebelara-se" e não quisera batizar um bebê nascido com uma pequena deficiência numa das perninhas, alegando que a culpa era de a mãe não ser uma nobre, ao contrário do pai do bebê. Finalmente, fora removido e enviado para o Mosteiro de São Tiago, onde vivia até o momento. Embora já implicasse com Olivier há quinze anos, Simon, o abade na época, nunca pensou em transferir François. E sua implicância com Thiago parecia ser coisa de adolescente, cuja solução seria ignorar e esperar que passasse, e não o mandá-lo para outro mosteiro.

— Complicado — disse Thiago. Nem sabia o que especular sobre o passado de François Lafonte. Muita coisa deveria ter acontecido no passado do monge para que ele se tornasse a pessoa amarga que era. Ou o homem tinha um sério desvio de caráter e poderia muito bem ser um psicopata, numa época em que nem se falava nisso.

— Muito — concordou o abade.

— Vamos ao interrogatório de François… Vai ser muito trabalhoso conseguir alguma informação dele.

James apenas concordou com a cabeça. Sabia que François seria intransigente e, tal como Thiago dizia, não contaria nada do que sabia sobre o envolvimento de Dominique nas mortes. Entraram na cela de François, que olhou de forma desafiadora para o abade.

— Pouvery, o que o traz aqui?

— Nós pegamos o decapitador, François… E, como pode ver, não é o Thiago — disse James. Thiago estava ao lado do abade. — O decapitador está preso na masmorra do castelo.

— E quem foi que pegaram então? — François continuava com um ar arrogante.

— Dominique Cavour, membro de terceira ordem da cavalaria do exército de Jacques Chevalier. Curiosamente, a última palavra de Dominique ao ser capturado pelo oficial Olivier Marchand foi seu nome… Poderia nos explicar qual sua relação com o já mencionado cavaleiro?

— James, James, não seja tolo… Você sabe da minha relação com Marchand… Aquele pária viveu aqui por muito tempo até Chevalier cometer o erro de colocá-lo no nosso exército… — disse François, com extrema arrogância no tom de voz.

James quase estapeou François.

— François, pare de se fazer de tolo: Marchand foi o CAPTOR, não é o DECAPITADOR. O decapitador chama-se DOMINIQUE CAVOUR. Marchand provavelmente ganhará alguma condecoração do duque em breve. Aliás, eu disse que o decapitador era um CAVALEIRO, não um ARQUEIRO.

— Isso é o que pensam! Todos vão sucumbir se algo acontecer a Dominique!

— François, me diga... Qual sua relação com Dominique? — era Thiago, achando que estava ajudando Steve McGarrett a interrogar alguém, não um abade medieval. James estranhou um pouco, mas nada comentou. Imaginou que Thiago estivesse demasiadamente irritado com todas as circunstâncias e ainda mais vendo a petulância de François ao responder às perguntas do abade.

— Cale sua boca, garoto insolente! — mandou François. — Não lhe devo explicações acerca da minha vida.

Thiago cerrou os punhos e fechou a cara.

— Abade, me segure antes que eu enfie a mão na cara desse desgraçado! — pediu em tom bravo e nervoso.

James deu uma risadinha. E, meio que acatando o pedido de Thiago, segurou-o de leve pelo ombro.

— Bem, por hoje chega. Vamos, Jean, Thiago. Dominique já pode ter se recuperado e deve querer falar alguma coisa — James decidiu, em tom apaziguador e olhando para François, esperando por sua reação à ínfima possibilidade de Dominique confessar os crimes ou colaborar com as investigações ou ainda explicar a estranha relação que ele e François supostamente tinham.

Enquanto isso, nos alojamentos militares...

— Remy, tem algum François na cavalaria? — perguntou Olivier, ligeiramente "contaminado" pela perspicácia de Thiago.

— Não. O único François conhecido do reino é o monge Lafonte. Por mais que esse seja um nome comum. Por que, Olivier?

— O Thiago... Quando o Dominique disse o nome de François no momento em que o capturamos, na hora nós dois pensamos de imediato no monge Lafonte. Porém, logo depois Thiago levantou a possibilidade de ele se referir a outro François, outro cavaleiro com quem ele pode ter conversado e a quem ele pode ter confessado alguma coisa.

— Faz sentido, mas não tem nenhum François na cavalaria — disse Remy.

— Na artilharia tem?

— Também não — disse Olivier.

— Infantaria? — perguntou Remy enquanto ele e Olivier fixavam o olhar em Louis, até então quieto.

— Não — disse Louis, balançando negativamente a cabeça. — E se tivesse, eu já o teria interrogado.

Nisso, os três comandantes decidiram ir ao castelo saber como andava o prisioneiro. Antes de executá-lo, James e Jacques queriam que ele ao menos explicasse por que havia cometido tamanho massacre. Já Paul queria que a execução ocorresse o mais breve possível. Esse impasse rendeu uma discussão entre o duque, o abade e o conselheiro no dia anterior:

— Ninguém mata quinze pessoas de graça, conselheiro — argumentou James. — Sei que está ansioso para resolver a situação, mas precisamos entender o que o levou a matar as pessoas daqui.

— Tem razão, abade. Vamos esperar que ele se recupere, nos confesse e explique os crimes, e então faremos o julgamento — conformou-se Reinart. — Caso contrário, tudo terá acontecido em vão. Thiago, você conseguiria essas explicações dele?

— Posso tentar, conselheiro — disse Thiago, evasivo. Ele estava faminto, pois haviam acabado de chegar das buscas, trazendo Dominique, que foi imediatamente trancado na masmorra do castelo.

Enquanto os homens conversavam, Thiago pôde ouvir os gritos agonizantes de Dominique enquanto a flecha disparada por Olivier era retirada de seu ombro e depois a ferida era cauterizada com ferro em brasa. Quando os gritos ficavam fortes demais, a conversa era interrompida por alguns instantes.

— Vai demorar cerca de quinze dias ou mais para o senhor Cavour ter condições de prestar qualquer tipo de explicação — disse Charles Vermont, "médico" da corte de Jacques após examinar Dominique, tirar a flecha de seu ombro e cauterizar a ferida. — Isso se ele sobreviver até lá — concluiu Charles em tom sombrio.

— Dominique corre risco de morte? — Thiago perguntou preocupado.

— Infelizmente, sim — disse Charles.

Thiago ponderou em silêncio. Sabia que o conhecimento de medicina naquela época era praticamente nulo, era possível ele saber mais sobre o corpo humano e doenças que Charles, a quem fora apresentado assim que chegara ao castelo trazendo o inconsciente Dominique.

223

A noite já havia caído há muito tempo quando todos do mosteiro foram dormir. Thiago desmaiou na cama.

No dia seguinte, após aquela pequena discussão nos alojamentos, os três comandantes seguiram para o castelo, ávidos por notícias do prisioneiro e principalmente para entender a relação entre o cavaleiro preso e o monge ranzinza.

Os pesados e maciços portões do castelo abriram-se assim que os três começaram a subir a colina onde o castelo estava construído e quando chegaram ao portão, três outros homens os esperavam. Jacques, Paul e Charles. James e Thiago, àquela hora, estava no mosteiro interrogando François sobre seu suposto envolvimento com Dominique, infelizmente sem obter os resultados desejados.

— Como souberam que estávamos chegando? — perguntou Remy, que havia ido ao castelo sem prévio aviso.

Jacques sorriu e apontou para o alto do portão:

— Aviso da sentinela — explicou o duque enquanto a sentinela cumprimentava Olivier, seu comandante.

— Certo — Remy sorriu sem graça. — O prisioneiro está em condições de poder falar?

— Ele ainda está muito fraco, comandante Legrand. Ainda vai demorar uns dias para que possa falar alguma coisa — disse Charles.

— Certo. Mesmo assim, vou às masmorras vê-lo — disse Remy, sendo logo seguido por Louis e Olivier.

— Sem problemas — disse Charles, acompanhando o trio de comandantes até a cela da masmorra onde Dominique estava preso. O infante à porta reverenciou o trio, principalmente Louis, seu chefe direto, que disse que mandaria outro para substituí-lo em breve.

— Sim, senhor — respondeu o infante enquanto Remy e Olivier avançavam.

Louis alcançou a dupla quando já estavam na porta da cela de Dominique: o estado do cavaleiro desertor era deplorável. O rosto estava inchado pelo acidente no dia do último ataque, já que estava sem seu elmo e batera a cabeça em um galho. Por conta da falta do "capacete", Dominique acabou fraturando o nariz e ganhando três "galos" na testa e na cabeça, dois frutos da pancada na árvore e o terceiro da queda ao solo, além de um pequeno corte no supercílio. O peito estava todo cheio de manchas roxas, também fruto do acidente que o derrubou do cavalo. Dominique também estava alguns quilos mais magro e pálido por ter passado cinco dias perdido na mata. Jacques havia designado dois de seus criados para se revezarem com o infante na vigilância e nos cuidados com o prisioneiro. Tudo o que não queriam era que conseguissem retirar Dominique do local ou ainda que aldeões mais exaltados terminassem o serviço, que por "culpa" de uma ação do exército do reino, a natureza e o tempo não concluíram. Embora esses fossem uma minoria, na opinião de Reinart, era uma questão de tempo para que outros se exaltassem também e decidissem invadir o castelo.

Desanimados, os três militares deixaram o castelo e rumaram para o mosteiro, onde acreditavam que parte do enigma estaria em vias de ser resolvido. No entanto, assim que se aproximaram do mosteiro, viram Thiago sentado no longo banco de madeira que havia do lado de fora da capela e aparentemente bastante chateado.

— Oi, Thiago! — cumprimentou Louis.

— Oi, Louis, oi, Remy, oi, Olivier. Tudo bem com vocês?

— Estaríamos melhor se conseguíssemos informações das mortes, mas Dominique ainda está sem condições de falar. Por favor, me diga que conseguiram algo com o François... — pediu Remy.

— Só uma coisa, eu ser chamado de insolente pela sabe-se lá que vez... Ele não disse nada de útil... Acho que o Raymond Leroy seria mais amistoso em uma conversa.

Remy riu, enquanto Louis e Olivier balançavam a cabeça concordando com Thiago. Depois o batedor voltou ao assunto:

— Thiago, o abade Pouvery está aí?

— Está sim, quer que eu o chame?

— Por favor.

Thiago sumiu no interior do mosteiro, voltando com sua "cópia".

— Bom dia, meus caros, o que desejam? — perguntou James ao ver o trio parado na porta.

— Bom dia, abade, o senhor conseguiu alguma informação de François? — perguntou Remy.

James fez uma careta triste...

— Creio que Thiago já lhes tenha contado que Lafonte nada disse acerca de seu envolvimento com Dominique. Como ele está?

— Ruim ainda, abade, sem conseguir falar nada — contou Remy.

— Ele sobreviveu à noite? Charles disse que ele quase não tinha chances! — Thiago estava surpreso.

— Thiago, diga a Jean que a ida ao castelo foi cancelada. Dominique ainda não está em condições de confessar alguma coisa — declarou James.

— Digamos que Charles se esqueceu de considerar que Dominique é um homem treinado para sobreviver durante bastante tempo em situações adversas. Isso colaborou — disse Remy.

— Não tenho dúvidas disso, Remy. Eu não teria resistido... — disse Thiago.

— Não pense assim, Thiago, acho que você aguentaria bastante tempo nesse tipo de situação — disse Louis.

— Tenho minhas dúvidas... — concluiu Thiago, cético.

Os militares se despediram de James e Thiago, Jean estava ocupado no interior do mosteiro e não participou das conversas.

31.

MISSÃO SAVIGNY

James continuava chateado, para se dizer o mínimo, com as atitudes de François. Desde que se lembrava de começar a conviver com ele, há cerca de vinte ou vinte e cinco anos, naquele mosteiro, ele sempre fora complicado de se relacionar. O abade ainda se lembrava com clareza do dia em que Olivier fora encontrado na estrada pelo então jovem Remy, filho de Leopold, chefe da cavalaria. Lembrava-se também da expressão assustada de Remy contando a ele e a seu pai, que conversavam na porta do mosteiro, sobre o menino machucado que vira na estrada. A pedido de Simon, o abade-chefe na época, James, acompanhou Leopold e o jovem Remy até o local onde o menino assustado e machucado estava e levou-o para o castelo, onde cuidaram do machucado em sua testa, e posteriormente ao mosteiro, onde ele ficaria até decidir por si mesmo o que faria de sua vida.

Bastou o garoto colocar os pés pela primeira vez dentro do mosteiro para que François corresse até Simon reclamando da sua presença, dizendo que o garoto somente traria problemas para o mosteiro, para a vila e, enfim, para o reino. Tentou impedir o enterro dos pais do menino e passou a aterrorizar o garoto, que tinha medo de dormir sozinho, e então James o levava para sua própria cela, pois assim François o deixaria em paz ao menos durante a noite. James muitas vezes via Olivier, ainda menino, sentado triste na capela, provavelmente sentindo falta dos pais e devido à hostilidade de François. Era possível, naquelas horas, ver a tristeza nos olhos verdes do garoto. O monge ranzinza tentou de tudo para que Olivier fosse mandado embora ou fugisse do mosteiro, mas nada dava certo, pois suas falcatruas eram logo descobertas. Implicava também com Remy e Louis, por terem se tornado amigos de Olivier. Finalmente, Olivier foi recrutado para a artilharia após chamar a atenção do então chefe por seu tipo físico, alto e esguio. E também porque o pai de Remy estava sempre falando para o chefe da artilharia sobre Olivier e o quanto o rapaz poderia ser um bom arqueiro.

Depois de conquistar o chefe, foi questão de tempo para que Olivier ingressasse no exército e se mudasse de vez do mosteiro para os alojamentos. Mesmo com Olivier vivendo com os militares, François continuou implicando com a presença do rapaz no reino. A implicância se mantinha até os dias em que estavam, agora com o casamento marcado do arqueiro. François já havia ido até a ferraria ameaçar o ferreiro caso ele autorizasse sua filha, Helene, a se casar com Olivier. "Ele é um pária no nosso reino, sua família vai sucumbir em desgraça quando aquele pária se casar com sua filha", dizia. Para a sorte de Olivier, o ferreiro não deu atenção a François e contou das reclamações ao abade James, dizendo que François "amaldiçoou" a ferraria, da qual cuidava com os dois filhos mais velhos. Helene era sua terceira filha, única mulher. Havia ainda um mais novo que havia recentemente engrossado as fileiras do exército, sendo recruta justamente da artilharia, virando subordinado direto do futuro cunhado. Foi pensando nisso tudo, durante as orações matinais, que James decidiu colocar à prova de uma vez por todas a história de François com o mosteiro e com o Reino das Três Bandeiras ao mesmo tempo. Lembrou-se de um pedido que fizera a Jean algum tempo antes. Procurou pelo monge, encontrando-o cuidando dos registros, a tarefa oficial dele.

— Jean — chamou James ansioso. — Preciso conversar com você.

Jean abandonou de imediato o que fazia.

— Pois não, abade. O que deseja?

— Lembra-se do que lhe pedi há algum tempo, não me recordo da data exata, de que vigiasse de perto os passos de François?

— Lembro sim, abade. Foi no dia em que a cabeça do criador de porcos foi deixada em frente ao quartel de Louis. Algum problema?

— Não. Obrigado por recordar da data de forma tão precisa. Notou algo nesse tempo?

— Hum... Nada muito preocupante, por quê?

— Estou com um pressentimento de que Lafonte está nos escondendo algo sério...

— Sério quanto?

— Isso eu não sei te dizer, meu caro, mas estou com uma ideia para descobrir. Vou liberar François para voltar a circular pelo mosteiro e quero que você haja como se fosse a sombra dele. Ah, não o deixe descobrir que você está por perto.

— Farei o possível, abade. O Thiago vai ficar por aqui?

— Claro que sim, por que pergunta?

— Sabe como é, abade... Thiago e François são duas pessoas que não combinam... Aliás, abade, o François não combina com ninguém...

— Entendi... Tem razão. Agora, fique mais atento, as coisas irão piorar com a prisão de Dominique.

Assim que terminou de conversar com Jean, James partiu até as celas e abriu a de François. O monge ranzinza estava sentado na cama.

— Veio fazer o que aqui, James? — perguntou François, com seu jeito arrogante.

— Aliviar um pouco sua vida, François. Você está liberado para circular pelo mosteiro, mas não ouse sair de nossas dependências.

— Quem você pensa que é para me dar ordens, James?

— Seu superior hierárquico. Veja lá como fala comigo, ou posso simplesmente revogar a liberação que acabei de te dar.

François resmungou algo inaudível para o abade, que se retirou da cela. Jean assumiria a partir de então a vigília do monge ranzinza.

E não demorou para que François começasse novamente a violar as regras do mosteiro. No mesmo dia em que James o liberou, Jean o pegou saindo por uma porta lateral e indo em direção a uma casa abandonada, coincidentemente pertencente à primeira vítima do decapitador: um lenhador solteiro. Mantendo-se a uma distância segura, Jean observava os movimentos de François e tentava adivinhar o próximo passo de seu colega.

François bateu à porta da casa. Um sujeito esquisito atendeu ao chamado e François entrou no local. Jean se esgueirou, ficou próximo à janela da casa e pôde ouvir um entrecortado diálogo entre o monge e o esquisito novo morador do chalé. Ficou muito alarmado com o que ouvira, ficou tão apalermado que não soube o que fazer. Ficava no local para entender melhor a situação ou corria de volta para o mosteiro para contar imediatamente a James o que ouvia?

Depois de quase duas horas, a conversa entre François e o sujeito deu-se por encerrada e Jean quase foi entregue por Louis, que o viu agachado embaixo da janela. O infante, intrigado com a visão de um monge agachado embaixo de uma janela, marchou até o casebre para conversar com ele, que interrompeu a vigilância e foi ao encontro do soldado.

— Louis! Graças a Deus que você apareceu aqui! Tem algo estranho acontecendo no chalé ali — Jean sussurrava.

— Tem gente lá dentro? — O infante ficou ainda mais intrigado. — Era para estar vazio desde que o lenhador que residia ali mor... foi assassinado pelo decapitador.

Jean deu um pulo para trás, o susto do monge fez o soldado rir.

— Essa casa era de uma vítima do decapitador?

— Sim, Savigny. E não é uma vítima qualquer. O lenhador que morava aí foi a primeira delas.

— Hum, isso deve ser meio especial para o decapitador. Mas Dominique está na masmorra entre a vida e a morte, pelo que soube.

— Ainda está e longe de se recuperar. Monge Savigny, quem está lá dentro?

Jean olhou triste para Louis Gouthier e revelou:

— Monge François Lafonte e um homem que nunca vi antes, Gouthier. Estão conversando sobre Lafonte assumir um mosteiro em algum lugar, Deus queira que não seja aqui.

— Lafonte está conspirando com um desconhecido para tentar tirar o abade Pouvery daqui? — Louis estava preocupado. As coisas ficariam ainda piores quando ele viu com quem François estava conversando... — Meu Deus!

— Conhece esse homem, Louis?

O infante estava tão atordoado com o que descobrira que tudo o que conseguiu fazer foi balançar afirmativamente a cabeça. Sua respiração começou a ficar cada vez mais pesada, o "desconhecido" lhe provocava raiva extrema. Seus dedos envolveram o punho da espada e seu braço começou a puxá-la para fora da bainha, mas logo se recompôs.

— Bem, Jean, eu preciso voltar para o alojamento, Remy quer conversar comigo e com Olivier sobre os próximos passos no caso do decapitador. Depois vamos ao castelo ver se Dominique melhorou o suficiente para ser interrogado.

O senhor vai falar sobre isso com o abade Pouvery? — Evitou falar sobre as sensações que o "desconhecido" lhe causava.

— Tenho que falar. Tudo bem, a gente se vê outra hora. Eu também preciso voltar para o mosteiro...

— Certo então. Até mais — disse Louis, saindo do local rumando em direção aos alojamentos militares.

Jean se despediu do militar e deu uma última olhada para o chalé do lenhador. François e o homem desconhecido, cuja identidade apenas Louis sabia, ainda estavam lá dentro. O monge correu para o mosteiro e, assim que entrou, quase tropeçou na figura que procuraria lá: James Pouvery, e Thiago, por tabela.

— Onde estava, Savigny? — perguntou James, mais em tom de curiosidade que de repreensão.

— Onde o senhor me pediu para ficar, abade. Atrás de François Lafonte — contou Jean, estranhando a pergunta de James.

— E...? Onde está ele agora?

— No chalé do lenhador que foi a primeira vítima do decapitador. Ah, ele não está sozinho. Está acompanhado por um homem muito suspeito. Louis o reconheceu, não contou quem ele é para mim, mas ficou muito nervoso e perturbado ao vê-lo. Estão há um bom tempo conversando. Ao que tudo indica, esse homem misterioso está oferecendo a chefia de algum mosteiro para François.

— Que estranho... — James não disse mais nada, ficou fitando o infinito com seus belos olhos azuis quase ficando turvos, desfocados, vidrados.

— Abade... O que pretende fazer com isso? — perguntou Jean.

— Ainda não sei — confessou James. — Por enquanto, vamos deixar as coisas como estão, continue vigiando François e peça para Louis lhe dizer o nome do sujeito com quem Lafonte se encontrou hoje no chalé do lenhador. Falando nisso, a conversa foi apenas isso?

Jean respirou fundo, o que ouvira no chalé fora tenebroso.

— Nem sei como te contar, abade... — disse Jean, sem graça.

— Simplesmente conte — sugeriu James.

— Bem — Jean hesitava, pensando na melhor forma de contar para James. — Eles estavam organizando uma forma de retirar Dominique do castelo... Querem levá-lo para um local seguro onde ele ficaria até se recuperar e depois... depois ele voltaria a matar pessoas no nosso reino — contou Jean.

O queixo de Thiago caiu e, se fosse cena de desenho animado, teria um enorme buraco no chão do mosteiro causado pela queda. James estava igualmente surpreso com as revelações, mas não conseguia acreditar que François estivesse envolvido nas mortes. Principalmente com a implicância do monge ranzinza com Thiago.

— Podemos nos aproveitar dessas informações para fazer François amansar um pouco aqui. Ah, além de pedir a Louis para identificar esse homem misterioso, temos que contar esse plano para ele, Olivier e Remy, para eles reforçarem a segurança no castelo do duque... Sei que eles estão mantendo vigilância extra lá, mas é bom deixá-los cientes.

— O Louis já sabe, abade, contei o que ouvi para ele. Provavelmente já contou para Remy e Olivier. E ele pareceu bastante nervoso ao reconhecer o homem com quem Lafonte conversava.

— E isso explica por que ele implicava tanto comigo! — disse Thiago.

— Como assim, Thiago?

— Foco. Ele queria que todos achassem que ele estava indignado com os crimes e que eu, um homem completamente desconhecido, poderia ser responsabilizado por eles. E me acusando o tempo todo dos crimes, as pessoas iriam confiar nele e tentar me incriminar.

— Certo — disse Jean, cético. — Você seria morto e os crimes continuariam. Não ia resolver muito.

— Bem, Jean, até eu aparecer vocês achavam que as mortes eram independentes.

— É verdade — admitiu Jean.

O trio encerrou a discussão e algum tempo depois, quando já estava escurecendo, François chegou ao mosteiro. Parecia animado, cumprimentou Jean cordialmente e não fez qualquer comentário implicante para Thiago. Jantou com os outros monges e todos estranharam o excesso de cordialidade com que ele estava tratando Thiago. James não falou absolutamente nada durante o jantar, exceto na oração.

No dia seguinte, Remy, Olivier e Louis finalmente conversaram sobre o ocorrido com os monges. Louis já havia falado do excêntrico encontro para seus colegas, que sentiram arrepios quando ouviram o nome de com quem o monge conversava. Eles reforçaram ainda mais a segurança nas masmorras do castelo e no entorno da construção. Cavaleiros fizeram a segurança externa, arqueiros se posicionaram nas janelas em pontos estratégicos e infantes guardavam os portões das masmorras e corredores de acesso para evitar que qualquer pessoa não autorizada se aproximasse da cela onde Dominique ainda convalescia inconsciente. Apenas Remy, Louis, Olivier, Charles, Jacques, Paul e James tinham o acesso liberado às dependências das masmorras. Outras pessoas poderiam entrar, desde que devidamente acompanhadas por ao menos um dos já mencionados homens.

Agitado com as últimas informações, Remy correu até o castelo, onde trombou com Charles logo que entrou no salão principal.

— Nada ainda? — perguntou o batedor, ansioso.

— Do quê? Ah, nada. Mas acho que ele não corre mais perigo de morte — respondeu o médico.

— Bom sinal. O senhor tem ideia de quando ele vai recobrar a consciência, Charles?

— Infelizmente isso eu não posso te dizer, Legrand. Achei que em quinze dias ele estaria recuperado, agora, já não garanto mais. O estado dele está crítico, teremos de ser mais pacientes — Charles explicou.

— Certo... Chevalier está onde? Descobrimos algumas coisas sérias, preciso conversar com ele urgentemente.

— Deve estar na ala nordeste com os filhos. Disse-me que se precisassem falar com ele era para encaminhar o interessado direto para lá.

— Muito obrigado, Charles — agradeceu Remy, dobrando a coluna em noventa graus e rumando para a ala nordeste do castelo. Charles, por sua vez, foi em direção oposta, para o sudoeste. Era onde ficavam seu quarto e "escritório".

Remy logo chegou no salão da ala nordeste, onde quase atropelou e foi atropelado por Henry e Yves. Jacques puxou os filhos para perto de si e pediu para que os garotos se desculpassem com Remy. O batedor sorriu e disse que estava tudo bem e que era mais fácil as crianças se machucarem a machucá-lo. Henry chamou Remy para a janela, de onde ele pôde ver vários cavalos, o rapaz era apaixonado pelo animal.

— Desculpe pelos meninos, Remy.

— Tudo bem, duque. São crianças... Precisa levar o Henry para o estábulo ver os cavalos de perto.

— Qualquer dia eu levo. Mas o que o traz aqui, meu caro?

— Recebemos informações novas sobre o caso de Dominique, duque. Louis e o monge Savigny viram François Lafonte conversando com um homem no chalé do lenhador que foi a primeira vítima do decapitador.

— François Lafonte? O monge? — estranhou o duque. Sabia que François era teimoso e de "difícil convivência", lembrava-se de, aos seus treze anos, o velho abade Simon conversando sobre o então recém-chegado monge Lafonte ao mosteiro. A frase de Simon "ele teve problemas em aceitar novas regras, conviver e tratar igualitariamente pessoas diferentes dele, e que as pessoas podem mudar, Antoine. O nosso já é o quarto mosteiro para onde o enviam", bem como de seu pai ter se preocupado com essa informação e mesmo dizendo a Simon que esperava que Lafonte se adaptasse ao novo mosteiro, que o então abade-chefe já procurasse um novo mosteiro para encaminhar o monge num futuro, caso ele mostrasse sua intransigência.

— Ele mesmo, o ranzinza.

Jacques riu da referência que Remy tinha de François.

— Quem é esse homem suspeito? Vocês têm alguma identificação desse sujeito com quem Lafonte conversava no chalé ou apenas o consideram suspeito por seus trejeitos, coisas assim?

Remy engoliu em seco:

— Todos conhecemos esse homem, duque. Trata-se de Emile Bauffremont, chefe da infantaria do Reino das Sete Arcas. E o senhor sabe o problema que Louis tem com ele.

— Perfeitamente, Remy — concordou Jacques, lembrando-se das circunstâncias envolvendo Bauffremont e seu infante-chefe.

Bauffremont e seus homens tinham fama pior que os hunos e mongóis da região. Matavam sem cerimônia os moradores dos locais invadidos. Atualmente, não se tinha notícia de novas invasões, porém o Reino das Sete Arcas era muito isolado, não tendo boas relações diplomáticas com nenhum dos reinos vizinhos, como o de Três Bandeiras, Lorrânia, Provence, Bordeaux e Normandia. As caravanas comerciais até evitavam passar pelo território do citado reino com medo de serem atacadas pelos próprios militares do exército local.

O duque ficou surpreso:

— O que Emile Bauffremont quer com um dos homens do Mosteiro de São Tiago?

Remy deu de ombros.

— Adoraria poder saber, duque. Ah, a conversa dos dois foi bem esquisita. Savigny disse que estão oferecendo a chefia de algum mosteiro para Lafonte e que... que... planejam invadir seu castelo e retirar Dominique daqui e levar para outro lugar para que ele se recupere e depois volte a matar nossos camponeses e aldeões.

— O quê? — Jacques passou da surpresa para a indignação. — François está por trás disso tudo?

— Não se sabe há quanto tempo, duque. Mas não duvido nada de que ele já tenha articulado os passos desde o início. E para nos distrair, ficou tentando atribuir a autoria a Thiago, por ele ser novo no reino e por estar "estragando" seus planos.

— Precisamos conversar sobre isso, mesmo sem as informações de Dominique sobre o motivo das mortes. Já falou com Charles hoje?

— Já. Dominique ainda está inconsciente, duque. Sem previsão de melhora.

— Paciência. Remy, faça um favor, chame James, Louis e Olivier aqui. Vou chamar Reinart. Ah, quando for conversar com James, diga a ele para trazer Thiago e Jean também.

— Sim, senhor duque — disse Remy, curvando-se e saindo do salão.

James estava na capela pensando no que fazer com François quando Remy adentrou no local interrompendo os pensamentos do abade.

— Bom dia, abade. Duque Chevalier quer se encontrar com o senhor, monge Savigny e Thiago lá no castelo. Ainda hoje. Agora, mais especificamente. Sobre o caso do François...

— Perfeitamente. Vou chamar os dois e já parto para o castelo, poderia avisar o duque?

— Claro — disse Remy, curvando-se e saindo do mosteiro.

O batedor foi para os alojamentos, onde Louis treinando novos golpes e Olivier transformava um alvo em um ouriço de tantas flechas que acertava nele.

— Louis, Olivier, precisamos ir para o castelo. O duque quer falar conosco. Sobre o caso Dominique, François e Bauffremont... — disse Remy.

— Isso vai render vários dias — disse Olivier, guardando seu equipamento. Louis fazia o mesmo com o dele.

Em seguida, o trio do exército partiu para o castelo. Quando lá chegaram, Jacques e Paul os esperavam no salão principal, visivelmente agitados. Os últimos dias tinham sido conturbados. Cumprimentaram-se e ficaram conversando enquanto esperavam o trio do mosteiro chegar. Catherine também não quis ficar de fora da reunião. Deixou os filhos ao encargo dos criados e se juntou ao marido e à equipe para decidir os próximos passos. Finalmente, James, Jean e Thiago entraram no castelo quase correndo.

— Demoramos muito? — perguntou James com um sorriso sem graça no rosto.

— Até que não, abade. Vamos logo começar essa reunião — disse Jacques.

Todos se sentaram ao redor da enorme mesa que havia no salão. Paul foi o primeiro a falar:

— Como todos sabem, temos informações completamente novas sobre o caso do decapitador, e infelizmente elas estão relacionadas a um dos homens do nosso mosteiro, François Lafonte, que está envolvido com um antigo inimigo do nosso reino, Emile Bauffremont. Entre os planos descobertos, está o de resgatar Dominique do castelo e continuar a matar nossos aldeões. Precisamos impedir que ambos os objetivos sejam alcançados.

— Certo, Reinart — disse Jacques. — Agora, Remy, Olivier, Louis, Thiago, têm alguma ideia de como isso poderá ser feito?

— Para impedi-los de resgatar Dominique, o único jeito é reforçando a segurança no castelo. Como já foi feito desde ontem, cavaleiros no lado de fora, arqueiros nas torres e outros lugares e, por fim, os infantes nos corredores só aumentando o número... — começou Thiago. — Evitando que resgatem Dominique, podemos evitar as novas mortes — completou.

— Perfeito, Thiago. Agora, precisamos de um jeito de descobrir o restante dos planos, se eles estão por trás das mortes que tivemos, além do MOTIVO dessa matança que promoveram — era Jacques.

— Bem, interrogar Bauffremont está fora de cogitação, Dominique ainda está inconsciente... Só nos resta interrogar François Lafonte — disse Olivier, quase cuspindo o nome do monge. Jacques, Paul e James balançaram a cabeça.

— François não vai falar nada. Ele se acha acima de todos aqui no reino, por mais que o pressionemos, ele não vai entregar o plano, seja esse qual for — disse Thiago. — A gente já tentou fazer isso no mosteiro há alguns dias e ele não disse nada.

— Ele não precisa confessar nada, Thiago. Basta fazermos as perguntas certas — disse Paul. — James, traga François aqui amanhã pela manhã. Remy,

Louis, Olivier, Jean e Thiago, a presença de vocês será necessária aqui. Iremos todos nós interrogar François juntos. E não desistiremos sem respostas.

James concordou e começou a imaginar o tanto de impropérios que François falaria para Olivier, Thiago e principalmente para o duque, já que desde que ele adotara seus três filhos, François começara a ofender tanto ele quanto a duquesa Catherine. Olivier teria que ouvi-lo chamando-o de "pária" inúmeras vezes, e Thiago de "forasteiro". Remy e Louis volta e meia eram chamados de insolentes pelo monge, faltava saber do que François chamaria Paul, Jean e ele próprio.

— Vocês sabem o que farei com Bauffremont caso ele chegue perto de mim — disse Louis, querendo se afastar do problema. Doze anos atrás, o jovem infante Louis Gouthier, com apenas dezesseis anos, viu seu pai, Reginald Gouthier, então comandante da infantaria, ser cruel e banalmente assassinado na sua frente por ninguém menos que Emile Bauffremont. Nem era uma guerra travada, os soldados apenas treinavam quando Emile simplesmente invadiu sozinho o Reino das Três Bandeiras e sem grandes explicações cravou sua espada no peito de Reginald.

O sanguinário guerreiro inimigo, no entanto, recuou ao ver todos os infantes correrem em sua direção, já sob o comando de Louis, para vingar a morte de Reginald. Desde aquele fatídico dia, matar Emile Bauffremont estava nos planos de Louis e, por tabela, nos de Remy, que àquela época já integrava a cavalaria, ao lado do pai, Leopold, e de Olivier, que já era membro da artilharia. Mesmo assim, os dois últimos sempre dissuadiam o primeiro de pôr em prática seus planos de vingança.

Jacques encerrou a reunião, e James voltou para o mosteiro com Jean e arrastando Thiago, que queria ir às masmorras ver Dominique.

— Calma, Thiago. Ele está inconsciente, não vamos conseguir nada indo vê-lo — argumentou James, puxando Thiago pelo braço para fora do castelo.

— Está bem, abade — disse Thiago, contrariado.

Remy, Olivier e Louis permaneceram no castelo e foram às masmorras ver o prisioneiro e acompanhar a troca do guarda dele. Charles examinou novamente Dominique e notou que o cavaleiro estava estável, porém ainda longe de recobrar a consciência. O desertor preso dormia pesado sem mover qualquer músculo. Estava daquele jeito desde quando fora capturado. Apenas deu sinais de vida quando Charles cauterizou sua ferida.

No dia seguinte, logo que amanheceu, James tentou ser amigável com François, aproximou-se dele e convidou-o para saírem pelo reino.

— Você passou muito tempo fechado na sua cela, precisa sair, ficar ao ar livre por um tempo.

O monge ranzinza estranhou o excesso de cortesia do abade-chefe, e Thiago fez uma grande careta quando viu a forma como James agia. Algo dizia ao garoto que aquilo não daria certo.

— Vai dar ruim... — profetizou Thiago.

Jean chegou sorrateiro e encostou no ombro de Thiago, que, distraído pela cena, assustou-se e deu um pulo.

— Jean, que susto! — disse o garoto entre os dentes. Conseguiu se controlar e não gritou. — O que houve?

— Vamos para o castelo... James me orientou a irmos separados dessa vez, para François não desconfiar de nada. Se ele vir nós dois junto a eles...

— Ah, sim.

— Thiago, já sabe o que vamos fazer para que François nos diga alguma coisa?

— Não tenho ideia, Jean. Podemos tentar apelar para a consciência dele, falar das pessoas que morreram, mas estou mesmo intrigado com o que Paul falou no fim da reunião de ontem, quando eu disse que François não iria contar nada. "Ele não precisa confessar o crime, basta fazermos as perguntas certas."

— É, foi isso mesmo o que ele falou, não exatamente com essas palavras. Por que isso está te deixando intrigado?

— "Basta fazermos as perguntas certas." O que Paul quis dizer com isso?

Jean diminuiu a velocidade com que andava, pensativo.

— Talvez que, dependendo das perguntas feitas, François vai acabar confessando sem perceber. Ele seria induzido a contar o que sabe sobre esse plano de retirar o Dominique do castelo.

Thiago maneou a cabeça, concordando com a interpretação de Jean da fala do conselheiro.

Uma "sombra" seguia os dois a uma distância segura. A dupla de monges nem percebeu, mas para a sorte deles, um cavaleiro passou no local fazendo com que a "sombra" batesse em retirada. O cavaleiro, que era um recruta, de imediato foi avisar seu chefe do acontecido.

O clima esquentou tanto no salão do castelo que Thiago achou que estava no Brasil de novo em pleno verão de janeiro. Mas do lado de fora, estava cada vez mais frio, à medida que o outono avançava. Era cada vez mais raro ver camponeses e aldeões fora de suas casas em horários como no começo do dia ou ao final, quando começava a esfriar. E, quando estavam fora, o principal trabalho de todos era estocar lenha e alimentos para quando o inverno finalmente chegasse e se tornasse mais rigoroso.

No salão, François se viu cercado pelos homens que somente o chamaram para tirar a limpo o encontro do dia anterior. Tal como Thiago já vira na televisão em cenas de julgamentos, Paul contou a François o motivo de ele estar ali. A transformação na fisionomia do monge foi visível. Foi da curiosidade pela sua presença no castelo para a quase completa fúria. Recusou-se a responder às perguntas de Paul, chamando-o de incompetente, passou a ofender Remy e Louis, chamando-os de insolentes, Olivier voltou a ser chamado de pária, mas como já estava "acostumado" com esse tratamento por parte de François, nem ligou. O arqueiro chegou a revirar os olhos em tom de desdém cada vez que o monge lhe dirigia a palavra, o que o deixava ainda mais nervoso. Para James, sobrou o tratamento de herege. Thiago era de novo o forasteiro. Para a sorte de todos, Remy e Louis interferiram com suas espadas e impediram que o monge agredisse a duquesa Catherine, que novamente participava da reunião, após François atacá-la com duras palavras, principalmente ofendendo os três meninos da duquesa. A principal ofensa foi chamá-la de estéril, além de acusar ela e o duque de roubarem os filhos do criador de porcos, e com isso, François tentou consumar uma reviravolta, dizendo que o verdadeiro envolvido do reino nas mortes era o próprio duque. As outras quatorze mortes, incluindo a posterior às adoções, foram para despistar a real intenção. O casal ficou furioso com a insinuação. Além de dizer que a duquesa, por ser uma mulher, não tinha dignidade de participar das decisões do reino. Depois, François acusou Remy de ser o verdadeiro decapitador. No entanto, Jacques e James deram um basta no chilique do monge ranzinza.

— Chega, François. Todos vimos você conversando com Emile Bauffremont. Todos sabemos o quanto Bauffremont quer essas terras. Você não vai escapar para colocar todo o reino em risco — disse Jacques.

— Suas palavras nada significam para mim, seu desonrado. Vá lá cuidar dos seus bastardinhos, que deveriam estar debaixo da terra.

A tensão subiu enormemente no salão, e aparentemente todos os que estavam ao redor do castelo ouviam a discussão.

— Não ouse falar assim dos meus filhos ou de minha esposa, François — sibilou Jacques.

Catherine estava muito abalada para responder às acusações do monge. Mas permaneceu no local sem demonstrar muita reação, não queria que François pensasse que havia conseguido atingi-la. E sentiu-se extremamente confortada quando Jacques defendeu ela e os meninos.

— Falo como eu quiser. Não reconheço aqueles meninos como filhos seus. Eles não têm seu sangue, Jacques. Jamais serão parte desse reino, jamais serão reconhecidos! Acha que seu pai aceitaria esses bastardos como netos?

O jeito debochado de François falar do caso deixou Jacques mais relaxado e assim devolveu:

— Todo o reino já os reconhece como meus filhos, François. Todos os respeitarão como tal. Sua opinião é insignificante! E sim, tenho certeza de que meu pai os aceitaria.

Remy, sem paciência, jogou François, que até então estava em pé, contra uma cadeira:

— Responde logo, seu imundo, o que estava fazendo com Bauffremont?

— Não é de seu interesse, seu insolente!

Nessa hora, todos emudeceram no salão. Paul deu um sorrisinho de canto de boca, e Thiago finalmente entendeu o que o conselheiro falara na reunião do dia anterior. "Fazer as perguntas certas. É isso!"

— Então, você confirma que esteve ontem com ele? — perguntou Remy, triunfante.

— Você terá seu castigo por isso, seu insolente! — François continuava irritante e arrogante.

— François, responda de uma vez a pergunta de Legrand. Esteve ou não com Emile Bauffremont ontem durante à tarde? — perguntou Paul, querendo encerrar a discussão.

— Não devo satisfações de minha vida a vocês — disse François, levantando-se e tentando se dirigir à saída. Louis e Olivier o empurraram de volta à cadeira onde fora colocado pouco antes por um impaciente Remy. — Não encoste em mim, seu pária! — gritou François quando Olivier o sentou de volta.

— Cale a boca! — gritou Olivier de volta, ensaiando esmurrar a boca do monge ranzinza. Tudo o que sofrera quando criança nas mãos de François veio à tona, e se Olivier não se controlasse, era possível que socasse o monge até a morte. O arqueiro chegou a cerrar os punhos e levantar os braços, mas Louis o impediu de agredir Lafonte.

— Olivier, não faça isso — aconselhou, acalmando seu amigo.

O homem do arco recuou, seguindo o conselho de Louis, o que de imediato levou François a provocá-lo:

— Ora, ora, Jacques, seu arqueiro é um covarde! Venha me socar logo, Marchand!

Jacques revirou os olhos, rezando para que Olivier não caísse na provocação de François. O arqueiro, no entanto, bem mais calmo, apenas sorriu:

— Não vou me rebaixar, François. Você vai receber de volta toda a humilhação que me fez durante anos, mas de outra forma. O sangue de todos que já morreram neste reino está em suas mãos! Admita que está envolvido nas mortes do decapitador, tudo articulado para desestabilizar o reino e derrubar Jacques Chevalier para que Emile Bauffremont assuma toda a região. E tudo em troca de quê? Assumir um mosteiro minúsculo com meia dúzia de monges? — provocou Olivier.

A equipe havia feito a "lição de casa" no dia anterior. Pesquisaram sobre Bauffremont e sobre o mosteiro cuja chefia fora prometida a François. Bauffremont "mandava e desmandava" no Reino das Sete Arcas, cuja população padecia de fome e com seus desmandos. Aquilo era praticamente uma "ditadura". O mosteiro local estava à míngua, pois os poucos monges que continuaram lá, apesar da crise, estavam proibidos de fazer qualquer coisa para auxiliar a população, sob pena de serem torturados ou mortos. A pouca comida produzida pelo reino era imediatamente levada ao castelo, sob o qual ficavam as famigeradas sete arcas que batizavam o reino e onde Bauffremont e o alto escalão do reino vivia. Os camponeses flagrados estocando comida para eles próprios eram mortos, e as terras repassadas a outros, muitos deles "refugiados" da onda de violência no reino vizinho, provocada por Dominique. E os que tentavam voltar para o Reino das Três Bandeiras, ao perceberem o erro cometido, também eram severamente punidos.

François, sem imaginar que Jacques, Paul, James, Jean, Remy, Louis, Olivier e Thiago sabiam desses detalhes, riu loucamente, como se tivesse ouvido a piada mais engraçada do mundo:

— Vocês não acham mesmo que foi apenas isso que me foi oferecido, não?

— É tudo o que tem no Reino das Sete Arcas. Eles não têm aliados. No máximo devem ter de oferecido uma das tais sete arcas enterradas nos alicerces do castelo, e você acha que algum deles seria insano o suficiente para derrubar o castelo para ter acesso a elas? Sendo bem provável que elas sequer existem? — era a vez de Louis entrar em cena com deboche.

François empalideceu, mas também não disse mais nenhuma palavra. Nisso, James tomou uma decisão:

— Jacques, François pode ficar "hospedado" nas suas masmorras pelos próximos dias?

— Claro — afirmou o duque. — Tem um "quarto" para ele ao lado do de Dominique.

François, ao ouvir essa pergunta, arregalou os olhos, ruborizou-se por completo e enfureceu-se com o abade, enquanto os demais participantes da "reunião" disfarçavam o riso.

— Não ouse fazer isso comigo, James — cuspiu François.

— Oh, você vai mandar Bauffremont me matar, é? — debochou James.

— Vai acontecer coisa pior.

— O que exatamente, François?

— Você saberá quando chegar o momento.

— François, eu não gosto de suspense, anda logo.

Thiago tampou a boca e se escondeu atrás de Louis, tentando segurar uma gargalhada. Seu pai tinha o costume de usar essa frase quando algum suspeito interrogado ficava "escondendo o jogo".

— Cale-se, James. Suma daqui e leve esse falso monge e esse forasteiro com você.

— Bom, sendo assim... Jean, Thiago, vamos — James fingiu acatar a "ordem" de François e ia saindo do salão com Jean e Thiago ao seu encalço, quando olhou para trás e viu Paul correndo em sua direção, e François ostentando um malicioso sorriso.

Já num corredor do castelo, longe dos ouvidos de François, Paul interceptou James, Jean e Thiago, que saíram acompanhando o "chefe":

— James, James. Que ideia foi essa de obedecer ao François?

— Acalme-se, Reinart. Sei o que estou fazendo.

— Hum... Poderia me explicar no que exatamente o senhor está pensando, abade?

— Tolerei os abusos de François Lafonte no mosteiro por muito tempo. Ele sempre tratou mal os noviços e as pessoas como Thiago e, claro, Olivier, que acolhemos no mosteiro por não terem onde ficar. Na época do Olivier, François chegou a quebrar coisas e iniciar um incêndio para que o menino Olivier fosse incriminado.

— Já soube disso, abade. Agora o que o senhor vai fazer? — perguntou Paul.

— Ah, sim. Vou mandar um pedido de remoção de François para um mosteiro na Normandia. Ouvi dizer que lá as regras são duras. Avise Chevalier que François vai ficar "hospedado" nas masmorras daqui até o dia de sua mudança — James havia se esquecido que já havia pedido para o duque "reservar" um "quarto" nas masmorras para o monge ranzinza.

— Existe o risco de esse mosteiro não o aceitar, abade? — perguntou Jean, apreensivo.

— Não — respondeu James com firmeza. — François vai se mudar para lá, é questão de tempo. Talvez durante o inverno ele se mude.

— Quantos dias vai demorar até o senhor receber uma resposta? — era Thiago.

— Entre quinze e vinte dias. Não posso demorar muito senão o mensageiro pode ficar preso em alguma nevasca. Aliás, Paul, por favor chame Remy. Diga a ele que o espero no mosteiro.

— Sim, abade — Paul se curvou diante de James e voltou para o salão onde Remy, Louis e Olivier, com a ajuda de Jacques e sob os olhares de Catherine, tentavam imobilizar François e levá-lo para uma cela da masmorra.

Paul ficou olhando para a cena, atônito, mas se colocou para ajudar o quarteto a imobilizar o monge furioso, que se debatia e lutava para não ser imobilizado. Jacques encerrou a briga batendo com um pesado castiçal de ferro na cabeça de François, que desmaiou instantaneamente, fazendo Catherine ter uma crise de riso.

— Há quanto tempo eu não ria assim! — disse Catherine, enxugando as lágrimas ao ver François desmaiado no chão cercado pelos cinco homens.

— Terminamos? — perguntou Paul em tom irônico enquanto Remy, Olivier e Louis mordiam os próprios lábios para não ter uma crise de riso, e Jacques, também segurando a risada, guardava o castiçal como se o citado objeto apenas tivesse caído do lugar. Mas os três militares não aguentaram. Ao se entreolharem e notarem que os outros também estavam se controlando para não rir, explodiram na mais completa gargalhada, Olivier teve que se sentar no chão.

— Acho que sim, Paul — disse Louis, massageando o estômago, riu tanto que sua barriga doía.

— Ótimo. Remy, o abade disse que quer falar com você. Já foi para o mosteiro.

— Certo. Assim que eu colocar esse sujeito nas masmorras, vou lá.

— Já pode ir, Remy, deixa que Louis e eu fazemos isso — disse Olivier. O arqueiro olhava com muita raiva para François. Cogitou chutar a cabeça e o tronco do monge desfalecido, porém se conteve. Agora não seria nada honroso chutar um homem caído.

Os dois militares tentaram levantar o corpo de François, mas não conseguiram. O monge era obeso, e como estava inconsciente, não ajudaria a se sustentar.

— Além de insuportável, é pesado! Remy, faz o favor de pedir a uns cinco da infantaria virem aqui nos ajudar a levar o François aqui do salão para as masmorras.

— Ótimo. Pode deixar, Louis. Sendo assim, vou lá ver o que o abade quer comigo. Ah, ótimo trabalho, duque — cumprimentou Remy, retirando-se do local.

— Obrigado, Remy — Jacques ainda estava segurando o riso.

— Ah, Jacques, já ia me esquecendo. James disse que François vai ficar nas masmorras por talvez uns vinte dias — contou Paul.

— Só isso? — Olivier revoltou-se. — Depois ele volta para o mosteiro e para os encontros com Bauffremont?

Paul não sabia se contava ou não o que ouvira de James, mas como o abade não lhe pedira segredos, decidiu revelar:

— James pediu que ele fosse transferido para um mosteiro na Normandia.

Olivier derrubou o monge desfalecido no chão, e isso fez Louis cair na risada mais uma vez. Pouco depois, voltou a tentar segurar o riso mordendo os lábios. Era um esforço hercúleo e em vão. Logo estava rindo de novo.

— Isso é verdade, Reinart? — perguntou Olivier, animado.

— Sim — disse Paul. — Agora, Olivier, leve logo esse corpo para a masmorra, antes que ele acorde.

Nisso, três infantes solicitados por Louis chegaram e se puseram a ajudar o chefe e Olivier a levarem o monge desfalecido para as masmorras.

— Tudo bem, Reinart — riu Olivier, transportando o corpo com Louis e os outros infantes. Os cinco colocaram François na cela, ataram correntes de ferro aos seus pulsos e tornozelos, fecharam a porta, trancaram-na, Olivier fez questão de passar a chave e ameaçou atirá-la longe, e finalmente saíram. Depois deram uma rápida espiada em Dominique, que finalmente apresentava sinais de melhora.

Cinco infantes faziam a guarda das celas dos prisioneiros. Charles circulava no local examinando os agora dois "pacientes".

— Charles, aquele ali vai acordar rapidinho. Levou uma pancada de castiçal de ferro na cabeça — informou Louis.

O local atingido pela pancada estava roxo e havia inchado bastante. Provavelmente François acordaria com uma fortíssima dor de cabeça. Jacques não medira a força do golpe.

— Esse homem não é um dos monges? O que ele fez para parar aqui? — perguntou Charles, cada vez mais confuso ao reconhecer o novo preso.

— Conluio para tentar destruir o reino... Aliou-se com o sanguinário Emile Bauffremont para provocar uma carnificina aqui e com isso destruir Jacques Chevalier, nós, o abade James, Reinart... — informou Olivier.

— Minha nossa! Só mais uma pergunta... Quem bateu com o castiçal na cabeça dele? O golpe foi forte — Charles já examinava a lesão na testa do mais novo paciente, e no topo da cabeça de François parecia ter um "alien" arroxeado do tamanho de uma laranja.

Louis e Olivier se entreolharam, e Louis respondeu:

— O duque Chevalier, Charles — Louis estava com os lábios quase sangrando de tanto mordê-los para não rir.

— Chevalier? — Charles estava incrédulo.

— Sim. Ele ofendeu a honra de madame Catherine — era Olivier dessa vez.

— Então, mereceu — disse Charles, indiferente.

Enquanto isso, Remy cavalgou até o mosteiro, sentiu um clima até mais leve devido à ausência de François. James estava com outros monges na capela. Entrou e se aproximou do grupo:

— Abade, Reinart me disse que o senhor precisava falar comigo.

— Ah, sim, Remy, venha comigo — disse James, saindo da capela e entrando em uma sala que parecia ser um escritório. Pegou um pergaminho enrolado em um fitilho de linho cru. Entregou-o nas mãos do batedor. — Peça a um de seus homens para levar isso ao mosteiro de Notre-Dame, na Normandia, e que é para ele aguardar a resposta do abade-chefe de lá.

Remy curvou-se e prontificou-se a mandar um cavaleiro ao local pedido. Menos de meia hora depois, um dos cavaleiros de Remy partiu em direção ao norte para uma longa viagem. Na torre do sino do mosteiro, Thiago ficou observando o homem cavalgar até sumir no horizonte. O batedor voltou ao mosteiro para avisar que a mensagem já estava a caminho. Finalmente, James deu a notícia aos demais monges. Todos comemoraram a boa-nova.

No fim daquela tarde, François recobrou a consciência e começou a gritar, exigindo ser retirado da cela. Gritou tanto que incomodou os moradores da ala nordeste do castelo:

— Jacques, o que é esse barulho? Os meninos vão acabar acordando! — reclamou Catherine, que havia feito os três filhos dormirem havia pouco tempo.

— Acho que François acordou e deve ter percebido que está preso — disse Jacques, debochado.

— Deve ter percebido? Sei... — Catherine devolvia o tom debochado do marido. E tal como a duquesa havia previsto, a gritaria de François acordou um dos pequenos, Yves. Catherine pegou o menino no colo e o acalmou. Sentou-se em uma cadeira e passou a amamentá-lo.

— Se ele continuar desse jeito, vou lá nas masmorras e dou outro golpe na cabeça daquele infeliz com o castiçal de ferro — disse Jacques, irritado e sentando-se ao lado da mulher.

— Não seria uma má ideia, querido — riu Catherine com o filho do meio no colo. — Aliás, Jacques, obrigada por ter me defendido dos ataques do Lafonte.

Jacques sorriu:

— Prometi cuidar de você quando nos casamos. Só estava cumprindo a promessa, Cat. Vou bater na cabeça daquele sujeito com quantos castiçais forem necessários para te defender de seus insultos. — O duque beijou a esposa e acariciou o filho.

— Te amo, Jacques — disse Catherine.

O duque beijou novamente Catherine e Yves. O menino agora estava quietinho e calminho no colo da mãe, mamando. Jacques novamente beijou a testinha do filho e bagunçou o cabelinho dele, beijando Catherine. A duquesa sorriu, nada a realizara mais que ter seus filhos. Logo Yves dormiu de novo no colo da mãe. O pai levou-o para um quarto anexo, onde seus irmãozinhos dormiam. Felizmente, Henry e Pierre não acordaram com a balbúrdia promovida por François.

Jacques e Catherine voltaram para o quarto principal e, com as crianças dormindo, a duquesa dispensou a ajuda dos criados, ficando sozinha com o marido. Aproveitaram que estavam juntos e fecharam as janelas, deixando o quarto à meia luz. Aproximaram-se. Catherine e Jacques começaram a tirar as roupas um do outro, entre beijos. Logo estavam na cama, onde se deitaram e se entregaram um ao outro. Embora o casamento tenha sido arranjado, apaixonaram-se um pelo outro quando foram apresentados. Catherine tinha apenas dezessete anos quando se casou com Jacques, que também era um jovem de apenas dezoito anos. Ao longo do tempo, a relação foi se fortalecendo, e agora que tinham três filhos pareciam ainda mais apaixonados. Era um casamento feliz. Jacques e Catherine, ao olharem um para o outro, sempre sorriam ao pensarem na sorte que tiveram por terem se conhecido e se casado.

— Te amo — disseram um ao outro antes de dormirem, exauridos, ofegantes e suados.

Só acordaram ao anoitecer, quando ouviram o pequeno Pierre chorando. Jacques deixou Catherine na cama e foi atender o filho, levando o bebê para a esposa ao perceber que ele sentia fome. Ainda extasiada pelo que fizera naquela noite com Jacques, Catherine aninhou o caçula no colo e o amamentou, sob o olhar apaixonado de Jacques, tanto por ela quanto pelo filho. Após alguns minutos, Jacques foi ao quarto anexo e viu Henry e Yves acordados brincando, e ao reconhecerem a figura na porta, correram até ele, chamando-o de papai. Pegou os dois no colo e levou-os para o quarto.

Dominique, após mais três semanas, acordou, lúcido. Entendeu o que acontecera e decidiu "entregar o jogo".

Charles avisou o duque e transmitiu o recado aos militares, que correram para o castelo assim que a mensagem chegou aos seus ouvidos. Olivier e Louis entraram ofegantes no salão principal do castelo. Remy atrasou uns minutos e chegou acompanhado de James, Thiago e Jean. Todos animados com as notícias.

— Então Dominique acordou? — disse James.

— Finalmente. Ainda não está completamente recuperado fisicamente, mas já consegue falar e quer contar tudo — disse Charles.

Os homens se olharam admirados e surpresos, principalmente os três do exército real.

— Quem diria — era James de novo. — E François, como está?

Charles fez uma careta aborrecida, suspirou, balançou a cabeça e respondeu:

— Está praticamente impossível conviver com ele nas masmorras, abade. Ele não para de gritar mandando que alguém o solte. Não para de repetir que é um grande erro mantê-lo preso, que o reino será severamente punido se ele permanecer aqui... — reclamou o médico. — Tentei pedir-lhe que não gritasse tanto, pois incomodaria Dominique e poderia atrapalhar sua recuperação, e quase fui agredido. Chevalier, onde está o castiçal que usou para acertar a cabeça dele?

— Entendo. Imaginei que as coisas não seriam tão fáceis. Se mesmo antes de nós o prendermos ele já nos aborrecia... — disse James.

— À noite dá para ouvi-lo gritando lá no meu quarto. O Henry já me perguntou que bicho faz aquele barulho... Dá vontade de descer às masmorras e bater na cabeça dele de novo com o castiçal ou com algum objeto ainda maior. Ah, foi aquele castiçal ali, Charles — confessou Jacques, mostrando o objeto em uma estante. Catherine, que estava por perto, tapou a boca com a mão contendo uma crise de riso. A cena de seu marido atingindo François com o castiçal voltou à sua mente imediatamente, bem como a gargalhada que todos na sala deram após surtir o resultado.

James, Jean e Thiago assentiram, concordando com o duque, e Thiago deu uma risadinha. Os três souberam posteriormente que Jacques havia nocauteado François com um castiçal no dia em que ele fora preso. Quando Louis contou, Thiago teve uma verdadeira crise de riso que demorou quase uma hora para passar e chegou a sentir dores na barriga. James e Jean também acharam engraçada na cena, mas se contiveram na frente do militar. Porém, quando se recolheram em suas celas, logo depois, ambos, tal como Thiago, riram demasiadamente.

— Imagino o tormento de quem mora aqui perto — disse Remy.

Thiago olhou para fora do castelo e viu que havia um pequeno aglomerado de casas próximas à construção. Lá residiam marceneiros, tecelões, artesãos, ferreiros e outros. Além de ter um pequeno mercado onde os aldeões trocavam o que produziam uns com os outros. Mais atrás ficavam várias casas onde alguns dos militares moravam. Os aldeões que cuidavam da produção de alimentos, como criadores de animais e agricultores, viviam em suas glebas, afastados da vila que crescia ao redor do castelo. O mosteiro era afastado o suficiente para que uma ida ao castelo se tornasse uma excelente caminhada, porém não era tão afastado quanto parecia.

Mais próximos ao castelo estavam os alojamentos militares, posicionados quase que lado a lado, os quartéis da infantaria de Louis, os campos de artilharia de Olivier e os estábulos da cavalaria de Remy foram construídos dessa forma para que os infantes, arqueiros e cavaleiros tivessem uma proximidade de convivência e que seus líderes chegassem ao castelo rapidamente quando necessário, além dos infantes que já ficavam sempre perambulando no local, como se fossem seguranças particulares. Sempre eram homens escolhidos a dedo por Louis, Paul e Jacques. Agora, havia um pequeno reforço, visto que havia dois homens presos nas masmorras e um deles dava trabalho equivalente ao de um presídio lotado.

Os aldeões, no entanto, não pareciam muito incomodados com a gritaria de François. O que chegava até as casas próximas eram gritos distantes, que sempre eram confundidos com os sons noturnos dos animais. E todos os aldeões estavam cientes da prisão de François e de seu suposto conluio com Emile Bauffremont para acabar com o reino.

Depois de uma breve conversa, todos, exceto a duquesa Catherine, que preferiu ficar com os filhos na ala nordeste do castelo, marcharam para as masmorras e lá viram François irado sacudindo as grades, como se quisesse arrancá-las, e Dominique quieto, porém completamente diferente do cavaleiro cuja bainha da espada Thiago abrira algum tempo antes. Havia emagrecido mais de uma dezena de quilos, seus cabelos estavam enormes, sujos e desgrenhados, ao contrário dos de Olivier, que estavam limpos, devidamente penteados e naquele momento amarrados com uma tira de couro. Falando no cabelo, o arqueiro estava cogitando cortá-los para o casamento, porém sua noiva já lhe havia dito que gostava de seus fios loiros e longos. Dominique parecia frágil demais, e ficar encarcerado ao lado do histérico François não estava ajudando, já que o monge ranzinza só não o chamava de "vacilão" pelo fato de a gíria só ter surgido cerca de novecentos anos após eles existirem. Mas não perdia tempo e insultava Dominique de fraco, incompetente e despejava todo o fracasso da missão de Bauffremont nas costas do cavaleiro.

— Você pôs tudo a perder quando o pária lhe atirou uma flecha — François gritou para Dominique sem perceber que Jacques, Paul, James, Jean, Remy, Louis, Thiago e o "pária", ou melhor, Olivier, estavam nas masmorras.

— Controle-se, François. Se há alguém aqui que merece o adjetivo de pária, esse alguém é você. Olivier é o chefe da nossa artilharia e é um homem muito respeitado no nosso reino — disse Paul.

— Você não manda em mim, seu incompetente. Quantas mortes ocorreram no reino após a minha prisão?

— Atribuídas ao decapitador? Bem, vejamos... Nenhuma — disse Paul com um tom debochado. — Aliás, desde que Dominique foi preso, mais ninguém perdeu a cabeça no reino.

"Só se for no sentido literal, por que no figurado estou vendo um perdendo a cabeça agorinha mesmo", pensou Thiago.

— É mentira! Prometeram que se algo ocorresse comigo esse reino enfrentaria uma matança sem fim!

— Quem prometeu, Lafonte? — era James, que mesmo já sabendo a resposta, fez a pergunta.

— Bauffremont — respondeu François, contrariado.

— E como você, preso aqui, vai avisá-lo de que está em apuros? — perguntou Thiago. Sabia que a comunicação naqueles tempos era um trabalho bem mais complexo que atualmente.

— Cale a boca, forasteiro! — gritou François, cada vez mais nervoso.

— Ótima pergunta, Thiago. Então, François, vai avisar Bauffremont que está preso de que jeito? Mandando um pombo-correio ou um mensageiro? — debochou Paul.

Thiago riu de novo, imaginando a cena ocorrendo na delegacia onde Douglas, o mais "engraçadinho" dos investigadores, faria a pergunta substituindo o pombo-correio e o mensageiro por "telefone ou WhatsApp?" ou ainda "quer que eu mande um e-mail?".

François, vendo que Thiago e Olivier, seus dois maiores "alvos" de implicância desde que viera para o Reino das Três Bandeiras, estavam rindo do jeito debochado com que Paul o tratava, teve outro ataque de fúria, e Thiago, completamente desligado da época em que estava, soltou mais uma:

— Joga água benta nele, abade. Ele está possuído!

A cena era tão pitoresca que James, em vez de repreender Thiago, caiu na gargalhada. O clima descontraído fez com que Jean fosse o autor da próxima tirada:

— Melhor não, abade. Se jogar água benta nele, é possível que ele queime.

James, que ainda estava se recuperando do ataque de risos da sugestão, começou a rir de novo, agora da ideia de Jean de que François viraria uma tocha humana após um banho de água benta.

— Mas... Eu podia jurar que água apaga o fogo... — era Thiago, ainda mais debochado.

— Jacques, quer que eu procure um castiçal de ferro? — perguntou James.

O duque segurou a risada e respondeu:

— Sim, e traga o mais pesado que você encontrar.

Jacques estava com o rosto vermelho de tanto segurar o riso. O duque imaginou a crise de riso de Catherine caso ela tivesse decidido acompanhar os homens às masmorras.

— Pessoal, viemos aqui interrogar Dominique, não provocar a ira de François — Remy era o único sério no grupo. Olivier e Louis estavam enxugando os olhos de tanto rir. Ao contrário dos demais, Remy não via tanta graça assim na situação. Estava há vários dias preocupado com a notícia que recebera de um dos seus cavaleiros. Bauffremont esteve no Reino das Três Bandeiras espreitando as atividades e provavelmente sabia, por meios desconhecidos, sobre a prisão de François e Dominique. Era Bauffremont a "sombra" que perseguia Jean e Thiago no dia em que François fora levado para o castelo para ser interrogado por Paul e Thiago. Não fora visto de novo, mas algo dizia a Remy que o infante inimigo ainda estava à espreita, pronto para atacar alguém no reino. Remy não contara a Louis ou a Olivier que Bauffremont estava circulando pela vila do reino. Sabia que cometia um erro ocultando a informação, porém muita coisa estava acontecendo e ele não queria deixar os dois ainda mais atordoados. E despertar a sede de vingança de Louis "antes da hora". Todos então entraram na cela de Dominique, que parecia aborrecido com a confusão provocada pelo ocupante da cela vizinha.

— Então, Dominique, o que tem a dizer sobre os últimos acontecimentos antes de você ser capturado? — perguntou Remy.

— O que exatamente, Remy?

— Você desapareceu, caiu do cavalo, se machucou, seu cavalo veio parar aqui na vila, coberto de sangue, no dia seguinte achamos um corpo decapitado, te encontramos quase morto dentro da mata três dias depois, vinte e dois atrás para sermos mais exatos, e por fim seu "colega" ali foi visto com Emile Bauffremont. Qual é seu envolvimento nisso tudo? — contou e perguntou Remy, já imaginando o que Dominique falaria, mas seus olhos pediam o contrário, que o cavaleiro dissesse que tudo não passava de uma coincidência. — E não me chame de Remy. Para você sou o comandante Legrand.

— Quer mesmo saber, Legrand?

— Sim — disse Remy.

— Certo. Vamos lá, comece a fazer as perguntas — Dominique em nada lembrava o amedrontado e arrogante cavaleiro que fugira das inspeções e estava sempre evasivo. Falava direto, olhando dentro dos olhos de Remy.

— Vamos começar com uma bem básica... — disse Paul. — Foi você quem matou as quinze vítimas atribuídas ao decapitador?

Dominique ia abrir a boca para responder quando François começou a gritar na cela ao lado:

— Quieto, Dominique! Não seja tolo! Se falar, você será castigado! Não dê a esses insolentes as respostas que eles procuram! Não diga nada! Bauffremont irá nos tirar daqui!

Remy, Louis e Olivier se entreolharam irritados. James bufou, zangado. Quando é que François iria deixá-los em paz?

— Legrand, posso pedir, antes de explicar tudo, que retirem François daqui de perto? Essa gritaria toda dele me aborrece — disse Dominique.

— Não deveria acatar seus pedidos, Cavour, mas nesse caso será um prazer retirar esse infeliz daqui de perto — disse Jacques, pedindo que Louis tomasse as providências.

Enquanto isso, Louis chamou os infantes da vigilância e ordenou que cinco deles movessem François para a cela mais distante possível do ponto onde estavam nas masmorras. E depois, que três deles ficassem de guarda no local.

François foi realojado aos gritos, dificultou ao máximo o trabalho dos infantes, até ver Jacques por perto com um objeto metálico nas mãos. Sabendo, àquela altura, que fora o duque quem o "nocauteara" com um golpe de castiçal, e que o local atingido pelo objeto ainda estava dolorido, François se calou. Estava com medo de tomar outro golpe do duque.

— Abade, quando o mensageiro volta? — perguntou Thiago, quase gritando para tentar fazer sua voz sobressair à gritaria de François.

— Não sei — disse o abade, desanimado. — Talvez em mais três ou quatro dias...

Os gritos de François ficaram cada vez mais distantes até finalmente cessarem. Todos suspiraram de alívio, e Thiago chegou a cogitar que ficara surdo.

— Que história é essa de mensageiro? — perguntou o duque, até então alheio à decisão do mosteiro.

Paul fez uma careta. Esquecera-se por completo de contar a Jacques sobre o pedido de transferência que James fizera, dadas as circunstâncias das últimas semanas.

James conferiu se François estava distante o suficiente para não ouvir sua voz, mas optou por um sussurro:

— Vou transferi-lo para um mosteiro na Normandia. Não há como mantê-lo mais aqui — contou James. — Mandamos um mensageiro para lá por aviso, também para que ficassem cientes do tipo que irá para lá.

— Excelente, James — disse Jacques em tom de aprovação.

— Vamos nos livrar daquilo ali quando? — Olivier estava atarantado para que François fosse embora de vez.

— Espero que em poucos dias, Marchand — disse James.

Remy novamente fez todos se focassem no verdadeiro objetivo da equipe nas masmorras, interrogar Dominique.

— Certo, desculpe, Remy — disse Louis.

Todos entraram na cela de Dominique e, ao final do interrogatório, ficaram extremamente abismados com tudo o que o cavaleiro relatou.

Cinco dias depois, com todos ainda absorvendo o que Dominique havia contado, o cavaleiro enviado a Normandia voltou acompanhado de uma pequena comitiva, que se hospedou no castelo de Jacques, exceto por um dos membros, que preferiu ficar no mosteiro. O monge em questão conversou por horas com James. Thiago decidiu não perturbar a conversa dos abades. A parte que ficou hospedada no castelo ocupou o tempo e a atenção do duque Jacques e da duquesa Catherine. Sobrou para Thiago passar o tempo ou na companhia de Jean ou dos militares que, aliviados por terem resolvido o caso do decapitador de vez, estavam fazendo treinamentos leves, mas Olivier estava mais preocupado com seu casamento, do qual Remy e Louis seriam padrinhos.

Helene estava já ficando impaciente com a enrolação do noivo. Ela compreendeu a demora no início, quando Olivier estava absorto com o caso do decapitador, mas agora a bela moça queria se casar logo e já sonhava com os filhos do casal. Pensava em ter um bebê logo que se casassem. Concordando com a noiva, o belo arqueiro foi até o mosteiro, mas James estava ocupado com o monge visitante, então foi atendido por Jean. E o casamento foi marcado para dali três semanas. James celebraria, porém, até o abade resolver a questão com os visitantes, Jean era quem resolveria os assuntos "internos" do reino.

Após cinco dias com a presença da comitiva da Normandia, Thiago acordou e viu alguns criados do mosteiro colocando dois pesados baús de carvalho em uma das carruagens da comitiva.

— Jean, o que é isso?

— A comitiva da Normandia vai embora hoje, Thiago — explicou Jean.

— Mas o monge de lá não trouxe esses dois baús — lembrou o noviço.

Jean se conteve:

— São do François — contou como se não fosse grande coisa.

— Ah... — disse Thiago, também disfarçando seu entusiasmo.

Após os criados carregarem os baús na carruagem, o monge normando e James partiram para o castelo, onde o restante da comitiva os aguardava.

— Olá, James. Grande dia... — disse Jacques, ao lado dos representantes do Reino da Normandia.

— Então... — disse James um pouco nervoso. Estava pensando na reação de François ao saber que estava em vias de se mudar para a Normandia, para um mosteiro que o repreenderia severamente caso ele até mesmo espirrasse sem autorização prévia. — O passageiro extra já está sabendo da viagem?

— Até onde sei, não. Vamos avisá-lo agora — disse Jacques, convidando os dois abades a irem até as masmorras buscar François.

Quando saíram, François estava colérico ao entrar na carruagem que o levaria para a Normandia:

— Está cometendo um erro terrível, James — disse François, completamente irritado, em tom de ameaça.

— François, chega. Você tem causado uma série de problemas aqui. Aliás, foi só isso o que você fez por todos os lugares por onde passou. Será melhor para todos, inclusive para você, se mudar. Novos ares, novos colegas, nova vida — disse James.

— Aguarde Bauffremont, James.

— Acho que ele não será tolo o suficiente de aparecer aqui no reino após os últimos acontecimentos, e Remy, Louis, Olivier e seus homens estão de olho nele — disse James.

— Não conte com aqueles incompetentes — disse François.

— Se você acha… Eu, ao contrário, os vejo como homens completamente aptos ao que fazem — disse James, em tom de provocação.

François apenas lançou um olhar irritado para James. Nessa hora, Remy chegou montado em seu belo cavalo.

— Olá a todos. Precisam de escolta? — ofereceu o batedor.

— Muito obrigado, meu caro… — começou o representante do reino normando.

— Remy Legrand — disse o próprio.

— Muito obrigado, meu caro Remy, mas não será necessário. Temos nossos batedores — continuou o homem, apontando aos cinco cavaleiros que acompanharam a comitiva.

Por fim, após mais algumas trocas de provocações, François, ainda resistente, embarcou na carruagem, e a comitiva partiu logo depois. Os presentes no local se viram aliviados quando as carruagens partiram e comemoraram quando sumiram de vista pelo caminho.

— Finalmente François está fora! — comemorou Jacques.

32.

CONEXÃO COM O PASSADO

Murilo e Renato continuavam tentando, e no dia em que François foi embora, conseguiram pegar Thiago sozinho em sua cela com o celular em mãos. De imediato, Murilo fez a ligação. Thiago quase derrubou o aparelho no chão lá na Idade Média quando o viu funcionando, mas o atendeu:

— Querem me matar, é? — começou Thiago, bravo.

— Ei, Thiago, há quanto tempo! O que andou acontecendo aí na Idade Média? — era Murilo.

— Coisa demais para eu explicar antes de ser chamado de novo. Um homem andou cortando cabeças por aqui. Quando vocês me levarem de volta, eu explico em detalhes.

— A gente consegue te ver, mas sem áudio. Todo mundo aqui te confunde com esse padre que te abrigou aí — contou Renato.

— Temos que consertar isso, embora eu ache que a mamãe não vai me deixar passar nem um centímetro perto desse computador de novo. Ah, esse padre é o abade James Pouvery. Coordena o mosteiro aqui — explicou Thiago.

— Legal. E o Legolas? — era Murilo agora.

— Legolas?

— É, um loiro de cabelo comprido aí. Acho que é um arqueiro...

— Vocês chamam o Olivier de Legolas? Gostei. O nome dele é Olivier Marchand. Chefe da artilharia. — Thiago caiu na gargalhada com o "apelido" que Olivier ganhara de seus amigos.

— Você tinha que ver, a Júlia e a Sofia estão completamente apaixonadas por ele... "Ai, Murilo, o Legolas apareceu?" — disse Murilo, debochado, imitando a irmã e a amiga. — Já está começando a ficar chato o chilique das duas quando vê ele na tela — resmungou o menino.

— Sério? Fala para as duas que ele está quase se casando... A cerimônia vai ser daqui duas semanas — disse Thiago rindo.

— Como se esse fosse o único obstáculo... Os novecentos anos de diferença não significam nada... — Era a vez Renato mostrar seu lado irônico.

— Verdade. Mas... Vocês me ligaram aqui só para saber dessas coisas?

— Não. Thiago, para conseguirmos te trazer de volta vamos precisar que você volte para o mesmo local na estrada em que você caiu quando chegou aí. Em um dia de tempestade forte — explicou Renato.

— Hum... Não sei quando vai chover de novo aqui... Ah, pessoal, quanto tempo passou aí desde que eu vim para cá?

— Seis meses, Thiago. Fica tranquilo, a tia Cris inventou na escola que você está com uma doença louca, internado em Belo Horizonte, isolado de todo mundo. Só a Juliana sabe a verdade... — Renato contou.

— SEIS MESES? Gozado, aqui parece que fez mais tempo. E que Juliana? A professora de educação física? Por que ela sabe?

— Ela veio aqui e viu o sistema de monitoria... Ela é irmão do tio Marcelo, colega dos nossos pais na delegacia — explicou Murilo.

— Ah... O pessoal da delegacia SABE que eu estou aqui?

— Sim — respondeu Renato

"Thiago!" Era a voz de Jean chamando o garoto para comemorar a saída de François.

— Pessoal, o Jean está me chamando, preciso ir... — disse Thiago sem sequer esperar que seu primo e melhor amigo lhe dissessem tchau, desligou o aparelho e o escondeu no baú.

Na casa de Luiz Antônio, Murilo e Renato comemoraram como loucos o feito. Ao verem que já era mais de seis horas da tarde, correram para a cozinha, onde Danilo, Luiz Antônio, Ângela e Ana Cristina conversavam. Ao lado, Júlia e Sofia jogavam "batalha naval" à moda antiga, em um tabuleiro que fora de Luiz Antônio quando adolescente.

— Jota-oito — palpitou Júlia.

— Acertou um salmão, Júlia — respondeu Sofia. — Efe-sete.

— Pegou num atum — Júlia retrucou, provocando risos nos adultos. A brincadeira das meninas fez com que a presença dos garotos se quer fosse notada a princípio.

Os dois quase pularam em cima de Luiz Antônio, assustando-o.

— Calma aí, dupla, que foi? — pediu o "atacado".

— Conseguimos conversar com o Thiago, tio — disse Murilo.

Os pais do garoto quase tiveram um infarto. A irmã jogou o tabuleiro em que jogava com a amiga no chão. Júlia disfarçou a expectativa, não queria que descobrissem que gostava de Thiago.

— Como é que é? — disse Luiz Antônio, ainda atônito.

— Falamos com ele pelo celular. Não sei explicar como o aparelho está funcionando no século doze. Mas ao menos conseguimos avisar de que quando tiver uma tempestade por lá, ele deve voltar ao local onde apareceu quando foi para lá há seis meses — contou Renato.

— E ele está bem? — perguntou Ana Cristina.

— Está sim, tia. Aliás, o padre que se parece com ele chama-se James Pouvery e não é um simples padre, é um abade. E o nome do Legolas é Olivier, só para a informação da dupla ali... — continuou Renato, apontando para Júlia e Sofia.

— James, é? — disse Luiz Antônio.

— O que tem demais? É um nome comum até — disse Ângela.

— Coincidência. A mãe de Ana Cristina pediu que ela batizasse o Thiago de James quando ela estava grávida — contou Luiz Antônio.

— Recusei, pois não tinha a intenção de dar um nome estrangeiro para um filho meu. Acabei escolhendo Thiago que, coincidência ou não, é um nome equivalente. Pensei na dificuldade na hora da alfabetização e para ele aprender a escrever o próprio nome.

Murilo olhou intrigado para a madrinha:

— Mas um nome não se parece em nada com o outro.

— Não mesmo, mas ambos derivam do mesmo nome em hebraico. Nome que também deu origem a Jacob, Jacques, Iago... — contou Ana Cristina.

— Que doido — disse Renato.

Todos comentaram a coincidência dos nomes, mas Ângela estava com a cabeça em outro lugar. Havia duas semanas ela vinha se sentindo mal, com uma azia forte, Danilo já sabia disso, mas Ângela suspeitava que a causa da azia não estava no estômago, e sim um pouco mais abaixo. Dessa vez não era alarme falso, como dois meses antes. Ela sentira a mesma coisa quando engravidara pela primeira vez.

Após jantar na casa de Ana Cristina e Luiz Antônio, ela e Danilo voltaram para casa com os gêmeos. Enquanto Danilo e os filhos ficavam na sala, ela correu para o banheiro. Havia comprado um teste de gravidez e decidiu fazê-lo naquele instante. Tensa, esperou pelo resultado. Duas linhas, que demoraram uma eternidade para serem traçadas, estavam lá, bem nítidas. Pronto. Ângela estava grávida novamente.

A escrivã gelou de medo da reação de Danilo. O investigador pensava em esperar mais uns meses. Mas não deu. Ângela pensou se esconderia a notícia de Danilo. Não dava. Se eles estivessem em posições opostas, ela também não iria gostar que Danilo lhe escondesse a informação. Foi para o quarto do casal e sentou-se na cama. Respirou fundo e pensou em como contaria ao namorado que estava grávida. Seria direta ou inventaria alguma brincadeira? Decidiu.

— Danilo! Vem aqui! — Ângela chamou pelo namorado.

O investigador se levantou do sofá, foi até o quarto e lá encontrou Ângela com o teste na mão.

— O que é isso, Ângela? Por que me chamou? Está tudo bem? — perguntou Danilo, preocupado.

— A gente se apressou um pouquinho, Danilo... Nosso bebê, que só era para vir daqui dois meses, já está aqui dentro. Estou grávida — explicou Ângela, mostrando o teste para Danilo.

Chocado, Danilo ficou estático por alguns minutos, olhando para a namorada. A tensão era tão grande que até Murilo e Júlia, que estavam na sala, começaram a sentir que havia algo estranho na casa. Pensaram em correr para o quarto do pai e da madrasta, mas Murilo desistiu. Por não ouvir os dois, o garoto disse à irmã que deviam estar apenas conversando.

No quarto, Danilo ainda estava em choque processando as últimas palavras de Ângela. Finalmente entendeu o que estava acontecendo. Abriu um grande sorriso e abraçou Ângela. Beijou-a e depois se ajoelhou e beijou sua barriga.

— Isso é maravilhoso, Ângela! A melhor notícia que recebi nos últimos anos. Já está com quantas semanas?

— Isso eu ainda não sei, mas, pelas minhas contas, umas sete ou oito semanas. Acabei de descobrir...

— Bem no começo ainda. Vamos contar para os irmãos mais velhos dele ou dela?

— Vamos!

— Júlia, Murilo, venham aqui! — Danilo chamou os filhos.

A dupla, ainda na sala, entreolhou-se nervosa e rumou para o quarto do pai. Entraram tensos. Ainda estavam com medo do que os esperava, mas ambos relaxaram ao verem como o pai e a madrasta estavam alegres.

— Tudo bem, pai? — perguntou Murilo cauteloso.

— Tudo ótimo, filho. A Ângela e eu temos algo para contar para vocês dois.

— O quê? — Murilo perguntou de novo, sem desconfiar do que se tratava.

Já Júlia, ao olhar para Ângela, lembrou-se da conversa que tiveram, dois meses antes, então começou a desconfiar do que se tratava e começou a sorrir.

— É notícia boa ou ruim, pai? — continuou Murilo.

— Ótima, Murilo — disse Danilo, decidindo dar a notícia num tom descontraído. — Bem, vamos direto ao ponto, em breve vocês dois vão ter que dividir a herança com mais uma pessoa. Ângela está grávida do irmãozinho ou irmãzinha de vocês!

O casal de irmãos ficou completamente eufórico com a notícia. Olharam-se animados e começaram a pular loucamente. Murilo abraçou o pai, e Júlia a madrasta. No fim, os quatro (cinco) se juntaram em um "abraço coletivo", e Ângela se sentiu extremamente tranquila. Esse bebê já era extremamente amado e fora muito desejado. Até a forma como Danilo reagiu foi totalmente diferente da reação de seu ex-namorado, o "brutamontes". Quando contou a ele que estava grávida de Alice, a primeira coisa que o "brutamontes" fez foi perguntar se ela tinha certeza de que estava grávida e se o bebê era realmente dele. Além de nem cogitar abraçá-la ou beijá-la, como se ela estivesse com uma doença contagiosa. Mal conversava com ela, e quando conversava, nunca perguntava sobre o bebê.

Ficaram juntos na sala por mais uma hora, aproximadamente, e então foram dormir. Danilo aconchegou Ângela no peito e levou a mão à barriga dela. A escrivã encolheu ligeiramente de medo, mas relaxou ao perceber que Danilo a acariciava. Pôs sua mão sobre a de Danilo. Dormiram. No dia seguinte, Danilo perguntou à namorada se ela queria contar logo aos colegas do casal a notícia:

— E aí, vamos contar para a turma hoje ou você quer esperar mais alguns dias?

Ângela maquinou tudo o que passara quando perdera Alice. Não tinha por que esconder deles que teria outro filho. Ainda mais agora que o pai da criança também era da mesma turma.

— Não tenho por que não contar... Além do mais, o doutor Cláudio e o chefe de cartório precisam saber logo.

— Sendo assim, contaremos assim que chegarmos. Tem certeza de que não quer fazer nem um mínimo suspense? — brinca Danilo ao final.

Ângela riu e abanou a cabeça negativamente.

— Não, não. Vamos contar de uma vez! Você vai conseguir conter a ansiedade?

— Ah... Não — riu Danilo. O investigador olhou no relógio, eram seis e quinze da manhã. Decidiu tirar os filhos da cama para que eles não se atrasassem para a escola. — Vou tirar os dois dorminhocos da cama. Já volto. — Terminou levantando-se da mesa e indo em direção aos quartos dos filhos.

Enquanto Danilo os acordava, Ângela ajeitou a cozinha e colocou pratos e xícaras para os dois enteados. Cerca de quinze minutos depois, os dois entraram na cozinha ainda "semiadormecidos", sentaram-se à mesa e tomaram o café da manhã. Depois, foram com Ana Cristina, Renato e Sofia para a escola.

Luiz Antônio entrou na casa dos dois, pois iriam juntos para a delegacia. Para ter uma noção de qual seria a reação de Marcelo, Douglas e do doutor Cláudio à notícia, Danilo contou ao colega, amigo, compadre e vizinho.

— Vocês estão falando sério? Em breve teremos um bebê por aqui? Isso é sensacional! — felicitou Luiz Antônio, abraçando Danilo e Ângela. Na hora de abraçar a futura mamãe, o pai de Thiago disse baixinho no ouvido da colega: "dessa vez vai dar tudo certo". E Ângela, sabendo a que Luiz Antônio se referia, concordou com os olhos marejados.

Quinze minutos depois, os três chegaram à delegacia. Marcelo e Douglas já estavam abrindo o portão quando chegaram. Depois de se cumprimentarem rapidamente, Danilo reuniu os colegas e, junto a Ângela, contaram a notícia. Marcelo e Douglas felicitaram o casal e abraçaram Ângela, repetindo a frase dita por Luiz Antônio. "Vai dar tudo certo agora." Já havia se passado cinco anos, mas a história ainda mexia com a equipe.

Cláudio chegou cerca de quinze minutos depois de seus subordinados, cumprimentou todos rapidamente e foi para sua sala. Mal havia se sentado na cadeira quando Danilo e Ângela entraram e contaram a ele a novidade.

— Que ótimo. Fico feliz demais por vocês — disse o delegado com a cabeça fervendo, novamente o segredo engavetado voltou a assombrá-lo. "É agora", ele se decidiu, não passaria da hora do almoço.

— Obrigada, doutor — Ângela agradeceu.

— Ah, Danilo, preciso falar uma coisinha rápida com você aqui.

— Claro — disse Danilo, sem imaginar o tamanho da bomba que iria explodir em seu colo.

Cláudio esperou Ângela sair da sala para começar a contar a história:

— Sente-se, Danilo — pediu Cláudio.

Danilo, ainda achando que Cláudio queria mais informações acerca de alguma investigação, sentou-se sem grandes preocupações. Já o delegado respirou fundo para disfarçar o nervosismo e começou:

— Danilo, você se lembra de que lhe foi negado acesso ao relatório de necropsia da sua esposa?

— Doutor, isso já tem dez anos! De fato, estranhei na época, mas depois me lembrei que não precisava ver fotos do corpo dela todo deformado pelo acidente. E sei que ela morreu de politraumatismo causado pelo acidente.

— Bem, o problema não era só as fotos...

— Hein?

— Danilo, quando uma mulher entre quinze e cinquenta anos falece de qualquer causa que torne necessária uma necropsia, o útero também é dissecado pelo legista. Além do toxicológico, caso haja suspeita de morte por envenenamento, overdose...

— Onde o senhor quer chegar, doutor?

— Bem, no exame da Luciana deu que ela estava grávida de cinco semanas quando morreu.

— O quê? — Danilo ficou em completo choque. Cinco semanas de gravidez. Um pouco menos que Ângela naquele exato momento. Ele teria tido um terceiro filho se o acidente não tivesse atrapalhado tudo. Mas logo seu foco mudou do "e se" para o "como": COMO contaria a Murilo e Júlia que, além da mãe, também haviam perdido um irmão? E COMO ficaria agora em relação à gravidez de Ângela? Sabia, claro, que ela e muito menos o bebê que esperavam não tinham culpa de nada. Perguntou ao delegado: — Doutor, quem mais sabe disso?

— Agora, nós dois e o legista que realizou a necropsia. Mais ninguém, a não ser que o legista tenha contado a terceiros, mas não tenho essa informação. Ele me contou na época que, como a informação não era relevante para a investigação, não a colocou no relatório, mas me contou por saber que o marido da vítima trabalhava comigo. E, se lhe serve de consolo, talvez nem Luciana ainda soubesse que estava grávida. Feto único, sexo indeterminado.

Danilo ficou sentado processando a informação. Teria sido pai de outra criança. Ficou se perguntando por algum tempo se aquele bebê era um menino ou menina, mas logo viu que não faria diferença e agora também estava indiferente quanto ao sexo do filho que esperava com Ângela. Menino ou menina, ele não ligava para o que viesse, só queria que Ângela e o bebê ficassem bem. Foi do paraíso ao inferno em uma fração de segundos.

— Acho que minha ficha não caiu ainda. Preciso de um tempo para processar tudo isso — confessou o investigador.

— Ah, claro, lógico. Se quiser ir para sua casa, tirar o dia de hoje de folga, fique à vontade. Sei que essa não é uma informação fácil de processar.

— Não, vou ficar aqui na delegacia e trabalhar. Ficar à toa em casa não vai me fazer bem. Ao contrário. O senhor se lembra de como foi quando a Luciana morreu. E a mãe do meu terceiro filho está aqui, vou ficar com ela.

— Você que sabe. Desculpe pela notícia e pela demora para te contar. Na época você já estava destruído demais para receber mais uma notícia pesada para processar. Com o tempo, acabei esquecendo. Agora que você contou da gravidez da Ângela... Achei melhor falar.

Atordoado, Danilo entrou no cartório da delegacia e desabou na cadeira onde normalmente a pessoa interrogada ficava. Ângela costumava intimar a maioria para o período da tarde, e de manhã cuidava de redigir outros tipos de documentos. A escrivã pensou em brincar com o namorado, porém logo viu que ele estava chorando. Preocupada, levantou-se e se aproximou dele:

— O que houve, querido?

Danilo respirou fundo e contou à companheira o que Cláudio lhe havia informado. Obviamente, Ângela ficou extremamente chocada com a notícia. Sabendo que Danilo ficara muito abalado, a escrivã apenas o abraçou, beijou-o e ficou acariciando seu cabelo.

Quando Danilo saiu do gabinete de Cláudio, Marcelo estava no corredor, prestes a entrar para discutir um caso com o delegado. O jeito atordoado do investigador preocupou seu colega. Marcelo chegou a cogitar que Danilo havia tomado um tiro do delegado. Descartou a ideia ao perceber que não tinha ouvido nenhum disparo. Examinou Danilo de longe e viu que ele não estava ferido.

— Danilo, está tudo bem?

— Mais ou menos. Tive uma queda de pressão, mas em breve vou estar cem por cento. Já vou para a inspetoria, só vou dar uma passadinha na sala da Ângela antes.

Marcelo sorriu e entrou na sala de Cláudio. A preocupação inicial voltou. Que diabos havia acontecido? Cláudio também estava com a mesma expressão atordoada de Danilo.

— Doutor, o que aconteceu? — perguntou o chefe dos investigadores.

— Um desabafo. Contei algo que escondi por dez anos.

Marcelo de imediato associou a notícia à morte da mulher de Danilo. Lembrou-se de como fora duro contar a ele que ela havia morrido.

— Como assim, doutor?

— O legista me contou que na necropsia descobriu que Luciana estava grávida de cinco semanas quando morreu.

— E o senhor escondeu isso do Danilo até agora e foi contar justo quando ele refez a vida e vai ter outro filho com outra mulher?

— Marcelo, seja sincero. Você contaria uma notícia dessas para alguém que havia acabado de perder a mulher?

— Sei que ia ser difícil receber duas notícias desse calibre ao mesmo tempo, mas acho que contaria logo. Uma hora ia ter que contar mesmo, ou o senhor pretendia manter esse fato escondido para sempre caso o Danilo não fosse ter outro filho?

— Não achei que Danilo iria aguentar receber duas notícias dessas tão perto uma da outra. Ainda mais porque ele sempre disse que queria ter mais um filho. E, sinceramente, não sei se contaria sem essa deixa...

— Danilo é um cara durão. Ia aguentar sim. Agora, como ele reagiu?

— Meio que não acreditou de cara. O legista acha que nem mesmo Luciana sabia que estava grávida na época, mas talvez desconfiasse.

Marcelo balançou a cabeça. Então decidiu conversar sobre o que realmente o fizera se dirigir para o gabinete do delegado.

— Ah, doutor, voltando a falar de caso de polícia... Acho que vamos precisar de um mandado de busca e apreensão nesse caso e se bobear de um pedido de prisão preventiva desses três suspeitos qualificados no relatório. A ficha criminal deles também está junto do relatório.

— Ah, perfeito. Vou ler tudo aqui e se entender que precisa mesmo de um mandado, seja de busca e apreensão ou de prisão ou ambos já faço os pedidos.

— Certo. Agora, vou ver como o Danilo está. Ele não parecia muito bem ao sair da sua sala.

— Não é qualquer um que sai ileso depois de uma notícia dessas... — disse Cláudio.

Marcelo balançou de novo a cabeça, concordando com o delegado, e saiu da sala. Entrou no cartório e encontrou Danilo, Ângela, Luiz Antônio e Douglas conversando sobre a notícia recentemente revelada pelo delegado. O investigador, ainda meio atordoado, não sabia como contaria para Murilo e Júlia que, além da mãe, os dois também tinham perdido um irmão. Principalmente explicar para o casal que só soube agora e que em momento nenhum pensou em esconder de ambos a notícia.

— Os dois vão ficar arrasados e furiosos — deduziu Danilo.

— Imagino. Mas você tem que explicar para eles que não sabia da gravidez da mãe deles na época da morte e que é provável que nem mesmo ela ainda soubesse. Na última vez que vocês se falaram, ela disse algo a respeito? — Era Ângela tentando convencer Danilo de que os gêmeos ao final entenderiam o acontecido.

— Não. Só disse que estava morrendo de saudade dos dois e de mim e que não via a hora de finalmente voltar para casa. Algo típico de quem estava há um mês longe.

— E a entonação de voz dela estava normal? — Era Luiz Antônio dessa vez.

— Não me lembro... Mas devia estar sim... Na época não me chamou a atenção.

Marcelo e Ângela concordaram. Marcelo também se ofereceu para ajudar a contar a notícia para os gêmeos, assim como Luiz Antônio, que soube da notícia enquanto Marcelo e Cláudio conversavam. Já Marcelo "extorquiu" Danilo:

— Eu ajudo só se você me fizer uma fornada daquele seu salmão ao molho de laranja, detetive Masterchef.

Danilo riu.

— Marque a data — disse para Marcelo. — Ah, e dá dinheiro para pagar o salmão. Está mais de cem reais o quilo do peixe. Vou ter que deixar meu fígado no mercado.

— Sem problemas, nesse fim de semana, beleza? E toma aqui — acatou Marcelo, entregando cem reais para Danilo.

Danilo pegou o dinheiro e enfiou a nota no bolso sem pestanejar.

— Este sábado, no almoço. Podem levar as patroas e as crias.

— Eu ouvi direito, PODEM? Quer dizer que além do Marcelo você está convidando o doutor Cláudio, o Luiz Antônio e eu? — disse Douglas, confuso, ele também estava na sala, para onde, ao final, também foi o delegado.

Danilo olhou para Ângela, que deu de ombros.

— Por mim, seria ótimo — disse a escrivã. Seus únicos amigos na cidade eram seus colegas de trabalho, e a oportunidade de passar um tempo com eles fora da delegacia, conversando sobre outros assuntos que não fossem as investigações em andamento, era extremamente bem-vinda.

— Claro, mas com uma condição. Nada de falar das investigações lá. Vamos aproveitar a ocasião para comemorar a gravidez da Ângela — decidiu Danilo. — Ah, o Luiz Antônio tem cadeira cativa lá em casa, feito eu tenho na dele.

— Negócio fechado — disse Marcelo.

Nisso, Douglas, Luiz Antônio e Cláudio também entregaram dinheiro, cem reais cada, para Danilo. O investigador agradeceu aos colegas e brincou que naquele mês dispensaria seu salário:

— O estado não vai precisar me pagar este mês! — brincou ao embolsar o dinheiro.

— Engraçadinho! Quer tomar o posto do Douglas, Danilo? — perguntou Marcelo.

— Ah, isso eu não admito! — disse o próprio Douglas, segurando a risada.

— Bem, pessoal, o papo felizmente estava divertido, mas vamos voltar ao trabalho — pediu Cláudio.

— Danilo, tem umas intimações numa área meio barra pesada aqui. É daquelas que não dá para fazer sozinho... Vamos? Você com essa panca de Steve McGarrett bota respeito na geral — disse Douglas.

— Menos, Doug. Mas, vou sim, onde é?

Douglas mostrou uma delas para Danilo, que fez uma careta ao reconhecer o endereço.

— Põe barra pesada nisso, Doug. Foi onde teve aquele triplo homicídio três anos atrás. O pessoal de lá não ficou muito contente com nossa "intervenção" no local... Só vou pegar meu "brinquedo" e a gente já vai — disse Danilo, correndo até a inspetoria para pegar sua arma.

— Relatar esse procedimento me deu até dor de cabeça! — comentou Cláudio.

— E ouvir os envolvidos? Ninguém queria falar nada... Nem mesmo os parentes das vítimas... — lembrou Ângela. — Ô serviço tenso que foi esse!

— Verdade... — Cláudio se lembrava do "nervoso" que sentira ao interrogar a mãe de uma vítima. Mesmo com várias evidências provando que ela sabia quem havia ceifado a vida do filho, não queria entregar o autor pois era amiga da mãe dele.

Na garagem da delegacia, Danilo acabou assumindo o volante e dirigiu até o destino, quase uma hora de viagem, com uma expressão sisuda. Douglas percebeu que havia algo errado com o colega. E iniciaram uma conversa que quase culminou em uma discussão similar as que Steve McGarrett tinha com Danny Williams na série *Hawaii Five-0*.

— Ô, Danilo, o que houve?

Danilo olhou incrédulo para seu colega:

— Sério que eu preciso explicar, Douglas? Soube ontem que vou ter mais um filho e hoje que perdi outro há dez anos. Até agora não consegui entender por que o doutor Cláudio escondeu essa informação de mim na época...

— Olha, eu era novato aqui naquele tempo... Mas quando te contaram do acidente e que sua mulher tinha morrido, você ficou muito transtornado... Creio que quando o doutor Cláudio soube da gestação, achou melhor não te contar, as necropsias demoravam mais tempo que hoje para ficarem prontas, e talvez o resultado tivesse chegado quando todos vimos que você já estava melhorando. Ele não se arriscaria a te ver voltando para estaca zero. Você tinha acabado de virar pai solteiro com dois filhos pequenos e... Como você explicaria aos dois toda essa tragédia? Hoje eles vão entender melhor, estão mais velhos, e daqui oito meses mais ou menos de fato vão ganhar outro irmão.

— Isso para mim não justifica. Acho que teria sido mais fácil naquela época. Claro, eu iria sofrer bastante, mas não ia reabrir uma ferida que já estava completamente cicatrizada. E tenho que concordar, seria muito mais difícil contar para eles do irmãozinho naquele tempo. Eles demoraram alguns meses para entender que a mãe não iria voltar mais, imagina o irmão, que eles sequer conheceriam...

— Complexo... Não sei como eu faria no seu lugar...

— Nem tenta. Você vai entrar em parafuso.

Douglas maneou a cabeça concordando com o colega. O resto da viagem foi feito no mais completo silêncio, apenas o ruído do motor da viatura embalava a viagem. Danilo estava com a cabeça a mil. Como contaria para Murilo e Júlia do irmão que eles quase tiveram? E agora temia transformar a gravidez de Ângela em um pesadelo, pensando em como seria o filho perdido e comparando o bebê em gestação com ele. Esperava superar rapidamente esse episódio.

A dupla voltou a tempo para o horário do almoço na delegacia. Marcelo, tal como havia prometido, foi almoçar com Danilo, Ângela e os gêmeos em um restaurante. Além deles, Luiz Antônio, Ana Cristina, Sofia e Renato almoçaram no local. Ana Cristina ficou chocada com a notícia e um pouco brava com Cláudio.

— Como ele teve coragem de esconder do Danilo uma coisa dessas? — perguntou a historiadora ao marido, indignada. Luiz Antônio apenas deu de ombros. E revelou que, exceto para o delegado, aquela informação era inédita na delegacia e que todos estavam chocados.

— Não sei. Ele disse que foi por achar que o Danilo não iria aguentar receber duas pancadas fortes tão perto uma da outra.

— Complicado — terminou Ana Cristina.

No mais, o almoço transcorreu bem, Danilo foi direto ao dizer por que havia tanta gente junta no restaurante, após Murilo perguntar ao pai o motivo de não almoçarem em casa:

— Filho, eu preciso contar algo para vocês sobre sua mãe... Fiquei sabendo hoje também.

— O que, pai? — perguntou Júlia. Nada passava pela cabeça da garota.

Danilo esperou que todos já tivessem se servido no buffet para aí sim contar aos dois. Sob os olhares apoiadores de Marcelo, Douglas, Luiz Antônio, Ana Cristina e Ângela, ele respirou fundo e falou:

— Quando a mãe de vocês morreu, ela estava grávida de novo.

— Como você não sabia, pai? — perguntou Júlia, desconfiada.

— Início de gestação, filha. Acreditam que nem ela ainda soubesse da gravidez. Ela só estava com cinco semanas.

— Ah — Murilo era indiferente. A ponto de deixar Danilo meio incomodado. — Pai, por que só soube disso agora?

— Me esconderam essa informação. Disseram que eu estava baqueado demais para aguentar mais chumbo grosso. Estava quase recuperado do baque da morte dela, conseguia trabalhar de novo, focando em vocês dois...

— Quem achou que você não ia aguentar saber disso, pai? — perguntou Júlia.

— O doutor Cláudio.

— Mas... Quanto tempo depois da morte da mamãe ele ficou sabendo disso? — Agora era Murilo.

Marcelo não aguentou:

— Seus filhos vão dar ótimos interrogadores, Danilo. Não deixam passar nada.

Danilo riu, e Murilo ficou completamente eufórico.

— Eu quero ser policial quando crescer igual a vocês — disse o garoto depois do elogio de Marcelo.

— Bem, filho, voltando à sua pergunta, não sei. Talvez uns dois ou três meses após a morte dela. Mas não tenho certeza. Ele não disse quando soube disso.

Danilo decidiu desencanar dessa ideia. Mesmo que o delegado tenha sabido do fato no dia seguinte ao óbito, demorou UMA DÉCADA para contar-lhe que seria pai de novo. Mas invariavelmente pensou em como estaria sua família. O filho perdido teria hoje quase nove anos de idade. Ficou pensando na aparência da criança. Seria menino ou menina? Seria parecido com quem? Ele, Luciana ou seria uma mistura dos dois?

Depois de alguns minutos, parou de divagar. Nada mudaria em sua vida. Seu terceiro filho ou filha agora era aquele que Ângela trazia na barriga. Decidiu esquecer que recebera aquela notícia. Não queria esse fantasma assombrando a vida dele, de Ângela, Murilo, Júlia e do bebê que nasceria nos próximos meses. Aliás, começou a considerar que Cláudio cometera um erro lhe contando a informação. "Acho que poderia ter passado batido", concluiu Danilo.

Mais à noite, quando ele e Ângela já haviam se deitado, sua companheira tratou de cutucar um pouquinho a ferida. Não que Danilo tivesse conseguido de fato se livrar desse fantasma.

— Amor, no que está pensando? — perguntou ela ao ver Danilo encarando o teto do quarto.

— Em tudo o que aconteceu ontem e hoje. No nosso filho, na sua filha e no meu outro filho, sem ser o Murilo — respondeu ele, abraçando Ângela e beijando-a no rosto.

— Entendo — ela "devolveu" o beijo de Danilo. — É muita coisa para processar. Vocês já estavam planejando ter esse filho ou...

— Não, mas sou filho único, cresci sozinho... Não queria ter um filho apenas. Dei sorte de ter gêmeos, mas eu queria ter mais um... Minha mãe também queria ter três filhos, só que ela teve que tirar o útero depois que eu nasci. Pensou em adotar mais dois, porém uma amiga dela acabou a dissuadindo... Contou histórias de conhecidos que adotaram e tiveram problemas com os filhos depois... — contou Danilo, abraçando Ângela ainda mais forte. Pouco depois ele percebeu que era a primeira vez que falava nisso para outra pessoa. Nem mesmo Luciana soubera disso.

Ângela se ajeitou, aconchegando-se ainda mais contra o corpo de Danilo. Ela também tinha alguns fantasmas a assombrando.

— Depois que eu perdi a Alice, também cogitei adotar, mas acabei desistindo por não ter um companheiro na época. E a assistente social achou que seria melhor eu esperar mais tempo para adotar uma criança, pois eu ainda estava abalada demais por ter perdido o bebê.

— Você sabe que solteiros podem adotar também, não?

— Sei, mas não queria ser mãe solteira. Depois que você "deu fim" no brutamontes, comecei a pensar: se a Alice tivesse sobrevivido, como eu faria sozinha com ela?

— Você jamais iria ficar sozinha com ela, Ângela. Todos na delegacia iríamos te ajudar e, tenho que te confessar, se a Alice não tivesse morrido naquele dia, eu não deixaria você voltar para sua casa e… — Danilo se preparou para confessar. — Registraria a Alice como minha filha. Doeu demais quando contaram para gente que ela não tinha resistido — Danilo continuava falando. — Todos no hospital achando que eu era o pai dela, quando a enfermeira me entregou o corpinho dela no necrotério para eu levá-la para você, pôs nos meus braços conversando com ela, como se ela estivesse viva, "vai com o papai, lindinha", e eu também a chamei de filha, falei que ia sentir falta dela e… Me desculpei por não ter conseguido salvar sua vida. — A voz do investigador começou a falhar, e Ângela já estava chorando. Danilo passou as costas dos dedos pelo rosto de Ângela, secando suas lágrimas. A escrivã virou-se para o investigador e o abraçou. Na verdade, o laudo de necropsia provou que Alice morreu antes mesmo de Ângela chegar à delegacia, por mais que Danilo fosse rápido, de nada adiantaria. Apenas se ele tivesse poderes sobrenaturais. Ângela só desconfiou que havia algo errado no hospital por estar mais calma e focada no bebê. Até então queria era se livrar do "brutamontes" de qualquer jeito.

— Eu te amo, Danilo. Assim que entrei na delegacia pela primeira vez e te vi lá, já comecei a te amar. Não fiz nem demonstrei nada de início por você ser casado. Quando Luciana morreu e você decidiu que não ia mais ter nenhum relacionamento, confesso que fiquei decepcionada. Aí, há alguns meses nós dois começamos a namorar e agora vamos ter um filho juntos…

— Também te amo, Ângela. Mas, falando no nosso baixinho aí na sua barriga… Temos que nos conscientizar de que ele não é a Alice nem o filho, que nem sei como se chamaria, que eu teria com a Luciana se ela não tivesse morrido. É outra criança, que não merece ser criada à sombra de duas outras. Precisamos trabalhar essa questão rápido, antes dele ou dela nascer.

— Concordo — disse Ângela, beijando Danilo. — Prefere um menino ou uma menina?

— Tanto faz. Eu já tenho um casal, então para mim o sexo não importa. Vou amar essa criança com todas as minhas forças até o último dia da minha vida.

Ângela sorriu enquanto Danilo a beijava e a abraçava, e depois ele se enfiou entre os lençóis e beijou a barriga dela. O "brutamontes" nunca fizera isso quando ela engravidou de Alice. Ele a evitou, chegando a sair de casa dizendo que só voltaria depois do parto do filho.

Finalmente o casal dormiu. Ângela sonhou com o bebê que esperava. Seria um lindo e bochechudo menino com os olhos de Danilo.

No dia seguinte, Murilo e Renato conseguiram novamente conversar com Thiago enquanto o garoto estava trancado em sua cela no mosteiro. Nesse dia, Ana Cristina e Luiz Antônio também puderam falar com o filho, pois ele teve mais tempo. Havia decidido ficar no mosteiro enquanto James havia ido ao castelo conversar com o duque sobre o caso do decapitador. As coisas estavam se encaminhando por lá.

— Filho, não calcula o alívio que estou sentindo de poder falar com você! — disse Ana Cristina.

— Eu imagino, mãe — respondeu o garoto.

— Mas, querido, como estão as coisas aí? E essa história de cabeças cortadas? — continuou Ana Cristina.

— Ah, isso... Um cavaleiro andou cortando cabeças de camponeses aqui no reino, mas ele já foi pego. Ajudei a descobrir a autoria e agora estamos aguardando o julgamento. O abade James vai presidir, mas não sei quando vai ser.

— TRIBUNAL DA INQUISIÇÃO? — gritou Murilo. A espinha dele gelou. Afinal, assistir a um julgamento de tribunal da inquisição era algo que ele cogitava fazer enquanto montavam a máquina.

Thiago, do outro lado da tela, maneou a cabeça.

— Thiago, quantos morreram aí?

— Quinze pessoas. Todos homens, camponeses. Tiveram a cabeça cortada de madrugada com um golpe de espada. Remy, Olivier, Louis, o duque Jacques, madame Catherine, abade James, monge Jean, Paul Reinart e eu quebramos muito a cabeça, mas conseguimos descobrir o que aconteceu. Há uns dias pegamos o decapitador na mata. Ele tomou uma flechada do Olivier no ombro e ficou um mês ou mais tempo inconsciente.

— Tem um médico aí? — perguntou Murilo.

— Ter tem, mas... Sabem como é, né?

— Elabora, Thiago — pediu Renato, meio irritado.

— Ele entende menos de muita coisa de saúde que eu. Aqui não tem hospitais, centro cirúrgico, nem UTI... O Charles, médico do duque, cauterizou a ferida do Dominique sem anestesia com FOGO.

Murilo deu um pulo na cadeira:

— Cara, FOGO?

— É o que tem aqui, queria o quê? Que ele suturasse com linha cirúrgica depois de dar anestesia, desinfetar a ferida e depois entupir o sujeito de anti-inflamatório e antibiótico? O negócio aqui é bruto, cara — contou Thiago.

— Certo, filho, volta logo, quando você voltar quero que me conte tudinho do que viveu aí — disse Ana Cristina.

— Volta logo, filho. Por aqui também tem muita coisa acontecendo enquanto você está aí — pediu Luiz Antônio, alisando o monitor. Não demonstrava, mas estava morrendo de saudades do filho.

— Imagino. As coisas mudaram muito por aí?

— Sim, mas num bom sentido.

— Opa, gostei. Renato, é para eu voltar para o local onde James e Remy me encontraram quando eu cheguei aqui, certo?

— Remy, o ratinho do desenho? — perguntou Renato, rindo debochado.

— Deixe de ser besta, Renato, Remy é o nome do chefe da cavalaria aqui. Aliás, comandante Legrand.

— Ah, sim... Exato. Ah, em dia de tempestade, precisamos do raio para fazer a máquina funcionar.

— Entendi.

— Ah, Thiago, até agora ninguém desconfiou da sua origem? Que você veio do futuro? De onde você disse que veio? — perguntou Murilo.

— Disse que vim do Reino de Portugal.

— Garoto esperto! — brincou Luiz Antônio, orgulhoso.

Thiago sorriu tímido. A cabeça do garoto estava entrando em parafuso. Ele não aguentava mais viver naquela condição. Estava doido para voltar ao século vinte e um, mas precisava de uma tempestade.

Alguns dias depois, Danilo teve que apartar uma pequena briga entre seus dois filhos. Ambos discutindo sobre qual seria o sexo do irmão.

— Vai ser um menino! — apostava Murilo.

— Que nada, vai ser outra menina! — era Júlia.

— Não adianta brigar, vocês dois! Vocês não têm nenhum controle sobre isso... Só nós dois que tínhamos. Agora... Já está feito. E outra, sei que vocês vão amar esse bebê, seja um menino ou uma menina — disse Danilo, encerrando a discussão. Surtiu efeito, pois tanto Júlia quanto Murilo se esqueceram da briga e decidiram jogar alguma coisa juntos.

Na sexta-feira, quatro dias após Ângela e Danilo descobrirem que seriam pais, ambos tiraram a tarde de folga e fizeram as compras para o almoço, além de terem ido a uma consulta médica para acompanhar a gestação. Puderam ouvir o coração do bebê pela primeira vez, também foi feito um ultrassom, o que acalmou a escrivã ao ver que havia apenas um bebê em seu ventre. Ângela estava com uma pontada de medo de ser mãe de gêmeos e não "dar conta" de criá-los, embora o pai fosse experiente no assunto. Depois da consulta, a caminho do supermercado, Ângela confessou ao namorado que temia que estivesse esperando gêmeos.

— Ainda bem que é um só. Não sei se daria conta de dois...

— É assustador e extremamente cansativo no começo, mas também é muito recompensador... Não trocaria os meus dois por nada. Ah, apesar de querer só mais um filho, se você estivesse grávida de dois, três, quatro ou até mais bebês, eu estaria igualmente feliz. Talvez bem assustado, mas muito feliz. Para nossa sorte, tem só um aí — contou Danilo, abraçando Ângela e acariciando sua barriga. — Agora só nos resta saber se é um menino ou uma menina. Já disse que não ligo para o sexo, mas estou muito ansioso para descobrir. Tem alguma ideia de nome?

— Ainda não. Vamos esperar para decidir depois que soubermos o sexo.

— Boa ideia.

Depois do mercado, enquanto voltavam para o carro, passaram em uma loja de artigos infantis e compraram algumas roupinhas para o filho. Ângela havia desfeito o enxoval de Alice quando a menina morreu, exceto por três roupinhas, um conjunto de um macacãozinho, body e casaquinho amarelo com estampa de cachorrinhos, que a menina havia ganhado de presente justamente do pai de seu futuro irmão. Doara as outras para o abrigo da cidade. Por tudo o que Danilo fez por ela na época em que perdeu a menina, Ângela não conseguiu se desfazer daquelas três peças de roupa e as guardava esperando pelo dia que poderia usá-las. Não imaginava que Danilo estaria completamente envolvido nessa nova oportunidade. Decidira que aquela seria a primeira roupinha que colocaria no bebê.

À noite, Danilo fez a sobremesa do dia seguinte, atendendo a pedidos dos filhos e sabendo que era uma das favoritas de todos: mousse de chocolate amargo.

Finalmente o sábado chegou. Enquanto Danilo começava os preparativos para preparar o salmão, o molho e alguns acompanhamentos, como arroz e salada de legumes, tocaram a campainha.

— Murilo, atende aí, filho! Deve ser o Marcelo ou o Douglas... O Luiz Antônio entra sem bater... — pediu Danilo ao ver o garoto largado no sofá.

— Está bem, pai — disse o garoto, largando a revista que estava lendo sobre a mesinha de centro da sala e abrindo a porta. Era Marcelo, sua esposa, Clarice, e os filhos do casal, uma adolescente de dezesseis anos chamada Sarah e um garoto de onze, Samuel. O chefe dos investigadores trazia um fardo de cerveja e duas garrafas de refrigerante. Samuel logo se entendeu com Murilo e começaram a jogar videogame na sala. Sarah estava meio deslocada, situação que Danilo resolveu em dois minutos pedindo que Luiz Antônio mandasse Renato para sua casa. O rapaz de dezessete anos "ocupou" a filha mais velha de Marcelo, que tal como Renato não era filha biológica de quem a criava. Seus pais eram um irmão e cunhada de Clarice, também vítimas de um acidente automobilístico quando a menina tinha apenas três anos. Clarice e Marcelo, recém-casados, decidiram ficar com ela, já que os demais membros da família não tinham mais condições de criá-la. Samuel nasceu quando a prima/irmã estava com cinco anos e meio. Clarice já foi conversar com Ângela e levar o presente que ela e Marcelo haviam comprado para o bebê. Marcelo, por sua vez, ficou na cozinha de conversa com Danilo e tentando ajudá-lo a fazer o almoço. Douglas com a mulher, Mônica, e seus filhos, Luísa, de doze anos, e Lucas, de nove, foram os próximos a chegarem. Luísa se enturmou com Júlia e Sofia, que foi para a casa de Danilo junto do primo, e Lucas foi jogar videogame com Murilo e Samuel, enquanto Mônica foi conversar com Ângela e Clarice, e Douglas para a cozinha ficar com Danilo e Marcelo. Luiz Antônio, Ana Cristina e Vera foram para lá minutos depois. Cláudio foi o último a aparecer, levou a esposa, Lídia, e seus três filhos, Daniel, Ricardo e Clara, de treze, nove e quatro anos.

Com a ajuda dos colegas, Danilo terminou de preparar a comida rapidamente e logo toda a enorme turma estava almoçando. Não faltaram elogios e sugestões a Danilo para largar a polícia e abrir um restaurante.

— Ah, estou fora. É mais cansativo que ser policial — desdenhou o investigador anfitrião.

— Se você abrir um restaurante, pai, vou ser garçom — disse Murilo. Danilo maneou a cabeça rindo.

— Eu seria cliente VIP — brincou Douglas.

— Bom saber... — disse Danilo, também em tom de brincadeira.

— Que outro prato teria no cardápio além desse salmão? — era Marcelo.

— Sério mesmo que vocês estão querendo que eu abra um restaurante?

Depois de mais alguns comentários sobre um novo ofício para Danilo e elogios rasgados à sobremesa, Luiz Antônio e Danilo se isolaram para conversar sobre a última situação.

— Como os dois estão lidando com a história?

— Até que bem. Aparentemente não estão muito afetados. Acho que pelo fato de a Ângela estar grávida. Os dois agora estão brigando porque o Murilo quer que o bebê seja um menino e a Júlia quer uma menina.

Luiz Antônio riu:

— Natural.

— Chega a ser engraçado em certo ponto, mas uma hora começa a cansar de ouvir os dois brigando feito gato e cachorro... — disse Danilo.

— Relaxa, a briga só vai durar até a Ângela fazer o exame para descobrir o sexo do bebê. Aí começa a briga para ver qual nome vão colocar nele.

— Dá ideia não, cara. Mas a gente nem tocou nesse ponto ainda. Vamos deixar para depois de sabermos o sexo.

— Ah, tudo bem.

A vida continuou seguindo o curso normal. Mas, cerca de três meses após o almoço, Thiago ainda estava preso no século doze.

Ângela e Danilo, porém, estavam nas nuvens com o filho a caminho e acabaram com a briga inicial dos gêmeos após um exame de rotina.

33.

CONFIDÊNCIAS DOMINICAIS

Na masmorra do castelo de Jacques o clima permanecia tenso. Agora, porém, mais silencioso com a retirada a força de François da cela onde estava para uma mais distante para que o monge não atrapalhasse o interrogatório. Os infantes que ficaram de guarda disseram que ele não parou de gritar nem um momento. Mas na cela de Dominique as coisas iam bem.

Remy começou o interrogatório, repetindo a pergunta feita por Paul, antes de François começar a gritaria que resultou em sua retirada do local:

— Vamos, Dominique, me responda. Foi você quem decapitou aqueles quinze camponeses?

— Sim, fui eu — disse Dominique.

"Isso está fácil demais", pensou Olivier ao ouvir Dominique respondendo "de pronto" a pergunta.

— Pode me dizer por que fez isso? — James perguntou.

— Bauffremont me prometeu terras, comando da cavalaria do Reino das Sete Arcas, além de uma das arcas do castelo... Desde que eu desestabilizasse o Reino das Três Bandeiras... Não pensei em jeito melhor que matando pessoas aleatoriamente por aqui...

— Como você as atraía para fora de suas casas tarde da noite? — perguntou Thiago.

— Cavalgava em torno da casa até alguém se irritar com o barulho e sair da casa. Aí era só cortar a cabeça dele...

Olivier, Louis e Remy olharam assustados para Thiago. A forma como Dominique atraía suas vítimas era a mesma que Thiago havia deduzido quando ele rondou o castelo.

— Por que dispunha os corpos daquela forma? — Olivier era quem interrogava agora.

— Para chamar a atenção.

— Na noite do batizado do filho caçula do duque, era você quem estava rondando o castelo a cavalo? — Olivier de novo.

— Sim.

— O que queria? Matar algum criado do castelo ou o próprio duque, o conselheiro Reinart ou algum de nós, já que sabia que estávamos aqui? — perguntou Louis dessa vez.

— As ordens de Bauffremont eram para que eu matasse o duque. Emile ignorava que agora Chevalier tinha filhos. A morte de Chevalier iria enfim trazer a instabilidade que ele precisava para invadir o reino e assumir o poder aqui.

— Perdeu seu tempo cavalgando em torno do castelo, nem ouvi — disse Jacques. De fato, embora estivesse acordado no dia do fato, estava com três filhos pequenos chorando de fome no quarto, cuidando e confortando dois dos meninos enquanto Catherine amamentava o outro.

Os militares e Thiago seguraram a risada. Nada que pensassem ou planejassem seria mais humilhante que ser sumariamente ignorado pelo "alvo" de seu futuro ataque. E foi perceptível que Dominique se frustrou com isso. Provavelmente, considerando o comportamento perigoso de Bauffremont, era provável que ele tenha ficado furioso com o fracasso do plano.

— A espada encontrada cravada na mata era sua? — Louis.

— Sim. Claro que o insucesso na tentativa de matar Chevalier me frustrou. Coloquei a espada lá e quando voltei, vi que ela não mais se encontrava e descobri que o comandante Legrand a havia pegado.

— E você perdeu ou deixou seu escudo perto do mosteiro? — Olivier.

— Deixei cair.

— Qual sua relação com o monge François Lafonte? — Thiago fazia a mais delicada das perguntas.

— Foi ele quem me instigou a aceitar a missão...

— Como assim? — James ficou notadamente surpreso.

— Abade, o senhor se lembra de um dia, uns quatro meses antes de eu matar o lenhador? O senhor enviou François ao Reino das Sete Arcas para buscar uma imagem para nossa igreja... Eu fui junto... Legrand me escalou para escoltá-lo. Bauffremont e o abade Beau nos receberam e Bauffremont disse a François que se conseguíssemos desestabilizar o Reino das Três Bandeiras ele seria promovido a abade nas novas condições. O abade Beau iria para o Reino de Provence. Lafonte passou a viagem de volta toda falando empolgado em assumir o mosteiro de lá e pedindo que eu o ajudasse, eu também seria beneficiado.

Remy quase perdeu o controle.

— Eu é que deveria ter feito essa escolha — cuspiu o cavaleiro-chefe, nervoso. Se ele tivesse ido no lugar de Dominique, teria colocado François no seu devido lugar e evitado uma série de transtornos. Tarde demais.

— E qual a participação do abade Beau nessa história? — perguntou James, temeroso de que seu colega de batina estivesse ajudando a carnificina e ignorando a última fala de Remy.

— Nenhuma. Ele foi morto, pois quando a crise se agravou, ele começou a distribuir alimentos para os camponeses que tiveram suas posses confiscadas pelos homens de Bauffremont. Não apenas ele, outros seis monges foram executados. Os cinco restantes temendo pela própria vida se fecharam no mosteiro.

— Nossa! — James não sabia o que fazer.

— Bauffremont acabou perdendo o controle da situação, todos os dias alguém era executado lá. Pensei em parar, mas François estava ambicioso demais, queria a todo custo a chefia do mosteiro das Sete Arcas. Ele me obrigou a continuar matando.

— E como você ficou perdido na mata após a última morte? — era Louis de novo.

— O vinicultor, antes de morrer, jogou uma pedra no meu cavalo, ele começou a correr descontrolado e eu não consegui controlá-lo de novo. Bati a cabeça e o peito em uma árvore e caí desacordado na mata. Quando me recuperei, não encontrei o cavalo e não tinha forças para sair da mata e nem sabia onde estava direito. Foram os piores dias da minha vida...

— Por que fugiu quando viu uma equipe de soldados fazendo buscas na mata? — Remy perguntou.

— Eu achei que seria morto assim que fosse encontrado. Achei que já estava morto quando tomei uma flechada no ombro quando tentava entrar numa das cavernas... E estou surpreso por ter sido mantido vivo, ainda que aqui na masmorra do castelo do duque...

— Precisamos entender a situação antes de... Você sabe... — disse Remy.

— Vão me matar agora? — perguntou Dominique.

— Ainda não sabemos... — disse Paul, provocando estranheza no preso. — Temos muito o que esclarecer sobre os fatos antes de te executar.

— Continuem com as perguntas... Não vou deixar de responder a nenhuma delas — Dominique parecia tranquilo demais para quem iria morrer queimado vivo em pouco tempo.

— Sendo assim... — disse Thiago, novamente se esquecendo de quando estava. Olivier lançou um olhar desconfiado ao "noviço", que prontamente se corrigiu. — Então, Dominique, você pretende mesmo contar tudo o que precisamos para entender o caso em nossas mãos? Aliás, onde arrumou a espada com a qual matou a última vítima, já que a sua está com Remy?

— Sim, meu caro, vou falar tudo. É muita tolice imaginar que Bauffremont irá me libertar. Como ele não é fiel aos seus amigos, eu não serei a ele. Ah, a espada, consegui na ferraria do Reino das Sete Arcas.

Os homens do reino se entreolharam e decidiram aproveitar da sinceridade de Dominique. Fizeram inúmeras perguntas, todas respondidas com clareza. Dominique acabou se empolgando e contou inclusive que Bauffremont mantinha um pequeno "harém" de escravas sexuais, filhas e esposas de seus inimigos executados e que algumas dessas mulheres já eram cativas há anos. As que engravidavam eram mantidas separadas, e quando o bebê nascia, apenas as que lhe davam filhos homens eram poupadas. Quando nascia uma menina, mãe e filha eram imediatamente executadas, algumas delas pelo próprio Bauffremont. Além disso ele havia proibido os casais moradores do reino de terem filhos. Ele seria o único homem a deixar descendentes no reino. Mulheres que apareciam grávidas no reino e que ele sabia que nunca haviam se deitado com ele eram imediatamente mortas, mas não sem antes entregarem quem fosse o pai da criança, que também era sumariamente executado.

Após essas e outras revelações, todos saíram meio abobados das masmorras. James, Jean e Thiago tiveram noites insones, enquanto Jacques, após contar esses fatos a uma cada vez mais chocada Catherine, decidiu que teria que se reunir com Paul, James e os rapazes do exército para definirem uma estratégia a fim de proteger o Reino das Três Bandeiras, se a crise se agravasse no vizinho reino de Bauffremont, o reino de Jacques ficaria seriamente comprometido.

— Muitas pessoas vão se mudar de lá devido a essa crise e podem vir para o nosso reino — constatou Jacques.

Catherine, acalentando o caçula do casal no colo, maneou a cabeça concordando com o marido.

Remy e Louis tinham pesadelos com Bauffremont e seus homens invadindo o reino, e Olivier revezava seus sonhos entre seu cada vez mais próximo casamento e as revelações de Dominique sobre Bauffremont. Enquanto isso, Paul foi outro que passou a noite acordado, e durante a insônia chegou à conclusão de que Dominique teria de ser mantido vivo enquanto a crise não fosse completamente contornada. Dominique conhecia demais Bauffremont e todo o Reino das Sete Arcas para ser morto e deixá-los sem respostas. Sabia que Remy seria contra poupar a vida de Dominique, mas naquelas circunstâncias o conselheiro usaria todo seu poder de persuasão para convencer o chefe da cavalaria a aceitar sua sugestão.

No dia seguinte, Paul começou a resolver as coisas assim que clareou, mesmo sonolento, conversou com Jacques, que também queria uma reunião para discutir sobre o que Dominique havia contado. Então Paul contou a Jacques sobre suas conclusões a respeito da crise no reino vizinho.

— Adiar a execução de Dominique? — estranhou Jacques. No dia da prisão do criminoso, James custou a convencer Paul a deixá-lo vivo a fim de confessar os crimes e explicar os motivos pelos quais os cometera. Agora, Paul parecia querer poupar a vida do desertado cavaleiro.

— Jacques, veja bem. Ele conhece, melhor que qualquer um de nós, Bauffremont e seu exército. Ele poderia nos ajudar a enfrentá-los numa possível futura batalha. Ele virou uma peça estratégica. Pode inclusive ser usado como moeda de troca.

— Quer manter Dominique vivo, Paul? — estranhou Catherine. Ela também se lembrava de Paul "dando chilique" querendo executar Dominique naquele dia, e de James gastando todo seu poder de persuasão para demover o conselheiro da ideia.

Paul novamente explicou suas conclusões para a duquesa, que pegara a conversa pelo meio.

— Pensando assim, até que faz sentido. Só acho que Remy, Louis e Olivier não vão aprovar sua ideia. Já o abade James pode ser que concorde sem muita discussão — concluiu a duquesa.

— É. Foi o que pensei. James deve achar que por nos contar tudo, ainda que meio contra a vontade, ele merece uma segunda chance, mas tenho minhas dúvidas quanto a isso dos comandantes do exército. Remy nunca vai readmiti-lo na cavalaria depois do que ele fez — concluiu Paul.

— Ele não precisa ser readmitido nas fileiras da cavalaria, vamos reduzir sua punição, poupá-lo da fogueira, se o abade James assim concordar, em troca de informações sobre como Bauffremont tem organizado seu exército e seus planos — disse Jacques.

— É o que eu penso em fazer, Jacques, o problema será convencer Remy, Olivier e Louis disso — disse Paul.

— Eu sei. Vamos nos reunir com eles e James ainda hoje. Não podemos perder tempo, já que não sabemos o que Bauffremont tem planejado fazer conosco e nem há quanto tempo tem planejado isso tudo — decidiu Jacques, mandando mensageiros para os alojamentos do exército e para o mosteiro.

Os convocados, James levando Jean e Thiago de "brinde", logo compareceram ao castelo.

Iniciaram a reunião e Paul expôs o que pensara. Poupar temporariamente a vida de Dominique para obter mais informações sobre as atividades de Bauffremont e, quando a crise passasse, ele iria a julgamento pelas quinze mortes que causara.

— Quanto tempo pretende manter Dominique vivo, conselheiro? — perguntou Remy.

— Indeterminado. Até percebemos que a crise no reino vizinho está controlada e que não nos representa mais perigo de invasão ou coisa pior, como uma guerra.

Thiago engoliu em seco. Estava gostando da experiência de viver em um reino da Idade Média, mas não queria enfrentar uma guerra, mesmo sabendo que não seria convocado para as batalhas. Nem queria perder seus amigos Remy, Louis e Olivier, que certamente estariam em campo e poderiam ser abatidos pelas tropas inimigas.

— E como acha que Dominique vai nos ajudar, Reinart? — Louis também estava desconfiado da ideia de Paul para resolver a situação.

— Ele conhece o exército de lá e Bauffremont de perto. Pode nos dar informações sobre como eles estão agindo e quais serão os prováveis próximos passos deles.

"Ah, então foi assim que surgiu a figura do informante", pensou Thiago em tom de deboche.

— Acho que entendi suas intenções, Reinart. Mas o que pretende dar a Dominique em troca dessas informações? — perguntou James.

— Isso eu pretendo discutir com você, abade. Talvez poupar Dominique de uma morte na fogueira.

"E assim, a da delação premiada!", novamente Thiago pensava de maneira sarcástica.

A tensão no ambiente aumentou vertiginosamente. Todos estavam com a respiração suspensa esperando a reação de James ao inusitado pedido do conselheiro. Era possível ouvir os batimentos cardíacos de todos, e se um prego caísse no chão na ferraria, a quase um quilômetro e meio de distância do castelo, o som seria ouvido como se tivesse caído no grande salão onde todos estavam reunidos.

Com todas as atenções voltadas ao abade, ele tentava disfarçar a tensão de ser o dono da palavra final.

— Bem, creio que isso seja algo que eu possa fazer, mas preciso refletir se valerá a pena manter Dominique encarcerado na masmorra deste castelo por algum tempo e se um dia ele poderá sair. Remy o admitiria de volta na cavalaria? — Os olhos azuis de James encararam os castanhos do conselheiro.

— De jeito nenhum — disse Remy, impulsivamente. — Concordo que Dominique não precisa ser morto, se nos der informações úteis, mas voltar a nossa cavalaria, sem chance. Nem para limpar os estábulos.

— Compreendo, Remy — disse Paul. — Dominique pode nos dar informações úteis que nos ajudarão a nos preparar para enfrentar Bauffremont.

— Enfrentar? Pretende iniciar uma guerra contra Bauffremont, Reinart? — assustou-se Olivier.

— Não — corrigiu Paul. — A não ser que ele invada nossos domínios. Por isso temos que nos preparar, já que aparentemente esta é a intenção dele, pelo que Dominique nos contou.

— Ele pode querer nos atacar, mas acho que ele não tem força o suficiente. Ele está matando qualquer um que discorde minimamente dele... — disse Louis, tentando parecer despreocupado, mas morrendo de medo de se ver guerreando contra o exército de Bauffremont, por melhor que fosse seu preparo.

— Certo, mas não vamos iniciar nenhum tipo de ataque. Apenas defenderemos nosso território caso Bauffremont tente alguma coisa aqui. Ele já deve saber que Dominique ainda está vivo… — decidiu o duque, tendo a concordância dos demais presentes.

Depois disso, com a execução de Dominique suspensa, o assunto era discutido muitas vezes no reino. Cerca de três semanas após a primeira conversa com Dominique na masmorra, François foi levado pela comitiva da Normandia.

Mais três semanas se passaram e todos se viram na igreja do reino, onde um nervoso Olivier aguardava sua noiva. Naquele dia seria seu casamento com Helene, a filha do ferreiro. Foi uma cerimônia relativamente simples, porém bonita. Thiago ficou empolgado com a ideia de ajudar na celebração. Todos os militares do reino estavam presentes. Até mesmo Leopold Legrand, o pai de Remy, foi assistir à celebração. O velho cavaleiro, que considerava o arqueiro um filho, tanto quanto seu filho legítimo, vivia recluso desde quando sofrera um acidente a cavalo, o que tornava caminhar e cavalgar doloroso demais. Sabendo que seria difícil manter a vida de militar com o problema na perna, "aposentou-se" e passou o cargo para seu filho. Na festa, Angeline, noiva de Remy, e Elise, noiva de Louis, tratavam de "intimidar" seus noivos a tomarem providências. Os dois casais já estavam noivos há mais de três anos e nada. Os dois se esquivavam como podiam, e Catherine, vendo a situação, disse às duas que agora com Olivier casado era possível que os dois se decidissem. Enquanto Olivier e Helene estavam aproveitando a "lua de mel", mais coisas estranhas aconteceram no Reino das Três Bandeiras.

34.

CORPOS NO PENHASCO

O frio estava cada vez mais forte e cada raio de sol era aproveitado ao máximo pelos moradores do reino. E cerca de um mês após o casamento do arqueiro, James estava nos jardins do mosteiro com Thiago e Jean quando um cavaleiro passou correndo ao lado, assustando todos, mas principalmente o abade.

— Esses cavaleiros precisam diminuir a velocidade quando entram na vila — resmungou o abade de olho no cavaleiro velocista, vendo-o entrar no estábulo.

Thiago só riu. Mais uma vez pensou na origem de leis e normas. Nesse caso específico, na legislação de trânsito, principalmente a parte que dizia respeito a diminuir a velocidade e não fazer barulho próximo a igrejas, hospitais e escolas... Logo em seguida, o trio se recolheu no interior do mosteiro.

No estábulo, o cavaleiro apressado, que assustou e irritou o abade, desceu e correu até Remy, que estava apenas conversando com outros cavaleiros.

— Comandante Legrand! Comandante Legrand! — chamou o cavaleiro, esbaforido.

— Acalme-se, meu caro, o que houve? — Remy ficou assustado com a urgência no tom de voz do cavaleiro.

— Há uma criança na estrada principal do reino, indo em direção ao Reino de Borgonha! Ela está sozinha e parece bastante assustada, machucada — disse o cavaleiro aos atropelos.

— Como? Criança? — Remy ficou preocupado.

— Sim, da mesma idade dos filhos do duque, comandante. Mas acho que é uma menina — respondeu o cavaleiro, ainda aflito.

Remy balançou a cabeça e começou a dar ordens.

— Você, chame Louis e Olivier. Você, vá ao castelo e conte o fato ao duque e ao conselheiro Reinart. Você, avise o abade Pouvery — disse apontando para três cavaleiros diferentes, e cada um deles partiu em uma direção. — Já vocês, acalmem seu colega — disse para um grupo de cinco cavaleiros, que de imediato passaram a conversar e acalmar o portador da notícia.

Cerca de dez minutos depois, Louis e Olivier aparecem assustados nos estábulos, acompanhados do cavaleiro que fora incumbido de avisá-los.

— Remy, o que houve? — perguntou Louis, preocupado.

— Acharam uma criança na estrada para o Reino da Borgonha. Já mandei avisarem o duque e o abade. Agora que vocês chegaram, vamos ao local onde ela está, mas antes vamos passar no mosteiro. Creio que James queira ir conosco até onde a criança se encontra.

O cavaleiro enviado ao mosteiro parou o cavalo em frente ao portão principal e antes de tocar o sino para chamar um dos monges, Jean e Thiago apareceram na porta, pois ouviram um tropel de cavalo.

— Bom dia, meus caros monges, o comandante Remy Legrand pediu para chamar pelo abade Pouvery.

Jean maneou a cabeça, voltando-se de imediato para o interior do mosteiro a procura do abade-chefe para passar-lhe o recado, enquanto Thiago, ao olhar para o horizonte, viu um cavalo preto cercado por dois homens se aproximando. Soube na hora que eram Remy cercado por Louis e Olivier.

— Remy está vindo ali. Com o Louis e o Olivier.

— Perfeito — disse o cavaleiro.

O trio logo chegou às portas do mosteiro e Remy dispensou seu subordinado, que subiu em seu cavalo e voltou de imediato para os estábulos. James apareceu logo em seguida e foi colocado a par dos últimos acontecimentos por Remy.

— Uma criança, Legrand? — James ficou preocupado.

Remy maneou a cabeça afirmativamente, acrescentando o que sabia:

— De idade próxima aos filhos do duque. E ele acha que é uma menina.

James ficou aborrecido. Crianças abandonadas eram comumente encontradas naqueles tempos, principalmente quando eram bastardos, mas o que o deixava chateado era saber que aquelas crianças eram as menos culpadas de tudo e eram quem sofriam as consequências dos atos impensados de seus pais. Mas, nesse caso, imaginar que a duquesa pudesse também ficar com aquela menina o acalentava.

— Mas, Remy, a menina está sozinha na estrada? — estranhou Thiago.

— Acho que sim, ele não me passou mais informações. Estava abalado demais. Por quê?

— Uma criança dessa idade não vai sair sozinha e ir parar muito longe de casa. Os pais dela devem morar lá perto. A não ser que a pequena tenha sido abandonada.

— Tem razão, Thiago — disse Louis, acalmando-se com a informação. Talvez até fossem abordados pelos pais da pequena no caminho, desesperados com o sumiço da filha.

— Nós vamos lá checar a situação? — perguntou Thiago.

— Vamos. E ajudar a achar os pais da menina — disse James já saindo. Depois de andarem apenas alguns metros, viram outro cavaleiro se aproximando. Remy estranhou, pois não havia chamado nenhum de seus subordinados para acompanhar a turma. Porém, quando o cavaleiro se aproximou, todos viram que era ninguém menos que o duque Jacques Chevalier.

— Legrand! — gritou o duque.

Todos pararam para esperar o duque chegar e se curvaram quando Jacques se aproximou o suficiente para conversar com todos.

— Legrand, Marchand, Gouthier, Pouvery, Savigny, Thiago! Vocês vão ao portal ver a criança lá deixada?

— Sim, duque Chevalier — respondeu Louis se curvando ligeiramente.

— Vou com vocês. Catherine e eu fomos avisados mais cedo e ela quer que fiquemos com essa criança — Jacques deu um sorriso que misturava escárnio e satisfação. Estava animado com a ideia de ter uma menininha, mas ele e Catherine estavam esgotados com três crianças no castelo. Quatro os deixariam ainda mais cansados, mas o casal queria muito ter uma menininha.

James olhou para Thiago e, constrangido, avisou o duque:

— Chevalier, acreditamos que os pais da criança vivam perto do local onde ela foi encontrada. Uma criança não foge de casa desse jeito, ainda mais uma tão pequena quanto essa menina.

Jacques ficou meio chateado com a informação, mas mostrou-se compreensivo:

— Entendo — disse. — Se não encontrarmos os pais dessa criança, eu a levo para o castelo; caso sejam localizados, simplesmente a devolveremos a eles. E eu explico a situação à Catherine.

Finalmente, enfrentando um vento gélido que insistia em soprar pelo reino, os sete homens partiram ao local previamente indicado pelo cavaleiro que ficou em choque no estábulo, sendo consolado pelos colegas de caserna. Após quase uma hora de caminhada, chegaram ao dito portal. E lá estava uma garotinha congelando no frio, com a testinha sangrando e aos prantos. Olivier foi o primeiro a se aproximar da menina e quase caiu ao olhar o penhasco que havia na beira da estrada.

Dois corpos caídos vários metros abaixo deles e uma carruagem quebrada. O vento gélido pareceu ter entrado ainda mais intensamente por baixo da roupa do arqueiro e o fez sentir um calafrio em sua espinha. Toda sua história e passado lhe vieram à mente. Ele se viu no lugar da menininha, perdido, chorando e esperando que alguém viesse ajudá-lo. Ao verem a cena que se desenhava à frente deles, James, Remy e Louis olharam apreensivos para o arqueiro. Jacques, Jean e Thiago também entenderam do que se tratava assim que viram o que havia acontecido. O duque desceu de seu cavalo e foi em direção à pequena, que o olhou assustada e recuou, quase caindo no penhasco. Jacques conseguiu evitar a queda da garota, pegou-a no colo e a confortou. Em questão de segundos a menina se aconchegou no peito do nobre. Com a pequenininha aninhada nos braços, Jacques não conseguia tirar o sorriso do rosto, embora toda a cena ao redor fosse um tanto sombria.

Thiago logo conseguiu deixar a tensão de lado e começou a investigar a cena, ainda que superficialmente. Principalmente o casal aparentemente morto que jazia no penhasco quinze metros abaixo deles. Ao lado do casal, uma carruagem tombada, que parecia ter tido seu eixo danificado, o que pode ter ocasionado a queda no penhasco. Porém, mais próxima ao leito da estrada, estava uma flecha ligeiramente diferente das que um ainda atônito Olivier carregava em sua aljava. E havia microscópicas lascas de madeira na ponta metálica.

— Essa carruagem foi sabotada! — disse Thiago, tirando todos do transe.

— Por que diz isso, Thiago? — era Remy.

— Achei essa flecha aqui. Tem lascas minúsculas de madeira na ponta, e o eixo central da carruagem ali parece que está quebrado...

— Quem iria querer sabotar uma carruagem onde viajavam um casal com uma criança pequena? — perguntou o duque, intrigado com a pequena no colo. A menina havia parado de chorar, porém ainda estava muito assustada e chamando pela mãe. A pequena estava bem, mas com várias escoriações pelo corpinho e um grande corte na testa, tal qual Olivier quando resgatado.

— Talvez a pessoa de quem os pais dela estivessem fugindo... — insinuou Thiago.

Um calafrio percorreu todas as espinhas e as mesmas palavras ecoaram em todas as mentes.

— Eles fugiam do Reino das Sete Arcas? — perguntou Louis.

Jacques olhou para a garota em seu colo, que ainda esticava os bracinhos para o penhasco e chamava pela mãe. Seria a pequena filha de seu arqui-inimigo Emile Bauffremont? Se fosse, quem era o homem na carruagem acidentada e qual a sua relação com a mãe da menina? Ou seria a menina realmente filha desse casal morto?

Tentando acabar com as dúvidas, Jacques perguntou para a pequena pelo papai, e a pequena apontou para o homem morto com o dedinho e voltou a chorar. Deixando a investigação por conta de Remy, Olivier, Louis e Thiago, Jacques embalou a garota no colo, tentando fazê-la parar de chorar. Entre suas tentativas de acalmá-la, mostrou o castelo, do qual só era possível ver, daquela distância, a torre mais alta, onde ficavam as três bandeiras que representavam dois "tios-tataravôs" e o tataravô de Jacques, os fundadores do reino, dizendo à menininha que ela moraria lá em breve e que ela ganharia três irmãozinhos.

— Pelo que sabemos do que ocorre lá... — especulou Thiago. — Vocês conseguem descobrir se há alguma marca característica nessa carruagem ou nessa flecha que indique que foram fabricados lá?

Olivier saiu do transe de imediato, pegou a flecha da mão de Thiago e a examinou.

— Bem, essa não foi feita aqui. As nossas são bem mais leves, finas, lisas, resistentes e flexíveis — disse o arqueiro, analisando o equipamento e tentando entortar a flecha com as mãos e dando a entender que seu sogro era um ferreiro mais habilidoso que o que forjara a flecha em suas mãos. — Essa aqui não tem nenhuma marca que diga quem foi o ferreiro que a fabricou.

Thiago ficou pensando no que mais perguntar sobre o que havia no local quando um choro abafado foi ouvido. Todos olharam para a menina no colo do duque, a pequena havia dormido. Jacques embalava a garotinha nos braços, chacoalhando-a de leve para mantê-la adormecida. Sentia o peito queimando.

— Se a menina ali dormiu, quem está chorando? — perguntou Louis após Remy chamar a atenção de todos para o choro ouvido.

— O choro está vindo dali — disse Thiago, apontando para um dos corpos do penhasco.

Deixando seu trauma de lado, Olivier desceu o penhasco, ficando próximo aos corpos. O homem estava realmente morto e começando a apresentar sinais de rigidez *post mortem*. A mulher estava de olhos abertos, porém o olhar vitrificado indicava que ela também estava morta. Assim que a tocou, Olivier percebeu que, como o homem, ela também estava fria e com o pescoço e os braços rígidos. O som do choro ficava mais forte conforme se aproximava... Olivier finalmente teve coragem e moveu o corpo da moça. Quase caiu de novo ao ver um bebê de pouco mais de dois meses embaixo do corpo, vivo e chorando alto após a remoção do corpo da mãe. Era outra menininha.

— Tem outra menina aqui. Com pouco tempo de nascida — gritou Olivier, pegando a criança no colo.

— Sério? — perguntou o duque com expressão de surpresa no rosto, acalentando a outra menina.

— Elas devem ser irmãs — disse Thiago. James e Jean manearam a cabeça concordando com a afirmação.

— Remy, depois você providencia uma carroça para levar os corpos do casal morto até o mosteiro — pediu James ao cavaleiro, que maneou a cabeça afirmativamente.

— Sim, senhor abade — disse Remy, curvando a coluna.

— Ah, Remy, antes disso vou precisar de ajuda para levar essas mocinhas para o castelo... Vá até lá e peça uma carruagem e peça também para a Catherine vir aqui... Além de outro cavaleiro para levar o meu cavalo de volta para o estábulo.

— Sim, senhor duque — disse Remy, subindo em seu cavalo e partindo de volta para a vila.

Enquanto isso, Louis desceu até onde Thiago e Olivier estavam analisando a charrete em que as vítimas estavam antes do ataque.

— Pessoal, vocês não estão sentindo falta de nada? Cadê o cavalo que estava puxando a charrete? — perguntou Thiago.

Louis foi até a haste da charrete onde o animal era amarrado e viu que as tiras de couro estavam cortadas.

— Deve ter fugido quando a charrete foi atacada... As tiras de couro ou arrebentaram ou foram cortadas, Thiago, olhe. — disse o infante.

Thiago se aproximou de Louis e viu que a peça de couro que prendia o animal à estrutura fora cortada, e não se rasgara, e ainda havia um pequeno resquício de sangue no local. Mais um indício de que o acidente que matou o casal não fora tão acidental assim, o casal fora atacado, agora, restava saber por quem e, claro, o motivo. Seria impossível descobrir a origem do casal, visto que não havia documentos de identidade na Idade Média e provavelmente ninguém havia visto nada. No entanto, nenhum dos dois mortos apresentava sinais de violência externa provocada por outro ser humano, como sangramentos, hematomas, cortes, flechadas, ou por ataque de animais. Os únicos possíveis na Idade Média.

— Tem sangue aqui — disse Thiago ao analisar o couro. — Essas tiras foram cortadas... O cavalo, se escapou, pode não ter ido muito longe, mas como tem pouco sangue no local, o ferimento do animal deve ter sido superficial...

— Se o cavalo teve apenas ferimentos leves, como você diz, ele já deve estar longe...

— Paciência. Nos resta agora descobrir quem é esse casal, o que eles faziam, de onde vieram e para onde pretendiam ir... Tem como a gente descobrir de onde veio essa charrete?

— Não sei... Talvez o Remy ou o marceneiro do reino possam saber... Cada marceneiro coloca uma marca característica especial nas suas obras, mas apenas outro pode detectar... Agora, descobrir quem são os dois, isso é impossível... — disse Louis.

Thiago maneou a cabeça, ciente do problema que se descortinava diante de seus olhos... Até que pensando na provável origem do casal, um nome passou pela cabeça de Thiago, porém, para evitar problemas, manteve-se em silêncio. Mas logo começou a falar de novo:

— Louis, mora muita gente na beira da estrada?

— Não muitas... Não é uma área muito segura por ser um local de passagem, todos podem passar por aqui, não apenas aldeões do nosso reino. Por quê?

— Talvez alguém deva ter visto o casal passando com a carruagem e sendo perseguido por alguém. Isso pode ter chamado a atenção de algum morador dessa parte do reino... Vamos ter que andar bastante e conversar com muita gente para tentar descobrir alguma coisa... Cadê o Olivier?

— Subiu com o bebê — disse Louis, mostrando com a cabeça Olivier desajeitadamente colocando o bebê no colo do duque, que ficou segurando as duas crianças.

Thiago subiu de volta para a estrada. Queria ver se havia algum vestígio do acidente lá. E havia, cerca de cinquenta metros de onde a charrete ao final fora parar. Ela vinha seguindo um curso reto até o momento do ataque, onde era até possível ver pegadas de cavalo andando muito próximo à charrete, o provável momento em que ela foi atacada, quando o condutor perdeu o controle e a carruagem caiu no penhasco.

— Acho que foi aqui que eles foram atacados... — disse Thiago ao ver a parte em que a charrete parava de seguir o traçado da estrada e começava e se dirigir perigosamente para o penhasco do lado direito da pista.

— E parece que tinha alguém cavalgando ao lado da charrete e meio que a empurrando para fora da pista... — comentou Olivier.

— Preciso saber agora se a charrete estava correndo ou não... — disse Thiago.

— Difícil — disse Olivier quando Thiago teve uma ideia, mas não teve tempo de explaná-la, pois Remy havia voltado trazendo a duquesa Catherine, um cavaleiro para levar o cavalo do duque de volta ao estábulo e a carroça que levaria os corpos para o mosteiro. E ainda o conselheiro Paul Reinart veio de "brinde" no comboio montando outro cavalo.

O cavaleiro cumprimentou a todos rapidamente, pegou o cavalo do duque e partiu. Já o conselheiro foi até o local onde a charrete estava caída no penhasco, enquanto o condutor da carroça que levaria os corpos, após cumprimentar os presentes, sentou-se na charrete aguardando segunda ordem para retirar o casal do local. Já a duquesa, esquecendo-se de todos os protocolos e cerimônias, após descer da charrete correu até onde o duque estava. Remy a contara que havia duas crianças. James e Jean deram de ombros. Imaginavam a ansiedade da duquesa para ver as meninas. Depois de trocar algumas palavras com o marido, brincou com a menina mais velha, que despertou com o tropel dos cavalos, e pegou a bebezinha no colo. Nesse momento, os olhares da duquesa e de Jacques se cruzaram e foi possível sentir a atmosfera do local mudar, apesar do clima sombrio devido ao local e aos corpos. Todos relaxaram momentaneamente, enquanto o casal ficava eufórico por ter duas meninas. James então se aproximou para contar à duquesa que os pais da menina estavam mortos e que se eles desejassem ficar com as duas, ele apoiaria.

— Muito obrigada, abade. Jacques, quais nomes daremos a essas meninas?

— Você escolhe, querida — disse Jacques, passando a responsabilidade para Catherine.

— Pensando bem, a mais velha já deve ter um nome... — disse a duquesa, depois voltando-se para a menininha no colo de seu marido. — Queridinha, qual seu nome?

A garotinha balbuciou alguma coisa e o nome "Anne" foi ouvido com clareza.

— Anne? É esse seu nome, bonitinha? — perguntou Jacques. A pequena apenas olhou para o duque, que sentiu um arrepio na espinha. A menina era uma versão infantil de Catherine. Os mesmos olhos azuis, boca, nariz... — Cat, ela se parece muito com você...

— Você acha? — perguntou Catherine surpresa, embalando a bebezinha no colo. — Jacques, é melhor irmos... Está muito frio e as meninas devem estar com fome... E Charles precisa ver esse corte na testa dela...

Thiago congelou, não pelo vento frio que soprava no local, que já havia congelado suas orelhas, nariz e pontas dos dedos, mas por imaginar Charles cauterizando com um ferro em brasa o corte na testa da menina. Tal como fizera com a flechada no ombro de Dominique. Uma coisa era fazer isso em um adulto, outra era em uma criança que não parecia ter mais que dois aninhos.

Jacques maneou a cabeça concordando com sua mulher e os quatro subiram na carruagem e por fim partiram.

Quando a carruagem se afastou, Thiago voltou a falar com Remy.

— Remy, tem um rastro aqui que eu acredito ser dessa charrete acidentada. Mais ou menos aqui foi o ponto onde foram atacados. A flecha que eu encontrei deve ter atingido o eixo central por aqui e então alguém a cavalo se aproximou e cortou as tiras de couro que prendiam a charrete ao cavalo. O animal está desaparecido, e me parece que não foi muito ferido.

— Se ele não está muito machucado ele já deve estar há várias milhas daqui... — concluiu Remy.

— Remy, tem como, pelas pegadas dos cascos na terra, ver se o cavalo estava apenas trotando ou correndo? — continuou Thiago.

— Não sei...

— O que acha de fazermos um experimento para descobrirmos?

— O que você pretende fazer?

— Vamos achar uma área lá no estábulo que dê para transformar em "pista de corrida" e dividir em três partes. Em uma delas, você vai passar trotando, em outra, cavalgando e na última, correndo. Daí, vou observar o padrão de distância dos cascos do seu cavalo e com isso comparar com essas pegadas aqui para descobrir se esse cavalo desaparecido estava transitando sem problemas ou se corria para fugir de algum lugar.

— Que loucura... Mas acho que vai se divertido... Vamos.

— Ah, depois temos que seguir esses rastros até onde derem para sabermos mais ou menos de onde essas pessoas vieram.

— Sim...

— Também remontar o eixo central dessa charrete para ver se encontro a marca dessa flecha em algum lugar.

— Perfeito — Remy já estava ficando zonzo de tanta coisa que Thiago queria fazer. — Vamos primeiro seguir o rastro da charrete, pois eles podem se perder.

Enquanto os dois conversavam, Louis e Olivier puxaram a charrete para a estrada. E depois, juntamente ao condutor da carroça chamado para levar os corpos para o mosteiro e Paul retornaram até o local para buscar os corpos.

James falou para deixarem os corpos no mosteiro, que do funeral ele cuidaria mais tarde. E ia rumando a pé pela estrada com Thiago e Jean quando Remy o interrompeu, chamando pelo "noviço".

— Thiago, venha comigo. Essa trilha pode ter várias milhas de extensão. Andando você vai demorar dias para chegar. Vamos pegar um cavalo para você no estábulo. Mas acho melhor você voltar a usar as roupas que vestia quando você chegou aqui. Com essa batina não vai ser possível.

— Está bom. Vamos ter que passar no mosteiro antes.

No mosteiro, Thiago correu para sua cela e logo saiu vestindo sua calça jeans, camiseta preta e tênis cinza, as peças que usava quando chegara ao Reino das Três Bandeiras. James o abordou no exato minuto em que saía do local:

— Thiago, o que significa isso? — perguntou o abade, intrigado, e veladamente descontente de Thiago ter tirado a batina. Só se acalmou quando Remy explicou suas intenções.

— Fui eu que pedi para ele trocar de roupa, abade — interveio Remy. — Eu vou levar o Thiago para andar a cavalo...

— Ah, sendo assim, é melhor. Mas voltem logo — disse James, dando de ombros.

Jean logo se aproximou e perguntou por que Thiago estava sem a batina, mas tal como James, não deu importância após a explicação de Remy. Após a saída do batedor e do "noviço" do local, Jean comentou com James o tamanho do chilique que François faria ao ver Thiago sem a batina. James sorriu e respondeu:

— Com certeza o suficiente para eu querer imitar o duque e acertar-lhe a cabeça com um castiçal de ferro.

No estábulo, Remy, antes de sair para a "ordem de serviço", sabia que precisaria fazer com que Thiago se sentisse seguro sobre um cavalo. Escolheu o mais manso que havia entre os disponíveis, selou o animal e levou-o até Thiago, que até então conversava com Louis sobre como Olivier reagira após a cena do penhasco.

— Ele deve ter se lembrado de cada segundo que ficou à beira da estrada esperando ajuda quando os pais dele morreram, até o pai do Remy e o abade James aparecerem e o levaram para o mosteiro...

— Com certeza. Eu era pouco tempo mais velho que ele. Lembro de minha mãe e do meu pai terem falado para eu me aproximar dele... Ah, mudando de assunto, Thiago, mandei quatro de meus homens percorrerem aquele trecho da estrada perguntando a todos que vivem por lá se viram ou ouviram alguma coisa nesta noite ou hoje pela manhã, até o horário que o cavaleiro encontrou a menina e nós fomos ao local.

— E onde Olivier está agora?

— Foi pra casa dele, está lá com Helene.

— Perfeito — dizia Thiago quando Remy voltou montado em seu cavalo e puxando outro animal.

— Vamos, Thiago? — convidou Remy.

— Remy, eu não sei andar nessa coisa... — Thiago estava assustado.

— Eu te ensino — disse Remy, rindo e descendo do cavalo.

— Isso vai ser interessante... — ponderou Louis, encostando-se na cerca do estábulo para assistir à "aula".

— Bem, vamos lá — começou Remy em tom professoral. — Primeiro aprender a subir e descer do cavalo. Depois, estabilidade no trote e, por fim, cavalgada e corrida... Para começar, ponha seu pé no estribo e impulsione o corpo para cima para montar no animal. Assim. — contou Remy, assustando Thiago e demonstrando como fazer.

— Ver você fazendo parece tão simples, a gente vai fazer e simplesmente não consegue — disse Thiago, pondo o pé direito no estribo e sendo rapidamente corrigido por seu "professor de equitação".

— Do outro lado, Thiago...

Thiago contornou o cavalo, colocou o pé esquerdo no estribo e impulsionou o corpo, passando a perna direita para o outro lado.

— Assim? — perguntou. — Por que tem que ser desse lado, Remy?

— Exato. Agora desce, pelo mesmo lado que você subiu. Do outro lado, a gente pode se machucar com a espada.

— Ah... — disse Thiago, pensando em argumentar que não estava portando uma espada.

Thiago desceu do cavalo.

— Agora sobe de novo.

Thiago olhou intrigado para Remy e Louis riu. O infante estava com um ar debochado. O menino deu de ombros e subiu no cavalo de novo, o que agora lhe pareceu bem mais fácil.

— Prometo que vai ser só essa repetição. Agora vamos dar um passeio pelo reino... — disse Remy, montando seu cavalo. — Abra um pouco as pernas e volte dando apenas uma leve batida no corpo do cavalo. Se bater muito forte, vai assustar e ele vai sair correndo, e não tire suas mãos das rédeas até se sentir seguro.

Thiago fez exatamente o que Remy havia lhe dito e o animal deu alguns passos, o suficiente para triplicar seu ritmo cardíaco e fazê-lo achar que havia engolido um quilo de gelo.

— Remy! — disse Thiago, assustado. Louis ainda ria encostado na cerca nos fundos.

— Calma, para fazê-lo parar é só puxar um pouco a rédea para trás. E para ter estabilidade, aperte suas pernas contra o corpo do cavalo. Também sem muita força. — A paciência de Remy surpreendia Thiago.

Depois de mais alguns minutos treinando, o suficiente para Louis se desinteressar pelo assunto, Thiago estava se sentindo mais seguro. Remy e ele partiram para a estrada principal, onde a charrete havia caído. No caminho, viram um grupo de quatro infantes entrando em cada uma das casas e conversando com todos os que lá viviam a fim de levantar pistas sobre os ocupantes da charrete.

— Foi aqui que a charrete ou quebrou ou foi sabotada, olha... — disse Thiago, mostrando o ponto na estrada em que a charrete muda repentinamente de rumo e começa a se dirigir para o penhasco.

— Bem, não tem nenhuma pedra ou coisa parecida na estrada que possa ter quebrado a charrete, e as rodas estão em bom estado, só pode ter sido sabotagem — analisou Remy.

— Aliás, onde está a charrete?

— Acho que o Louis e o Olivier a deixaram perto do alojamento. E a flecha que você encontrou está com o Olivier. O que você quer fazer com elas, Thiago?

— Só colocar o eixo quebrado no lugar para ver se tem alguma marca da provável flechada que quebrou a carroça e ver se combina com a da flecha que eu achei no penhasco...

A dupla continuou seguindo pela estrada e via o rastro da charrete, que parecia estar andando normalmente, sem estar correndo muito. E continuaram cavalgando pela estrada até que Remy parou seu cavalo repentinamente, mesmo com o rastro da charrete continuando pela estrada. Thiago reconheceu na hora o lugar em que estavam, um portal de duas colunas de pedra, uma de cada lado da estrada. Mesmo assim, não entendeu o porquê de Remy ter parado repentinamente. Parou seu cavalo também. Os rastros da charrete continuavam pela estrada de terra batida além do portal.

— Que houve, Remy?

— Reino das Sete Arcas... Depois desse portal, é o território deles...

— Ah... — Thiago olhou bem para o terreno além do portal. Exceto pela mata que dividia os dois reinos, tudo era diferente. As pastagens e plantações do Reino das Sete Arcas estavam totalmente abandonadas, com várias carcaças de animais mortos, ao passo que as do Reino das Três Bandeiras estavam repletas de animais (vivos) e camponeses trabalhando. Até a estrada parecia menos conservada que a do Reino das Três Bandeiras. O que Dominique falara começava a se transformar em verdade. — Puxa, está bem abandonado o terreno aí... — comentou olhando mais ao redor, o castelo de Chevalier e a vila eram praticamente invisíveis (apenas se via a torre mais alta das três bandeiras do castelo) e nem sinal do castelo de Emile Bauffremont.

— Bem que Dominique falou que a situação deles está bem crítica.

— É provável que, se a gente entrar aí, demorem um tempão para perceberem que invadimos o território deles.

— Melhor não arriscar. Embora em crise, o exército de Bauffremont é mais violento que a média...

Nessa hora, Thiago teve outra ideia, que taxou de absurda de imediato, mas dessa vez não se segurou:

— Será que se a gente voltar aqui acompanhado do Dominique nós não entramos?

— Dominique, Thiago? Quer mesmo tirá-lo das masmorras? — ficou claro para Thiago que Remy desaprovava a ideia.

— Só para colaborar com a investigação. Ele, aliás, pode também reconhecer o casal morto lá no mosteiro.

— Isso seria interessante. Vou conversar com o abade, o duque e Reinart para saber o que fazer, mas acho difícil que Dominique os reconheça.

— Mas não custa tentar... Ah, Remy, eu já estava esquecendo... Temos que isolar o trecho da estrada com as marcas da charrete para podermos voltar lá e estudarmos de novo se precisarmos.

— Ah, sim. Vou falar com o Louis para ele mandar seus homens fazerem esse trabalho... Vamos voltar... — decidiu Remy.

Os dois viraram seus cavalos e voltaram para a vila do reino. Era quase meio-dia quando chegaram. Remy deixou Thiago no mosteiro e já aproveitou para falar com James sobre os corpos e sobre a possibilidade, ainda que mínima, de Dominique os conhecer.

— Se eles passavam por aqui fugindo do caos do Reino das Sete Arcas, é bem provável que Dominique ao menos saiba se eles moravam lá, mas acho difícil que saiba seus nomes ou que eles têm duas filhas.

— Uma só. A segunda provavelmente nasceu após a prisão dele — disse Remy, lembrando-se da idade da agora filhinha caçula da família Chevalier.

— Ah, sim. Converse com o duque e traga-o aqui, se assim Chevalier permitir — decidiu James.

— Vai trazer Dominique aqui, Remy? — perguntou Thiago, já usando novamente a batina preta que o deixava assustadoramente parecido com o abade.

— Sim. Quer dizer, vou trazer se o duque deixar.

— Ah...

— Bem, vou ao castelo fazer isso e, se der certo, já volto.

Antes, porém, Remy passou no alojamento da infantaria e conversou com Louis, cujos homens designados para interrogar os moradores da estrada já haviam voltado, e tal como Thiago previra, ninguém havia visto nada de anormal. Apenas um camponês afirmou ter visto a charrete, porém não suspeitou de nada estranho, visto que quando a avistou, esta andava em uma velocidade normal e não havia um cavaleiro ou um arqueiro misterioso a perseguindo nem a atacando. Então pediu que Louis designasse outros homens para isolar o trecho da estrada em que a charrete caíra no penhasco. Depois, quando viu um grupo de infantes sair dos alojamentos rumo ao local do acidente, passou no estábulo e pegou o cavalo que um dia fora de Dominique e que ainda estava lá, aguardando o recruta que o usaria. Selou o animal e levou-o até o castelo.

Deixou os dois cavalos amarrados perto da torre do portão e entrou na enorme construção. Paul foi quem o recebeu.

— Olá, Remy — cumprimentou-o Reinart.

— Conselheiro, o duque se encontra? — Remy curvava ligeiramente a coluna.

— Sim, Legrand, ele está na ala noroeste com a duquesa e as crianças. Estão tentando acalmar a pequena Anne e fazê-la se entender com Henry e Yves.

— Ah, sim... — Remy sorriu. — A pequenininha já ganhou um nome?

— Sim, vai se chamar Isabelle. Nome da falecida mãe de Jacques.

— Belo nome. Conselheiro, tem como o senhor chamá-lo? Preciso falar com ele urgente. É sobre o casal do penhasco — disse Remy. Sabia que chamar aquele casal morto de pais das meninas seria meio afrontoso. Se bem que o duque se referia ao casal de criadores de porcos como os pais dos meninos.

— Alguma informação nova?

— Comigo nada. Acabei de falar com Louis, os homens dele que foram os encarregados de colherem novas informações. Nenhum morador do local viu ou ouviu algo suspeito no local.

— Então, o que é?

— Descobrimos que eles vieram do Reino das Sete Arcas. Pode ser que Dominique os reconheça de lá.

— E...

— Thiago sugeriu que levássemos Dominique até o mosteiro para fazer um tipo de reconhecimento do casal.

— Hum... Interessante... — disse Paul. — Vamos até lá. Você vai poder conhecer melhor as meninas. As duas estão bem, caso alguém lhe pergunte. Charles já as avaliou.

— Que ótimo!

O conselheiro e o batedor caminharam pelos corredores do castelo até a ala noroeste, que ficou ainda mais agitada agora que havia mais duas crianças no local.

Isabelle mamava no colo da duquesa enquanto Anne estava sentada em frente à lareira entretida com as labaredas, tal como seu irmão Yves, os dois já haviam mamado mais cedo. A testinha da menina estava enfaixada, mas a garota estava bem no geral. Desde que chegara ao castelo, Jacque se Catherine foram extremamente amorosos e carinhosos com a pequena. Exceto pelo corte na testa e alguns esfolados nos bracinhos e perninhas, a pequena não tinha mais nenhum machucado no corpo. Henry estava debruçado cautelosamente na janela olhando a cavalaria se movimentar, e ao ver que o chefe dos cavaleiros se encontrava na mesma sala que ele, puxou-o para a janela para lhe mostrar os cavalos. Remy carinhosamente afagou a cabeça do menino e cobrou de Jacques a ida com o garotinho aos estábulos. Já o pequeno Pierre dormia num bercinho.

— Eu sei, Remy, quando o inverno passar eu o levo até lá, mas o que o traz aqui? — perguntou Jacques.

— Duque, já conversei com Paul a respeito... — disse Remy, contando o motivo da visita.

Jacques estranhou, mas ponderou que um reconhecimento por parte de Dominique seria útil. Se fosse provado que o casal viera mesmo do reino e Dominique os reconhecesse, dando nomes e um provável motivo para a fuga, embora este "motivo" provavelmente estivesse na sala dos duques, fossem em dose dupla e tivessem até nomes: Anne e Isabelle.

— Por mim, tudo bem. Desde que ele volte para cá antes do pôr do sol — concordou o duque, olhando para fora. O sol ainda estava alto o suficiente para dar tempo de Dominique ir e voltar do mosteiro antes de escurecer. — O que acha, Cat?

— Sem objeções — disse Catherine, mais interessada em cuidar das crianças.

— Sendo assim, autorizado. Mas chame o Louis e o Olivier para acompanhar. Caso ele tente fugir ou coisa assim — disse Jacques. — Ah, Remy, diga a James que preciso falar com ele o mais breve possível.

Remy curvou-se diante do duque.

— Sim, senhor, obrigado. Farei o possível para trazer Dominique de volta antes de escurecer — disse Remy, saindo de imediato da sala e dirigindo-se às masmorras apressado. Sabia que o tempo não seria seu aliado.

Dominique estava sentado no chão de sua cela, entediado, esperando o tempo passar. Quase não entrava luz no local, o que tornava ainda mais difícil para ele ter noção do tempo. E seu estado, embora estivesse fisicamente melhor, ainda era deplorável. Estava quase esquelético e pálido. Ao ouvir barulhos nos corredores, pôs-se de pé. Surpreendeu-se ao ver seu "ex-chefe" sozinho.

— Remy! O que aconteceu?

— Para você, sou o comandante Legrand, seu insolente — Remy estava sério e irritado. — Vamos.

— Onde voc... O senhor pretende me levar? — Dominique trocou o tratamento ao receber um olhar de repreensão de Remy ao quase chamá-lo por "você".

— Temos dois supostos moradores do Reino das Sete Arcas no mosteiro. Preciso que você me diga se os reconhece. — Remy ocultou propositadamente que os moradores estavam mortos.

— Quer que eu converse com eles, comandante Legrand?

— Hum... Acho que eles não estão muito dispostos a conversar... — Remy agora decidiu tirar sarro da cara de seu ex-subordinado.

— Talvez comigo eles conversem — Dominique estava bastante solícito.

— Ah... Acho que não, vamos logo — Remy abriu a cela, puxou Dominique para fora e empurrou-o pelo corredor.

Com um pouco de dificuldade, Dominique seguiu pelo corredor andando tropegamente com um impaciente Remy atrás. Seus olhos chegaram a lacrimejar quando se viu do lado de fora do castelo, fechou-os e sentiu o máximo que pôde a luz do sol no rosto.

— Dominique... Eu não tenho o dia todo... Suba logo. — Remy apressava o prisioneiro.

Somente então Dominique viu seu cavalo acinzentado ao lado do preto de Remy, já preparado para ser cavalgado. Enquanto Dominique subia em seu antigo cavalo, avisados por uma sentinela a pedido do próprio Remy, Louis e Olivier chegaram correndo aos portões do castelo.

— Remy o que houve? Já arrumei o local, como você pediu. O que Dominique está fazendo aqui? — perguntou Louis, ficando instantaneamente irritado e levando automaticamente a mão à espada.

— Calma, Louis, está tudo sob controle. Dominique só vai até o mosteiro reconhecer o casal do Reino das Sete Arcas que está lá — disse Remy, cujo humor fora de ótimo, quando estava na ala nordeste do castelo, a médio quando desceu para as masmorras e agora a péssimo em questão de minutos.

— De quem foi essa ideia? — perguntou Olivier, que estava com o arco armado, e também de cara fechada, pronto para atirar mais uma flecha em Dominique caso ele fizesse um único movimento em falso.

— Do Thiago, Olivier.

O arqueiro e o infante se olharam, ambos de cenho franzido e olhar intrigado:

— Tem certeza? — perguntaram Olivier e Louis em uníssono.

— Tenho — disse Remy, dando uma risadinha. — E é para vocês dois nos acompanharem na escolta, no reconhecimento e na escolta de volta até o castelo. Ah, por favor, colaborem, o tempo que temos para isso é curto. O abade já sabe que ele está indo lá e tenho que colocar esse sujeitinho de volta na masmorra antes do pôr do sol.

— Certo — concordou Louis, ainda contrariado.

Dominique subiu no cavalo com dificuldades e cavalgou lentamente, enquanto Remy trotava calmamente e Louis e Olivier seguiam em ritmo apressado sem tirarem os olhos do cavaleiro desertor. O corpo todo de Dominique doía enormemente. Já havia se passado quatro meses desde o último ataque. Há três, Dominique estava preso na masmorra do castelo. Desde o último ataque que Dominique estava sem cavalgar ou se exercitar com os outros cavaleiros. Até seus ossos doíam a cada passo do cavalo.

— Rem... Comandante Legrand, mais devagar, por favor... Está tudo doendo... — A expressão no rosto de Dominique era pura dor.

— Mais uma reclamação, Dominique, e você vai ser arrastado até o mosteiro — ameaçou Remy, nada sensível à agonia de Dominique. Louis esboçou uma risadinha e Olivier balançou a cabeça. Por fim, chegaram ao mosteiro. James os esperava na porta e se assustou com o deplorável estado de Dominique.

— Meu Deus! — murmurou James baixinho ao ver como Dominique estava. Jean também presente no momento e ficou assustado com a aparência do desertado cavaleiro.

"Ele está só a capa da gaita", pensou Thiago, lembrando-se da aparência de Dominique quando ainda era um renomado membro da cavalaria de Jacques.

— Abade — cumprimentou Dominique.

— Olá, Dominique, eles estão na sala dos fundos...

— Abade, eles vão ficar aqui no mosteiro por quanto tempo?

— Ainda não sei... — disse James evasivo. Embora ninguém tivesse combinado, todos ocultavam de Dominique que o casal estava morto.

Tanto que Dominique estranhou quando, ao chegar à sala onde o casal estava, encontrou dois corpos cobertos por lençóis sobre um estrado de madeira no chão.

— O que aconteceu aqui? — perguntou Dominique, com desespero crescente. — Cadê o casal?

— Sob os lençóis, Cavour — disse James, explicando o acontecido, mas não falando das crianças.

— Deixe-me vê-los... — pediu Dominique ainda mais desesperado.

James levantou os lençóis e o frágil Dominique quase sucumbiu. Seus joelhos cederam ao seu peso e ele teve que se apoiar em uma parede para não cair. Louis, Remy e Olivier se olharam, estranhando o grau de comoção do ex-cavaleiro.

— Então, Dominique, reconhece o casal? — perguntou Thiago.

— Sim... São Thomas e Marie. Eram perseguidos por Bauffremont.

— Por que Bauffremont os perseguia? — perguntou Remy.

— Marie se recusou a deixar Thomas e ir para o castelo viver com as outras mulheres... E... — Dominique foi repentinamente tomado por uma onda de pânico. Seus olhos se arregalaram, sua respiração ficou mais ofegante e suas mãos, trêmulas. Qualquer um notava que ele ficou muito apavorado com os acontecimentos. — Onde está Anne? A filhinha deles? — As duas últimas perguntas foram feitas em total tom de pavor.

Os militares pensavam em ocultar a informação de que a menina estava viva e bem, porém o desespero de Dominique ao reconhecer o casal e falar da menina foi tamanho que o lado bonzinho da turma falou mais alto.

— Ela está bem, Dominique. Sobreviveu ao acidente — disse James.

— Onde ela está?

— Ela vive algumas jardas acima de sua cela... Está morando com os duques — disse Remy.

O alívio no rosto de Dominique ao saber que a menina estava bem e era muito bem cuidada foi visível.

— Quando eu os vi pela última vez, Marie estava grávida do segundo filho. Vocês também localizaram um bebê na carruagem?

— Havia, sim, um bebê com eles. Também sobreviveu e está com os duques — disse Louis.

— Sabe dizer, se havia meses que eles estavam se escondendo de Bauffremont, onde conseguiram a charrete e um cavalo? — perguntou Thiago.

— Thomas trabalhava na marcenaria do reino. Deve ter feito ele próprio a charrete, o cavalo ele deve ter conseguido depois que Bauffremont destituiu toda a cavalaria do reino. Disse que eu iria recrutar os novos cavaleiros depois que a gente resolvesse tudo.

— Bauffremont acabou com a cavalaria dele? — Remy estava incrédulo. Seu queixo caído não deixava dúvidas.

Dominique balançou a cabeça e complementou:

— E artilharia. Acho que só mantém dois ou três de cada... E deve ter pouco mais de cinquenta homens na infantaria.

Foi a vez de Olivier se espantar.

— Bauffremont é completamente louco. Só com a infantaria, qualquer exército, por pior que seja, acaba com as forças dele! Sem ofensas, Louis.

— Sem problemas — disse o infante, que tal como seus colegas estava igualmente espantado com a "estratégia" de Bauffremont. Se o homem estivesse de fato armando uma guerra com o intuito de subjugar os reinos vizinhos, a última coisa que ele deveria fazer seria enxugar seu exército. E de fato o arqueiro estava correto. Infantaria jamais superaria uma cavalaria e principalmente uma artilharia bem treinada. Todo o medo que sentia de guerrear com Bauffremont desaparecera. O exército adversário não teria chances contra os mais de mil homens de Jacques. Seria agora que ele vingaria o assassinato de seu pai, queria ser o responsável por acabar com a vida de Bauffremont, porém, não ficaria triste caso Remy ou Olivier ou ainda qualquer outro membro do exército das Três Bandeiras o matasse.

— Dominique, onde esse casal estava escondido? — perguntou Thiago.

— Há um chalé numa clareira da mata, ao sul. Estava abandonado há algum tempo, e quando Marie descobriu que estava grávida de Anne, eu os escondi lá. Anne nasceu naquele chalé, e eu meio que fui padrinho da menina… O abade Beau foi lá batizar a menina, foi um de seus últimos atos antes de Bauffremont executá-lo. E como já disse, na última vez que os visitei para levar comida, Marie estava grávida de seu segundo filho. Bauffremont me ordenou matar outra pessoa aqui e o resto da história vocês já conhecem…

Dominique, visivelmente abalado pela morte do casal, contava mais "podres" de Bauffremont. Mas Remy olhava impaciente para o céu. Com o inverno chegando e os dias ficando cada vez mais curtos, ele tinha pouco tempo para devolver Dominique para as masmorras do castelo. Prometera ao duque que Dominique estaria de volta antes do pôr do sol, e esse fenômeno estava cada minuto mais próximo. Até que uma hora, depois de Dominique falar e falar sobre as dificuldades enfrentadas pela população do Reino das Sete Arcas e dos desmandos ditatoriais de Bauffremont, Remy checou o tempo pela vigésima vez e se decidiu.

— Vamos voltar. Daqui a pouco começa a escurecer.

Louis e Olivier de imediato se puseram de pé, prontos para escolar um resistente Dominique de volta ao castelo.

— Deixem ao menos eu me despedir deles — pediu Dominique.

— Dominique… Temos pouquíssimo tempo até te trancarmos na masmorra de novo, deixe isso para outro dia… Vou pedir para o duque te liberar no dia em que enterrarmos os dois — Remy tentou negociar. — Ah, abade, o duque quer falar com o senhor.

— Eles não mereciam isso… — lamentou-se Dominique, saindo do local.

— Claro que não, assim como as quinze pessoas que você decapitou — soltou Olivier.

— Como consegue ser tão ambíguo, Dominique? Matando pessoas a esmo aqui no Reino das Três Bandeiras e salvando, ou ao menos tentando salvar, vidas no Reino das Sete Arcas — perguntou Thiago.

Todos olharam surpresos para o "noviço" e depois para Dominique, esperando que o desonrosamente dispensado cavaleiro respondesse à pergunta do garoto. Porém, Dominique apenas abaixou a cabeça, sem responder Thiago. Então, os militares o levaram para o castelo, deixando Thiago, James e Jean maquinando sobre tudo o que já fora dito sobre Bauffremont, Reino das Sete Arcas e a crise vivida pelos habitantes de lá.

— Remy, avise o duque que vou amanhã cedo ver o que ele quer comigo. Já está escurecendo e tenho muito o que fazer aqui no mosteiro.

— Tudo bem — Remy concordou, apressando Dominique e partindo em direção ao castelo.

Chegaram no castelo nos últimos instantes de sol, e após trancar novamente Dominique na cela, juntamente a Olivier e Louis, Remy voltou aos andares superiores, a fim de tentar falar com o duque e com Paul e contar que Dominique identificou os corpos do casal morto e sabia até o motivo pelo qual ambos eram perseguidos por Emile Bauffremont.

— Quer dizer que Bauffremont, além escravizar sexualmente as mulheres do reino, matar as que engravidam de outro homem, ou, mesmo que o pai da criança seja ele, se a mulher tem uma filha, ele mata as duas, ainda por cima ele também assassina as que se recusam a serem levadas por ele? E foi Dominique quem salvou o casal das garras de Bauffremont? E Bauffremont praticamente liquidou o próprio exército?

Remy se limitou a balançar a cabeça afirmativamente a cada pergunta de Jacques.

— Sim, senhor — disse Louis.

Jacques suspirou:

— É muita loucura para processar... — disse o duque, passando a mão pelos cabelos castanhos claros.

O atônito Paul Reinart não conseguia falar absolutamente nada.

Com as crianças agora dormindo, a duquesa Catherine participava da reunião mais ativamente. E pensando nas informações passadas por Dominique aos militares, ao abade, aos monges, ao conselheiro e ao próprio duque, a duquesa logo percebeu mais um furo no plano de Bauffremont de "dominar o mundo", mas decidiu não falar nada naquele momento. Remy acabou aproveitando para já pedir algo que havia prometido a Dominique:

— Duque, teria como o senhor liberar Dominique para o enterro do casal?

Jacques olhou para Catherine, pedindo a opinião da esposa para o fato.

— Por mim, sem problemas, desde que ao menos um ou dois militares fiquem de guarda ao lado dele para evitar desde sua fuga ou até mesmo que nossos aldeões o ataquem por represálias às decapitações. Ou, pior ainda, que Bauffremont apareça para resgatá-lo.

— De acordo. Bem, Remy, Dominique poderá ir ao enterro do casal se você seguir essas recomendações — decidiu Jacques.

— Certo, duque. Conversarei com Louis e Olivier para vermos como faremos esse esquema de segurança. Teremos que reforçar bastante a segurança no momento, agora que madame Catherine me lembrou de que Bauffremont pode ainda tentar resgatá-lo. Aliás, será bom reforçar também a segurança aqui do castelo e a do mosteiro também, já que os corpos estão lá. E o abade diz que vem amanhã resolver o que o senhor quer com ele — disse Remy, retirando-se do local e voltando ao alojamento, onde Louis e Olivier estavam conversando e Olivier ensaiando para voltar para sua casa.

— Louis! Olivier! — Remy os chamou.

— Fala, Remy! — disse Olivier enquanto Louis cumprimentava o batedor com um aceno.

— Precisamos reforçar a segurança no castelo.

— Ainda acha que Bauffremont vai tentar resgatar Dominique, Remy? — perguntou Louis, num misto de desprezo e deboche.

— Não... O duque e a duquesa estão preocupados com a segurança das meninas. Se Bauffremont invadiu nosso território para atacar os pais delas, assim que souber que as filhas do casal sobreviveram, pode tentar invadir o castelo para matá-las e pode acabar conseguindo seu objetivo, que... — disse Remy, que ia concluir o raciocínio quando foi bruscamente interrompido por um Olivier piadista:

— Vão ter que matar madame Catherine antes.

Louis e Remy esboçaram uma risadinha.

— É, exato. O grande objetivo de Bauffremont é matar nosso duque. E sua esposa junto — disse Remy.

— E isso provavelmente vai ser um tipo de vantagem — era Louis.

— Ah, também acho conveniente reforçar a segurança do mosteiro, já que os corpos das duas vítimas estão lá.

— Boa ideia.

O trio de comandantes logo bolou uma estratégia e oito cavaleiros, oito arqueiros e quatro infantes foram imediatamente mandados para o castelo e mais dois infantes, dois arqueiros e quatro cavaleiros ao mosteiro. Jacques recebeu os reforços e distribui-os pelo castelo, já James não ficou muito feliz com a intervenção, mas logo entendeu a preocupação de Remy. Bauffremont talvez reaparecesse, e se descobrisse que os corpos estavam recolhidos no mosteiro, poderia invadir o local, pegar os corpos e sabe-se lá o que faria com eles. Segundo Dominique, o Reino das Sete Arcas era todo "decorado" com corpos inteiros ou partes dos corpos dos desafetos de Bauffremont.

— Mas, Remy, o casal está morto. Temos que nos preocupar é com as filhas que eles deixaram — disse James.

— A segurança lá já foi reforçada também, abade — garantiu Remy. — Ah, nos avise do dia do funeral, pois esse seria um momento perfeito para Bauffremont fazer mais alguma coisa. Vamos trazer nossos homens em peso para aqui na ocasião.

— Compreendo, Remy. E claro que o avisarei do dia do sepultamento do casal. Amanhã vou conversar com o duque sobre isso…

35.

RECONSTITUIÇÃO CRIMINAL

No dia seguinte, Thiago acordou cedo e, pensando em tudo que acontecia no reino vizinho, percebeu o mesmo furo no plano de Bauffremont que a duquesa percebera. Porém, assim como Catherine, manteve-se em silêncio.

Já no palácio, Jacques e Catherine conversavam pela manhã enquanto comiam antes dos filhos acordarem mais uma vez. O casal estava morrendo de sono com cinco filhos, todos com menos de quatro anos, eles não tinham uma noite decente de sono desde o dia em que tomaram a decisão de trazer os três meninos. Catherine acordava a cada hora e meia para amamentar as crianças, e Jacques acordava com a esposa para ajudá-la.

Atualmente, Henry era o único que não dava mais trabalho à noite. Dormia o tempo todo e só acordava quando o dia já havia amanhecido e nem chorava, apenas chamava pelos pais, que logo o atendiam. E naquela noite em particular, Anne chorou quase a noite toda, ainda assustada com o acontecido. Dormiu no colo de Catherine enquanto mamava, mas logo acordava de novo assustada, quando o papai Jacques entrava em ação, acalentando-a no colo até ela dormir novamente; a pequena somente dormiu de vez quase três ou quatro horas da madrugada, enroscada no peitoral do duque, e ficou aninhada no pai até o duque acordar na manhã seguinte e com todo cuidado colocá-la na cama, aliviado por não ter despertado a menina. Depois de acordar diversas vezes na madrugada, até aquela hora estava dormindo ainda. Mas não foi sobre o breve sossego matinal que o casal conversou, e sim sobre o que Dominique falara, e então Catherine disse o que havia pensado na noite anterior.

— Jacques... Como esse homem pretende dominar a região agindo dessa forma?

— Como assim?

— Matando todas as mulheres que engravidam de outros homens, as que se recusam a se deitar com ele, e mesmo as que se deitam com ele, se dão à luz meninas, ele mata ambas...

— Foi o que Dominique nos disse... Onde pretende chegar com isso, Cat?

— Jacques, como apenas com HOMENS ele vai conseguir aumentar a população do seu território? Não precisa ser muito esperto para se lembrar do que é preciso para aumentar uma população... — disse Catherine, com um tom meio malicioso.

Jacques ficou pensativo, sem conseguir entender o que sua mulher havia falado. Quando entendeu, deu uma risada e ponderou:

— É, tem razão. Bauffremont acha que está prestes a conquistar o mundo, mas está caminhando para sua completa ruína.

— Isso sem contar que ele liquidou o próprio exército. Está com cinquenta infantes e apenas três cavaleiros e três arqueiros, isso mesmo?

— Foi o que Dominique disse para Remy. Mas acredito que esses números sejam aproximados. Se for verdade e ele tentar nos invadir, Remy, Louis, Olivier e seus homens liquidam em um único dia. Vai ser a mais rápida batalha da história. Será... — Jacques fez rapidamente as contas, suas forças contavam com cerca de mil homens entre cavaleiros, infantes e arqueiros. Muitos dos recrutados nos últimos meses, segundo seus chefes, estavam prontos para combate. — Vinte para um... Realmente, vamos terminar essa batalha muito rapidamente e pelo jeito sem termos nenhuma baixa...

— Tomara... — disse Catherine. — Já enterramos gente demais neste reino nos últimos anos, já temos mais dois corpos para sepultar nos próximos dias... Ou presidir funerais vai ser a única coisa que o abade James poderá fazer aqui...

— Creio que estes devam ser os últimos corpos dessa não declarada guerra — disse Jacques.

— Deus te ouça — desejou Catherine, interrompida por uma criada que lhe avisava que Henry havia acordado e a procurava para mamar.

Enquanto Jacques e Catherine conversavam, um animado Thiago saiu do mosteiro rumando direto para os alojamentos militares. Louis estava do lado da charrete "apreendida" comendo uma maçã.

— Bom dia, Louis. O Olivier e o Remy já se levantaram?

— O Remy sim, e saiu para dar uma volta com o cavalo, já o Olivier eu ainda não o vi. Por quê?

— Terminar o trabalho de ontem... Quero ver se aquela flecha que eu peguei no penhasco fez alguma coisa nessa charrete.

— Se foi o exército de Bauffremont o responsável pelo ataque, acho difícil que um arqueiro dele teria tido pontaria para acertar o eixo central de uma charrete em movimento. Só um Olivier conseguiria fazer isso — disse o infante, transformando o nome do colega em sinônimo de atirador de elite.

— Imagino que seja algo raro mesmo, alguém que consiga acertar uma charrete em movimento bem no eixo central. Mas pode ter sido um golpe de sorte. A flecha está com o Olivier?

— Creio que sim. Dá para nós dois irmos adiantando alguma coisa?

Thiago analisou Louis: o infante era alto, com quase dois metros de altura e "fortão" o suficiente para tentar ao menos colocar o eixo da carruagem no lugar e ver se havia algum tipo de marca equivalente à de uma flecha.

— Você consegue colocar o eixo da carruagem no lugar?

— Não sei se consigo sozinho, mas posso tentar... — disse Louis, caminhando até a charrete, agachando-se em frente a ela e tentando colocar as partes lascadas do tronco de madeira no lugar. Após o eixo ter sido reencaixado, a pedido de Thiago, girou um pouco a peça. Logo viram um "buraco" na madeira.

— Aqui! — gritou Thiago. — A flecha pegou bem aqui. Agora, resta saber se a flecha que achamos encaixa nesse buraco.

— Interessante — disse Louis.

Enquanto o soldado olhava para o buraco, ouviram um tropel de cavalo. Louis virou-se para trás e viu Remy voltando de seu passeio matinal.

— Bom dia, Thiago, Louis. Cadê o Olivier?

— Não o vi até agora — respondeu Louis.

— Que foi? — perguntou Remy.

— O Thiago achou um buraco aqui parecido com o de uma flechada. A carroça da família do Thomas, Marie, Anne e Isabelle de fato fora atacada.

Remy desceu do cavalo e se aproximou da charrete.

— É, mas como vamos descobrir o que fez esse buraco? — perguntou o batedor.

— Bom dia, Remy, Louis, perdi alguma coisa? — era Olivier que finalmente chegava ao trabalho.

— Olivier, isso parece feito por uma flecha? — perguntou Louis, mostrando o buraco.

O arqueiro se agachou e olhou o eixo central da carroça.

— Parece que sim... Cadê o Thiago? — perguntou Olivier.

— Aqui! — disse Thiago, saindo de trás da charrete. — Olivier, cadê a flecha que a gente achou no penhasco?

— Está guardada no alojamento dos arqueiros, vou lá pegar — disse Olivier, saindo de imediato do local e voltando para o alojamento onde ele deixara de morar após seu casamento. Agora vivia em uma casa atrás do castelo com Helene. Outros militares casados também viviam nesse "bairro militar" atrás do castelo. E tudo o que Helene queria era ter logo um filho com o arqueiro.

Logo Olivier voltou com a flecha apreendida e colocou-a nas mãos de Thiago para ajudar Louis a manter o eixo da carruagem no local. Observaram que a flecha "casava" perfeitamente com o buraco na madeira do eixo bem no local em que a madeira se partira ao meio. Outra coisa que Thiago constatou foi que a madeira com a qual o tal eixo fora confeccionado não era muito resistente e, devido às condições climáticas e tecnologia da época, estava em mau estado de conservação.

— É, encaixou, foi provavelmente essa flecha ou uma parecida com essa que fez esse dano... — concluiu Thiago. — Precisamos voltar à estrada onde o crime aconteceu...

— O que quer fazer lá, Thiago? — perguntou Remy.

— Tentar entender a sequência dos fatos. Onde a charrete foi atingida pela flechada e onde o cavalo da charrete foi atacado... — disse Thiago. — Aliás, você consegue fazer isso, Olivier?

— Isso o quê? — Olivier não havia entendido a pergunta de Thiago.

— Atingir o eixo central de uma charrete em movimento.

— Nunca tentei — disse Olivier.

— Gente, e se nós... — disse Thiago, tendo outro "estalo".

— Thiago, o que houve? — perguntou Louis.

— E se a gente tentasse reproduzir o que aconteceu com a charrete de verdade? Pedimos para o marceneiro do reino restaurar esse eixo central, só não vamos colocar ninguém na charrete... Aliás, mora gente na beira de estrada depois do local onde a carroça foi encontrada?

— Sim, claro. Por quê?

— Alguém pode ter visto o cavalo após o ataque! Ele deve ter chamado a atenção por estar correndo desenfreadamente e deve estar machucado. Mas antes de voltarmos lá, queria fazer aquele experimento da lama que te falei ontem...

— Vamos aproveitar que ainda está cedo e fazer isso. Então depois voltamos para a estrada rever o local do acidente. Dá para usar aquela área ali — disse Remy, mostrando uma área descampada atrás do castelo com vários metros de extensão. O frio já havia queimado a maior parte da vegetação do local, estava geando quase todas as manhãs.

— Nossa, perfeita! — avaliou Thiago, que passou o restante da manhã coordenando um grupo de servos a misturar água na terra. Muitos olhavam desconfiados para Thiago, pensavam que o garoto estava louco por achar que enlamear um campo em descanso iria ajudar a solucionar quem havia atacado a charrete onde o casal morto estava. Depois, com alguns galhos, dividiu em três pistas com a mesma extensão. Nisso, Remy, Louis e Olivier levaram a charrete ao marceneiro da vila para restaurá-la. Thiago foi almoçar no mosteiro e, quando voltou, Remy, Louis e Olivier estavam por perto para enfim realizarem o experimento.

— Bem, Thiago, o que eu devo fazer? — perguntou Remy.

— Muito simples. Você vai percorrer a cavalo essas três pistas. Nesta primeira você vai trotando, na do meio, cavalgando, e na última, correndo. E vamos ver se há diferença no espaçamento entre as pegadas do cavalo e a profundidade das marcas e comparar com as da estrada para saber como foi o ataque que a charrete sofreu.

Jacques e Paul, que haviam visto do castelo a movimentação, desceram para acompanhar o experimento e ficaram ao lado de James e Jean, que também estavam intrigados com a ideia de Thiago e com a descoberta de que a charrete fora realmente atacada, não se quebrara por um acidente.

Enquanto se preparavam para o experimento, James aproveitou a deixa:

— Jacques, Remy disse que quer falar comigo.

— Ah, sim, abade, sobre o enterro de Thomas e Marie e o batizado da Anne e da Isabelle.

— Sim?

— Há como enterrar os pais delas perto do criador de porcos? São os outros pais dos nossos filhos.

— Claro, duque, providenciarei isso.

— E, fazendo o favor, abade, gostaria de agendar logo o batizado das meninas.

— Quando você e madame Catherine quiserem. Jean e eu teremos o maior prazer de batizar suas filhas.

— Com certeza — consentiu Jean. — Elas estão bem, duque?

— Sim. A Anne ainda está um pouco assustada com tudo o que aconteceu, mas nada que colo do papai aqui não resolva.

Remy consentiu, seguiu as orientações de Thiago e percorreu a primeira parte da pista trotando calmamente com seu cavalo. Thiago olhou para a "pista", cuja terra estava com uma textura de argila, macia, porém não virara um "atoleiro" do qual apenas um utilitário esportivo conseguiria sair:

— Vejamos... Marcas bem profundas, mas não muito espaçadas... E estão bem firmes. Remy, pista número dois, cavalgando agora — disse Thiago.

Remy maneou a cabeça e passou cavalgando na parte do meio. Quando terminou, Thiago olhou novamente as novas marcas, elas eram menos profundas e mais espaçadas. Por fim, pediu que Remy corresse na última pista. Quando o batedor terminou...

— Marcas bem leves e muito espaçadas... Bem, já temos o que precisamos para analisar o local do acidente de novo. Vamos lá? — terminou Thiago.

— Vamos — disse Remy, rumando com Olivier, Louis, Thiago, James, Jean, Paul e Jacques ao local do acidente. E com a charrete devidamente restaurada puxada por um cavalo...

— Thiago, meu caro, me explique melhor o que foi aquilo que acabamos de ver... — pediu-lhe Paul.

— É o seguinte, conselheiro, o experimento foi para ver se existe alguma diferença entre as marcas deixadas por um cavalo trotando, cavalgando e correndo para sabermos o mais próximo do possível de COMO foi o ataque sofrido pela charrete ontem pela manhã. A única testemunha que temos é muito pequenininha para nos contar a história.

— Entendi — disse Paul, impressionado com a perspicácia de Thiago e acompanhando o resto da reconstituição ao lado de Jacques.

Finalmente chegaram ao local, devidamente isolado no dia anterior por homens de Louis. Thiago foi até onde anteriormente já havia dito que o ataque se iniciara. Bingo! As marcas mudavam nesse ponto! Dava para ver claramente que o cavalo que puxava a charrete se assustou com o ataque e passou a correr naquela curva, e quando as tiras de couro que o prendiam à estrutura de madeira foram cortadas, continuou correndo até sumir de vista. Também era possível ver pegadas de um cavalo que corria ao lado da charrete. Muito provavelmente o cavalo cujo cavaleiro atacara a charrete cortando as cordas. Thiago, ao olhar tudo aquilo, conseguiu visualizar o acidente.

— Até aqui eles andavam calmamente com a charrete, nesse ponto o eixo central foi danificado pela flecha que encontramos ontem no penhasco. O cavalo claramente se assustou e refugou um pouco nesse ponto até o condutor da charrete mandá-lo correr e... — Thiago caminhou alguns metros. — Bem aqui o cavaleiro misterioso atacou a charrete, cortando as tiras de couro. O cavalo solto continuou correndo pela estrada até sabe-se lá onde, e a charrete caiu no penhasco. Talvez aqui o casal, prevendo o acidente, tenha jogado a menina mais velha para fora da charrete e a mãe tenha colocado a caçula contra o peito para protegê-la. Eles devem ter batido naquela pedra lá embaixo, onde os corpos estavam, e infelizmente não resistiram aos ferimentos — concluiu Thiago, sendo curiosamente acompanhado pelos demais membros da equipe.

— Mas eles não apresentavam nenhum ferimento — rebateu Louis. — Ah, e esses rastros aqui, o que podem ser? — Louis apontava para outra parte do rastro, que parecia o desenho de uma criança de três anos.

— É, isso é verdade, não tinham lesões externas, mas por dentro o estrago deve ter sido grande. Ossos quebrados, órgãos rompidos, hemorragia interna. Isso mata mais fácil do que se pensa — contra-argumentou Thiago. — Isso é da charrete. O eixo quebrado fez perder completamente o prumo e, claro, tornou impossível sua condução.

Todos balançaram a cabeça concordando com o garoto. E James emendou ao final:

— Só quero muito acreditar que a morte não tenha sido muito sofrida.

— Isso eu já não posso garantir, abade — disse Thiago, pesaroso. — Mas também espero que tenham morrido rápido. Por mais torpe que isso possa parecer...

— Vai usar a charrete agora, Thiago? — perguntou Remy.

— Sim. Pode soltar, mas não esqueça que o cavalo tem que estar trotando.

— Perfeito — disse Remy, conduzindo a charrete e o cavalo até um ponto na estrada onde Olivier, já com o arco armado, estava estrategicamente posicionado para atirar a flecha no eixo central da carroça, e Remy cavalgaria ao lado para cortar as tiras de couro que prendiam o animal ao equipamento. Para simular o peso dos ocupantes, havia alguns sacos de areia, pedras e terra na charrete.

O batedor fez o cavalo começar a percorrer a estrada calmamente. Tudo ia bem na viagem. Quando a charrete passou num ponto específico, marcado com uma estaca, Olivier mirou e atirou uma flecha que atingiu em cheio o eixo central da carroça, o que já foi o suficiente para assustar o cavalo que a puxava. O animal relinchou, empinou o corpo e começou a correr.

Alguns metros adiante, Remy, cavalgando ao lado da carroça, desembainhou sua espada e cortou as tiras de couro. O animal continuou correndo desenfreadamente pela estrada até ser interceptado por outro cavaleiro, que já o esperava mais à frente. Já a carroça, que já pendia em direção ao rochedo desde o momento em que o eixo fora atingido, caiu no penhasco à beira da estrada. Dessa vez, alguns camponeses saíram de suas casas e prestaram atenção na cena.

Os sacos de pedras e areia que representavam Thomas, Marie e as meninas se espalharam pelo penhasco. Os dois maiores se rasgaram e espalharam seu conteúdo pelo penhasco. Todos chegaram à beira do penhasco e viram o estrago. Ver os sacos rasgados e de novo a charrete quebrada provocou náuseas em todos, imaginando o quanto Thomas, Marie e Anne sofreram. Era impossível saber se a morte do casal fora instantânea após a queda da charrete ou se passaram alguns minutos ou horas agonizando sem conseguirem auxílio. O que ninguém sabia era que o ataque, e por consequência o acidente, ocorrera no meio da madrugada.

— Agora que é só uma reconstituição o reino inteiro aparece para assistir — resmungou Thiago, arrancando uma pequena risada de James.

— Quando pretende enterrar o casal, abade? — era Jean, que havia permanecido no mais completo silêncio desde a manhã.

— No máximo amanhã. Não podemos demorar muito, você sabe o motivo — James apertava e esfregava as mãos para esquentá-las.

— Certo — disse Jean. O motivo tanto era os corpos que começavam a se decompor quanto o risco que manter duas vítimas de Bauffremont no local.

— Bem… Agora temos que interrogar os moradores desta parte da estrada para saber se alguém viu o cavalo que puxava a charrete andando por lá e se também viram o cavaleiro que cortou as tiras de couro que prendiam o cavalo à carroça. O arqueiro que iniciou o ataque provavelmente não foi para lá, se forem mesmo membro das forças de Bauffremont, assim que viu que havia conseguido quebrar a charrete, voltou para o Reino das Sete Arcas.

A reconstituição foi meio brutal, verem a charrete caindo penhasco abaixo não despertou boas recordações. Olivier reviveu segundo por segundo o acidente que o deixou sozinho. O temor de algo assim se repetir o fazia ter medo de ter filhos e que ele e Helene pudessem falecer antes de eles terem idade de se virarem. Pensou na pequena Anne e na pequena Isabelle. O que seria da vida daquelas pequenininhas se madame Catherine e duque Jacques não existissem? Ficariam largadas até morrerem por falta de cuidado? Isabelle estaria morta em questão de dias. Será que alguém aceitaria cuidar delas? A mente e o coração do arqueiro estavam muito perturbados pelo ocorrido. Morrera de dó de Anne ao vê-la perdida, machucada e assustada na beira da estrada. Se Jacques e Catherine não a acolhessem, convenceria Helene a ficar com a pequena. Apesar do medo, ele queria muito ter um filho, e tudo o que aquela menininha precisava era de um pai e de uma mãe.

Mas não só Olivier ficara perturbado com a "reconstituição". James e Remy também se recordavam daquele dia vinte anos atrás, quando em um dia comum de primavera, Remy, então um garoto de apenas oito anos, pegou um cavalo e foi passear pelo reino. Ao pegar a estrada para a Borgonha, viu um vulto sentado à beira da pista, ao lado do precipício. Aproximou-se e viu que era um garoto loiro, da sua idade, sozinho, chorando. Parou o cavalo e desceu. Aproximou-se do garoto e viu caído no penhasco dois corpos de adultos. Um homem e uma mulher. Aos soluços, o menino, ainda sem nome, disse serem seu pai e sua mãe. Assustado, o pequeno Remy disse ao garoto que voltaria logo. Subiu novamente em seu cavalo e correu para a vila para procurar seu pai. Foi ao estábulo onde o segundo no comando disse ao rapazinho que seu pai havia ido ao mosteiro conversar com o abade Simon. Remy então rumou para o mosteiro, onde viu o cavalo de seu pai amarrado na entrada e o próprio na porta conversando com o então monge James Pouvery.

— Pai, tem um menino sozinho na estrada. Ele está machucado — Remy disse correndo até onde Leopold e James estavam, interrompendo a conversa dos dois.

— Onde, filho? — Leopold não parecia muito preocupado.

— Na estrada. Tem duas pessoas caídas no penhasco perto dele. Ele disse que são seus pais.

Essa frase preocupou Leopold, o cavaleiro olhou para o monge, que logo procurou pelo abade Simon pedindo orientações. Simon, também assustado com a informação, ordenou que James acompanhasse Leopold até o local e trouxesse o garoto e seus pais para ficarem no mosteiro até se recuperarem. Simon também pediu a Leopold que avisasse Antoine Chevalier, então governante local.

— Sim, senhor — disse Leopold, curvando-se para o abade e saindo do mosteiro. Pediu que seu filho o guiasse até o local onde Olivier pacientemente esperava que ele voltasse. Logo avistaram um menino loiro machucado na beira da estrada, sentado no chão e encostado em uma pedra.

— Olha ele ali, pai! — disse Remy ao se aproximar do garoto, que apenas levantou a cabeça e viu Remy de volta com dois homens.

James logo se aproximou dele. O menino, assustado, recuou, mas James conseguiu acalmá-lo. Perguntou seu nome, teve como resposta "Olivier", e depois perguntou sobre seus pais. Assustado ainda, Olivier apontou para o penhasco, onde estavam os corpos, e para onde Leopold já havia descido e conferido o estado do casal. Subiu pesaroso para a estrada e confidenciou a James que o casal havia falecido.

— Infelizmente os pais desse garoto estão mortos.

Olivier já tinha idade para compreender o que Leopold havia falado e começou a chorar. James consolou-o e pediu que Leopold fosse chamar uma carroça e alguns outros militares para ajudarem a retirar os corpos do penhasco. Enquanto isso, Olivier ficou agarrado a James com o rosto escondido na batina do monge, e Remy assistia a tudo assustado. O jovem nunca havia visto a morte de perto. Ainda era um bebê quando seus avós faleceram e não tinha outros membros na família além de seu pai e de sua mãe. Quando Leopold voltou, James partiu com Olivier para o mosteiro. De lá, Simon assumiu a situação e foi com o menino para o castelo. Jacques Chevalier, então com apenas vinte e três anos, foi quem recebeu o abade e o garoto.

— Olá, abade, quem é essa criança? E o que aconteceu com ela? — perguntou o jovem herdeiro do duque Antoine Chevalier II ao ver que a criança que acompanhava Simon estava bastante machucada.

— Nós o encontramos na estrada, rumo ao Reino da Borgonha. Os pais faleceram num acidente de charrete. Só sobrou o garoto. Queria que Charles o examinasse e preciso conversar com seu pai sobre o rapazinho aqui, Jacques.

— Abade, fique tranquilo, nunca que meu pai recusaria a ajudar uma criança perdida sozinha. Qual é o nome do menino?

— Olivier. Pelo menos foi o que ele contou ao monge James.

Jacques olhou nos olhos de Olivier, assegurou ao garoto que tudo ficaria bem, abraçou o menino e os acompanhou até onde seu pai se encontrava.

Antoine Chevalier estava em uma sala do castelo com sua esposa, Isabelle, a nora Catherine, seu novo conselheiro, Paul Reinart, um ano mais velho que seu filho e que substituía o próprio pai na função, e o médico Charles, também de idade próxima do herdeiro do duque, quando ouviu a voz de seu filho e de Simon.

— Bom dia, duque Chevalier, que bom que encontrei todos aqui. O filho do comandante Leopold Legrand encontrou esse belo rapazinho perdido na estrada. James foi buscá-lo e ele se encontra ferido. Charles, teria como você examinar o menino?

— Claro, abade. O senhor permite, duque?

Jacques olhava para seu pai num misto de expectativa e medo. Antoine poderia dizer que não liberava Charles para examinar a criança e mandar Simon deixá-la ao relento até o menino morrer ou autorizar que o garoto vivesse no reino até ter uma idade em que pudesse retomar sua vida sozinho ou se estabelecer permanentemente no Reino das Três Bandeiras.

Isabelle e Catherine olhavam para Olivier com compaixão. Ambas perceberam o quão assustado o menino se encontrava, encolhendo-se e tentando se esconder na batina de Simon. Catherine também viu que ele seria um homem lindo quando mais velho.

— Claro que permito, Charles. Mas antes, abade, qual o nome do garoto e onde estão os pais dele? — perguntou Antoine.

Assustado demais, Olivier não disse nada, deixou que o abade Simon o apresentasse e contasse o que lhe havia acontecido. Novamente Simon contou a história. Charles em seguida o levou para uma sala, onde conseguiu fechar o ferimento, cauterizou o corte e enfaixou a cabeça de Olivier com um pedaço de linho. Depois, levou-o de volta para o salão onde Simon e Antoine estavam conversando.

— Pronto. Isso deve resolver. Simon, fique de olho nesse mocinho, principalmente se o corte na testa abrir de novo. Se sentir que há algo errado, traga-o de imediato aqui — disse Charles. — Já o orientei de te avisar caso sinta algo errado.

— Ah, sim. Claro. Pedirei para James Pouvery ficar de olho nele.

Enquanto Charles cuidava do machucado de Olivier, Antoine e Simon decidiam sobre a permanência de Olivier no Reino das Três Bandeiras. O duque percebeu que o menino de sete ou oito anos não representava qualquer perigo para o reino e permitiu que o garoto fosse acolhido, desde que ficasse no mosteiro. Acordo fechado, Olivier, já com o curativo na testa, voltou para o mosteiro, onde logo começou a ser hostilizado por François.

Naquela noite, François Lafonte começou a perturbar Olivier e inventou que ele era um inimigo infiltrado. James assumiu a "guarda" do garoto e, ao ver o pequeno aterrorizado por François, que o intimidava no corredor, pegou-o pelo braço e o levou para sua cela. Tranquilizado pelo monge, Olivier contou que sua família, ele e seus pais, estavam fugindo da invasão de vikings onde moravam, Olivier era pequeno demais para saber o nome do reino onde viviam e o que havia acontecido com a carroça em que viajavam: uma das rodas bateu numa pedra na estrada e a charrete tombou no penhasco, matando os pais do menino e o cavalo de imediato. Olivier bateu a cabeça numa pedra após ser jogado pela mãe para fora da charrete descontrolada e desmaiou, só acordando horas mais tarde devido à fome.

O menino havia passado a manhã toda ao relento, inconsciente no penhasco. Quando acordou, chamou pelos pais, que não responderam ao chamado, e então, percebendo que a situação estava pior do que podia imaginar, foi para a beira da estrada pedir ajuda. Segundo o pequeno Olivier, alguns viajantes passaram pelo local e o ignoraram completamente, até o outro menino passar lá. James sorriu com pena e disse ao garoto para se acalmar e que ele não tinha culpa de nada do que lhe acontecera.

Enquanto James confortava Olivier no mosteiro, Remy perguntava a Leopold sobre o menino que havia encontrado. Leopold tranquilizou o filho dizendo que o garoto ficaria no mosteiro e estava bem, apenas assustado com o que lhe acontecera. O cavaleiro também teve de contar a história a Reginald Gouthier, o chefe da infantaria, que soubera do ocorrido por outros militares, e foi com seu filho, também um menino de oito anos, Louis, conhecer o mais novo integrante do mosteiro. James tratou de convencer Leopold e Reginald de deixarem seus filhos se aproximarem de Olivier.

— Reginald, Leopold, deixem Remy e Louis se aproximarem de Olivier. Algo me diz que o futuro desse garoto não será dentro desse mosteiro.

— E onde acha que será, James? — perguntara Reginald, cético.

— Não tenho muita certeza, mas acredito que será no nosso exército. E os três são da mesma idade, será bom para Olivier crescer com garotos da idade dele.

Leopold então confessou ao monge que queria ter levado o menino para sua casa. Porém foi dissuadido pelo duque Antoine e pelo abade Simon. Remy não parava de falar do garoto.

Com o tempo, Leopold e Reginald perceberam que James só queria mesmo, como havia falado, que Olivier convivesse com outras crianças da mesma idade dele, já que o mais jovem do mosteiro era oito anos mais velho que ele. Os três garotos foram crescendo cada vez mais amigos, e Leopold logo procurou o chefe da artilharia, Joseph Bouvier, dizendo que havia encontrado um perfeito recruta para a equipe. Joseph, no entanto, disse que o menino ainda era muito novo para ingressar no exército. Além disso, Simon não concordava com a ideia de Olivier entrar no exército. Fora criado no mosteiro, deveria seguir a vida monástica. James tentou dissuadir o então abade, mas não obtinha sucesso.

Quando Olivier estava perto de completar onze anos, Simon faleceu e James assumiu a chefia do mosteiro, prometendo ao jovem que o liberaria da vida monástica caso ele encontrasse algo de que gostasse. Leopold continuou de olho no menino, que continuava amigo de seu filho, vendo-o tornar-se um belo, alto e esguio jovem, biotipo perfeito para se tornar um arqueiro. Poucos meses após a morte de Simon, o duque Antoine Chevalier também faleceu, após convalescer de uma doença misteriosa (câncer de estômago) por quase um ano, e com sua morte — aliás, desde quando sua doença se agravou, impedindo-o de sair da cama — Jacques assumiu o Reino das Três Bandeiras. Um ano após a morte de Antoine, com poucos meses de diferença, Remy, Louis e Olivier completaram treze anos. Os dois primeiros era certeza, já Olivier, suposição, não se sabia a idade certa do rapaz. Mas no fim ele era apenas três meses mais novo que Louis, Remy era o mais velho dos três, sendo somente quatro meses mais velho que Louis, e então pôde ser convocado para o exército. Então, sabendo que James não era tão rígido quanto Simon e que Jacques também era mais aberto que seu pai, Joseph foi com Leopold, Reginald, Remy e Louis pedir que James liberasse Olivier para um "teste" da artilharia.

— Como assim, Joseph, teste?

— Exato, meu caro abade. Leopold me disse que Olivier tem perfil para ser um arqueiro.

— Ah, sim. Vou chamá-lo — disse James, voltando com o desengonçado adolescente Olivier, já quase tão alto quanto James, com um metro e oitenta de altura, entretanto extremamente magro, e entregou-o a Joseph com a recomendação de que o comandante da artilharia cuidasse bem do menino.

Joseph levou o garoto para o campo de artilharia e deu-lhe um uniforme militar. Na hora viu que fizera uma boa escolha. O uniforme dera outra aparência ao órfão franzino. Foram aos campos de treinos, onde, com a torcida de Remy e Louis, Olivier passou pela primeira prova de fogo. Com um alvo há cem metros de distância, deram-lhe um arco e um flecha. Como se já tivesse feito aquilo centenas de vezes, Olivier segurou o arco e armou-o com a flecha. Vendo Olivier fazer tudo de forma tão natural, Joseph o instruiu a atirar a flecha no alvo. Se acertasse em qualquer parte do alvo, poderia se considerar oficialmente recrutado. O garoto, tão naturalmente quanto segurara o arco e a flecha, armou o tiro, mirou e atirou a flecha, que acertou precisamente o centro do local marcado. Joseph percebeu que realmente estava com ótimo arqueiro em mãos.

— Meu rapaz, tem certeza de que nunca segurou um arco na sua vida?

— Tenho, senhor. — Olivier ainda tinha voz fina e desafinada de adolescente em processo de mudança, e olhava firme para o chefe da artilharia.

Joseph sabia que não podia perder mais nem um segundo. Correu até Jacques. O novo duque se lembrava bem do menino assustado que Simon levara ao castelo para conversar com seu pai seis anos atrás, e ao saber do feito do menino, não pestanejou nem um segundo em autorizar seu recrutamento. Então, Olivier juntou seus poucos pertences e foi morar com os demais arqueiros no alojamento. Com os treinos, Olivier deixou de ser um desengonçado e franzino adolescente e ganhou um corpo invejável, com músculos trabalhados e esguios, e começou a deixar os belos fios loiros crescerem. E sua já apurada pontaria tornou-se cada vez mais precisa. Era alvo de desafios dos colegas, instigando a acertar os mais impensáveis alvos, e sempre acertava. Mais outros cinco anos se passaram e Joseph faleceu, sem deixar um sucessor natural (um filho). Jacques, vendo como Olivier era o mais habilidoso dos arqueiros, o que Joseph já lhe comunicara, tornara-se "instrutor" dos novos recrutas da artilharia e depois nomeou-o como novo comandante. Àquela altura, Reginald já havia sido brutalmente assassinado por

Emile Bauffremont, e Leopold também já sofrera o acidente de cavalo, lesionando o quadril e o impedindo de continuar atuando como cavaleiro.

Em uma franca conversa com Jacques, disse que Remy já estava apto a assumir o comando e decidiu se afastar da vida militar. Ou seja, Louis e Remy já haviam assumido os comandos da infantaria e cavalaria, e tinham apenas dezoito anos. Depois, Olivier continuou tocando sua vida, e havia se apaixonado secretamente pela filha do ferreiro do reino, que por sua vez também havia se apaixonado por ele. Começou a cortejá-la todas as vezes que ia à ferraria buscar flechas, até um dia ouvir do ferreiro e de sua esposa que ambos se sentiriam honrados se ele se casasse com a moça. De imediato, Olivier pediu a mão de Helene em casamento e, quatro meses depois, um mês antes dos corpos de Thomas e Marie serem encontrados no penhasco, o chefe da artilharia e a filha do ferreiro se casaram numa cerimônia comandada por um animado James com o auxílio dos também animados Jean e Thiago. Agora, ainda faltava algo ao arqueiro: filhos. Sabia que era questão de tempo para ele e Helene terem seu primogênito, para quem logo escolheram um nome. E encontrar a menininha na beira do penhasco deixou Olivier com ainda mais vontade de ser pai, apesar de seus traumas e receios.

36.
POLÍTICA DA BOA VIZINHANÇA

Todos os envolvidos na investigação demoraram algumas horas para digerir a "reconstituição de cena" feita por Thiago. Remy foi um dos primeiros a se recompor e perceber que deveriam fazer outras coisas para continuarem as investigações. Agora, precisavam percorrer o restante da estrada na direção do Reino da Borgonha, pois lá talvez alguém tivesse visto o cavalo da família acidentada. Foi o que Remy decidiu fazer. Naquele mesmo dia, foi conversar com Jacques para saber se valia a pena realmente fazer isso.

— Quer ir ao Reino da Borgonha saber se o cavalo da charrete acidentada está lá, Remy? — perguntou Jacques.

— Sim. Ainda que acredite que não vá dar bons resultados... E poderíamos alertar o duque François Bertrand sobre Bauffremont, já que o reino dele também pode ser invadido.

— Seria realmente uma boa ideia. Quanto mais reinos souberem dos desmandos de Bauffremont, mais rapidamente ele será detido.

— Tenho sua permissão para a viagem, duque? Pretendo voltar em dois ou três dias — decidiu Remy, contando ao duque que levaria também Thiago na missão.

— Certo. Mas se for possível, Remy, teria como adiar a viagem para após o enterro do casal?

— Ah, claro, duque. Partirei no dia seguinte ao funeral.

— Faça boa viagem, Remy, e cuide de Thiago como se ele fosse todo o tesouro do mundo. Esse jovem é muito valioso e pode ser que François ou o abade André o queiram.

— Imagino, duque. Vou ver ainda se o abade James o deixará viajar comigo.

— Ainda não é certeza então de que ele vai com você nessa jornada?

— Não. Ah, Olivier e Louis vão ficar para manterem a ordem por aqui. Já resolvi isso com os dois.

— Perfeito. Novamente, faça boa viagem, Remy — disse Jaques, dispensando o batedor.

Remy curvou-se deixando o castelo. Subiu em seu cavalo e cavalgou em direção ao mosteiro. James, Jean e Thiago estavam do lado de fora conversando e se esquentando ao sol. Thiago definitivamente estava sentindo falta do clima tropical e do escaldante verão brasileiro, embora detestasse calor. O inverno europeu era rigoroso demais. Assim que viram o cavaleiro, James, Jean e Thiago se colocaram de pé.

— Bom dia, Remy — cumprimentou James. Jean e Thiago fizeram uma rápida reverência com a cabeça.

— Bom dia, abade, Jean, Thiago. Preciso conversar com o senhor, abade.

— Sobre o que exatamente?

— Pretendo viajar ao Reino da Borgonha e quero levar o Thiago comigo.

— Hum... E qual é o motivo da viagem?

— Procurar o cavalo da charrete acidentada. E avisar o duque François Bertrand sobre Bauffremont e tudo o que sabemos sobre o Reino das Sete Arcas.

— Certo. E quando pretende viajar?

— No dia seguinte ao enterro do casal.

— Perfeito. E sim, você tem minha autorização para levar Thiago consigo nessa jornada. O enterro será amanhã. Remy, cuidado para o abade André Maillard não convidar Thiago para morar lá na abadia de São João.

— Ótimo. Thiago, se prepare para viajar. E fique tranquilo, abade, direi a ele que Thiago está indisponível — disse Remy.

No dia seguinte, finalmente houve o funeral de Thomas e Marie. James, durante o sermão, relembrou toda a história de violência recém-vivida no reino, e que o casal, embora não fosse morador do reino em que seria enterrado, era também vítima da mesma onda de violência. Jacques e Catherine estavam presentes com as filhas do casal no colo. Os garotos ficaram com criados no castelo. Já Dominique teve seu pedido atendido e pôde assistir ao funeral, embora cercado por militares e o tempo todo recebesse olhares reprovadores e até censores dos aldeões. Manteve-se impassível, mas estava profundamente abalado com as mortes. Quando foi deixado de novo nas masmorras, chorou sozinho até adormecer.

Enquanto Olivier, que assistia a cerimônia ao lado de Helene, não conseguia se concentrar, o tempo todo de olho na menininha encolhida no colo de Jacques.

Após o funeral, Remy voltou a se preparar para a viagem. Jacques lhe entregou um pergaminho com uma carta para François Bertrand, explicando os últimos acontecidos e pedindo que o duque da Borgonha recebesse seu cavaleiro e seu colega de viagem. Thiago também se preparava para viajar, porém nem sabia como fazer. Perguntou ao abade o que ele deveria levar na viagem.

— Ah, sim, Thiago, venha comigo — disse James, entrando em uma sala do mosteiro e entregando a ele uma grossa capa de lã e uma bolsa. — Essa capa é boa para te proteger do frio, e coloque alguns alimentos nessa bolsa. Vou pedir que te entreguem um pão e algumas frutas para você comer na viagem.

— Ótimo, obrigado, abade.

No dia seguinte, às cinco horas da manhã, Thiago se viu de pé congelando de frio no portão do mosteiro a espera de Remy. Como iria cavalgar por longas horas, preferiu colocar sua calça jeans e camiseta em vez da batina, que guardou na bolsa. Vestiu a capa por cima da camiseta e colocou o capuz. De imediato sentiu o efeito e seu corpo começou a se esquentar. Logo ouviu o som de cavalos se aproximando. Era Remy que chegava trazendo outro animal.

— Bom dia, Thiago, lembra-se de como faz?

— Bom dia, Remy, me lembro sim.

— O abade James está aí?

— Dormindo ainda. Nem me arrisquei a acordá-lo. Ele fica muito irritado quando o acordam antes da hora…

— Já percebi isso… — riu Remy.

Nisso, uma sombra que parecia a "dona morte" sem sua famigerada foice apareceu atrás de Thiago. O cavalo de Remy e o que Thiago usaria refugaram, e até Remy se assustou com a "figura", até ela retirar o capuz e revelar sua identidade: era o abade James Pouvery.

— Ia embora sem me avisar, Thiago? — reclamou o abade.

— Abade, achei que o senhor estava dormindo ainda — disse se refazendo do susto.

— Acordei mais cedo, sabia da sua viagem. Se cuide, garoto. Remy, cuide dele por mim — pediu James, dando um leve tapa no rosto de Thiago.

— Claro, abade. Prometo que o abade André Maillard não ficará com ele por lá.

— Diga a André que se ele quiser ficar com o Thiago, Jacques declarará guerra a Bertrand! — disse James, fingindo estar raivoso.

— Tudo bem, abade — disse Remy, rindo.

Finalmente os dois partiram rumo ao Reino da Borgonha. Assim que ambos os cavalos sumiram de vista, James voltou-se para dentro do mosteiro e, vendo que o sol nasceria em breve, foi para a capela já arrumar o altar para as primeiras orações do dia.

Remy e Thiago cavalgavam rumo ao Reino da Borgonha, ao norte. Já haviam percorrido alguns quilômetros e ainda estava um breu quase total. O fim do outono e a lua nova da época em questão atrasavam ainda mais o nascer do sol. Apenas a luz de poucas estrelas iluminava a estrada, cujo traçado Remy parecia conhecer como a palma de sua mão. Thiago mantinha-se perto de Remy com medo de se perder.

— Remy... — chamou o garoto após mais de uma hora de cavalgada. — Não quero ser chato, mas falta muito para a gente chegar lá?

— Sim, Thiago. Quando chegarmos o dia já terá clareado.

Finalmente, após mais quatro horas e meia, aproximadamente, de cavalgada, eles se viram no "coração" do Reino da Borgonha. Um cavaleiro devidamente paramentado se aproximou de ambos quase em disparada. O homem começou a puxar a espada da bainha da armadura, mas interrompeu o gesto ao reconhecer Remy. Aproximou-se deles de forma mais amistosa.

— Legrand! O que o traz às nossas terras? E quem é o rapaz que o acompanha nessa jornada? — perguntou o cavaleiro "borgonhês".

— Estou procurando um cavalo, comandante Leclercq... Apareceu algum cavalo com um machucado nos flancos?

— Há uns três dias vi um cavalo nessas condições aqui sim, Remy — respondeu o cavaleiro, chefe da cavalaria da Borgonha, Tobias Leclercq — Mas, quem é esse rapaz, Legrand? — perguntou, olhando para Thiago.

— Ah, ele é o Thiago Bragança. Está me ajudando em uma missão. Thiago, esse é Tobias Leclercq, chefe da cavalaria do Reino da Borgonha.

— Muito prazer em conhecê-lo, comandante Leclercq — disse Thiago.

— Igualmente, Thiago. Posso saber que missão é essa?

— Alertá-los sobre Emile Bauffremont.

— O que tem acontecido, Remy? Bauffremont não é o chefe da infantaria do Reino das Sete Arcas?

— Não apenas isso… Ele aparentemente dominou o reino, e se eu te contar todas as histórias do que ele tem feito lá, vou te causar anos de pesadelos, Tobias…

— Mesmo assim, adoraria ouvi-las, Legrand… Vamos para o estábulo, seu cavalo fujão está lá…

— Tobias, preciso entregar isso ao duque Bertrand e ao abade Maillard. Mensagens do duque Chevalier e do abade James — disse Remy, entregando o pergaminho a Tobias.

— Depois eu os levo lá — disse Tobias. — Bertrand está ocupado agora com seu conselheiro e uma comitiva da Normandia. Até o abade Maillard está presente na reunião.

Quieto, Thiago apenas observava os dois cavaleiros conversando. Só faltava o café para se parecerem seu pai e padrinho trocando ideias… Os dois eram capazes de secar litros de café em uma hora de conversa.

No estábulo, Tobias desceu de seu cavalo e falou para um empregado trazer o animal que haviam resgatado… Passados alguns minutos, o homem trouxe um animal de pelo castanho, bastante magro. Em nada se parecia com o belo e imponente cavalo de Remy, ou o que Thiago cavalgava ou o de Tobias.

— Aqui está ele, Remy — disse Tobias. — Mas ele me pareceu bem magro e "judiado" para ser um cavalo de… cavalaria. Mas nada que muito feno e água não resolvam. Ah, e o machucado no flanco direito não é nada muito profundo. Sabem dizer onde ou como ele se machucou? Algum de seus cavaleiros brigou?

— Ele não pertencia às tropas do nosso exército, Tobias. Quer fazer as honras de explicar, Thiago? — explicou Remy, olhando o animal a procura de algum machucado ou cicatriz que indicassem o corte que o desamarrou da charrete. Achou bem onde Thiago disse que estaria, ainda em processo de cicatrização.

— Começo quando? Na primeira decapitação ou já no incidente envolvendo a charrete que ele puxava? — Thiago era irônico.

— Ah... Conta só o caso da charrete, Thiago — desdenhou Remy.

— Há três dias, aproximadamente, uma charrete acidentada foi encontrada na estrada para cá, próxima ao portal que divide os reinos. Só que a charrete não sofreu um simples acidente, e sim foi atacada. Atingiram o eixo central com uma flechada e cortaram as tiras de couro que prendiam a estrutura da charrete ao cavalo. Havia um casal com duas crianças na charrete, uma menina de dois anos e um bebê de alguns meses. O casal não resistiu aos ferimentos e faleceu. Mas as crianças sobreviveram — contou Thiago para um cada vez mais perplexo Tobias.

— Puxa vida, mas que bom que as crianças sobreviveram... E onde elas estão?

— Duque Chevalier e duquesa Catherine estão cuidando delas.

— Caramba! — exclamou Tobias. — Mas o que o Reino das Sete Arcas tem com isso?

— Eles fugiam do Reino das Sete Arcas, Bauffremont está instalando um governo de puro terror lá. E tentou estender ao nosso...

— Como você sabe disso, Remy?

— Bauffremont persuadiu um de meus homens a ajudá-lo a desestabilizar nosso reino... A mando dele, quinze homens foram decapitados lá em Três Bandeiras... — contou Remy, contrariado.

— Credo! Quem foi o seu homem que o ajudou?

— Dominique Cavour... Atualmente ele se encontra preso na masmorra do castelo do duque Chevalier. Se eu contar tudo o que ele nos confessou após capturado...

— Vá em frente — provocou Tobias, cada vez mais interessado.

Remy então deixou a hesitação de lado e contou tudo para seu colega de farda. Sentaram-se em torno de uma mesa perto dos alojamentos militares do local e conversaram por mais algumas horas, dessa vez regados a hidromel, no lugar do café que Luiz Antônio e Danilo provavelmente beberiam. Enquanto Remy contava a história, Tobias, cujo queixo caía alguns milímetros a mais a cada frase, mal respirava. Riu um pouco quando soube que Bauffremont havia enxugado seu exército, dizimando quase que completamente sua cavalaria, artilharia e até infantaria, estando com menos de cinquenta homens em suas forças, mas quando soube o que Bauffremont fazia no reino com a população, quase quebrou a mesa com um soco. Seu estômago chegou a queimar.

— Que absurdo! O abade André e o duque François precisam saber disso para não se tentarem a fazer qualquer acordo com ele. Mas e o casal morto da charrete tem ligação com ele?

Remy balançou a cabeça e disse que sim, contando o que Dominique lhe havia falado sobre o reino caótico de Bauffremont. As mortes, os estupros e as perseguições. Tobias ficou ainda mais revoltado.

— Acreditamos que o casal fugia do reino com as filhas. Mas foram alcançados. Após o ataque, os militares das Sete Arcas imaginando que todos haviam morrido, não se preocuparam em checar a cena. As meninas do casal em questão sobreviveram por um milagre — completou Thiago.

Tobias ponderou sobre as últimas informações mastigando um pedaço de pão de centeio e tomando mais uma dose de hidromel.

— Vamos agora para o castelo. Você precisa contar tudo isso ao duque Bertrand. Aliás, outro dia desses um dos meus homens achou dois corpos próximo à divisa do nosso reino com o de Bordeaux. Aliás, quem flechou a charrete? Marchand? — perguntou Tobias. Thiago se assustou. O nome de Olivier era associado à precisão até no reino vizinho!

— Não, o arqueiro era do Reino das Sete Arcas. Só não sabemos o nome do sujeito — contou Remy.

— Tobias, como estavam esses corpos? — perguntou Thiago.

— Os dois homens estavam mortos, aparentemente tomaram uma flechada nas costas. Não achamos nada diferente próximo a ele. Eles deviam estar fugindo a pé — Tobias falava apressado, levantou-se da mesa e chamou Thiago e Remy para irem com ele ao castelo.

— Flechada? Que estranho... Me falaram que os arqueiros do Reino das Sete Arcas não são muito bons — contou Thiago.

— De fato, meu caro, os arqueiros do Reino das Sete Arcas não são os melhores. Olivier é o melhor arqueiro que eu conheço. Mas nada impede que um deles seja realmente bom — ponderou Tobias.

— Tobias, preciso entregar essa carta ao duque Bertrand. Chevalier explica quase tudo o que ocorreu no nosso reino nos últimos tempos.

— Certo, Remy, farei o necessário para essa carta chegar ainda hoje às mãos de François — disse Tobias, pegando o pergaminho e entregando-o a outro cavaleiro, que de imediato subiu em um cavalo e partiu em direção a um castelo cerca de sete quilômetros do alojamento onde estavam.

— François? — disse Thiago, torcendo o nariz e pedindo que Remy lhe explicasse.

— Coincidentemente, Thiago, o duque Bertrand tem o mesmo nome de Lafonte — disse Remy, imaginando o motivo de Thiago ter achado ruim ouvir o nome "François". Havia semanas que François Lafonte havia ido embora, porém, as memórias de tudo o que o inescrupuloso monge havia feito no Reino das Três Bandeiras permaneciam vivas. Todo o desprezo que ele tinha por Olivier e por Thiago, tudo o que ele falara sobre a duquesa Catherine quando ela e Jacques adotaram Henry, Yves e Pierre, o "noviço" nem queria imaginar o que o monge ranzinza diria ao saber da adoção de Anne e Isabelle. O pior de tudo era seu conluio com Bauffremont para acabar com a estabilidade do reino de Jacques Chevalier.

— Quem é Lafonte? — perguntou Tobias.

— Um monge que saiu do mosteiro do nosso reino. Foi enviado para um na Normandia.

— Ah, sim — disse Tobias, indiferente.

Cerca de meia hora depois, o cavaleiro retornou dizendo que François Bertrand queria receber os homens de Jacques. Assim que recebeu o recado, Tobias foi com os dois até o castelo onde, além de François e sua família, estava também o abade-chefe do mosteiro do reino, André Maillard.

François era, ao contrário de seu xará, um homem afável, sempre solícito a atender as necessidades da população de seu reino. André, tal como James, parecia ser um sujeito "a frente de seu tempo", em momento algum criticou a calça jeans, os tênis e a camiseta que Thiago usava.

— Thiago, meu caro, Chevalier disse na carta o quanto Pouvery o aprecia... — contou François ao ler o texto.

— É, parece que ele gosta mesmo de mim... — contou Thiago, envergonhado. Então André notou a semelhança física entre seu colega James e Thiago.

— Santo Deus! Thiago, você e James são extremamente parecidos...

— Também já comentaram isso comigo, abade André, lá no Reino das Três Bandeiras sempre me confundem com o abade James.

François, ao contrário de André, estava preocupado com o conteúdo da mensagem:

— Comandante Legrand, o que Jacques conta aqui é verdade? Emile Bauffremont persuadiu um cavaleiro para decapitar pessoas a esmo no Reino das Três Bandeiras para desestabilizar o governo de Jacques e, enfim, assumir o controle do reino? E, para piorar, um dos monges foi conivente com tudo?

— Infelizmente sim, meu caro duque Bertrand.

François olhou dentro dos olhos de Thiago:

— E foi esse rapaz aqui quem desvendou toda a história e impediu que a matança chegasse a níveis catastróficos?

— Felizmente sim, duque.

— Como conseguiu esse feito, meu rapaz?

— Foi um trabalho de todo mundo no reino. Abade James, monge Jean, o duque Chevalier, o conselheiro Reinart, o Remy, o Louis e o Olivier, todo mundo ajudou para tudo se resolver. Eu só ajudei um pouco — desdenhou Thiago, sendo "corrigido" por Remy:

— Nem vem, Thiago, se não fosse você, jamais saberíamos como proceder para descobrir quem era o decapitador. Foi você quem nos fez perceber que era só uma pessoa matando todo mundo.

— Tudo bem — resignou-se o garoto. Não queria brigar com o batedor.

— Impressionante — finalizou François.

— Realmente. Mas não sei se queria algo parecido ocorrendo aqui. Não temos um rapaz como Thiago na nossa corte — concordou André.

A esposa de François, ao contrário de Catherine, não disse uma única palavra. Thiago sabia que normalmente era assim como as mulheres daquele período se comportavam, como meras figurantes da história. Catherine, como quase tudo no Reino das Três Bandeiras, era uma exceção às regras. A esposa de Jacques tinha voz bastante ativa no reino, Jacques, Paul e James levavam em consideração suas opiniões e vontades. Somente assim que Jacques e Catherine tiveram seus cinco filhos. Catherine era uma mulher inteligente, e desprezar suas opiniões e considerações poderia ser um erro. Thiago devaneou sobre como seria se Jacques não acatasse a vontade de ficar com os meninos. Em pouco tempo, James, com muito pesar, estaria enterrando os garotos. Um a um. Todos mortos por fome ou doenças. No entanto, todos viam os três meninos lindos e bem cuidados, e Jacques adorava exercer o papel de pai deles. Havia também as meninas. Catherine de imediato quis ficar com as pequenas, mas se Jacques tivesse se recusado, em questão de dias (melhor, de horas) a pequena Isabelle teria morrido sufocada pelo peso do corpo da mãe e não demoraria muito para que Anne também morresse, visto que estava machucada. Seria difícil conseguir alguém no reino que pudesse cuidar dos cinco pequenos. Se Remy, Louis e Olivier já fossem casados naquele tempo, talvez ficassem com as crianças, mas era bem provável que James se opusesse, visto que na Idade Média adoções eram praticamente incomuns. O abade, no entanto, nunca se opôs ao feito dos duques, ao contrário, apoiou incondicionalmente.

— Bem, rapazes, já está anoitecendo… Tobias, leve Remy para os alojamentos, já mandei meus criados arrumarem um aposento para Thiago aqui no castelo.

Tobias curvou-se até sua coluna quase formar um ângulo reto. Chamou por Remy e ambos partiram para os alojamentos militares, onde dormiriam. Thiago foi levado pelo duque até um quarto na ala sul do castelo, onde se acomodou. Logo que o duque saiu, deixando-o sozinho, ele deitou-se e dormiu.

No dia seguinte, Remy e Thiago contaram mais fatos do que ocorria no Reino das Sete Arcas para François. Tudo o que souberam via Dominique foi repassado ao duque da Borgonha. François ficou impressionado com o horror que acontecia no reino dominado por Bauffremont. Decidiu que ele, Jacques e os líderes dos outros reinos que cercavam o das Sete Arcas deveriam se mobilizar para impedirem os avanços dos desmandos ditatoriais e sanguinários de Emile Bauffremont.

A dupla passou mais três dias na Borgonha e voltaram levando o cavalo da charrete de Thomas e Marie para o Reino das Três Bandeiras, além de uma mensagem escrita de François e André para Jacques e James.

37.

UM REINO DE TERROR

Enquanto o Reino das Três Bandeiras vivia uma ótima fase de prosperidade e desenvolvimento, no vizinho Reino das Sete Arcas as coisas não iam nada bem. Camponeses, artesãos e aldeões morriam em massa todos os dias de fome, quando não assassinados a esmo para satisfazerem a incessante sede de sangue de Emile Bauffremont, que comandava o reino em um regime praticamente ditatorial. Ou as pessoas satisfaziam suas vontades ou eram mortas para "servir de exemplo". Fora as mulheres do reino, que eram obrigatoriamente confinadas no castelo de Bauffremont, que praticamente convertera-se em um campo de horrores. Mais da metade das mulheres confinadas estavam grávidas, todos os bebês esperados eram filhos de Bauffremont, e suas mães viviam apavoradas, com medo de estarem esperando uma menina, pois sabiam que, assim que Emile soubesse que tivera uma filha, a mãe e a recém-nascida seriam sumariamente mortas. Treze meninos, todos com menos de seis anos, também viviam no local. Eram filhos de algumas delas, e vários dos mais velhos, principalmente, já haviam perdido a mãe por esta ter parido uma menina na segunda gestação. Elas se desdobravam para cuidar dos meninos, mesmo não sendo filhos delas, sabendo que se elas morressem, as outras cuidariam de seus filhos. Bauffremont e um pequeno grupo de privilegiados, seus homens de confiança, com os quais Dominique às vezes se reunia antes de seu fracasso, esbanjavam riqueza no castelo, privando até mesmo as mães de seus filhos de comida e recursos. Quatro das crianças, filhos de Bauffremont, haviam morrido de fome nos últimos meses.

O reino cheirava à morte, miséria, e suas vielas, ruas e estradas estavam banhadas do sangue dos seus dissidentes. A grande ambição de Emile Bauffremont era tomar o próspero reino vizinho, o Reino das Três Bandeiras, cujos aldeões, alheios ao terror da vizinhança, tinham uma vida excelente. Todos tinham comida na mesa, um teto e lenha para se abrigar e se aquecer no frio crescente, visto que o inverno se aproximava, e agora dormiam tranquilos sabendo que ninguém amanheceria sem a cabeça. Dominique estava preso e contara aos principais nomes do reino o que acontecia no reino vizinho, entretanto, as informações não foram divulgadas ao povo para evitar que aldeões, com o sangue mais quente, tomassem medidas impensadas contra o Reino das Sete Arcas, como invadir o local e matar os poucos aldeões que ainda resistiam aos desmandos de Bauffremont e seus homens.

As medidas tomadas à mão de ferro de Bauffremont começavam a atingir os reinos vizinhos. Jorg, o duque da Lorrânia, havia mandado um mensageiro ao Reino das Três Bandeiras avisando que corpos foram encontrados em suas terras. Thiago, Remy, Louis e Olivier viajaram para lá e trouxeram os corpos, prontamente reconhecidos por Dominique como habitantes do Reino das Sete Arcas. O exército de François também encontrou outros corpos, também reconhecidos por Dominique, que estava quase reintegrado ao exército, o que só não acontecera por forte oposição de Remy, considerando que os demais cavaleiros iriam se rebelar caso isso ocorresse.

Joseph, duque de Bordeaux, também mandou um mensageiro a Jacques, relatando que corpos foram encontrados em seu território, próximo à divisa entre os reinos e questionando Jacques se tais fatos também aconteceram em seu terreno.

Remy e Thiago viajaram até lá e contaram a Joseph e a seu comandante tudo o que havia acontecido no último ano no Reino das Três Bandeiras. Jacques também pediu a Remy, assim que retornou da viagem a Bordeaux, que ele fosse ao Sacro Império Romano-Germânico e avisasse ao imperador Lotário I sobre o acontecido na região vizinha, pedindo apoio, visto que o exército do império era expressivamente maior que o de qualquer um dos reinos da região.

Mas, era consenso, de quem tinha conhecimento dos fatos, que o Reino das Três Bandeiras era o mais atingido pelas atitudes sanguinárias de Bauffremont. E embora todos achassem que nada mais poderia acontecer no reino, que capturar Bauffremont era apenas questão de tempo, Jacques, François, Jorg, Joseph e o novo imperador do Sacro Império, Conrado III, reuniram-se para debater o caso e tomar decisões, principalmente sobre o que fazer com as vítimas mais frágeis dos desmandos de Bauffremont. Os nobres decidiram atacar Bauffremont após o inverno, mas até tal guerra acontecer, mais gente ainda morreria. Algumas pelas mãos mais inesperadas.

Um ano e meio já havia se passado desde a chegada de Thiago ao reino. Durante uma gélida noite de inverno, fim de janeiro do ano mil cento e trinta e nove, todos no Reino das Três Bandeiras dormiam profundamente em suas respectivas camas quando gritos desesperados por socorro cortaram o ar, acordando Olivier e Helene. O casal ainda demorou algum tempo para entender o que acontecia.

— O que está acontecendo, Olivier?

— Não sei — respondeu o arqueiro, entorpecido de sono, tirando os cabelos do rosto.

Enquanto os dois conversavam, os gritos foram novamente ouvidos, ainda mais fortes.

— Socorro! — gritava uma voz feminina genuinamente desesperada, correndo a esmo com um pacote nos braços, sabendo que, caso se livrasse dele, poderia conseguir ir mais longe e escapar de seu algoz, um homem baixinho, porém forte, ágil, vigoroso e que portava um enorme machado e corria atrás dela há horas. Ao mesmo tempo, acreditava que o alvo do seu perseguidor fosse o pacote em seus braços, não ela. Um clarão iluminou o local e a mulher, aliviada, viu que estava no meio de uma vila e avistou uma casa com alguns caixotes vazios ao lado da porta. Sem hesitar, a mulher deixou o pacote dentro de um dos caixotes na porta da casa de Olivier e Helene, talvez pensando em despistar seu perseguidor e então voltar para buscar o tal pacote, e bateu à porta para tentar acordar seu morador, no entanto logo avistou novamente seu perseguidor, cada vez mais perto. Relampejava bastante e caía uma forte nevasca na região, o solo já estava coberto por uma grossa camada de neve. A neve tornava a corrida de ambos, mulher e seu algoz e perseguidor, mais difícil.

Ao ouvir batidas na porta, Olivier levantou-se sobressaltado e completamente desperto. Pediu que Helene, que também se assustara, ficasse dentro de casa, não saísse por nada e, se possível, não fizesse nenhum tipo de ruído.

Os gritos de desespero da mulher foram logo aumentando, acordando também Louis e Remy, que dormiam nos alojamentos até então tranquilos. Ambos se levantaram sobressaltados com os gritos cada vez mais altos e agonizantes, pegaram suas espadas e saíram imediatamente de seus alojamentos em busca da fonte dos gritos desesperados. Olivier, por sua vez, pegou seu arco, a aljava com algumas flechas e saiu na escuridão ao encalço da pessoa que gritava. Um clarão o fez avistar um homem baixinho portando um machado entrando na mata a alguns metros de sua casa. Olivier não viu, mas o machado do homem estava repleto de sangue.

— Ei, você aí! Parado! — gritou Olivier, armando seu arco para atirar.

O baixinho começou a correr em direção a Olivier com o machado erguido no ar, porém, outro relâmpago o fez ver Olivier e seu arco armado apontado em sua direção. De imediato, virou-se na direção oposta e voltou a correr. O baixinho sabia da fama de bom arqueiro de Olivier, e sua cabeleira loira era reconhecida até na escuridão. Sem hesitar, Olivier atirou uma flecha na direção do homem, atingindo-o em cheio na base do crânio, derrubando-o morto ao solo instantaneamente. Louis chegou logo em seguida e perguntou o que havia acontecido, tendo o arqueiro respondido que havia atirado num homem que tentou atacá-lo com um machado. Também disse ao colega que havia ouvido um pedido de socorro, aparentemente de uma mulher, porém ela não foi avistada. Louis disse então, em tom esperançoso, que talvez a mulher tivesse conseguido fugir para longe.

Outro clarão iluminou o céu e todos puderam ver o corpo já morto do homem, mas não viram nenhum outro corpo naquele momento. Cansado, e ainda com sono, Louis decidiu com Olivier deixar para terminar o serviço no dia seguinte.

— Vamos voltar a dormir, Olivier, amanhã a gente faz o que tem que fazer e fala com o Remy. Vamos acabar nos congelando nessa nevasca, tomara que quando amanhecer já tenha parado de nevar.

— Boa ideia, Louis — concordou Olivier, entrando em sua casa, sem sequer perceber que havia algo diferente dentro do caixote de flechas vindas diretamente da forja de seu sogro. No entanto, Remy atrapalhou sua volta para a cama.

O batedor chegou logo em seguida à cena e perguntou a seus colegas o que havia acontecido, ambos lhe explicaram o que se passara e Remy, concordando, achou que seria realmente melhor terminar o serviço apenas no dia seguinte. Os três voltaram se arrastando para seus respectivos lares.

No entanto, faltava muito pouco para o dia seguinte começar, então logo estavam de pé novamente. Ainda com sono, os três rumavam para seus campos de treinamento, encontrando-se no meio do caminho para terminarem de apurar o que havia acontecido naquela noite.

— Bem, pessoal, vamos lá encontrar aquele sujeito que o Olivier atingiu com uma flechada, se ele ainda estiver lá — disse Louis.

— Louis, você também ouviu alguns gritos de socorro noite passada? — perguntou Olivier. A confusão na noite anterior fora tanta que ambos se esqueceram da conversa em que citaram os gritos de socorro que os acordara de madrugada.

— Sim, eu ouvi. Sabe quem foi?

— Não, mas acho que sujeito que eu flechei tem alguma participação no caso.

— Vamos lá ver — disse Remy.

A neve manchada de sangue logo revelou aos três homens do exército a cena de um crime bárbaro: jazendo no solo atrás de uma árvore e meio encoberto pela neve que caíra na madrugada, parou nevar apenas quando amanheceu, havia um corpo feminino completamente destroçado. A força do ataque fora tão grande que os ossos da sua coluna estavam expostos e seus membros quase haviam sido decepados do corpo. O trio de comandantes, horrorizado com a cena, recuou ao vê-la e, virando-se para o outro lado, viram o homem que Olivier havia atingido na noite passada com uma flecha, também morto, e um machado também sujo de sangue a poucos centímetros de sua mão direita.

— Chama o abade James agora. E peçam para que Jean e Thiago também venham aqui — disse Remy.

— Claro, senhor! — respondeu um dos cavaleiros de Remy que estava presente na cena, tão chocado quanto seu chefe, retirando-se de imediato para cumprir a ordem passada por seu comandante.

Enquanto Remy, Olivier e Louis ficavam no local onde os dois corpos estavam, Helene saiu da casa que dividia com Olivier para ir à ferraria de seu pai e ao mercado da vila com sua mãe pegar alguns vegetais quando se assustou com o que encontrou dentro de um caixote que estava na porta. Gritou chamando por seu marido. Olivier, juntamente de seus colegas Remy e Louis, correu até o local. Nos braços de uma atônita Helene estava um bebê aparentemente recém-nascido. Ainda sujo de sangue e muco e com o cordão umbilical ainda preso em sua barriga.

— De onde saiu essa criança, Helene? — perguntou Olivier, assustado com a visão, sabia que infelizmente sua esposa não estava grávida, muito menos a ponto de dar à luz o filho deles.

— Ele estava dentro desse caixote — contou Helene, apontando para o caixote de flechas que Olivier havia deixado na porta de casa.

— Muito bonitinho esse bebê, mas quem é a mãe dele? — Louis era o mais objetivo no momento. Também sabia que o recém-nascido não era filho de Olivier e Helene, mas sabia que a mãe devia estar em algum lugar.

— Ele está vivo? — perguntou Remy, ciente da temperatura baixa no dia e principalmente da madrugada. Seria provável que o bebê tivesse morrido de frio, literalmente.

— Está sim, Remy. Está só dormindo — respondeu Helene, embalando o bebê no colo.

Sem hesitar muito, Remy e Olivier viraram-se para onde haviam encontrado os corpos. A resposta da pergunta de Louis, eles acreditavam, jazia em uma poça enorme de sangue.

— Não tenho dúvidas de que a mãe dessa criança é aquela mulher que encontramos entrando na floresta, Louis, mas acho que ela não vai poder cuidar do filho — disse Remy com um tom meio debochado.

— Querido, o que vamos fazer com esse bebê? — perguntou Helene, pedindo com os olhos ao marido para tentarem ficar com ele.

— Assim o que o abade James chegar a gente resolve — disse Olivier, sem querer decidir nada no momento. E entendendo o que Helene lhe pedira.

— Alguém mencionou meu nome? — Era o próprio James quem chegava à cena do crime, acompanhado, como sempre, do monge Jean e de Thiago.

— Longa história, abade — disse Olivier.

— Bem, o que temos aqui?

— Mais dois mortos para a conta, abade — disse Remy, chateado. — Não sabemos quem são esses dois, a não ser que aquela mulher, que é a mãe daquele bebê que está no colo da Helene.

— E... Como os dois morreram?

— O sujeito ali tomou uma flechada minha nas costas. Mandei-o parar e ele veio para cima de mim com o machado. Quando me reconheceu, virou-se e voltou a correr. Aí atirei a flecha nele. Já a mulher... — Olivier explicou o que ocorrera de madrugada.

Enojados com o que viram, os três militares apontaram o local onde o corpo foi localizado. Foi a vez de Thiago quase vomitar de tanto asco.

— Meu Deus! Que horror! A mulher foi praticamente partida ao meio! — O "noviço" saiu quase que correndo de perto dos corpos.

— Vai me tirar o apetite do almoço, Thiago, pare! — pediu James.

Thiago estranhou o pedido do abade, principalmente seu tom debochado, mas acatou.

— Vou ver o outro corpo — disse Thiago, aproximando-se do segundo corpo, o do homem baixinho. Somente então todos perceberam que o homem usava ornamentos militares em suas vestimentas.

— Opa, bela pontaria, Olivier, bem na nuca. Agora a má notícia, você acertou um militar.

Olivier gelou, mas Louis logo em seguida aliviou sua situação e sua tensão o abandonou:

— Esse homem não é dos nossos. Nenhum infante do nosso exército teria a audácia de enfrentar Olivier. Ele se identificaria de imediato. E essa armadura é bem diferente da nossa, também não temos machados no nosso exército. Apenas espadas. Temos que virar esse corpo para saber quem realmente ele é — disse Louis. — Olivier, você consegue tirar a flecha da nuca dele?

— Claro — disse Olivier, puxando calmamente a flecha da nuca do morto. O movimento produziu um som meio oco, meio estranho, mas completamente perturbador.

Com alguma dificuldade, Louis virou o corpo já parcialmente enrijecido do homem, que havia caído de bruços sobre a neve, para colocá-lo de costas.

Todos se entreolharam tensos ao reconhecer alguns emblemas bordados na armadura do falecido.

— Dominique? — perguntou Thiago.

— No fim da tarde eu o levo ao mosteiro para fazer reconhecimento — disse Remy, já cansado.

— Não sei se vai ser possível reconhecer a mulher... Ela está muito desfigurada.

— O rosto dela está bem preservado. Já sobre o corpo, não posso dizer o mesmo... — Thiago se controlava para não vomitar.

Louis logo achou algo interessante no corpo desfigurado da mãe da criança, que ainda dormia no colo da esposa de Olivier. Em seu tornozelo se encontrava uma fina corrente de ouro com um pingente redondo no qual estava gravado um emblema parecido com o que o homem morto trazia na armadura. O comandante da infantaria retirou a corrente da perna da mulher.

— Thiago, olha o que estava no tornozelo dela — contou Louis, mostrando a delicada corrente e o pingente.

Thiago se aproximou dele e retirou o pingente de suas mãos. Tudo começava a ser esclarecido. Logo Remy, James, Olivier e Jean se aproximaram e perceberam o que estava gravado no pingente e se entreolharam.

— Louis, deixe isso comigo. Dominique deve saber explicar o que esse símbolo realmente significa — pediu Thiago.

— Lá vamos nós ter que conversar com ele de novo. Não aguento mais isso — reclamou Remy.

— Pessoal, o que vamos fazer com esse bebê? — perguntou Helene, impaciente. O menino ainda dormia em seu colo, porém ela sabia intuitivamente que em poucos minutos o garotinho, já havia visto que era um menino, acordaria chorando de fome e querendo a mãe.

— Vá ao castelo e avise madame Catherine que há outro bebê recém-nascido aqui, e Jacques que há mais dois mortos — decidiu Remy, mandando um cavaleiro lá presente executar tal tarefa. O homem designado de imediato partiu em direção ao castelo.

James olhou para o bebê no colo da esposa de Olivier. Iria aquele menino aumentar a família Chevalier ou se tornaria um pequeno Marchand? O arqueiro não se manifestava claramente, porém ficou meio chateado quando Remy pediu que chamassem a duquesa para avisar sobre a criança. Percebendo a tensão no ambiente, James chamou Olivier e Helene para uma conversa.

— Meus caros, vi que ficaram chateados quando Remy pediu para chamarem a duquesa Catherine... Posso saber a razão?

Olivier e Helene se entreolharam, e por fim o arqueiro confessou:

— Abade, o senhor sabe que já estamos casados há mais de um ano. Queremos muito ter filhos, mas até agora nada...

— Querem ficar com esse bebê? — deduziu James.

— Gostaríamos muito, abade — disse Helene, acariciando o menininho — Ele já tem até nome.

— Ah, é? E qual seria o nome desse rapazinho?

— Philippe. Era o nome do meu pai, eu acho... Dia desses falamos sobre nossos filhos e escolhemos esse para o nome do nosso filho mais velho — disse Olivier.

— Bonito nome. Vou conversar com a duquesa e tentar convencê-la a deixar o pequeno Philippe com vocês, meus caros — disse James, acariciando de leve o adormecido bebê.

Logo após esse diálogo, Catherine chegou ao local acompanhada de Jacques. Ambos não pareciam animados com a ideia de terem que levar outra criança para o castelo, e sim tensos. Catherine nem de longe lembrava a animada e empolgada mulher que fora buscar os meninos do criador de porcos ou a ansiosa que foi até a estrada pegar as meninas de Thomas e Marie. James se aproximou do casal para já conversar a respeito do bebê.

— Duque Chevalier, madame Catherine — o abade cumprimentou ambos.

— Abade Pouvery — Jacques retribuiu o cumprimento enquanto Catherine apenas fez uma reverência ao abade. — O que exatamente aconteceu aqui? — perguntou Jacques ao ver os corpos e se assustou bastante ao ver o estado do corpo da mulher, jazendo sobre a poça de sangue na neve.

— Duque Chevalier — Remy tomava a dianteira, explicando ao duque o que havia acontecido —, foi o seguinte: essa mulher aqui foi morta por esse homem, que por sua vez foi morto por esse homem aqui — terminou Remy apontando para Olivier, que por sua vez, acenou para o duque.

— Morta é pouco, Remy, ela foi trucidada! — "corrigiu" Thiago.

— Entendi. Aliás, bela pontaria, Olivier — disse Jacques ao ver onde a vítima fora atingida, no meio da nuca.

— Obrigado, duque — agradeceu o arqueiro, curvando a coluna até quase fazer noventa graus.

— Isso foi durante a noite, meus caros? — perguntou Jacques.

— Sim, duque — era Louis dessa vez.

— Mas, e o bebê? Tem alguma relação com o casal morto? — perguntou Jacques.

— Acreditamos que ele seja filho dessa mulher. Não tem outra explicação lógica para ele ter aparecido aqui na porta da minha casa. Agora, o pai da criança, nós não sabemos se é esse sujeito ou não — Olivier, assim como todos, estava mais perdido que "cego em tiroteio".

— Acho difícil demais que um homem mate a machadadas a ponto de praticamente esquartejar a mulher que acabou de dar à luz um filho dele — disse Thiago, olhando o machado sujo de sangue próximo à mão direita do homem morto.

— Faz sentido — disse Jacques. Remy, Louis, James, Jean e Olivier balançaram a cabeça também concordando com o "noviço".

Jacques então notou o emblema gravado na armadura do suposto assassino da mulher. Juntou tudo o que souberam nas últimas semanas. Soube na hora quem poderia ser o pai da criança.

— Essa história já foi longe demais. Só aqui no reino esse menino é a sexta criança afetada pelos desmandos de Bauffremont.

— Falando no bebê, abade, precisamos conversar com o senhor — disse Catherine aproximando-se de James.

Helene, tensa, apertou o menino no colo.

— Pois não, madame Catherine? — disse James, olhando para Helene de maneira tranquilizadora.

— Abade, imagino que o senhor espera que Jacques e eu fiquemos com essa criança, mas vindo para cá, decidimos que não temos mais condições físicas de ficar com outro bebê. Jacques e eu não estamos dando conta dos cinco. Pierre e Isabelle estão começando a andar, Henry fica se debruçando nas janelas o tempo inteiro... Só o Yves e a Anne que são mais quietos. Mas, caso o senhor não encontre ninguém interessado em cuidar desse bebê, nós vamos, sim, ficar com o pequeno.

— Bem, madame Catherine, iria pedir que a senhora deixasse o bebê em questão ser criado por Olivier e Helene. Os dois há tempos querem ter um bebê.

— Por mim tudo bem, abade. Fico até menos aflita agora de não poder criar esse bebê sabendo que Olivier e Helene vão ficar com ele. Aliás, é um menino ou uma menina?

— Menino. Os dois já até deram um nome para o pequeno: Philippe — contou James.

— Perfeito — disse a duquesa, aproximando-se de Helene. As duas mulheres trocaram algumas palavras, sob o olhar aflito de Olivier.

Ao ver que Catherine não tentava tirar o bebê dos braços de sua esposa, Olivier, em vez de se tranquilizar, ficou intrigado e se aproximou das duas. Chegou perto delas a tempo de ouvir a duquesa:

— Esse menino tem muita sorte de ter você e Olivier como pais.

Olivier mal conseguiu comemorar que seria pai daquele garotinho quando Thiago interrompeu seus pensamentos:

— Pessoal, tem uma trilha de sangue aqui que pelo jeito vai parar no… Reino das Sete Arcas… — terminou olhando aflito para o horizonte.

Olivier teve seu entusiasmo substituído pela aflição. E se seu filho fosse filho biológico de Bauffremont? Ao seu lado, Remy olhava a trilha de sangue.

— Vamos segui-la — decidiu o batedor. — Vou buscar meu cavalo, me aguardem aqui.

— Tudo bem — respondeu Louis.

Enquanto esperavam Remy voltar dos estábulos com seu cavalo, Catherine entrou na casa de Olivier com Helene e a ajudava a cuidar do pequeno Philippe. A mãe de Helene, alarmada com a demora da filha, que deveria visitá-la pela manhã, correu para a casa dela, tomou conhecimentos dos últimos fatos e passou a ajudar com os cuidados com o recém-nascido, já apaixonada pelo netinho. E James deu ordens a Jean:

— Meu caro, recolha os corpos no mosteiro. Eu vou acompanhar Thiago e os militares para ver de onde vem esse rastro de sangue.

— Sim, senhor — acatou Jean, curvando-se e saindo de imediato em busca da carroça que levaria os corpos ao local mencionado.

Logo Remy e seu cavalo preto estavam de volta, e juntamente a Thiago, Louis James, Jacques e Olivier, seguiram o singelo rastro de sangue, que ia, à medida que seguiam a trilha, aumentando. Avançavam devagar, até que uma hora Louis sentiu algo estranho sob seus pés. Franziu a testa e olhou para baixo, no que foi instintivamente acompanhado pelos demais. Ao ver o objeto no qual havia pisado, uma estrutura esponjosa/gelatinosa arroxeada e amórfica, pulou quase um metro para trás e passou a limpar freneticamente a bota na neve, com a maior cara de nojo que já fizera na vida.

— O que é esse troço nojento? — perguntou aflito, porém fazendo todos rirem.

— Não faço ideia — disse Remy rindo, descendo de seu cavalo e examinando o objeto de perto sem, contudo, pôr a mão nele.

James e Thiago também se aproximaram do objeto e Thiago logo o reconheceu das aulas de ciência: era uma placenta. Juntou as peças.

— Acho que é a placenta da mulher morta perto da sua casa, Olivier — disse Thiago.

— Poderia ser de quem quer que fosse, continua nojento — reclamou Louis, ainda limpando sua bota na neve.

— O bebê nasceu aqui, no meio do nada? — perguntou Olivier.

— Parece que sim — disse James. O garotinho estava vivo por puro milagre. Naquelas circunstâncias, qualquer bebê, ainda mais um recém-nascido, ou criança pequena teria morrido. Ou por complicações no nascimento ou de hipotermia. O menino ficou horas ao relento embrulhado em um tipo de capa de lã da hora que sua mãe o deixou na porta da casa do arqueiro até Helene encontrá-lo. Olivier nem o vira dentro do caixote naquela madrugada, após matar o soldado do Reino das Sete Arcas, que matara a mãe do garoto. Mas ninguém culparia o arqueiro, estava escuro e o bebê dormia quietinho. No fim, Olivier acabou por salvar a vida do menino, já que provavelmente o soldado do machado que matara sua mãe também o mataria assim que o arqueiro voltasse para dentro de casa.

O rastro de sangue, no entanto, continuava além do ponto onde a placenta estava. Deixando-a no mesmo lugar onde a encontrou, a equipe prosseguiu, seguindo o rastro de sangue, agora um pouco mais forte, até topar com uma grande árvore com um tronco de mínimo quatro metros de diâmetro. Jacques notou que o rastro ficava mais forte à medida que se aproximavam da árvore.

Todos se aproximaram da árvore e viram que realmente a quantidade de sangue na neve era maior. Louis ainda esfregava a bota na neve, tentando limpar qualquer vestígio de placenta que poderia haver nela. E esse "chilique" provocava risos dos demais membros da equipe.

Bem próximo ao tronco da árvore encontraram o que também lembrava o local do parto do menino. Uma pequena faca estava jogada ao lado da cena, também suja de sangue. Remy a apanhou. A neve embaixo da árvore estava parcialmente derretida. E misturada com muito sangue. Lembrou um pouco, para Thiago, sorvete de morango derretido.

— Bem, acho que o bebê nasceu aqui, bem embaixo dessa árvore — deduziu Thiago. — Ela deve ter tentado se esconder do baixinho do machado aqui. A mãe cortou o cordão umbilical com essa faca, embrulhou o filho naquela capa de lã e voltou a fugir do homem do machado. Parou lá naquele ponto quando saiu a placenta e voltou a correr até próximo da casa de Olivier, onde deixou o bebê na porta, foi alcançada pelo baixinho do machado, que a trucidou. Mas... É longe pra caramba da vila. No escuro e na neve, deve ter parecido que ela caminhou ou correu por uma eternidade.

— E logo após ter um bebê. Essa mulher sofreu um bocado, não deve ser fácil correr logo após o parto, ainda carregando o filho recém-nascido no colo — ponderou James.

— Para salvar o filho recém-nascido ela não poupou esforços — disse Louis ao ver a distância que a mulher percorreu. Eram quase quatro quilômetros.

— Nem a própria vida — Thiago concluiu. A desconhecida se sacrificou para salvar seu filho. Infelizmente não sobreviveu para vê-lo crescer.

— Bem, pessoal, vamos voltar para a vila. Não temos muito que fazer aqui agora — decidiu Jacques quando notou que estavam perigosamente perto da divisa entre seu reino e o de Sete Arcas.

Voltaram para a vila, Catherine já havia voltado para o castelo, deixando Helene com sua mãe cuidando do bebê. A própria duquesa colocou Paul a par dos últimos acontecimentos, que deixaram o conselheiro preocupado.

— Cat, Paul, tudo bem? — disse Jacques ao entrar no local e se encolher em frente à lareira. Henry e Yves se amontoaram em cima do pai.

— Tudo bem, querido. Descobriram alguma coisa?

— Achamos o local onde a morta teve o bebê. Atrás de uma árvore, no meio do caminho para o Reino das Sete Arcas, além de quase nos congelarmos — disse Jacques, abraçando os meninos. — Cadê a Anne, Cat?

— Dormindo com os menores — respondeu Catherine, dando uma risada de Jacques reclamar do frio.

— Papai? — Jacques ouviu uma vozinha delicada atrás dele. Virou-se e viu a menina.

— Oi, filha! Tudo bem? — perguntou Jacques, pegando a menina no colo.

A menina disse ao pai que estava com medo de ficar sozinha. Jacques a abraçou, a confortou, explicou por que tinha se ausentado e disse à pequena que a amava muito, "papai te ama demais, minha bonequinha linda", disse o duque beijando a filha. Ele tinha uma ligação especial com a mais velha. Catherine assistia à cena comovida. Ela sempre admirara o caráter do marido, desde quando se conheceram. Agora via como Jacques havia se tornado um ótimo pai para os filhos. As crianças demoraram a chegar, mas ela sequer se lembrava de como era a vida antes dos cinco pequenos.

Paul logo em seguida interrompeu o momento família.

— Jacques, meu caro, precisamos conversar sobre os últimos acontecimentos.

— Tudo bem — concordou Jacques, levantando-se e deixando os filhos sob os cuidados de Catherine. — Crianças, o papai precisa conversar com o tio Paul, vocês vão ficar com a mamãe. Assim que a gente resolver aqui, eu volto para brincar com vocês. — Jacques saiu do quarto, rumando para um salão do castelo, sendo acompanhado por seu conselheiro.

Paul sorriu com a forma como Jacques o considerava seu irmão. Era tio dos filhos dele. Paul, assim como Jacques, era filho único. Sua mãe havia falecido no parto, e Isabelle, grávida de Jacques, ajudara seu pai a criá-lo, e ele e Jacques viviam juntos desde sempre.

Catherine maneou a cabeça e levou os filhos para outro cômodo do castelo, o quarto onde Pierre e Isabelle dormiam. Os três mais velhos logo começaram a brincar, e Catherine sentou-se em uma cadeira e ficou apenas os olhando. Os três adoravam brincar juntos. Anne já não era mais a menina assustada que vivia grudada na irmãzinha recém-nascida, adaptou-se bem à vida no castelo depois de algumas semanas. No início sempre procurava por Jacques, já que fora o duque quem a pegara no colo na estrada do penhasco, depois de ela ficar sozinha por quase oito horas. Catherine se comovia com a forma como a menina gostava do pai. Agora, quase um ano depois, Anne ficava brincando com os irmãos mais velhos, e às vezes brincavam com os bebês. Pierre, de dois anos, e Isabelle, com um, adoravam quando os irmãos mais velhos lhes davam atenção.

Noutra sala, Jacques e Paul conversavam sobre o recente acontecido no reino:

— Jacques, eu acho que isso passou um pouco dos limites. Precisamos estudar o que fazer com esses fatos. Não poderemos tolerar que ele persiga e mate quem quer que seja no nosso território. E essa não foi a primeira vez, Thomas e Marie também foram vítimas deles, e foram assassinados nas nossas terras.

— Concordo plenamente, Paul, mas até o momento não acho conveniente iniciar uma guerra. Aliás, concordamos com os demais reinos vizinhos que somente atacaremos Bauffremont após o inverno. Todos juntos — disse Jacques, decidido a manter o acordo firmado entre ele e os demais duques da região.

— Compreendo, Jacques, mas eles têm tomado atitudes que podem nos fazer ter de antecipar o ataque. Aliás, meu caro Jacques, em momento algum eu sugeri que iniciássemos uma guerra. E pelo que Dominique relatou, nosso exército liquidaria a guerra em pouquíssimo tempo.

— Não vamos antecipar o ataque, Paul. De fato, hora alguma você sugeriu que declarássemos guerra. Thiago bem que falou que isso poderia acontecer. E temos que considerar que a vítima deve ter vindo de lá também.

— Mas precisamos tomar uma providência...

— Colocar os homens da artilharia nas nossas fronteiras?

— Apenas com o Reino das Sete Arcas... Lorrânia, Borgonha e Bordeaux não será necessário. E a maior parte da nossa fronteira com as Sete Arcas é coberta pela floresta... — dizia Jacques, olhando pela janela da sala e fitando a floresta onde um ano e alguns meses atrás todo seu exército se embrenhou para capturar um único homem, que agora encontrava-se preso na masmorra cerca de cinco metros abaixo de onde se encontravam agora. Se tudo o que Dominique dissera até então sobre o exército de Bauffremont era verídico, os poucos homens não teriam chances dentro da mata. E quando saíssem, seriam encurralados pelo forte exército de Jacques.

— Seria uma boa ideia, chamo Olivier aqui para que ele tome as providências?

— Não só ele. Remy e Louis também. Vamos usar todas as nossas forças. Mas antes vamos resolver o caso do casal.

Paul se resignou. Jacques estava certo. Precisavam identificar aquela vítima antes que outras aparecessem.

— Os corpos estão onde, Jacques?

— No mosteiro. Por quê?

— Dominique precisa ir lá ver se os reconhece.

— Sim. Assim que Remy vier buscá-lo nós o liberaremos.

Não demorou muito tempo para Remy aparecer no castelo, acompanhado de um contrariado Louis e um impaciente Olivier, para pedir ao duque para levar Dominique ao mosteiro para reconhecer ambos os corpos. Depois de falarem brevemente com o duque, os três militares desceram às masmorras para buscar o quarto. Embora Dominique não estivesse em estado tão deplorável quanto da primeira vez, quando fora reconhecer Thomas e Marie, Remy achou melhor que ele fosse ao mosteiro em uma charrete, e não a cavalo. Louis e Olivier foram juntos de Dominique no veículo. Outro militar, levando Jacques e Paul, foi acompanhando os militares. James já os esperava na entrada, e logo que Dominique viu os corpos, reconheceu o do homem como sendo Allain, um dos melhores infantes de Bauffremont. A mulher, chamada de Amelie, era uma das integrantes do harém de Emile, porém Dominique confidenciou aos ex-colegas e aos clérigos que Amelie era uma das poucas que conseguiam dobrar Emile.

— Diziam lá no reino que o filho dela é na verdade de Maurice, chefe da artilharia. Na última vez que tive lá, ele ainda estava vivo. E o menino dela é parecidíssimo com ele, em nada se assemelha a Bauffremont.

Hein? O filho dela? O bebê deixado na porta de Olivier tinha/tem um irmão mais velho? Dominique já estava preso há mais de um ano, como saberia que Amelie tinha engravidado? Thiago, e depois de um tempo, Louis, Remy, James, Olivier, Jacques e Paul começaram a se fazer essas perguntas.

— Bauffremont deixa seus homens de confiança ficar com as mulheres? — estranhou Remy.

Dominique balançou a cabeça rindo.

— Não, Legrand. Quando ela engravidou, ele bem que quis matar Maurice, mas foi dissuadido por Amelie, que afirmou que o bebê era filho de Emile. Até a última informação que tive, Emile nunca desconfiou que o menino fosse filho de outro homem. E Amelie e Maurice continuavam se encontrando pelas costas de Bauffremont.

— Mas de fato o filho dela é desse tal Maurice, e não de Bauffremont? — perguntou Thiago.

— Tudo indica que sim, Maurice e o menino são loiros e têm olhos verdes. Emile e Amelie não. O filho só pode ser do Maurice. Não sei se ficou parecido com Bauffremont com o tempo, só vi o bebê com dias de nascido.

— Vai ser difícil descobrir se isso não passa de um boato ou se tem fundo de verdade. A única coisa que tínhamos era a palavra dela — disse Thiago, olhando fixo para Olivier, coincidentemente também um habilidoso arqueiro, loiro de olhos verdes. Será que Olivier e Maurice eram, de alguma forma, parentes? A família de Olivier estava toda morta, talvez ele nem fosse batizado originalmente como Olivier, podia ter ganhado esse nome quando, aos oito anos, fora encontrado sozinho no Reino das Três Bandeiras. Talvez atordoado o suficiente para sequer lembrar-se do próprio nome, inventou esse ao ser resgatado. O abade Simon, que administrava o mosteiro na época do resgate, pode ter dado o nome a ele, que acabou se acostumando, e genética ainda era território desconhecido para o pessoal. Era sim possível que o menino fosse filho de Bauffremont, embora Maurice tinha mais probabilidade de ser realmente o pai do menino. E bebês recém-nascidos mudam completamente com o tempo, às vezes até a cor dos olhos e cor e textura do cabelo mudam. — Dominique, você já viu uma corrente parecida com essa?

— perguntou Thiago, mostrando a joia retirada do tornozelo de Amelie. — E qual a idade do filho dela?

Dominique estendeu a mão e pegou o objeto de Thiago. Examinou-o por aproximadamente dois minutos, devolveu-o para Thiago e contou mais coisas:

— O garoto não deve ter nem dois anos, Thiago. Já vi, sim. Bauffremont obriga todas as mulheres do reino a usá-lo, principalmente depois de terem um filho dele, ainda que supostamente. Ah, as joias foram adquiridas de um ourives do Reino de Provence. Bauffremont apenas conseguiu que o ferreiro das Sete Arcas desenhasse o brasão do reino no medalhão.

Jacques e Paul, também presentes na sala, sobressaltaram-se. Mas o mencionado reino não era vizinho de Três Bandeiras e, por isso, Jacques tinha uma relação neutra com o lugar. Não soubera de invasões a esse reino.

— Bauffremont invadiu e dominou o Reino de Provence com um exército de meia dúzia de homens? — perguntou Jacques, assustado.

— Não. Ele trocou alguns quilos de ouro e prata puros pelas joias. Ele matou os ourives do Reino das Sete Arcas, precisou pedir que o de Provence as fizesse.

— Certo. E o segundo? — disse Louis, irritado de servir de escolta.

— Segundo o quê? — Dominique se espantou.

— Filho. É, ela teve outro bebê. Nasceu hoje — informou Louis.

— Se tudo o que ouvi for verdade mesmo, pode ser do Maurice. Não sabia que ela havia engravidado outra vez. Acho que fui preso antes mesmo de ela engravidar de novo.

Thiago segurou a risada. Emile Bauffremont, o temido mandatário do Reino das Sete Arcas, era na verdade um "corno manso", sendo traído debaixo do próprio nariz. Era como se madame Catherine tivesse um relacionamento com Olivier e Jacques nada fizesse, ou Jacques tivesse um caso com Helene. Agora ficava a dúvida: Bauffremont mandou Allain matar Amelie por ela ter fugido ou por finalmente ter se convencido de que o filho que Amelie teve, e o que teria em breve, não eram dele? Outra preocupação começou a martelar na cabeça de Thiago: o que seria do filho mais velho da mulher, agora com ela morta? Tentou se acalmar, mas o pensamento de que o menino teria sido executado a sangue frio pelas tropas de Bauffremont, ou até mesmo pelo próprio, não lhe saía da mente. Torceu para que o suposto pai do menino, Maurice, o escondesse do sanguinário líder das Sete Arcas, poupando a vida do filho. Ou até mesmo as outras concubinas de Bauffremont, talvez afeiçoadas ao garotinho, o ajudassem a se livrar da morte. Era apenas um menininho indefeso de quase dois anos de idade, mal conseguiria se cuidar sozinho. E, pelo que estavam descobrindo sobre o Reino das Sete Arcas, cientes do temperamento de Bauffremont, imaginaram que o menino, que não tinha culpa de nada e não podia sofrer as consequências desses atos, poderia sofrer nas mãos do facínora. Aliás, o pequeno era uma consequência desses atos. Thiago até se perguntou se Olivier e Helene não ficariam com o mais velho, já que estavam com o irmão caçula. Depois da guerra, seria muito provável que o garoto ficasse completamente órfão. Dominique contara também que Maurice, embora fosse um bom arqueiro, nem de longe se comparava a Olivier. Dificilmente teria acertado o tiro que matou Allain, no escuro e na distância que Olivier atirou. Depois, elaborou outra pergunta:

— Dominique, por que Bauffremont só aceita que nasçam meninos? Nasceu menina, ele mata mãe e filha?

— Ele quer criar um exército com os filhos.

— E qual a idade do menino mais velho?

— Quando eu estive lá a última vez, o mais velho tinha uns seis anos. Já vi ele matar outros mais velhos, com oito, nove anos, porque não conseguiam manejar a espada direito. Nem forças para carregar uma eles tinham ainda... Sério, não sei o que deu em mim para me aliar com aquele louco — Dominique estava completamente arrependido. Soluçava, chorando, perguntando-se quanta gente morreu por culpa de uma ambição desmedida que não lhe deu nada além de humilhação. Estava preso, sendo tratado como um pedaço de lixo por pessoas que antes o consideravam um amigo.

— Influência do François, Dominique. Ele te manipulou — disse Thiago.

James se limitou a balançar a cabeça. Thiago tinha razão quanto ao motivo que levou Dominique a cometer todas aquelas insanidades.

— Quando eu tinha quatro anos, meu pai nem me deixava chegar perto do equipamento dele... Tinha medo de que eu me machucasse... Só comecei a manejar uma espada com dez anos... — lembrou-se Louis, saudoso.

— Eu também — recordou Remy.

Nas Sete Arcas, Emile começava a ficar irritado com a demora de Allain, sem imaginar que ele se encontrava morto no mosteiro de São Tiago, ao lado da mulher que Emile o ordenara matar, apenas o bebê que ela carregava no ventre sobrevivera nessa história. Amelie havia fugido do "harém" quando Emile disse que a mataria assim que tivesse o filho que esperava, ao flagrá-la com Maurice, o provável pai da criança, na masmorra do castelo. Amelie era a única mulher que tinha liberdade de circular pelo castelo, porém não podia sair de lá. As demais tinham que ficar trancadas em seus quartos cuidando dos filhos. Ela e Maurice sempre se encontravam nas masmorras. O pequeno Simon, seu filho mais velho, foi escondido pelo pai verdadeiro, Maurice, noutro local das masmorras do castelo. Maurice ia cuidar do filho de vez em quando, levando comida e passando um tempo ao lado do pequeno. Mas o menininho passava mais tempo sozinho que na companhia de alguém. Para saciar a fome, o pequeno engolia o que estivesse no chão e obtinha água de um buraco na parede externa por onde entrava neve. Sentia falta do colo e do leite de sua mãe, que ainda o amamentava, mesmo grávida de outro bebê.

Sabendo o que Emile ordenara Allain a fazer, Maurice temeu ainda mais pela vida do pequeno menino. O repentino sumiço de Amelie nos últimos dias da segunda gravidez deixou-o ainda mais aflito. Se Allain não voltasse até o fim do dia, as coisas ficariam extremamente piores no reino. Talvez mais duas ou três pessoas sucumbiriam à ira de Emile. O único cavaleiro restante no reino voltou nervoso das buscas por Allain.

— Emile... — disse ao chegar, descendo do cavalo e reverenciando o tirano governante. — Os rastros de Allain e Amelie se perderam. Ambos entraram no terreno do Reino das Três Bandeiras.

— O quê? — perguntou Emile, irado.

— Ela fugia dele e entrou no terreno do Reino das Três Bandeiras.

— Eu não sou surdo, Pierre. Por que não os alcançou? — gritou Bauffremont, com o rosto vermelho e já quase sem ar.

— Bauffremont, o senhor me colocou para procurá-los muito depois que eles sumiram! E se eu entrar no território das Três Bandeiras, serei morto! — argumentou o cavaleiro.

— Você será morto agora de qualquer maneira — gritou Emile, virando-se para um de seus homens. — Mate-o. E mate o cavalo também.

O homem pegou a espada e, sem pestanejar, atravessou o abdome de Pierre, seu grito de dor foi ouvido até os limites do reino. Caiu desfalecido minutos depois de ser atingido. Sangrou por vários minutos até morrer. Com uma machadada certeira, o mesmo homem decapitou o cavalo de Pierre.

Emile então mandou o mesmo infante que matara o cavaleiro atrás de informações sobre Allain e Amelie.

— Volte antes do pôr do sol, ou nem precisa voltar... — disse Emile. O homem engoliu em seco e partiu, assustado, em direção ao Reino das Três Bandeiras. Corria contra o tempo para localizar o infante e a mulher. O infante cruzou a divisa dos dois reinos, quando já estava quase escuro. Engoliu em seco ao ver os rastros de sangue, sem saber que eram do parto de Amelie, não os de sua morte. Esse rastro já estava no outro lado do reino, ao qual, para chegar, teriam que atravessar a vila e passar ao lado dos alojamentos militares, o que significaria morte certeira. Pensou em voltar às Sete Arcas e contar a Emile que Amelie havia morrido e que seu corpo fora devorado por animais selvagens e que não encontrou qualquer sinal do bebê.

O tempo escureceu repentinamente e começou mais uma nevasca, bem mais forte que a da noite anterior. Atordoado pela chuva e pelo frio, o soldado ficou parado no local, atônito ao ver o exército de Jacques na fronteira dos reinos. Havia mais de setenta homens. Voltou de imediato para o castelo. Não conseguiu chegar a tempo, surpreendido pela nevasca, foi soterrado pela neve. Faleceu de hipotermia naquela madrugada, seu corpo só seria descoberto na primavera. E seu atraso começou a irritar Bauffremont, que descontou sua raiva e frustração nos demais membros de seu exército. Matou de imediato o infante que sugeriu que a nevasca havia atrasado o colega.

Aparentemente Emile não se voltou contra Maurice, ainda o considerava devido à flechada que, na impressão de Emile, havia matado não apenas a insolente Marie e o traidor Thomas, mas também as duas filhas do casal, a garotinha de dois anos e a recém-nascida, que Emile não suportava. Mesmo se as meninas fossem filhas dele, Marie seria morta. Ele queria aumentar o número de homens em suas terras para criar um superexército em breve. Porém, seus planos estavam fadados ao fracasso total. E quem ousasse dizer-lhe a verdade, morria instantaneamente.

Maurice também ficou preocupado com a nevasca, a segunda do ano. Pensou em Amelie e no bebê por nascer ou já recém-nascido. Como os dois sobreviveriam ao relento? Simon, seu filho mais velho, dormia escondido embaixo de uma cama na masmorra. Não conseguia parar de pensar em Amelie, sem imaginar que ela já estava morta e seu filho sob os cuidados da esposa do chefe da artilharia do inimigo reino vizinho, pensou em, no dia seguinte, ou quando a nevasca passasse, pegar o menino e fugir do local, pediria refúgio no Reino de Provence, que tinha ainda uma relação diplomática menos conturbada com o das Sete Arcas. Mas sabia que isso seria arriscado demais. Emile, assim que descobrisse, mandaria vários homens atrás de ambos. Simon só fora poupado por ser muito pequeno e defendido por todos. Emile já ordenara alguns dias antes que o menino fosse executado, porém nenhum homem do exército teve coragem de matar o garotinho. Nem mesmo o próprio Emile. Uma das poucas vezes que viram um mínimo sinal de piedade, compaixão e clemência nos olhos do sanguinário líder.

De volta ao reino das Três Bandeiras, Jacques se reuniu com os comandantes do exército. Logo os três designaram um grupo de cinquenta homens para patrulhar a divisa dos reinos e evitar novas invasões.

— Vocês vão poder fazer de tudo, a qualquer sinal de movimento, ataquem, atirem, não hesitem — ordenou Remy.

— Protejam nossas divisas. Não podemos deixar mais mortes ocorrerem no nosso território. Estamos a ponto de entrarmos em guerra! — disse Louis.

— Mesmo se eles não nos atacarem, senhor? — perguntou um infante.

— Sim, mesmo se não houver ameaça de ataque iminente, se a pessoa que se aproxima estiver vestindo uma indumentária militar, matem-na! Não podemos nos arriscar com a possibilidade de ele infiltrar um de seus homens nas nossas terras! — disse Remy, enérgico. Do alto de seu cavalo, ele ficava ainda mais imponente.

— Senhor! — um arqueiro destacou-se no pelotão.

— Sim? — perguntou Olivier.

— Senhor, se vermos que quem está atravessando a divisa é na verdade alguém fugindo de lá, um aldeão ou camponês, por conta de tudo o que está acontecendo? Matamos ou deixamos a pessoa passar para nosso território?

— Em casos como esses, que vocês achem que são fugitivos, peçam a um dos cavaleiros para chamar a mim ou ao Louis ou ao Remy que nós vamos analisar com o duque Jacques e com o conselheiro Reinart e mantenham-no neste local, sob vigilância constante, até que resolvamos o caso — respondeu Olivier. — Mais alguma pergunta?

Os demais soldados permaneceram em silêncio.

Os dois outros comandantes manearam a cabeça positivamente e os homens se posicionaram no local. A ordem de atacar sem pensar duas vezes os deixara assustados, porém eles não sabiam o quão fraco era o exército de Bauffremont. Pouco antes do pôr do sol, enquanto armavam as barracas para dormirem e acendiam fogueiras e tochas para iluminarem e aquecerem o local, avistaram um único homem se aproximar da fronteira dos dois reinos. Um dos arqueiros já preparou o arco e mirava bem na cabeça do alvo. No entanto, assim que o homem visualizou o exército de Jacques, bateu em retirada. O arqueiro afrouxou o arco e comentou a cena com um infante:

— Bauffremont mandou um único homem para nos atacar? — o arqueiro estava surpreso. — Isso é alguma piada? Posso rir?

— Talvez esse só veio aqui procurar o homem que o comandante Marchand matou na noite passada — respondeu o infante.

Já mais à noite, Helene e Olivier passavam a primeira noite em claro com o bebê. Embora a mãe de Helene estivesse no local para ajudar, o casal tentou poupar a avó da criança.

— Bem que o Jacques me falou que ontem teria sido minha última noite tranquila de sono... — comentou Olivier. Depois de discutir sobre a proteção das fronteiras, o comandante da artilharia e o duque tiveram uma sincera e franca conversa sobre paternidade. Jacques contou a Olivier o quanto as crianças haviam mudado sua vida e de Catherine:

— Não sei como Catherine e eu estaríamos sem os cinco. — Entre outras coisas, Jacques aconselhou o comandante da artilharia a cuidar do filho junto a Helene. — Olivier, meu caro, não há sensação melhor do que ter seu filho dormindo tranquilo nos seus braços — dissera-lhe Jacques. Helene apenas riu. Philippe resmungava em seu colo enquanto ela tentava acalentar o menino para que dormisse.

— Quer que eu tente fazê-lo dormir? — ofereceu-se Olivier.

— Por favor — disse Helene, exausta, entregando o menino no colo do marido. Sob o olhar intrigado de Helene e espantado de sua sogra, Olivier acalentou o filho no colo e logo o garoto dormia como um anjinho. O rapaz ficou atônito por alguns minutos. As palavras de Jacques eram certeiras, ter Philippe dormindo quietinho e tranquilo em seu colo era a melhor sensação que tivera na vida, melhor que acertar um alvo a léguas de distância. O arqueiro beijou o filho e colocou-o no bercinho. O marceneiro, que era muito amigo do ferreiro, por muitas vezes terem que fazer peças juntos, construiu a jato um berço para o neto recém-nascido do amigo. O casal debruçou-se sobre o móvel e ficou observando o filho dormindo.

Logo, aconselhados pela mãe de Helene, dormiram também:

— Eu sei que o bebê é lindo, mas é bom vocês dormirem. Logo esse menininho vai acordar de novo e vocês não vão aguentar por estarem acordados, durmam um pouco.

— Está bom, mãe. A senhora vai para casa?

— Não, filha, vou ficar aqui, já avisei seu pai. Aliás, Olivier, avise seu amigo da cavalaria que tem estribos novos para pegar na ferraria.

— Sim, senhora, amanhã eu o aviso e vou lá com ele. Helene, falando no Remy, precisamos conversar.

— O que eu tenho a ver com o Remy, Olivier?

— Queria chamá-lo para se padrinho do Philippe. Devo isso desde o dia em que ele me achou na beira da estrada.

— Ah, sim! Seria uma ótima ideia. Mas o Louis não vai ficar chateado? — Helene concordou. Sabia a história de vida do marido. Olivier teria morrido na beira da estrada se Remy não o tivesse visto e chamado por seu pai, o então comandante Leopold, e pelo então monge James para irem resgatá-lo.

— Ele fica para ser padrinho do nosso próximo filho — desdenhou Olivier, já pensando no provável irmão do bebê que estava perdido no reino das Sete Arcas.

— Tudo bem — Helene deu outra risada. — Você vai convidá-lo amanhã?

— Sim, depois que eu falar que os estribos novos que ele encomendou de seu pai estão prontos. Ele e Angeline.

— Certo... Vamos dormir antes que nosso filho nos acorde de novo.

No Reino das Sete Arcas, outra preocupação de Bauffremont era o repentino "sumiço" de Dominique. O ex-cavaleiro não aparecia há vários meses, desde que Bauffremont ordenara a décima quinta morte no Reino das Três Bandeiras. Emile soubera que a morte fora executada, porém Dominique não fizera as demais "obrigações" com o corpo, que era tudo uma vã tentativa de assustar Chevalier, que nada intimidado fora pela disposição do corpo.

— Dominique não vem aqui desde o fim do verão, quando matou o último... — comentou Emile com Maurice, que tentava disfarçar sua preocupação com o desaparecimento de outra pessoa, Amelie.

— Ouvi falar que ele morreu quando voltava para cá... — disse Maurice.

— Não, ele não morreu, ele ficou muito ferido e foi resgatado pelo exército de Chevalier.

— É. Mas a essa hora já devem tê-lo executado na fogueira.

— Não foi, Maurice. Reinart, o conselheiro, queria executá-lo de imediato, porém um noviço do mosteiro e o abade Pouvery o convenceram a deixar Dominique vivo para explicar o que acontecera... Explicar por que havia matado tantos camponeses...

— Sério? Como soube dessas informações?

— O nosso futuro abade, François Lafonte, foi quem me contou... Porém, não o vejo por lá também há bastante tempo... Não sei o que aconteceu com ele.

— Talvez eles tenham descoberto que ele é seu aliado e o mataram.

— Se eles não tiveram coragem de matar Dominique, não matariam François, que era um monge.

Durante a conversa, alguns pontos deixaram Maurice intrigado a respeito das "investigações" promovidas no reinado inimigo:

— Emile, como eles lá descobriram que todas as mortes eram de autoria de Dominique? François não havia dito que eles acreditavam que cada camponês fora morto por uma pessoa diferente? — perguntou o arqueiro.

— Inicialmente. Segundo Lafonte, o noviço foi quem sugeriu que todas as mortes poderiam ser atribuídas a um único autor. Aparentemente, os comandantes, o abade, o conselheiro Reinart e Chevalier concordaram que essa teoria tinha lógica. Lafonte bem que tentou fazer com que o abade reprovasse o noviço, mas quanto mais ele tentava, mais próximo do noviço o abade ficava. E para ajudar, os dois ainda podem se passar por pai e filho de tão parecidos que são. Há um boato de que o noviço pode ser um filho ilegítimo do abade com alguma camponesa. Apertaram o cerco contra Dominique, e quando ele matou a última pessoa, seu cavalo foi visto, depois do seu acidente na floresta, na vila das Três Bandeiras, aparentemente coberto de sangue. Então, segundo Lafonte, o noviço sugeriu que ele pudesse estar machucado na mata e instigou o exército a procurá-lo. Bem, os homens de Chevalier localizaram Dominique e levaram-no para uma prisão no castelo. Agora não sei se ele morreu, pois François também parou de se encontrar comigo no chalé da primeira vítima e não tive mais informações, a última vez foi logo depois que capturaram Dominique. Ir lá agora é arriscado, pois Chevalier deve ter posto seus homens para vigiar o reino e nos arriscamos muito invadindo o local quando matamos Thomas, Marie e as duas filhas deles...

 Maurice maneou a cabeça. Ficou assustado com a forma como o noviço havia persuadido James. Talvez os boatos mencionados por Emile tivessem algum fundamento, e o abade estava protegendo seu filho bastardo. Tinha que inventar uma desculpa para sair de perto de Bauffremont e ir ver seu filho, que estava praticamente preso na masmorra. Por sorte, a noite e a nevasca os fizeram se recolher no castelo, com a desculpa de que nas masmorras estava mais confortável, Maurice pegou um pão e desceu. Lá seu menino o esperava. Encolheu-se com o filho num canto, deu-lhe um pedaço do pão e comeu o restante. O menino, ainda pequenininho, perguntou pela mãe. Maurice disse que não sabia dela, mas que esperava que ela voltasse em breve, mesmo sabendo que provavelmente ela seria morta por Emile. Deu comida, acalmou o menino e o colocou para dormir. Simon deitou-se no chão de pedra sobre um pano e Maurice cobriu-o com uma capa de lã e ficou velando o sono do menino até o sono vencer e ele próprio dormir, recostado ao lado do pequeno, de exaustão. Acordou no dia seguinte e, deixando o filho quietinho ainda adormecido nas masmorras, subiu com uma vã esperança de que Amelie, já com seu segundo filho nos braços, voltasse. Ia gastar toda sua persuasão para convencer Bauffremont a poupar a vida da mulher, mesmo imaginando que seu esforço seria em vão e logo ele e Simon também seriam assassinados...

 Sabendo que ninguém desconfiava que Simon estivesse escondido nas masmorras, Maurice pegou um cavalo, embora fosse arqueiro ele sabia cavalgar, e andou pelo reino em busca de Amelie e de um local onde pudesse deixar o filho mais seguro. Ao se aproximar perigosamente do Reino das Três Bandeiras, viu, embrenhada em uma clareira na floresta que dividia os reinos, uma cabana. Avançou na clareira e entrou no chalé, percebendo de imediato que moraram pessoas lá por um longo tempo, porém o local se encontrava abandonada há algum tempo. Logo percebeu que quem morara lá eram Thomas, Marie e a filhinha deles.

 Pensando em seu filho, Maurice foi tomado por um enorme arrependimento de ter participado da morte daquela família, mal imaginando que as filhas do casal sobreviveram e viviam com o arqui-inimigo de Emile. Começou a pensar seriamente que a vida do menino estava em risco pela guerra iminente. Simon teria que ficar escondido em algum lugar inusitado, e a cabana de Thomas na clareira era o local mais improvável para que Maurice guardasse o menino. Para que ele passasse a salvo da suposta guerra. No entanto, Maurice se lembrou de que era provável que ele próprio tivesse que lutar e poderia morrer. Entrou em pânico. Quem cuidaria do pequeno Simon? O menino era pequenininho demais para sobreviver sozinho. Provavelmente morreria caso ninguém cuidasse dele. O problema é que Maurice não sabia para quem contar onde deixaria o menino. Não podia confiar, e de fato não confiava, em ninguém. Não sabia se as outras mulheres que Emile escravizava cuidariam bem de seu filho. Todas tinham problemas com Amelie, por mais que ela nada fizesse contra elas, mas Amelie também não usava seu poder de persuasão para ajudá-las a se livrar de Bauffremont. Usava apenas em benefício próprio. Provavelmente, mesmo sabendo que o menino não tinha culpa do comportamento da mãe, não tratariam bem seu filho. Começou a ficar cada vez mais desesperado. Disfarçou bem nos dias que se seguiram, e logo se viu envolvido no novo plano de Emile para invadir o Reino das Três Bandeiras. O sanguinário general juntou seus poucos homens de confiança e decidiram que eles e apenas eles entrariam no Reino das Três Bandeiras, matariam Jacques Chevalier, James Pouvery e Paul Reinart, os líderes do exército e todos que tentassem resistir à invasão. Mesmo tendo um ínfimo exército, composto por menos de cinquenta homens, Bauffremont, que além de sanguinário era arrogante, tinha certeza de que seria uma tarefa fácil conquistar o Reino das Três Bandeiras. Ignorava a informação de que seu exército era dez vezes menor que o de Jacques e muito menos preparado. Se esses fatos fossem contados no Reino das Três Bandeiras, provocaria uma verdadeira crise de risos em Jacques, Paul, James, Remy, Louis e Olivier.

Mas Emile continuava seu plano. Ignorou, mais uma vez, o caos que estava instalado em suas terras e focou em aguardar o inverno passar para atacar Jacques Chevalier no início da primavera.

O reforço na divisa feito por Jacques logo foi dissipado. A neve apenas já resolvia, pois quando chegou o mês de janeiro, a passagem entre os dois reinos estava praticamente intransponível, bloqueada por uma montanha de neve. Apenas um homem tentou atravessar a montanha e foi engolido pelo gelo. Dois dias depois das últimas mortes, Amelie foi enterrada no cemitério da vila, ao lado dos corpos dos pais de Olivier, e Allain teve seu corpo queimado e seus restos jogados em um fosso. Jacques não quis que um homem, cujo único objetivo ao adentrar as terras do reino era tirar a vida de uma mulher e de uma criança, fosse sepultado no mesmo local em que seus já falecidos e honrados militares, entre eles o pai de Louis, estavam.

— E assim será com todos os militares de Sete Arcas que invadirem nossas terras, independentemente dos motivos — decidiu o duque.

Mais duas semanas se passaram e Philippe foi batizado, tendo Remy e Angeline como padrinhos. Louis, óbvio, ficou meio enciumado, mas Olivier prometeu que ele seria padrinho do segundo filho do casal. Apesar das condições adversas que passou nas primeiras horas de vida, o pequeno estava bem e crescia forte e saudável. E, finalmente, um mês após o batizado do menino, Remy e Louis deixaram o time dos solteiros e se casaram em uma cerimônia conjunta com suas respectivas noivas, Angeline e Elise. James casou ambos os casais na igreja do mosteiro, e Jacques garantiu a festança no palácio. Se sucessivas nevascas não impedissem Bauffremont de antecipar seus planos, era provável que, se o reino fosse invadido no dia seguinte ao casamento duplo, mesmo com quinhentos homens a mais no exército, Jacques perdesse, pois estavam todos de ressaca de tanto vinho, hidromel e cerveja que consumiram na festa dupla dos comandantes.

Após os casamentos, Louis e Remy mudaram-se para a "vila militar" atrás do castelo e passaram a ser vizinhos de Olivier, Helene e Philippe. Elise e Angeline, também loucas para terem logo seus filhos, estavam sempre na casa de Olivier, paparicando o bebezinho.

— Coisinha mais fofa! Helene, ele se parece demais com o Olivier... — disse Angeline um dia quando os três casais se reuniram na casa do arqueiro, para evitar que eles precisassem sair no frio com o menininho, que agora estava com dois meses.

— Lindo como o pai — concordou Helene, colocando o menino no berço. O pequeno realmente se parecia com Olivier, era, tal como o arqueiro-chefe, loirinho e, embora ainda fosse pequeno demais, já estava claro, para quem o visse, que seus olhinhos seriam verdes também.

— Helene, é verdade que o Olivier é quem o faz dormir? — perguntou Elise.

— Às vezes... Philippe gosta de ficar no colo dele... E já viu como o duque cuida dos filhos dele? — contou e perguntou Helene.

— Eu já o vi com as crianças na janela do castelo — comentou Angeline.

— Foi o próprio duque quem disse ao Olivier que ele deveria me ajudar a cuidar do Philippe — contou Helene, para o espanto das amigas.

360

— Tomara que quando Remy e eu tivermos nossos filhos, o duque lhe dê o mesmo conselho — brincou Angeline.

— E para o Louis também — emendou Elise.

Durante o resto do inverno, nada de muito grave ocorreu no Reino das Três Bandeiras, exceto quatro camponeses que faleceram por terem saído de casa durante alguma nevasca e foram encontrados após alguns dias cobertos pela neve. Raymond Leroy foi um deles, encontrado morto ao lado de sua cabana por um cavaleiro. Morreu de hipotermia quando saiu na nevasca para buscar lenha para seu chalé. James o sepultou no cemitério da vila no dia seguinte ao encontro do corpo.

Mas todos que tinham alguma noção do que ocorria no reino vizinho mal dormiam preocupados com a situação da população de lá. Hans, abade do mosteiro de São Bernardo, na Lorrânia, enviou uma carta a James contando que doze corpos foram encontrados na divisa do Reino das Sete Arcas com o Reino da Lorrânia e questionando James se algo similar havia acontecido no Reino das Três Bandeiras. Como não havia como ter contato rápido naquele tempo, Remy viajou até o Reino da Lorrânia para conversar com membros do exército local e saber se os corpos eram de aldeões e camponeses, como os encontrados por Tobias na Borgonha ou se eram militares que estavam desertando do já mirrado exército de Bauffremont. Eram camponeses, todos haviam sido flechados nas costas quando já haviam adentrado o território da Lorrânia. Provavelmente executados por Maurice, o único arqueiro restante da artilharia do Reino das Sete Arcas. Jorg, que soubera dos eventos no Reino das Três Bandeiras quando viajou até lá para batizar Pierre, ficou preocupado. Mas sabia que os homens de Jacques estavam no caminho para cessar a carnificina.

O inverno, que já era considerado longo, parecia interminável. Ainda apareciam notícias esparsas de homens mortos próximo das fronteiras do Reino das Sete Arcas. Mas apenas de reinos com quem Jacques tinha boas relações diplomáticas. Os reinos ao sul do das Sete Arcas, por conta da distância, não tinham muita relação com as Três Bandeiras, ninguém sabia como estava a situação por lá. Jorg, no entanto, cujo reino fazia fronteira com um deles, soube que os governantes estavam preocupados com a quantidade de corpos encontrados no curso do rio que dividia os dois reinos. O duque da Lorrânia mandou um de seus cavaleiros para averiguar a situação. O homem voltou estarrecido, e em conversa com o abade Hans, deixou-o completamente assombrado, a ponto de Hans marcar uma viagem para o Reino das Três Bandeiras a fim de conversar com James e descobrir do que se tratava exatamente a crise que acontecia no Reino das Sete Arcas.

Hans chegou ao Reino das Três Bandeiras seis dias após mandar a mensagem, James o esperava na porta do mosteiro, onde, tal como o abade da Normandia, ficaria hospedado. Logo na chegada já foi perguntando sobre o caso do decapitador, sobre o qual ouvira falar pelo duque Jorg.

— Jorg me contou que foi um noviço quem acabou descobrindo que havia um cavaleiro envolvido, que todos foram mortos por apenas uma pessoa e fez o responsável confessar os crimes. É mesmo? — Hans, curioso, perguntava.

— Em tese, sim, Hans. O noviço em questão é aquele rapaz vindo ali — disse James, apontando para Thiago, que ia à sala onde os dois abades estavam reunidos. Thiago vinha por um corredor tomando um chá, e o monge Jean vinha logo atrás.

— Foi um trabalho conjunto, abade Hans. Eu só dei a primeira ideia, quando todos achavam que cada morte era de autoria de alguém diferente. Foi tudo parecido demais para serem vários assassinos.

— O que era parecido, exatamente, meu caro? — disse Hans.

— A forma como as vítimas foram mortas e como seus corpos eram colocados após a execução. As vítimas em si eram muito aleatórias.

— Aleatórias?

— Elas não tinham muito em comum, exceto que eram todos camponeses ou aldeãs.

— Interessante... — disse Hans.

No dia seguinte, Hans foi ao castelo com James, Jean e Thiago, tanto para conversar com os duques, Paul e os militares, mas também para conhecer os filhos de Jacques e Catherine, sobre os quais apenas ouviu, pelo duque Jorg, o quanto as crianças eram adoráveis.

— Abade Hans, é uma honra tê-lo em nosso reino — recepcionou-o Jacques.

— A honra é minha, Jacques — respondeu Hans, vendo um garotinho curioso espiá-lo por trás do duque. — Esse rapazinho adorável é seu filho, Jacques?

— Sim, abade Hans, meu filho mais velho, Henry. E ali naquele canto estão a Anne e o Yves. Catherine está no quarto com os dois mais novos, Pierre e Isabelle — contou Jacques quando Catherine, com uma criada, entrou na sala, cada uma com um bebê nos braços. De imediato, Jacques pegou no colo o que estava com a empregada, a pequena Isabelle, apresentando ambos ao abade da Lorrânia.

— Muito prazer em conhecer o senhor, abade Hans — disse Catherine.

— O prazer é meu, madame Catherine — disse Hans, beijando as costas da mão da duquesa. — Jorg me falou dos meninos, mas não me disse que o senhor tinha duas lindas meninas também, Chevalier.

— As meninas só chegaram depois da passagem dele por aqui, Hans — explicou Jacques.

— Ah, sim — Hans agia com naturalidade ao fato de Jacques ter adotado seus filhos. Para ele, assim como para James, era o afeto, e não o sangue, que vinculava os casais aos filhos. — Essas crianças tiveram muita sorte de terem pessoas como vocês no caminho delas.

— Na verdade, abade Hans, eu é que me considero sortudo por ter a oportunidade de ser pai desses cinco… — disse Jacques. Olivier, por perto, começou a pensar o mesmo. Eram Helene e ele que tiveram sorte de terem encontrado Philippe, não Philippe que tivera a sorte de ter sido deixado na porta da casa deles.

O menino, aliás, estava cada dia mais lindo. E cada vez que olhava para seu filhinho, bem cuidado, alimentado, tranquilo, cercado pela família, as informações passadas por Dominique de que o bebê tinha um irmão mais velho lhe ecoavam na mente. Tentou imaginar o quão apavorado o irmão de Philippe não estava, sem a mãe e talvez tendo que "se virar" sozinho para se alimentar, se abrigar do frio, principalmente agora, no auge de um dos mais rigorosos invernos de que Olivier se lembrava de ter enfrentado na vida.

O coração do arqueiro ficava apertado só de pensar em tudo o que o irmãozinho de Philippe, cujo nome ele não sabia, estaria sofrendo e que provavelmente era ignorado pelo pai, que era completamente subjugado a Bauffremont. E apertava ainda mais ao imaginar que o garotinho pudesse ter morrido. Imaginar um menino tão novinho morto deixava o arqueiro psicologicamente destruído. Tudo o que ele queria era ir ao Reino das Sete Arcas, encontrar o irmão de Philippe, pegá-lo no colo e dizer-lhe que tudo ficaria bem com ele e levá-lo para sua casa. Sabia que Jacques e James iriam apoiá-lo e que Louis e Remy iriam com ele ao reino de Bauffremont buscar o menino.

Sempre que pegava seu filho no colo, todos esses sentimentos e essa vontade vinham de imediato. Ele apertava o menino no colo e olhava dentro dos olhinhos verdes do bebezinho e prometia ao menino que traria seu irmão para a casa. Todas as vezes que ele fazia isso, intrigava Helene, que não sabia da história de Amelie e Maurice.

— Olivier, que história é essa de irmão do Philippe? — perguntou Helene, curiosa.

Olivier não teve saída a não ser contar para sua mulher o que Dominique lhe havia contado no dia em que Philippe, Amelie e Allain foram encontrados no Reino das Três Bandeiras. Depois...

— Olivier, isso é verdade? Nosso filho tem um irmão mais velho?

— Sim. Não sei o nome, mas assim como eu, ele é loiro de olhos verdes. Tem um pouco mais de um aninho...

— Pobrezinho — disse Helene. Nessa hora, o mesmo desejo de Olivier, de pegar o irmão mais velho de seu filho, apoderou-se dela. Também passou a pensar no tormento que o irmão de Philippe estaria passando e sentiu tristeza ao imaginar que o menininho poderia estar morto. Mas nem ela ou Olivier compartilharam esses sentimentos com os amigos. Elise e Angeline, embora tivessem notado uma apreensão na amiga, não comentaram nada. Elas também não sabiam que a mãe biológica do pequeno Philippe tivera outro filho, que vivia no aterrorizante Reino das Sete Arcas.

Mais tarde, naquele dia, Hans também conheceu Philippe, o filho adotivo de Olivier. Ficou abismado de ver como o menino era parecido com o arqueiro.

O abade da Lorrânia ficou mais uma semana no Reino das Três Bandeiras, depois, partiu de volta para sua casa, ciente de que o vizinho de ambos, Reino das Sete Arcas, estava mais para um Reino de Terror.

38.

REESTRUTURANDO A VIDA

O tempo continuava passando no século vinte e um enquanto Thiago ainda estava preso no século doze. Agora já fazia quase nove meses que Thiago havia viajado no tempo. E por aqui, Ângela havia acabado de completar vinte e uma semanas de gravidez, uma época crítica, para ela, pois a anterior fora interrompida na mesma fase e tudo o que lhe restara fora uma tristeza sem fim. E no dia seguinte ao completar as vinte e uma semanas, Ângela foi fazer um exame de ultrassom de rotina, que também, se fosse possível, revelaria o sexo do bebê que ela esperava. Mesmo sabendo que Danilo não se importava com essa informação, a escrivã estava tensa, rememorando o acontecido cinco anos antes. Só de imaginar a reação de Danilo ao saber do resultado, todo seu corpo gelava de medo. Porém, pouco antes do exame, aguardando ser chamada, já na clínica onde o faria, Ângela sentiu sua mão sendo envolvida por outra. Era a mão de Danilo que aguardava com ela pelo exame.

— Ansiosa? — perguntou Danilo, acariciando o braço de Ângela.

— Muito — respondeu Ângela, entrelaçando seus dedos aos de Danilo. — Estou com uma pontada de medo também.

— Vai dar tudo certo — disse Danilo, sabendo o motivo do temor da namorada. Ele já havia dito inúmeras vezes que não ligava para o sexo do filho deles, claro, estava ansioso para saber se seria pai de outro menino ou outra menina, mas para decidir o nome dele ou dela, não por ter uma preferência. Só tinha o palpite de que o bebê era um menino, mas apenas compartilhou com Luiz Antônio. Permaneceu em silêncio com Ângela. — Você sabe que eu não tenho preferência. Mas se você não quiser saber, por mim, aguento mais dezenove semanas de suspense.

— Não, Danilo, vamos descobrir agora se vamos ter um menino ou uma menina. Não vou aguentar esperar mais dezenove semanas.

— Acho que nem eu. Às vezes me pergunto como o pessoal antigamente aguentava esperar até a hora do parto para saber o sexo do filho…

— Eles não tinham escolha… — disse Ângela, pensando subitamente em como seria se eles vivessem nesse passado. O que será que seu ex-namorado faria ao saber que ela dera à luz uma menina? Abandonaria Ângela e Alice? Mataria a recém-nascida ou faria como um sujeito na cidade de origem de Ângela, que, ao saber que a esposa tivera uma menina, entregara a bebê para a família da mãe. Danilo ouviu a história com espanto.

— Jamais entregaria a Júlia para qualquer pessoa cuidar. O pai dela sou eu, não meu ex-sogro ou meu cunhado. Ah, se seu ex-namorado tivesse te abandonado com a sua filha, você sabe que poderia contar comigo. Talvez, se nada daquilo tivesse acontecido, ela estaria aqui nessa sala brincando enquanto esperamos para descobrir se ela vai ganhar uma irmã ou um irmão.

— Pior é que cinco anos depois eles finalmente tiveram outro filho, um menino, mas o sujeito não pegou a filha de volta. Não sei nem se um dia a filha soube dessa história e foi morar com os pais e o irmão ou se ficou completamente revoltada. E fico feliz em saber que você me ajudaria a criar minha filha.

— A esposa dele não se revoltou de ele ter tirado a filha dela? Ah, a Alice ia ser minha filha também, eu a adotaria formalmente, se você quisesse, claro.

— Acho que não, já que anos depois ainda estavam juntos… Claro que eu autorizaria, Danilo. Se você fosse para ela metade do pai que é para os gêmeos, e vai ser para esse ou essa aqui, a vidinha dela seria ótima.

— Independentemente disso, é um absurdo alguém se negar a assumir um filho só por que a criança não "correspondeu às suas expectativas", e… Metade do pai? Ângela, isso não existe. Eu seria pai dela e fim de papo. Ela teria meu nome nos seus documentos. Eu iria acordar de madrugada quando ela chorasse, trocaria suas fraldas… Só não iria amamentar. Sinceramente, eu não veria, como até hoje não vejo, qualquer diferença entre ela e os gêmeos. Desde aquele dia dói lembrar que ela não está mais aqui.

Ângela apertou de leve o braço de Danilo. Soubera por Douglas que foi Danilo quem preparou e pagou pelo enterro de Alice e, juntamente a Cláudio, conseguiu que o corpinho da recém-nascida ficasse no IML da regional até que ela se recuperasse do parto para o funeral. Ângela tentou reembolsar Danilo pelas despesas, porém o investigador não aceitou e usou o argumento de que era o pai do bebê. Depois, soube que o nome dele estava, de fato, como o do pai de Alice na certidão de óbito da menina. Ângela se lembrava de como aquilo fora importante para ela. Desvincular Alice do homem que a matara. Ainda pensava nisso quando foram chamados.

Nervosa, Ângela se deitou sobre a mesa de exames e logo o médico espalhava um gel sobre sua barriga e iniciava o exame. O homem perguntou quanto tempo de gravidez ela tinha e foi contando como estava o filhinho dos dois. Nenhum problema detectado, o bebê era saudável. Logo perguntou se ambos queriam saber o sexo da criança e se já haviam escolhido os nomes.

— Queremos saber o sexo sim, doutor, mas não escolhemos o nome ainda — contou Ângela.

Danilo logo percebeu, novamente, o quão nervosa Ângela estava. Entrelaçou seus dedos aos dela e pôs a mão livre em seu ombro, apertando levemente, apenas para dizer que estava por perto.

— Tudo bem… — disse o médico, continuando o procedimento. Depois de mais alguns minutos, anunciou: — É um menininho.

Ângela quase desmaiou de alívio ao saber que era um menino. E Danilo não conseguia esconder a felicidade.

— O Murilo vai pirar — disse Danilo, beijando a escrivã.

— Desculpe a pergunta, mas quem é Murilo? — perguntou o médico.

— Nosso filho mais velho. Queria a todo custo que o bebê fosse um menino.

"Nosso filho", Ângela pensou, sorrindo, e complementou:

— Mas a Júlia vai ficar chateada.

— Ela é filha de vocês? — perguntou de novo o médico.

— Exato. Ela e o Murilo são gêmeos. E desde que souberam da gravidez estão se estapeando para ver quem adivinha o sexo do bebê — contou Danilo.

O médico riu enquanto concluía o exame:

— Normal.

— Eu sei, agora começa o próximo capítulo da novela "briga de irmãos": o nome do irmão caçula.

— É... Bem, terminamos. O garotinho está ótimo. Não vi nenhum problema. Até o próximo exame.

— Muito obrigada, doutor. Até o próximo — despediu-se Ângela.

O casal saiu da clínica e voltou para o carro. Ângela sentou-se no banco do carona e sentiu seu corpo relaxando. Danilo também notou que sua companheira estava mais tranquila agora que sabia que teria um menino.

Mas ainda assim Ângela estava assustada. Desviou sutilmente o corpo quando Danilo tentou acariciar sua barriga. Desculpou-se em seguida.

— Temos que pensar no nome do nosso mocinho agora... — disse Danilo, fingindo não ter percebido que Ângela havia o evitado momentos antes. Entendia os motivos que a levavam a ter tais atitudes.

— É. Tem alguma ideia de nome? — perguntou Ângela, acariciando a barriga.

— Algumas... E você?

— Também, várias...

O casal finalmente chegou em casa. Murilo e Júlia já estavam no local e, ao ouvirem a porta se abrindo, correram para ver o pai e a madrasta.

— Pai, mãe, deu tudo certo? — perguntou Murilo.

Danilo e Ângela se olharam, sem comentar o que acabaram de ouvir.

— Deu sim, meu querido, o irmãozinho de vocês está ótimo — Ângela abraçou e beijou o enteado.

— É um menino, tia Ângela? — perguntou Júlia.

— Sim. Vocês vão ter um irmão. Me desculpe, Júlia, mas não foi dessa vez que você ganhou sua irmãzinha — disse Ângela, consolando a enteada.

— Que legal! — comemorou Murilo, dando um soco no ar.

— Tudo bem, tia — disse a menina, abraçando a madrasta e acariciando a barriga dela. — Eu não ligo tanto assim se vou ter um irmão ou uma irmã.

— Como ele vai se chamar, pai? — perguntou Murilo.

— Filho, ainda não decidimos o nome do seu irmão. Tive uma ideia. Que tal cada um falar o nome que acha mais bonito, tirando os nossos aqui, e aí a gente decide entre eles? — disse Danilo.

— Excelente ideia, querido. Já vou falar a minha sugestão: Leonardo. Se meu outro bebê fosse um menino, seria o nome dele — disse Ângela.

Uma luzinha se acendeu na cabeça de Danilo. O nome do bebê já estava decidido. Leonardo Guedes Viana. No entanto, antes de bater o martelo, decidiu ouvir o palpite dos filhos.

— Hum... Gustavo — disse Murilo. — Depois do Thiago, ele é meu melhor amigo na escola...

— Lindo nome, filho — disse Danilo.

— E qual é sua sugestão, querido? — perguntou Ângela.

— Rodrigo — disse Danilo, explicando-se em seguida. — Seria o nome da Júlia caso fossem dois meninos. Murilo e Rodrigo.

— E como seria meu nome se eu fosse menina? — perguntou Murilo.

Danilo engoliu em seco. Não pensava mais nisso desde que os gêmeos haviam nascido. Quando soube que o bebê era menino, lembrou-se do segundo nome masculino escolhido quando Luciana estava grávida. Agora, Murilo o fazia lembrar do segundo nome feminino.

— Alice. Seriam Júlia e Alice se fossem duas meninas — disse o investigador. As crianças notaram a coincidência e se olharam meio constrangidas.

Ângela acariciou o braço de Danilo.

— Está tudo bem, querido — disse ela. — Júlia, falta a sua ideia!

— Eu tenho algumas sugestões... — disse a menina, desatando a falar nomes masculinos.

Danilo e Ângela se olharam assustados com a quantidade de nomes que Júlia sugeria, já Murilo estava começando a rir. Até que Danilo fez Júlia parar de falar:

— Filha, você está sugerindo um nome para seu irmão ou querendo montar um time de futebol?

Murilo caiu na gargalhada, Ângela começou a rir e Júlia ruborizou.

— Acho que exagerei... — disse a menina, sem graça.

— Acha? Eu tenho certeza! — provocou Murilo.

O pai da dupla o olhou pedindo que ele maneirasse nas provocações.

— E aí, Júlia, que nome sugere para seu irmão? — perguntou Danilo. — Um só, por favor.

— Hum... Matheus — decidiu Júlia.

— Bonito também — disse Ângela. O bebê tinha quatro nomes possíveis. Leonardo, Rodrigo, Matheus ou Gustavo.

Fizeram o jantar e comeram enquanto discutiam qual dos quatro nomes seria o que batizaria o bebê. Já os padrinhos da criança, Ângela e Danilo já haviam escolhido e os convidado: Marcelo e Clarice.

Na cama, os futuros pais conversavam, pensando em qual dos quatro nomes dariam ao bebê.

— Estou tentado a escolher o seu... — contou Danilo, aconchegando Ângela ao peito e acariciando sua barriga.

Ângela sorriu. Não adiantava, por mais que o tempo passasse, não conseguia parar de comparar Danilo ao seu ex-namorado.

— Vamos pensar mais um pouco, os outros três nomes também são bonitos... Ainda temos dezoito semanas até nosso pequenininho nascer, até lá a gente já escolheu.

— Quero que essas semanas passem logo, mal vejo a hora de ter nosso pequenininho no colo... Poder abraçar e beijar ele e dizer que foi o melhor "acidente" que podia ter acontecido, embora fosse meio planejado.

— Se tivéssemos seguido o plano à risca, e nada tivesse escapado, a essa altura eu teria acabado de descobrir que estava grávida.

— Querida, quer ter mais um depois desse? — perguntou Danilo.

— Oi? Quer ter mais um filho?

— Acho que me arriscaria... Reviver tudo está sendo tão bom até agora...

— Bem, se a gente conseguir... Tudo bem... — concordou Ângela, pensando se conseguiria engravidar novamente. Se lhe fosse possível, adoraria ter outro filho, principalmente se o pai fosse Danilo. O relacionamento pareceu ter melhorado e ficado ainda mais forte após a gravidez. Essa sensação aumentou após esse inusitado pedido de Danilo.

No dia seguinte, o casal foi trabalhar, e Marcelo logo os abordou:

— Bom dia, compadres! E aí? Vou ter uma afilhada ou um afilhado?

— Afilhado, Marcelo — contou Danilo. — Vamos ter um menino.

— E meu afilhado já tem nome? — perguntou Marcelo.

— Ainda não. Estamos nos decidindo entre Rodrigo, Leonardo, Matheus ou Gustavo — contou Ângela.

— Hum, são todos nomes bonitos... Vai ser uma decisão difícil... — comentou o padrinho do menino.

— Eu sei — resignou-se o pai do bebê.

— Se querem um palpite do padrinho, Leonardo é o meu favorito dos quatro nomes — terminou Marcelo, fazendo uma ligação. — Alô, querida? Está tudo bem aí? Seguinte, cancela a compra daquele vestidinho florido pelo qual você se apaixonou... O bebê da Ângela e do Danilo é um menino. Compra aquele conjunto de super-heróis... Ok. Beijo, até mais.

— Ligou pra Clarice?

— É, ontem passamos em frente a uma loja de artigos de bebê e a Clarice viu esse citado vestidinho na vitrine... Se apaixonou completamente e até pediu para a gerente da loja reservar para comprarmos caso o bebê fosse uma menina. Agora que sabemos que não é, acho que seu filho não ficaria bem com um vestido branco com estampa florida em tom rosa.

— É... Tem razão — disse Danilo, debochado.

Ângela foi para sua sala e tentou relaxar. Estava pegando um trabalho menos pesado e Cláudio ou Danilo ou Luiz Antônio ou Marcelo estavam sempre junto dela na hora de interrogar qualquer pessoa mais suspeita. Ela ainda tinha mais quase vinte semanas de gestação pela frente e queria que esse tempo fosse o mais tranquilo possível. Sabia que seus colegas e, principalmente, o pai do bebê fariam de tudo para que ela ficasse bem o tempo todo.

Fora isso, sua principal ocupação era comprar roupinhas para o filho e agora também pensar em qual nome daria ao bebê. Claro que teria que conversar com Danilo e chegar a um consenso, decidiu não ter pressa. Até o momento do parto, o garotinho teria seu nome escolhido.

Nos dias seguintes, Marcelo ficou atormentando o casal para saber o nome do futuro afilhado. Disse que Clarice, ao ouvir a lista de nomes, também votou em "Leonardo" para batizar o afilhado.

— Ah, é? — perguntou Danilo, fazendo pouco caso.

— É. Ela me falou que acha um nome forte. E que deve combinar com o bebê. O que ela falou mesmo? Ah, "filho do Danilo merece o nome que lembre uma pessoa durona".

Danilo caiu na risada.

Ângela também riu. Nunca tinha parado para pensar na possibilidade de o bebê ter a personalidade do pai.

39.

DESCOBERTA BIZARRA

Murilo e Renato estavam empolgados com o progresso do trabalho com a máquina. Finalmente ela estava pronta:

— Agora vai, mas depende da chuva... Vamos fazer a "dança da chuva" aqui, Renato?

O garoto se encolheu na cadeira de tão ruim que achara a piada do amigo:

— Piada horrível, Murilo! Aliás, não adianta nada cair a maior tempestade aqui e lá continuar mais seco que o deserto de Atacama!

Murilo "murchou" de imediato com a fala de Renato.

— É verdade. Me empolguei — disse o garoto, chateado.

Mas, fora isso, os garotos estavam empolgados, só não queriam tirar Thiago de lá repentinamente, pois perceberam que ele era uma pessoa estimada no reino, não apenas por se parecer com o abade James, mas por ter colocado fim em uma série de assassinatos.

Logo a empolgação foi passada à frente, quando eles anunciaram em um almoço de domingo a novidade.

— Até que enfim! Quero meu filho de volta! — disse Ana Cristina, tentando disfarçar a angústia.

— Já não tem um tempo que vocês dois disseram que só dependia de uma tempestade? — lembrou Danilo.

— Sim, mas ainda não tínhamos certeza de que o equipamento estava pronto — contou Renato.

— Ah, sim — disse Danilo, indiferente.

Alguns dias depois, Renato, analisando o que acontecera desde fevereiro daquele ano — já estavam em outubro do mesmo ano que Thiago fora "despachado" para a era medieval, e o bebê de Ângela e Danilo nasceria em março do ano seguinte — notou algo estranho. O marcador temporal que indicava a data que Thiago vivia na Idade Média estava em março de mil cento e trinta e nove, sendo que Thiago "chegara" lá em julho de mil cento e trinta e sete.

Nos oito meses que se passaram na atualidade depois da ida do garoto para o período medieval, Thiago viveu praticamente o dobro do tempo na Idade Média. Isso poderia dar problemas sérios quando ele voltasse. A não ser que, por aquele tempo já ter passado, eles estavam vendo com alguma aceleração. No entanto, ele não tinha ideia das consequências que tal distorção temporal poderia acarretar. Até o momento, parecia estar tudo tranquilo, porém, quando Thiago voltasse, se voltasse, tudo poderia mudar por completo.

— Isso pode virar a história de cabeça pra baixo — disse Renato, falando sozinho, preocupado com o que ele, Murilo e Thiago haviam feito.

Não conseguiu segurar a informação por muito tempo e logo contou para Murilo, que também demonstrou preocupação.

— Passou praticamente o dobro do tempo lá na Idade Média do que aqui? — perguntou, confuso, o filho de Danilo.

— É. Mas não sei explicar a causa dessa distorção temporal — respondeu Renato.

— Temos que ver como o Thiago está percebendo o tempo lá. Se ele acha que o tempo está passando rápido demais ou se está tudo normal — decidiu Murilo.

— É o jeito — disse Renato, já tremendo de ansiedade e mandando uma mensagem de texto para o primo medieval.

Lá na Idade Média, Thiago passava um chuvoso e tedioso dia em sua cela no mosteiro, então resolveu pegar seu telefone celular. De imediato, assim que o ligou, viu que havia uma mensagem. Outra coisa que causou estranheza no "noviço" foi o nível da bateria. Era como se ele tivesse acabado de tirar o telefone do carregador. A bateria estava cheia. E não havia nenhuma tomada em sua cela. "Meio óbvio não ter tomada aqui", pensou em tom debochado. Então, leu a mensagem de Renato. "O dia aqui está durando vinte e quatro horas como sempre durou, Renato, por quê?", escreveu de volta, colocando de imediato o aparelho no silencioso.

Renato logo recebeu a resposta. Assustado, perguntou se Thiago sabia em que ano estava e há quanto tempo ele sentia que estava no reino medieval.

Thiago recebeu a segunda mensagem cada vez mais intrigado. Disse que só sabia que estavam na primavera. Mas disse que acreditava que já havia se passado bastante tempo desde sua chegada ao Reino das Três Bandeiras, já que vira muita coisa acontecer desde então. E que seria impossível muitas dessas coisas acontecerem em um intervalo de tempo curto. Perguntou há quanto tempo ele estava preso na Idade Média e, após receber a resposta, com Renato tentando explicar o problema da distorção temporal, viu que nada fazia sentido. Não se lembrava de ter celebrado natais, páscoa e outros eventos religiosos. O que seria impossível de passar batido, visto que estava numa ultracatólica Europa medieval. A não ser que James fosse o abade mais desleixado do mundo e deixara passar despercebido as duas mais importantes comemorações da Igreja. Preocupado com o acontecido, Thiago encerrou a conversa com Renato e correu atrás de James, encontrando-o em uma sala sentado em uma cadeira, aparentemente também entediado com a chuva.

— Abade, pode me responder a uma pergunta?

— Quantas você quiser, Thiago — concordou um bem-humorado James.

Sem graça com a pergunta que ia fazer, respirou fundo e falou:

— Abade, eu participei das celebrações do Natal aqui no mosteiro? — A voz do garoto quase sumiu ao final da pergunta.

James olhou para Thiago espantado:

— Mas é claro que sim, Thiago! Você esteve em todas as celebrações e ao jantar no castelo do duque.

— Caramba, não me lembro de nada... — Thiago estava assustado, mas tentava disfarçar, James não sabia da distorção temporal, e talvez isso o fizesse jogá-lo na fogueira.

— Anda muito distraído Thiago — disse James, fazendo pouco caso da "amnésia" de Thiago. — Ou é esse tédio de não ter o que fazer nessa chuva que está te incomodando?

— Pode ser... — concordou Thiago. — Abade, há quanto tempo estou aqui?

— Cerca de dois anos, Thiago.

Se Thiago fosse cardíaco, teria morrido naquele instante. Já fazia todo esse tempo que ele estava na Idade Média? Dois anos mesmo? O garoto começou a suar frio.

— O senhor tem certeza, abade?

— Tenho.

— Caramba...

— Algum problema, Thiago?

— Nada não, abade, é que eu achei que tivesse passado menos tempo...

— Ah, entendi — disse James, desconfiado de que havia algo estranho com seu protegido, porém achando apenas que tudo se resumia ao tédio de ficar preso no mosteiro devido à forte chuva.

No entanto, outras preocupações rondavam a mente do abade. Havia acabado de furar um compromisso com o duque Jacques. Embora soubesse que este creditaria sua ausência à chuva forte. James não quis sair no meio do temporal e sabia que Jacques não o repreenderia ou que isso traria problemas à relação entre ambos em razão de seu "furo" à reunião.

No castelo, Jacques estava preocupado com a ausência de James, porém Paul e Catherine o convenceram de que o abade decidira esperar a chuva passar para poder sair.

— Deve ser. Não é nada prudente sair nesse temporal — concluiu o duque, indo brincar com os filhos, que estavam no salão com ele e Catherine.

Nos alojamentos militares, Remy, Louis e Olivier também sofriam com o tédio das chuvas que atrapalhavam os treinos. Imaginando que Bauffremont poderia atacar o reino a qualquer hora, embora soubessem do diminuto exército do arqui-inimigo do Reino das Três Bandeiras. Os três queriam seus homens a plena forma para a provável guerra de um dia só, como Thiago estava chamando. Houvera outra reunião dos duques da região, novamente no Reino das Três Bandeiras, com Jacques, Paul, Jorg, François, Joseph e Conrado. Agora que o inverno passara, eles queriam resolver a situação, porém, para iniciar a guerra, achavam que seria mais interessante esperar que Bauffremont os provocasse.

— Se as informações passadas pelo seu ex-cavaleiro estiverem corretas, Jacques, seria covardia nossa atacar o reino de lá com um exército de três mil homens, somando nossas forças, contra um de cinquenta — declarou Conrado III, o imperador do Sacro Império Romano-Germânico. — O seu exército sozinho já seria capaz de enfrentá-lo e derrotá-lo.

— Concordo, majestade — disse Jacques. — Mas precisamos estudar uma estratégia para a vigilância. Não quero, e creio que nenhum de vocês queira também, perder nenhum homem.

Ao lado dos duques, os abades James, André e Hans apenas acompanhavam a conversa. Joseph não trouxe o abade de seu mosteiro pelo fato de ele já ser um homem idoso e não ter plenas condições de viajar, e Conrado não achou necessário levar um monge para o Reino das Três Bandeiras. Assim como os duques de Provence e Auvergne, que também estavam presentes na reunião por serem reinos vizinhos ao das Sete Arcas.

O trio de monges, acompanhados de Jean e Thiago, acompanhavam a conversa sem interferir. Ao final, os nobres chegaram em um acordo. Jorg, Joseph e François deixariam um sexto de seu efetivo no reino de Jacques, o que Emile Bauffremont mais desejava conquistar, para ajudar o exército de Chevalier no caso de uma futura invasão, e os reinos vizinhos ao das Sete Arcas — Três Bandeiras, Bordeaux, Lorrânia, Provence e Auvergne — reforçariam suas divisas com o sanguinário reino e impediriam a saída de qualquer pessoa de lá. Conrado cederia um décimo de seu exército, que ainda que parecesse uma pequena quantia, somavam mais de cem mil homens, para que os reinos que faziam divisa com as Sete Arcas reforçassem suas fronteiras. As ordens e necessidades eram claras: matar qualquer pessoa suspeita que atravessasse as divisas. Nessa hora, Hans interferiu:

— Meus caros, permitam minha intromissão, mas matar qualquer pessoa que saia das Sete Arcas não é uma atitude um tanto quanto precipitada? Vejam bem, só temos todas essas informações sobre o reino porque Jacques e James decidiram poupar a vida de um homem! Talvez, seria melhor, tentarmos antes interrogar a pessoa para que ela nos conte o que está acontecendo lá.

Conrado, Jacques, Joseph, Jorg, François e os duques de Provence e Auvergne se olharam, a colocação do abade da Lorrânia tinha sentido.

— Hans está correto. Se James não nos impedisse, graças ao pedido de seu noviço Thiago, não teríamos ideia de em que terreno estávamos pisando — confidenciou Jacques.

— Então, sugerem que façamos uma triagem em quem passar pelas divisas? — perguntou Conrado.

— Seria razoável... — ponderou Joseph. — Mas como faremos isso?

"E eis a criação da alfândega e dos serviços de imigração", gracejou Thiago em pensamento.

Jacques decidiu chamar um trio que, por razões desconhecidas, não estava presente, virou-se para um criado e ordenou que mandasse uma das sentinelas do castelo chamar Remy, Louis e Olivier.

O imponente trio de militares logo chegou, reverenciou os duques e o imperador presentes no local e logo começaram a ouvir suas dúvidas.

— O que desejam de nós, caros? — perguntou Remy.

— Queremos sugestões de como controlar o que e quem passa pelas divisas de nossos reinos com o das Sete Arcas. — disse Conrado.

— Quem entende disso é o noviço ali — entregou Louis, apontando para Thiago, que se encolheu na cadeira em que estava sentado, principalmente quando percebeu que todos os olhos, dos já familiares, dos homens do Reino das Três Bandeiras e dos desconhecidos dos reinos vizinhos, estavam voltados para ele.

— É, bem... O que exatamente vocês desejam saber? — perguntou o garoto, suando frio.

— Como controlar as fronteiras entre nossos reinos e o das Sete Arcas — explicou Jacques.

— Bem, o adequado seria entrevistar as pessoas quando elas atravessarem. Vocês a abordariam e perguntariam os motivos de ela estar fazendo a travessia. Aí, mandá-la de volta para casa, acolhê-la ou matá-la vai depender dos seus critérios para decidir quem vai poder entrar e ficar nos seus reinos ou não — disse Thiago, que não fazia ideia de como funcionava a política "internacional" da Idade Média. As divisas/fronteiras entre os reinos eram controladas ou não? Naquele tempo não existia passaporte, corpo diplomático ou embaixada de um reino em outro para permitir a entrada de um cidadão em seu território.

— Acho que devemos reservar a morte de invasores para os militares apenas. Os demais podemos acolher — ponderou Conrado.

— Acho que essa seria a solução mais viável, majestade — disse Jorg.

Cada um dos homens foi dando seu palpite na crise, e a reunião avançou noite adentro e já havia virado a meia-noite quando foi encerrada. Jacques decidiu que seria melhor que os monges dormissem no castelo para evitar cruzar a vila na escuridão, mesmo com a ameaça do decapitador encerrada, então os cinco monges se acomodaram nos aposentos da famigerada ala noroeste do castelo. Thiago capotou na cama e somente acordou quando o sol já estava alto. Aliás, não apenas ele, mas todos os presentes na reunião acordaram relativamente tarde naquele dia. No entanto, os homens mal chegaram ao salão principal do castelo e voltaram a tratar do assunto da reunião.

Já era tarde no segundo dia quando todos por fim deram a reunião por encerrada. Militares das Sete Arcas seriam de fato sumariamente mortos quando cruzassem as fronteiras dos reinos. Aldeões e camponeses passariam por uma espécie de triagem e teriam seus destinos decididos pelos comandantes militares do reino onde decidiram "pedir asilo".

Renato e Murilo estavam atordoados com a recente descoberta da distorção temporal. Compartilhar as informações com Júlia e Sofia não ajudou, já que as meninas também não entenderam o acontecido:

— Como assim, Murilo, passaram dez meses aqui para a gente e dois anos para o Thiago na Idade Média? — perguntou Júlia, confusa.

— Isso mesmo, Júlia, mas não me peça para explicar o motivo. Não sei como isso foi acontecer.

— Explicação tem, mas não sei qual é. Tenho que continuar pesquisando — contou Renato.

— Mas pelo menos até agora nossa vida não foi afetada — ponderou Sofia. — Digo, não aconteceu nenhuma mudança grande, tipo alguém deixar de existir...

— Sofia, isso não é o roteiro de *De volta para o futuro*. E o Thiago não voltou só algumas décadas, foi praticamente mil anos! Qualquer coisa que ele faça mudar lá não afetaria nossa vida de imediato — disse Renato.

— Me deu vontade de assistir a esse filme... Aliás, a trilogia... — disse Murilo. — Agora, falando do caso, só tem um jeito de a gente saber o que aconteceu: perguntando para Thiago o nome do rei e da rainha lá do reino onde ele mora. Podemos pesquisar alguma coisa relativa àquele período — terminou o garoto já mandando a mensagem.

Quieto em sua cela após a conversa com James, Thiago não sabia o que fazer para passar o tempo. Pegou seu celular no baú e o ligou. logo o celular apitava loucamente com as mensagens de Murilo. Contou que de fato estava havia quase dois anos no Reino das Três Bandeiras e que não entendia o que estava acontecendo, pois não mexeu na velocidade de passagem de tempo quando regulou a máquina.

Ao ver que Thiago não havia respondido à pergunta acerca dos nomes, Murilo voltou a perguntar. E Thiago retornou com a resposta tão rápido quanto pôde: "Não tem rei e rainha aqui, Murilo. Temos um duque. O nome dele é Jacques Chevalier. A esposa dele chama-se Catherine. Os filhos são Henry, Yves, Anne, Pierre e Isabelle. Segundo informações, o pai dele se chamava Antoine Chevalier."

Murilo passou os nomes para Renato e perguntou de outras pessoas: "E como chama o outro homem que vive no castelo? E o médico que cuidou do cavaleiro decapitador? E do outro cavaleiro, do soldadão e do Legolas?"

Thiago estranhou, já que eles já sabiam os nomes de partes do pessoal. Aí se lembrou de que apenas falara os nomes e, pelo jeito, seus amigos os queriam por escrito. "O homem que vive no castelo, que é o conselheiro do duque, chama-se Paul Reinart. O médico, Charles Vermont. O cavaleiro decapitador, Dominique Cavour, o cavaleiro, chefe da cavalaria, Remy Legrand, o soldadão é o Louis Gouthier, e o Legolas chama-se Olivier Marchand. Mais algum?"

"Ok, Thiago, obrigado." Foi a última mensagem de Murilo. Ou melhor, seria se Thiago não perguntasse em seguida por que seu amigo estava fazendo aquelas perguntas.

Na casa de Luiz Antônio, Murilo leu a pergunta de Thiago em voz alta e Renato disse para Murilo responder que era para saberem se as pessoas com quem Thiago vivia na Idade Média eram importantes.

"Pelo amor de Deus! Assim que conseguirem os resultados me avisem! Ah, recentemente conheci o imperador do Sacro Império Romano-Germânico, Conrado... Agora não me lembro se ele é o segundo ou terceiro", contou Thiago. Murilo, assim que leu a mensagem, quase cuspiu a água que bebia. Caramba, o Thiago conheceu o imperador mais poderoso de sua época. Seria como ele, Murilo, conhecer o presidente dos EUA ou o papa. Correu com a informação até Renato, que foi outro que quase cuspiu água no computador quando soube da informação.

— Murilo, isso é grave! Imagina se em uma conversa com ele o imperador resolve aplicar alguma ideia dele... Isso pode mudar o curso da história. Até agora não aconteceu nada sério, se não a gente ia descobrir aqui. Mas vamos pesquisar os resultados...

Na Idade Média, Thiago estava cada vez mais atarantado. E se ele provocasse uma modificação extrema na história que acabasse impedindo que o Brasil existisse e, por tabela, ele e sua família? Como ele voltaria para o seu tempo? Moraria na Idade Média agora até sua morte? Ele mal conseguia relaxar de tão nervoso que ficou com esse último bate-papo.

Aqui no Brasil contemporâneo, Murilo e Renato ficaram frustrados e ao mesmo tempo aliviados com as pesquisas. Com a exceção de Conrado III, do Sacro Império Romano-Germânico, James Pouvery, Jacques Chevalier, Catherine Chevalier, Remy Legrand, Louis Gouthier, Olivier Marchand, Paul Reinart, entre outros nomes passados por Thiago, não deram resultados no Google. Só acharam homônimos que viveram nos séculos dezenove e vinte ou ainda viviam no século vinte e um. O que os aliviava era saber que, por mais que Thiago tivesse virado um reino medieval do avesso, isso não interferiu no curso da história.

O passo seguinte foi avisar Thiago de que suas ações no passado nada interferiam no presente. As pessoas com quem convivia na Idade Média eram meros nobres, clérigos e militares anônimos.

Em vez de ficar decepcionado, Thiago ficou foi aliviado de saber que não mudara o curso da história ocidental nos dois anos que passou na Idade Média. O pequeno Reino das Três Bandeiras, pelo visto, não era muito influente e só chamava a atenção de Emile Bauffremont, embora fosse bem relacionado com os demais reinos da região.

Mas a conversa, mesmo que não desse resultados satisfatórios para os garotos na atualidade, deixava Thiago cada vez mais perturbado. Sentia-se culpado por ocultar de James, Remy, Jean, Olivier, Louis, Jacques, Paul e Catherine quem ele realmente era. Um garoto de novecentos anos à frente daquele tempo. No entanto, sabia que, se contasse, a morte na fogueira era um destino mais que provável. Sempre que pensava em contar a James ou a outro sua real origem, Thiago sentia o calor da fogueira já queimando sua pele.

Novamente teve uma conversa com Murilo e Renato e novamente o tirou dos eixos. Gostava do que estava vivendo, mas sentia falta da tecnologia ocidental, da comida do Brasil, e principalmente de sua família. Como queria contar o caso do decapitador a seu pai para saber a opinião dele.

Por fim, Murilo lhe ligou de novo e confirmou que, exceto pelo imperador Conrado III, ninguém com quem ele convivera continuaria sendo lembrado no século vinte e um.

40.

CONEXÃO COM O FUTURO

Thiago desligou o celular perturbado. Não aguentava mais esconder de onde viera, e ter quem mentir que era do Reino de Portugal estava acabando com ele. Decidiu passar a história a limpo com James. Encontrou o abade na capela do mosteiro, rezando para que Bauffremont mudasse de ideia e não mais atacasse o reino, e que o irmão de Philippe, filho de Olivier, estivesse vivo e bem, para um dia poder viver com o arqueiro, Helene e o irmãozinho.

— Abade, preciso conversar com o senhor... — Thiago estava tenso.

— Aconteceu alguma coisa, Thiago? — perguntou James, sentindo a tensão de Thiago.

— Se eu te contar tudo, abade... — disse Thiago.

— Venha, vamos para um local reservado — disse James, conduzindo Thiago para uma sala nos fundos do mosteiro. Quando lá chegaram, James fez Thiago sentar-se em uma cadeira e sentou-se em outra. — Então, Thiago, o que aconteceu de tão grave?

— Nem sei por onde começar, abade, mas, bem, eu não sou do Reino de Portugal.

— De onde veio então, meu caro?

Thiago respirou fundo e contou tudo para um cada vez mais espantado James. Do dia em que ele ganhou o computador de Danilo ao dia do teste que o mandou para a Idade Média, tendo, claro, que explicar outras coisas para o abade, como sobre o que acontecera nos novecentos anos que separavam a vida de James e de todos os que viviam no Reino das Três Bandeiras ao período em que Thiago vivia.

Quando Thiago terminou o relato, James o olhava perplexo. Ele pôde sentir o calor da fogueira queimando sua pele. Instintivamente, foi se encolhendo e se afastando do abade. No entanto, nada disso passava pelos pensamentos de James enquanto ouvia o relato e fazia algumas perguntas. Ao final de alguns minutos de um tenso silêncio, James o quebrou:

— Impressionante. Isso explica muita coisa... Venha comigo, Thiago — disse o abade, no mesmo tom amigável de sempre. — Jacques vai gostar de ouvir essa história.

— Não vai acontecer nada comigo? — perguntou Thiago, estranhando.

— E por que deveria, Thiago? Ficou bem claro que foi tudo um acidente. E você ainda nos ajudou a acabar com o decapitador. Só penso agora em como seria mais difícil, se não impossível, ter Dominique preso e nos prepararmos para um futuro ataque de Bauffremont se você não tivesse aparecido aqui. Nosso reino entraria em colapso e... Nem sei o que mais poderia acontecer.

A dupla de abade e noviço, no entanto, antes de ir ao castelo, passou na cela de Thiago para ele pegar seu telefone celular, e pela primeira vez utilizou-o na frente de outra pessoa dali. O abade ficou espantado com a tecnologia, e Thiago ainda tirou uma "selfie" com o abade e pela primeira vez os dois realmente viram como eram parecidos um com o outro. Entreolharam-se assustados. Agora tinham uma leve noção do que quem os via juntos sentia. Ainda antes de partirem para o castelo, chamaram por Jean, e Thiago também lhe contou o que realmente havia acontecido. Jean foi outro a se espantar e se empolgar com os fatos. Enfim, os três partiram para o castelo, onde o garoto expôs os fatos não somente a Jacques, mas a Catherine e a Paul. Os três se espantaram enormemente com o que Thiago lhes contava. Jacques ficou fascinado com o telefone celular, e claro que o pequeno Henry também, que, como toda criança, logo dominou o jeito de usar o aparelho.

Remy, Louis e Olivier foram os próximos a tomarem conhecimento da história. Foram os que mais perguntaram sobre como um crime era investigado atualmente e desejaram com todas as forças que tivessem naquele tempo a tecnologia de hoje. Olivier era um que queria ter um telefone.

— Como seria mais fácil a gente combinar alguma coisa. Ou avisar que viu algo suspeito. Queria viver no tempo do Thiago — disse o arqueiro. E Thiago começou a especular que Olivier provavelmente seria um "sniper" se vivesse no século vinte e um. "Com uma pontaria dessas e um fuzil na mão, não ia ter para ninguém", pensou o garoto.

Com todos sabendo do acontecido, Thiago chegou a ficar até mais leve. E começou a andar com o celular no bolso da batina, tirando fotos de tudo o que via. Para não criar problemas, não publicava nas redes sociais, pois sabia o tamanho da repercussão que teria, mas conseguia acessá-las. Também começou a conversar mais com seus parentes no Brasil. Por mais que conversasse agora sem medo de ser flagrado, Thiago contava o que passava com ele no século doze, mas todos se esqueciam de contar a ele o que acontecia no século vinte e um. Sequer contaram-lhe que Danilo estava namorando Ângela e que ambos teriam um filho juntos. Nem mesmo o irmão dessa criança lembrou-se de lhe contar.

Enquanto isso, o inverno ia acabando no Reino das Três Bandeiras, as nevascas foram substituídas por chuvas intensas, porém sem raios e relâmpagos. Os dias foram ficando mais longos e quentes. Com o tempo, as chuvas foram rareando e deram lugar às tempestades esparsas de verão.

Os camponeses aproveitavam para renovar os campos de cultivo abandonados durante o inverno e logo o reino estava repleto de verde das novas plantações de trigo, centeio e vegetais variados. Os animais também voltavam para as pastagens e nasciam alguns filhotes. Todos viviam na mais absoluta paz e tranquilidade, mesmo quando o terceiro aniversário da primeira morte se aproximou. Alguns se lembraram com tristeza do falecido lenhador, porém sabendo que o que ele sofrera não iria se repetir. Tudo aquilo que Bauffremont não queria que tivesse no Reino das Três Bandeiras estava acontecendo.

Já no reino das Sete Arcas, a situação era completamente oposta. O inverno rigoroso ceifou a vida de dezenas de pessoas que não podiam guardar alimentos e lenha em casa e não tinham acesso às dependências do castelo para comer. Todos os dias alguém morria de hipotermia ou fome. Os camponeses do reino estavam praticamente todos mortos. Com a chegada da primavera, os poucos sobreviventes nem tinham como começar novas plantações, pois Bauffremont havia retirado até as sementes e ferramentas do controle deles. E não as entregou a ninguém. Queria dedicar todo o reino unicamente à guerra e a invadir o Reino das Três Bandeiras. Porém, seu exército se enxugou ainda mais até a data marcada para a invasão: de sessenta e oito homens, agora ele estava com apenas quarenta e cinco. Os filhos de Bauffremont também haviam sucumbido à fome e aos desmandos do pai. Onze dos vinte e três faleceram enquanto o pai os forçava a ter uma vida militar com menos de sete anos de idade. No fim, apenas seis, todos menores de um ano, sobreviveram. O pequeno Simon continuava vivo, escondido de Bauffremont na masmorra do castelo. Prestes a completar dois anos. O menino não via a claridade havia quase três meses, quando sua mãe fugira grávida de seu irmão e nunca mais voltara. Maurice fazia o possível para manter a criança a salvo. Agora que o clima estava mais quente, pegou o menino numa estrelada noite de primavera e, enquanto Bauffremont dormia no castelo, saiu furtivamente com o garoto e levou-o para o chalé onde Thomas e Marie viveram por mais de dois anos. Maurice ficava lá por algum tempo e levava comida para o menino, mas sua demora em se apresentar para Emile começara a provocar desconfiança. Maurice, no entanto, logo foi convocado para viajar com Bauffremont para uma batalha da qual nunca quisera participar. Sabendo que seu filho tinha mais chances de sobreviver no castelo, levou-o de volta para o local. No dia seguinte ao deixar o menino no castelo, viajou.

Passado o período de nevascas, quando o tempo ficou mais firme e quente na primavera, Bauffremont decidiu que mataria Jacques Chevalier de qualquer jeito e ficaria infiltrado no Reino das Três Bandeiras até alcançar seu objetivo. Não percebera que exércitos dos demais reinos vizinhos se aglomeravam nos alojamentos e no castelo. Finalmente conseguiu ver o duque das Três Bandeiras em uma situação bastante vulnerável.

Jacques saiu do castelo sozinho com seu filho Henry no colo. Finalmente levaria o menino para o estábulo para que ele visse os cavalos de perto. Remy logo percebeu a aproximação do duque com o garoto e foi ao encontro dos dois. Remy recebeu o duque e o "principezinho" do reino no local e designou um cavaleiro para mostrar o estábulo para o garotinho de cinco anos. Enquanto isso, Catherine via tudo de cima, da mesma janela de onde o pequeno Henry sempre ficava observando a cavalaria. A duquesa estava sentada em uma cadeira com a irmã caçula do menino no colo. Logo Louis, Olivier, James, Jean e Thiago chegaram ao local e ficaram conversando amistosamente com Jacques e Remy em frente aos estábulos, enquanto o outro cavaleiro colocava o pequeno Henry sobre um dos cavalos para total deleite do menino. Embora o clima fosse de relativa paz e tranquilidade, os olhos dos militares estavam atentos a qualquer movimentação estranha no local. Emile Bauffremont não era visto em lugar nenhum havia vários dias, e Dominique, ainda vivo e mantido na masmorra do castelo, especulou que ele pudesse estar escondido nas cavernas da mata que dividia ambos os reinos com seus homens mais confiáveis, que se resumiam a sete pessoas. Dominique também disse que se Bauffremont fosse morto, nenhum dos sete seria capaz de assumir a liderança, pois Bauffremont esperava que um de seus filhos concebidos no "harém" e mantidos dentro do castelo um dia o sucedesse.

— Mas nem se Bauffremont for morto na frente deles? — questionou Thiago.

— Creio que não, Thiago. Bauffremont não aceita que outro homem tome iniciativas. Ele, pode parecer batido, já matou um por tomar partido ao matar uma mulher lá que não quis dormir com ele. O sujeito se empolgou e cortou a barriga dela. Bauffremont cortou a garganta dele depois e disse na frente de todos que ele era o único que poderia tomar qualquer tipo de providência e que só poderiam matar no reino sob ordens expressas dele — contou Dominique.

— Resumindo, os homens só atacariam com ordens expressas de Bauffremont. Se ele não falar "ataquem", eles vão ficar parados esperando instruções… Correto? — concluiu Thiago.

— Isso mesmo — falou Dominique. O antes cavaleiro, agora prisioneiro, balançou a cabeça, concordando com o que Thiago dissera.

— E se Bauffremont morrer em batalha? — perguntou Remy.

— Seria pelas minhas mãos — disse Louis.

— Não sei como eles procederiam. Normalmente há um segundo no comando que assume a liderança, caso o comandante morra ou desapareça da vista do exército. Não é Rem… comandante Legrand? — corrigiu-se Dominique.

— Sim… — confirmou Remy, segurando a risada. Desde que Dominique recobrara a consciência, ele o havia proibido de chamá-lo pelo primeiro nome. — E ao que tudo indica, não há um segundo no comando para substituir Bauffremont. Isso mesmo, Dominique?

Louis, Remy e Olivier se entreolharam incrédulos. Se havia algo que os três instruíam seus homens era a tomar providências sem a necessidade de ordens expressas do comandante. Dependendo do grau do problema, que comunicassem a eles posteriormente. E chegaram a uma conclusão meio óbvia: para liquidar tudo sem derramar muito sangue, bastava matar Bauffremont. Os demais se renderiam com a queda do líder.

Mais algumas semanas se passaram sem contratempos, a primavera ia esquentando o clima e trazendo novos reforços para a guerra. Conrado mandou cerca de mil homens para o Reino das Três Bandeiras, além de quinhentos para cada um dos outros reinos que faziam divisa com o Reino das Sete Arcas. Apesar dos reforços, a vida estava tranquila.

Quando, o que menos se esperava, porém previa-se, aconteceu: Thiago estava conversando com Louis e Jean no estábulo quando viram Bauffremont se aproximando com seus homens de confiança, infantes de seu minguado exército:

— Chevalier! — gritou Emile para chamar a atenção de Jacques. — Venha aqui se realmente for homem!

— Bauffremont, sério que quer guerrear comigo? Tem quantos homens com você aí, trinta? — debochou Jacques.

— Números não importam, Chevalier, seu exército, por maior que seja, jamais vencerá o meu! Prepare-se para morrer!

— Eita, que mania de grandeza tem esse sujeito! — disse Thiago, somente sendo ouvido por James e Jean. Ambos caíram na risada.

Assim que Emile foi avistado, o cavaleiro que cuidava de Henry pegou o filho mais velho do duque e levou-o de imediato para dentro do estábulo.

—Acha mesmo, Emile? — disse Jacques, deixando o sanguinário general das Sete Arcas furioso. Chamá-lo pelo primeiro nome era, em sua opinião, o maior atrevimento e uma clara provocação.

— Péssima ideia, duque, péssima ideia! — dizia Thiago ao ouvir Jacques provocando Emile.

Embora estivesse enfrentando Bauffremont, Jacques estava mais preocupado em proteger o abade. Colocou-se na frente dele, e Louis instruiu os monges a saírem do local:

— Vão vocês três agora para o mosteiro e só saiam de lá após segunda ordem! — disse o chefe da infantaria, pedindo a um cavaleiro que os escoltasse. O cavaleiro obedeceu, mesmo Louis não sendo seu comandante. Thiago, James e Jean acataram a ordem de Louis sem pestanejar e logo assistiam à batalha da torre do sino. Ao deixar o trio de monges, o cavaleiro imediatamente voltou para a área dos alojamentos.

Depois de instruir os monges e pedir a escolta do cavaleiro, Louis foi para a linha de frente junto a Remy, e a dupla logo empunhou suas espadas e se colocaram em frente a Jacques, protegendo-o.

— Precisa se esconder atrás de seus homens, Chevalier?

— É a função deles, Bauffremont. Proteger não só a mim, mas todos no meu reino. E devo dizer que eles sempre foram bem-sucedidos. Podem ter demorado, mas puseram fim ao seu plano estúpido de desestabilizar nosso reino e me retirar do poder. Bem, devo te dizer que você fracassou, pois aqui estou cercado de homens plenamente treinados, enquanto você aí com meia dúzia de asseclas incapazes de agir caso não os ordene. Tem certeza de que quer ganhar do meu exército de mil homens desse jeito?

Bauffremont bufou irritado com a provocação de Jacques. O homem era o retrato da loucura. Estava todo desgrenhado, seus cabelos pareciam um ninho, seus olhos estavam vidrados, toda sua expressão facial remetia a alguém muito longe de estar com suas faculdades mentais em dia. Sua armadura parecia até ter começado a enferrujar, bem como sua espada. O duque poderia de fato ter sido imprudente, porém a provocação poderia dar resultados e fazer com que o infante tresloucado tomasse uma atitude impensada.

Louis estava segurando sua espada com uma força descomunal, doido para cravá-la no peito do louco inimigo do duque. Queria poder ter a honra de matá-lo e com isso vingar a morte de seu pai.

Emile e seu exército avançava lentamente, enquanto os homens de Jacques e os de Conrado esperavam pacientemente a melhor hora para atacá-los.

— Vamos espalhar os arqueiros em volta do local. A um sinal seu, Marchand, o "exército" de Bauffremont será atingido por uma chuva de flechas — decidiu o comandante do exército de Conrado enviado ao local.

— Perfeito — Olivier concordou e logo, com uma discrição invejável aos melhores agentes secretos de todos os tempos, a artilharia comandada por Olivier foi cercando o exército de Bauffremont. E nenhum dos homens de Emile percebeu o cerco cada vez mais fechado. Já Olivier foi para a linha de frente, juntamente a Remy e Louis. Seu objetivo seria flechar Emile ao menor sinal de que ele incitaria seus homens ao ataque. O comandante do exército de Conrado ficou mais afastado, recuado, com metade de seus homens prontos para ajudar, se necessário fosse.

Catherine, que assistia a tudo do castelo, ficou desesperada. Além do marido, seu filho estava no local. Pediu que um criado avisasse Paul e a outra que cuidasse das crianças para que ela fosse ao local.

— Madame Catherine, não faça isso! Bauffremont pode matá-la! — aconselhou Paul, cumprindo seu papel, mas sendo sumariamente ignorado pela duquesa, que corria para fora do castelo em direção aos alojamentos militares.

— Não posso, Paul. Meu marido e meu filho estão lá, preciso tentar protegê-los. Não vou ficar aqui parada vendo Bauffremont matá-los.

— Acalme-se, madame Catherine, Remy, Louis ou Olivier vão matar Bauffremont antes que ele faça qualquer coisa contra Jacques ou Henry — Paul continuou argumentando e indo junto da duquesa até o local onde a batalha começaria.

Charles Vermont, ao ver Paul correndo atrás de Catherine e mencionando o nome do arqui-inimigo de Jacques, também foi ao local. Seus conhecimentos certamente seriam necessários.

— Cansei de esperar você morrer para assumir o controle de seu reino, Chevalier, vou te matar! — provocava Bauffremont, que, enfim, gritou palavras de ordem de ataque a seus homens e partiu em direção a Jacques, correndo com a espada na mão. Nesse momento, Catherine, Charles e Paul já haviam saído correndo do castelo rumo aos alojamentos, cenário da batalha, e estavam a metros do local.

Quando faltava pouco mais que cinquenta metros para que Bauffremont alcançasse Jacques e o atingisse, Olivier correu até onde Jacques, Remy e Louis estavam e, dando uma rasteira no chão pelo exíguo espaço entre Louis, Remy e Jacques, disparou uma flecha que passou zunindo entre os braços dos colegas militares, que estavam com as espadas cruzadas na frente de Jacques, e acertou em cheio o peito de Bauffremont, perfurando sua armadura. O homem ainda cambaleou por mais alguns metros e, por fim, caiu morto aos pés de Remy. Os soldados de Bauffremont, ao verem seu líder cair morto, simplesmente paralisaram atônitos, sem saberem como agir. Apenas então o batedor e o soldado viram a flecha que acabara de levar Bauffremont à morte cravada em seu peito, e Olivier próximo a ambos e na frente do duque, suado e ofegante, quase deitado no chão. O cavaleiro olhou espantado para o arqueiro. Olhos azuis encarando os verdes. Sem precisarem dizer uma única palavra, ambos se cumprimentaram pelo sucesso da missão. Louis também encarou seus colegas e principalmente Olivier com gratidão. Finalmente seu pai Reginald Gouthier estava vingado! O trio estava louco para se abraçar e comemorar o fim daquele homem lunático, mas tinham muito mais o que fazer. Uma chuva de flechas atingiu os homens de Bauffremont, que um a um foram tombando ao solo, mortos. Os homens de Louis foram conferir se algum deles estava vivo.

Nenhum.

Charles também foi conferir os homens e confirmou, um a um, seus óbitos. Maurice, mesmo vendo seu líder tomar a mais impensada e imprudente atitude, não se mexeu e tomou uma flechada na cabeça logo após Bauffremont cair morto aos pés de Remy. Os cavaleiros de Jacques nem se mexeram. Não foram necessários. Catherine, ao ver que Bauffremont havia sido morto, quase desmaiou de alívio nos braços do conselheiro e logo abraçava Jacques com força, e juntos, enquanto parte da infantaria já estava conferindo se tinha sobrado alguém vivo do exército de Bauffremont, entraram no estábulo, onde Henry, ileso, foi escondido pelo cavaleiro. Jacques e Catherine, gratos pela rápida atitude do homem, decidiram colocá-lo como segundo no comando da cavalaria. Acima dele apenas Remy. E Olivier ganharia mais uma condecoração pela atitude e pontaria certeiras.

Após a batalha, Dominique foi ao local e reconheceu a maioria dos homens, incluindo Maurice. E, ao final, constatou que o exército de Emile fora praticamente dizimado, devendo haver no máximo outros dez ou quinze homens, os quais haviam ficado no Reino das Sete Arcas.

Jacques, atordoado e finalmente entendendo o perigo que acabou de correr, voltou para o castelo. Ver Catherine, Henry e seus outros quatro filhos o fizeram desabar chorando. Catherine consolou o marido, e os pequenos pularam em cima do pai, fazendo-o esboçar um sorriso. Abraçou cada um dos filhos, disse que os amava e por fim agradeceu não ter sofrido nem um arranhão, bem como não ter perdido nenhum de seus homens na batalha.

Alguns dias depois, os exércitos das Três Bandeiras, Lorrânia, Normandia, Bordeaux, Borgonha e do Sacro Império foram ao reino das Sete Arcas e lá liquidaram o restante do exército de Bauffremont, doze soldados, com nenhuma baixa em suas respectivas forças. Dezenas de pessoas foram libertadas, e finalmente o exército do Reino das Três Bandeiras entrou no castelo de Bauffremont. Logo nos primeiros cômodos que entraram, encontraram algumas das concubinas de Emile com os filhos. Apenas uma delas, de nome Veronique, não quis ser resgatada e se recusava a deixar o castelo. Era a mais apaixonada de todas pelo sanguinário ditador. Não acreditou que ele havia morrido. Remy, Olivier e Louis ainda a estavam convencendo a sair do castelo quando ouviram um choro nas dependências do local. De imediato, chamaram alguns dos homens para procurar pela fonte do choro e, enquanto isso, tentavam convencer Veronique a mostrar a entrada da masmorra, de onde logo os homens perceberam que vinha o choro.

Ela, no entanto, recusava-se a trair seu homem. Disse que preferia que o menino nas masmorras morresse a trair Emile, não adiantava dizer que o homem estava morto. Até que Louis perdeu a paciência e pressionou a espada contra o pescoço da mulher. Assustada, ela ainda se recusou a falar por onde se entrava nas masmorras e tentou impedir outra de mostrar a entrada. Enfim, dois infantes conseguiram encontrar o alçapão que dava acesso às masmorras, não havia, como no castelo de Jacques, acesso fácil através de escadas, e outros imobilizaram Veronique. E Olivier foi o primeiro a pular pelo alçapão. Lá embaixo, encontrou um menino chorando muito, deixado lá sozinho, encolhido, deitado sobre uma encardida e velha capa de lã. Ao ouvir o barulho de alguém se aproximando, o pequeno sentou-se sobre a capa e olhou na direção do som. Olivier, ao ver o menino, congelou. Um lindo loirinho de olhos verdes, uma miniatura dele, provavelmente o filho de Maurice e Amelie. Aproximou-se do garoto, pegou-o no colo e disse que o levaria para a casa.

— Sua mamãe e seu irmãozinho estão te esperando, filho — disse para o menino, abraçando-o. Quando estava rumando de volta para o alçapão, apareceu outro menino, este de cabelinho escuro crespo, olhinhos castanho escuros arredondados e bochechas gorduchas. Tal como o loirinho, o moreninho também estava muito assustado e estava bastante machucado, com vários esfolados nos bracinhos, perninhas e até na cabecinha. — Louis, vou precisar de ajuda, são duas crianças!

— Caramba! — Louis, sem pensar duas vezes, pulou dentro do alçapão. Ficou olhando para o segundo garoto atônito, o menino tinha algo que lembrava ao infante-chefe ele mesmo quando pequeno. Logo os dois militares retiraram-nos da masmorra com a ajuda de outros arqueiros. Os pequenos se aconchegaram no peito de Olivier e Louis, fazendo-os queimar. Veronique ficou desesperada ao ver que haviam resgatado os garotinhos e começou a fazer cena e tentar tirar os meninos dos braços de Louis e de Olivier.

Os pequenos começaram a chorar assustados, quando Olivier pediu ao colega, amigo e até seu irmão, que estava cada vez mais irritado:

— Louis, faça-a soltá-los. Eles não vão parar de chorar enquanto estiver puxando suas perninhas.

— Como queira, Olivier — disse Louis, colocando o moreninho no chão. Puxou a espada e matou a mulher, cortando sua garganta, tal qual o decapitador. O sangue jorrou do corte, banhando os dois militares e as crianças, e logo a mulher caía desfalecida ao solo. Sua cabeça quicou ao atingir o chão e logo seu corpo sem vida tombou no piso de pedras.

— Pronto. Agora ela e aquele desgraçado do Bauffremont estão juntos de novo... — disse o infante irritado, mandando dois subordinados jogarem o corpo e a cabeça dela no alçapão.

Olivier riu e acalmou os meninos, que infelizmente viram Louis matar a mulher. Mesmo assim, o moreninho se agarrou no infante, que novamente o pegou no colo. Outras cinco crianças com menos de cinco anos, todos meninos, foram resgatados e levados ao Reino das Três Bandeiras. As mulheres sobreviventes disseram que Emile havia matado as mães deles e que os garotos eram filhos dele, inclusive o moreninho que estava na masmorra com o filho de Amelie e Maurice. Disseram que Emile matara a mãe do pequeno na véspera de ser executado, e Veronique, com ciúmes da mãe da criança, jogou-o no alçapão. E que o nome do pequeno era Hugo.

Exaustos após a invasão e batalha, os soldados de Chevalier se reuniram no acampamento, montado há alguns metros do castelo de Bauffremont. Alguns soldados montaram fogueiras e fizeram alguma comida, Louis e Olivier deram comida para as crianças, e logo depois Olivier ninava Simon. Louis, no entanto, não sabia como agir com Hugo. Alimentava o garotinho, cuidava dele, mas não era tão carinhoso quando Olivier com Simon. O menino estava com muita fome, assustado e cansado. Havia ficado dias preso na masmorra com outra criança pequena. Hugo olhava para Louis pedindo colo, carinho. Louis gostava do menino, mas estava com medo de machucar ainda mais o garotinho.

— É bem tranquilo, Louis, ajeite o mocinho aí no seu colo. É quase instintivo.

Louis olhou para Olivier sustentando Simon em seu colo. Pegou Hugo e aninhou-o nos braços. O pequeno se aconchegou em seu peito, olhando-o, pedindo carinho. Louis delicadamente passou a mão pelo rostinho do menino, acariciando suas bochechas.

— Você é muito bonitinho, Hugo — Louis disse ao menino que ainda o encarava. Acariciou o cabelinho dele e ficou fazendo cafuné no garoto. Em instantes, Hugo foi fechando os olhinhos e relaxando no colo de Louis, até que dormiu.

— E aí, Louis, está sentindo algo diferente? — perguntou Olivier.

— Nem sei descrever — disse Louis, sem conseguir sequer olhar para Olivier de tão fisgado por Hugo que estava. Sua voz até estava falhando — Nunca senti nada parecido...

— Melhor sensação da sua vida, não?

— Sim... — concordou Louis, beijando a testinha do adormecido menino.

— Hugo, o papai de te ama — terminou Louis quase chorando e abraçando o garotinho. Deu-lhe outro beijo e colocou-o na barraca. Olivier também deixou Simon em sua tenda.

Remy observava a cena de longe com uma certa inveja. Louis e Olivier estavam curtindo duas crianças lindas, que acabaram tornando-se seus filhos. Ele também queria um, mas não queria forçar nenhuma criança a se aproximar dele. Até que...

Nos últimos dias de acampamento, enquanto contavam os espólios da guerra, organizavam os sobreviventes e cuidavam dos poucos feridos, a maioria sem gravidade, Remy, Louis e Olivier, os dois últimos brincando com Hugo e Simon, em um breve momento de descanso, viram uma pequena figura nos escombros de uma casa. De início, pensaram tratar-se de um animal e não deram muita importância, até que a figura se aproximou deles. Era uma criança, uma linda menininha, com o cabelinho castanho levemente cacheado, que, ao ver os três militares, sorriu para eles, apertando seus lindos olhinhos com o sorriso.

— Que coisinha mais linda! — derreteu-se Louis.

— Lindinha mesmo — concordou Olivier. Simon e Hugo estavam sob os cuidados do tio do loirinho, o cunhado de Olivier, irmão de Helene, que também era da artilharia.

Os olhos azuis-celestes de Remy até brilharam. Foi possível notar que ele queria levar a pequena para ele, Angeline queria filhos do batedor. O cavaleiro se adiantou e se aproximou da pequena. Um dos "refugiados" tentou tirar a pequena de perto dos militares, dizendo que a garotinha estava isolada, pois não era "digna" de receber ajuda.

— Como? — Louis estava incrédulo e não acreditava que alguém queria privar uma menininha pequena de ajuda. Olivier estava ao lado de queixo caído com o absurdo ouvido.

O aldeão contou que a menina era filha de um casal que havia conseguido se esconder de Bauffremont, o qual apenas os descobriu semanas antes de Olivier executá-lo. Matou os pais da menina, não quis matá-la, mas proibiu qualquer pessoa de ajudar a garota, sob risco de ser punido.

— Bauffremont não está mais aqui, e sério que essa garotinha ficou sem ajuda desde esse dia vivendo sozinha? — Louis perguntou.

— Sim — disse o homem, indiferente, enquanto Remy, totalmente apaixonado pela pequena, pegava-a no colo.

— Bem, o que quer que Bauffremont tenha ordenado, morreu com ele. A partir de agora, o que vale são as nossas regras, e não deixar ninguém desamparado é uma delas — cortou Louis, indo ajudar Remy a cuidar da pequena.

O homem, envergonhado, voltou para o acampamento enquanto via os militares brincando com a menininha, que aparentava ter gostado deles.

Ela conquistou de vez o chefe da cavalaria e acabou acolhida por ele no acampamento, e Remy decidiu que ficaria com aquela garotinha. Foi questão de alguns dias a mais para a pequena chamá-lo de papai e se jogar nele quando o via por perto. Hugo e Simon também logo passaram a chamar os homens que os resgataram das masmorras e cuidavam deles desde então de papai. Os três se derretiam com os filhos todas as vezes que ouviam suas vozinhas os chamando. A menina ainda ajudava o pai a tratar do seu cavalo, cavalgava com ele, o que ela adorava fazer, dava risadinhas que o deixavam totalmente apaixonado, dormia com a pequena na barraca, a garotinha, finalmente tendo alguém que a cuidasse, aninhava-se no peito do cavaleiro, pondo a mãozinha no pescoço ou no rosto do batedor para juntos dormirem. Remy, tal como Olivier e Louis, que também dormiam com seus novos filhos em outras barracas, e Jacques, havia se tornado um paizão para sua pequena. Como a menina não tinha nome definido, passou a chamá-la de Beatrice, torcendo para que Angeline gostasse do nome, mas principalmente da criança. Ele se via apegado a ela e não conseguia imaginar vê-la sendo criada por outro casal que não ele e Angeline. E a menininha logo se apegou ao homem que salvara sua vida, dava-lhe carinho e atenção, além de alimentá-la e protegê-la.

Entretanto, mesmo depois de ser advertido pelos chefes do exército de não mexer com a agora filha do chefe da cavalaria, o aldeão refugiado ainda tentou "dar um fim" na pequena, mas a garotinha havia ganhado um "guarda-costas/babá" totalmente inusitado: o cavalo de seu novo pai. A menina ajudava Remy a tratar do animal, e sendo os cavalos animais inteligentes, entendeu que seu dono era o pai da pequena e "cuidava" dela. O homem tentou sutilmente pegar a menina para abandoná-la longe do acampamento, em um momento em que Remy não estava olhando a filha, mas assim que se aproximou dela, ouviu um forte relincho e viu a sombra do cavalo por perto. Ainda assim, tentou pegar a menina, recebendo um fortíssimo coice no peito, que o deixou desacordado por horas.

Os três chefes viram a cena e se aproximaram, segurando a risada. Remy pegou a garota, que chorava assustada, no colo, e Louis pediu que alguns de seus homens, que estavam às gargalhadas, levassem o aldeão para a barraca em que Charles estava prestando socorro médico aos feridos na batalha e aos refugiados que estavam há meses sem alimentação decente. Enquanto Charles cuidava do refugiado, Remy embalou a pequena no colo até a menina se acalmar e dormir. Vê-la parar de chorar, fechar seus olhinhos e adormecer em seus braços proporcionou a Remy uma das melhores, se não a melhor, sensações de sua vida. Entendeu o que Olivier dissera a Louis quando Hugo dormiu nos braços de seu amigo.

Dois dias antes de retornar ao Reino das Três Bandeiras, Remy mandou um de seus cavaleiros avisar que logo estariam de volta e avisar sua família, seus pais, seus sogros e, claro, Angeline, que teriam uma surpresa. Leopold e sua esposa, Adeline, bem como os pais de Angeline ficaram intrigados, e moça curiosa sobre que surpresa era essa que Remy havia preparado para eles.

Ao receberem as notícias de que finalmente o exército estaria voltando e que nenhum homem havia morrido, todos aguardavam na vila aliviados e ansiosos pela volta das tropas. Entre eles, Helene esperava pelo marido. Deixara Philippe em casa sob os cuidados de sua mãe e logo viu seu marido segurando a mãozinha de um menino pequeno. Seu coração disparou ao ver os dois. O menino era uma miniatura do arqueiro! Assim que os viu, correu na direção deles. Abraçou e beijou Olivier na frente de todos e então voltou suas atenções para o pequeno. Como o menino já estava apegado a Olivier, o arqueiro cuidara do menino no campo de batalha melhor até que seu pai biológico, apresentou sua mulher para o menino como sua mamãe. Helene de imediato acolheu o menino, abraçando-o, aconchegando-o no colo. Levou-o para a casa da família e mostrou o irmão, que dormia naquele momento.

Elise foi outra que quase chorou ao ver Louis chegando com um bebê nos braços. Correu até o chefe da infantaria e retirou o menininho do colo do soldado. Olhou para o rostinho dele e viu uma miniatura de Louis.

— Podia imaginar qualquer coisa acontecendo conosco depois dessa batalha, Louis, mas você vindo com esse menino foi a última que pensei e é de longe a melhor coisa. Ele é lindo demais, como ele se chama? Te amo demais, querido. E te amo também, lindinho — terminou Elise chorando com o pequeno no colo e beijando o rostinho bochechudo do menininho.

— Também nunca esperei trazer uma criança de uma guerra. O nome dele é Hugo.

Já Angeline, Leopold e Adeline, a mãe de Remy, quase desmaiaram ao verem o marido e filho chegando com uma sorridente menininha no cavalo. Extremamente simpática e risonha, a pequena conquistou sua nova mãe e seus avós assim que foi vista. Leopold chorou emocionado ao conhecer a netinha. Os pais de Angeline não puderam esperar o retorno do genro, mas pouco depois conheceram a pequena e também se apaixonaram por ela. Angeline abraçou Remy e disse que ele jamais poderia ter feito uma surpresa melhor para ela.

— Gostou, querida?

— Muito mais do que você imagina — respondeu Angeline, pegando a pequena no colo. — Qual o nome dessa bonequinha?

— Ela não tinha nome, então a chamei de Beatrice. E ela atende quando eu a chamo.

— Adorei o nome. E nem preciso dizer que ela é linda — Angeline aninhou a pequena nos braços, e a menina se aconchegou no colo da nova mãe.

Jacques olhava as crianças refugiadas que não tinham mais mãe nem pai serem aos poucos levadas pelos militares para suas esposas e famílias. Foi tomado por uma emoção diferente. Sabia que todas aquelas crianças só estavam sendo acolhidas e bem cuidadas porque ele e Catherine haviam feito o mesmo, acolhido crianças desamparadas. Sabia que precisava dividir a experiência com os militares. Chamou Remy e Louis para perto dele e deu ao cavaleiro e ao infante exatamente os mesmos conselhos que dera ao arqueiro quando este acolheu o recém-nascido Phillippe.

— Vocês já deve ter percebido, Louis, Remy, que não há nada mais gratificante que ver seu filho, no seu caso, Remy, sua filha, dormindo em seus braços — arrematou o duque.

— Não tem mesmo, duque — concordou Remy com o maior sorriso que tinha no rosto.

— Realmente, duque, na hora nem consegui descrever...

James, três semanas após o fim da guerra, batizou as crianças no mosteiro, e Olivier e Helene, cumprindo a promessa feita no batizado de Philippe, chamaram Louis e Elise para serem os padrinhos de Simon. Olivier e Helene foram os padrinhos de Beatrice. E Remy e Angeline, os de Hugo. As crianças logo se adaptaram à nova vida e se divertiam brincando uns com os outros e com os filhos dos outros militares. Beatrice passava horas deitada no colo de Angeline, que, tal como a duquesa e Helene, amamentou-a, tendo o apoio de Remy, que também chegava a ficar horas com a pequena aninhada no peito quando voltava dos treinamentos da cavalaria. Beatrice adorava o pai e corria para ele todo dia quando o via chegando do trabalho, gritando "papai". O cavaleiro e Angeline se derretiam pela menina. Elise também amamentou Hugo, o garotinho adorava mamar no seu peito, muitas vezes mamava sob o olhar apaixonado de Louis.

Os demais garotos foram acolhidos por outras famílias de militares. Jacques quase deu uma palestra sobre paternidade para eles e todos seguiram os conselhos do duque e se tornaram pais mais presentes na vida dos filhos, seja dos biológicos ou adotivos. Era satisfatório vê-los felizes, e não mais assustados como estavam quando viviam no castelo do sanguinário e desumano pai biológico, que os proibia de conviver uns com os outros, chegando a matar um dos mais velhos por querer brincar com o irmão. Os meninos viviam amedrontados, com medo até de trocarem um simples olhar e terem suas vidas ceifadas pelo pai. Além disso, vários deles ainda viram Bauffremont assassinar suas mães na sua frente. Agora, quando brincavam entre si, no máximo recebiam uma advertência dos novos pais para não machucarem os menores ou irem longe demais da vila.

As terras do Reino das Sete Arcas foram anexadas e divididas pelos reinos vizinhos. Porém, ao contrário do que todos imaginavam, nenhum deles quis derrubar o castelo de lá para descobrir se a lenda das sete arcas era verdadeira antes de dividir o reino. O castelo acabou ficando na parte remanescente as Jacques, ao final, que manteve sua posição de não mexer no castelo.

— Desnecessário. Não preciso desses tesouros, se é que eles existem. Se futuramente meus filhos resolverem derrubar o castelo, fica pela vontade deles. Por mim, ele fica como está — justificou Jacques, fazendo pouco caso dos supostos tesouros.

Joseph e Jorg disseram que já estavam velhos demais para se aventurarem a derrubar um castelo e que tudo poderia acabar sendo em vão, já que ninguém tinha certeza da existência daquelas arcas. Talvez seus herdeiros, quando assumissem, fizessem tal escavação.

Finalmente, quase três meses após a morte de Bauffremont, uma forte tempestade se aproximou do Reino das Três Bandeiras. Jacques, James, Remy, Louis, Olivier, Catherine e Jean acompanharam Thiago até o local onde ele fora encontrado na estrada para o Reino da Borgonha. Todos se despediram de Thiago, e Jacques deu a ele um escudo com o brasão do reino.

— Seu nome será lembrado por todo o reino enquanto qualquer um de nós aqui for vivo, Thiago. Jamais conseguiremos lhe agradecer o suficiente por ter parado as mortes de Bauffremont. Volte para seu tempo e seja feliz, meu rapaz — disse Jacques.

— Pode ir em paz, Thiago, e seja feliz por lá no... É Brasil que se chama seu país, correto? — Remy agradecia.

James apenas desejou felicidades e que jamais deixaria de pensar no seu "noviço":

— Você é uma pessoa importante no nosso reino, Thiago. Sua passagem por aqui será muito bem lembrada.

Louis e Olivier abraçaram o garoto meio que desejando revê-lo em breve.

— Adoraria poder dizer um te vejo novamente em breve, mas infelizmente isso não será possível — Louis disse, chateado.

— É. Realmente não queria que esse dia chegasse. Mas tem pessoas daqui novecentos anos que estão sentindo sua falta, cara. Pode ir, e se sua mãe não te proibir de tentar de novo, volte aqui quando e se puder — pediu Olivier, quebrando o gelo e melhorando um pouco o clima triste de despedida.

— Não dá ideia, Olivier.

Catherine deu um longo abraço e depois disse:

— Você vai fazer falta aqui, Thiago. Farei de tudo para que meus filhos sejam um pouco do que você é.

— Obrigado, madame Catherine.

Pouco mais de um minuto após isso começou a chover cada vez mais forte, e relâmpagos começaram a cruzar os céus. Thiago se afastou um pouco de todos e fechou os olhos. Um forte clarão cegou momentaneamente todos os presentes e, quando recuperaram a visão, havia apenas um vazio onde Thiago estava. Um desalento tomou conta do pessoal lá na Idade Média.

— Vou sentir falta dele — disse Louis quando todos se recuperaram.

— Ele está bem, Louis, está novamente com sua família — disse James, convicto de que Thiago havia conseguido voltar.

Eles permanecem no local por mais alguns minutos enquanto Jacques, James e Paul decidiam construir algo no lugar para marcar a passagem de Thiago no reino. Voltaram para o castelo sem saber ainda ao certo quando ou o que fariam para tal ato.

No mesmo instante em que a tempestade se armava na Idade Média, aqui no Brasil também se formava uma tempestade muito aguardada em uma cidade do interior de Minas. Com todos na sala do computador, Murilo e Renato se olhavam nervosos, esperando o momento certo de apertar o botão que finalmente traria Thiago de volta ao século vinte e um, depois de ele viver por incríveis dez meses na Idade Média. Os garotos se olharam e apertaram o botão no momento exato. Outro clarão iluminou o local e cegou os presentes. Quando passou e todos se recuperaram, havia um corpo no chão sobre o tapete que antes do clarão ali não se encontrava.

Thiago manteve, por medo, seus olhos fechados por vários minutos após recobrar a consciência. Por mais que gostasse da Idade Média, não queria abrir os olhos e ver James, Jean, Remy, Louis, Olivier, Jacques, Catherine... Queria ver sua mãe, seu pai, sua irmã, sua avó, seu padrinho, seu primo e seus amigos. Por fim, decidiu abri-los. A luz da lâmpada do quarto ofuscou seus olhos, desacostumados às luzes artificiais. Com o tempo e várias piscadas depois, começou a reconhecer a sala onde se encontrava. Vários rostos tensos o encaravam e, aos poucos, foram se transformando em sorrisos, e ele foi reconhecendo quem estava ao seu redor. Era sua mãe, seu pai e sua irmã, ele estava de volta ao século vinte e um! Finalmente!

Ana Cristina não se aguentou e puxou Thiago para abraçá-lo.

— Thiago, até que enfim você voltou, meu filho! — disse a historiadora, aliviada. Mais contido, o pai do garoto se aproxima dos dois e os abraça.

— Ai, mãe! Devagar, estou todo dolorido! — reclamou Thiago.

— Desculpe, querido! — disse Ana Cristina, afastando-se do menino e olhando seu rosto. Ainda era seu filho, cabelo escuro, praticamente preto, e os profundos olhos azuis iguais aos dela e os de Luiz Antônio.

Finalmente o alívio geral se instalou. Thiago estava de volta ao século vinte e um, são e salvo. E para o alívio de Thiago, ao menos até ele perceber uma presença "estranha" no local, sua viagem no tempo em nada alterara a história. Ainda era brasileiro, seus pais ainda eram os mesmos, sua irmã também existia e até mesmo seus amigos eram os mesmos. Então notou a diferença no local.

— O que aconteceu aqui? — perguntou Thiago.

— Muita coisa, meu filho — disse Luiz Antônio.

— É... Estou vendo... — disse Thiago com os olhos fixos em Ângela, que só conhecia da delegacia e que ele notou de imediato que estava grávida. Não tinha a menor ideia de quem era o pai do bebê que ela esperava. — Alguém vai me colocar em dia? Mas depois que eu tomar um banho, lá não tinha condições! E... Tem como pedir um sanduíche para a janta hoje? Estou morrendo de saudade desse tipo de comida!

— Claro, filho, claro. Vai já para o chuveiro então — decidiu Ana Cristina.

Depois do pedido, ou ordem, da mãe, Thiago correu para o banheiro, entrou no box e ligou o chuveiro. Ficou uns cinco minutos só olhando a água caindo e ouvindo o barulho da resistência a esquentando. Finalmente entrou e tomou um belo banho. Quando saiu, enxugou-se e finalmente colocou uma roupa limpa. Sentiu-se leve e limpo, mal podia acreditar que finalmente havia voltado são e salvo para sua cidade natal, no seu tempo, para a casa de seus pais.

Ao longo dos dias seguintes, ficou sabendo que todos na escola achavam que ele ainda estava em Belo Horizonte, internado com alguma doença desconhecida.

— Vai falar que eu me curei? O que vai falar que eu tive? "Medievalite aguda"? — inventou Thiago enquanto devorava um x-bacon, arrancando gargalhadas dos presentes. — E... Quando foi que a Ângela engravidou?

— Há cerca de sete meses, uns três ou quatro depois que você foi para a Idade Média.

— Sei que não tenho nada a ver com isso, mas quem é o pai da criança? — perguntou Thiago. Ele sabia que o ex-namorado de Ângela havia morrido, e quando foi à Idade Média, a escrivã estava solteira.

— O Danilo, filho — disse Luiz Antônio. Thiago arregalou os olhos. Desde que se lembrava, seu padrinho era sozinho. Sua madrinha havia morrido quando ele tinha quase cinco anos, e desde então Danilo nunca aparecera com outra mulher. Aí do nada ele se apaixonou por uma mulher com quem convivia há quase dezesseis anos, começa um relacionamento e a engravida em questão de meses? Não era o perfil dele, porém Thiago não comentou nada.

Nos dias seguintes, a vida de Thiago se resumiu a contar o que havia passado na Idade Média com riqueza de detalhes, como a investigação do decapitador, a caçada a Dominique na mata, a festa, a morte de Bauffremont, a guerra e a colocar em dia a matéria da escola. Para sua sorte, Murilo era seu colega de turma e o ajudou com a maioria das disciplinas. Exceto história, cujo tema durante o ano todo fora justamente a Idade Média.

— Sério, Thiago, se você reprovar nessa matéria, eu te mando de volta para a Idade Média! — esbravejou Murilo.

Para a sorte de Thiago, acreditaram que sua doença misteriosa havia sido curada e aceitaram que ele fizesse algumas provas para substituir as normais que seus colegas fizeram ao longo do ano letivo. Felizmente, apesar do curto tempo para estudar os conteúdos, Thiago saiu-se bem nas provas e conseguiu notas suficientes para passar de ano.

EPÍLOGO

A vida seguiu nos dois tempos... Cinco meses após a volta de Thiago para a atualidade, lá no medieval Reino das Três Bandeiras as coisas estavam andando bem, Louis e Remy descobriram que suas mulheres haviam engravidado. Ambos se tornaram pais de meninos, o de Remy e Angeline nasceu algumas semanas antes e recebeu o nome de... Thiago. Além dos pais e dos avós, a irmãzinha do menino ficou extremamente animada com seu nascimento. O segundo filho de Louis e Elise ganhou o nome do avô falecido, Reginald, e seu irmão mais velho também ficou bem feliz com seu nascimento. Simon e Philippe pouco depois ganharam mais um irmão, Helene finalmente engravidou e teve outro garoto, chamado Giles, e era tal como Olivier, loirinho de olhos verdes. Catherine e Jacques prosseguiram criando os cinco filhos, Paul permaneceu como conselheiro do reino ao lado de Jacques. Charles viajou para aprofundar seus conhecimentos em medicina na Itália e acabou ficando na corte de um duque em Milão. James preparava Jean para assumir a chefia do mosteiro. Remy e Angeline tiveram mais três filhos após o nascimento de Thiago, outra menina e outros dois meninos. Louis e Elise também tiveram três outros filhos além de Hugo e Reginald, duas meninas e outro menino. Helene teve outros dois filhos biológicos depois de um tempo, um casal. Infelizmente, vinte e cinco anos após os acontecimentos, James veio a falecer e a chefia do mosteiro foi passada para Jean Savigny. Henry casou-se com uma neta de Jorg, com quem teve dois filhos e assumiu o reino quando seu pai achou que já era hora de ele tomar as rédeas. Yves virou o conselheiro do irmão, já que Paul Reinart não deixou filhos, e se casou com a filha de Remy, Beatrice, com quem teve três crianças. Pierre foi parar na Normandia, casou-se com uma filha do duque local, onde, sendo filho de Jacques, conseguiu altos postos na corte do sogro devido à fama de seu pai. Anne se casou com o neto do duque Joseph, de Bordeaux, e Isabelle, com o filho mais velho de Olivier, Simon, sendo a única além de Henry e Yves que continuou vivendo no reino.

Os nove sabiam de suas verdadeiras origens, seus pais adotivos nunca lhes esconderam a história. Todos eram gratos por terem sido criados por eles. Sabiam que se eles não os tivessem adotado, eles teriam morrido ainda crianças. Henry era o único que tinha uma vaga lembrança de sua vida antes do castelo. Seus irmãos e irmãs e os filhos dos militares não, pois eram extremamente pequenos quando foram adotados.

O tempo, claro, continuou passando por aqui, e dois meses após a volta de Thiago, Ângela deu à luz seu filho com Danilo. O nome do menino foi decido somente na sala de parto: Leonardo. O dia do parto foi um dos mais tensos da vida da escrivã, que se recordou de seu primeiro bebê o tempo todo. Mesmo dessa vez com os médicos dizendo que estava tudo bem e que era uma questão de tempo para ela estar com o filho no colo. O menininho nasceu depois de apenas cinco horas de trabalho de parto e totalmente saudável.

Num dia comum, Thiago estava sentado à mesa da cozinha, sozinho com sua mãe em casa.

— Mãe, a senhora já ouviu falar de sete arcas de tesouros, da época de Carlos Magno, escondidas no interior da França?

— Nunca, filho. Por quê?

— Quando eu estava lá no século doze me falaram desses tesouros, sete arcas escondidas nos alicerces do castelo do reino vizinho ao que fiquei... O que estava todo destruído.

— Hum, interessante. Mas se elas existiram mesmo, não usufruíram delas?

— Teriam que derrubar o castelo para conseguir pegá-las, mãe, e ninguém quis fazer isso. Ao menos enquanto eu estava lá.

— Ah, entendi. Mas novecentos anos se passaram desde que você ouviu essa história, filho. Nesse intervalo alguém pode ter derrubado o castelo e usado esses tesouros. Pode ter sido isso o que em parte sustentou os luxos do período absolutista!

— Pode ser, mas imagina se essa lenda é verdadeira e até hoje essas arcas não foram descobertas... — fantasiou Thiago.

— Talvez nunca fossem descobertas por se tratar de uma lenda mesmo...

— Mas será que... — Thiago tentava atiçar a curiosidade de sua mãe para que ela pesquisasse mais o assunto e quem sabe isso renderia uma viagem em família para a França, assim ele poderia rever o local onde morou por quase um ano no tempo da atualidade e por quase dois anos e meio na "contagem" medieval.

— Entendi, Thiago. Vou pesquisar.

— Certo. Mãe, vou lá no tio Danilo, o Murilo não sai de lá mais desde que o irmão dele nasceu.

— Tá com ciúmes do Leo, filho? — Ana Cristina perguntou em tom de provocação.

— Não, claro que não. Mas é que antigamente o Murilo ficava mais tempo aqui. Agora está fazendo cospobre de babá para a tia Ângela. Além da Júlia e da Sofia, que também não saem de lá, querem ficar perto do bebê o tempo todo...

Ana Cristina deu uma risada alta. "Cospobre! Essa molecada solta cada uma...", pensou, decidindo acompanhar o filho até a casa do colega.

Sofia estava na casa de Danilo com Júlia paparicando o irmãozinho recém-nascido da melhor amiga. Murilo também estava em sua casa, não conseguia sair de perto do novo irmão. Um babão Danilo, de férias da polícia, também estava em casa sem conseguir sair do lado do berço do filho.

Dois meses após o nascimento de Leonardo, seus pais finalmente se casaram e, quando o menino estava com nove meses, o casal já começou a pensar em ter outro filho, mas foi adiando os planos. Ângela queria ao menos trabalhar por mais um ano ou dois antes de engravidar de novo.

Já Ana Cristina ficou intrigada com a ideia de Thiago, seria possível que essas arcas um dia tivessem existido ou ainda existiam? Correu até onde Renato guardara todos os dados do que Thiago vivera na Idade Média. Achou as coordenadas do Reino das Sete Arcas e, após ver as imagens da época da história, procurou imagens atuais na internet. Quase caiu de costas ao ver que o castelo, já em ruínas, ainda estava de pé! Pelo menos os alicerces do castelo pareciam intactos. Juntou coragem e mandou um e-mail para o departamento de história de uma universidade francesa, de uma cidade próxima ao local, e perguntou se algum pesquisador um dia teve curiosidade de procurar saber se a lenda que seu filho ouvira enquanto estava na Idade Média era real. Logo soube que havia um pesquisador que procurava indícios dessa história, porém, nada de concreto havia conseguido até então. Para não contar que seu filho havia vivido na Idade Média, Ana Cristina usou como pretexto que lera sobre tais arcas em um livro.

As conversas sempre culminavam em tentativas de descobrir os supostos tesouros das sete arcas, que caíram no esquecimento desde a morte de Bauffremont. Jacques, lembrava Thiago, fez questão de esquecer dessa, na opinião do próprio, "lenda".

— Tolice, essas arcas não existem — dissera Jacques quando Paul perguntou-lhe se ele queria derrubar o castelo de Bauffremont para resgatar esse suposto tesouro.

Segundo o historiador francês, o castelo foi se deteriorando com o passar do tempo, ficando às ruínas dois séculos após a morte de Bauffremont. Jacques expandiu as lavouras e criações de animais nas terras das Sete Arcas que ficaram para ele, porém ignorou sumariamente o castelo. Aceitou, de bom grado, os aldeões remanescentes de Bauffremont, bem como os três monges que sobreviveram à loucura deste. Além das crianças sobreviventes, todas adotadas pelos militares. Os monges foram logo remanejados para o mosteiro de São Tiago, onde logo se enturmam com os demais monges, o que fez James voltar a pensar nos chiliques de François Lafonte e em como o monge estaria na Normandia. Em tempo, François não viveu muito após ir embora de Reino das Três Bandeiras. Morreu após dar um chilique e se recusar a casar o segundo filho de um membro da corte, mesmo com ordens expressas do abade local, com a filha de um cavaleiro. O chilique foi tão grande que ele teve um AVC, como Thiago previra outrora, quando do batizado de Pierre, e morreu instantaneamente, simplesmente caiu morto no chão do mosteiro local aos pés do abade-chefe.

Segundo o historiador francês, apenas os alicerces e o piso do castelo estavam intactos. Ele queria escanear o local para procurar as arcas, porém não conseguia fundos para tal. Nenhuma universidade queria bancar uma "caça ao tesouro" que poderia dar em nada, já que ninguém vira os tesouros serem enterrados naquele passado, talvez apenas os construtores que ergueram o castelo, por volta dos anos oitocentos e oitenta ou novecentos depois de Cristo. Depois dessa data e por conta do suposto local onde os tesouros foram escondidos, ninguém mais voltou a falar deles. Se duzentos anos depois elas já eram consideradas lendas, tendo passado mais de um milênio, as arcas literalmente caíram no esquecimento e nenhuma universidade ou mesmo museu queria gastar tempo e dinheiro procurando por um mito. O historiador francês, chamado Thierry, queria verificar a existência das arcas depois de examinar um antigo pergaminho, datado do século doze, em cujo rodapé lia-se "abade", porém o nome do abade estava ilegível. Via-se apenas que começava com a letra "J", uma inicial um tanto comum para nomes masculinos.

Dois anos se passaram e Ana Cristina continuava conversando com Thierry, que acabou descobrindo evidências da existência do Reino das Três Bandeiras. Anexado ao Reino da Borgonha, em mil duzentos e vinte e oito. Do Reino das Sete Arcas, entretanto, não havia qualquer menção. Dois meses após as últimas conversas entre Ana Cristina e Thierry, a brasileira foi convidada para ir à França para visitar o local das pesquisas. Após mais quatro meses de espera, tempo para arrumarem a documentação para a viagem, todos, Ana Cristina, Luiz Antônio, Danilo, Ângela, Vera, Renato, Murilo, Thiago, Júlia, Sofia e o pequeno Leonardo, embarcam rumo à França. Ficaram hospedados em um hotel em Lyon, a cidade mais próxima do sítio arqueológico que virara as ruínas de um pequeno reino medieval, que terminou seus dias sendo parte do Reino da Borgonha, quando uma trineta de Jacques Chevalier se casou com um tataraneto de François Bertrand.

As famílias desembarcam em Paris e, depois de três dias "turistando" pela bela capital francesa, com direito à visita ao Museu do Louvre, Arco do Triunfo, Catedral de Notre-Dame, Torre Eiffel, entre outros pontos turísticos, embarcaram em um trem rumo a Lyon. Na estação de trens da cidade, foram recebidos por Thierry, que os levou até um hotel próximo à Interpol. Danilo e Luiz Antônio não paravam de admirar o prédio da Organização Internacional de Polícia Criminal, perguntando-se se ainda teriam chances de um dia ingressarem na instituição.

— Quem sabe... Além de ter sido policial em seu país de origem, quais são os outros critérios de seleção? — perguntou Ana Cristina.

— Deve ser fluente em inglês e talvez francês ou mais outro idioma, ter anos ou até mesmo décadas de experiência e outras coisas, mas acho que para trabalhar aqui em Lyon só deve vir a "nata". Parece que tem um escritório na Argentina... — chutou Luiz Antônio.

— Não deve ser fácil — disse Danilo.

— Não mesmo — concordou Ângela, acalentando um agitado Leonardo no colo e imaginando um dia os três dentro do suntuoso prédio branco situado em uma curva do rio Ródano. Mas, na verdade, Ângela estava com os pensamentos em outro lugar. Sentia-se ligeiramente enjoada, até aquele momento ainda culpava a viagem e a diferença de fuso horário, porém, depois de cinco dias na França, começava a duvidar que fosse apenas por conta da adaptação de seu corpo à nova rotina. Conversou com Ana Cristina, que, aparentemente mais animada que ela, levou-a para dar uma voltinha na cidade e comprar algumas coisas. Uma delas, Ângela escondeu na bolsa e apenas usaria no dia seguinte.

Antes disso, Ana Cristina foi convidada por Thierry para visitar o campus universitário onde ele trabalhava e ver as pesquisas que realizava sobre o local. Nesse meio tempo, outros pesquisadores haviam se interessado pelo suposto tesouro do castelo deteriorado. Um *scanner* havia sido usado e visto objetos sob os alicerces do castelo das Sete Arcas, que, ao que tudo indicava, poderiam ser as famigeradas arcas desaparecidas há mil e duzentos anos! Cada vez mais animada, Ana Cristina decidiu ir ao local ver de perto a escavação, os alicerces do castelo estavam sendo demolidos para o resgate. Thierry decidiu que ela e a família poderiam ir visitar o sítio onde as arcas aparentemente estavam.

No dia seguinte cedo, Ângela pegou o item que havia comprado e o usou. O resultado surpreendeu-a e a deixou bastante satisfeita. Ana Cristina, antes de saírem rumo ao sítio arqueológico, perguntou-lhe o que havia dado e ela simplesmente respondeu "positivo", com um aceno de cabeça.

Tomaram o café da manhã e foram todos animadíssimos para o local. Thiago queria de todo jeito rever o local onde passara dez meses, ao quais se equivaleram a dois anos e meio no período medieval. Vira de tudo (ou quase tudo) por lá. Assassinatos, conspirações, casamentos, nascimentos, batalhas, guerras, famílias sendo destruídas e outras construídas, viu até onde a ambição pode levar um homem. Tudo o que ele queria era saber como as pessoas com quem conviveu no passado terminaram suas vidas.

Depois de quase duas horas de viagem, chegaram ao local. O castelo do Reino das Três Bandeiras estava ainda bem íntegro, mas os alojamentos militares e o mosteiro estavam com alto grau de deterioração. O banco de madeira ao lado do mosteiro onde ele sempre se sentava para conversar com James, Jean, Remy, Olivier, Louis não mais existia… A parte interna do mosteiro estava parcialmente intacta. As celas onde os monges dormiam na época em que Thiago vivera foi com o tempo convertida em uma espécie de abrigo para pessoas desalojadas por qualquer motivo. Do chalé de Raymond nada mais existia, após a morte do homem na nevasca, o local nunca mais fora ocupado e menos de dez anos depois já não havia mais nada. Os alojamentos onde conhecera a excepcional pontaria de Olivier, a destreza de Louis e Remy também estavam bem destruídos. A passagem do tempo fora cruel com o local. Murilo, Renato, Júlia e Sofia cercaram o garoto e dispararam a perguntar sobre como era o local quando lá ainda fervilhava o pacato Reino das Três Bandeiras.

— Ali eram os alojamentos militares... O mosteiro era lá. E, nem preciso falar, o duque Chevalier morava nesse castelão aqui. Com a duquesa Catherine, os cinco filhos, o conselheiro, Paul Reinart, e o médico, só que mais ou menos, Charles Vermont.

— Acha que a gente pode entrar no castelo? — perguntou-se Murilo.

— Vou perguntar para a mamãe — decidiu Sofia, saindo correndo do local e sendo observada pelo garoto. Thiago estava mais interessado em conversar com Júlia naquela hora e nem notou a forma como Murilo olhou para sua irmã.

Sofia voltou logo depois, feliz da vida, contando que Thierry havia liberado o acesso da turma ao castelo.

— Sempre quis entrar num castelo medieval — confessou Renato. — Morria de inveja de você frequentando isso aqui como se fosse um dos parques da nossa cidade.

Thiago fez pouco caso:

— Quem pode, pode, quem não pode... — debochou o garoto. — Ah, esse é o salão principal. As festas e reuniões que vocês me viram participando foram todas aqui. Ah, o castiçal com que o duque nocauteou o monge surtado ficava apoiado ali.

Renato, Júlia, Sofia e Murilo começaram a rir. A cena fora vista por eles na monitoria e estava gravada. Renato perdeu as contas de quantas vezes viram Jacques Chevalier batendo com o castiçal na cabeça do monge François Lafonte cercado pelos comandantes militares, conselheiro e pela duquesa, todos segurando a risada da inusitada cena.

— Thiago, por onde se chega nas masmorras? — perguntou Murilo.

— Hum... Pelo que eu me lembro, a gente pegava esse corredor e descia uma escadaria de uns seis lances... Depois virávamos à direita e já começávamos a ver as celas — disse Thiago, precipitando-se pelo corredor e, no fim dele, viu a escadaria que os levariam às masmorras. A turma não hesitou nem um segundo para descer as escadas e se ver no local mais hostil do mundo medieval. A cela onde

Dominique viveu até morrer, quinze anos após sua prisão, estava completamente suja e cheia de teias de aranha que fizeram Júlia e Sofia mudarem imediatamente de ideia. As meninas logo subiram de volta para o salão principal. Logo depois, os meninos subiram. O ar estava completamente abafado lá embaixo, era insuportável ficar no local. Pouco depois, subiram para o salão principal e Thiago quis voltar a ala noroeste do castelo, onde, por várias razões, dormira por algumas noites. Lá de cima, a vista era de tirar o fôlego. A floresta onde Dominique se escondera após matar a décima quarta vítima do decapitador havia se reduzido há menos de um quarto da mata original da época dos fatos, e boa parte das grutas onde Dominique se ocultara há muito desaparecera. O tamanho diminuto da floresta deixou Thiago triste, e Júlia percebeu:

— Thiago, está tudo bem?

— Mais ou menos, Júlia. Tá vendo a mata ali embaixo?

— Sim. O que tem?

— Na época em que estive aqui, no século doze, ela tinha uma área no mínimo quatro vezes maior... Demoramos um dia inteiro lá dentro, mais de trezentos homens caçando o decapitador... Fui com a equipe do Olivier e de mais um arqueiro e um infante. Vimos Dominique entrar em uma caverna após ser flechado no ombro pelo Olivier. Pouco depois o prendemos. E depois disso deu para contar nos dedos as vezes que o vi fora das masmorras...

— Esse tal Dominique saiu das masmorras por quê?

— Precisávamos da ajuda dele para reconhecer pessoas que vieram do Reino das Sete Arcas fugindo dos desmandos do tal Emile Bauffremont.

— Esse Emile foi o cara que morreu flechado quando ia atacar o duque Chevalier, né?

— Ele mesmo. Um doido sanguinário. Pensa em uma pessoa completamente louca.

— Louca quanto?

— A ponto de matar alguém só porque não... concorda com ele em algum ponto.

— Credo!

Depois desse diálogo, Júlia e Thiago se reuniram novamente a Sofia, Renato e Murilo e saíram do castelo. Ana Cristina e Luiz Antônio estavam no que era no passado o castelo de Emile Bauffremont. Atônitos, viram um dos pesquisadores retirar de um buraco aberto no piso do castelo uma espécie de baú.

— Isso é uma arca? — perguntou Luiz Antônio.

— Sim, em tese. Então o que chegou como uma lenda antiga até hoje era verdade? Um rei maluco escondeu arcas de tesouro nos alicerces de seu castelo para que ninguém as roubasse?

— Aparentemente sim, Cristina — disse Thierry, com um forte sotaque. — E essas são bem antigas, são do século nove ou dez, acredito, não mais novas que isso. É, a lenda do Rei Amador II não é tão lenda assim.

— Vocês vão abrir essa arca para ver o que tem dentro? — perguntou Luiz Antônio, abobalhado.

— Sim, mas apenas depois de examinarmos o exterior dela. E temos que fazer a datação por carbono quatorze antes de abrirmos, além de fazer isso com todo o cuidado do mundo, acabamos de encontrar um objeto valiosíssimo! — disse Thierry, empolgadíssimo com a descoberta.

Ana Cristina quis procurar Thiago, mas seu filho parecia pouco ligar para as arcas. Estava completamente chateado pela forma como o Reino das Três Bandeiras se encontrava, com suas construções deterioradas. A historiadora começou a acreditar que Thiago queria voltar novamente ao século doze, quando o Reino das Três Bandeiras era um próspero reino medieval, e poder rever as pessoas com as quais convivera no passado. Os duques, o abade, os militares... No entanto, contar ao menino que as arcas do tesouro das quais ele ouvira falar naquele passado realmente existiam talvez o animasse.

Logo depois, foi a vez de Thiago, Júlia, Renato, Murilo e Sofia se assombrarem com a descoberta da equipe.

— Elas existem mesmo! — disse Thiago. — E o duque Jacques afirmou que eram lendas...

— Bem, para nossa sorte, ele achou que de fato era uma lenda — disse Thierry. — Ou esses tesouros poderiam se perder. — Thierry já sabia que Thiago havia vivido naquele local quando ainda era a Idade Média. Renato, precavido, levou um HD cheio de vídeos da monitoria da era medieval. Mostrou-os ao pesquisador com a condição de que tudo permanecesse sob o mais completo sigilo. Thierry mal acreditou quando viu as imagens. Mesmo sem o áudio, era uma prova concreta de que o filho da mulher que estava na sua frente havia vivido por alguns meses num reino medieval que existira novecentos anos antes.

— É... — disse Thiago, meio desanimado.

— Thiago, você tem certeza de que quer manter sua "viagem no tempo" em sigilo? — questionou Thierry.

— Tenho. Nem uso mais o computador responsável por tudo aquilo.

Ao contrário do que Thiago pensava, Ana Cristina não destruiu o computador, mas fez os meninos o desmontarem e encaixotarem. Agora, estava tudo dentro de uma caixa de papelão no alto de uma prateleira da garagem da casa deles.

— Certo — concordou Thierry. — Você só deve contar caso se sinta preparado. A repercussão seria gigantesca.

Ana Cristina e Thiago balançaram a cabeça. O garoto, agora com dezesseis anos, não estava preparado para o tamanho da repercussão que uma viagem, ainda que acidental, no tempo traria. Todos os seus amigos achavam que ele havia contraído uma doença misteriosa que o fizera ficar dez meses confinado em um quarto de hospital. Exceto por seus pais, Danilo, os demais colegas de seu pai na delegacia, Murilo, Renato, Sofia e Júlia, ninguém mais sabia do que realmente havia acontecido.

Vera andava pelo sítio imaginando como era quando seu neto estava preso naquele local, novecentos anos atrás. O mosteiro, o castelo, os campos, a vila, todos em pleno funcionamento, fervilhando de vida.

Os garotos logo chegaram aonde eram os alojamentos militares. Thiago congelou num local onde havia uma estaca de madeira. Fora ali que Bauffremont tombara finalmente morto pela flechada de Olivier. Depois de sua morte, seu corpo e os dos demais homens de seu exército foram empilhados em um campo e queimados. Passaram-se dias até que finalmente o cheiro de carne queimada saísse das narinas de Thiago e de todos os habitantes do reino. O que só aconteceu quando por fim choveu e apagou as últimas brasas que ainda ardiam no local. No fim, as ossadas e os restos dos corpos que não queimaram totalmente foram enterrados naquele mesmo campo. Os ossos haviam sido descobertos no início do século vinte, porém nada haviam descoberto sobre a real causa da morte daquelas pessoas. Na época da descoberta, historiadores supuseram que todos haviam morrido em um grande incêndio. Ninguém havia percebido que havia apenas corpos do sexo masculino enterrados no local e que vários deles estavam com ferimentos sérios, tais como buracos nos crânios e ossos quebrados. Se Thiago não falasse, continuariam achando que o local havia pegado fogo acidentalmente, talvez por um raio ter caído no local ou devido a uma fogueira fora do controle. Os ossos ainda estavam guardados na universidade local, a mesma onde Thierry trabalhava. E apenas recentemente outro pesquisador notara as marcas típicas de batalhas nos restos mortais desenterrados no campo. Só não sabiam ainda que batalha fora aquela. Agora ela seria intitulada de "batalha das três bandeiras", homenageando o reino onde havia acontecido. "Deveria se chamar batalha de Marchand, Olivier deu fim em tudo com uma única flechada no peito do Bauffremont. Os homens dele sequer resistiram", pensou Thiago.

Renato e Murilo logo acharam outro local do reino do qual queriam explicações por parte de Thiago.

— Thiago, sabe o que é isso? — perguntou Renato, mostrando uma espécie de monumento, no qual quinze pedras sustentavam uma escultura de um rapaz.

— Não tenho ideia — disse Thiago. — Isso não existia quando estive aqui há novecentos anos.

— Não precisa ficar lembrando que viajou no tempo, ô exibido — zombou Murilo, quase tomando um empurrão de Thiago.

— Tem algo escrito na base da estátua — disse Júlia, agachando-se e passando a mão no local. O texto em latim agradecia a um garoto dos céus que ajudara a evitar um massacre completo na região. — Thiago! Isso é sobre você! — a irmã de Murilo estava quase gritando.

— Sério?

— Claro que é sério, leia você mesmo! — devolveu Júlia.

— Caramba! — disse Thiago, perplexo. "Como os pesquisadores não haviam notado?", perguntou-se. Talvez pela expressão usada, "garoto dos céus", e a escultura datar da alta Idade Média, pensaram que o crédito era de algum morador da região que fora canonizado na época.

Danilo e Ângela estava apenas andando pelo local com o filho caçula, a cada hora o pequeno estava no colo de um deles, o lindo menininho era uma bela mistura de seus pais. Tinha os olhos de Danilo e a boca de Ângela. Era um garotinho calmo, que adorava brincar com os irmãos mais velhos, apesar dos quase quinze anos de diferença entre eles. Agora estava com quase dois aninhos e começando a falar. Ângela, às vezes, quando Leonardo estava no colo de Danilo — que brincava de jogá-lo para cima, coisa que o garotinho adorava —, pensava em como contar ao marido o que havia descoberto mais cedo. Apreciavam a paisagem e aproveitavam o clima francês de início de outono, época escolhida para a viagem. Passavam pela vila do antigo reino quando pararam no topo de uma colina, com uma vista deslumbrante para um lago. Havia algumas pedras grandes no local, sentaram-se e Leonardo subiu no colo da mãe, pedindo para mamar. Ângela ainda amamentava o filho. Quando o menino parou, Danilo o pegou no colo enquanto observava Renato, Murilo, Sofia e Júlia perguntando para Thiago onde era cada coisa quando o local ainda era a vila do Reino das Três Bandeiras. Aproximou-se de Ângela e a abraçou. Foi aí que ela decidiu contar ao marido a última novidade:

— Querido, descobri uma coisa hoje cedo...

— O quê?

— Vamos ter outro bebê. Estou grávida de novo — disse pegando Leonardo no colo.

Danilo abriu o maior sorriso. Seria pai outra vez!

— Está falando sério, Ângela? Tem mais um filho nosso vindo aí? Sou o homem mais feliz do mundo! — o investigador abraçou sua mulher e a beijou. Depois se virou para seu filho. — Leo, você vai ganhar mais um irmãozinho ou uma irmãzinha! Ele ou ela está crescendo na barriga da mamãe!

Murilo, ao ver a cena, deixou Thiago "falando sozinho" e foi ao encontro dos pais e do irmão mais novo:

— Pai, está tudo bem aí?

— Está tudo maravilhoso, filho. Temos novidades, chame sua irmã.

— Por quê?

— Bem, precisamos contar algo para vocês dois. Boa notícia.

— Está certo... Ela está ali! — Murilo desceu até o ponto onde Júlia estava. — Júlia, vem cá que o papai está te chamando! — disse o garoto, subindo a colina até onde Danilo, Ângela e Leo estavam. Enquanto subiam, os dois logo descobriram do que se tratava. Danilo estava ajoelhado beijando a barriga da madrasta deles. Júlia apertou o braço de Murilo:

— Murilo, a tia Ângela está grávida de novo! — descobriu a menina, eufórica.

— Sério? E solta meu braço que está doendo!

— Claro, Murilo, por que outro motivo o papai beijaria a barriga dela? Tomara que agora seja uma menina... — disse e desejou Júlia, correndo até os dois.

— É... — disse Murilo animado e subindo apressado atrás da irmã.

Chegaram ofegantes ao local onde a família estava. Júlia mal chegou e já beijou a bochecha do irmão caçula.

— O que você queria nos contar, pai? — perguntou Júlia, disfarçando.

— Bem, meus queridos, vocês vão ter outro irmão.

— Tia Ângela, você está grávida de novo? — perguntou Murilo.

— Sim, querido. Estou grávida mais uma vez.

— Que legal! — disseram os gêmeos, abraçando a madrasta.

Danilo pegou novamente o filho mais novo no colo e abraçou a mulher e os outros três filhos. Sempre quisera ter três filhos, e agora teria quatro, torcia para que seu segundo filho com Ângela fosse uma menina. Queria comemorar ao lado dela quando soubessem o sexo do bebê e com isso tirar de Ângela qualquer resquício do que lhe acontecera sete anos atrás. Só não sabia se batizaria a filha com o nome da irmã morta ou com outro nome...

Depois de mais alguns minutos, Ana Cristina e Luiz Antônio se aproximaram deles e souberam da novidade. Comemoraram com o casal, Ana Cristina teve que disfarçar que já sabia da nova gravidez de Ângela, e logo Thierry disse que seria melhor irem embora, pois logo escureceria.

Thiago olhou pela última vez para as ruínas do mosteiro. Quanta coisa vivera naquele lugar! Pensou de imediato em James, Jean e nos outros monges com quem conviveu, até teve tempo de se lembrar do rabugento François. Lembrou-se, claro, das boas horas passadas ao lado dos militares, principalmente Remy, Louis e Olivier, mal sabendo que o filho homem mais velho de Remy, que só nascera depois que ele já estava de volta com sua família ao século vinte e um no Brasil, tinha seu nome. Com lágrimas nos olhos, percebeu que jamais conseguiria se encontrar de novo com qualquer deles. Então sentiu duas mãos em seus ombros e ouviu:

— Vamos, filho, está ficando tarde.

Thiago gelou. A voz era igual a de James Pouvery, mas ao olhar para trás, quem o segurava pelos ombros era seu pai.

— Ok, pai, vamos — concordou Thiago.

Junto dos demais membros da família, Vera, Ana Cristina, Sofia, Renato, Danilo, Murilo, Júlia, Ângela, Leonardo e o bebê que Ângela esperava voltaram para Lyon, onde passariam mais uma noite e voltariam ao Brasil no dia seguinte.

FIM

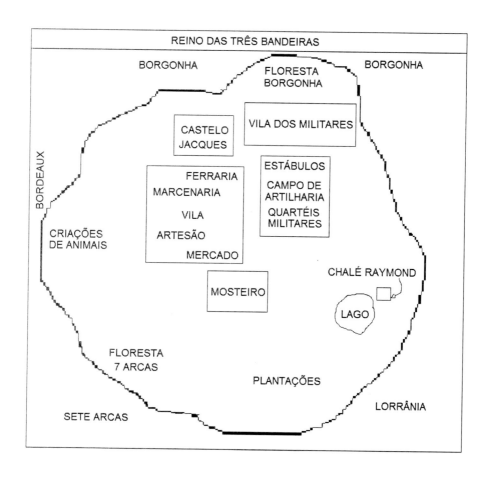

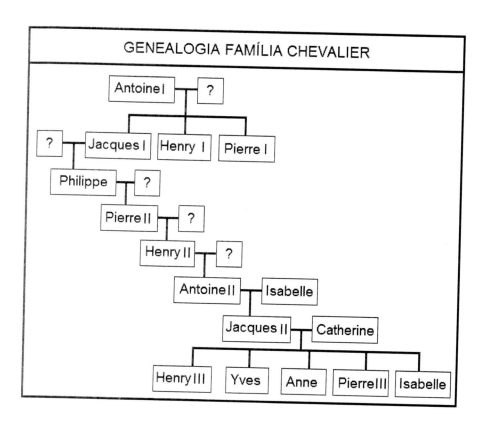